LAURIE FOREST

A BRUXA NEGRA

LIVRO UM

CRÔNICAS DA BRUXA NEGRA

São Paulo
2023

Para minha mãe, Mary Jane Sexton, artista, gênio criativo, intelectual (1944-2015).

Tradução	*Iana Araújo*
Preparação	*Wélida Muniz*
Revisão	*Aline Graça* *Tássia Carvalho*
Arte, projeto gráfico e adaptação de capa	*Francine C. Silva*
Diagramação	*Bárbara Rodrigues*
Tipografia	*Bembo Std*
Impressão	*COAN Gráfica*

Dados Internacionais de Catalogação na Publicação (CIP)
Angélica Ilacqua CRB-8/7057

F797b Forest, Laurie
A bruxa negra / Laurie Forest ; tradução de Iana Araújo. — São Paulo : Inside Books, 2023.
480 p. (Crônicas da Bruxa Negra ; vol. 1)
ISBN 978-65-85086-16-5
Título original: *The Black Witch*

1. Literatura norte-americana 2. Literatura fantástica I. Título II. Araújo, Iana III. Série

23-2359 CDD 813

✶

PARTE 1

✶

PRÓLOGO

A floresta é linda.

Elas, as árvores, são minhas amigas, e consigo senti-las sorrir para mim.

Vou saltitando, chutando agulhas secas de pinheiro, cantando baixinho enquanto sigo de perto as passadas do meu amado tio Edwin, que se vira de vez em quando, sorri e me encoraja a seguir adiante.

Tenho três anos.

Nunca adentramos tanto a floresta, e a emoção da aventura me ilumina por dentro. Na verdade, nós *muito* raramente passeamos pela floresta. E tio Edwin trouxe *só* a mim. Ele deixou meus irmãos em casa, bem longe.

Eu me esforço para seguir o ritmo dele, saltando as raízes curvas e esquivando-me de galhos baixos.

Enfim, paramos em uma clareira ensolarada nas profundezas da floresta.

– Aqui, Elloren – diz meu tio. – Tenho uma coisa para você.

Ele apoia um joelho no chão, tira um graveto do bolso da capa e o pressiona no meu punho minúsculo.

Um presente!

É um graveto especial; leve e etéreo. Fecho os olhos, e uma imagem da árvore de onde ele veio surge em minha mente: uma árvore grande e cheia de galhos, embebida na luz do sol e ancorada na areia. Abro os olhos e sacudo o graveto para cima e para baixo. É leve como uma pena.

Meu tio tira uma vela do bolso da calça, levanta-se e a coloca em um toco ali perto antes de se virar para mim.

– Segure desse jeito, Elloren – ele diz, com gentileza, ao se abaixar e colocar a mão ao redor da minha.

Eu o encaro com um pouco de preocupação.

Por que sua mão está tremendo?

Seguro o graveto com mais força, dando o meu melhor para fazer o que ele quer.

– Assim mesmo, Elloren – diz ele, com paciência. – Agora, vou pedir que você diga umas palavras engraçadas. Você consegue fazer isso?

Dou um aceno enfático. Claro que posso. Faria qualquer coisa pelo meu tio Edwin.

Ele diz as palavras. São apenas algumas poucas, e me sinto orgulhosa e feliz de novo. Mesmo que estejam em outra língua e soem estranhas aos meus ouvidos, são fáceis de dizer. Farei um bom trabalho, e ele me abraçará e talvez até me dê alguns dos biscoitos de melaço que o vi enfiar no colete antes de sairmos de casa.

Estendo o braço, deixando-o bem reto, e aponto o graveto-penas para a vela, exatamente como ele me disse. Posso senti-lo logo atrás de mim, observando-me de perto, pronto para ver se entendi direitinho.

Abro a boca e começo a repetir aquela falta de nexo.

À medida que as palavras estranhas deslizam da minha língua, algo quente e estrondoso se ergue do chão sob meus pés e se infiltra nas minhas pernas.

Algo vindo das árvores.

Uma energia poderosa dispara através do meu corpo e corre em direção ao graveto. Minha mão se sacode com força, e há um clarão ofuscante. Uma explosão. Fogo dispara da ponta do graveto. As árvores ao nosso redor de repente são engolfadas pelas chamas. Fogo por toda parte. O som dos meus próprios gritos. As árvores gritando na minha cabeça. O rugido aterrorizante do fogo. O graveto puxado das minhas mãos com violência e logo deixado de lado. Meu tio me agarrando, segurando-me com firmeza junto ao peito e correndo para longe do fogo enquanto a floresta é destruída ao nosso redor.

Depois disso, as coisas mudam para mim na floresta.

Consigo sentir as árvores se afastando, o que me deixa inquieta. E começo a evitar os lugares silvestres.

Com o tempo, a memória da infância fica turva.

– É apenas um sonho – diz meu tio, confortando-me, quando a cena em chamas retorna na escuridão do sono. – Naquela época, você saiu vagando para a floresta durante uma tempestade de raios. Pense em coisas agradáveis e volte a dormir.

E, assim, acredito nele, porque ele cuida de mim e nunca me deu razão para não acreditar.

Até a floresta parece ecoar suas palavras. *Volte a dormir*, as folhas farfalham com o vento. E, com o tempo, a memória desaparece, como uma pedra caindo no fundo de um poço profundo e escuro.

Adentrando o reino dos pesadelos sombrios.

Quatorze anos depois...

CAPÍTULO UM

HALFIX

– Toma *essa*, seu icaral estúpido!

Entretida, olho de cima para os meus jovens vizinhos, com uma cesta de legumes e ervas recém-colhidos equilibrada no quadril. Um frio suave, quase outonal, luta para se fazer notar através da luz cálida do sol.

Emmet e Brennan Gaffney são gêmeos de seis anos; têm cabelos pretos, olhos verdes como a floresta e a pele ligeiramente cintilante tão apreciada pelo meu povo, os magos gardnerianos.

Os dois garotinhos param com a brincadeira barulhenta e olham para mim cheios de esperança. Sentam-se na relva fresca e iluminada pelo sol, com os brinquedos espalhados ao redor.

Todos os personagens tradicionais estão ali entre os bonecos de madeira pintados com cores berrantes. Os soldados gardnerianos de cabelos pretos, com as túnicas escuras marcadas com esferas brilhantes de prata, erguem-se valentes com varinhas ou espadas em riste. Os meninos os colocaram em formação militar sobre uma pedra larga e plana.

Há também os arquivilões de costume: os demônios icarais malignos com os olhos brilhantes, o rosto contorcido em um sorriso largo e malicioso, as asas negras completamente abertas em um esforço para intimidar e bolas de fogo nos punhos. Esses, os meninos os enfileiraram em um tronco e estão tentando lançar pedras na direção dos soldados com uma catapulta feita de gravetos e cordas.

Há também os personagens secundários: as belas donzelas gardnerianas com os longos cabelos pretos; metamorfos lupinos perversos que são meio- -humano, meio-lobo; elfos serpentes de escamas esverdeadas; e as misteriosas feiticeiras vu trin. São personagens dos livros de histórias e canções da minha infância, tão familiares para mim quanto a velha colcha de retalhos na minha cama.

– Por que vocês estão aqui? – pergunto aos meninos, olhando para o vale que desce em direção à propriedade dos Gaffney e à extensa plantação. Eliss Gaffney é inflexível em seu hábito de manter os gêmeos perto de casa.

– Mamãe não para de chorar. – Emmet faz careta e bate a cabeça de uma criatura-lobo no chão.

– Não conte! – repreende Brennan, com voz estridente. – Papa vai te bater por isso! Ele disse para não contar!

O medo de Brennan não me surpreende. Bem se sabe que o mago Warren Gaffney é um homem severo, temido por seus companheiros de laço e por seus filhos. E o espantoso desaparecimento de Sage, sua filha de dezenove anos, fez dele um homem ainda mais rigoroso.

Volto a olhar para a propriedade dos Gaffney com uma preocupação já antiga.

Onde está você, Sage?, pergunto-me, infeliz. Ela desapareceu há mais de um ano sem deixar rastro. *O que será que aconteceu com você?*

Soltei um suspiro conturbado e me voltei para os meninos.

– Tudo bem – digo, tentando reconfortá-los. – Vocês podem ficar aqui por um tempo. Podem até ficar para o jantar.

Eles se alegram e parecem mais do que um pouco aliviados.

– Vem brincar com a gente, Elloren – implora Brennan, ao agarrar minha túnica de maneira brincalhona.

Eu rio e me curvo para bagunçar o cabelo dele.

– Talvez mais tarde. Preciso ajudar com o jantar, como vocês sabem.

– Estamos derrotando os icarais! – exclama Emmet. Ele joga uma pedra em um dos demônios para demonstrar. O objeto colide com o boneco e o lança rodopiando pela grama. – Quer ver se conseguimos arrancar as asas deles?

Pego o bonequinho e afago a base sem pintura com o polegar. Respirando fundo, fecho os olhos, e a imagem de uma grande árvore com uma copa densa, ramos retorcidos e flores brancas e delicadas toma a minha mente.

Espinheiro-alvar. Uma madeira elegante demais para o brinquedo de uma criança.

Abro os olhos, dissolvendo a imagem, e volto a atenção para os olhos alaranjados do brinquedo-demônio. Luto contra o desejo de visualizar a árvore mais uma vez, mas sei que não devo alimentar essa minha estranha peculiaridade.

Muitas vezes, se eu fechar os olhos enquanto seguro um pedaço de madeira, consigo pressentir plenamente sua árvore de origem. Com detalhes vívidos. Posso ver o local em que a árvore nasceu, aspirar o aroma do solo rico e argiloso sob suas raízes, sentir o sol sarapintar as folhas abertas.

É claro que aprendi a guardar essas fantasias para mim.

Ter pela natureza uma fixação estranha como essa cheira a sangue de feérico, e tio Edwin me advertiu para nunca nem tocar no assunto. Nós, gardnerianos, somos uma raça de sangue puro, livre da mácula das raças pagãs que nos rodeiam. E a minha linhagem tem o sangue de mago mais forte e puro de todos.

O que me aflige com certa frequência. Se é verdade, então por que eu vejo essas coisas?

– Vocês precisam ter mais cuidado com seus brinquedos – repreendo os meninos com gentileza, enquanto afasto a imagem persistente da árvore e coloco o boneco no chão.

O som das grandes batalhas dos meninos some à distância conforme me aproximo do pequeno chalé em que moro com tio Edwin e meus dois irmãos. Através da vastidão do campo, espio nossos estábulos e começo a correr.

Uma carruagem grande e elegante está estacionada lá. O brasão do Conselho dos Magos, o mais alto escalão do governo de Gardnéria, está habilmente pintado em sua lateral: um *M* dourado desenhado com caligrafia graciosa e floreada.

Quatro guardas militares, versões reais dos brinquedos de Emmet e Brennan, estão sentados enquanto comem alguma coisa. Eles são robustos e estão vestidos com túnicas pretas com esferas de prata marcando o peitoral, com varinha e espada na lateral do corpo.

Só pode ser a carruagem da minha tia, não é possível ser de outra pessoa. Ela é membro do Conselho Governante do Alto Mago e viaja sempre com uma comitiva armada.

Uma onda de excitação me atravessa e aperto o passo, imaginando que, entre todos os lugares de Therria, poderia ter trazido minha tia à remota Halfix.

Não a vejo desde os cinco anos.

Naquela época, vivíamos perto dela, em Valgard, a movimentada cidade portuária e capital de Gardnéria. Mas quase nunca a víamos.

Certo dia, do nada, ela apareceu no salão de vendas da loja de violinos do meu tio.

– Você já fez a avaliação de varinhas das crianças? – ela perguntou, com o tom leve, mas os olhos aguçados como gelo.

Lembro-me de como tentei me esconder atrás de tio Edwin, agarrada à sua túnica, hipnotizada pela criatura elegante à minha frente.

– É claro, Vyvian – respondeu meu tio, com hesitação. – Diversas vezes.

Olhei para ele com uma surpresa confusa. Não me lembrava de ter passado pela avaliação de varinhas, embora soubesse que todas as crianças gardnerianas passavam.

– E o que você descobriu? – ela perguntou, inquiridora.

– Rafe e Elloren não têm poderes – ele respondeu, enquanto se mexia ligeiramente, cortando a visão que eu tinha de tia Vyvian, deixando-me nas sombras. – Mas Trystan... O garoto tem um pouco de magia.

– Tem certeza?

– Sim, Vyvian, bastante.

E foi então que ela começou a nos visitar.

Pouco depois, meu tio adquiriu um desgosto inesperado pela vida na cidade. Sem aviso, levou a mim e aos meus irmãos para onde morávamos agora. Na miúda Halfix. No extremo nordeste de Gardnéria.

Bem no meio de lugar nenhum.

Ao dar a volta no nosso chalé, ouço, através da janela da cozinha, o meu nome e paro de supetão.

– Elloren *não* é mais criança, Edwin. – A voz da minha tia flutua lá para fora.

Coloco minha cesta de legumes e ervas no chão e me agacho.

– Ela é muito jovem para o laço de varinha. – Vem a tentativa do meu tio de uma resposta firme, com um certo tremor de nervosismo na voz.

Laço de varinha? Meu coração acelera. Sei que a maioria das meninas gardnerianas da minha idade já são laçadas, magicamente ligadas a jovens rapazes pelo resto da vida. Mas estamos tão isolados aqui, cercados pelas montanhas. A única garota que conheço que foi laçada era Sage, e ela desapareceu.

– Dezessete é a idade tradicional. – Minha tia parece um pouco exasperada.

– Eu não me importo se é a idade tradicional – meu tio persiste, ganhando confiança. – Ainda é *muito jovem*. Nessa idade, ela não tem *capacidade* de saber o que quer. A menina não viu nada do mundo...

– Porque você não a *deixa* ver nada do mundo.

Tio Edwin faz um som de protesto, mas tia Vyvian o interrompe.

– Não, Edwin. O que aconteceu com Sage Gaffney deveria ser um alerta para todos nós. Deixe-me tomar Elloren sob minha proteção. Vou apresentá-la aos melhores rapazes. E depois que ela estiver seguramente laçada a um deles, eu a tornarei minha aprendiz no Conselho dos Magos. Você *precisa* começar a levar o futuro dela a sério.

– Eu *levo* o futuro dela a sério, Vyvian, mas ela ainda é muito jovem para decidir *por* si só.

– Edwin. – Há uma nota de desafio na voz suave de tia Vyvian. – Você vai me forçar a resolver o problema com minhas próprias mãos.

– Você esquece, Vyvian – meu tio rebate –, que eu sou o homem mais velho da família e, como tal, tenho a palavra final sobre todos os assuntos relativos a Elloren; e quando eu morrer, será Rafe, não você, que terá a palavra final.

Minhas sobrancelhas se erguem abruptamente ao ouvir isso. Posso dizer que meu tio chegou ao limite se decidiu recorrer a *esse* argumento, um com o qual sei que ele não concorda. Ele está sempre reclamando do quanto a estrutura de poder gardneriana é injusta com as mulheres, e tem razão. Poucas das nossas mulheres têm magia de varinha, sendo minha poderosa avó uma rara exceção. Quase todos os nossos magos poderosos são homens, nossa magia passa com mais facilidade pela linhagem masculina. Isso faz de nossos homens os governantes do lar e da terra.

Mas tio Edwin acha que nosso povo leva isso longe demais: sem varinhas para as mulheres, exceto com a aprovação do Conselho; o controle absoluto de uma família é sempre dado ao homem mais velho; e a posição mais alta no governo, o cargo de alto mago, só pode ser ocupada por um homem. Além disso, existe o que é de longe o maior problema do meu tio: o vínculo do laço de varinha das mulheres em idades cada vez mais jovens.

–Você não poderá abrigá-la para sempre – insiste minha tia. – O que vai acontecer quando você morrer e todos os homens adequados já tiverem sido laçados?

– O que *vai* acontecer é que ela terá os meios para seguir o caminho que quiser.

Minha tia ri disso. Até a risada dela é graciosa. O som me faz pensar em uma linda cachoeira. Eu queria conseguir rir assim.

– E como, exatamente, ela vai "seguir o caminho que quiser"?

– Decidi mandá-la para a universidade.

Sem perceber, inspiro o máximo de ar que consigo e o mantenho ali, incapaz de expirar, chocada demais para me mexer. A pausa na conversa me diz que minha tia deve estar tendo a mesma reação.

Universidade Verpax. Com meus irmãos. Em um país completamente diferente. Um sonho que nunca imaginei que pudesse realizar.

– Mandá-la para *quê*? – pergunta minha tia, horrorizada.

– Para aprender o ofício de boticário.

Uma alegria vertiginosa e atordoante brota dentro de mim. Há anos venho implorando a tio Edwin para me enviar para a universidade, faminta por algo mais do que a nossa pequena biblioteca e as ervas caseiras. Eu sentia uma inveja assombrosa de Trystan e Rafe, que podem estudar lá.

Universidade Verpax. Na fervilhante capital de Verpácia. Com seus laboratórios de boticários e estufas. O lendário Ateneu Gardneriano transbordando de livros. Materiais de boticário fluindo para os mercados de Verpácia do leste ao oeste, já que o país é uma rota comercial importante.

Minha cabeça gira com as possibilidades emocionantes.

– Ah, tenha dó, Vyvian – meu tio argumenta. – Não fique tão ofendida. As ciências boticárias são um comércio respeitável para mulheres, e é compatível à natureza silenciosa e leitora de Elloren, mais do que o Conselho dos Magos poderia ser. A menina ama seus jardins, fazer medicamentos e assim por diante. Ela é muito boa nisso.

Segue-se um silêncio desconfortável.

–Você não me deixa alternativa a não ser tomar uma posição firme quanto ao assunto – diz tia Vyvian, com a voz baixa e severa. –Você está ciente que eu não posso colocar um florim para o dízimo da universidade de Elloren enquanto ela não tiver um laço.

– Eu imaginava que não – diz meu tio, com frieza. – É por isso que providenciei para que Elloren pagasse o dízimo trabalhando nas cozinhas.

– Isso não tem *precedente*! – exclama minha tia. Sua voz fica constrita e irritada. –Você criou essas crianças como se fossem camponeses kélticos – ela retruca –, e francamente, Edwin, é vergonhoso. Você esqueceu quem somos. *Nunca* ouvi falar de uma garota gardneriana, especialmente uma do status de Elloren, de uma família tão distinta, trabalhando em uma *cozinha*. Isso é trabalho para urisk, para kélticos, *não* para uma garota como Elloren. Seus colegas de universidade ficarão *estarrecidos*.

Tenho um sobressalto quando algo grande esbarra em mim. Eu me viro quando meu irmão mais velho, Rafe, se senta ao meu lado, sorrindo de orelha a orelha.

– Te assustei, irmãzinha?

Não consigo entender como alguém tão alto e robusto consegue se mover tão silenciosamente quanto um gato. Imagino que sua extraordinária furtividade venha de todo o tempo que ele passa vagando pela floresta e caçando. Está óbvio que ele acabou de voltar de uma caçada, o arco e a aljava estão apoiados sobre um ombro, e um ganso morto está pendurado de cabeça para baixo sobre o outro.

Eu lanço ao meu irmão um olhar severo e levanto um dedo para calá-lo. Tia Vyvian e tio Edwin retomaram a discussão sobre laço de varinha.

Rafe arqueia as sobrancelhas em curiosidade, ainda sorrindo, e inclina a cabeça em direção à janela.

– Ah – ele sussurra, cutucando o ombro no meu, em camaradagem. – Estão falando sobre o seu futuro romântico.

– Você perdeu a melhor parte – sussurro em resposta. – Antes, eles estavam falando sobre como você seria meu senhor e mestre quando o tio Edwin morrer.

Rafe ri.

– Sim, e vou começar meu domínio com punhos de aço obrigando você a fazer todas as minhas tarefas doméstica. *Especialmente* lavar louça.

Reviro os olhos para ele.

– E vou providenciar para que seu laço de varinha seja com Gareth. – Ele continua a me provocar.

Meus olhos se esbugalham e fico boquiaberta. Gareth, nosso bom amigo de infância, é como um irmão para mim. Não tenho nenhum interesse romântico nele.

– O quê? – Rafe ri. – Poderia ser bem pior, sabe. – Algo logo acima do meu ombro chama sua atenção, e seu sorriso se abre ainda mais. – Ah, olha quem está aqui. Olá, Gareth, Trystan.

Trystan e Gareth tinham dado a volta e estão se aproximando de nós. Gareth olha para mim, e logo fica vermelho, assumindo uma expressão submissa e constrangida.

Fico mortificada. Está óbvio que ele ouviu a provocação de Rafe.

Gareth é alguns anos mais velho que eu, tendo vinte anos; é largo e robusto, com olhos verde-escuros e cabelos pretos, como o restante de nós. Mas há uma diferença notável: seu cabelo preto tem um resquício de reflexos prateados, muito incomum em gardnerianos e visto por muitos como um sinal de sangue nada puro. O fato vem sendo fonte de provocações implacáveis durante toda a sua vida. "Vira-lata", "elfo" e "sangue de feérico" são apenas alguns dos nomes de que as outras crianças o chamavam. Filho de um capitão de navio, Gareth foi impassível ao suportar as provocações, e muitas vezes encontrou refúgio com seu pai no mar. Ou aqui, conosco.

Um rubor desconfortável aquece meu rosto. Eu amo Gareth como um irmão. Mas com certeza não quero ser laçada a ele.

– O que vocês estão fazendo? – meu irmão mais novo, Trystan, pergunta, confuso ao ver Rafe e a mim agachados sob a janela.

– Ouvindo escondido – sussurra Rafe, animado.

– Por quê?

– Elló está prestes a ser laçada – responde Rafe.

– Não estou, não – retruco, fazendo careta para Rafe, depois olho para Trystan, e uma felicidade vertiginosa brota em mim. Abro um sorriso. – Mas *estou* indo para a universidade.

Surpreso, Trystan arqueia uma sobrancelha.

– Você está brincando.

– Nem está – responde Rafe, jovial.

Trystan me olha com aprovação. Sei que meu irmão mais novo, quieto e estudioso, ama a universidade. Trystan é o único de nós com poder mágico, mas ele também é um talentoso fabricante de arcos e flechas. Com apenas dezesseis anos, já foi pré-aprovado na Guilda Gardneriana de Armas e foi aprendiz do exército.

– Isso é ótimo, Elló – diz Trystan. – Podemos fazer as refeições juntos.

Com falsa severidade, Rafe faz sinal para Trystan se calar e gesticula para a janela.

Para nos agradar, nosso irmão curva o corpo magro e se agacha. Parecendo pouco à vontade, Gareth faz o mesmo.

– Você está *errado*, Edwin. Você não pode mandá-la para a universidade sem antes fazer o laço de varinha. – O tom dominador da minha tia está começando a se desgastar.

– Por quê? – meu tio a desafia. – Os irmãos dela não foram laçados. E Elloren não é tola.

– Sage Gaffney também não era tola – adverte minha tia, com um tom sombrio. – Você sabe tão bem quanto eu que eles aceitam gente de toda laia lá: kélticos, meio-elfos... há até mesmo dois icarais este ano. Isso mesmo, Edwin, *icarais*.

Isso me faz olhar para cima. Demônios icarais! Frequentando a universidade? Como pode ser possível? Camponeses kélticos e meio-elfos são uma coisa, mas icarais! Alarmada, olho para Rafe, que simplesmente dá de ombros.

– Não é nenhuma surpresa, na verdade – comenta minha tia, com a voz enojada. – O Conselho Verpaciano está cheio de mestiços. Assim como a maior parte da hierarquia da universidade. Eles exigem um nível *absurdo* de integração e, francamente, é perigoso. – Ela solta um suspiro frustrado. – Marcus Vogel vai fazer a limpa assim que for nomeado alto mago.

– *Se*, Vyvian – rebate meu tio, de forma concisa. – Vogel pode não ganhar.

– Ah, ele vai ganhar – vangloria-se minha tia. – Ele está recebendo cada vez mais apoio.

– Eu não vejo mesmo o que isso tem a ver com a Elloren – meu tio comenta, inusitadamente severo.

– *Tem a ver com* a Elloren porque existe a possibilidade de ela ser atraída para uma aliança romântica *extremamente* inadequada, que poderia destruir seu futuro e refletir mal em toda a família. Agora, se ela estivesse em um *laço de varinha*, como quase todas as meninas gardnerianas de sua idade, ela poderia frequentar a universidade com segurança...

– Vyvian – meu tio insiste. – Já tomei minha decisão. Não vou mudar de ideia.

Silêncio.

– Muito bem. – Minha tia suspira em profunda desaprovação. – Posso ver que você está decidido no momento, mas pelo menos deixe-a passar as próximas semanas comigo. Faz todo o sentido, já que Valgard fica no caminho daqui para a universidade.

– Tudo bem. – Ele se rende, cansado.

– Bem – diz ela, com tom mais alegre –, estou feliz que *o assunto* tenha sido resolvido. Agora, se minha sobrinha e meus sobrinhos pudessem fazer a gentileza de parar de se agachar sob a janela e entrar para se juntar a nós... seria maravilhoso ver todo mundo.

Gareth, Trystan e eu temos um pequeno sobressalto.

Rafe se vira para mim, ergue as sobrancelhas e sorri.

CAPÍTULO DOIS
TIA VYVIAN

Os gêmeos Gaffney passam zunindo quando entro na cozinha, que agora está tomada por uma algazarra amigável.

Minha tia fica de costas para mim ao beijar Rafe em ambas as bochechas para cumprimentá-lo. Meu tio aperta a mão de Gareth, e os gêmeos estão praticamente pendurados em Trystan enquanto estendem seus brinquedos para ele inspecioná-los.

Minha tia solta Rafe, para de admirar o quanto ele ficou alto, e se vira para mim com um movimento fluido e gracioso.

Seu olhar se ilumina ao me ver, e ela congela. Seus olhos se arregalam como se ela tivesse ficado cara a cara com um fantasma.

O cômodo fica em silêncio conforme os outros voltam a atenção para nós, curiosos com o que está acontecendo. Apenas meu tio não parece confuso; sua expressão ficou estranhamente sombria e preocupada.

– Elloren – tia Vyvian solta, você cresceu e ficou a *cara* da sua avó.

É um belo elogio, e quero acreditar nisso. Minha avó não era apenas uma das magas mais poderosas do meu povo, ela também era considerada muito bonita.

– Obrigada – digo, com timidez.

Seus olhos vagam por minhas roupas simples e feitas em casa.

Se alguma vez houve alguém que parecesse deslocado em nossa pequena cozinha, essa pessoa era minha tia. Ela fica de pé ali, me estudando, em meio aos móveis surrados de madeira, com panelas e frigideiras soltando vapor em nosso fogão, e ramos de ervas secas pendendo do teto.

Ela parece um belo quadro pendurado no meio de uma barraca de feira.

Observo sua deslumbrante túnica preta, muitíssimo bem ajustada, que se derrama sobre uma saia longa e escura, a seda bordada com delicadas videiras intrincadas. Minha tia é a epítome absoluta do que uma mulher gardneriana deveria ser: cabelos pretos na altura da cintura, olhos verdes profundos e linhas pretas espiraladas do laço de varinha marcando suas mãos.

De repente, fico muitíssimo consciente do triste estado da minha própria aparência. Aos dezessete anos, sou alta e esguia, com os mesmos cabelos pretos e olhos verdes cor de floresta da minha tia, mas a semelhança termina aí. Estou usando túnica e saia de lã marrom disformes, sem maquiagem, já que não possuo nenhuma, meu cabelo está preso no coque bagunçado de sempre e meu rosto é formado por ângulos severos e pronunciados, não há linhas suaves e bonitas como as da minha tia.

Ela avança e me abraça, obviamente não tão consternada com minha aparência quanto eu. Ela beija minhas bochechas e dá um passo para trás. Suas mãos ainda seguram meus braços.

– Eu não consigo *acreditar* no quanto você se parece com *ela* – diz, fascinada. Seu olhar fica melancólico. – Eu gostaria que você pudesse tê-la conhecido, Elloren.

– Eu também – respondo, aquecida pela aprovação da minha tia.

Os olhos de tia Vyvian brilham de emoção.

– Ela era uma *grande* maga. A melhor de *todos* os tempos. É uma herança da qual se orgulhar.

Meu tio começa a se apressar pela cozinha, dispondo xícaras e pratos, fazendo-os tilintar um pouco alto demais ao colocá-los na mesa. Ele não olha para mim enquanto arma esse estardalhaço, e fico confusa com seu comportamento estranho. Gareth está congelado ao lado do fogão a lenha, com os braços musculosos cruzados, observando a mim e a minha tia com atenção.

– A senhora deve estar cansada da viagem – digo à tia Vyvian, sentindo-me nervosa e animada por estar em sua altiva presença. – Por que não se senta e descansa? Vou pegar alguns biscoitos para acompanhar o chá.

Tia Vyvian se junta a Rafe e Trystan à mesa, enquanto eu pego a comida, e tio Edwin serve o chá para todos.

– Elloren. – Minha tia faz uma pausa para saborear o chá. – Eu sei que você ouviu minha conversa com seu tio, e estou feliz por isso. O que você acha de se laçar antes de ir para a universidade?

– Veja, Vyvian – interrompe meu tio, quase deixando cair o bule –, não há sentido em puxar esse assunto. Eu disse que já tinha tomado minha decisão.

– Sim, sim, Edwin, mas não há mal nenhum em saber a opinião da menina, não é? O que você diz, Elloren? Você sabe que a maioria das moças da sua idade já têm um laço de varinha, ou estão prestes a ter.

Minhas bochechas ficam quentes.

– Eu, hã... nunca falamos muito disso. – Sinto inveja de Trystan e Rafe, sentados ali brincando com os gêmeos e seus bonecos. Por que essa conversa não é sobre Rafe? Ele tem dezenove anos!

– Bem – tia Vyvian dispara um olhar de desaprovação para o meu tio. – Está mais do que na hora de você *discutir* isso. Como você ouviu, eu a levarei comigo quando partir amanhã. Passaremos as próximas semanas juntas, e contarei tudo sobre o laço de varinhas e o que sei sobre a universidade. Também lhe serão providenciadas roupas novas enquanto estivermos em Valgard, e seus irmãos poderão nos visitar por um dia ou dois. O que você acha?

Partir amanhã. Para Valgard e para a universidade! A ideia de me aventurar para além da isolada Halfix faz ondas de animação me atingirem. Olho de relance para o meu tio, que está com uma expressão desconfortável no rosto e os lábios muito franzidos.

–Vou gostar muito, tia Vyvian – respondo, com educação, tentando manter a animação esmagadora sob controle.

Gareth me lança um olhar de advertência, e eu inclino a cabeça para ele, questionando.

Minha tia estreita os olhos para o rapaz.

– Gareth – ela diz, com tom agradável –, tive o privilégio de trabalhar com seu pai antes que ele se aposentasse do cargo como chefe da Guilda Marítima.

– Ele não se aposentou – corrige Gareth, com um desafio duro no tom. – Ele foi forçado a renunciar.

A cozinha fica em silêncio, até mesmo os gêmeos sentem a súbita tensão no ar. Meu tio chama a atenção de Gareth e move levemente a cabeça de um lado para o outro, como se pedisse cautela.

– Bem – diz minha tia, ainda sorrindo –, está óbvio que você não tem papas na língua. Talvez seja melhor deixar a conversa de política para aqueles de nós que terminaram os estudos.

– Eu tenho que ir – Gareth anuncia, com tom atravessado. Ele se vira para mim. – Elló, vou te ver quando você estiver em Valgard. Talvez eu possa te levar para velejar.

Minha tia me observa com atenção. Eu coro, percebendo a conclusão que ela deve estar tirando quanto à natureza do meu relacionamento com Gareth. Não quero responder com muito entusiasmo para não dar a impressão errada. Mas também não quero ferir os sentimentos dele.

– Tudo bem, eu te vejo lá – digo a Gareth –, mas talvez eu não tenha tempo para velejar.

Gareth lança um ressentido olhar de despedida para minha tia.

– Tudo bem, Elló. Talvez eu possa te levar para ver a minha família, pelo menos. Sei que meu pai adoraria ver você.

Olho de relance para a minha tia. Ela transparece calma enquanto toma seu chá, mas o canto de seu lábio se contrai com a menção do pai de Gareth.

– Eu vou amar – digo, com cautela. – Não o vejo há muito tempo.

– Combinado, então – diz Gareth, com o expressão tensa –, estou de saída.

Rafe se levanta para acompanhá-lo até a porta, as pernas de sua cadeira soltam um som estridente ao serem arrastadas pelo chão de madeira quando ele se afasta da mesa.

Trystan também se levanta, seguido pelo meu tio e os gêmeos, e todos os homens saem da cozinha. Eu me sento, sentindo-me constrangida.

Minha tia e eu estamos sozinhas.

Tranquila, ela bebe o chá enquanto me avalia com um olhar incisivo e inteligente.

– Gareth parece ter *bastante* interesse em você, minha querida – ela reflete.

Meu rosto volta a aquecer.

– Ah, não... não é isso – gaguejo. – Ele é só um amigo.

Minha tia se inclina para a frente e coloca uma mão graciosa sobre a minha.

–Você não é mais criança, Elloren. Cada vez mais, seu futuro será decidido pela companhia que mantém. – Ela me lança um olhar cheio de significados, depois se recosta e sua expressão fica mais suave. – Estou *tão* feliz que seu tio enfim caiu em si e está deixando você passar algum tempo comigo. Tenho vários rapazes que estou *muito* ansiosa para apresentar a você.

Mais tarde, depois do jantar, saio para levar as sobras para alimentar os poucos porcos que temos. Os dias estão ficando mais curtos, as sombras mais longas, o frio está se infiltrando com constância, e o sol é cada vez menos capaz de combatê-lo.

Antes, à luz do dia, a ideia de frequentar a universidade parecia uma aventura emocionante, mas à medida que a maré da noite vai se aproximando, começo a sentir a apreensão chegar com ela.

Por mais ansiosa que eu esteja para ver o mundo lá fora, há uma parte de mim que *gosta* da minha vida tranquila aqui com meu tio, cuidando dos jardins e dos animais, fazendo medicamentos simples, fabricando violinos, lendo, costurando.

Tão calmo. Tão seguro.

Olho para longe, para além do jardim onde os gêmeos estavam brincando, além dos campos e da propriedade dos Gaffney, passando pela extensa floresta, até as montanhas além; montanhas que pairam à distância e projetam sombras escuras sobre tudo conforme o sol se põe atrás delas.

E a floresta... a floresta selvagem.

Semicerro os olhos para a distância e percebo as formas curiosas de vários pássaros grandes e brancos voando, vindos da floresta. Eles são diferentes de qualquer pássaro que já vi, abanando as asas enormes com tanta leveza que parecem iridescentes.

Enquanto os observo, sou tomada por uma estranha sensação de mau agouro, como se a terra estivesse se movendo sob meus pés.

Por um momento, me esqueço da cesta de lavagem para os porcos que estou equilibrando no quadril, e alguns pedaços grandes de vegetais caem no chão com um baque surdo. Olho para baixo e me inclino para colocá-los de volta na cesta.

Quando me endireito novamente e procuro pelos estranhos pássaros brancos, eles não estão mais lá.

CAPÍTULO TRÊS

ADEUS

Naquela noite, estou no meu quarto tranquilo, suavemente iluminado pelo brilho delicado do candeeiro sobre a escrivaninha. Enquanto arrumo a bagagem, minha mão passa por uma sombra e paro a fim de observá-la.

Como todos os gardnerianos, minha pele lança um brilho fraco quando está no escuro. É a marca dos Primeiros Filhos, que nos foi legada pelo Ancião dos céus, marcando-nos como os legítimos proprietários da Therria.

Pelo menos é o que conta o nosso livro sagrado, *O Livro dos Antigos*.

O baú de viagem que tia Vyvian trouxe para mim está aberto sobre a cama. Ocorre a mim que nunca estive longe do meu tio por mais de um dia, não desde que viemos morar com ele quando eu tinha três anos, depois que nossos pais foram mortos na Guerra do Reino.

Foi um conflito sangrento que durou treze longos anos e terminou com a morte da minha avó em batalha. Mas foi uma guerra necessária, meu país sitiado estava sendo implacavelmente atacado e saqueado no início. Quando tudo terminou, Gardnéria estava aliada aos elfos alfsigr, e com dez vezes seu tamanho original. Era a nova e maior potência da região.

Tudo graças à minha avó, A Bruxa Negra.

Meu pai, Vale, era um soldado gardneriano de alto escalão, e minha mãe, Tessla, tinha ido visitá-lo quando as forças kélticas atacaram. Eles morreram juntos, e meu tio nos acolheu logo depois.

Minha pequena gata branca, Isabel, pula no meu baú e tenta puxar um fio da minha velha colcha de retalhos. Minha mãe a fez enquanto estava grávida de mim, a peça está ligada à única lembrança vívida que tenho dela. Quando me envolvo ali, posso ouvir de longe o som de sua voz cantando uma canção de ninar para mim, e quase sinto seus braços me embalando. Eu posso ter tido um dia péssimo, mas só me envolver nessa colcha me acalma como nenhuma outra coisa consegue.

É como se ela tivesse costurado seu amor diretamente no tecido macio.

Ao lado do baú está meu kit de boticário. Os frascos foram todos empilhados lá dentro com cuidado, as ferramentas estão presas e os medicamentos foram meticulosamente preparados. Herdei da minha mãe a afinidade por plantas medicinais e ervas. Ela era uma boticária talentosa, conhecida pelos tônicos criativos e elixires que ela mesma criou.

Ao lado dos suprimentos está o estojo aberto do meu violino, com a laca ambarina refletindo a luz do candeeiro. Passo os dedos ao longo da superfície lisa do instrumento.

Eu o fiz, e não me separaria dele por nada. Eu não *deveria* saber fazer violinos, já que as mulheres não são permitidas nas guildas dos artesãos de música. Meu tio hesitou em me ensinar, mas, com o passar do tempo, ele se tornou cada vez mais consciente do meu talento natural e cedeu.

Eu amo tudo o que envolve a fabricação de violinos. Minhas mãos sempre foram atraídas para a madeira, acalmadas por ela, e com um simples toque consigo dizer de qual tipo ela é, se a árvore era ou não saudável, e que som ela será capaz de transmitir. Eu posso me perder por horas a fio esculpindo, lixando, persuadindo a madeira a tomar as formas graciosas das peças do violino.

Às vezes, meu tio e eu tocamos juntos, especialmente à luz da lareira durante as noites de inverno.

Uma batida educada na moldura da porta interrompe meu devaneio, e eu me viro para ver meu tio de pé à porta.

– Atrapalho? – Seu rosto está gentil e mais suave do que o habitual sob a luz fraca e cálida. Há, no entanto, uma pontada de preocupação no que ele diz.

– Não – respondo, insegura. – Só estou terminando de arrumar o baú.

– Posso entrar? – ele pergunta, hesitante. Aceno com a cabeça e me sento na cama, que parece triste e estranha sem a colcha. Meu tio se acomoda ao meu lado.

– Imagino que você esteja bastante confusa – diz ele. – Sua tia mandou avisar há alguns meses que ela poderia nos fazer uma visita em algum momento, para discutir o seu futuro. Então comecei a fazer os arranjos com a universidade. Por via das dúvidas. Eu sabia que era possível que ela viesse te buscar algum dia, mas esperava que fosse só daqui a alguns anos, pelo menos.

– Por quê? – pergunto. Estou muitíssimo curiosa para saber a razão para tia Vyvian ter se interessado por mim tão de repente, e por que o tio Edwin está tão abalado com isso.

Ele torce as mãos entrelaçadas.

– Porque eu *não* acredito que o que sua tia quer para o seu futuro seja o melhor para você. – Ele faz uma pausa e solta um suspiro profundo. – Você sabe que amo você e seus irmãos tanto quanto se fossem meus próprios filhos.

Eu me inclino sobre o ombro dele. Seu colete de lã é áspero. Ele passa o braço ao meu redor, e alguns dos pelos rebeldes de sua barba desgrenhada fazem cócegas na minha bochecha.

– Tentei te dar abrigo e te proteger – ele continua falando –, e espero que seus pais, se estivessem aqui, entendessem por que tomei as decisões que tomei.

– Eu também te amo – digo, minha voz falha e meus olhos se enchem de lágrimas.

Eu queria me aventurar pelo mundo há tanto tempo, mas de repente percebo; vou ficar muito tempo sem meu tio e meu amado lar. Talvez só consiga voltar na primavera.

– Vamos lá, o que é isso? – ele pergunta, esfregando meu ombro para me reconfortar.

– É tudo tão *rápido.* – Fungo, segurando as lágrimas. – Eu quero ir, mas... Vou sentir saudades suas. E de Isabel também. – Isabel, talvez sentindo minha necessidade de conforto, pula no meu colo, e começa a ronronar e a amassar pãozinho.

E eu não quero que, comigo longe, você fique sozinho.

– Calma – diz meu tio, ao me abraçar com mais força. – Não chore. Vou cuidar muito bem de Isabel, e a verá em breve. Você estará de volta em um piscar de olhos, contando *várias* histórias de aventuras grandiosas.

Enxugo as lágrimas e me afasto para olhar para ele. Não entendo a pressa. Ele sempre relutou tanto para me deixar ir a qualquer lugar, sempre quis me manter aqui em casa. Por que essa decisão apressada de finalmente me deixar ir?

Talvez por estar vendo as perguntas em meus olhos, meu tio solta um suspiro profundo.

– Sua tia não pode forçar a questão do laço de varinha enquanto Rafe e eu estivermos aqui, mas ela *pode* forçar a questão dos estudos, a menos que eu escolha primeiro. Então estou escolhendo. Tenho alguns contatos no curso de boticário da universidade, então não foi difícil encontrar uma vaga para você.

– Por que o senhor não quer que eu seja aprendiz de tia Vyvian no Conselho do Alto Mago?

– Não combina com você – ele explica, com um balançar de cabeça. – Eu quero que se dedique a alguma coisa... – Ele hesita por um momento. – Alguma coisa mais *pacífica*.

Ele me lança um olhar cheio de significado, como se estivesse tentando transmitir uma esperança secreta e talvez um perigo tácito, então se abaixa para acariciar Isabel, que empurra a cabeça em sua mão, ronronando contente.

Olho para ele, confusa com aquela ênfase estranha.

– Se perguntarem – ele diz, concentrado na gata –, diga que eu já fiz a avaliação de varinhas, e você não tem magia.

– Eu sei, mas... Não me lembro.

– Não me surpreende – diz ele, distante, enquanto continua a acariciar a gata. – Você era muito pequena, e não foi muito memorável, porque você não tem magia.

Apenas Trystan tem magia, ao contrário da maioria dos gardnerianos, que não têm, ou têm pouca, na melhor das hipóteses. Trystan tem *muita* magia. E ele é treinado em magia de armas, o que é particularmente perigoso. Mas como meu tio não permite varinhas nem grimórios em casa, meu irmão nunca foi capaz de me mostrar o que pode fazer.

Os olhos de tio Edwin encontram os meus, e sua expressão fica sombria.

– Quero que me prometa, Elloren – diz ele, com tom estranhamente urgente. – Prometa que não vai deixar a escola para ser aprendiz no Conselho dos Magos, não importa o quanto sua tia a pressione.

Não entendo por que ele está tratando o assunto com tanta seriedade. Quero ser boticária como minha mãe foi, não aprendiz do nosso conselho governante. Faço que sim com a cabeça.

– E se algo acontecer comigo, você vai esperar para ter um laço de varinha com alguém. Vai terminar os estudos primeiro.

– Mas nada vai acontecer com o senhor.

– Não, não, não vai – diz ele, tranquilizador. – Mas me prometa mesmo assim.

Um temor já conhecido irradia dentro de mim. Todo mundo sabe que faz tempo que meu tio tem lutado com problemas de saúde, que ele é propenso à fadiga e a problemas nas articulações e pulmões. Meus irmãos e eu relutamos em falar disso. Ele tem sido um pai para nós há tanto tempo; o único que conseguimos lembrar. O pensamento de perdê-lo é horrível demais para sequer cogitar.

– Tudo bem – respondo. – Prometo. Vou esperar.

Ao ouvir essas palavras, parte da tensão abandona seu rosto. Ele dá tapinhas de aprovação no meu ombro e se levanta, as articulações estalam quando ele faz isso. Tio Edwin faz uma pausa e toca minha cabeça com carinho.

– Vá para a universidade – diz ele. – Aprenda o ofício de boticário. Depois volte para Halfix e pratique seu ofício aqui.

Parte da preocupação rastejante afasta as mãos frias de mim.

Isso me parece muito bom. E talvez eu conheça um rapaz. Quero ser laçada, algum dia. Talvez, depois disso, meu companheiro de laço e eu possamos nos estabelecer aqui em Halfix.

– Tudo bem – concordo, reforçando.

É repentino e inesperado, mas é exatamente o que desejei. Vai dar certo.

– Durma um pouco – ele me diz. – Você tem uma longa viagem pela frente.

– Certo – respondo. – Até de manhã.

– Boa noite. Durma bem.

Eu o observo sair, seu sorriso tímido e amigável é a última coisa que vejo antes de ele fechar a porta devagarinho.

CAPÍTULO QUATRO
A VARINHA BRANCA

Sou acordada por uma batida insistente na minha janela. Eu me sento de supetão da cama, olho para a janela e fico assustada ao ver um enorme pássaro branco pousado em um galho lá fora, olhando atentamente para mim.

Um dos pássaros que vi voando das montanhas.

Suas asas são tão brancas contra a luz azul que precede o amanhecer, que parecem de outro mundo.

Eu me arrasto para fora da cama para ver se consigo chegar perto do pássaro sem assustá-lo, mas não vou longe. Assim que perco o contato com a cama, ele abre silenciosamente as asas enormes e voa para fora da minha vista. Corro para a janela, fascinada.

Dali, ainda consigo vê-lo, olhando fixamente para mim, como se me chamasse para segui-lo.

Está do outro lado do campo, perto da longa cerca que separa nossa propriedade da dos Gaffney.

Eu me visto de qualquer jeito e corro lá para fora; no mesmo instante sou coberta pela estranha luz azul que cobre tudo, transformando a paisagem familiar em algo etéreo.

O pássaro ainda me encara.

Vou em direção a ele, o cenário de cores estranhas me faz sentir como se estivesse em um sonho.

Chego bem perto da criatura quando ela voa para longe de novo, passando pelo jardim, onde a cerca à minha esquerda desaparece brevemente devido à vegetação densa.

Sigo, percebendo a adrenalina me atravessar, como se eu fosse uma criança brincando de esconde-esconde. Faço uma curva e me deparo com uma pequena clareira, sinto um sobressalto de medo e quase disparo na direção oposta quando vejo o que está lá.

O pássaro branco, junto a outros dois, senta-se em um longo galho. Logo abaixo deles está uma figura espectral usando um manto preto, seu rosto está escondido nas sombras do capuz.

– Elloren. – A voz é familiar, o que me fez parar antes que começasse a correr. A compreensão de quem é aquela figura desaba sobre mim.

– Sage? – Estou espantada e confusa ao mesmo tempo, meu coração dispara por causa do abalo do medo.

Ela está em pé, logo atrás da cerca. Sage Gaffney, a filha mais velha do nosso vizinho.

Com cautela, eu me aproximo de sua figura imóvel, ciente dos pássaros vigilantes acima. À medida que me aproximo, começo a distinguir seu rosto na luz azul, a expressão macilenta e aterrorizada me assusta. Ela sempre foi uma menina agradável e de aparência saudável, uma estudante da universidade e filha de um dos homens mais ricos de Gardnéria. Sua família fervorosamente religiosa enlaçou-a aos treze anos a Tobias Vassilis, filho de uma família gardneriana benquista. Sage tinha tudo o que qualquer garota gardneriana poderia sonhar em ter.

Mas então ela desapareceu logo que ingressou na universidade. A família a procurou por mais de um ano, sem sucesso.

E, no entanto, aqui está ela, como se ressuscitasse dos mortos.

– O-Onde você esteve? – gaguejo. – Seus pais têm te procurado por *toda parte*...

– Mantenha a voz baixa, Elloren – ela ordena, com um olhar cheio de medo que dispara incansavelmente para todos os lados. Ela parece preparada para fugir, uma enorme bolsa de viagem pende de suas costas. Algo se move sob seu manto, algo que ela está carregando.

– O que tem embaixo do seu manto? – pergunto, aturdida.

– Meu filho – ela diz, erguendo o queixo de maneira desafiadora.

– Você e Tobias têm um filho?

– Não – ela me corrige, ríspida –, ele *não* é de Tobias – Ela diz o nome com tanta aversão que eu estremeço. E mantém a criança escondida.

– Você precisa de ajuda, Sage? – Mantenho minha voz baixa, não querendo assustá-la mais do que já está.

– Eu preciso te dar uma coisa – ela sussurra; em seguida, busca com a mão trêmula algo escondido sob o manto. Ela puxa uma varinha longa e branca que se ergue de uma base primorosamente esculpida, a ponta é tão clara que me lembra das asas dos pássaros. Mas meus olhos logo são desviados da varinha para a mão dela.

Está coberta de profundas e sangrentas marcas de chibata que seguem até o punho e desaparecem sob a manga do manto.

Arquejo de horror.

– Santo Ancião, o que aconteceu?

Por um breve momento, seus olhos são preenchidos pelo desespero, então voltam a endurecer, e um sorriso amargo se forma em sua boca.

– Eu não honrei meu laço de varinha – sussurra ela, com acidez.

Já ouvi histórias sobre as duras consequências de se quebrar um laço, mas *ver* isso…

– Elloren – ela implora, e o olhar de terror retorna. Sage empurra a varinha na minha direção como se estivesse tentando me convencer a pegá-la. – *Por favor.* Não tenho muito tempo! Devo dar isso a você. Ela *quer* ir até você.

– O que você quer dizer com ela *quer* vir até mim? – pergunto, confusa. – Sage, onde você conseguiu isso?

– Apenas *pegue-a*! – ela insiste. – É incrivelmente poderosa. E você não pode deixar que *eles* a peguem!

– Quem são *eles*?

– Os gardnerianos!

Solto um suspiro incrédulo.

– Sage, *nós somos* gardnerianos.

– *Por favor* – ela implora. – *Por favor*, pegue.

– Ah, Sage – digo, balançando a cabeça. – Não há nenhuma razão para eu ter uma varinha. Eu não tenho mágica…

– Não importa! *Eles* querem que você fique com ela! – Ela aponta com a varinha em direção aos três lá na árvore.

– Os pássaros?

– Eles não são simples pássaros! São *Sentinelas*. Aparecem em tempos de grande escuridão.

Nada disso faz sentido.

– Sage, venha para dentro comigo. – Tento soar o mais apaziguadora possível. – Vamos falar com meu tio…

– Não! – ela rosna, recuando. – Eu te disse, ela só quer *você*! – Sua expressão se torna desesperada. – É a *Varinha Branca*, Elloren.

Sinto a piedade me inundar.

– Ah, Sage, essa é uma história para crianças.

É um mito religioso, contado a todas as crianças gardnerianas. O Bem contra o Mal, a Varinha Branca contra a Varinha das Trevas. A Varinha Branca, uma força pura para o bem, indo em auxílio dos oprimidos e usada em antigas batalhas contra as forças demoníacas. Contra o poder da Varinha das Trevas.

– Não é só uma história – rebate Sage, com os dentes cerrados, seus olhos ficam descontrolados. – Você *tem* que acreditar em mim. Esta é *a Varinha Branca*. – Ela a ergue novamente e a empurra para mim.

Ela está louca, completamente louca. E também, tão agitada, que quero acalmar seus medos. Cedendo, estendo a mão e pego a varinha.

A madeira clara do cabo é lisa e fria ao toque, estranhamente desprovida de qualquer sentido de sua árvore de origem. Eu a deslizo para baixo da minha capa e a guardo em um bolso.

No mesmo instante, Sage parece ficar aliviada, como se um fardo pesado tivesse sido levantado.

Um movimento à distância chama minha atenção, bem onde a floresta começa. Duas figuras sombrias a cavalo surgem e desaparecem tão rápido que me pergunto se é algum jogo de luz. Há tantas sombras estranhas e escuras a essa hora da manhã. Olho para cima e procuro pelos pássaros brancos, e tenho que piscar duas vezes para ter certeza de que não estou vendo coisas. Eles se foram. Sem nenhum som ao partir. Dou uma volta completa, procurando por eles, mas não estão em lugar nenhum.

– Eles se foram, Elloren – Sage diz, com os olhos mais uma vez apreensivos examinando ao redor como se pressentissem alguma desgraça iminente. Ela agarra meu braço com força, e as unhas cravam em minha pele.

– Mantenha isso em segredo, Elloren! Prometa para mim!

– Certo – concordo, querendo tranquilizá-la. – Eu prometo.

Sage solta um suspiro profundo e me solta.

– Obrigada. – E olha na direção do meu chalé. – Eu tenho que ir.

– Espere – rogo a ela. – Não vá. O que quer que esteja acontecendo... eu quero te ajudar.

Ela me olha com tristeza, como se eu fosse desalentadoramente ingênua.

– Eles querem meu bebê, Elloren – conta, com a voz embargada, e uma lágrima escorre por seu rosto.

Seu bebê?

– *Quem* quer o seu bebê?

Sage enxuga os olhos com as costas da mão trêmula e desfigurada e lança um olhar de soslaio para minha casa.

– *Eles* querem! – Ela olha para trás e lança um olhar de dor para a própria casa. – Eu gostaria... eu gostaria de conseguir explicar para minha família o que está acontecendo. Para fazê-los *enxergar*. Mas eles *acreditam*. – Sua careta se aprofunda e ela fixa o olhar em mim. – O Conselho está vindo atrás dele, Elloren. Pensam que ele é Maligno. É por isso que sua tia está aqui.

– Não, Sage – insisto. – Ela está aqui para falar comigo sobre o laço de varinha.

Ela balança a cabeça com veemência.

– Não. Eles estão vindo pegar o meu bebê. E eu tenho que ir embora antes que cheguem aqui. – Ela desvia o olhar por um momento, como se estivesse tentando se recompor em seu desespero. Esconde a mão sob o manto e embala o pequeno pacotinho lá dentro. Eu me pergunto por que ela não me deixa vê-lo.

Estendo a mão para tocar seu braço.

– Você está imaginando tudo isso, Sage. Não tem como alguém querer machucar o seu bebê.

Ela me encara com raiva e frustração, então balança a cabeça como se estivesse resignada à loucura.

– Adeus, Elloren – ela diz, como se sentisse pena de mim. – Boa sorte.

– Espere… – imploro, quando ela começa a caminhar ao longo da cerca, indo na direção da imensa floresta. Sigo seu passo rápido, mas há uma cerca nos separando. Eu me inclino sobre ela para alcançar a garota que se afasta, mas suas costas vão sumindo à distância, e uma figura sombria e fantasmagórica abre caminho através da última névoa da manhã.

As árvores a engolem em sua escuridão assim que o sol nasce, transformando o misterioso mundo de sonho azul do início da manhã no mundo claro e iluminado pelo sol do dia.

Meus dedos procuram pela varinha debaixo da capa, meio que esperando que ela tenha sumido, esperando descobrir que eu estava sonâmbula e imaginei tudo isso. Mas eu a sinto, suave e reta e muito real.

Corro de volta para casa, conforme a luz do sol vai ganhando força.

Abalada, estou desesperada para encontrar tio Edwin. Ele saberá o que fazer, sem dúvida.

Ao contornar as árvores, fico surpresa ao ver tia Vyvian parada na porta me observando, com expressão ilegível.

Um marulho de apreensão me inunda ao vê-la, e logo diminuo o passo, lutando para me manter inexpressiva, como se estivesse voltando de um passeio matinal monótono. Mas minha mente é um tumulto.

Aquelas marcas nas mãos de Sage… eram tão horríveis. Talvez ela esteja certa. Talvez o Conselho esteja planejando levar seu bebê…

Conforme me aproximo, tia Vyvian inclina a cabeça e me olha pensativa.

– Terminou de arrumar as suas coisas? – ela pergunta. – Estamos prontos para ir.

Desajeitada, paro diante dela, incapaz de seguir em frente, pois ela está bloqueando a porta.

– Sim, terminei. – Estou profundamente ciente da varinha, e minha mão é atraída para ela de maneira involuntária.

Os olhos da minha tia se desviam ligeiramente para a fazenda dos Gaffney.

– Você visitou Sage Gaffney? – Seu rosto é receptivo, convidando-me a confiar nela.

O choque me atravessa. Como ela sabe que Sage está aqui?

Olho para trás, em direção à floresta, e meu coração bate com força no peito. Sage estava certa. Tia Vyvian não está aqui só por causa de mim. Também está aqui por Sage. Mas ela nunca faria mal a um bebê, não é?

Tia Vyvian suspira.

– Está tudo bem, Elloren. Sei que ela está aqui e percebo que deve ser terrivelmente perturbador vê-la. Ela está… muito transtornada. Estamos tentando ajudá-la, mas... – Ela balança a cabeça com tristeza. – Como ela está? – Seu tom é de preocupação maternal. Parte da minha tensão diminui.

– Terrivelmente assustada. – As palavras escapam. – O bebê. Ela acha que alguém quer machucá-lo. Que alguém do Conselho está vindo para tirá-lo dela.

Minha tia não parece surpresa com isso. Ela me encara com aquele olhar que os adultos usam quando estão prestes a revelar a uma criança algum fato infeliz e perturbador da vida.

– O Conselho *está* vindo para assumir a custódia da criança.

Pisco, chocada.

Tia Vyvian apoia uma mão reconfortante no meu ombro.

– A criança é deformada, Elloren. Precisa de cuidados médicos e muito mais assistência.

– O que tem de errado com o bebê? – Arquejo, quase sem querer saber.

Tia Vyvian procura meus olhos, hesitante em me dizer o que sei que será algo monstruoso.

– Elloren – ela explica, com seriedade –, Sage deu à luz um icaral.

Eu recuo com a palavra. *Não! Não pode ser.* É horrível demais de se imaginar. Um dos Malignos Alados, é como dar à luz um demônio grotesco. Não é de surpreender que Sage não tenha me deixado ver a criança.

O baque surdo de cascos de cavalos soa à distância, e vejo outra carruagem do Conselho dos Magos contornar as colinas e descer o vale em direção à propriedade dos Gaffney. Ela é escoltada por oito soldados gardnerianos a cavalo.

– É possível ajudar a criança? – Minha voz sai em um sussurro chocado enquanto observo a carruagem e os soldados se aproximarem do chalé.

– O Conselho vai tentar, Elloren. – Minha tia me tranquiliza. – As asas da criatura serão removidas, e um padre mago fará tudo o que puder para tentar salvar a alma perversa da criança. – Ela faz uma pausa e me olha com curiosidade. – O que mais Sage te disse?

É uma pergunta simples, mas algo me impede de responder, algum medo amorfo. E Sage já tem problemas suficientes.

Está claro que ela roubou a varinha. Não é possível que seja a do mito que ela imagina ser, mas está óbvio que é cara. Talvez pertença a Tobias.

Vou esperar até que tudo se acalme para encontrar uma maneira de devolvê-la a ele. E não menciono que Sage fugiu para a floresta; tenho certeza de que o Conselho logo a encontrará.

– Ela não disse muito mais – minto. – Só o que eu contei.

Minha tia acena em aprovação e solta um breve suspiro.

– Bem, então chega disso. Temos uma longa jornada pela frente.

Tento abrir um sorrisinho resignado em resposta, e enterro o segredo de Sage bem fundo em mim, assim como minha culpa por guardá-lo.

CAPÍTULO CINCO
A SELKIE

Olho pela janela da enorme carruagem da minha tia conforme o cenário muda gradualmente de floresta intercalada por terras agrícolas para cidades pequenas com mais tráfego de cavalos. Estamos uma de frente para a outra, acomodadas em assentos forrados de seda verde, com as janelas aos nossos lados. Um cordão vermelho de borla pende do teto, e pode ser puxado para chamar a atenção do condutor.

Nervosa, passo os dedos pela madeira polida que contorna meu assento, seu toque suave me acalma. Uma imagem de sua árvore de origem preenche a minha mente: folhas delicadas e pontiagudas brilhando douradas à luz do sol.

Bordo estrelado.

Respiro fundo e deixo a árvore me ancorar.

Durante toda a manhã e boa parte da tarde, minha tia, com o auxílio de uma mesinha que se desdobra da parede, cuida em silêncio da documentação do Conselho dos Magos.

Ela é a única mulher que já fez parte do nosso governo. É uma dos doze magos lá, sem contar o alto mago. É preciso ser importante para fazer parte do Conselho dos Magos, e ele geralmente é composto por sacerdotes poderosos ou líderes das guildas, como Warren Gaffney, que é o chefe da Guilda Agrícola. Mas tia Vyvian tem um status especialmente elevado, por ser filha da Bruxa Negra.

Ela mergulha a pena em um tinteiro com uma batida distinta, sua letra é graciosa como a de um calígrafo profissional.

Ela olha para cima e sorri para mim, então termina a página em que está trabalhando e a coloca em uma grande pasta de couro preto de aparência importante, com o *M* dourado do Conselho gravado na frente. Depois de limpar a mesa, ela a dobra de volta na parede, alisa as saias e volta a atenção para mim.

– Bem, Elloren – ela começa, com tom agradável –, faz muito tempo desde que nos vimos, e mais tempo ainda desde que tivemos a chance de conversar. Eu lamento de verdade que seu tio tenha deixado tudo para o último minuto desse jeito. Deve ser muito confuso para você, e suspeito que tenha algumas perguntas.

Pondero. As mãos deformadas de Sage têm posição de destaque na minha mente.

– Quando vi Sage hoje de manhã – começo, hesitante –, as mãos dela estavam feridas… de um jeito horrível.

Minha tia parece um pouco surpresa. Ela suspira fundo.

– Elloren – diz ela, com expressão solene –, Sage deixou seu companheiro de laço e fugiu com um kéltico.

Uma onda de choque me percorre. Os kélticos mataram meus pais. Oprimiram meu povo por gerações. Como poderia a gentil e bondosa Sage ter fugido com… um kéltico?

A testa de minha tia franze em solidariedade.

– Eu sei que deve ser difícil para você, já que era amiga dela, mas o laço de varinha é um compromisso *sagrado*, e quebrá-lo tem consequências sérias. – Seu rosto se suaviza quando ela vê minha preocupação. – Não se desespere, Elloren – ela diz, para me reconfortar. – Ainda há esperança. Tobias está disposto a aceitar Sage de volta, e pode haver esperança para o filho dela também. O Ancião é cheio de compaixão quando nos arrependemos de verdade e imploramos por perdão.

Lembro-me da postura desafiadora de Sage e acho altamente improvável que ela implore pelo perdão de alguém, muito menos o de Tobias. Escondi a varinha branca de Sage dentro do forro do meu baú de viagem, então pelo menos ter a posse de uma varinha roubada não será adicionado aos terríveis problemas dela.

– Não dói estar em um laço, dói? – pergunto a tia Vyvian, preocupada.

Minha tia ri e se inclina para a frente para acariciar minha mão.

– Não, Elloren. Não é nada doloroso! O sacerdote simplesmente faz o casal dar as mãos antes de agitar a varinha sobre eles e recitar algumas palavras. Não é algo que se sinta, embora deixe uma marca na mão, como já viu antes. – Minha tia estende a dela, que está marcada com graciosas espirais pretas que se estendem até o punho.

Ao contrário do meu tio, que nunca se casou, a maioria dos adultos gardnerianos tem alguma variação dessas marcas em suas mãos e punho, o desenho único para cada casal é influenciado de acordo com suas linhas de afinidade de mago. Os dela são muito bonitos; inalterados pelo tempo e pela morte de seu companheiro na Guerra do Reino.

– Não deixe a infeliz situação de Sage afetar sua opinião sobre o laço de varinha – minha tia adverte. – Ele é um belo sacramento, destinado a nos manter puros e castos. A atração dos Malignos é forte, Elloren. O laço de varinha ajuda jovens como você a permanecer no caminho da virtude. É uma das muitas coisas que nos diferencia das raças heréticas ao nosso redor.

– Ela move as duas mãos na minha direção, com as palmas voltadas para cima. – É por *isso* que eu gostaria de ver você se laçar a alguém que ache interessante, alguém que seria certo para você. Vou dar uma festa no fim de semana, enquanto você estiver em Valgard. Avise-me se houver algum jovem que chame a sua atenção. – Minha tia sorri para mim de forma conspiratória.

Um anseio inebriante me atravessa.

E se eu conhecer um jovem de quem gosto na festa da minha tia? Ele me convidaria para dançar? Ou para passear em um lindo jardim? Há uma escassez de rapazes não laçados em Halfix, e nenhum deles atraiu meu interesse. Conhecer um jovem em Valgard é um perspectiva emocionante, e passo um bom tempo sonhando com isso.

Levamos vários dias para chegar a Valgard, e paramos com frequência para trocar os cavalos, esticar as pernas e dormir em estabelecimentos suntuosos. Minha tia escolhe apenas as melhores pousadas: comida deliciosa trazida para o quarto, flores frescas enfeitando as mesas e roupa de cama macia com enchimento de pena.

Ao longo das refeições e durante os extensos trechos de carruagem, tia Vyvian me conta sobre as pessoas que convidou para a festa: os vários rapazes, juntamente a suas respectivas realizações e conexões familiares, bem como as moças que vou conhecer e a quem elas foram laçadas. Ela também fala de suas esperanças quanto à ascensão de Marcus Vogel a alto mago, nosso mais alto nível de governo. Nosso atual alto mago, Aldus Worthin, é idoso e se prepara para se afastar na primavera.

O nome de Marcus Vogel chama minha atenção. Lembro-me de uma conversa que meu irmão Rafe teve recentemente com tio Edwin sobre ele. Para nossa surpresa, meu tio foi estridente ao dispensar a ideia de Vogel como líder, chamando-o de "fanático raivoso".

– Metade do Conselho ainda apoia Phinneas Callnan para ser o próximo alto mago – conta tia Vyvian, contrariada. – Mas lhe falta determinação. Ele esqueceu a própria fé e como quase fomos destruídos como povo. – Ela balança a cabeça em desaprovação. – Se dependesse dele, suspeito que todos nós seríamos escravos de novo, ou mestiços – Ela dá um tapinha na minha mão como se eu precisasse de consolo nesse ponto. – Não importa, Elloren. O referendo será na primavera, e os apoiadores de Vogel só aumentam a cada dia.

Embora suas palavras duras me deixem desconfortável, me vejo caindo sob o feitiço da simpatia de tia Vyvian, e ela se alegra em resposta à minha atenção extasiada. Ela é uma companheira de viagem maravilhosa, charmosa e vivaz. E pinta imagens tão vívidas de cada pessoa que descreve que imagino que poderei reconhecê-las assim que as vir.

Ela parece gostar particularmente de um jovem chamado Lukas Grey, um poderoso mago de nível cinco e estrela em ascensão do exército gardneriano.

– Ele é o filho do alto comandante da Guarda dos Magos – ela me diz, enquanto seguimos caminho. A vista espetacular do mar Vóltico está à minha direita, e o sol do fim da tarde reluz em suas ondas. – *E* ele é um dos melhores alunos da universidade.

– O que ele estudou? – pergunto, curiosa.

– História militar e línguas – ela conta, exultante.

Pela maneira como seus olhos brilham quando fala do rapaz, consigo perceber que ele é sua primeira escolha de parceiro de laço para mim. Ouço, duvidando que esse jovem tão procurado vá poupar sequer um olhar para uma garota tímida de Halfix. Ainda assim, é divertido ouvir suas descrições entusiásticas.

– Ele concluiu os estudos há apenas três anos e *já é* primeiro-tenente – ela tagarela, alegre. – Dizem que dentro de um ano Lukas Grey pode ser o comandante mais jovem da história da Guarda.

Minha tia passa muito tempo tagarelando sobre Lukas e vários outros rapazes. Enquanto ela fala, olho pela janela e observo a paisagem passar. Aos poucos, as construções das cidades por onde passamos vão ficando mais altas, grandiosas e próximos uns dos outros, e as lanternas são acesas para dar as boas-vindas ao crepúsculo. Nosso progresso agora é atrasado pelo tráfego pesado de carruagens e cavalos. Subimos uma colina, passamos por uma área arborizada e, então, de repente, diante de nós há um vale inclinado que leva direto a Valgard, a capital de Gardnéria.

Como uma elegante fivela de capa, a brilhante Valgard circunda a baía de Malthorin. Um pôr do sol glorioso ilumina o oceano além e banha tudo nas cores ricas de um fogo bem alimentado. Navios minúsculos pontilham a água. As docas de Valgard lembram a metade curva de uma longa espinha de peixe.

Mal consigo respirar enquanto absorvo tudo aquilo, a cidade brilhando à luz fraca, pontos de iluminação brotando por toda parte, como vaga-lumes despertos. Nossa carruagem serpenteia ao descer o vale e, em pouco tempo, estamos no coração da capital.

Abro a janela da carruagem e encaro.

Construções feitas com uma luxuosa madeira escura de pau-ferro se erguem ao meu redor, os andares superiores um pouco mais largos sustentados por colunas de ébano ricamente esculpidas. Treliças rebuscadas cor de esmeralda espessas com videiras exuberantes e floridas fluem sobre os telhados e descem pelas laterais.

Fecho os olhos e inalo o cheiro pungente do pau-ferro. É tradição que nossas casas sejam feitas dessa madeira e decoradas com formas que se assemelhem a florestas e árvores, um símbolo de quando o Ancião criou o meu povo a partir das sementes dessa árvore sagrada, dando-nos domínio sobre as árvores e a vida selvagem.

Passamos por um restaurante ao ar livre, com mesas espalhadas por um passeio cercado de árvores frutíferas decorativas, tudo iluminado por lanternas em formato de diamante. O aroma delicioso da comida invade a carruagem: cordeiro assado, peixe salteado, travessas de batatas com ervas.

Uma pequena orquestra toca sob uma ameixeira.

Eu me viro para minha tia, tocada pela bela música. Nunca ouvi uma orquestra antes.

– É a sinfônica de Valgard?

Tia Vyvian ri.

– Céus, não, Elloren. São funcionários do restaurante. – Ela me encara, com ponderação divertida. – Gostaria de ver a orquestra enquanto estiver aqui?

– Ah, sim – eu ofego.

Há uma variedade infinita de lojas, cafés e mercados. Nunca vi tantos gardnerianos juntos. As vestes uniformemente escuras dão um ar de elegância e gravidade à sua aparência; e as túnicas de seda preta das mulheres são realçadas por pedras brilhantes. Sei que está escrito em nosso livro sagrado que devemos usar as cores da noite para lembrar nossa longa história de opressão, mas é difícil guardar pensamentos tão melancólicos enquanto olho ao redor. É tudo maravilhosamente grandioso. Sou tomada por uma empolgação inebriante, assim como pelo desejo de fazer parte de tudo isso. Olho para minhas roupas simples de lã marrom-escura e me pergunto como seria vestir algo elegante.

A carruagem dá uma guinada, e fazemos uma curva brusca para a direita conforme seguimos por uma rua estreita e escura. Ali as construções não são tão bonitas quanto as da via principal, e é misteriosamente difícil enxergar através das vitrines das lojas, a iluminação pública é de um vermelho melancólico.

– Pedi para o condutor pegar um atalho – explica minha tia, enquanto folheia mais papéis do Conselho. A lumepedra dourada dentro da lamparina da carruagem brilha mais em resposta à escuridão lá fora.

Fico maravilhada com a rica luz sobrenatural. Lumepedras élficas são incrivelmente caras, e a dourada é a mais rara de todas. Eu só vi lumepedras verde-escuras nos postes externos dos Gaffney em Halfix.

Tia Vyvian solta um suspiro e abaixa um dos anteparos da janela.

– Esta não é a melhor parte da cidade, Elloren, mas economizará bastante tempo em nosso trajeto. Sugiro que feche a janela. Não é uma área atraente. Francamente, deveria demolir e reconstruir tudo.

Inclino-me para a frente para abaixar o anteparo e fechar a janela quando a carruagem diminui a velocidade até parar. Desde que chegamos à cidade, o ritmo tem sido intermitente por causa do tráfego intenso nas ruas.

Uma fração de segundo antes de eu estar prestes a puxar a corda, algo atinge a janela com um baque alto: uma asa de um pássaro branco, que aparece e some tão rápido que juro ter imaginado. Pressiono o rosto na janela e tento localizar a ave.

Eles não são simples pássaros, são Sentinelas! As palavras de Sage ecoam na minha cabeça.

E é então que a vejo: uma jovem a poucos metros de mim.

Ela é, de longe, a pessoa mais bonita que já vi, mesmo vestida com uma simples túnica branca. Seu longo cabelo prateado brilha como o sol refletindo em uma cachoeira e se derrama sobre uma pele translúcida tão pálida que é quase azul. Ela tem um corpo ágil e gracioso, suas pernas estão dobradas para o lado, e o peso é sustentado por braços esguios e brancos como alabastro.

Mas seus olhos são o que há de mais fascinante. São enormes e cinzentos como um mar tempestuoso. E estão preenchidos por um terror descontrolado.

Ela está em uma gaiola. Uma gaiola de verdade, trancada, grande o suficiente apenas para ela se sentar, não dá para ficar de pé, e que está sobre uma mesa. Dois homens a olham enquanto conversam em particular. Do outro lado da jaula, dois meninos cutucam as costelas dela com uma vara longa e afiada, tentando fazê-la reagir.

Ela nem parece registrar que eles estão lá. Está olhando direto para *mim*, seus olhos estão fixos nos meus. Há no seu olhar um medo tão primitivo que me sobressalto com a pura força dele, meu coração dispara.

A mulher se projeta para a frente, agarra as barras à sua frente com toda a força e abre a boca. Minha cabeça recua de surpresa quando fileiras delgadas de fendas prateadas em ambos os lados da base de seu pescoço se abrem, e a pele incha ao redor delas.

Ancião do Céu, ela tem *guelras*!

A mulher solta um coaxar agudo e ensurdecedor, algo que nunca ouvi na vida. Não faço ideia do que ela está tentando gritar nem do que aconteceu com sua voz, mas, ainda assim, seu significado é claro. Ela está clamando por minha ajuda.

Os homens se sobressaltam com o som, tapam as orelhas com as mãos e lhe lançam um olhar de aborrecimento. Os meninos riem, talvez pensando que a fizeram chorar. Eles enfiam o bastão nela de novo, desta vez com mais força. Mais uma vez, ela nem se encolhe. Apenas mantém os olhos fixos nos meus.

Os meus disparam para a placa da fachada acima dela. *Pérolas do Oceano*, lê-se. De repente, a carruagem avança e ela desaparece.

– Tia Vyvian – grito, com a voz tensa e estridente –, tinha uma *mulher*! Com... *guelras*! Em uma *jaula*! – Aponto para a janela do lado onde ela estava; meu está coração disparado.

Com uma expressão de leve desgosto, minha tia dá uma olhada rápida na direção da janela.

– Sim, Elloren – diz ela, suspirando. – Foi difícil não ouvir os guinchos.

– Mas, mas... *o que*... – Mal consigo pronunciar as palavras.

– Selkies, Elloren, ela é uma selkie – tia Vyvian me interrompe, fica claro que não quer mais discutir o assunto.

Estou atordoada com sua indiferença.

– Ela estava em uma *jaula*! – Aponto de novo para a janela, ainda sem acreditar no que acabei de ver.

– Nem tudo é o que aparenta ser, Elloren – diz ela, severa. – Você terá de aprender isso se quiser fazer parte do mundo maior – Ela olha para mim e estuda meu rosto consternado, talvez percebendo que uma explicação mais longa é inevitável. – Elas podem parecer humanas, Elloren, mas não são.

Os olhos extremamente humanos e aterrorizados da jovem estão gravados em minha mente.

– O que são? – pergunto, ainda abalada.

– São focas. Focas muito ferozes, diga-se de passagem. – Minha tia faz uma pausa para se recostar nas almofadas bordadas com esmero. – Há muito tempo, as selkies foram encantadas por uma bruxa do mar. Toda lua cheia elas chegam ao litoral em algum ponto da costa, saem de sua pele de foca e emergem em forma humana. Por muitos anos, causaram um estrago imenso, atacavam marinheiros e destruíam navios. Era terrível.

– Mas ela parecia tão frágil.

– Ah, é como eu disse. As aparências podem enganar. Selkies, de posse de suas peles, são mais fortes que o mago mais poderoso e, como a maioria das focas, são predadores muito perigosos.

– E sem suas peles?

– Muito bem, Elloren – Minha tia parece satisfeita. – Você foi direto ao ponto. Sem suas peles, podem ser facilmente controladas.

– Por quê?

– Porque perdem a força e não podem se transformar de volta se não tiverem as peles. E, assim, não podem voltar ao oceano. Por serem animais selvagens, não importa quanto tempo sejam mantidos em forma humana, desejam com desespero voltar para sua casa no oceano. Não são humanos, Elloren. É apenas uma ilusão. Não deixe que isso a perturbe.

– Mas por que ela estava em uma jaula?

Minha tia faz careta com a minha pergunta, como se tivesse detectado um odor desagradável.

– Algumas pessoas gostam de mantê-las... como animais de estimação.

Examino seu rosto. Ela não está olhando para mim. Ela agora está olhando para a janela, com impaciência.

– Ela... ela parecia tão *apavorada* – eu digo, perturbada.

A expressão de minha tia se suaviza.

– Bem, animais selvagens enjaulados nunca são uma visão agradável. Sou absoluta e totalmente contra o comércio de selkies e estou fazendo tudo o que posso para acabar com a prática. – Ela dá um tapinha tranquilizador na minha mão.

Sinto um certo alívio tomar conta de mim.

– Existem maneiras melhores e mais humanas de lidar com selkies sem precisar mantê-las em gaiolas, forçando-as a... agir como humanas – pensativa, ela explica conforme abre os dedos de uma mão na frente de si mesma e examina suas lindas unhas.

Fico tão feliz por ela pensar assim. Sei que meus irmãos concordariam. Eles são muitíssimo contrários ao abuso de animais. Rafe, especialmente, já que odeia ver animais selvagens confinados ou acorrentados de forma cruel.

– Então a senhora vai ajudá-la? – insisto.

– Sim, sim, Elloren. Claro que eu vou. – Impaciente, minha tia ajeita os punhos das mangas da blusa. – Assim que Marcus Vogel se tornar alto mago, será possível acabar com esse tipo de coisa.

Tento me consolar com isso, mas é tudo muito perturbador.

Ela volta o olhar para mim.

– Mas sinceramente, Elloren, não trouxe você aqui para falar sobre a vida selvagem local. Há tantos assuntos mais agradáveis de que falar.

Aceno em silêncio enquanto minha tia aponta suas lojas favoritas e marcos históricos, mas o rosto da selkie permanece fresco em minha mente, e não consigo me livrar do frio que agora sinto durante resto do percurso.

CAPÍTULO SEIS
VALGARD

Sob o brilho do céu cravejado de estrelas, chegamos. A carruagem vai em direção à casa de três andares de tia Vyvian com suas janelas em arco iluminadas em dourado e uma ampla escadaria de madeira escura se derrama em nossa direção, dando as boas-vindas.

Jardins exuberantes se estendem ao longo da via arqueada da entrada, e respiro seu perfume inebriante e doce conforme a carruagem diminui a velocidade. As árvores de pau-ferro estão repletas de flores-de-ferro brilhantes que projetam na estrada sua leve luminescência azul.

O veículo desliza até parar com suavidade.

Duas serviçais urisk estão de pé de cada lado da porta da carruagem quando eu saio. Seus cabelos lisos e cor de violeta estão atados em tranças bem-feitas, suas orelhas são pontudas e a pele tem o tom mais claro de lavanda próprio da classe alta urisk. A coloração delas é nova para mim; os únicos urisk que já vi são os que trabalham na fazenda dos Gaffney. Aquelas mulheres têm pele, cabelos e olhos branco-rosados da classe mais baixa dos urisk, tão pálidas que quase poderiam se passar por elfos alfsigr, não fosse pelo leve brilho cor-de-rosa da pele e dos cabelos. O uniforme de linho dessas mulheres da classe alta são túnicas branco-neve muito bem engomadas sobrepondo longas saias cinzentas. A expressão delas é neutra.

Subitamente constrangida, agarro a lã áspera da bainha da minha túnica. *Estou mais maltrapilha que as criadas*. Curvo o pescoço para trás, maravilhada com a altura da casa e, apreensiva, engulo em seco, sentindo-me pequena e insignificante diante de tal grandeza.

A mansão de tia Vyvian segue a mesma arquitetura que vi em Valgard: uma construção de vários andares que se assoma esculpida em pau-ferro, com andares mais amplos e altos sustentados por colunas curvas de madeira, e o telhado é encimado por amplos jardins e vários vasos de árvores, com trepadeiras de todas as variedades se derramando pelas laterais.

Igual a uma árvore gigante.

A casa fica em um terreno elevado com uma vista panorâmica do oceano ao fundo e da cintilante Valgard e da baía de Malthorin na lateral.

É tão lindo.

Inebriada pela expectativa, sigo tia Vyvian de perto enquanto ela sobe as escadas. As portas duplas são abertas para nós por mais dois servos urisk.

Ela se mantém tão elegantemente ereta que, mesmo sem pensar, ajusto a postura e me apresso para acompanhá-la. Eu me pergunto como ela consegue andar com tanta confiança e graça sobre aqueles saltos finos e altos, com as saias balançando em torno dos pés.

Eu provavelmente cairia de cara usando sapatos como esses.

Nos meus pés estão botas resistentes feitas para jardinagem e o cuidado do gado. Em segredo, espero poder experimentar sapatos femininos como os dela.

Paramos no saguão mais bonito em que já estive: mesas postas com buquês de rosas vermelhas frescas, os ladrilhos sob meus pés dispostos em um desenho geométrico preto, e verde, e há um par de portas com vitrais adornados por trepadeiras.

Sinto uma vibração de euforia se elevar em mim por estar em meio a tanto luxo.

Tia Vyvian folheia alguns papéis em uma bandeja de prata que uma de suas criadas segura.

– Peço desculpas, Elloren, mas você precisará se instalar por conta própria. – Ela faz uma pausa e examina um dos papéis com olhos astutos. – Fenil'lyn lhe mostrará seus aposentos, e então desfrutaremos de um jantar tardio assim que você desfizer as malas. – Ela deixa a carta de lado e sorri para mim com expectativa.

– Claro. Tudo bem – respondo, afoita. Olho ao redor e abro um sorriso largo, encarando-a com apreço e um desejo intenso de ganhar sua aprovação. – É... é tão lindo aqui – digo, vacilante, repentinamente tonta de tão nervosa.

Distraída, minha tia acena com a cabeça, como se de repente tivesse perdido o interesse por mim, em seguida aponta para os criados e se afasta, seguida por três das urisk, e seus saltos ressoam com intensidade no chão de ladrilhos. Uma delas fica para trás; Fenil'lyn, presumo.

A rejeição indiferente de tia Vyvian me causa um pequeno incômodo.

Se eu tivesse magia, seria mais interessante para ela? Deixo escapar um leve suspiro. Na viagem até aqui, ela mencionou repetidas vezes sua decepção por eu ter puxado apenas a aparência da minha famosa avó. *Não importa*, eu me consolo. *É uma grande honra ela ter escolhido me trazer aqui*.

Sigo as costas retas de Fenil'lyn por um longo corredor decorado com pequenas árvores em vasos, e saio para um amplo hall central. Derrapo até parar, atordoada com a visão diante de mim.

A escadaria principal espirala por três andares em torno de uma escultura de árvore em tamanho natural. A grade de ferro forjado, estilizada para se parecer com videiras floridas, envolve a sacada circular de cada andar.

Apresso o passo para alcançar Fenil'lyn e a alcanço logo que ela começa a subir a escada. Fascinada, observo as folhas entalhadas que parecem ser de verdade, e deslizo os dedos ao longo de sua superfície texturizada conforme subimos.

Carvalho de rio.

Uma imagem da árvore de origem ilumina minha mente como o sol de verão, com seus galhos retorcidos cobertos de musgo.

Ao chegarmos ao último andar, em silêncio, sigo Fenil'lyn até a sacada superior. Ela para diante de duas grandes portas de madeira e as abre.

Olho para dentro e tenho que piscar para acreditar no que vejo.

A lareira ruge ao emitir seu calor crepitante; há uma cama de dossel carmesim bem em frente a ela. Talhados em madeira escura, troncos e galhos lixados erguem-se perto das paredes, exalando o cheiro pungente do revestimento de cera de abelha, o teto abobadado foi pintado para dar a ilusão de um céu estrelado. Entro e sou imediatamente envolvida por um calor delicioso.

Tudo já estava feito para mim, nada de baú para arrastar.

Logo diante de mim, duas portas de cristal lapidado brilham douradas sob o reflexo da lamparina e da luz do fogo.

Faço uma pausa para tocar a seda macia da borla dourada pendendo do dossel da cama e olho, com espanto, para a intrincada árvore bordada na colcha escarlate.

Alcanço as portas de cristal, abro-as e encontro um solário curvo logo adiante, suas paredes de vidro têm vista para o oceano, e um teto geométrico do mesmo material me dá uma visão panorâmica do verdadeiro céu noturno.

Dois gatinhos brancos como a neve brincam com um novelo de barbante no meio do solário. São bem peludos e têm olhos azul-celeste. Assim como minha gata, Isabel.

Encantada, me abaixo e pego um dos gatinhos. Ela me amassa com garrinhas afiadas como agulhas enquanto um pequeno e estrondoso ronronar emana de seu corpinho. O outro gatinho continua brincando com o novelo de barbante.

– Para você, maga Gardner – me informa Fenil'lyn, com um sorriso educado. Ela é esguia, com lindos olhos cor de ametista. O cabelo violeta tem uma única mecha cinza. – Mago Damon sentiu que você poderia estar sentindo falta da sua gata.

Meu peito se inunda com um calor de gratidão. *Que atencioso.*

Feliz, eu me levanto e me viro para Fenil'lyn, com o gatinho ronronante abraçado junto ao meu peito e a cabecinha fazendo cócegas sob meu queixo.

– Você pode me chamar de Elloren – digo a ela, sorrindo de orelha a orelha.

Ela endurece, e seu sorriso congela.

– Obrigada, maga Gardner. Mas seria uma demonstração de desrespeito. – Graciosa, ela inclina a cabeça e faz uma breve reverência. – Por favor, permita-me honrá-la com seu título adequado.

É estranho estar na presença de uma mulher urisk que fala a língua comum. Ainda mais estranho experimentar tanta deferência, especialmente de alguém que pode ser mais velha do que tia Vyvian. Por um momento, fico pouco à vontade.

– Claro – aceito, e o sorriso congelado da mulher se suaviza em uma expressão de alívio.

– Se precisar de alguma coisa, maga Gardner – ela me diz, animada –, basta tocar a campainha. – Com um gesto experiente, ela aponta para a corda dourada que pende da porta. – Voltarei em breve para levá-la para o jantar.

– Obrigada – digo, balançando a cabeça.

Ela sai sem fazer barulho, e respiro fundo, dominada pelo ambiente.

Coloco o gatinho na cesta com seu irmãozinho e abro a porta lateral do solário.

A brisa salgada do oceano beija meu rosto no momento em que saio para a sacada curva. A estrutura de pedra segue o arco do solário e o ruído rítmico das ondas bate nas rochas escuras abaixo. Espio, sobre a beirada, uma sacada mais larga que fica dois andares abaixo, onde os criados estão ocupados preparando uma refeição elaborada.

Nosso jantar, percebo. Nada de cozinhar. Nada de limpar.

Respirando fundo, capto o ar refrescante e tingido de sal.

Eu poderia me acostumar com isso.

Volto para meus aposentos e passo o dedo pelas lombadas dos livros em uma pequena estante embutida na parede, todos textos relacionados ao ofício de boticário.

Um fio de maravilhada gratidão ondula através de mim.

Ela criou uma biblioteca personalizada só para mim.

Lembro-me do falcão rúnico, o pássaro-mensageiro que tia Vyvian pediu para sua guarda enviar avisando de nossa chegada, mas, ainda assim, estou surpresa que tantos toques pessoais tenham sido realizados em dois dias.

Pego um volume da prateleira e abro a capa, o couro novo resiste ao puxão. Os desenhos das ervas são pintados manualmente e parecem tão realistas que quase posso sentir seu cheiro.

Eu me pergunto se ela vai me deixar levar alguns desses livros para a universidade comigo; seriam de grande utilidade para os meus estudos. Há uma penteadeira perto da cama com um espelho emoldurado com vitrais de rosas. Sobre ela está um conjunto de pente e escova dourados, e também frascos de perfume novinhos em folha, com borrifadores enfeitados por borlas de seda carmesim.

Tantas coisas bonitas. Coisas que nunca tive em uma casa cheia de homens bagunceiros.

Pego um dos frascos, borrifo no ar e inalo.

Humm. Rosa e baunilha.

À medida que o borrifo cai e se dissipa, meus olhos reluzem até uma prateleira na parede, com um armário embaixo. Sobre a mesa estão duas estátuas de mármore.

Vou até lá e pego uma delas; a base polida é fria sobre a palma da minha mão. É uma representação da minha avó, com sua varinha no cinto, conduzindo as crianças gardnerianas a algum lugar, elas estão sorridentes conforme a olham com adoração. Analiso de perto e traço o dedo sobre as feições afiladas do rosto, de seu nariz fino.

Sou eu. Ou certamente uma semelhança muito grande.

A segunda estátua é também da minha avó, poderosa e feroz, com a varinha delicada erguida, o cabelo voando às suas costas e um demônio icaral morto esmagado sob seus pés.

Um icaral, como o bebê deformado de Sage.

Perturbada, faço uma pausa e minha testa encrespa. É um choque pensar em demônios icarais ali no meio do calor reconfortante, dos gatinhos doces, do luxo que me envolve de todos os lados. Faz com que eu queira esconder a estátua em um armário e nunca mais olhar para ela.

Afasto a imagem sombria, me limpo e me preparo para encontrar minha tia para jantar.

– Gostou de seus aposentos, Elloren?

Tia Vyvian sorri para mim quando me junto a ela na mesa da sacada. Fenil'lyn faz uma mesura e se despede com graciosidade.

– São lindos, obrigada – respondo, um pouco deslumbrada. – Nunca vi nada como… – Olho para a vista espetacular do oceano. – Bem, como isso.

Ela sorri, satisfeita.

– Bem, é seu direito de nascença. Aproveite. Seu tio privou você por muito tempo. – Com um gesto suave, ela aponta para uma cadeira. – Por favor. Sente-se. Desfrute da vista comigo.

Encantada, eu me sento diante dela; um tapete verde-escuro cobre a pedra cinza sob nossos pés. Lamparinas estão penduradas em vários suportes e projetam na mesa um brilho suave que reflete na porcelana fina com minúsculos pontinhos dourados de luz.

Um prato foi preparado para mim: fatias de faisão com molho de frutas cítricas, retiradas de uma mesa lateral em que decoraram a ave suculenta com finas fatias de limão; arroz selvagem com nozes e frutas secas; e minicenouras. Entre nós, o pão fresco solta vapor ao lado da manteiga moldada em formato de flores. Uma jarra com água de menta e uma cesta de frutas também enfeitam a mesa. E uma mesinha na parede lateral da varanda abriga um bule de chá fumegante, uma torre de doces e um buquê de rosas vermelhas em um vaso de cristal.

Uma criada permanece imóvel como uma estátua ao lado do jogo de chá, uma jovem urisk de pele azul com olhos cor de safira vívidos que olha fixamente para a frente à meia distância, com expressão cuidadosamente vazia. É difícil lembrar que ela é uma pessoa e não uma estátua; ela não move um fio de cabelo.

O olhar de tia Vyvian vagueia por mim enquanto ela beberica a água.

Eu me pego ansiando por sua aprovação. Tento me sentar direito, com as mãos ligeiramente cruzadas sobre o colo, imitando sua postura graciosa. Minhas roupas podem ser de má qualidade, mas pelo menos posso tentar espelhar seus modos refinados.

– Amanhã eu a mandarei para a melhor costureira de Valgard para tirar suas medidas e fazer um guarda-roupa totalmente novo para você – ela me diz, com um leve sorriso. – Você pode levar todas as roupas para a universidade.

É como se ela pudesse ler meus desejos, e estou transbordando de gratidão. Nunca tivemos dinheiro suficiente para roupas elegantes. Uma onda de calor invade meu pescoço e minhas bochechas quando coro com sua gentileza.

– Obrigada, tia Vyvian.

– Infelizmente, não poderei acompanhá-la. – Ela pousa o copo e corta seu faisão. – Tenho assuntos a resolver no Conselho dos Magos, mas pedi três jovens para se juntarem a você. Serão suas colegas na universidade.

– Ah. – Estou nervosa e entusiasmada com a ideia de encontrar colegas acadêmicos. Dou uma mordida no faisão, e ele se desfaz na minha boca, a glaçagem brilhante de limão foi temperada com ervas frescas.

– Você vai gostar muito de Paige Snowden e de Echo Flood, tenho certeza – ela reflete, dando uma mordida em sua comida. Ela dá batidinhas na boca com o guardanapo. – Elas são filhas de membros do Conselho dos Magos. Jovens adoráveis. Agradáveis e de moral íntegra.

Mas... ela mencionou *três* jovens. Pisco para ela em confusão, me perguntando se ouvi errado.

– E a terceira?

A boca de tia Vyvian fica tensa, sua expressão fecha e os olhos esfriam.

– A terceira é Fallon Bane, querida. Duvido que vá gostar dela.

Eu a encaro, boquiaberta.

– Então por quê...?

– O pai dela é Malkyn Bane. Um comandante militar com muita influência no Conselho. Ele também é um mago de nível cinco – ela diz aquilo com a deferência necessária; aceno com a cabeça e guardo na cabeça a informação enquanto pego um pedaço de pão quente na cesta.

Magos de nível cinco não são comuns, e é por isso que meu irmão de nível cinco, Trystan, é um mago da Guilda das Armas de pleno direito na tenra idade de dezesseis anos.

– Os filhos de Malkyn Bane são *todos* magos de nível cinco – tia Vyvian continua, incutindo bastante ênfase.

Congelo, com a faca de manteiga e o pão na mão. – E isso também inclui a filha dele?

Tia Vyvian acena com a cabeça, bem devagar.

– Fallon Bane é uma maga de nível cinco, assim como seus dois irmãos. – Ela me dá tempo para absorver a informação.

Eu a encaro, boquiaberta.

– Uma *mulher*? Com tanto poder assim? – Esse alto nível de poder é quase exclusivamente exercido por homens, com a notável exceção de minha avó.

O rosto de minha tia se enche de amarga frustração.

– Um poder desse pertence por direito à *nossa* linhagem. Ainda mais quando se leva em conta o quanto você se parece com a minha mãe. – Ela balança a cabeça e franze a testa. – Mas nem mesmo Trystan, com seu grande potencial, não é páreo para Fallon Bane. Principalmente uma vez que começou o treinamento tarde, devido à negligência de seu tio nessa frente. – Ela solta um suspiro frustrado e me lança um olhar ponderado. – Fallon tem apenas dezoito anos, e ela já está nos confins do nível cinco, Elloren. Assim como sua avó estava na idade dela.

Permaneço congelada enquanto a compreensão se apossa de mim.

– Ela é a próxima Bruxa Negra.

Os olhos de tia Vyvian escurecem.

– *Não*. Eu me recuso a acreditar nisso. Uma de suas filhas terá esse título. Ou de Trystan. Mas *não* Fallon Bane. Esse poder é *o nosso* legado. *Só nosso*. Não importa o quanto ela e a família gostem de se exibir e fingir que são os herdeiros dele.

Franzo a testa, confusa.

– Mas mesmo que ela não seja a Bruxa Negra... se ela é tão perigosa, a senhora desgosta tanto dela... então por que Fallon Bane vai comprar roupas comigo?

Parece quase comicamente bizarro.

Tia Vyvian se inclina para a frente e me encara, como se fosse transmitir algo de profunda importância.

– Porque às vezes neste mundo é bom saber com o que estamos lidando.

– Eu não entendi.

Ela estreita os olhos.

– Fallon é obcecada por Lukas Grey.

Ah, ele de novo.

– Então... eles estão se cortejando?

– Não – declara, contundente. – Não que eu saiba. Pelo que vi, Lukas tem pouco interesse na garota. – O rosto de minha tia se contorce em um sorriso de desgosto. – Mesmo que Fallon se jogue sobre ele de maneira bastante *desavergonhada*.

O calor se espalha pelas minhas bochechas quando começo a perceber para onde tudo está indo. Lukas é um prêmio. E tia Vyvian está tramando para que eu o conquiste. Para tomá-lo de Fallon Bane.

– A senhora quer que eu passe tempo com Fallon Bane para que eu possa avaliar a concorrência? – pergunto, incrédula.

Os olhos dela adquirem um brilho malicioso.

– Há uma oportunidade aqui, Elloren.

Sinto pontadas de preocupação. *Talvez eu nem goste desse Lukas Grey, e pronto. Mas há uma preocupação ainda maior.*

Coloco pão e faca sobre a mesa e argumento com ela.

– Tia Vyvian. Sem dúvida a senhora fez mais do que deveria por mim. E não quero decepcioná-la. – Um desânimo nervoso me inunda; não quero perder sua bondosa estima. Há tanto tempo que anseio por uma figura materna, por orientação feminina. *Mas ela tem que saber a verdade.* – Não tenho experiência na sociedade. Simplesmente não há como eu… mergulhar nisso e… me encaixar com esse Lukas Grey, nem com qualquer outro, para falar a verdade. – Eu me curvo, perdendo o ânimo conforme observo as pequenas e elaboradas tranças que adornam seus longos cabelos. Estou com fome de conhecimento dessas coisas bonitas. – Eu nem sei arrumar meu cabelo. Nem usar maquiagem corretamente. Nem… *qualquer coisa. – Se eu tivesse minha mãe…*

Tia Vyvian dá um tapinha na minha mão e me lança um sorriso caloroso e maternal.

– Você não precisa saber de nada, querida. – Ela dá um aperto suave na minha mão. – Coloquei você sob minha proteção. E esse é o melhor lugar para se estar. Bastar se sentar e se divertir, e seguir minhas instruções.

Encorajada, sorrio com timidez enquanto seguro sua mão fria e macia.

CAPÍTULO SETE

FALLON BANE

–Você o beijou?

– Como é?

– Gareth Keeler. Você o beijou?

Estou diante de uma audiência de três jovens mulheres, as universitárias que tia Vyvian escolheu para serem minhas companheiras durante aquele dia. Eles se sentam olhando para mim com muita atenção, esperando minha resposta.

Para a pergunta mais embaraçosa que alguém já me fez na vida.

Perguntas pessoais e inapropriadas como essa não eram aceitáveis em Halfix, e o desconforto faz com que eu me afaste mentalmente delas.

É a minha primeira manhã em Valgard, e é cedo; estamos na carruagem de tia Vyvian, indo em direção à loja da melhor costureira em Gardnéria. O trajeto é tranquilo, e a carruagem está sendo escoltada por doze soldados magos de alto escalão; todos armados.

Doze.

Encarregados de proteger Fallon Bane, nossa próxima Bruxa Negra. Tia Vyvian pode não querer acreditar que ela será a próxima escolhida, mas está claro pela nossa escolta armada que a maioria dos gardnerianos não compartilham da mesma opinião.

Fallon é, de longe, a jovem mais intimidadora que já conheci. Ela é linda, com lábios carnudos, cabelos pretos cacheados até a cintura e olhos grandes que brilham com todo o espectro do verde. Mas tudo o mais sobre ela vai contra as convenções. Para começar, ela está vestida com um uniforme de aprendiz militar modificado para uma mulher: a tradicional túnica de seda cinza-ardósia cobre uma longa saia cinza, e não uma calça, e é marcada com uma esfera de prata da Therria bordada sobre seu coração. Nos braços estão as cinco faixas de prata de um mago de nível cinco. Fallon me observa, com as pernas abertas, ocupando agressivamente o máximo de espaço possível na carruagem.

É ela quem faz as perguntas, com um leve sorriso de desdém. Meu óbvio desconforto, revelado pelo rubor que sinto se formar em meu rosto, parece diverti-la muito.

– Por que você está me perguntando sobre Gareth Keeler? – pergunto a Fallon, na defensiva.

– Sua tia disse que você o conhece.

– Conheço – digo a ela. – Ele é meu amigo.

Fallon lança olhares maliciosos e de soslaio para Echo e Paige antes de fixar os olhos brilhantes em mim.

– Você já prestou atenção no cabelo dele?

Eu me eriço, a visão que tenho de Fallon se funde rapidamente em uma bola dura de antipatia.

– O cabelo dele é preto.

Seu sorriso fica mais largo.

– Então... se você não beijou Gareth, já beijou *alguém*?

Eu me esforço para manter a expressão neutra, muito desconcertada por seu comportamento intrusivo.

– É claro que não. Não estou laçada. – *E não tenho o hábito de me atirar nos rapazes, ao contrário de você.*

A garota lança um olhar errante para Echo, o que faz minha antipatia por ela explodir ainda mais. Então volta o olhar travesso para mim, e diz, como se falasse com uma criança:

– Você não está mais no interior, Elloren. Tudo bem beijar um garoto.

Echo franze os lábios para Fallon.

– Alguns de nós têm princípios – ela a repreende. – Mesmo em Valgard.

Fallon solta uma risada desdenhosa e revira os olhos para mim, como se eu fosse uma velha amiga.

Echo me avalia agora, com olhos sérios feito os de uma coruja, como se medisse o meu valor. Ela está vestida à maneira dos gardnerianos mais religiosos: túnica preta com duas camadas e gola bem alta, uma pequena esfera de Therria pendurada em uma corrente de prata em volta do pescoço. Seu cabelo não tem adornos e é repartido reto como um alfinete.

Percebendo as expressões hostis de Fallon e Echo, Paige sorri para mim de forma encorajadora. Ela é a única pessoa agradável do grupo, seu cabelo preto encaracolado escapa de presilhas de joias e se espalha sobre bochechas redondas e rosadas.

Fallon nota a expressão feliz de Paige.

– *Paige* foi beijada – Fallon provoca, com tom nada gentil.

Isso apaga o sorriso da garota.

– Bem... hum... – Paige gagueja enquanto encara as mãos marcadas que se agitam em seu colo. – Sou laçada.

– Ela está laçada desde os *treze anos* – Fallon se inclina e sussurra para mim, como se isso fosse um segredo delicioso.

– É mesmo? – Fico surpresa. Treze anos parece *terrivelmente* jovem. Mas então penso em Sage... ela foi laçada aos treze anos.

– Eu estou... eu estou laçada ao irmão de Fallon, Sylus – Paige murmura, não parecendo nada feliz com o fato.

Fallon joga um braço ao redor de Paige e a abraça com força, fingindo afeto.

– Nós vamos ser irmãs de *verdade*!

Tímida, Paige olha para Fallon e força um sorrisinho trêmulo.

Aponto para as mãos marcadas de Echo.

– Você está laçada há muito tempo?

O olhar solene de Echo não vacila.

– Com Basyl Dorne. Cinco anos atrás.

Eu a analiso, tentando ter um vislumbre de como ela se sente sobre isso, mas Echo é tão reservada e ilegível quanto uma estátua.

Meus olhos vagam pelas mãos não marcadas de Fallon.

– Então... vejo que você não está laçada.

Sua expressão fica fria, e ela me encara com um olhar beligerante.

– *Ainda* não – ela diz, como se fosse um desafio.

– Fallon gosta de Lukas Grey. – Paige dá um risinho nervoso. A garota vira a cabeça bem devagar em direção à moça que foi laçada ao irmão e a encara. O sorriso desta desaparece. – Bem... você *gosta*... gosta de Lukas, quero dizer.

Lembro-me dos elogios efusivos de minha tia a Lukas Grey, o possível parceiro de laço que ela parece querer para *mim*. Acho engraçado que tia Vyvian pense que eu poderia competir com Fallon Bane em qualquer coisa... e vencer.

– Ele é *muito* bonito – diz Paige –, e seu pai é o alto comandante da Guarda dos Magos. Ele vem de uma família *muito* importante *e* é mago de nível cinco.

Com uma expressão de vanglória no rosto, Fallon me observa com atenção, como se ela tivesse ganhado algum prêmio.

– Quando você vai se enlaçar com Lukas? – pergunto.

Seu sorriso congela, e ela estreita os olhos para mim.

– Em breve. *Muito* em breve. – Há um aviso em sua inflexão. *Fique longe de Lukas. Ele é meu.*

Eu me pergunto por que ela está tão insegura sobre ele, e se sabe da pretensão absurda de tia Vyvian de desejá-lo para mim. Fico ainda mais curiosa sobre a festa da minha tia, nem que seja apenas pela chance de conhecer o misterioso Lukas Grey. Meus olhos são atraídos para a varinha que se projeta do cinto de Fallon como um espinho grandioso.

– Então... – aponto para a varinha – você tem um tanto de poder, ouvi dizer.

Ela mostra os dentes.

– Um pouco.

Pelos olhares incrédulos que Echo e Paige lançam para Fallon, consigo perceber que ela está sendo extremamente sarcástica.

– Nunca vi magia sendo usada – digo a ela.

Seu sorriso bravio fica vários centímetros mais largo.

–Você não tem magia, então?

Balanço a cabeça, incomodada com o olhar de regozijo em seu rosto.

Com um movimento suave e hábil, ela puxa a varinha, erguendo-a com firmeza e murmura um feitiço.

Um estalo alto faz Echo, Paige e eu recuarmos em nossos assentos quando um relampejo azul sai da varinha de Fallon. O som me abala até os ossos, e engasgo quando a luz logo se funde em uma esfera giratória e brilhante que flutua bem acima da ponta da varinha, seu *vuuush* rítmico e profundo é um arranhar irregular em meus ouvidos. A carruagem começa a esfriar rapidamente, e gelo se forma nas janelas.

– *Pare*, Fallon – Echo fala, ríspida, ao olhar para Fallon com aborrecimento. Todas nós estamos sob a luz safira. – Você vai nos congelar até a morte.

Fallon solta uma risada desdenhosa, mas faz o que foi dito. Ela murmura mais palavras estranhas e, no mesmo instante, a bola de gelo se transforma em um vapor branco e turvo que logo explode em uma névoa frígida e inodora, então desaparece.

Com um brilho triunfante no olhar, Fallon se recosta e sorri.

– Incrível – eu solto, engolindo em seco e lutando contra um arrepio.

– Isso não é *nada* – diz Paige, com os olhos arregalados. –Você deveria ver o que *mais* ela pode fazer. Ela é uma maga de nível cinco. Uma das melhores de *toda* a guarda.

– Parece que você e Lukas Grey foram feitos um para o outro – digo a Fallon, apaziguadora, querendo ser riscada de sua lista de inimigos em potencial.

Tia Vyvian precisa abandonar seu sonho absurdo de me juntar a Lukas Grey. Agindo assim, ela só vai me colocar diretamente na assustadora linha de fogo de Fallon Bane.

A garota parece satisfeita com meu comentário. Ela acena em aprovação, coloca a varinha de volta no cinto e relaxa no assento.

Echo lhe lança um olhar de leve desaprovação, depois se fixa em minhas mãos não marcadas e franze a testa.

– Não entendo por que você não é laçada.

– Meu tio quer que eu espere até ficar mais velha – digo a ela, cada vez mais desconcertada com a abordagem intolerante de Echo. Além do mais, Fallon parece ter mais ou menos a minha idade e também não está laçada.

– Ah, você vai se divertir muito. – Paige se entusiasma com um olhar sonhador e nostálgico. – Todas as festas e danças e seu *primeiro beijo*!

– Já conheceu *alguém* que te interesse? – Fallon sonda, avaliando-me para ver se vou competir por Lukas, sem dúvida.

– Não. – Balanço a cabeça. – Nunca tive muita chance, por ser de Halfix. É tão isolado lá. E hoje é só meu primeiro dia em Valgard.

Fallon me olha com interesse renovado, e estreita os olhos.

– Você já esteve perto de *algum* homem... além dos gardnerianos?

Minha testa franze, e sinto o impulso de defender a minha criação resguardada.

– O que você quer dizer? – pergunto, com cautela.

Fallon solta uma risada curta.

– Estou perguntando se você já esteve perto de garotos kélticos? Ou elfos? Ou... *lupinos*?

Eu a olho com espanto.

– Não existem lupinos na universidade, existem? – Isso me parece incrivelmente perigoso. Lupinos são metamorfos de lobo e cruéis. Mais fortes do que o mais forte gardneriano e completamente imune à nossa magia.

– Receio que sim – responde Echo, com uma expressão severa no rosto.

– Que informação chocante – digo, balançando a cabeça. – Estou surpresa de verdade. – Mas então penso na conversa de tia Vyvian com tio Edwin, e sua indignação com a equivocada integração racial da universidade; até mesmo demônios icarais podem frequentar o lugar.

Preocupada, Paige morde o lábio inferior; seus olhos estão muitíssimo arregalados.

Fallon se inclina para mim com óbvio prazer, sua voz é um sussurro áspero.

– Lupinos nunca se casam, você sabia? Simplesmente pegam quem eles gostam e acasalam na *floresta*.

– Como *animais* – Echo acrescenta, com grande indignação.

– Sério? – É tudo tão escandaloso. E perturbador.

– *Ouvi* dizer – continua Fallon – que, às vezes, eles agarram moças e as levam para a floresta para se acasalar com elas... em sua forma de *lobo*!

Paige se engasga, uma mão voa para cobrir sua boca.

– Isso sequer é possível? – questiono, horrorizada.

Fallon ri e se acomoda no assento.

– Fique longe dos garotos lupinos.

– Eles nem sempre acasalam na floresta – Echo me informa sombriamente ao segurar seu pingente de esfera.

Apreensiva, Paige se encolhe enquanto espera ouvir o que Echo está prestes a dizer, já Fallon me olha com uma expectativa alegre. Todas esperam que eu faça a pergunta óbvia.

Pisco para elas. Essa é a conversa mais escandalosa que já tive e, apesar de tudo, sou tomada por um fascínio lúgubre.

– Onde… hum… onde eles… – Fiz um gesto com as mãos para terminar a pergunta.

Echo parece aprovar minha relutância em simplesmente falar as palavras. Ela se inclina para perto.

– Meu pai costumava ser o embaixador dos lupinos no Conselho, e ele *visitou* o território deles. Eu o ouvi conversando com minha mãe sobre isso, e meu pai disse que, quando os lupinos chegam mais ou menos a nossa idade, toda a alcateia, é assim que eles chamam suas sociedades, como uma alcateia de lobos, enfim… a alcateia se junta e eles ficam na frente de todos, escolhem alguém para acasalar e acasalam *ali mesmo*, na frente de *todo mundo*. Até das *crianças*.

Meu rosto está ficando muito quente. Essa é a coisa mais sórdida que já ouvi na vida.

– Não seria meio… perigoso? Frequentar a universidade com eles? – pondero.

– Há apenas dois deles. – Fallon sacode a mão com desdém. – Irmão e irmã. Gêmeos.

Bem, isso é um alívio. Apenas dois lupinos. Será que dois deles são muito perigosos?

– E os elfos? – pergunto. Meus irmãos me disseram que eles representam cerca de um quarto do corpo estudantil da universidade. – Como eles são?

– O oposto completo – Fallon diz, com um balançar de cabeça. – *Muito* certinhos. – Ela bufa em escárnio. – É incrível que eles cheguem a ter filhos. Mas são *extremamente* protetores de suas mulheres. Se um menino de outra raça sequer *tocar* em uma das mulheres…

– Como se alguém *quisesse* isso – zomba Echo.

– Eu acho as garotas elfas bonitas – Paige confessa, tímida. Fallon a fulmina com o olhar. – Elas *são*! – Paige insiste. – Têm aquelas orelhas pontudas e delicadas. E cabelos brancos e roupas brancas… meio que o oposto de nós…

– O *completo* oposto de nós – Echo interrompe. Ela olha para mim. – São adoradores de ídolos.

– Eles não são nossos aliados? – acrescento, tomando o cuidado de manter a voz neutra.

Fallon me prende com o olhar.

– Por ora.

Bem, que interessante.

– E os kélticos? – eu inquiro, olhando para Echo. – Como são os homens kélticos?

Fallon solta um bufo zombeteiro enquanto Echo me olha com seriedade, fechando o punho em torno de sua esfera de Therria.

– O sangue deles está poluído com *todos os tipos* de imundície. Sangue de feérico, de urisk… até mesmo de *icaral*. – Echo espera para ver se estou adequadamente horrorizada antes de continuar.

O bebê icaral de Sage logo me vem à mente, lançando uma nuvem escura sobre todo o resto. Lembro-me de como ela estava perturbada e apavorada. *Um kéltico. O pai do bebê demônio é um kéltico. E ela o conheceu na universidade.*

– O sacerdote Vogel diz que os kélticos foram expulsos e não são mais Primeiro Povo, como nós. – Echo continua, com tom estridente. – Eles se aliaram secretamente a Malignos, como os pagãos do deserto e os urisk.

– Cuidado com as mulheres urisk – adverte Fallon, como se fosse uma observação. – Elas podem parecer inocentes, mas *adoram* ir atrás dos nossos homens.

Já ouvi Warren Gaffney falando disso em mais de uma ocasião. O fato é que elas não têm machos da própria espécie para perseguir. O governo gardneriano matou todos eles durante a Guerra do Reino.

Urisk machos são geomantes poderosos, capazes de utilizar todos os poderes destrutivos das pedras comuns e das preciosas. Sua existência representaria uma séria ameaça ao nosso país. As mulheres, por outro lado, são completamente desprovidas de magia e podem viver em Gardnéria como trabalhadoras temporárias.

Mas é uma noção horrível essa dos bebês urisk do sexo masculino sendo mortos. É um assunto que nunca consegui discutir com o tio Edwin, pois ele fica visivelmente chateado se tento tocar no assunto; certa vez, ele chegou a ponto de chorar e apertar o peito.

Os senhores de guerra urisk atacaram cruelmente nosso país quando tinham poder, tentando nos exterminar, mas, ainda assim, é tudo muito perturbador.

Echo suspira.

– Pelo menos os mestiços urisk só têm magia fraca, na melhor das hipóteses.

Paige acena para ela em concordância, mas Fallon está ignorando as duas. Em vez disso, a garota está me observando com uma intensidade silenciosa tão enervante que me arrepia os pelos da nuca. Minha antipatia inicial por ela se acentua.

– Tenha cuidado com esses mestiços – Fallon me diz, e sorriso malicioso se espalha por seu rosto. Eu me arrepio, percebendo que ela está mais uma vez aludindo a Gareth e a seu cabelo prateado. Ela desliza o polegar ao longo de sua varinha. – Eles estão por toda a parte – ela ronrona. – Você tem que tomar muito cuidado.

CAPÍTULO OITO

SEDA TEXTURIZADA

– De pé, coluna ereta. Isso, bem melhor...

A maga Heloise Florel aperta a fita métrica em volta da minha cintura enquanto morro de vergonha. A proprietária da loja é uma mulher severa e quadrada de cerca de sessenta anos. Sua túnica longa e escura e sua saia foram costuradas com primor, os cabelos grisalhos estão trançados e amarrados em um coque elegante, e os olhos como pequenos holofotes verdes captam todos os detalhes.

Estou de pé em um pedestal bem no centro de seu provador, e Fallon, Echo e Paige observam. Estou vestindo apenas minhas *roupas íntimas*!

– Certo. Agora levante os braços acima da cabeça...

A maga Florel, para meu constrangimento, começa a medir acima dos meus seios, ao redor e abaixo deles enquanto grita os números para uma quieta garota urisk. A garota, que tem o rosto branco como a neve, parece ter mais ou menos a minha idade, anota cada número em um pequeno pedaço de pergaminho. Fallon faz questão de ler as anotações por cima do ombro da menina, e as sussurra para Paige e Echo; ela esconde os lábios com a mão, e está com um sorriso malicioso no rosto. Sei que ela está comentando sobre minhas medidas, e fico vermelha de vergonha.

Olho para o mar escuro de rolos de tecido ao meu redor, tentando bloquear as cutucadas e beliscões da maga Florel. Para onde quer que eu olhe, revestindo todas as paredes até o teto, há tecidos luxuosos, muitos deles bordados com desenhos intrincados. Eu nunca teria imaginado que poderia haver tanta diversidade de tecido preto, as cores variam do tom mais profundo da noite, até os beirando o cinza, com texturas que vão de uma seda tão brilhante que dá para esperar ver o próprio reflexo lá a um veludo fosco.

– Você tem uma bela forma – maga Florel comenta, olhando para o meu torso. – Pena que estava se escondendo debaixo de todas aquelas... *roupas*. – Ela cutuca minha pilha de roupas descartadas com o pé.

Posso sentir meu rosto ficando ainda mais quente, mas dessa vez meu constrangimento se mistura com a gratificação pelo elogio, e com o modo como Fallon parece azedar em resposta a ele.

Sei que tenho uma figura agradável, mas ninguém jamais comentou publicamente sobre ela antes. Crescendo com um tio e dois irmãos, meu corpo sempre foi muito reservado e, seguindo a tradição gardneriana, completamente coberto: do pescoço aos pulsos, até chegar aos pés. Nunca mostrei nem um tornozelo nu em público. Quando cheguei à idade em que precisava de roupas mais sob medida, comecei a costurar meus vestidos.

Enfim, para meu imenso alívio, a provação acabou, e a maga Florel ordenou que eu me vestisse, depois ditou algumas notas para a garota urisk, falando das alterações e cortes apropriados.

É difícil não olhar para a jovem; ela é tão bonita. Como as servas de classe alta na casa de tia Vyvian, ela tem pele lavanda, orelhas longas e pontudas e olhos surpreendentemente belos que brilham em vários tons de ametista. Seu cabelo violeta está preso em uma longa trança, e ela está vestida de forma simples com uma túnica de linho branco e uma anágua da mesma cor.

Penso nas mulheres urisk que trabalham na vasta fazenda dos Gaffney. Elas sempre foram um mistério para mim, com sua língua uriskal e a tendência a desaparecer assim que o trabalho da estação de colheita é concluído. E elas são, todas elas, enrugadas e desgrenhadas. Nada parecidas a essa menina bonita.

Ela entrega o pergaminho para a maga Florel, que a olha através de óculos meia-lua presos a um longo colar de pérolas.

– Muito bem, Sparrow – ela comenta. – Vá buscar Effrey.

Sparrow acena com a cabeça e sai, seus movimentos são graciosos. Em alguns segundos, outra garota urisk, uma coisinha magra e agitada, com pele, cabelos e olhos roxo-profundo, entra correndo na sala e derrapa até parar abruptamente diante da maga Florel, Sparrow vem logo atrás. A criança parece ter cerca de oito anos.

A mulher mais velha a olha com incerteza, depois a orienta a buscar um tecido. Alguns minutos depois, ela volta trazendo dois cilindros que se desenrolam em torno de suas pernas: um de seda ébano salpicada de pequenos fios dourados, o outro de um preto-azulado suave. Os rolos são grandes, e a garota parece ofegante com o esforço.

A maga Florel solta um suspiro desgostoso.

– *Seda texturizada*, Effrey, eu queria *texturizada*.

Os olhos da garota se arregalam em pânico.

– Vamos facilitar as coisas – a maga Florel oferece, a garota parece pronta para começar a chorar. – Pegue para mim o livreto de amostras. Ele é mais fácil de carregar.

A pequena Effrey sai correndo do cômodo, parecendo ansiosa para corrigir seu erro.

A maga Florel se vira para nós, balançando a cabeça em consternação.

– Sinto muito – confidencia. – Ela é nova. E tem sido *extraordinariamente* difícil treiná-la. Ela não escuta com atenção.

Fallon dá um risinho ao passar a mão pelo veludo.

– Seria de se esperar que com orelhas *enormes* como aquelas ela fosse capaz de ouvir muito bem.

Minha cabeça se vira de supetão para Fallon. A maga Florel, Echo e Paige se juntam a mim, também com olhares surpresos.

Fallon nos fita, incrédula, bem quando a pequena Effrey volta cambaleando para dentro da sala. A criança está carregando debaixo do braço um livro de amostras bem grosso, com bordas de tecido puídas escapando das laterais. Fallon solta uma gargalhada e faz um gesto amplo em direção à garotinha.

– Ah, então devemos fingir que ela não parece um *morcego* gigante?

Effrey para de repente, vacilando. Ela olha para Fallon, com os lábios tremendo em uma feição desolada, suas orelhas parecem murchar nas pontas. Observo Sparrow lançar à menina um olhar sério e rápido de aviso, a garota mais velha está parada logo atrás de Fallon Bane. No mesmo instante, Effrey desvia o olhar e encara os próprios pés.

– Menina! – Fallon vocifera com Effrey com força exagerada, então abafa uma risada quando a garota se sobressalta e ergue a cabeça de súbito. Fallon aponta os dedos para si mesma magistralmente.

– Tudo bem, então. Entregue-me.

Respeitosa, a criança abaixa a cabeça enquanto oferece o livro de amostras a Fallon. Percebo que suas mãos estão tremendo.

– Obrigada – digo, com gentileza, em um esforço de acalmar a garota. Lanço a Fallon um olhar de censura, perplexa com sua crueldade.

A maga Florel observa Fallon com uma expressão de dor, e ela faz questão de dispensar a pequena Effrey assim que a maga de nível cinco está com o livro de amostras em mãos. Não me espanto com a deferência da maga Florel para com Fallon Bane, a suposta herdeira do poder de minha avó.

A garota coloca o livro de amostra em um suporte de madeira e o abre. Ela não se apressa, monopoliza o livreto enquanto todas esperam em silêncio. Por fim, encontra um tecido de seu interesse.

– Ah, aqui está, Elloren – diz ela, com a voz pingando falsa doçura, e puxa um retângulo preto e opaco do livro e o ergue.

É uma lã feia e áspera. De qualidade pior do que a roupa com que cheguei.

– Acho que cairia bem em você – ela abre um sorriso largo –, *especialmente* para a festa de sua tia. Não concorda, Paige?

A garota encara a amostra de tecido e franze a testa. Ela olha para mim, piscando com incerteza.

– Hã... bem... *talvez* possa funcionar...

Não consigo entender se Fallon está brincando. Ela tem que estar.

– Eu estava pensando em algo... diferente – arrisco.

Fallon arregala os olhos em afronta fingida.

– Mas... isso é *lã gorthan*. É *muito* estilosa. – Seu olhar malicioso se move em direção a Echo e Paige.

Antes que eu tenha a chance de responder, Fallon fecha o livro e o entrega, com o pedaço de lã, para a maga Florel.

– Acho que você deveria fazer o vestido dela com esse tecido – ela diz, decidida, lançando um sorriso largo para mim. – Na verdade, acho que você deveria fazer todo o guarda-roupa dela com ele.

Uma picada aguda de ressentimento brota dentro de mim, meu coração acelera quando olho para a varinha de Fallon.

– Espere – digo, dirigindo-me à maga Florel. – Eu gostaria de ver as amostras por mim mesma.

O sorriso de Fallon se transforma em um esgar.

– Pelos céus, Elloren. – Ela gesticula ao redor da sala, para os tecidos que nos rodeiam. – É *tudo* preto.

Eu a encaro.

– Ainda assim gostaria de vê-las por mim mesma. – A sala fica tão silenciosa que seria possível ouvir um alfinete caindo.

O olhar de Fallon se fixa em mim, e me recuso a ser intimidada por ela. Seus olhos são hipnotizantes, com matizes alternados de verde-claro e escuro; as verdes mais claras tão claras que são quase brancas. Eles me fazem pensar em pingentes de gelo. Afiados como lanças.

Depois de um momento de tensa deliberação, a maga Florel coloca o livro em outra mesa elevada ao meu lado.

– Claro, querida – diz ela, e seus olhos se voltam para Fallon com cautela. – Vá em frente.

Abro o livro, desconfortavelmente ciente do olhar gelado de Fallon. Eu o folheio, um quadrado de veludo preto-violeta chamando minha atenção, macio como um filhote de lebre.

– Ah... olhe esse – suspiro, meio esquecendo de Fallon enquanto me viro para a próxima amostra, a seda preta tem reflexos vermelhos e amarelos ao redor das dobras quando se move. – É extraordinário. – Viro o tecido para um lado e para o outro, inclinando-o em direção à arandela mais próxima para observar a mudança de cores.

Satisfeita, a maga Florel assente.

– Trama de ouro ishkartana – diz ela, enquanto remove a amostra e a segura junto ao peito. – Trazida do Deserto Oriental. O ouro flamejante foi trabalhado diretamente na trama. Muito elegante. Muito raro.

Olho para baixo, para a lã marrom áspera da minha túnica de casa. É como tentar comparar o melhor violino com algum instrumento grosseiramente entalhado.

A maga Florel sorri para mim.

– Você tem muitíssimo bom gosto, maga Gardner.

Continuo folheando e paro de supetão quando meus olhos se iluminam com a amostra mais bela de todas. Seda preta meia-noite. O padrão de videiras foi tecido de forma tão sutil que é preciso olhar com cuidado para distingui-lo. Mas uma vez que o vê…

Corro o dedo ao longo da seda texturizada.

– É tão *linda*.

– Seda salishen – a maga Florel diz, com reverência. – Das Ilhas Salishen. Os salish são mestres tecelões. Verdadeiros artistas. E todos os seus bordados são tão requintados quanto esse.

Eu olho para ela.

– A senhora acha que poderia usá-la?

– Claro, maga Gardner – ela responde, obviamente emocionada com a minha escolha.

A mão de Fallon desce sobre o tecido.

– Você não pode usar esse – diz ela, com tom duro.

Pisco para a garota em surpresa ressentida.

– Por quê?

– *Porque* – ela responde, com a voz cheia de condescendência – é o tecido do *meu* vestido.

– Ah, que pena – a maga Florel suspira. Ela dá um tapinha pesaroso no meu ombro. – Tenho outros, maga Gardner, não se preocupe. Encontraremos algo *igualmente* belo para você…

Com o coração disparado, coloco a mão com firmeza sobre a amostra de tecido, bem ao lado da de Fallon. Encontro o olhar dela e o sustento.

– Não. Eu quero *este*.

Todas ficam boquiabertas comigo.

Fallon se inclina um pouco e mostra os dentes.

– Mas *não pode* ter.

Tento ignorar o leve tremor na minha mão.

– Ah, vamos lá, Fallon – digo, apontando para os tecidos ao nosso redor, imitando seu tom de desdém. – É *tudo* preto. E tenho certeza de que o corte será diferente. – Olho para a maga Florel, cujos olhos estão tão arregalados quanto os das outras garotas. – A senhora pode se assegurar de que será bem diferente do dela?

Fallon cospe um som de desprezo.

– Meu vestido não está sendo feito *aqui*. Tenho minha *própria* costureira.

– Bem, então – eu digo a ela. – Isso simplifica as coisas. – Eu me viro para a maga Florel. – A senhora consegue fazê-lo a tempo? Com este tecido?

A maga Florel me lança um olhar avaliador, seus olhos se voltam para Fallon como se estivesse ponderando suas opções. Ela ergue o queixo.

– Ora, *sim*, maga Gardner. Creio que sim. – Ela abre um sorriso frio para Fallon. – Por que não me conta como é o seu vestido, querida? Vou me certificar de que seja *bem* diferente.

Estou surpresa e fortalecida pelo apoio da maga Florel. Mas, quando me viro para Fallon, seu sorriso me assusta. É largo e malicioso. Ela afasta a mão da amostra de tecido e parece satisfeita quando me encolho.

– Estou de saída – ela anuncia, mantendo os olhos fixos nos meus.

Echo e Paige correm até ela e tentam acalmá-la e convencê-la a ficar.

Desvio o olhar e folheio as amostras, mal enxergando-as. Sei que é um erro dizer qualquer outra coisa, mas penso em como ela maltratou a garotinha e não consigo evitar.

– Não se preocupe, Fallon – digo, tomando cuidado para não olhar para ela, e luto para manter a voz calma. – Talvez sua costureira possa fazer outro vestido para você. Em lã gorthan. Ouvi dizer que é muito estilosa.

Eu olho para ela bem a tempo de ver seu olhar de hostilidade pura e indisfarçável. Com o punho fechado na varinha, ela sai e bate a porta.

De soslaio vejo a boca de Sparrow se contorcer em um sorriso fugaz.

CAPÍTULO NOVE
A BRUXA NEGRA

– Você se parece com Clarissa Gardner. Você é *perfeita*.

Paige tagarela enquanto eu fito a estranha me encarando de volta do ornamentado espelho de corpo inteiro.

Estamos no quarto luxuoso que tia Vyvian me deu, as portas cristalinas e as janelas do solário estão abertas, e a brisa amena do oceano flutua no ar da noite; os gatinhos brancos estão brigando na minha cama. Eu me encontrei com Paige várias vezes nos últimos dias, almocei com ela e tia Vyvian duas vezes na cidade, e uma vez fomos comprar sapatos juntas. Prefiro muito a companhia dela à de Echo e à de Fallon.

Na última hora, a maga Florel tem me enfeitado e pintado enquanto tia Vyvian observa tudo de pé, com os braços cruzados. Minha tia dá as coordenadas para a maga Florel com a seriedade de uma mestre pintora supervisionando uma obra de importância vital e, em pouco tempo, parece que não estou na sala. Como se eu estivesse olhando para outra pessoa. A descrença toma conta de mim.

O cabelo bagunçado com o qual nunca soube o que fazer agora cai sobre meus ombros, arrumado em tranças intrincadas, e a maquiagem carregada deixou meus olhos grandes e misteriosos. Minhas sobrancelhas, que foram feitas e modeladas, aumentam o efeito. Meus lábios agora estão carnudos e escarlates, e minhas maçãs do rosto foram acentuadas com blush. É incrível: todas as linhas desagradáveis e protuberantes do meu rosto foram transformadas em uma visão de poderosa elegância. E isso não é tudo; minhas orelhas e pescoço estão enfeitados com um conjunto de ouro e esmeraldas, e o vestido que a maga Florel fez para mim...

É de tirar o fôlego. As videiras sutilmente tecidas aparecem e desaparecem conforme o tecido se move, a túnica brilhante como uma segunda pele flui sobre a anágua.

Minha avó, mais do que qualquer outra mulher, era a porta-estandarte da beleza gardneriana. Conhecida como "A Bruxa Negra" por nossos inimigos, ela foi uma das magas gardnerianas mais poderosas de todos os tempos. Seu intelecto era brilhante, tinha talento para as artes, era muitíssimo bela e também uma comandante impiedosamente eficaz de nossas forças militares; ela era todas essas coisas.

E eu não simplesmente me pareço com ela. Eu sou sua *réplica perfeita.*

– Sim – tia Vyvian murmura –, vai servir. Acho que nosso trabalho aqui acabou, Heloise. – Ela se levanta e abre um largo sorriso. – Elloren, você descerá para a festa em uma hora. Paige a acompanhará. – Ela se vira para a garota. – Leve-a pela escada central. Quero que ela faça uma entrada em alto estilo. – Minha tia faz uma pausa para me olhar mais uma vez, então sai com a maga Florel. As duas vão conversando amigavelmente enquanto caminham.

Volto a me olhar no espelho, estupefata.

– Você deve estar *tão* orgulhosa – diz Paige, com reverência. – Sua avó era grandiosa. Você deve ter um chamado para seguir os passos dela, Elloren, ou então o Ancião não teria te abençoado com a aparência dela. Espere até que todos te vejam!

Sigo Paige pelos corredores sinuosos, povoados apenas por ocasionais e atormentadas criadas urisk que passam correndo e nos ignoram com deferência.

Quando saímos para um mezanino com corrimão de cerejeira, sinto minha garganta secar. Faço uma pausa no topo de uma vasta escadaria e olho para baixo, para um gigantesco saguão circular.

Um mar de gardnerianos de aparência importante está diante de nós, todos vestidos de preto. Cerca de metade deles traja o uniforme militar, a maioria de alto escalão, alguns usam as capas de bainhas prateadas dos magicamente poderosos.

Primeiro, há alguns olhares curiosos em nossa direção. Então alguém solta uma exclamação de surpresa. Um silêncio cai sobre a sala.

Pisco para eles, distraída pelo lustre enorme que domina o saguão; centenas de velas foram colocadas nos galhos de uma bétula esculpida e invertida, pendurada com cristais em forma de folha. Ela impregna toda a sala com um brilho dançante e mutável.

Meus olhos circulam pelo saguão, e são atraídos para um homem parado lá no centro. Ele é esguio e usa uma longa túnica escura de sacerdote, com a imagem de um pássaro branco estampado no peito. Ele é mais jovem do que a maioria dos sacerdotes, tem feições atraentes e afiladas, testa alta e cabelo preto liso que lhe cai sobre os ombros. Seus olhos verdes são tão intensos e vívidos que parecem brilhar em brasa, como se iluminados por dentro.

Ele me encara com um olhar de reconhecimento tão forte que me surpreende.

Uma imagem surge à vista: a casca queimada de uma árvore, galhos pretos erguendo-se contra um céu estéril.

Sugada para o vazio escuro da imagem, agarro-me ao corrimão em busca de apoio.

A árvore tremula e depois se apaga.

Estreito os olhos para o lustre e solto um suspiro profundo. Talvez um truque de luz. Tinha que ser um truque de luz.

Com o coração disparado, volto a fitar o sacerdote. Ele ainda me olha com uma familiaridade desconcertante. Minha tia está de pé ao lado dele. Ela acena a mão graciosa, sinalizando para que me junte ao círculo em que está. As safiras fazem brilhar sua túnica escura e as saias.

Paige coloca a mão no meu ombro. Sua voz está suave e é encorajadora:

– Vá em frente, Elloren.

Sentindo-me abalada, forço um pé na frente do outro e me concentro no rico carpete esmeralda da escada. Ele abafa meus passos e me impede de escorregar em meus novos saltos traiçoeiros, minha mão aperta o corrimão resplandecente. A cerejeira me firma, a madeira de origem é sólida e forte.

Quando desço o último degrau, a multidão de olhos arregalados e apreciativos se abre, e logo estou diante do jovem sacerdote. A árvore sem vida aparece mais uma vez. Surpresa, pisco com força para clarear a imagem, e ela logo desaparece.

Há algo muito errado aqui. É como se eu estivesse diante de uma floresta densa, enquanto todos estão certos de que nada está errado. Mas um lobo espera nas sombras.

Encontro o olhar esmagador do sacerdote.

– Elloren. – Minha tia sorri. Sua mão se move em direção a ele. – Este é Marcus Vogel. Ele ocupa o Conselho dos Magos comigo e pode muito bem ser nosso próximo alto mago. Sacerdote Vogel, minha sobrinha, Elloren Gardner.

Marcus Vogel estende a mão com uma graça serpentina, pega a minha e se inclina para beijá-la. Uma curiosidade fascinada ilumina seu olhar.

Luto contra a vontade de recuar.

Sua pele é estranhamente morna. Quase quente. E ele está olhando para mim como se pudesse ver com clareza, no fundo da minha mente, a imagem da árvore ainda reverberando ali.

– Elloren Gardner – ele murmura, com uma voz inesperadamente rouca. Há algo sutil e sedutor nele que desencadeia um calor penetrante no fundo do meu ser, como uma invasão misteriosa. Eu me reteso contra a sensação.

Vogel fecha os olhos, sorri e respira fundo.

– O poder *dela*. *Corre* em suas veias. – Ele abre os olhos e os fixa na minha mão. Ele traça um dedo languidamente sobre a pele da minha mão, e um arrepio desconfortável percorre minha espinha. Vogel ergue o olhar atento para o meu, sua voz é um acalanto. – Você consegue *sentir* isso?

Sou lançada em uma confusão conturbada.

– Não – eu me forço a dizer enquanto tento puxar minha mão com discrição. Ele a segura firme.

– Ela já passou pela avaliação de varinhas? – Sua pergunta para minha tia sai densa como mel escuro.

– Sim, diversas vezes – minha tia lhe assegura. – Ela não tem poderes.

– Tem *certeza*? – ele pergunta, com os olhos inabaláveis fixos em tia Vyvian. Minha tia confiante e imperturbável murcha visivelmente sob o olhar penetrante de Vogel.

– Sim... sim, bastante. – Tia Vyvian vacila. – O tio dela me garantiu isso. Ele a testou formalmente mais uma vez ainda no ano passado.

Eu olho para minha tia, surpresa tanto por seu comportamento acovardado quanto por suas palavras. Ninguém fez a minha avaliação de varinhas um ano atrás. Não sou testada desde que era uma criança pequena.

Por que o tio Edwin mentiu?

O vazio sombrio de Vogel me pressiona, quente e implacável, e me afasto dele por dentro, fitando seu olhar ardente com crescente apreensão.

Por que ele me enerva tanto sendo que está claro que tia Vyvian e tantos outros magos adoram o chão que ele pisa?

Vogel solta minha mão e, protetiva, eu a puxo de volta, meus dedos abrem e fecham sem parar, tentando me livrar da sensação perturbadora dele.

– Que pena – ele lamenta, estendendo a mão para tocar meu rosto com dedos hábeis de artista. Resisto ao impulso de recuar. Ele inclina a cabeça, questionador, e respira fundo, como se estivesse farejando o ar. – E ainda assim... há algo da essência de Clarissa nela. E é *forte*.

– Ah, sim – minha tia concorda, com um sorriso melancólico. – Ela *tem* algo da minha mãe nela. – Tia Vyvian começa a descrever com orgulho minhas realizações musicais, minha fácil aceitação na universidade.

Vogel está a ouvindo parcialmente, seus olhos estão fixos em minhas mãos.

– Você não é laçada – ele diz para mim, as palavras são monótonas e estranhamente severas.

Chamas de desafio acendem no fundo de mim. Eu olho direto para ele.

– Nem o senhor.

– Pelos céus, criança – um membro do Conselho com a barba muito bem aparada intervém, um *M* dourado está preso à sua túnica. – O mago Vogel é um *sacerdote*. *Claro* que ele não é laçado. – O homem balança a cabeça e dá uma risada nervosa, desculpando-se com o sacerdote Vogel.

Ele o ignora.

– Ela precisa ser bem laçada – ele diz para minha tia, com os olhos fixos nos meus.

– Ela vai ser – tia Vyvian lhe garante.

Vogel se vira brevemente para ela.

– Com alguém de poder substancial.

Ela sorri, conspiradora.

– Claro, Marcus. Ela está sob minha proteção agora.

– Ela conheceu Lukas Grey?

Tia Vyvian se inclina para sussurrar algo em seu ouvido, e suas saias rígidas farfalham. Os outros membros de seu círculo começam a conversar entre si. Eu mal os ouço, distraída pela sensação do olhar penetrante de Marcus Vogel.

O som de um grupo barulhento entrando enfim chama minha atenção.

Fallon Bane desliza para o saguão. Ela está cercada por uma multidão de belos aprendizes militares em uniformes cinza-ardósia, bem como por sua guarda militar e alguns outros oficiais vestidos em preto-soldado. Orbitando-os está um punhado de jovens muito bonitas.

Mas nenhuma é mais bela que Fallon.

Se ela tinha um vestido feito do mesmo tecido que o meu, tratou de abandoná-lo. O vestido-traje que ela usa agora é espetacular e reluzente, e voa em desafio berrante ao código de vestimenta aceito: é escandalosamente roxo no limiar do preto, em vez de preto no limiar do roxo. Os dois militares que a flanqueiam possuem os mesmos olhos deslumbrantes e o sorriso presunçoso. Devem ser os seus irmãos; um deles é mais alto e usa uniforme preto, enquanto o outro usa o cinza de aprendiz de militar. Ambos carregam cinco faixas de prata no braço.

No mesmo instante, Fallon se concentra em mim. Ela ergue a mão, como se estivesse me provocando, e lança uma espiral de fumaça que se eleva cintilando um arco-íris de cores. A multidão explode em "oohs" e "aahs" encantados enquanto toda a atenção da sala se volta para ela. Os militares mais velhos em nosso círculo a observam com cautela. Aprendizes militares não devem usar magia a menos que tenham permissão, isso pode ser motivo para ser dispensado da Guarda dos Magos.

O comandante militar perto da minha tia gesticula para o oficial ao lado dele com um tapinha sutil no ar; *deixe para lá*. Minha cabeça começa a latejar. Ao que parece, Fallon Bane não é apenas poderosa. Parece que ela existe à parte de todas as regras habituais.

A garota move a varinha e a fumaça colorida desaparece em uma profusão de faíscas multicoloridas. As jovens ao seu redor riem e aplaudem.

Ela embainha a varinha, estreita os olhos para mim, inclina-se para seu irmão mais alto vestido de preto e murmura algo enquanto os outros a escutam. Todos trocam olhares surpresos, depois se voltam para mim com expressões de desgosto divertido.

Contraio os dedos dos pés com força, e meu coração afunda. Pergunto-me quais mentiras ela está espalhando sobre mim.

CAPÍTULO DEZ
A PROFECIA

Depois que minha tia nos dá autorização para sair dali, Paige me leva embora rapidamente. Seu braço está entrelaçado no meu enquanto ela me puxa através de um par de portas ornamentadas para um enorme salão de baile. A música orquestral aumenta ao nosso redor, e logo me vejo envolta em sua grandeza.

Estamos cercadas por gardnerianos prósperos, alguns estão girando na pista de dança. Muitas das pessoas pelas quais passamos suspiram ao me ver, sorriem com apreço e se aproximam para elogiar minha "excelente família". Algumas criadas urisk trajadas com túnicas brancas e elegantes circulam com bandejas douradas com pequenas iguarias. Outras servem a comida variada disposta em uma mesa ampla lindamente decorada com vasos de rosas vermelhas, tudo iluminado por vários candelabros que embelezam o tampo.

Paige me conduz pela multidão em direção à comida, então se sobressalta ao ver Fallon e os amigos entrando, cercados pela guarda militar da garota. Paige trata de pegar dois pratos, joga algumas frutas cristalizadas em ambos e me puxa para um canto escuro, ficamos as duas meio escondidas por um gigantesco vaso de samambaia.

– Aquele ao lado de Fallon é o Sylus? – pergunto, enquanto Paige me entrega um prato.

Sua testa franze no que ela mordisca uma groselha açucarada.

– Sim, é ele.

Eu a olho com simpatia conforme dou uma mordida na cereja cristalizada. Se Sylus Bane é parecido com a irmã, é a pior das sortes que a meiga Paige esteja laçada a ele.

Olho ao redor enquanto Paige pega as groselhas, seus dedos não demoram a ficar pegajosos por causa da fruta açucarada. Meus olhos se arregalam de surpresa quando avisto rostos familiares.

– São... os pais de Sage Gaffney – murmuro para Paige, em espanto. Eles estão no amplo corredor ao lado do salão de baile, vestidos com os trajes de gola alta austeros e conservadores de sempre. A expressão deles é solene e dolorosa, e ambos estão sendo abraçados por uma série de simpatizantes, o rosto destes demonstram severa preocupação. Vasculho o ambiente em busca de outros membros da família e encontro o irmão mais velho de Sage, Shane. Ele está na lateral oposta das mesas de comida, parado ao lado de outro vaso de samambaia, vestido com seu uniforme de soldado e olhando carrancudo para a multidão.

Paige coloca a mão na minha com cautela.

– Elloren, você não pode dizer o nome dela. E não deve ir até eles. Algo *terrível* aconteceu...

– Eu sei – digo a ela. – Eu sei tudo sobre o assunto. Mas não entendo. Por que não posso dizer o nome dela?

Paige engole em seco, seus olhos voam em direção aos Gaffney, preocupados.

– Ela foi *Banida*.

– *Banida*? – Empalideço, e minha boca se abre. É um ritual de rompimento. Como se fosse um funeral. Reservado para aqueles cujas ações são tão hediondas que sua própria existência deve ser apagada para restaurar a honra e a pureza da família. – Mas... minha tia me disse que eles estão tentando ajudá-la.

Paige olha para a família de Sage, sua expressão está tristonha.

– Acho que ela não queria ser ajudada.

Lembro-me de como Sage estava fora de si. Dar à luz um demônio icaral é o suficiente para levar qualquer um à loucura. Uma imagem de Sage tecendo grinaldas de fitas e flores de cotovia quando eu era criança enche minha mente. De Sage me deixando brincar com suas cabrinhas. E depois, na adolescência, de Sage tendo a paciência de me ensinar a bordar padrões intrincados. Nós nos sentávamos sob o grande carvalho que fica a meio caminho entre a propriedade dela e meu chalé, costurando, em silêncio, flores-de-ferro ao longo das bainhas de nossas roupas. Sempre a admirei por sua graça tranquila e modos artísticos.

Eu coloco meu prato para baixo.

– Vou falar com o irmão dela.

Paige se inquieta. Posso ver que ela não quer fazer parte disso, que está assustada com a proximidade que os Gaffney têm com um pesadelo da vida real, mas ela não me impede enquanto atravesso o salão e vou até Shane.

A mão de Shane aperta com força uma taça de cristal, como se estivesse tentando decidir em quem jogá-la. Ele é mais baixo do que a maioria dos jovens soldados aqui, mas compensa isso com a constituição atlética e esguia de um lutador: todo massa muscular e energia raivosa.

– Shane – eu digo com tato conforme me aproximo. Olho ao redor e mantenho minha voz baixa. – Fiquei sabendo da Sage.

Ele faz uma careta incisiva.

– Você não sabe que não deve dizer o nome dela? – Com uma expressão de nojo no rosto, ele aponta a taça para a família. – Eles podem banir você também.

Olho para os Gaffney, preocupada.

– O que aconteceu com a sua irmã? Ela está bem?

A preocupação nubla seu semblante, e ele balança a cabeça.

– Eu não sei, Elloren. Não sei onde ela está. Ninguém sabe. E minhas irmãs mais novas fugiram com ela.

Eu prendo a respiração. *As irmãs também*! Lembro-me da visão surreal de Sage indo para a floresta e sinto uma pontada de culpa. *Ah, Ancião, eu deveria ter dito algo…*

Mais uma vez, ele balança a cabeça em descrença.

– Eles enviaram *toda* a Quinta Divisão atrás deles. Mas não conseguiram encontrá-las. É como se todas elas tivessem desaparecido.

A Quinta Divisão é composta pelos melhores rastreadores gardnerianos. É impossível se esconder deles. Eles ganharam notoriedade durante a Guerra do Reino, descobrindo bases inimigas secretas, localizando grupos ocultos de feéricos perigosos. Há rumores de que o melhor deles pode ler uma trilha de uma semana deixada para trás na floresta. Sei de tudo isso porque já faz alguns anos que eles estão recrutando meu irmão, Rafe.

– Essa não é a sua divisão? – pergunto. – Por que não está com eles? – Shane é um rastreador. E um talentoso, assim como Rafe.

O rosto de Shane se transforma em uma máscara de amargura.

– Bem, Elloren, parece que eles pensaram que eu não tinha o nível de distanciamento necessário para matar minha própria irmã.

Meu rosto empalidece.

– *Matá-la*?

A expressão de Shane se torna dolorosa.

– Ela não apenas deu à luz um icaral, Elloren. Eles acreditam que ela deu à luz *o* icaral.

Estou congelada em um silêncio atordoado.

Todos nós conhecemos a Profecia, repassada pelo falecido Atellian Lumyn, um dos maiores Videntes que nossa igreja já conheceu.

Um Grande Alado logo surgirá e lançará sua sombra temível sobre a terra. E assim como a Noite massacra o Dia, e o Dia massacra a Noite, também outra Bruxa Negra se levantará para enfrentá-lo, seus poderes vastos vão além da imaginação. E enquanto os poderes de ambos se chocarem no campo de batalha, os céus se abrirão, as montanhas tremerão e as águas correrão carmesim… e o destino de ambos determinará o futuro de toda a Therria.

Lumyn era considerado um profeta, seus escritos eram lidos por todos os gardnerianos devotos, perdendo apenas para nossa sagrada escritura, *O Livro dos Antigos*. Ele morreu quando eu era criança e ainda morava em Valgard; ainda me lembro das ruas lotadas no dia de seu funeral, da manifestação comunitária de luto.

O mago Lumyn previu com precisão a ascensão de minha avó ao poder e sua batalha com um demônio icaral. Ele escreveu sua última Profecia logo após a morte dela e o fim da Guerra do Reino, o que enviou ondas de choque através de Gardnéria. Meu povo achava que os demônios estavam derrotados. Que enfim estavam a salvo do terrível fogo dos icarais e da escuridão alada. Mas agora uma ameaça ainda maior dessa casta surge no horizonte.

– Chegou a hora – Shane murmura, com voz áspera. – Os Videntes da Igreja confirmaram o fato. E não apenas *eles*. Os Videntes de outras raças também. Todos leram a mesma mensagem: o icaral da Profecia está aqui. Um macho, possuidor de suas asas e plenos poderes. Todos os outros icarais machos foram capturados e despojados de suas asas. Você não entende, Elloren? *Tem* que ser o bebê da minha irmã.

– Não. – Balanço a cabeça, desesperada para refutar o fato. É muito bizarro. Como a gentil e atenciosa Sage poderia dar à luz o demônio da Profecia? – Não pode ser…

Mas vejo pela expressão dele que pode.

Shane olha para a taça de ponche, mal conseguindo conter a própria infelicidade

– Você sabia que ele batia nela?

– Quem?

– Quem você *acha*? *Tobias*. Ele era cabeça quente. – Ele olha em volta para a multidão, e deixa transparecer sua angústia. – Sabe, ela sempre fez tudo o que eles queriam. *Todos* eles. Ele começou a espancá-la logo depois que ela entrou na universidade. É por isso que minha irmã fugiu com aquele *kéltico*. – No momento, ele está segurando a taça com tanta força que fico receosa de que a quebre. – Ele se aproveitou dela – Shane resmunga, e a fúria nada em seus olhos. – Não é o comportamento típico de um *kéltico*? Ele *usou* minha irmã, forçou seu *corpo imundo* sobre ela e *agora*… – Ele para, seus olhos ficam vidrados com lágrimas de raiva.

Estendo a mão para ele, que se afasta de mim.

– Shane, não pode ser – pressiono, destemida. – A Profecia não é apenas sobre um icaral. Tem que haver uma Bruxa Negra também, e não há ninguém com esse nível de poder…

Shane me lança um olhar de descontrolada incredulidade.

– *Claro* que existe. Ou vai existir. – Ele olha através da sala, para os Bane.

Minha garganta aperta. *Fallon Bane*. A próxima Bruxa Negra. Enviada para matar o bebê demônio de Sage Gaffney. É combustível para pesadelos.

Eu me viro para Shane, com minha voz fraca.

– Você acha mesmo que Fallon Bane poderia se tornar tão poderosa?

– Sim, considerando o quanto seu poder está crescendo. – O rosto de Shane se fecha, sua voz fica dura, desprovida de toda esperança. – Não há nada que possa ser feito quanto a isso, Elloren. Está tudo acabado para a minha irmã. Volte para sua família. O assunto não é da sua conta.

Eu olho para Fallon.

Ela puxa sua varinha e, zombeteira, a aponta para um aprendiz militar magricelo. O rapaz congela, e os outros em seu grupo ficam em silêncio e tensos.

Isso não é permitido. Os aprendizes são proibidos de sacar varinhas um para o outro.

Estou chocada. Há oficiais espalhados por todo o salão e, mais uma vez, ninguém repreende Fallon por uma flagrante violação das regras.

Fallon ri e embainha a varinha, dissipando a tensão, os espectadores explodem em gargalhadas nervosas. O jovem aprendiz dá a todos um sorriso tímido e assustado antes de se afastar.

Fallon o observa sair, depois fixa os olhos em mim. Seu sorriso é lento e deliberado, sua mensagem inconfundível.

Cuidado, Elloren Gardner. Poderia muito bem ser você.

CAPÍTULO ONZE

AISLINN GREER

Shane se despede e, em um esforço para me acalmar, vou até a mesa de refrescos para pegar algo para beber.

Eu me sirvo um pouco de ponche, mas percebo que minhas mãos estão tremendo, a concha de vidro bate na taça de cristal enquanto a encho com um líquido doce e vermelho salpicado com pétalas de flores comestíveis. Convocada por Sylus, uma Paige relutante foi se juntar a ele, deixando-me sozinha.

De repente, sinto o olhar de alguém em mim e olho para o lado.

Uma jovem delicada e despretensiosa com olhos verdes inteligentes está me fitando com toda a calma de onde está sentada, há um livro aberto e virado para baixo em seu colo, e suas mãos estão apoiadas nele. Ela está vestida como Echo Flood, com um vestido conservador de várias camadas com uma esfera prateada da Therria pendendo de lá. Sem maquiagem. Percebo que as mãos apoiadas em seu livro não têm marcas, como as minhas, o que me parece incongruente. O vestido a identifica como alguém de uma família muito conservadora, mas ela não está laçada.

– Fallon não parece gostar de você – ela comenta, enquanto olha para a pessoa a quem se refere, que está rindo e comendo com as amigas. Ela sorri para mim com simpatia e olhos bondosos. – Você é corajosa, sabe. Na sua escolha de inimigos.

– Não gosta dela, então? – pergunto, surpresa.

A jovem balança a cabeça.

– Fallon? Ela é má como uma cobra. Assim como os irmãos. – Ela me lança um olhar de cautela. – Veja bem, se contar a alguém que eu disse isso, vou negar.

Arqueio as sobrancelhas, aliviada por enfim conhecer alguém fora do círculo social de Fallon. Estendo a mão para ela.

– Sou Elloren Gardner.

Ela ri e aperta a minha mão.

– *Isso* é óbvio. Já ouvi falar muito de você.

– Deixe-me adivinhar – digo, cautelosa. – Sou a garota parecidíssima com a minha avó?

– Não – ela ri –, você é a garota que vivia no fim do mundo, em algum lugar no Norte. Mas acho que sua *verdadeira* fama é a de que você nunca foi beijada.

Meu rosto fica quente, eu suspiro e ergo a mão para massagear minha testa dolorida.

– Eu nunca deveria ter dito isso a ela.

– Não se preocupe – diz ela, tentando me reconfortar. – Fui beijada e o ato *é* superestimado.

Paro de esfregar a testa.

– Sério?

– *Sério*. Duas pessoas pressionando a boca na da outra, trocando saliva, talvez até mesmo com pedaços de comida misturados. Não é nada atraente quando paramos para pensar no assunto.

Soltei uma risadinha.

– Você é uma romântica inveterada, não é?

– Não sou nem um pouco romântica – afirma, com certo orgulho. – O romance apenas complica a vida, cria expectativas irrealistas.

Ela está sentada muitíssimo empertigada, com o vestido discreto passado à perfeição, o longo cabelo preto foi penteado com cuidado e puxado para trás com duas presilhas de prata.

– Talvez você não tenha conhecido o jovem certo ainda – sugiro.

– Não, eu o conheci – diz ela, com naturalidade. – Nós faremos o laço de varinha até o final do ano. Ele está ali. – Ela aponta com o queixo a entrada do grande salão de baile. – Aquele logo à direita da porta.

Ele é muito parecido com todos os outros jovens circulando por ali. Queixo quadrado, cabelo preto, olhos verdes.

Eu me viro para ela.

– Então você o beijou.

– Sim, é esperado. – Ela suspira com resignação. – Eles aguardam tanto por... outras coisas, os nossos homens. Devemos lançar umas migalhas para eles de vez em quando, eu acho.

– Mas você não gosta disso.

– Não é *horrível*, não me interprete mal. É *tolerável*.

Sua falta de entusiasmo me faz rir.

– Você faz parecer que está cumprindo obrigações!

– Bem, meio que *é*. – Ela sorri para mim com bom humor.

– Você se sente assim, e está tranquila em se laçar a ele? Em se *casar* com ele?

Ela dá de ombros.

– Ah, o Randall é decente. Ele será um bom companheiro de laço, suponho. Meus pais o escolheram para mim, e confio neles.

– Quer dizer que você não teve voz no assunto?

– Eu não preciso ter. Confio neles. Eu sabia que não escolheriam alguém ruim. Eles também escolheram companheiros de laço para minhas duas irmãs mais velhas.

Estou fascinada por sua total aceitação do assunto.

– Você não gostaria de escolher seu próprio companheiro de laço? – Tio Edwin nunca escolheria alguém para mim. Talvez ele me apresentasse a alguém agradável, mas com certeza deixaria que eu, sozinha, tomasse a decisão.

Ela dá de ombros.

– Na verdade, não importa quem escolhe. A maioria desses jovens são basicamente intercambiáveis. Quero dizer, olhe para eles. – Com desdém, ela aponta para um grupo de rapazes. – É difícil até mesmo diferenciá-los.

Ela tem alguma razão. Ao olhar ao redor da sala, devo admitir que seria difícil encontrar um rosto memorável, um que se destacasse em verdadeiro contraste.

– O que você está lendo? – pergunto, mais uma vez notando seu livro.

Ela cora.

– Ah, é só um livro para a universidade – ela explica, um pouco inocente demais. – Estou adiantando os meus estudos.

A capa confirma o que ela me diz: *Uma história comentada da Gardnéria*. Pensando bem, o papel da capa não se encaixa *exatamente* no livro, pende um pouco das laterais.

– O que você está *realmente* lendo? – insisto.

A princípio, seus olhos se arregalam de surpresa, e então ela se recosta na cadeira, suspira e entrega o livro em falsa derrota.

– Você não pode contar a ninguém – ela sussurra, de forma conspiratória.

Espio sob a capa e folheio.

– Poemas de amor! – sussurro de volta, rindo. Entrego o livro de volta e sorrio. – Pensei que você não fosse romântica.

– Não na vida real – ela esclarece. – Acho que gosto da ideia. Mas percebo que é a mais pura e genuína fantasia.

– Você é engraçada – eu digo, sorrindo para ela.

Ela inclina a cabeça para o lado, me considerando.

– E você é completamente diferente do que eu esperava que fosse. A propósito, sou Aislinn Greer. Meu pai é membro do Conselho dos Magos, assim como a sua tia. Seremos colegas na universidade.

– Elloren, vejo que você fez uma nova amiga. – Eu me viro e vejo minha tia caminhando até nós.

– Boa noite, maga Damon. – Respeitosa, Aislinn cumprimenta minha tia enquanto cobre o livro com as duas mãos.

– Boa noite, Aislinn. – Tia Vyvian sorri. – Eu estava falando com seu pai ainda há pouco. É tão bom ver você aqui. – Ela se vira para mim. – Elloren, gostaria que você fosse buscar seu violino. O sacerdote Vogel gostaria de ouvi-la tocar para nós esta noite.

Meu estômago revira.

– Tocar? Agora? Para *todos*?

– Seu tio sempre me disse que você é extraordinariamente talentosa.

– Sinto muito, tia Vyvian... *eu*... eu *não posso*... – Eu nunca me apresentei para uma multidão, e a apreensão de só pensar nisso me deixa enjoada.

– Bobagem, criança – tia Vyvian diz, me desconsiderando. – Corra e pegue seu instrumento. *Ninguém* deixa o próximo alto mago esperando.

CAPÍTULO DOZE
LUKAS GREY

É um alívio quando enfim saio do salão de baile lotado para o corredor privado que leva ao meu quarto; os sapatos apertados estão dando câimbra em meus pés. Por um breve instante, penso em escapar.

Entro no cômodo deserto e minha respiração fica presa na garganta.

Lá, aberto na minha cama, está um estojo de violino. Dentro, aninhado confortavelmente em veludo verde, está um violino maeloriano; o instrumento de mais alta qualidade do Reino Ocidental, feito por elfos nas Montanhas Maelorianas do Norte com o raro abeto alfsigr. Um bilhete foi posto com cuidado sob as cordas, uma mensagem escrita na caligrafia fluida da minha tia.

Deixe a família orgulhosa.

Sento-me ao lado do violino e o encaro. Não consigo nem imaginar como tia Vyvian conseguiu acesso a tal instrumento. Quando por fim o pego em minhas mãos, sinto como se estivesse levantando um objeto sagrado. Uma imagem de um abeto alfsigr cônico em uma encosta inclinada acaricia minha mente quando toco as cordas com delicadeza.

Afinado à perfeição.

Um formigamento animado borbulha dentro de mim conforme aperto o arco, ergo o instrumento na posição certa e deslizo o arco pelo Lá.

Uma nota perfeita soa no ar, pura como um calmo lago azul.

Uma onda de alegria acelera meu coração. Emocionada, guardo o instrumento no estojo, ando até minha bolsa de viagem e, mal contendo o entusiasmo, procuro na pasta de música minha peça favorita, *Escuridão de Inverno*, e logo encontro o pergaminho duro. Encaro as linhas nítidas das notas, com a música já dançando na minha cabeça.

Olho para a porta e minha euforia implode depressa, minha tarefa indesejável esperando para me pressionar como uma pedra de moleiro.

Preparando-me, tomo uma decisão. Se vou explodir em chamas na frente de metade de Valgard, melhor fazer isso ao som da mais bela peça musical já composta para violino.

Pego o instrumento com bastante cuidado, coloco a partitura debaixo do braço, forço-me a ficar de pé e saio, determinada, para encontrar minha ruína; bem, tão determinada quanto alguém consegue ao andar com os sapatos mais desconfortáveis já inventados.

Volto para o salão de baile lotado e imediatamente começo a perder de vez o prumo; minha boca fica seca, meu estômago revira e o pior de tudo: minhas mãos começam a tremer.

Minha tia me olha com um sorriso educado conforme me aproximo. Ela está conversando com o sacerdote Vogel e um grupo de membros do Conselho dos Magos. Marcus Vogel me encara com uma intensidade inabalável, e mais uma vez me pergunto se ele consegue ler minha mente.

– Obrigada por me permitir usar este... incrível violino, tia Vyvian – digo, com voz trêmula.

– De nada, querida. – Ela sorri. – Estamos prontos para você. – Ela aponta para um atril dourado posicionado ao lado da orquestra e diante de um piano magnificamente esculpido; o ébano de sua madeira entalhado à semelhança de várias árvores que sustentam, com galhos frondosos, sua ampla superfície.

Tia Vyvian me guia até o atril. Os membros da orquestra inclinam a cabeça e sorriem em saudação. Eu me abaixo para mexer no estojo do violino; o tremor em minhas mãos piora.

– Esta é Enith – diz minha tia. Eu olho para cima e vejo uma jovem urisk com grandes olhos safira e pele azul brilhante. – Ela pode virar as páginas para você.

– Páginas?

Minha tia me olha como se eu tivesse perdido o juízo.

– Da sua *partitura*.

– Ah, sim, claro. – Eu me endireito, puxo o pergaminho de debaixo do braço e o entrego para a garota urisk. Ela o pega das minhas mãos trêmulas, sua testa está franzida de preocupação.

A conversa no vasto salão vai se reduzindo a um silêncio à medida que mais e mais convidados notam minha tia esperando por sua atenção.

– Gostaria de apresentar minha sobrinha, Elloren Gardner – diz tia Vyvian, suavemente. – Alguns de vocês já tiveram o prazer de conhecê-la. Alguns frequentarão a universidade com ela este ano.

Olho para a multidão e fico horrorizada ao ver Fallon abrindo caminho para a frente com um grande grupo de jovens.

Estendo a mão para virar a primeira página da partitura e a derrubo do suporte; as páginas se espalham por todo o chão.

– Desculpe – sai estrangulado, em meio à voz rouca.

Eu me agacho e me atrapalho com as páginas, a garota urisk me ajuda. Consigo ouvir Fallon e comitiva tentando disfarçar a risada zombeteira com tosses.

Depois do que parece uma eternidade mortificante, eu me levanto. A garota urisk pega a partitura das minhas mãos, talvez não querendo me deixar arruinar sua parte do trabalho.

Inclino-me mais uma vez para tirar o violino do estojo, levanto-me, firmo-o no queixo e tensiono o braço do arco para tentar controlar meu tremor.

Fallon e seu grupo me observam com expectativa perversa. Aislinn Greer, que está perto da frente da multidão, acena com um encorajamento amigável.

Tenho medo de vomitar bem ali diante de todos se eu me demorar mais, então começo.

O arco escorrega no violino com um guincho áspero, e estremeço, surpreendendo até a mim mesma com o som horrível que o instrumento emitiu. Prossigo, desastrosamente desafinada, enquanto luto para manter o foco na música, sentindo como se estivesse perdendo todo o controle de minhas mãos trêmulas.

Eu paro, com o violino ainda em posição, e lágrimas ardem em meus olhos. Estou envergonhada demais para encarar a multidão.

Mais tosses e risadas chocadas vêm da direção de Fallon.

O som de sua zombaria crava uma pontada de mágoa raivosa em mim, o que acaba por fortalecer a minha determinação. A madeira do violino pulsa com um leve calor. A imagem de galhos ásperos e fortes lampeja no fundo dos meus olhos e recua, como se a madeira estivesse tentando me alcançar.

Fortalecida, concentro-me em relaxar as mãos, forço o tremor a parar e começo de novo. Desta vez, meu arco desliza suavemente pelas cordas e a melodia começa a se encaixar. Cerro os dentes e toco. A qualidade do instrumento torna a música quase aceitável...

E então começa.

Música de piano atrás de mim, me acompanhando.

Mas não qualquer música de piano; *linda* música, entrelaçando-se em torno das minhas débeis tentativas de melodia.

Vacilo por um momento, em descrença.

A melodia do piano me segura, desacelerando onde tropecei, improvisando onde errei as notas. Outra onda de calor se espalha pela madeira conforme galhos sinuosos preenchem minha mente, serpenteando por mim.

Relaxo e entro na música, pouco a pouco, minhas mãos vão se firmando, as notas entrando em foco. Fecho os olhos. Não preciso olhar para a partitura. Eu *conheço* essa música.

A multidão à minha frente se desvanece e depois desaparece até ficar só eu, o violino, o piano e a árvore.

E, então, não contando mais com o piano como uma rede de segurança, de repente voo. Minhas mãos agora estão firmes e seguras, e a música se ascende.

Eu continuo, com beleza, mesmo depois que o piano desaparece, deixo-me mergulhar no longo solo de violino no coração da peça.

Lágrimas vêm aos meus olhos quando a melodia atinge seu auge, a música me atravessa. Eu a deixo fluir através da madeira do arco, da madeira do violino, enquanto gentil e graciosamente levo a peça ao seu triste final.

Abaixo o arco, com os olhos ainda fechados, a sala guarda um silêncio pétreo por um momento mágico e abençoado.

O salão irrompe em aplausos altos e entusiasmados.

Abro os olhos enquanto a multidão converge ao meu redor; os membros da pequena orquestra me enchem com uma cacofonia de elogios e cumprimentos.

Mas a medida mais clara da qualidade do meu desempenho pode ser vista na expressão de Fallon Bane. Ela fica parada, boquiaberta, parecendo horrorizada, e seus amigos me olham com aprovação recém-florescida.

Eu me viro para descobrir quem é meu salvador ao piano, e minha respiração falha quando o vejo.

Ele é, de longe, o jovem mais bonito que já vi na vida, com traços fortes e finamente esculpidos, o traje arrojado de um soldado gardneriano e olhos verdes profundos absolutamente fascinantes.

E ele está sorrindo para mim.

Posso adivinhar quem é sem precisar ser apresentada.

Lukas Grey.

Com um movimento fluido e gracioso, ele se levanta do banco do piano. Ele é alto e de ombros largos, o corpo magro de um atleta nato e os movimentos controlados de uma pantera. E as mangas de sua túnica militar preta são listradas com cinco faixas de prata.

Conforme ele se aproxima de mim, Fallon Bane surge ao seu lado, enlaça o braço dela no dele, marcando território, e me fita com um olhar ameaçador.

Com surpresa divertida, Lukas dá uma olhadela para o braço de Fallon, em seguida olha de volta para mim e ergue uma sobrancelha preta, como se fôssemos velhos amigos compartilhando uma piada interna. De repente, minha tia aparece do outro lado de Lukas e ela se concentra em Fallon; há um olhar agradável e calculista em seu rosto.

– Fallon, querida – ela canta –, sacerdote Vogel e eu precisamos falar com você.

O rosto de Fallon assume uma expressão de puro pânico quando seus olhos se movem de Lukas para mim e de volta para minha tia. Ela abre a boca, como se estivesse tentando formular um protesto, mas nada sai. O rapaz continua me olhando com aqueles olhos deslumbrantes, achando graça na situação.

– Venha, querida. – Minha tia direciona Fallon. Ela aponta para o outro lado do recinto, onde o sacerdote Vogel está cercado por uma multidão de olhos brilhantes e adoradores. Com cautela, encontro o olhar penetrante do sacerdote, e ele acena com a cabeça.

Fallon solta o braço de Lukas como se estivesse abandonando um tesouro conquistado a duras penas e me lança um olhar de puro ódio.

– Eu já *volto* – diz ela, ao passar, deixando a ameaça transparecer em seu tom.

Conforme minha tia a conduz com firmeza, Fallon olha para nós repetidas vezes; seu rosto é uma máscara de desespero furioso.

Eu me viro para Lukas.

Santo Ancião, ele é lindo.

– Obrigada por tocar – digo, com sincera gratidão.

Despreocupado, ele coloca um braço em cima do piano, inclinando-se no instrumento.

– Foi um prazer. Não é sempre que toco com uma musicista tão boa. Foi um privilégio, na verdade.

Eu rio de nervoso.

– Não sou uma musicista tão boa. Praticamente estraguei o começo.

Seus olhos brilham.

– Sim, bem, você estava nervosa. Mas compensou bem rapidinho.

Ele se apruma languidamente e estende a mão para mim.

– Sou Lukas Grey.

– Eu sei – respondo, instável, pegando sua mão. Seu aperto é firme e forte.

– Você *sabe*? – rebate ele, ao erguer uma sobrancelha.

– Fallon. Quando a vi segurar seu braço, descobri quem você era. Ela me disse que você está prestes a se laçar a ela.

– Ah, ela *disse*, não disse? – Ele está sorrindo de novo.

– Você não vai?

– Não.

– Ah.

– Ela me encurralou mais cedo para me contar tudo sobre *você* – diz ele, sorrindo.

– O que ela disse?

– Bem, o óbvio. Que você se parece muito com a sua avó. – Ele se inclina tão perto que posso sentir sua respiração em meu ouvido. – Eu já vi retratos dela. E você é muito mais atraente.

Engulo em seco, hipnotizada por ele.

Lukas se endireita quando meu rosto começa a trair meu pulso acelerado, ao ficar vermelho.

– O que mais ela te disse? – pergunto.

– Que você está perdidamente apaixonada por Gareth Keeler.

Uma risada nervosa escapa de mim.

– Ah, tenha dó.

– Então não é verdade?

– Não! – digo, fazendo uma careta, em descrença. – Quero dizer… costumávamos tomar *banho* juntos!

Ele abre um sorriso perverso.

– Em uma *bacia*! – gaguejo, tornando tudo pior.

– Sorte a dele – diz Lukas, erguendo as sobrancelhas em satisfação.

– Não, não... não é nada disso que você está pensando.

– Estou pensando que fico com mais inveja de Gareth Keeler a cada minuto.

– Éramos *crianças pequenas* – protesto, tentando desesperadamente exorcizar a imagem que se forma em sua mente. – Eu o conheço desde sempre. Nós crescemos juntos. Ele é como um irmão para mim.

Ele apenas fica lá, sorrindo, gostando disso até demais.

Eu suspiro.

– O que mais ela te disse? – pergunto, deixando aquele assunto de lado.

– Ela me disse que nunca te beijaram.

Reviro os olhos com isso, mortificada.

– Eu nunca deveria ter dito isso a ela. Acho que a garota contou para todo mundo aqui.

Ele me encara com olhos cheios de insinuação.

– Bem, isso pode ser remediado com bastante facilidade.

– O quê? – digo, sem entender muito bem.

Ele dá um passo para trás e estende a mão.

– Vamos – diz, sorrindo.

Posso ver Fallon do outro lado da sala, ainda encurralada por minha tia, lançando-nos um olhar de pura raiva.

Com o coração batendo forte, pego a mão de Lukas e o sigo conforme ele me conduz rapidamente através da multidão e para fora do salão.

Eu passo por Paige no saguão, e suas sobrancelhas se erguem. Frenética, ela balança a cabeça de um lado para o outro e abre a boca para dizer algo, que sai como um guincho incoerente. Sei que estou infringindo o território de Fallon, mas esta é, de longe, a coisa mais emocionante que já me aconteceu.

Tropeço um pouco, tentando acompanhar os passos largos de Lukas à medida que ele me conduz pela escada do saguão e por uma série de corredores. Tenho vislumbres de grandeza ao longo do caminho: mais candelabros, um retrato de minha avó, belas paisagens das montanhas verpacianas e do mar Vóltico.

A decoração muda de repente quando nos desviamos para passar por um corredor lateral com carpete marrom profundo e paredes cor de vinho impregnadas com o brilho suave e âmbar das arandelas espalhadas. O corredor está deserto, os sons distantes da festa agora abafados. Lukas diminui a velocidade e me conduz, passando por onde o corredor faz uma curva e termina.

Ele para e se vira para mim. O sorriso está mais uma vez em seu rosto. Dou um passo para trás e, nervosa, tateio a parede atrás de mim enquanto olho para a varinha de ébano afixada em seu cinto.

Ele se inclina para perto, apoia a mão na parede ao meu lado e coloca uma mecha solta do meu cabelo atrás da minha orelha.

Engulo de forma audível, e meu batimento cardíaco fica instável.

– Agora – diz ele, com voz de seda –, que assunto é esse de que você nunca foi beijada?

Abro a boca para dizer algo. Para que ele saiba que eu *não sei* beijar, e que provavelmente sou muito ruim nisso, mas antes que eu possa dizer qualquer coisa, ele ergue meu queixo, se inclina e leva os lábios aos meus com uma pressão suave. No mesmo instante, todas as minhas preocupações desaparecem em uma nuvem de fumaça.

Ele deixa seus lábios permanecerem nos meus por breves segundos antes de se afastar um pouco e trazer a boca para perto do meu ouvido.

– Pronto – ele sussurra, baixinho. – Agora você foi beijada.

Eu caio em um torpor completo. *Aislinn estava muito errada sobre isso.*

Tímida, estendo as mãos e as apoio em seus ombros. Posso sentir o calor dele através da seda de sua túnica.

–Você é muito linda – ele sussurra, enquanto se inclina para outro beijo.

Seus lábios são mais insistentes desta vez, e estou ficando quente ao seu toque de uma forma que nunca experimentei antes, sentindo como se estivesse flutuando cada vez mais fundo em um sonho. Ele desliza a mão em volta da minha cintura e me puxa para perto. É tão bom ser beijada por ele, estar tão perto dele... é perigosamente bom. Melhor do que a sensação suave de bordo do rio. Melhor do que a casca aveludada do olmo verpaciano. Melhor do que qualquer coisa.

A sensação se transforma em uma forte explosão de sensações, como se cada pedaço de madeira ao nosso redor brilhasse de leve com a luz de uma tocha. O fogo corre através de mim a partir dos pés, através do meu corpo e aquecendo meus lábios enquanto uma visão da floresta primordial e escura preenche minha mente.

Eu suspiro e me afasto, o fogo diminui no mesmo instante, a imagem borra e então desaparece.

Lukas parece atordoado, seus olhos estão arregalados; suas mãos, apertadas em volta de mim.

– Eles me falaram de você – eu solto, oprimida pela emoção descontrolada de estar com ele. – Eles me disseram... que você é poderoso.

Os olhos de Lukas se estreitam intensamente em mim, e ele me abre um sorriso travesso e desconcertante.

– Eu sou – diz ele, ao me avaliar. – Mas você também é. Talvez ainda mais do que eu. Posso sentir emanar de você. – Seus dedos traçam a parte de trás do meu pescoço bem de levinho. – Só que você não sabe, não é? – Seus olhos escurecem. – *Ainda*.

Prendo a respiração quando ele passa um dedo provocador logo acima da gola na parte de trás do meu vestido. É incrivelmente emocionante e profundamente alarmante, tudo ao mesmo tempo.

Balanço a cabeça.

– Só me pareço com a minha avó. Não tenho magia.

– Sério – diz Lukas, inclinando a cabeça para um lado, como se estivesse pensando, sua mão agora descansa frouxa no meu quadril. – Você já pegou uma varinha, Elloren?

– Não que eu me lembre.

Seu rosto assume uma aparência mais sombria, os cantos dos seus lábios se curvam.

– Bem – diz ele, satisfeito com a nova informação –, vamos ter que cuidar disso também. – Ele serpenteia o braço em volta da minha cintura e se inclina para perto. – Você deveria passar por uma avaliação de varinha. Feita por mim.

– Lukas! – uma voz masculina chama do corredor.

Meu corpo enrijece, meu rosto fica vermelho. Lukas, por outro lado, parece imperturbável.

É Sylus Bane.

Doce Ancião, não outro Bane. Agora não.

Os olhos de Sylus se arregalam quando ele percebe quem eu sou, então seu olhar se estreita e sua boca se ergue em um sorriso cínico.

– Bem, se não é maga Elloren Gardner! Você foi rápido, Lukas. Como sempre, tem minha total e absoluta admiração. – Ele solta uma risada curta. – Só *espere* até que Fallon fique sabendo *disso*...

Um pavor terrível rasteja pela minha espinha. *Fallon vai me matar.*

– Existe uma razão específica pela qual você está nos interrompendo de forma tão rude? – Lukas pergunta, com toda a calma do mundo.

Seu tom é frio, e o sorriso de Sylus Bane diminui.

– Bem – Sylus explica –, nós vamos... *sair*. Presumi que você se juntaria. A menos, é claro, que esteja muito ocupado aqui?

Lukas suspira e me lança um olhar um tanto relutante. Ele se vira para encarar Sylus.

– Já, já te encontro lá na frente.

Antes de sair, Sylus abre um sorriso perverso, como se tivesse vencido alguma competição secreta. Eu relaxo um pouco.

Lukas se inclina para a parede, com um braço levemente envolto na minha cintura.

Eu olho para ele com atenção.

– Você está envolvido com Fallon Bane?

Ele inclina a cabeça e me lança um olhar atravessado.

– Eu a cortejei. Brevemente. Há muito tempo.

– Ah. – Aceno, em total compreensão agora.

Ele solta um suspiro resignado e encara o nada.

– Nossas linhas de afinidade se chocam. O que é um desastre, na minha opinião, embora não seja na dela, o que é óbvio. Ela tem uma forte afinidade pelo gelo. Eu não tenho nenhuma. – Ele esfrega os dedos ao longo da parte inferior das minhas costas, um calor delicioso segue o seu toque. Sua boca se inclina em um sorriso. – Tenho mais afinidade com o fogo.

Sustento seu olhar e imagino que poderia cair direto no verde ardente dele.

Trystan me contou tudo sobre as afinidades de magos, comentou como a magia corre profundamente ao longo das linhas elementais, e que cada mago possui uma proporção diferente dos cinco: fogo, terra, ar, luz e água; Trystan tem inclinações para a magia do fogo e da água.

Eu posso sentir a magia de Lukas. Posso sentir seu fogo.

O rapaz ficou quieto e parece estar pensando em algo.

– Vá ao baile de Yule comigo – diz ele.

– Não sei o que é isso.

– É uma festa realizada a cada Yule na universidade, é para estudantes e graduados gardnerianos. Vá comigo.

Engulo em seco, sem acreditar que isso está acontecendo. Tem que ser um sonho.

– Está bem – respondo, assentindo em silêncio.

Ele abre um sorriso largo e estende a mão para brincar com o meu cabelo.

– É melhor a gente voltar – diz ele, com tristeza. – Sua tia deve estar se perguntando o que aconteceu com você.

– Ah, eu não sei – digo, atraída por seu toque lânguido. – Ela parecia muito feliz quando nos viu saindo juntos.

Feliz demais, na verdade.

– Sim, bem… – ele concorda, rindo. E se afasta, me oferecendo o braço. Eu enlaço o meu no dele, parte de mim se sente imprudente, de um modo estranho: não quer ir embora, prefere ficar aqui sozinha com ele, sentindo o fogo de seu beijo iluminando o ambiente.

Quando chegamos ao saguão, um grupo de jovens soldados e aprendizes militares, com Sylus entre eles, arma uma algazarra ao gritar Lukas. Eu olho além deles e vejo meu irmão, Rafe, se aproximando em um ritmo acelerado, seus olhos vão de um lado para o outro entre Lukas e mim.

– Ei, Elló – ele me cumprimenta, calorosamente.

Solto o braço de Lukas e dou um abraço carinhoso em meu irmão.

– Onde está Trystan? – pergunto, muito feliz por estar de novo com ele, mas consciente da pessoa que está ao meu lado.

– Trystan está com Gareth e a família dele – Rafe me diz, sorrindo. – Você sabe o quanto ele adora grandes encontros públicos.

Eu rio disso.

– Onde está o harém que Trystan diz que te persegue? – provoco.

Ele abre um sorriso travesso.

– Acabei de chegar. – Rafe se vira para Lukas, seu sorriso fica tenso; o ato parece muito pouco amigável, está mais para um tigre mostrando os dentes. – Mostrando o lugar para minha irmã?

– Algo assim – Lukas responde, indiferente.

Embora Rafe ainda esteja sorrindo, seu braço direito enrijece, e sua mão se fecha em um punho.

– Como está esse seu braço de arco, Rafe? – Lukas pergunta, com tom agradável.

– Fatalmente preciso como sempre, Lukas.

Lukas se vira para mim, ignorando a tensão repentina no ar.

– Continuo tentando fazer seu irmão se tornar aprendiz do exército. Ele pode ter muito sucesso. Melhor rastreador, melhor caçador… melhor arqueiro gardneriano que já vi. Um homem perigoso, o seu irmão.

– Ah, agora eu não sou tão perigoso, Lukas – Rafe diz, ainda sorrindo. – A não ser que alguém incomode minha irmã mais nova, claro.

Lukas ri disso.

– Duvido muito que ela precise de sua proteção, Rafe.

Os olhos de Rafe se voltam para mim, interrogativos, antes de pousar mais uma vez no meu acompanhante.

Um dos soldados chama Lukas para se juntar a eles.

– Vou deixar vocês dois colocando a conversa em dia – diz Lukas, que pega minha mão e se inclina para beijar as costas dela, com um sorriso nos lábios. Seu toque lança um arrepio delicioso pela minha espinha e luto para manter a compostura. – Elloren, foi um prazer conhecer você – diz ele, com os olhos fixos nos meus. Então se endireita e se vira para meu irmão. – Rafe – diz, ao inclinar a cabeça em reconhecimento.

– Lukas – meu irmão responde, frio.

Nós dois observamos o soldado caminhar na direção de seus companheiros e ir embora com eles.

Rafe se vira para mim, relaxando visivelmente.

– Ouvi dizer que você foi uma estrela e tanto esta noite. – Seu rosto assume uma aparência de falsa suspeita. – Quem é você e o que fez com minha irmã tímida e reservada?

– Sou uma sósia encantada. – Eu rio.

O saguão agora está quase vazio, exceto por nós dois. Parece que a festa está acabando, o zumbido da conversa emana mais baixo do salão de baile, a música agora ausente.

– Então, Elló – Rafe diz, com voz estranhamente séria –, você sabe que eu não diria a você como viver a sua vida, certo?

Olho para ele com curiosidade, me perguntando o que motivou o comentário.

Ele respira fundo, como se quisesse escolher as palavras com cuidado.

– Eu sei que tia Vyvian quer você laçada, mas... não se meta em nada com Lukas Grey, tudo bem?

Sinto-me corar e dou de ombros, evasiva.

– Não *vou*.

– Eu o conheço há muito tempo – Rafe me adverte. – E sei que você é inteligente, mas ele também é. E ele tem mais... *experiência* no mundo.

Franzo meus lábios em aborrecimento envergonhado, querendo ignorar o comentário.

Rafe solta um longo suspiro e aperta o dorso do nariz com dois dedos.

– Apenas tome cuidado, está bem?

– Tomarei – prometo, irritada.

Ao ouvir isso, Rafe parece relaxar, e sua expressão tranquila de costume retorna.

– Tudo bem, tudo bem – diz ele, erguendo as mãos em derrota fingida. – Isso conclui a parte do irmão mais velho superprotetor da noite.

– Que bom – eu digo, aliviada, tentando enterrar seu aviso nos recônditos da minha mente. Percebo um grupo de garotas bonitas pairando perto da porta do salão de baile, rindo e olhando para Rafe.

– Então, Rafe – eu digo –, você já conheceu Aislinn Greer?

– Não formalmente. – Ele levanta uma sobrancelha, questionador.

– Acabei de conhecê-la. Eu deveria apresentar vocês dois.

Ele ri.

– Você está tentando me juntar a ela, não é?

– Ok, sei que você não precisa de muita ajuda com isso. – Eu olho para o grupo de garotas risonhas. Suspeito que elas vão convergir em torno de Rafe como um bando de gansos assim que eu terminar de falar com ele. – Aislinn parece... diferente. Ela é inteligente... legal...

– Tenho uma ideia – ele barganha, divertido. – Há uma festa todo Yule na universidade. Você vai com Gareth, e eu convido Aislinn Greer.

– Eu não posso – digo, hesitante, não querendo desagradar meu irmão mais velho. – Eu já aceitei ir com Lukas.

– Elloren. – Ele estende a mão para tocar meu braço, sua voz mais uma vez séria. – Não estou brincando sobre Lukas Grey. Fique longe dele. Ele é incrivelmente poderoso. Você está brincando com fogo aqui.

Talvez eu queira brincar com fogo.

– Obrigada pelo aviso – digo, com o tom completa e totalmente evasivo.

CAPÍTULO TREZE
LAÇO DE VARINHA

– Recebi algumas cartas esta manhã – minha tia me informa quando nos sentamos em seu salão matinal.

Estamos cercadas de três lados por janelas em arco com vista para jardins bem cuidados. Próximo a nós, um conjunto de rosas vermelho-sangue perfura o dia sombrio e nublado.

Mal consigo ouvir o som dos talheres na porcelana dourada enquanto minha tia corta com esmero a omelete e as frutas temperadas à sua frente. Seu bolinho meio comido permanece intocado em um prato ao lado. Tudo o que ela faz, seja escrever, comer ou vestir-se, é sempre tão *organizado*. É fácil se sentir desgrenhada e desajeitada perto de sua constante perfeição. Olho para o meu próprio bolinho meio comido, há um círculo de migalhas orbitando o prato.

– Correspondência de quem? – pergunto, ao tentar limpar minhas migalhas perdidas com a ponta do dedo.

– Dos pais de Lukas Grey.

Meu dedo congela. Olho para cima, minha tia não tem pressa ao dar a notícia enquanto toma um gole de seu chá com toda a calma do mundo.

– A senhora é amiga deles, então? – pergunto, tentando manter a voz neutra.

Minha tia me lança um sorriso confuso.

– Claro, querida. Conheço Lachlan e Evelyn há *anos*.

Dou uma pequena mordida no bolinho, tentando parecer indiferente.

– Ao que parece – ela continua falando enquanto embala sua xícara de chá –, Lukas lhes sinalizou ontem à noite que aceitaria se laçar a você.

Eu me engasgo com o bolinho.

– O quê?

Minha tia abre um sorriso largo, cheio de dentes brancos para mim, como um gato que acabou de comer um canário.

– Parece que você causou uma impressão *e tanto*.

– Ele quer fazer um *laço de varinha* comigo? – Eu cuspo, e migalhas voam de minha boca.

Ela me olha, perplexa.

– Por que a surpresa? Você é maior de idade, Elloren. A maioria das garotas gardnerianas da sua idade já está laçada, ou logo estará…

– Mas eu acabei de *conhecê-lo*!

– Isso não tem importância – diz ela, acenando com desdém.

Eu a encaro, atordoada. *Não tem importância. Sério?*

– Devemos providenciar para que vocês dois sejam laçados o mais rápido possível – tia Vyvian afirma, decidida. – Enith…

Minha tia se vira para a garota urisk de pele azul que me ajudou com a música ontem à noite. Ela está encostada à parede, silenciosa e inexpressiva, como uma estátua.

– Sim, senhora? – Enith responde.

– Mande uma mensagem aos Grey – minha tia instrui. – Avise-os de que Elloren está *muito* feliz em aceitar a proposta de Lukas e que gostaríamos de providenciar para que o laço ocorra o mais rápido possível. Talvez depois do culto de amanhã.

– Espere… – imploro, interrompendo-a. – Não posso me laçar a Lukas.

Tia Vyvian segura seu bolinho no ar.

– O que você quer com *não pode*?

Enith está me encarando boquiaberta e horrorizada, como se eu tivesse acabado de jogar um pote de conservas sobre ela e minha tia.

– Eu o conheço há exatamente um dia. – *Doce Ancião, o que Lukas poderia estar pensando?*

– Elloren – minha tia sussurra, ao colocar o bolinho na mesa –, esse tipo de pedido, de uma família como esta, de um jovem como Lukas Grey, não aparece todos os dias.

– Eu sinto muito. – Balanço a cabeça. – Não posso. Acabei de conhecê-lo. E… e prometi ao tio Edwin…

– Prometeu *o que* a ele?

– Que vou esperar até terminar meus estudos para me laçar a alguém.

O queixo da minha tia despenca.

– Mas isso é pelo menos daqui a dois anos!

– Eu sei.

– Elloren – diz ela, com a voz baixa –, você seria uma *tola* se recusasse essa proposta.

Fico ainda mais determinada.

– Se ele gosta tanto assim de mim, pode me cortejar primeiro.

Seus olhos adquirem um brilho intenso.

– Talvez eu deva mandar uma mensagem aos Grey para que reconsiderem o plano inicial.

– Que plano?

– Ora, para que Lukas se lace a Fallon Bane, minha querida.

Eu congelo, completamente desnorteada.

– Mas – contesto – Lukas me disse que não vai se laçar a Fallon.

Minha tia faz um som de escárnio.

– Francamente, Elloren. Você acha que ele vai esperar por você para sempre? – Seu olhar se torna calculista. – Tenho certeza de que Fallon Bane ficaria feliz em ocupar o seu lugar.

Uma imagem indesejada de Lukas beijando a presunçosa e perfeita Fallon se forma em minha mente, com ele de costas para mim enquanto se agarra a ela com paixão, os olhos da garota abertos, me olhando com triunfo malicioso. *Ela* não hesitaria em aceitar uma proposta de ser laçada a Lukas Grey.

Mas me laçar depois de conhecê-lo por apenas um dia... seria loucura.

E Rafe tem preocupações. O suficiente para me avisar sobre Lukas.

– Você quer passar a vida toda sozinha, Elloren? – minha tia murmura, inclinando-se para a frente. – Não quer se laçar algum dia? Ter uma família? Você sabe que se esperar muito será mais *improvável* de que aconteça? – Ela se recosta. – É claro que restam *algumas* opções depois que você terminar a universidade. Os jovens que ninguém mais quer. Mas é isso que você quer?

Suas palavras me atingem em cheio e, por um momento, me pergunto se estou cometendo um grande erro.

Um arrepio começa dentro de mim, e não tem nada a ver com a umidade do lado de fora. De repente, quero muito meu tio.

– Eu... eu simplesmente não posso – eu digo, baixinho.

Ela estreita os olhos para mim.

– O que, por obséquio, devo dizer aos pais de Lukas?

– Diga a eles – começo a falar, sentindo um aperto na garganta – que estou muito agradecida pela proposta e que vou considerá-la, mas preciso de tempo para conhecer Lukas um pouco melhor.

– Parece que você estava começando a conhecê-lo muito bem ontem à noite, minha querida – ela zomba, ao tomar um gole de chá.

Meu rosto fica quente.

– Não acha que minhas servas não me contam tudo? – Ela franze os lábios para mim. – Se vai se entregar a *esse* tipo de comportamento, Elloren, precisa se laçar ao jovem, e rápido.

Estou completamente mortificada.

– Se acha que vou ficar de braços cruzados e assistir enquanto você vai à universidade *sem laço*, com o potencial de desgraçar toda a sua família por se envolver com o homem errado, como Sage Gaffney fez, você não me conhece muito bem. – Ela coloca a xícara de chá na mesa e se inclina para a frente. – Você se esquece, Elloren, que não só me recusarei a pagar o dízimo da sua universidade enquanto você não estiver em um laço, como conheço e tenho relações muito próximas com o alto chanceler da universidade, além da maioria dos professores gardnerianos *e* da governanta de alojamento. Se for necessário, posso tornar as coisas *muito* desagradáveis para você lá. – Ela se recompõe e solta um suspiro frustrado. – Estou fazendo isso para o seu próprio bem, Elloren. E para o bem da nossa família. Saiba que pode evitar diversos aborrecimentos se simplesmente concordar em se laçar a Lukas Grey.

Dói que ela me ameace; é como um tapa forte.

– Não estou dizendo que não vou considerar a proposta – retruco, desorientada. – Só não posso me laçar a ele tão rápido. Eu gostaria de conhecê-lo um pouco primeiro.

Se o tio Edwin estivesse aqui, ficaria do meu lado.

– Sinceramente, Elloren – diz ela, com frieza –, você está tornando isso *muito* difícil para mim.

Minha raiva aumenta.

– Então talvez a senhora tenha sorte por não ser minha guardiã legal.

Silêncio. A garota urisk congela, seus olhos se arregalam em choque.

O olhar de tia Vyvian se estreita.

– Meu irmão nem sempre tem a melhor compreensão da realidade, minha querida. Eu *nunca* teria permitido que ele a acolhesse se soubesse... – Ela se interrompe, e seus olhos se enchem de raiva com algum pensamento não dito.

– Soubesse *o quê*? – insisto, magoada com a facilidade com que ela rejeita meu tio.

Ela se inclina para a frente, com os dentes à mostra.

– Que você cresceria para recusar uma proposta de laço pela qual todas as garotas de Gardnéria dariam qualquer coisa!

Sua expressão se torna venenosa, e eu me encolho, chocada com a mudança assustadora em seu comportamento.

Minha tia logo se recompõe, recuperando a cuidadosa máscara de controle, como espessas cortinas sendo fechadas em torno de seus verdadeiros sentimentos.

– Eu simplesmente terei que encontrar uma maneira de ajudar você a mudar de ideia – afirma ela, com a voz mais uma vez tranquila. Ela bate de leve em sua xícara de chá.

A garota urisk avança para enchê-la, como se sua vida dependesse disso.

Minha tia não esboça pressa ao adicionar creme à bebida.

– Aprendi que *todos* podem ser persuadidos a fazer a coisa certa se o tipo certo de pressão for aplicado.

Eu a encaro com uma nova cautela, observando enquanto ela ergue a xícara de porcelana com dedos longos e graciosos.

– Todos têm um limite, Elloren. *Todos.* – Ela me analisa com indiferença. – *Não* me force a encontrar o seu.

CAPÍTULO QUATORZE

ICARAIS

Na manhã seguinte, o trajeto até a igreja é desconfortavelmente silencioso; a carruagem está cercada pela guarda pessoal de tia Vyvian. Nuvens escuras pairam sobre Valgard e ameaçam uma tempestade. Eu as observo, com a bochecha pressionada ao vidro frio da janela da carruagem, desejando estar com meus irmãos e Gareth.

Tia Vyvian me avalia, com frieza, talvez considerando a melhor forma de me fazer ceder à sua vontade. Ela tem tentado me convencer a fazer o laço de varinha em cada um dos quinze dias que passamos juntas, e essa pressão, depois da oferta de laço de ontem, tornou-se marcadamente opressiva. Ela me manterá consigo até o último momento possível, desesperada para eu desistir e fazer um laço de varinha com Lukas Grey antes de ir para a universidade.

Devemos chegar à Grande Catedral de Valgard horas antes do culto matinal para que tia Vyvian possa discutir alguns negócios de governo com o padre Vogel. E ela insistiu para que eu comparecesse ao culto também; onde, suspeito eu, nós vamos convenientemente encontrar Lukas e sua família. Eu coro de desconforto ao pensar em vê-lo de novo.

Mais tarde, após o serviço religioso, farei a viagem de carruagem para a universidade sozinha. Rafe, Trystan e Gareth já se foram há tempo, tendo saído juntos esta manhã a cavalo.

Desejo estar com eles. Não quero mais usar essas roupas extravagantes e restritivas que exigem viagens de carruagem que são mais lentas. E desejo me libertar da vigilância implacável de tia Vyvian. Quero estar a cavalo com meus irmãos e Gareth, indo à Verpácia e à movimentada universidade.

Em breve, lembro a mim mesma. *Você vai sair daqui em breve.*

A floresta escura de prédios à frente dá lugar a uma ampla praça circular, com uma estátua gigante de mármore da minha avó dominando o centro. Concentro-me nela, imaginando se conseguirei identificar minhas próprias feições no rosto de mármore, mas está muito longe.

Ao nos aproximar da praça, fazemos uma curva fechada para a direita, e quase engasgo quando a Catedral de Valgard aparece, ainda mais grandiosa do que eu me lembrava.

Colunas amplas e vastas se elevam em direção ao céu, enfim se unindo para formar uma torre estreita que sustenta uma esfera prateada da Therria em seu zênite. Toda a estrutura é forjada em pau-ferro da cor da terra molhada. Um gigantesco arco central e dois arcos menores adjacentes emolduram a entrada, as imensas portas são ricamente esculpidas com imagens d'*O Livro dos Antigos.*

A carruagem para bem em frente à catedral, e quase tropeço nos degraus ao desembarcar, com o olhar cravado na imensa estrutura vertiginosa. Jogo o pescoço para trás, absorvendo tudo, a esfera prateada é destacada pelo céu escurecendo.

Minha tia me conduz para dentro da catedral e em direção a um dos incontáveis bancos intricadamente esculpidos.

– Sente-se aqui – ela instrui, com firmeza.

Obedeço conforme seus saltos estalam em um corredor que leva ao amplo tablado e ao altar. Dois sacerdotes de túnicas escuras e esvoaçantes, com o símbolo do pássaro branco do Ancião estampado no peito, circundam o altar, acendendo velas e agitando incenso. Logo acima está pendurada outra esfera da Therria.

Minha tia se aproxima dos sacerdotes e começa a conversar baixinho. Eles se revezam lançando olhares furtivos em minha direção, e meu estômago se contorce em nós desconfortáveis. E então todos se vão, saindo juntos por uma porta lateral, deixando-me sozinha no vasto espaço.

Estou desolada, e minhas mãos espalmam a madeira do meu assento.

Mas logo a madeira da catedral começa a me embalar, me deixando mais tranquila. Numerosas colunas, algumas retas, outras diagonais e curvas, erguem-se em direção a um teto irregular coberto por arcos entrecruzados. É como estar sob o sistema radicular de uma enorme árvore de outro mundo.

Fecho os olhos, deslizo a palma das mãos pela madeira e respiro seu aroma âmbar.

Mais calma, abro os olhos e encontro uma cópia d'*O Livro dos Antigos* ao meu lado.

Pego o tomo preto encadernado em couro e passo o dedo pelo título dourado. Conheço bem este livro. Sem meu tio, que parece desaprovar a religião em geral, saber, guardo o antigo exemplar de minha avó debaixo do travesseiro. O livro sagrado dourado que me foi passado por tia Vyvian quando eu era criança. Às vezes, na escuridão da noite, quando a tristeza vem, quando o vazio deixado pela morte de meus pais parece doloroso demais para suportar, as muitas orações do *Livro* pedindo força em tempos de dificuldade e tristeza são de grande conforto para mim.

Assim que o primeiro estrondo do trovão soa à distância, abro a primeira página e leio.

A Criação

No começo, havia apenas o Ancião. O universo era vasto e vazio. E do grande e insondável nada, Ele produziu os planetas e as estrelas, o Sol e a Lua e a Therria, a Grande Esfera.

E nesta Grande Esfera, o Ancião separou a terra da água e gerou todas as formas de coisas vivas: as plantas verdes, os pássaros do ar, as criaturas do campo, da floresta e da água.

E o Ancião viu tudo e ficou satisfeito.

Mas Seu trabalho não tinha ainda terminado. O sopro da vida foi enviado sobre a Grande Esfera, e das sementes da sagrada Árvore de Pau-Ferro surgiram os Primeiros Filhos que habitariam a Grande Esfera; e os Angélicos, que habitariam os Céus.

A princípio, todos viviam em harmonia.

Toda a criação se uniu para adorar, glorificar e obedecer ao Ancião.

Mas transcorreu que os Angélicos, alados como eram, começaram a sentir que não precisavam obedecer. Começaram a sentir que eram melhores que o Ancião e que eram possuidores dos Céus.

E transcorreu que os Angélicos voaram até os Primeiros Filhos e imploraram a eles que se afastassem do Ancião e os adorassem em seu lugar. Os Primeiros Filhos ficaram enfurecidos com a traição e recusaram. E disseram aos Angélicos que eles adorariam e glorificariam apenas ao Ancião. Por sua vez, os Angélicos, irritados com a recusa dos Primeiros Filhos, derrubaram uma hoste do mal sobre eles: os metamorfos que os atacavam à noite, os wyverns que atacavam de cima, as feiticeiras que procuravam enganá-los e toda a sorte de trapaceiros e criaturas das trevas, dispersando assim os Primeiros Filhos e lançando-os em desordem.

E transcorreu que o Ancião olhou para baixo e viu o sofrimento dos Primeiros Filhos, e que os Angélicos se tornaram Malignos em sua traição. Com grande fúria e retidão, o Ancião os derrotou e os enviou em derrota para a superfície da Grande Esfera. E então falou aos Angélicos, que agora eram os Malignos, dizendo-lhes:

"De agora em diante, vocês não serão mais contados entre meus filhos e serão conhecidos como icarais, a mais desprezada de todas as criaturas. Vocês vagarão pela superfície da minha Grande Esfera e não terão um lar. Meus Verdadeiros Filhos, Meus Primeiros Filhos, se unirão para castigá-los e quebrar suas asas."

E assim aconteceu que os Verdadeiros Filhos mais uma vez se uniram de todos os cantos da Grande Esfera para castigar os Malignos e adorar, glorificar e obedecer ao Ancião. Assim termina o primeiro livro da Criação.

Olho para os vitrais que brilham entre as colunas e me lembro das histórias do texto sagrado associadas a cada imagem, as cores vivas das cenas estranhamente escurecidas pelo céu tempestuoso.

A primeira janela retrata o Ancião, simbolizado por um gracioso pássaro branco, enviando raios de luz para a Therria abaixo. Respiro fundo quando a imagem familiar e protetora me enche de calor.

As representações continuam, por toda parte: a profetisa relutante, Galliana, montada em um corvo de fogo gigante, conduzindo nosso povo da escravidão, com a Varinha Branca na mão; os Primeiros Filhos recebendo as flores-de-ferro de um azul profundo como símbolo da promessa do Ancião de mantê-los livres da opressão, as flores oferecendo proteção mágica contra o fogo demoníaco.

Olho de relance para o conhecido acabamento de flor-de-ferro bordado na bainha da minha manga, confortada pela promessa simbólica de segurança das flores.

Em seguida, vêm as imagens de batalhas terríveis: os Primeiros Filhos matando demônios icarais alados enquanto eles disparam fogo de suas palmas; soldados dos Primeiros Filhos combatendo metamorfos sedentos de sangue; metamorfos lobos, metamorfos raposas e até mesmo um metamorfo wyvern com fendas no lugar dos olhos e uma língua bifurcada pendurada da boca.

Acima de todas essas imagens, a luz do Ancião brilha.

Enquanto pondero sobre os ensinamentos religiosos da minha juventude, o movimento perto do vitral do metamorfo wyvern chama minha atenção. Logo acima de sua cabeça reptiliana há uma parte transparente de vidro, e posso distinguir dois olhos pequenos me observando através dela. Os olhos se movem para cima e desaparecem, revelando um forte bico prateado e então... nada.

Um Sentinela.

Curiosa, eu me levanto, caminho até a parte de trás da igreja e saio pelas gigantescas portas da frente.

Quando elas se fecham às minhas costas, percebo, no mesmo instante, uma estranha corrente no ar. Encaro a praça vazia, procurando o pássaro em todos os lugares.

Ali, no centro da praça, está a enorme estátua de pedra da minha avó. O local está estranhamente silencioso, as gaivotas barulhentas estão ausentes. As cores estranhas do céu mudam de modo discreto, e ouço outro murmúrio baixo e distante de um trovão. Olho para cima e vejo nuvens escuras movendo-se lentamente em direção à igreja.

No meio da escadaria da catedral, eu o vejo. *O pássaro branco.* Ele voa pela ampla praça e pousa logo atrás da estátua da minha avó.

Vou até lá e a circundo a passos lentos, à procura dele. Logo, o enorme monumento de mármore bloqueia por completo a vista da catedral. Faço uma pausa em sua sombra, fascinada por ela.

O suave estrondo do trovão empurra o silêncio como um fraco rufar de tambores.

Minha avó está de pé, maior do que tudo, minhas feições idênticas muito bem esculpidas pelo cinzel de um mestre, cada dobra de suas vestes esvoaçantes foi perfeitamente reproduzida, tão realista que parece que eu poderia estender a mão e mover o tecido. Seu braço esquerdo está erguido em um gracioso arco acima de sua cabeça, o braço com a varinha apontado para um icaral que jaz prostrado a seus pés, com o rosto em uma máscara contorcida de agonia.

Nesse ângulo, é como se ela estivesse apontando a varinha não para o icaral, mas para mim.

As nuvens se movem acima de sua cabeça, na direção da igreja, dando a ilusão de que é ela quem está se movendo, inclinando a cabeça para mim em reprovação, avaliando essa cópia fraudulenta de si mesma.

Você nunca poderia ser eu.

A cabeça do pássaro branco aparece no ombro da minha avó, assustando-me, seus os olhos cheios de alarme. Ele move a cabeça de um lado a outro em sinal de alerta, como se um pássaro pudesse fazer um gesto tão humano.

De repente, uma mão forte e ossuda tapa a minha boca. Um braço voa em volta da minha cintura e prende meus cotovelos junto ao meu corpo em um aperto fortíssimo. Caio para trás em um corpo duro, e um cheiro fétido como carne podre toma conta de mim.

Meu medo é uma reação tardia, como a dor que hesita brevemente quando você toca algo tão quente que vai queimar e deixar cicatriz. Assim que ele me alcança, meu coração começa a bater descontroladamente quando uma voz masculina anasalada e provocadora sibila em meu ouvido:

– Não se dê ao trabalho de gritar, Bruxa Negra. Ninguém vai te ouvir.

Luto, com desespero, fazendo força contra o braço que me prende, chutando-o, mas ele é muito forte. Não consigo me libertar e não consigo virar a cabeça para ver o rosto do meu agressor.

O trovão se torna mais insistente, o vento aumenta conforme a tempestade continua se movendo direto para a catedral.

Desesperada, grito contra sua mão e procuro ajuda na praça. Mas não há ninguém.

Uma segunda figura surge das sombras entre dois prédios próximos e se arrasta em minha direção com membros longos e morbidamente magros. É careca e está nu da cintura para cima, sua carne é pálida e macilenta, vários cortes marcam seu peito e braços como se tivesse sido chicoteado repetidas vezes; seu rosto está contorcido em um sorriso maligno, lábios vermelhos envolvem dentes cariados e pontiagudos.

Mas seus olhos... ah, seus olhos; eles são um redemoinho, branco opalescente, desprovido de humanidade, desprovido de alma... como os mortos--vivos. E há tocos grotescos projetando-se de suas omoplatas, e se movem para dentro e para fora ritmicamente em uma repugnante imitação de voo, e uma compreensão terrível toma conta de mim.

Costumava ter asas.

É um demônio icaral. Meus gritos se transformam em soluços de terror quando vislumbro uma adaga em sua mão.

Ergo as palmas das mãos em súplica, um apelo silencioso e desesperado por misericórdia quando começo a perder as forças.

O demônio avança com rapidez e agilidade surpreendentes e agarra meu punho com tanta força que suas longas unhas cravam em minha pele, perfurando minha carne. Solto um grito abafado.

Ele me agarra com força, e seus olhos sem alma se arregalam em choque.

– É Ela! É realmente a Bruxa Negra!

– Então não hesite! – rosna a criatura que me imobiliza. – Mate-a, Vestus! Mate-a antes que ela se torne como Ela!

Meus joelhos curvam quando a criatura chamada Vestus puxa a adaga para trás e a ergue acima de sua cabeça. O trovão ribomba no céu.

– A história agora será reescrita, Bruxa Negra! – Vestus grita. – A Profecia será quebrada e o icaral viverá! Você morrerá e nós ascenderemos!

Tudo parece acontecer com extrema lentidão. A mão da criatura se move para trás a fim de preparar o ataque, mas então uma lâmina mais longa irrompe em seu peito. Uma fonte de sangue jorra, cobrindo-me, e estou caindo, caindo, a criatura atrás de mim também cai, me libertando. Bato no chão frio e duro, ciente do cheiro avassalador e ferroso de sangue.

E então um soldado está diante de mim.

Lukas!

Ele puxa sua espada do corpo do icaral e empurra a criatura para a frente, morta, sua cabeça bate no ladrilho de pedra a centímetros de mim com um estalo repugnante.

Eu me viro bem a tempo de ver um dos guardas de minha tia arrastando o segundo icaral, este mais alto e mais musculoso que o outro, mas ensanguentado e inconsciente. O trovão estala alto quando o vento aumenta e empurra minhas roupas encharcadas de sangue contra minha pele.

Um movimento além do guarda da minha tia chama minha atenção; é apenas um pequeno vislumbre em um beco escuro além da praça, além da estrada.

Outro icaral me olha por uma fração de segundo, então desaparece.

Uma mão forte agarra meu braço. Tenho um sobressalto e me viro para ver Lukas gritando algo para mim. Fecho os olhos com força e balanço a cabeça de um lado a outro, desesperada para me recompor, para me concentrar. Abro os olhos enquanto todo o som ao meu redor retorna com um rugido, como uma represa aberta.

– Tem outro! – grito para Lukas, e aponto para o beco.

Ele saca a varinha e aponta naquela direção. Uma rajada de relâmpagos verde-azulados sai da ponta dela e explode no beco, incinerando as paredes dos prédios de ambos os lados com um estrondo crepitante que envia uma dor aguda em meus ouvidos.

Lukas grita para os guardas conforme outros quatro magos correm em nossa direção, com varinhas em punho e capas contornadas por linhas prateadas.

Ele dá ordens e todos os magos correm para o beco.

– Você está ferida? – Lukas grita para mim, enquanto os céus se abrem e a chuva desaba. A água misturada ao sangue dos icarais forma poças escuras e violentas. Assinto, e Lukas me puxa para que eu fique de pé. Seu braço forte envolve a minha cintura, e outra mão ainda segura a espada manchada de sangue. Aperto meu punho latejante enquanto ele me guia pela praça.

Relâmpagos piscam ao nosso redor conforme seguimos a passos rápidos em direção à catedral. Soldados se espalham pela praça, e uma pequena multidão de gardnerianos, incluindo minha tia e Echo Flood, olham pelas portas abertas da catedral com expressão horrorizada.

Marcus Vogel está entre eles, a calmaria no olho do furacão.

E o pássaro, o pássaro branco, senta-se acima da entrada em uma fenda oca e protegida, tão imóvel quanto as obras de arte que adornam a catedral.

Observando-me.

Lukas caminha de um lado para o outro na sala, como um animal enjaulado, olhando para mim de vez em quando, com o maxilar cerrado, o rosto corado, a testa franzida com impaciência raivosa. Como eu, ele está encharcado de chuva e sangue, a espada está embainhada e pendurada ao seu lado. Seu andar é interrompido quando um dos guardas da minha tia entra para falar com ele, os dois conversam tão baixinho que não consigo entender o que estão dizendo. A mão de Lukas está no quadril enquanto ele fala com o homem, ambos tensos. O guarda assume uma postura subordinada conforme o outro lhe dá uma série de ordens. O guarda acena com a cabeça e sai com um olhar sério.

Estou sentada em uma cadeira de madeira no santuário da catedral do padre Vogel, tremendo de modo descontrolado, me sentindo atordoada e assustada, cercada por sacerdotes vestidos de preto.

Vogel paira sobre mim, segurando as mãos estendidas acima da minha cabeça, seus olhos estão firmemente fechados enquanto ele entoa uma oração na Língua Antiga. Uma imagem de asas escuras de icaral e árvores sem vida cintila no fundo dos meus olhos e envia um frio cruel pelo meu corpo.

O sacerdote à esquerda de Vogel balança uma bola de ouro cheia de incenso pendendo de uma longa corrente. Fumaça pungente sai de buracos na esfera, queimando meu nariz e a náusea faz meu estômago revirar.

Mesmo com os olhos fechados, posso sentir os de Vogel.

Echo se senta ao meu lado e segura minha mão com força.

– O que ele está fazendo? – pergunto, ainda em choque. *Isso não pode ser real. Estou presa em um pesadelo. Nada disso pode ser real.*

– Shhh, Elloren – ela sussurra, com gentileza, e dá um aperto solidário na minha mão. – Você olhou nos olhos de um icaral. Isso polui a sua alma. O padre Vogel está exorcizando a mácula.

Meu pulso queima onde o demônio cravou as garras em minha carne.

– Eu quero meu tio – choramingo, e as lágrimas começam a cair. Sinto-me perdida entre todos esses desconhecidos, e assustada com a necessidade de purificação ritual.

E tenho medo de Vogel.

Minha tia está parada à porta com outros dois sacerdotes mais velhos, de cabelos brancos como a neve. Eles falam baixo e estão sérios.

Deixo meu rosto cair em minhas mãos e começo a soluçar. Meu corpo treme cada vez mais enquanto o sacerdote Vogel fala sem parar, me sacudindo com seu canto distante de orações e a sensação de seu vazio escuro girando ao meu redor. Choro quando o cântico cessa e o vazio escuro diminui, vagamente ciente de que Lukas pede um momento a sós comigo.

O cômodo fica em silêncio.

– Elloren. Olhe para mim.

Eu me sobressalto com o som duro da voz de Lukas e sinto sua mão forte segurando meu braço. Eu me endireito e tiro minhas mãos encharcadas de lágrimas dos meus olhos.

Ele está ajoelhado, a cabeça na altura da minha, e os olhos cheios de fogo.

– *Pare com isso.*

Seu tom ríspido me paralisa em um silêncio atônito.

Engulo as lágrimas e sinto raiva dele por me tratar assim. Ele não estava bem ali? Não viu aquelas... *coisas*? Uma fúria sombria finca raízes em mim, trocando meu medo por uma raiva fria como aço.

– Assim é melhor! – rosna Lukas, enquanto eu o encaro com tanto ódio quanto consigo. – Você *não* é fraca!

– Como pode dizer isso? – digo, ríspida, querendo dar um soco nele. – Você está errado!

– Não, eu não estou – ele rebate, firme, ainda me segurando. – Consigo sentir o poder em você. Você é *igualzinha* à sua avó, e o sangue dela corre em suas veias. Seu tio te prejudicou ao não te preparar para algo assim.

– Não se *atreva* a falar do meu tio! – exclamo. Tento puxar meu braço para longe dele, mas Lukas segura firme.

– Não, Elloren, isso precisa ser dito. *Ele* fez isso com você! Deixou você desarmada e ignorante!

Uma dúvida incômoda nasce no fundo da minha mente. Resisto a ela.

– Você não sabe nada sobre meu tio – digo, com firmeza. – Você nunca o *conheceu*!

– Eles estavam na casa do seu tio, Elloren.

Eu paro de tentar me desvencilhar dele.

– O que você quer dizer?

– Os icarais. Galen arrancou uma confissão de um deles antes de matá-lo. Eles escaparam do Sanatorium de Valgard. Um deles era um empata e descobriu sobre você através de um trabalhador de lá, alguém que conhece sua tia. Estavam esperando por isto, Elloren: que a próxima Bruxa Negra fosse encontrada. Foram direto para a casa do seu tio, mas você já não estava lá. Encontraram seu tio dormindo e o empata, ao tocá-lo, leu nos pensamentos dele onde você estava. Se sua tia não tivesse te tirado de lá, você estaria morta agora.

Eu o encaro, com os olhos arregalados, sem me mexer. *Não, isso não está acontecendo. Não é real.*

– Eu não tenho *poderes*. Por que essas… *coisas* pensariam que eu sou a Bruxa Negra?

Lukas não diz nada. Apenas mantém o olhar fincado em mim.

E eu já sei a resposta. É o meu sangue. O sangue *dela*; foi o que a criatura sentiu. E eu me pareço com ela.

– O terceiro icaral – digo, por fim, com voz estrangulada. – Eles o encontraram?

Lukas inspira fundo.

– Não.

– E meu tio? – pergunto, quase em um sussurro.

– Ele está bem – diz ele, com a voz perdendo o tom raivoso. – Não estavam atrás dele, Elloren, mas de *você*. – A mão de Lukas me solta e desliza pelo meu braço. – Enviamos guardas para a casa de seu tio por precaução.

– Mas e Rafe? E Trystan?

– Já enviei guardas para encontrar e escoltar os dois através da fronteira de Verpácia, se ainda não a cruzaram.

– E depois que a atravessarem?

Os cantos da sua boca se torcem em um pequeno sorriso.

– Você não terá que se preocupar com eles quando cruzarem a fronteira. É protegida por magia. A força militar de Verpácia é formidável, e contam com a ajuda das feiticeiras vu trin. Você estará segura lá, também. Está segura agora. O icaral é fraco. Suas asas foram cortadas há muito tempo. Eu e os guardas de sua tia a acompanharemos até a universidade. Já enviamos uma mensagem ao alto chanceler, relatando o que aconteceu.

Meu punho começa a latejar. Infeliz, giro o braço para uma inspeção. Arranhões ensanguentados e cortes marcam a pele que a criatura agarrou. Espero Lukas expressar *alguma* simpatia.

Ele pega meu punho, me tocando com uma gentileza surpreendente. Seus olhos encontram os meus e sua expressão fica séria.

– Você tem sorte – diz ele. – Vai cicatrizar e virar um lembrete constante para se preparar. Estas são cicatrizes de guerra, Elloren.

– Por que você é tão *rude*? – exclamo, ao me desvencilhar dele.

– Porque – ele resmunga, enquanto agarra os dois braços da minha cadeira – você *não* precisa ser mimada!

– Você nem me *conhece*!

Ele balança a cabeça de um lado para o outro e respira fundo.

– Você está errada – diz, baixinho.

Ele se levanta, há uma linha horizontal de sangue espalhada na frente de sua túnica, mechas curtas de cabelo molhado grudadas em sua testa. Estamos os dois encharcados e fedendo a sangue. A imagem de Lukas matando o icaral ressurge em minha mente, esvaziando os resquícios da minha raiva.

Ele salvou a minha vida.

Lukas estende a mão para mim e eu aceito.

– Você *está à altura*, Elloren – ele declara, ao me ajudar a ficar de pé.

Ergo meus olhos para encontrar os dele.

– Eu não sou a Bruxa Negra, Lukas.

Ele suspira profundamente e me olha com resignação.

– Vamos embora. – É tudo o que ele diz.

Algumas horas depois, estou em uma carruagem com Lukas, viajando para Verpácia, nós dois com roupas limpas e secas.

– Lukas a protegerá – tia Vyvian me assegurou em sua mansão, enquanto instruía as servas urisk a guardar minhas coisas em meu baú de viagem, e também em um maior que ela providenciou para mim. – Você estará mais segura em Verpácia. Ainda mais com Lukas como seu guarda.

Ela mal conseguia esconder sua satisfação presunçosa com a maneira como os eventos se desenrolaram em seu favor, aproximando Lukas e a mim. Mas estou abalada demais para ser outra coisa senão grata por sua ajuda e pela ajuda e proteção de Lukas.

Penso em quantas coisas sobre as quais minha tia e os outros tentaram me alertar. É exatamente como diz nosso texto sagrado, assim como as imagens nos vitrais retratam o que virá a ser. Os icarais são coisas pavorosas cheias de maldade e precisam ser destruídos antes que eles nos destruam. E o bebê de Sage, se este é seu destino, o de se transformar em uma daquelas *coisas*, então o Conselho dos Magos está certo em querer tirá-lo dela, despojando-o de suas asas e de seu poder.

Matando-o, até.

Estremeço ao pensar naquelas criaturas armadas com um poder avassalador à sua disposição, e sei que, se meus agressores estivessem de posse de suas asas, eu estaria morta.

E se minha tia tem certeza disso, e de minha necessidade de sair de casa, se sua intuição é tão boa, talvez ela esteja certa sobre outras coisas também. Talvez as selkies sejam apenas animais ferozes e perigosos quando estão com suas peles; tão horríveis quanto os icarais. E talvez ela esteja certa sobre Lukas e o laço de varinha.

Olho para ele, sentado em silêncio, olhando através do vidro afetado pela chuva, e uma onda de gratidão toma conta de mim.

Ah, tio Edwin, penso, angustiada, *por que você me deixou no escuro sobre o que poderia estar à minha espera? Você tinha alguma ideia? Por que não me protegeu?*

Ele não sabia, percebo. Acontece que meu doce tio é perigosamente ingênuo em relação ao mundo, enfiado em Halfix, isolado em meio a suas colmeias, violinos e boas intenções pueris.

Por mais que eu ame tio Edwin, sou forçada a considerar que ele não é apenas perigosamente ingênuo, mas também pode estar errado. Sobre tantas coisas.

E tia Vyvian pode estar certa.

Resolvo descobrir a verdade por mim mesma.

CAPÍTULO QUINZE
VERPÁCIA

Encaro a chuva torrencial enquanto seguro meu punho machucado. Depois de várias horas, perco a conta de há quanto tempo estamos na estrada, fazendas e cidades vão se misturando. Lukas também está calado e imerso em pensamentos.

Meu medo se transformou em um mal-estar ansioso. Olho para Lukas e me pergunto em que ele está pensando. Ele está taciturno e distante, mas sinto uma afinidade com sua aura de gravidade que me faz me sentir menos sozinha.

Por fim, diminuímos a velocidade e percebo um dos postos avançados de nossas forças armadas, feitos de pau-ferro. Um soldado encapuzado acena para nós passarmos.

– A fronteira – Lukas me informa.

Três rotas comerciais convergem aqui, e o tráfego impede o avanço, a maioria dos cavalos puxa carroças pesadas e cheias de mercadorias.

Uma trovoada estoura, e eu me esforço para ver além da chuva. Uma longa carroça marfim passa por nós. Está cercada por um grande contingente de soldados com mantos cor de marfim montados em corcéis claros. Eles têm cabelos brancos e olhos prateados.

– Comerciantes de ouro – explica Lukas, notando meu interesse.

O espanto irrompe minha névoa persistente de medo.

– São elfos?

– Você nunca viu um antes?

Balanço a cabeça e olho para trás. A brancura etérea dos elfos é imaculada, como se a sujeira e a fuligem deste dia tempestuoso não os tivessem tocado.

Meus olhos são atraídos para cima pelos ventos inconstantes.

Posso apenas distinguir a fronteira oeste da Espinha Verpaciana, um paredão intransponível de rocha vertical que faz fronteira com o país de Verpácia. A rocha branco-acinzentada parece alcançar o céu e desaparecer nas nuvens de tempestade enquanto a chuva bate na pedra esbranquiçada. Várias torres de guarda são esculpidas nos despenhadeiros, escavadas na própria rocha. Arqueiros encapuzados em uniformes cinza-claros da cor da

Espinha escalam as torres como ágeis cabras-da-montanha. Eles parecem estar de olho na convergência do tráfego que busca a entrada para Verpácia através desta quebra na Espinha.

A porta da nossa carruagem se abre, e um arqueiro enfia a cabeça para dentro. Ele tem um arco pendurado no ombro e a chuva pinga copiosamente da aba de seu capuz. Ele se parece com um elfo, seus olhos brilham como prata, mas seu cabelo e pele são cinza-prateados, apenas um pouco mais escuros que os olhos.

– Tenente Grey – diz ele, com simpatia, e um forte sotaque. Ele olha para mim e seu sorriso desaparece. Com tom chocado, ele deixa escapar algo no que deve ser o idioma elfhollen.

– Orin – diz Lukas, com cuidado, como se tentando acalmá-lo –, esta é Elloren Gardner.

– Ela não voltou dos mortos, então? – Orin respira, com os olhos fixos nos meus.

Lukas sorri.

– Só na aparência.

Então, para minha surpresa, eles iniciam uma conversa séria em elfhollen. Orin aponta para mim várias vezes com movimentos bruscos e expressão profundamente conflitante. Endureço, abalada pelo tom beligerante do arqueiro.

Lukas lhe lança um olhar incrédulo.

– Você acha mesmo que eu a traria aqui se ela tivesse algum poder?

Olho de soslaio para Lukas, surpresa. Ele me disse mais de uma vez que suspeita que eu tenha poder. Meu coração acelera, percebendo que há perigo aqui. E ele está me protegendo.

Orin estreita seus olhos prateados para mim uma última vez, fecha a porta e acena para que entremos.

Solto um suspiro aliviado, em seguida me viro para Lukas, espantada.

– Você fala elfhollen? – Mesmo ele sendo bem versado em idiomas, ainda é uma escolha surpreendente.

Lukas sorri.

– Tenho um talento estranho para aprender as línguas mais obscuras. – Ele me olha, avaliador. – Quanto você sabe sobre os elfhollen?

Eu considero a pergunta por um momento.

– Eles são meio-elfos, certo? Com sangue de feéricos da montanha? Eu li um pouco sobre eles.

– É uma boa combinação, na verdade – Lukas reflete, ao apoiar o braço no encosto do assento. – Arqueiros mortais com equilíbrio perfeito. É uma sorte para Verpácia que os alfsigr odeiem mestiços. Os elfos alfsigr foram idiotas em expulsar os elfhollen de suas terras. – Ele aponta o dedo na direção das torres de sentinela e dos ágeis soldados elfhollen posicionados dentro e ao redor delas. – Eles são uma das únicas razões para Verpácia manter o controle da Passagem. Isso e as regiões de fronteira vu trin. – Lukas mostra os dentes. – E as feiticeiras vu trin.

Olho para ele, surpresa com sua maneira prática de discutir meio-elfos e feiticeiras. E seu comportamento amigável em relação a um deles. A maioria dos gardnerianos desconfia tanto dos meio-elfos quanto dos elfos alfsigr. É compreensível; quase fomos dizimados várias vezes. Claro que queremos manter nossa raça pura e intacta.

Ao nosso redor, os soldados elfhollen enfrentam a chuva gelada para vasculhar as carroças: olhando sob tecido impermeável, abrindo barris, interrogando os condutores. Alguns dos soldados estão acompanhados por mulheres fortemente armadas, vestidas de preto, com cabelos e olhos tão escuros quanto o uniforme. A vestimenta carrega marcas rúnicas azuis brilhantes tão bonitas que não consigo desviar o olhar.

– Aquelas são soldados vu trin? – pergunto a Lukas, paralisada pela visão das mulheres de aparência letal e de suas runas brilhantes.

Lukas assente, olhando-as com o que parece ser respeito.

– Elas são uma força militar convidada aqui. Controlam as passagens oeste e leste através da Espinha. A presença delas faz parte do tratado que encerrou formalmente a Guerra do Reino.

– É estranho para mim – eu digo, maravilhada com as espadas curvas que as vu trin carregam no flanco e com as fileiras de estrelas de arremesso prateadas presas ao peito. – Mulheres que são *soldados*.

Lukas parece achar graça.

– Os homens da raça delas não têm magia. Mas as mulheres mais do que compensam por isso, acredite em mim.

Uma vu trin alta faz movimentos bruscos para que um grupo de kélticos a cavalo pare, seu rosto é duro como aço. As mangas de seu uniforme são marcadas com linhas de símbolos de proteção circulares que brilham em azul. Uma mulher vu trin menor, com apenas uma proteção brilhante na manga, revista os alforjes dos kélticos.

– O que elas estão procurando? – pondero.

– Contrabandistas.

– De quê?

Lukas dá de ombros.

– Armas, espíritos... dragões de arena.

Espíritos não me surpreendem. Proibidos por nossa religião, são ilegais em Gardnéria. Várias passagens n'*O Livro dos Antigos* abordam o mal da intoxicação. Mas meus olhos se arregalam com a menção a dragões.

– Dragões de arena?

– Um tipo de dragão particularmente violento – explica Lukas. – Usados como armas. E para prática esportiva. – Ele se vira da janela para olhar para mim. – São puros. Não se transformam.

Eu só vi dragões duas vezes na vida. Ambas foram em Halfix, com eles voando alto no céu. Eram dragões militares gardnerianos pretos, usados para transporte e como armas poderosas. Mas sei que há rumores da presença de outros dragões em algum lugar do Reino Oriental. Wyverns que podem cuspir fogo e se transformar em humanos. E metamorfos wyrm que cospem raios e podem controlar o clima.

Nossa carruagem atinge um sulco e me sacoleja para longe dos meus pensamentos. Faz um bom tempo que estamos nesse para e avança, mas logo o trânsito diminui e seguimos caminho.

Depois de algumas horas, a chuva estia, e perco o fôlego quando o topo dos picos norte e sul da Espinha ficam visíveis, como duas grandes muralhas envolvendo todo o país de Verpácia. Nunca vi nada tão alto quanto esses picos cobertos de neve e intimidantemente bonitos.

Fico colada à janela pelo resto da viagem. Há tanto para ver, e a emoção do desconhecido me ilumina.

Passamos por um movimentado mercado de cavalos cheio de estrangeiros, nossa carruagem desacelera para o ritmo de uma caminhada ao seguir pelo tráfego pesado da estrada. Fascinada, absorvo tudo.

Elfos estão exibindo éguas de marfim, com o capuz jogado para trás revelando orelhas graciosamente pontudas e longos cabelos brancos penteados em tranças finas. Perto dos Elfos está um grupo de mulheres musculosas vestidas com calça preta, botas e túnica vermelha que emana um brilho intenso com ardentes marcas rúnicas carmesim. Os símbolos resplandecentes me lembram as marcas rúnicas azuis usadas pelas feiticeiras vu trin, embora essas mulheres sejam um grupo muito mais misto. Algumas delas são pálidas com cabelos loiros e outras têm pele em vários tons de marrom e um arco-íris de tons de urisk.

Estão tão armadas quanto as feiticeiras vu trin, e muitas têm marcas faciais com as mesmas formas das runas de suas roupas, assim como piercings. Uma argola de metal brilhante está enfiada bem na ponta do nariz de uma ruiva, suas orelhas pontiagudas estão perfuradas com argolas metálicas escuras.

– Amazakaran – Lukas me informa. – Amazonas das montanhas da Caledônia.

Eu as encaro com olhos arregalados.

– São tão perigosas quanto as vu trin?

Lukas ri.

– Quase.

– Não parecem ser uma raça. Exceto que estão todas vestidas da mesma forma.

– As amaz permitem que mulheres de qualquer raça se juntem a elas. – Ele sorri para mim e aponta para as amazonas. – Elas te deixariam participar, Elloren. E te treinariam para usar um machado como aquele.

Eu o encaro, boquiaberta, então olho para trás, em direção à maior amazakaran ali. Seu cabelo rosa-esbranquiçado está trançado e puxado para trás, e seu rosto é repleto de tatuagens. Em suas costas, ela carrega um machado enorme, brilhante e marcado com uma runa, e me sobressalto um pouco quando a mulher fixa o olhar feroz em mim, seus olhos estão estreitados e parecem perigosos. Paro de olhá-la no mesmo instante, meu coração bate forte; a carruagem dá uma guinada para a frente e a guerreira amaz some de vista.

Seguimos em frente e logo estamos viajando pela floresta e por uma estrada sinuosa; a chuva aumenta. Há uma clareira adiante, e a Espinha do Sul aparece ao passo que a floresta some.

Uma Verpax nublada pela chuva aparece, espalhada diante de nós, as incontáveis cúpulas e pináculos da cidade universitária preenchem por completo o imenso vale. Uma névoa de luz dourada de inúmeras lanternas e tochas paira na neblina que escurece. É uma cidade fechada, circundada por um muro de pedra, com portões cercados por torres de guarda.

Olho a paisagem, excitação e apreensão crescem em igual medida.

Lukas se vira para mim, sua boca se curva em um sorriso irônico.

– Bem-vinda a Verpax.

PARTE 2

PRÓLOGO

– Não podemos permitir que a Bruxa Negra fique em posse da Varinha Branca.

– A Varinha Branca escolhe seu próprio caminho. Você sabe disso, Kam. Interferir seria um desastre de jurisprudência.

As duas mulheres estão na torre de guarda no portão de entrada de Verpácia. Observam, através de janelas altas e arqueadas, quando uma carruagem elegante segue pela estrada sinuosa que leva à universidade. Os cavalos que puxam o veículo avançam devagar, com a cabeça curvada devido à chuva e ao vento uivante.

De vez em quando, trovões ressoam à distância.

Uma das mulheres, uma gardneriana, está quieta, seus olhos verde-escuros se estreitaram atrás dos óculos de aro dourado conforme ela espreita através do vidro de diamantes, seu cabelo de ébano está amarrado para trás em um coque arrumado.

A segunda mulher, uma feiticeira vu trin, está vestida com um uniforme preto marcado pelas brilhantes runas azuis. Ela usa uma série de afiadas estrelas de arremesso feitas de metal, amarradas na diagonal em seu peito, e espadas curvas embainhadas nos flancos. Seus olhos são escuros, a pele é de um tom profundo de marrom, e ela usa o cabelo preto liso amarrado em uma espiral apertada e enroscada, como é o costume das soldados vu trin.

– Se ela for mesmo a Bruxa, precisamos dar-lhe um fim *imediatamente* – diz a feiticeira, com determinação feroz. – Antes que ela perceba seu poder. Enquanto ainda há tempo. – Ela fixa o olhar frio na carruagem bem quando um raio rasga o céu, iluminando o aço de suas armas.

Ao observar o veículo, a gardneriana levanta a mão em um protesto sereno. Uma trovoada ressoa acima.

– Paciência, Kam. Paciência. Precisamos dar uma chance à menina.

A feiticeira vira a cabeça bruscamente para olhar a companheira.

– Você se esqueceu da Profecia?

– A profecia é vaga. A garota tem uma escolha, como todas nós temos. Seu futuro não é imutável. Ela pode não escolher o caminho das trevas.

– E a avó dessa menina? E quanto a *ela*? – O rosto da feiticeira fica sério. – Uma vez ela não foi apenas uma garota também? Uma garota com uma *escolha*? Uma garota que *escolheu* matar *milhares* do meu povo!

A gardneriana respira fundo e se vira devagar para enfrentar a feiticeira, sua expressão é de severa simpatia.

– Eu sei o quanto você sofreu, Kam.

O rosto da feiticeira se contrai.

– Não. Você *não* sabe.

As palavras pairam no ar por um longo minuto enquanto elas se encaram.

A gardneriana apoia uma mão reconfortante no braço da feiticeira, que permanece militarmente rígida, com as mãos segurando firme as espadas, como se prontas para atacar a própria memória das atrocidades sofridas. Depois de um momento, a gardneriana deixa sua mão cair e se volta para a janela. Mais uma vez, trovões ressoam para o oeste.

– Agora não é hora de abater a menina, Kam – afirma a gardneriana. – A Varinha a escolheu. Devemos esperar um pouco para descobrir a razão; para ver do que essa garota é feita. Não pretendo facilitar a vida dela aqui. Curiosamente, tenho a cooperação da tia dela nisso.

A feiticeira ergue uma sobrancelha questionadora.

– Vyvian Damon tem seus próprios motivos para pressionar a garota – explica a gardneriana. – Um conflito sobre o laço de varinhas. Ela quer que a menina se lace com Lukas Grey.

– Estrela em ascensão das forças militares gardnerianas. Que adequado.

A gardneriana opta por ignorar o comentário.

– Meus assassinos estão inquietos – a feiticeira adverte, em tom sombrio. – Eu não posso prometer que a menina estará segura se eles te virem como complacente, não depois do que a avó dela fez com o nosso povo, e o que ela teria conseguido fazer se o icaral não tivesse acabado com ela. E essa garota – ela aponta para a carruagem com um elevar brusco do queixo –, se ela for de fato A Escolhida, ela é profetizada para ter ainda mais poder do que Clarissa, talvez a maga mais poderosa que já existiu.

A boca da gardneriana se pressiona em uma linha fina e severa enquanto ela delibera, o tique-taque do relógio na parede reverbera no silêncio.

– Entendo o seu dilema – ela diz, por fim. E se empertiga ao dar as costas para a janela e encarar Kam Vin. – Se a Varinha Branca optar por deixar Elloren Gardner, *ou* se ela fizer qualquer movimento para entrar em contato com as amazakaran, as kinh hoang podem atacar. – Seus olhos se estreitam, agora de frente para a feiticeira, que encontra o olhar intenso da vice-chanceler, sem nem pestanejar.

– Será suficiente por enquanto – diz ela, fazendo uma pausa para enfatizar: – Mas tome cuidado. Não seremos pacientes para sempre.

CAPÍTULO UM
UNIVERSIDADE VERPAX

Com um solavanco, nossa carruagem termina a descida sinuosa para o vale, as luzes da cidade brilham como joias através da névoa encharcada de chuva.

Desaceleramos aos portões de Verpax, duas torres de guarda de pedra a ladeiam, e viro o pescoço para contemplar o alto das torres com suas janelas arqueadas com painéis de diamantes. Consigo apenas distinguir duas figuras paradas de pé do lado de dentro, nos observando. Estão vestindo preto, mas a chuva escorrendo pelo vidro torna suas características onduladas e amorfas.

– Eu já volto – garante Lukas. E desembarca para conversar com um par de feiticeiras vu trin nada sorridentes que estão aquarteladas nos portões, mas meus olhos são repetidamente atraídos para as figuras que nos observam.

– Elas guardaram a fronteira – Lukas me diz, ao voltar para a carruagem, com os ombros e os cabelos úmidos pela chuva. –Você estará bastante segura.

O veículo atravessa os portões, deixando nossos observadores e as guardas vu trin para trás, e entramos na cidade universitária.

Sou instantaneamente tomada pela agitação exótica de Verpax, mesmo neste dia frio e chuvoso.

Cristas e bandeiras coloridas da guilda marcam os edifícios de pedra-da-espinha, os desenhos são um contraste brilhante com o céu e a pedra cinzentos. As ruas de paralelepípedos são estreitas, o que deixa minha janela perto de lojas, tavernas e transeuntes. De ambos os lados, grupos de gardnerianos, kélticos, verpacianos, elfhollen, urisk e elfos, todos encapuzados, se apressam sob a chuva, alguns usando vestes professorais verde-floresta, com a cabeça curvada, protegendo-se da intempérie, tal quais os cavalos da carruagem.

Fico boquiaberta com a quantidade e a diversidade de pessoas.

E a cornucópia de armazéns, tabernas e lojas de artesanato.

Há comerciantes de vidro, vendedores de queijo, uma loja de varinhas gardnerianas artesanais, estalagens alegres e até mesmo um ferreiro do Reino Oriental. Meu nariz bate no vidro no que observo as runas douradas bordadas na túnica do homem que vende, sob a marquise, espadas incrustadas de joias; há uma faixa verde marcada com mais runas douradas em torno de sua cabeça.

E então eu a vejo: uma reluzente loja de boticário, com o brasão da Guilda Gardneriana pintado na fachada: um pilão e socador em um escudo preto; o pilão marcado com uma esfera prateada da Therria; a imagem está cercada por uma coroa de folhas. Garrafas organizadas estão alinhadas na vitrine, e quase posso ver as longas fileiras de galhos apertados de ervas pendurados nas vigas do teto. Uma mulher gardneriana sorridente, com o cabelo puxado para trás em um coque justo, conversa com um cliente.

Meu ânimo se eleva. Essa pode ser eu um dia. Com uma linda loja como essa.

Não demora muito, e a estrada se alarga, passamos pelos portões de ferro forjado da universidade e chegamos. *Universidade Verpax.*

Percorremos várias ruas estreitas, há mais aglomeração aqui, mais vestes professorais verdes à vista. A carruagem desacelera, e paramos diante de um edifício gigantesco repleto de cúpulas, talhado em puro alabastro de pedra-da-espinha; o Pavilhão Branco central de Verpax.

Curvo o pescoço para ver a enorme cúpula salpicada de chuva, e uma onda de alívio toma conta de mim.

– E meus irmãos? – pergunto a Lukas, voltando-me para ele. – Eles estão aqui?

– Devem estar – diz ele, depois faz uma pausa. – Vou te levar até eles. E mais tarde você vem comigo. Vamos subir em direção à Espinha do Norte, longe de tudo isso, e vou fazer a avaliação de varinhas com você.

Lukas diz isso com bastante calma, mas há algo em seus olhos que indica que ele não vai tolerar argumentos. Concordo com a cabeça.

Satisfeito, Lukas puxa o capuz sobre a cabeça, um dos guardas abre a porta da carruagem para ele, que sai para a chuva, se vira e estende a mão para mim.

Por um momento, hesito, com medo de me expor aos elementos, mas a aura de invencibilidade de Lukas me estabiliza. Pego sua mão e puxo o manto com força para me proteger da chuva gelada.

Ele me conduz em direção a uma ampla escadaria que leva a uma entrada em forma de arco. A antecipação eleva meu espírito maltratado.

Rafe. Trystan. Gareth.

Eles estarão aqui, logo após essas portas.

Lukas abre a pesada porta para mim e faz sinal para que nosso condutor e os guardas sigam caminho. Quando nossa carruagem se afasta, deslizo para o enorme saguão iluminado por tochas e rapidamente sou lançada em confusão e alarme profundo.

Um grande contingente de soldados gardnerianos, arqueiros elfhollen e feiticeiras vu trin pululam ao meu redor.

A mão de Lukas aperta o meu braço conforme ele me puxa para trás e saca a varinha.

Um arranhão metálico rasga o ar quando as feiticeiras vu trin desembainham espadas curvas e marcadas com runas, e os elfhollen preparam flechas, todas apontadas para a cabeça de Lukas.

– *Afaste-se!* – ordena um dos elfhollen, seu uniforme cinza é marcado com uma única faixa azul no centro.

– O que é isso? – Lukas exige de um soldado gardneriano de expressão severa, cujo uniforme ostenta as marcas de prata de nosso alto comandante: uma faixa larga de prata abrange seus braços, e tecido prateado arremata o terço inferior de seu manto preto.

Lachlan Grey. O pai de Lukas.

Com o coração acelerado, busco o rosto do homem mais velho, procurando alguma semelhança com Lukas, mas não consigo encontrar muita coisa, exceto a linha da mandíbula e os mesmos olhos verdes ferozes.

– Parece que a maga Elloren Gardner nunca foi formalmente avaliada no teste de varinha – informa Lachlan Grey a seu filho, com raiva mal disfarçada.

– Não é verdade. Fui testada – protesto, trêmula. – Meu tio me testou mais de uma vez.

De que não me lembro. E ele mentiu sobre me testar formalmente no ano passado. Um fio de medo vertiginoso me atravessa.

A mão de Lukas aperta o meu braço.

O comandante elfhollen avança.

– Ela está em território verpaciano, e eu a levarei sob custódia – ele rosna para Lachlan Grey, ignorando meu protesto.

Lukas me puxa para um pouquinho mais perto.

Lachlan encara o elfhollen com intensidade.

– Ela é cidadã de Gardnéria – ele rebate. – Você não tem jurisdição.

– Ela tem o potencial de ser a maior arma do Reino Ocidental – insiste o elfhollen.

Minha mente gira em tumulto, meu coração martela. *Impossível. Não sou uma arma. Não tenho poder nenhum.*

– Diga ao seu filho para se afastar, Lachlan – ordena uma das vu trin, ao entrar no saguão; seu tom é casual. – Você está em desvantagem numérica.

Lachlan Grey não se comove.

– Eu insisto em levá-la de volta para Gardnéria.

– Não até que ela seja testada – exige o elfhollen. – Neste momento. Sob a vigilância de uma guarda conjunta.

Uma guarda conjunta? Para testar... a mim? Olho para Lukas, implorando, sua mão ainda aperta o meu braço.

Os olhos de Lachlan Grey percorrem o ambiente, calculando suas chances de enfrentar com sucesso tantos elfhollen e vu trin.

– Afaste-se, Lukas – ele cede, por fim.

O rosto de Lukas está feroz enquanto seus olhos se movem ao redor da sala, com a varinha ainda em punho. Sinto fraqueza nos joelhos.

O comandante Grey olha para ele, furioso.

– Tenente Grey, eu disse *para se afastar*!

Depois de um longo momento de deliberação, Lukas guarda a varinha, mas mantém o aperto firme em meu braço.

Meu coração parece que vai explodir.

– Muito inteligente, Lachlan – comenta a vu trin. – Escondendo a garota em Halfix por tantos anos.

– Acredite em mim, comandante Vin – responde o pai de Lukas, ao olhar para o filho –, não foi a intenção.

– Ninguém estava me escondendo! – insisto, alarmada. O olhar rápido de Lukas me silencia; há um aviso lá.

– Se ela for considerada poderosa – explica o elfhollen para Lachlan Grey –, nós a *levaremos* sob custódia.

– Não – rebate Lachlan, com firmeza. – O que o impedirá de matá-la?

Matar? Meu estômago revira, e eu prendo um grito. Aproximo-me de Lukas e me agarro à sua túnica.

– Poderíamos colocá-la na Torre Alta sob uma guarda conjunta – sugere o elfhollen –, até chegarmos a um acordo sobre o que fazer com ela.

– Dispense metade da sua guarda, e vou consentir com o teste – cede Lachlan.

A comandante Vin olha para ele com divertida suspeita; em seguida, aponta o queixo em direção a Lukas.

– Dispense-*o*, e vou concordar com isso. Todos sabemos que seu jovem tenente equivale a dez de nós.

Os olhos de Lachlan oscilam entre Lukas e a guarda vu trin.

– Muito bem. Lukas, você está dispensado.

Lukas não faz nenhum movimento para soltar meu braço.

– Por favor – imploro a eles, as palavras explodem de mim. – Eu só quero ver meus irmãos.

– Silêncio, gardneriana! – rosna a comandante Vin. Sua hostilidade me faz cambalear por dentro.

– Lukas – diz Lachlan, com firmeza, seus olhos desmentindo uma confiança de aço –, você acompanhará a guarda vu trin até a base ocidental delas. – Ele levanta uma sobrancelha para a comandante Vin. – Concorda?

A comandante faz um meneio de cabeça.

Lukas encara o pai. Sua mão se solta do meu braço.

Eu me agarro à sua túnica; meu coração está acelerado.

– Não, *por favor*. Não me deixe!

Ele se vira para mim e coloca as duas mãos em meus braços.

– Elloren, eles vão te testar, e então eles vão conversar. Há o suficiente da Guarda dos Magos aqui para garantir a sua segurança.

– *Não!* – Tento me agarrar a ele, mas mãos firmes me puxam para trás.

Há um lampejo de indecisão em seus olhos, mas então sua expressão fica pétrea e ele se afasta. Observo, desesperada, enquanto ele sai da sala ladeado por dez feiticeiras vu trin e um contingente de elfhollen.

O desespero toma conta. Luto contra as mãos que me contêm, lágrimas ardem em meus olhos.

– Me deixem *ir*! – insisto. – Meus irmãos estão aqui. Preciso encontrá-los…

E então a comandante Vin está diante de mim. Ela me olha com severidade, estreitando os olhos em fendas hostis.

Eu paro de me debater e me afasto dela.

– Elloren Gardner – diz ela, com aço no olhar –, você virá conosco.

CAPÍTULO DOIS

AVALIAÇÃO DE VARINHA

Eles me levam a um arsenal militar subterrâneo, a enorme sala circular está abastecida com armas de todos os tamanhos. Espadas, facas, correntes farpadas aterrorizantes e outros objetos de mutilação estão pendurados aos montes nas paredes de pedra.

– Elloren Gardner – ordena a comandante Kam Vin quando a porta se fecha atrás de nós –, você explicará a extensão do seu treinamento.

– Treinamento? – eu grunho. *Do que que ela está falando?*

A feiticeira vu trin estreita os olhos para mim.

– Sim, o seu treinamento. Nas artes marciais.

– Eu… Eu não estou entendendo – gaguejo, perplexa.

Ela franze os lábios e começa a andar de um lado para o outro, o manto preto ondula às suas costas. A comandante não tira os olhos de mim, me encara como se eu fosse um animal perigoso e imprevisível.

– Que tipo de magia de varinha você fez, maga Gardner? – ela insiste.

Estou completamente perdida.

– Eu não… nunca tivemos varinhas…

Ela para de andar e aponta na minha direção, para dar ênfase.

– Maga Gardner, responda à pergunta! Vou perguntar de novo. *Que tipo de magia de varinha você já fez?*

– Nenhuma! – esbravejo, estendendo as mãos com as palmas para cima.

– E quanto à *esgrima*? – ela pergunta, sorrateira, como se tivesse me pegado no jogo que estou articulando.

– Também não! – insisto. – Por que a senhora está me perguntando…?

– Magia de faca?

– O quê? Não!

– Luta caledônia de vara?

– Não!

– Prática de cajado Asteroth?

Ela continua por uma lista de cerca de vinte outras formas de luta de que nunca ouvi falar na vida. Estou perdida em um deserto de confusão.

– *Não!* – brado, por fim, cheia de frustração. – Eu nunca fiz *nenhuma* dessas coisas!

Ela pausa e olha para mim, e franze bastante a testa antes de continuar andando de um lado a outro.

– Seu tio não treinou você nas artes marciais?

Minha confusão aumenta.

– Não, claro que não. Ele é um fabricante de violinos!

– Mas certamente ele deve ter te dado uma varinha.

Balanço a cabeça com veemência.

– Ele nem sequer permitia que varinhas entrassem em casa. – A imagem da varinha branca de Sage cintila brevemente na minha mente.

A feiticeira me olha, incrédula, com uma mão no quadril.

– Não brinque comigo, Elloren Gardner! Seu tio deve ter te armado de alguma forma.

– Ele não fez *nada disso* – rebato. – Tio Edwin não gosta de violência.

A comandante Vin congela onde está e olha para mim como se eu tivesse começado a falar alguma língua ininteligível.

– *O quê?* – ela cospe.

– Tio Edwin não gosta de...

– Eu *ouvi* o que você disse!

– Então por que fez...

– O que você tem *feito*, então?

– Como assim?

– Na casa do seu tio!

Eu olho para ela, a frustração ferve dentro de mim.

– Cuido do jardim, dos animais. – Presto atenção para não mencionar os violinos. As mulheres não devem ser aprendizes de luthiers, e não quero colocar o tio Edwin em apuros com essas pessoas horríveis. – Leio, faço remédios à base de ervas. E... e às vezes faço brinquedos de madeira...

– *Brinquedos?*

– Pequenas estatuetas de animais, principalmente. – Dou de ombros. – Às vezes, móveis de boneca. Meu tio vende no mercado...

Os elfhollen, que estavam muito parados e me olhando com frieza, arriscam olhadelas de surpresa um para o outro.

– Você está sendo evasiva! – rosna a feiticeira, ao apontar um dedo acusatório para mim. – Arme-se, gardneriana!

Uma das subordinadas da feiticeira dá um passo à frente e me entrega uma varinha lisa e polida de carvalho vermelho.

A comandante Vin aponta para uma mesa do outro lado da sala, onde há uma pequena vela apagada sobre um suporte de latão.

– Agora você vai produzir uma chama.

Olho para a varinha na minha mão e me viro para a comandante, estupefata.

– Como?

– Maga Gardner, não finja ignorância comigo! É o mais simples dos feitiços!

– Eu não *conheço* nenhum feitiço!

– Traga-lhe o grimório, Myn! – esbraveja a feiticeira, na direção de sua subordinada.

Myn me traz um livro e abre as páginas desgastadas.

– Aponte sua varinha e fale essas palavras – ela instrui, seca.

Olho as palavras. Pareciam vagamente familiares. Como algo saído de um sonho. *Um sonho com fogo*.

Desajeitada, ergo a varinha e a aponto para a vela.

– *Illiumin*... – começo a falar, com a voz alta e trêmula.

A comandante Vin solta um som de desgosto impaciente.

– Elloren Gardner! – esbraveja ela. – Você não está segurando a varinha direito. Deve deixá-la em contato com a palma da mão, ou a energia dela não poderá fluir através de você.

Arrumo a varinha de modo que uma extremidade esteja pressionada na palma da minha mão e a aponto mais uma vez para a vela. Com a mão trêmula, ergo o grimório e começo a recitar as palavras do feitiço de acendimento de velas.

Assim que as palavras saem dos meus lábios, energia pura e crepitante começa a pinicar os meus calcanhares, e a imagem de uma árvore imensa irrompe no fundo da minha mente. Perco o fôlego quando um choque muito maior de energia dispara através de mim em direção à varinha, bate contra ela e, em seguida, violenta e dolorosamente ricocheteia para trás, através de mim.

Solto a varinha, que cai no chão com um barulho contundente.

Atordoada, olho para a vela.

Nada. Nem mesmo um fio de fumaça. Mas meu braço dói como se tivesse sido queimado por dentro.

O que acabou de acontecer?

Lachlan Grey e os outros soldados gardnerianos parecem muitíssimo desapontados. As feiticeiras e os elfhollen parecem estar soltando suspiros de alívio. Apenas a comandante Vin parece momentaneamente alarmada enquanto encara; os olhos pregados no braço dolorido com o qual eu segurava a varinha, e que agora estou flexionando para aliviar o desconforto.

– Bem – começa ela, a expressão atormentada desapareceu, seu rosto está de novo impassível enquanto ela se dirige ao pai de Lukas. – Parece, Lachlan, que a maga Gardner *não* é mesmo a próxima Bruxa Negra.

– Eu tentei dizer – murmuro. A dor no meu braço começa a latejar. *Mas aquela energia monstruosa. O que foi aquilo?*

– Elloren Gardner – anuncia o pai de Lukas, formalmente –, você está aqui colocada no Nível Um da Varinha Gardneriana.

O nível mais baixo possível; nenhuma magia.

Olho para ele enquanto a certeza se eleva dentro de mim como água negra. Eu posso não ser capaz de acessar o poder, mas ele está lá. Algum eco da Bruxa Negra. No fundo de mim. Correndo em minhas veias.

Possivelmente aguardando libertação.

CAPÍTULO TRÊS
ORIENTAÇÃO

Quando Echo Flood entra na sala, os soldados parecem aliviados por me entregarem a ela.

Minha cabeça gira, confusa.

– Echo, por que você está aqui? Por que meus irmãos não vieram me buscar? E Gareth?

– Lukas mandou me chamar – ela explica, com seus olhos grandes solenes de preocupação.

– Meus irmãos – pergunto, sentindo-me perdida. – Onde eles estão?

– Eles chegaram tarde – explica Echo. – Foram pegos pela tempestade, o cavalo de Gareth entrou em pânico com o trovão, o derrubou e seu irmão quebrou a perna. Tiveram que voltar para Valgard para encontrar um curandeiro.

– Ah, não. – Luto para controlar as lágrimas. *Preciso ver minha família. Não quero ficar sozinha aqui*.

– Venha – diz Echo, baixinho, ao colocar a mão no meu braço. – O alto chanceler está fazendo um anúncio a todos os acadêmicos. Precisamos nos juntar a eles.

Fico ao lado de Echo quando entramos no Pavilhão Branco.

É o maior lugar fechado que já vi na vida, o vasto mar de acadêmicos me arrebata por um instante, o cheiro de lã molhada e óleo de lamparina são pungentes no ar úmido.

Estamos em uma passagem aberta e curva que circunda todo o salão, o piso de pedra-da-espinha abaixo de nós está cheio de marcas sobrepostas de solado de bota.

O teto abobadado se ergue alto, um morcego voa de um lado para o outro no espaço vasto, o alto da cúpula seccional está pintado com constelações em um céu noturno; há um círculo de enormes janelas arqueadas logo abaixo. Bandeiras coloridas das guildas estão penduradas sob cada uma delas, uma cacofonia de cores primárias, prata e ouro, algumas das bandeiras marcadas com palavras estranhas em alfabetos exóticos e floreados.

Meus olhos se iluminam com a bandeira da Guilda dos Boticários. As da Guilda Gardneriana são fáceis de identificar por causa do fundo preto.

Como os raios de uma roda enorme, longos corredores conectam a passagem curva externa a um estrado central elevado, onde um homem idoso de barba branca está diante de uma tribuna. Seu manto verde-escuro se diferencia pelo acabamento dourado, a voz fraca ecoa da alvenaria no que ele direciona dois kélticos atrasados para assentos vazios na frente.

Echo se inclina para a frente, com o olhar posto no homem idoso.

– Alto chanceler Abenthy.

Fileiras de professores de vestes verdes ladeiam o alto chanceler, o traje é igual, mas os rostos refletem uma infinidade de raças.

– Venha – Echo pede, com gentileza, apontando para a frente. – Reservei assentos para nós.

Aceno com a cabeça, e meus olhos perscrutam os arredores. O crepúsculo esmaecido pela tempestade parece se infiltrar através das paredes, as arandelas longas lutam contra as sombras com seus pequenos sopros de luz em formato de dente-de-leão.

Os acadêmicos são segregados em grupos étnicos, os gardnerianos com suas vestes escuras se agruparam com folga para longe dos elfos, que, com seus mantos de marfim, lançam uma luz ofuscante na sua seção do salão.

Começamos a percorrer um corredor lateral que divide os acadêmicos gardnerianos à esquerda, e kélticos à direita. Erguendo-se como poeira, um pequeno zumbido de conversa me segue, o nome da minha avó é sussurrado repetidas vezes, olhares espantados vêm do lado gardneriano; e carrancudos, dos kélticos. Enrijeço, consciente da atenção indesejada.

Enquanto sigo Echo pelo mar de preto da minha espécie, meu olhar é atraído para uma subseção de gardnerianos de uniforme cinza.

Aprendizes militares.

E, dentro de seu agrupamento, há uma única mulher uniformizada, um círculo de soldados gardnerianos vestidos de preto se senta ao redor dela.

Fallon Bane. E sua guarda militar.

Encontro seu olhar quando passamos, e meu estômago revira.

Ela me lança um sorriso sombrio e, discreta, leva a mão à varinha presa ao cinto. Ela a inclina em minha direção e dá uma sacudidela.

Exalo subitamente quando meu pé bate em algo sólido, e tropeço, tombando no chão úmido.

Pequenos sons de surpresa surgem ao meu redor.

O chão é frio e arenoso e cheira a sola de botas molhadas, e minhas mãos latejam por terem aparado a queda. Por um breve segundo, permaneço deitada lá enquanto o constrangimento toma conta de mim.

Uma mão forte agarra meu braço e, sem qualquer esforço, me ajuda a ficar de pé.

Olho para os olhos mais fascinantes que já vi na vida, ainda mais do que os da selkie de Valgard. Eles são âmbar brilhante e resplandecem de um jeito não humano que parece quase selvagem.

Os olhos pertencem a um jovem esguio, de cabelos cor de areia, vestindo roupas simples de tons terrosos. Sua expressão calma e amigável se destaca em contraste com aqueles olhos ferozes.

– Você está bem? – pergunta ele, com gentileza.

– Sim. Obrigada – digo, com o coração acelerado. Minha cabeça vira para ver no que tropecei. Não há nada ali. O corredor está vazio. Lanço uma olhadela para Fallon, que me encara com um sorriso malicioso, e um sinal de alarme dispara dentro de mim.

Ela fez isso. Ela me fez tropeçar.

O sorriso de Fallon se curva ainda mais para cima quando ela vê o crescente pavor no meu rosto.

Eu me viro para o jovem desconhecido, a gratidão toma conta de mim.

– Solte-a – ordena Echo, olhando feio para ele. – Eu assumo daqui.

Há um lampejo de mágoa nos olhos dele antes que seu rosto fique rígido por causa da ofensa. Ele me libera.

Echo me agarra e, resoluta, me puxa para longe.

– Ele me ajudou – sussurro, com acusação na voz, enquanto ela me guia com firmeza. – O que há de errado? Quem é ele?

Ela me encara, com o olhar penetrante.

– Um dos *lupinos*.

Assustada, olho para trás, para onde o estranho jovem está agora sentado com os kélticos. Ele me lança um sorrisinho, o que alivia minha sensação de alarme e desperta minha curiosidade. Ao lado dele está uma garota bonita com longos cabelos loiros, roupas simples e os mesmos olhos selvagens cor de âmbar. Ela se senta como se fosse da realeza, com o queixo erguido, e me olha com desprezo mal disfarçado.

Os gêmeos lupinos.

Lembro-me das fofocas sórdidas, das histórias chocantes sobre nudez e acasalamento em público. Sobre como os machos lupinos vão atrás de qualquer mulher em que possam colocar as mãos. Olho de novo para eles e me pergunto se há verdade em alguma delas. Estou tão curiosa sobre eles, mas também sinto uma pontada de culpa por estar pensando em coisas tão indecentes.

Finalmente chegamos ao nosso lugar, e Echo me guia, para meu imenso alívio, em direção a um assento entre ela e Aislinn Greer.

Enquanto me acomodo, Aislinn coloca o braço ao meu redor e me entrega uma pilha de papéis.

– O que é isso? – pergunto, ao pegá-los.

– Mapas – diz ela. – Seus horários de aula. Alojamento e distribuição de trabalho. Quando ouvi o que aconteceu, fui ao mestre de registros e peguei para você.

– Obrigada – digo, emocionada. Olho para as duas, cheia de gratidão.

Echo dá um tapinha no meu braço em solidariedade, depois se concentra quando o alto chanceler começa o discurso de abertura.

Ressentida, olho para trás, para onde Fallon está sentada, mas não consigo vê-la através da multidão.

– Quando eu estava atravessando aquele corredor – sussurro para Aislinn –, acho que Fallon Bane me fez tropeçar... com magia.

– Não posso dizer que estou surpresa – diz ela, olhando-me com severidade. – Ela não está muito feliz sobre... hum... Lukas e você.

Onde está Lukas? Agarro os papéis no meu colo e mordo o lábio inferior, preocupada. O que ele está fazendo? Ele virá me buscar em algum momento?

– Fallon consegue fazer isso? – pergunto, ansiosa. – Ela consegue conjurar objetos invisíveis? E fazer as pessoas tropeçarem neles?

– Ela é Nível Cinco – responde Aislinn, com certa incredulidade. – Claro que consegue. – Talvez por ver a minha consternação, Aislinn dá um tapinha no meu ombro. – Ela não vai muito longe, Elloren. Você é a neta de Clarissa Gardner. Se ela te machucar, será demitida da Guarda. – Ela me olha com pesar. – Só... fique longe de Lukas. Tudo bem?

Assinto, enfurecida por causa da crueldade despreocupada de Fallon. Mas é sempre mais fácil falar do que fazer. Como posso ficar longe de Lukas com a tia Vyvian determinada a fazer meu laço de varinha com ele?

Ficamos em silêncio quando o alto chanceler Abenthy começa as longas apresentações de cada um dos inúmeros professores. Ele detalha suas realizações recentes para aplausos educados e dispersos que se misturam com o som da chuva. O salão é tão grande que tenho que me esforçar para ouvir sua voz fraca e aguda.

Distraída pela grande variedade de acadêmicos, arrisco um olhar através do corredor, em direção ao grande grupo de kélticos. Eles são muito variados em aparência, com um arco-íris de tons claros em seus cabelos, olhos e pele.

Eles não são uma raça pura como nós; aceitam melhor o casamento misto e, por causa disso, são bastante miscigenados.

Percebo que seus trajes também são variados, embora não muito refinados. São roupas de trabalho, roupas caseiras mais adequadas para tarefas agrícolas; o tipo que eu uso em casa para ficar confortável.

De repente, sinto-me pesada e comprimida pelas minhas caras camadas de seda.

Sinto falta do tio Edwin e do conforto de casa.

Será que ele sabe sobre o ataque do icaral? Será que tia Vyvian enviou um falcão rúnico para avisar sobre o que aconteceu e que eu estou bem?

Meus olhos são atraídos para um jovem kéltico de rosto severo sentado bem diante de nós. Ele é magro, com cabelos castanhos e traços angulosos. Seu olhar determinado está fixo lá na frente, como se fosse necessário se esforçar muito para se concentrar no alto chanceler e não em outra coisa.

De modo inesperado, ele se vira e fixa os olhos surpreendentemente verde-dourados em mim, há tanto ódio lá que eu vacilo.

Eu me viro na mesma hora, meu rosto fica quente, envergonhada de ser pega olhando para ele e atordoada com a violência de seu olhar esmeralda. Eu quase posso sentir a tensão vibrando dele.

– Aislinn – sussurro, engolindo em seco –, quem é o kéltico sentado na nossa frente? Ele está me olhando como se quisesse me *matar*.

Aislinn olha discretamente para o jovem kéltico.

Ele se afastou e está mais uma vez focado, com óbvio esforço, no alto chanceler; seus punhos estão cerrados.

– É Yvan Guriel – ela me informa. – Não o deixe te abalar. Ele odeia gardnerianos.

Especialmente eu, penso. *Especialmente a neta da Bruxa Negra*.

Arrisco outro olhar em sua direção. Ele ainda está olhando para a frente, com a mandíbula flexionada com tensão reprimida. Sento-me ali por um momento, sendo inundada por um emaranhado inquietante de emoções. Meu pé ainda está dolorido de seu encontro com o objeto invisível, minha cabeça e braço da varinha agora latejam no ritmo do meu coração, e meu pulso está ardendo por causa do aperto dilacerante do icaral. É um milagre que eu ainda esteja de pé.

Esse Yvan Guriel nem me conhece, lamento, olhando ressentida para ele pelo canto do olho. *Ele não tem o direito de ser tão odioso*.

– O que mais você sabe sobre ele? – pergunto a Aislinn, sentindo-me abatida.

– Bem – diz Aislinn, inclinando-se para perto –, ele quase foi expulso no ano passado.

– Por quê?

– Por praticar medicina sem a aprovação da Guilda. Em algumas trabalhadoras urisk da cozinha. Ele é aprendiz de médico.

Arrisco outro olhar para Yvan Guriel, surpreendentemente ferida pela aversão indisfarçável desse estranho. Ele ainda encara a frente da sala, praticamente fervilhando de hostilidade.

Determinada a ignorar o odioso kéltico, deixo meus olhos vagarem algumas fileiras para trás para um jovem de pele de um tom profundo de marrom que se eleva sobre todos ao seu redor. Há uma quietude impressionante na maneira como ele se senta que exala disciplina militar. Seu cabelo roxo-escuro é cortado curto, revelando orelhas pontiagudas perfuradas com fileiras de argolas de metal escuro. Mas talvez a coisa mais impressionante nele sejam as tatuagens de runas pretas que cobrem seu rosto, semelhantes às brilhantes runas vermelhas em sua túnica carmesim.

– Quem é o homem alto e tatuado? – pergunto a Aislinn.

– Shhhh! – Um gardneriano magro e de rosto severo nos repreende com grande irritação, e tanto Aislinn quanto eu nos encolhemos, meu rosto esquenta. Ficamos quietas por um longo momento.

– Andras Volya – Aislinn sussurra, por fim.

– Ele parece ser do Oriente – tento decifrar. – Mas suas orelhas são pontudas e ele tem cabelo roxo. Sei que muitos povos no Oriente têm pele mais escura, mas não orelhas pontiagudas nem cabelos roxos.

– Ele é amaz – esclarece Aislinn. – Eles são todos de raças diferentes. Andras e a mãe são parte ishkart, parte urisk.

Lembro-me das mulheres tatuadas que vi no mercado de cavalos verpaciano e fico confusa.

– Mas... ele não é mulher. – As tribos amaz são compostas *apenas* por mulheres. Elas matam homens que entram em seu território. Eu me inclino em direção a Aislinn. – Pensei que elas usavam a magia das runas para ter apenas meninas.

– Elas usam – concorda Aislinn –, mas nem sempre funciona. De vez em quando, nasce um homem. Por acidente – Aislinn aponta o queixo para a frente da sala. – Aquela é a mãe dele, a professora Volya.

Esquadrinho os professores de vestes verdes sentados em silêncio nas fileiras atrás do alto chanceler e logo localizo uma mulher que se assemelha muito a Andras. Seu rosto é similarmente marcado com runas, embora seu cabelo seja preto com mechas roxas.

– Ela se recusou a abandonar Andras quando ele era bebê, então foi exilada das terras das amazes – explica Aislinn. – Por um tempo, ela e Andras viveram sozinhos na Keltânia Ocidental, mas depois ela veio para cá. Tem uns dez anos. Andras praticamente cresceu aqui.

– O que ela ensina?

– Estudos Equinos, é claro. E Chímica. Essa é uma das aulas dela – Aislinn estende a mão e vasculha meus papéis, puxa um e o entrega a mim. – Eu também estou nessa aula.

Passo os olhos pela folha.

CIÊNCIAS BOTICÁRIAS, PRIMEIRO ANO

Boticarium I com prática de laboratório –
Professora da Guilda maga Eluthra Lorel
Metallurgia I com prática de laboratório –
Professor da Guilda mestre Fy'ill Xanillir

Botânica I – Professor sacerdote mago
Bartolomeu Simitri

Matemática avançada – Professor da Guilda mago
Josef Klinmann

História de Gardnéria – Professor sacerdote mago
Bartolomeu Simitri

Chímica I com prática de laboratório –
Professora da Guilda mestre Astrid Volya

Ali está ela. *Chímica. Professora Astrid Volya.* Olho de volta para Andras.

– Como é o filho dela? – eu pondero.

– Ele é quieto – sussurra Aislinn, olhando para ele. – E é incrivelmente bom em todos os esportes: luta de espadas, arremesso de machado, arco e flecha, você escolhe. E tem um dom natural com cavalos, assim como a mãe. É o trabalho dele. Ele cuida dos cavalos nos estábulos daqui. As amaz podem falar com os cavalos, sabe, com suas *mentes*. Ele também é um curandeiro de cavalos habilidoso. No ano passado, um dos aprendizes militares gardnerianos sofreu uma queda feia, e a perna do cavalo quebrou. O animal estava tão desvairado de dor que ninguém conseguia chegar perto dele. Mas Andras conseguiu. Dentro de uma semana, o animal ficou curado e tão saudável quanto antes.

– Como você sabe tanto sobre todo mundo? – pergunto, impressionada.

Aislinn sorri.

– Minha vida é tão chata que tenho que viver através da dos outros. – Ela faz uma pausa e solta um suspiro para efeito dramático. – Suponho que, sabendo que estarei laçada a Randall, talvez o jovem mais chato da face da Therria, sempre terei que me divertir dessa maneira.

Ao nosso redor, os acadêmicos estão começando a falar e se levantar; o alto chanceler terminou a apresentação. Aislinn e Echo se levantam, e eu faço o mesmo, olhando para a minha pilha de papéis. Aislinn me ajuda a procurar entre eles e puxa um do meio.

–Você precisa se encontrar com a vice-chanceler – ela me diz, ao devolver o papel para mim. –Venha. Eu te levo até ela.

Relutante, eu me despeço de Echo e sigo Aislinn, tentando, da melhor forma possível, ignorar o kéltico Yvan Guriel, que volta os olhos verdes ácidos para mim e lança um olhar hostil de despedida.

CAPÍTULO QUATRO

VICE-CHANCELER QUILLEN

Quando chego, a vice-chanceler Lucretia Quillen está sentada à sua mesa, terminando, com diligência, a correspondência. Ela me convida para entrar com um movimento brusco de mão. Ela é gardneriana, com cabelos pretos lisos puxados em um coque apertado, sua túnica escura é muito bem costurada.

Seu escritório fica no alto de uma das muitas torres do Pavilhão Branco, as janelas com vidraças em forma de losango proporcionam uma vista panorâmica da cidade universitária iluminada por lamparinas.

Encaro, espantada, a vista deslumbrante de todo o vale e além da gigantesca Espinha do Norte. Está clareando do lado de fora, as nuvens cinzentas estão se abrindo e estrelas pontilham o céu nublado. Há um mar de telhados abobadados de pedra-da-espinha dispostos diante de mim, as ruas de paralelepípedos parecem ruelas vistas daqui, um passadiço de pedra abaixo de nós conecta o terceiro andar do Pavilhão Branco e outro edifício.

Tudo de pedra e tão pouca madeira reconfortante, lamento. *Mas, ainda assim, é lindo.*

É desconfortavelmente silencioso, e consigo ouvir o tique-taque do relógio que fica na estante atrás da vice-chanceler. Há mapas emoldurados dos Reinos Ocidental e Oriental pendurados nas paredes, bem como um de Verpax. Um conjunto de estantes abaixo das janelas abriga uma pequena biblioteca. O teto é uma cúpula curva, muito parecida com o Pavilhão Branco, e também pintado para se assemelhar ao céu noturno.

Estou inerte, tão exausta que mal consigo me concentrar através de uma dor de cabeça agora agressiva.

A vice-chanceler abaixa a caneta e me lança um olhar frio através dos óculos de armação de ouro.

– Você teve um dia bastante agitado, maga Gardner – ela observa, com uma voz cheia de autoridade que não seria facilmente questionada.

Minha pulsação lateja no meu crânio.

– Tem sido muito difícil.

– Sim, imagino que sim.

– Ficarei mais feliz quando meus irmãos chegarem... e será bom dormir um pouco.

A vice-chanceler me entrega um colar pesado: um disco de ouro pendurado em uma corrente de argolas.

– Esta é a sua insígnia da Guilda. Vai permitir sua entrada nos Arquivos dos Boticários.

Viro o disco na minha mão e passo o polegar ao longo do desenho em alto-relevo. Uma excitação calorosa brota dentro de mim por causa do meu novo status de aprendiz oficial da Guilda. Deslizo a corrente pela cabeça.

– Você vai se encontrar com a governanta da cozinha hoje à noite – ela me informa, com sobriedade. – Para conversar sobre o seu trabalho.

Percorro os papéis que Aislinn me deu e encontro o que detalha a minha função. Ofereço-o para a inspeção da vice-chanceler. Ela gesticula com desdém, indicando que já está familiarizada com os detalhes e que não precisa vê-los. Volto a abaixar o papel sobre a pilha de pergaminhos no meu colo.

– Vou morar em um lugar chamado Torre Norte? – menciono, hesitante.

– Ah, sim – diz ela, virando-se brevemente e apontando para as janelas às suas costas. – Fica dos terrenos ao norte da universidade, logo além dos estábulos de cavalos. Você consegue vê-la daqui.

Eu olho para fora. Consigo só distinguir uma estrutura de pedra sombria na crista de uma longa colina, a floresta selvagem é visível na parte de trás e a Espinha do Norte para além.

– Parece uma torre de guarda – digo, muitíssimo desapontada, lembrando-me, com melancolia, das hospedarias iluminadas pelas quais Lukas e eu passamos no caminho.

A vice-chanceler franze os lábios.

– Sua inscrição chegou tarde, maga Gardner. Os alojamentos estavam cheios. De qualquer forma, você não estará sozinha. Nós a colocamos lá com outras duas acadêmicas.

– Ariel Haven e Wynter Eirllyn? – pergunto, depois de ter visto os nomes listados como minhas companheiras de alojamento nos papéis que me foram entregues.

Os olhos da vice-chanceler se estreitam ao ouvir isso, e um pequeno sorriso se contrai no canto de sua boca.

– Sim, elas serão suas companheiras de alojamento.

– Elas são gardnerianas? – pondero. Wynter é um nome estranho. Nunca o ouvi antes.

Ela me lança um olhar enigmático; o mesmo olhar que minha tia me lançou quando explicou que as selkies às vezes são mantidas como animais de estimação.

– Ariel Haven é gardneriana – ela responde, devagar. – Wynter Eirllyn é élfica.

Uma elfa. Que inesperado e, apesar da dor de cabeça monstruosa e do braço dolorido, fico intrigada com a ideia. Vou morar com uma elfa.

– Ah. – É tudo o que consigo pensar em dizer.

A vice-chanceler ainda me avalia de perto, como se tentasse descobrir alguma coisa.

– Sua tia estava esperançosa de que você um dia seguiria os passos de sua avó – diz ela, com firmeza. – Ao que parece, não será o caso.

Minha desastrosa avaliação de varinha. Bem, pelo menos a verdade finalmente é de conhecimento público.

– Eu acho que porque eu me pareço com ela...

– Você é *igualzinha* a ela – ela corrige, incisiva.

Fico desconcertada por sua abordagem fria.

– Eu só a vi em pinturas, e só tinha apenas três anos quando ela morreu, então...

– Então você não tem uma imagem clara dela – diz ela, me cortando. – Ao contrário de você, eu me lembro muito bem de sua avó. – Ela faz uma pausa para me olhar, seus lábios estão pressionados em uma linha fina e constrita.

Minha testa se enruga em confusão. Por que ela está sendo tão seca com a menção da minha avó? Nossa maga mais importante. A Libertadora do nosso povo. A maioria dos gardnerianos adora sua memória.

Ela se levanta inesperadamente e aponta para a porta.

– Muito bem, maga Gardner. Parece que é hora de você se apresentar para o trabalho.

Por um momento, apenas me sento ali, piscando para ela, então percebo que fui sumariamente dispensada. Apanho meus papéis e saio.

CAPÍTULO CINCO
A TORRE NORTE

Sigo o mapa até uma longa construção perto do Pavilhão Branco, entro e percorro o caminho através da enorme área de jantar, indo em direção a uma porta no final.

Uma placa de madeira entalhada na parede adjacente diz *Cozinha Principal*.

Empurro a porta, e ela se abre sobre pesadas dobradiças de ferro. Ela dá em um corredor forrado com prateleiras cheias de ferramentas de limpeza, e o cheiro de sabão é fortíssimo. Caminho em direção a outra porta logo à frente e espreito através de sua janela circular.

Uma luz cálida emana da cozinha e se derrama sobre mim como um cobertor aconchegante, os cheiros da comida e do fogo me enchem de conforto.

Cheira a casa. Como a cozinha do chalé do meu tio. Como se eu pudesse fechar os olhos, e quando eu os abrisse, me veria em casa, com meu tio me oferecendo uma caneca de chá quente de hortelã com mel.

Em uma ampla mesa de madeira bem diante de mim, uma mulher urisk gorda e idosa amassa uma montanha de massa de pão. Ela mantém uma conversa tranquila com outras três mulheres urisk que fazem a mesma tarefa. Quase todas elas se parecem com as trabalhadoras sazonais da fazenda dos Gaffney: pele, cabelo e olhos branco-rosados. Membros da classe baixa urisk.

Elas riem de vez em quando; as ervas perfumadas penduradas em fileiras das vigas acima dão à cozinha a aparência de uma floresta amigável. Vários jovens kélticos brincam uns com os outros enquanto lavam pratos, cuidam do fogo e cortam legumes para as refeições do dia seguinte. Uma criancinha urisk saltita por ali, com o cabelo branco-rosado trançado; os trabalhadores da cozinha a contornam com cuidado para não derramar água quente nem derrubar pratos de comida em sua cabeça. Ela não deve ter mais do que cinco anos, e está segurando algo parecido com arame torcido e uma garrafinha, parando de vez em quando para soprar bolhas nas pessoas, as padeiras bem-humoradas a afastam e estouram as bolhas antes que elas possam pousar na massa de pão.

Enquanto assisto à cena aconchegante, o alívio toma conta de mim.

E pensar que a tia Vyvian imaginou que trabalhar aqui seria terrível. Este é um tipo de trabalho de que eu gosto de verdade. Descascar batatas, lavar pratos, pessoas agradáveis.

E então eu *o* vejo.

Yvan Guriel.

O kéltico raivoso. O que me odiou à primeira vista.

Mas ele não parece zangado agora. Está sentado em um canto distante, em frente a uma mesa. Com ele estão quatro jovens: três delas são urisk, a outra é uma garota kéltica séria e loira; todas têm mais ou menos a minha idade.

Há livros e mapas abertos diante deles, e Yvan está falando e apontando para algo em uma das páginas, quase como se estivesse dando uma aula. De vez em quando, ele faz uma pausa, e as garotas urisk copiam algo nos pergaminhos à sua frente. Duas delas acenam quando ele fala, concentrando-se atentamente no que o rapaz tem a dizer.

Elas têm coloração branco-rosada, como a maioria das urisk na cozinha, e usam aventais simples sobre roupas de trabalho, o cabelo está puxado para trás, preso em uma trança. Mas a terceira garota urisk é diferente. Ela me lembra das amazakaran; seu cabelo está arrumado com diversos fios de contas, sua postura é desafiadora, seus olhos esmeralda são tão intensos quanto os de Yvan. E seu cabelo e pele são tão verdes quanto seus olhos.

A criancinha urisk que sopra bolhas de sabão corre para a mesa deles, para Yvan, e joga os braços ao seu redor, derramando quase todo o líquido da garrafa em sua camisa de lã marrom.

Eu me pergunto o que ele vai fazer, intenso e irritado como ele parece ser.

Mas Yvan me surpreende quando estica o braço e coloca uma mão gentil no bracinho que ainda está enrolado em torno dele; a garotinha lhe abre um sorriso largo. Então ele vira a cabeça para ela e sorri.

Meu fôlego fica preso na garganta.

Seu sorriso largo e gentil o transforma em uma pessoa completamente diferente do jovem irritado que vi antes. Ele é deslumbrante; tem mais cara de menino do que Lukas, mas é devastadoramente bonito. A luz cintilante da lamparina da cozinha destaca seus traços angulosos, e os brilhantes olhos verdes, tão odiosos antes, agora são agradáveis de olhar; cheios de inteligência e bondade. Vê-lo assim desencadeia um calor florescente no meu peito.

Ele diz algo para a criança e aperta seu braço com carinho. Ela acena com a cabeça, ainda sorrindo, e sai saltitante com suas bolhas.

Por um momento, não consigo deixar de olhá-lo, e imagino como seria estar na extremidade receptora de tal sorriso.

É tudo tão maravilhoso. Amizade. Cozinha. Crianças.

E, a cereja do bolo, um gato grande e cinzento caminha pelo chão.

Isso me lembra de minha casa, de meu lar. E sei que, uma vez que Yvan me conheça, ele verá que não sou uma pessoa ruim.

Vai dar tudo certo.

Invoco a pouca coragem que me resta, abro a porta giratória e entro na cozinha.

Assim que entro, cada último vestígio de conversa amigável se apaga como uma vela encharcada por um balde de água fria.

Minha felicidade transitória evapora.

Yvan se levanta tão abruptamente que quase derruba a cadeira, o olhar de ódio está de volta em seu rosto, e seus olhos furiosos se estreitam para mim. A feroz garota urisk de pele verde e a kéltica loira se erguem, olhando para mim com pura e indisfarçável aversão. As outras duas urisk na mesa assumem olhares de terror, olhando de mim para os livros e mapas na frente delas como se fossem ladras pegas com bens roubados.

Eu pisco para eles, confusa.

Os livros não são permitidos aqui? E os mapas? Por que elas estão com tanto medo?

Uma das mulheres urisk mais velhas empurra a menina para trás das saias, como se a protegesse de mim. Todos no cômodo começam a lançar olhares secretos e furtivos uns para os outros, como se estivessem tentando, desesperadamente, descobrir o que fazer.

Todos, exceto Yvan, o calor em seu olhar cheio de raiva irradia com clareza pelo ambiente.

Luto para não recuar, um rubor desconfortável sobe pelo meu pescoço e bochechas.

A mulher gorda e idosa que estava amassando pão se aproxima, com um sorriso forçado no rosto enquanto, nervosa, torce as mãos cobertas de farinha.

– Existe algo que eu possa fazer por você, querida?

– Hum… – Eu estendo meus papéis para ela com um sorriso trêmulo. – Sou Elloren Gardner. Esta é a minha designação de trabalho.

A kéltica loira fica boquiaberta. Ao lado dela, a urisk feroz me lança um olhar assassino, e a criancinha curiosa espreita para longe de seu esconderijo.

Dá para ouvir a urisk idosa diante de mim engolir em seco, e ela não para de ler meus papéis de designação de trabalho, como se tivesse havido algum erro, e se ela lesse tudo aquilo vezes suficiente, o encontraria. Era como se a minha presença ali fosse horrível demais para ser verdade. A dor de cabeça latejante atrás dos meus olhos se espalha para as têmporas.

Consigo sentir o olhar de Yvan me perfurando. Ele é mais alto do que pensei de início, o que o deixava ainda mais intimidante.

– Preciso falar com Fernyllia Hawthorne – eu ofereço.

– Essa seria eu, maga Gardner – diz a senhora, tentando outro sorriso falso e vacilante antes de devolver meus papéis com bastante cuidado. – Sou a governanta da cozinha.

– Ah, bem… Estou pronta para trabalhar. – Abro um sorriso amarelo para eles, evitando contato visual com Yvan. – É só me dizer o que você precisa.

– Ah, maga Gardner, você não está vestida para isso – observa Fernyllia, apontando para minhas roupas finas.

– Sim, eu sei – digo, pedindo desculpas. – Acabei de chegar e não tive tempo de me trocar. – Olho para as minhas saias e seus bordados intrincados. – Minha tia comprou para mim. Essas roupas. Elas não são muito práticas.

– Sua tia? – A voz de Fernyllia vai sumindo, como se ela estivesse tendo um sonho ruim.

– Sim, minha tia... Vyvian Damon.

Fernyllia e alguns dos outros trabalhadores da cozinha estremecem com a menção do nome dela. A carranca de Yvan se aprofunda.

– Sim – Fernyllia repete, baixinho –, eu sei dela. – E me olha como se implorasse por algo. – Devo pedir desculpas por minha neta estar aqui, maga Gardner. – Ela aponta para a criança. – A mãe dela está doente e... e eu precisava cuidar da menina esta noite. Não vai acontecer de novo.

– Ah, está tudo bem – respondo, tranquilizadora. – Eu gosto de crianças.

Por que importaria que a criança estivesse aqui? Existe alguma razão pela qual ela não é permitida na cozinha?

Ninguém muda de expressão.

– E Yvan – ela explica, nervosa, apontando para ele –, ele está adiantando um pouco seus estudos universitários. Tão bom aluno esse rapaz. Mas eu *disse* a ele que, no futuro, ele precisa fazer seus trabalhos em outro lugar. A cozinha não é lugar para livros, com todas as coisas que podem derramar sobre eles e tal!

Eu sorrio e aceno para ela em concordância, tentando provar que sou digna de sua aceitação.

– Eu gostaria de estar mais avançada nos meus estudos – digo a Yvan, arriscando um sorriso ao me virar para ele e encontrar seus olhos intensos. – Já estou atrasada, ao que parece...

Seu olhar fica escaldante, como se ele estivesse descontroladamente ofendido. Posso sentir a raiva irradiando dele em ondas grossas, pesando sobre mim.

Engulo em seco, muito magoada por aquele ódio implacável e bizarro. Pisco para conter a ardência das lágrimas e me viro para Fernyllia.

Ignore-o, digo a mim mesma. *Force-se a ignorá-lo.*

– Então, o que você gostaria que eu fizesse? – pergunto, com gentileza forçada.

Os olhos de Fernyllia se movimentam, como se ela estivesse tentando descobrir algo importante, e rápido.

– Por que eu não mostro à maga Gardner o que fazer com os baldes de compostagem? – sugere a urisk de aparência feroz, com tom lento e cuidadoso.

Os olhos de Fernyllia oscilam na direção dos livros e voltam para mim novamente. Ela abre outro sorriso falso e obsequioso.

– *Excelente* ideia, Bleddyn – concorda ela. – Por que você não vai com Bleddyn, maga Gardner? Ela vai te mostrar o que fazer. Não se importa de estar perto de animais, não é?

– Ah, não – respondo, com entusiasmo recém-descoberto. – Eu *amo* animais.

– Bom, bom – diz Fernyllia, ao contorcer as mãos envelhecidas com nervosismo. – Basta ir lá para fora com Bleddyn, então. Os restos precisam ir para os porcos. Ela vai te mostrar o que fazer.

Sinto que Yvan e todos os outros no ambiente estão prendendo a respiração quando eu coloco meus livros e papéis sobre uma mesa e saio da cozinha com Bleddyn, entrando em uma sala nos fundos. Baldes grandes de madeira cheios de restos de comida estão alinhados perto da porta.

– Pegue dois e me siga – ordena Bleddyn, com tom frio, e olhos estreitados. Percebo que ela não faz menção de pegar um, mesmo que haja vários outros esperando para serem levados para fora.

Com mais força que o necessário, a garota abre a porta, que bate na parede externa da cozinha com um baque alto. A passagem dá em um pasto. Bleddyn pega um lampião que está pendurado em um gancho ao lado da porta. Não está mais chovendo, mas tudo permanece frio e meio molhado, e consigo sentir a umidade gelada da grama se infiltrando sobre as bordas dos meus sapatos extravagantes.

A geada virá em breve. Consigo sentir seu cheiro no ar do início do outono. Enquanto nos arrastamos na direção de uma série de celeiros e currais, eu me vejo ansiando pela colcha de minha mãe e um cômodo quente e seco.

Em breve. Este dia terminará em breve. E então Rafe, Trystan e Gareth estarão aqui, e me ajudarão a entender todas as coisas terríveis que aconteceram.

As nuvens de tempestade estão se dividindo em fitas finas e escuras, uma parte da lua cheia aparece, depois desaparece e volta a aparecer, como um olho malévolo entrando e saindo do seu esconderijo. Com todas as nuvens e luz em movimento, o céu parece muito grande e opressivo, e me sinto diminuta e exposta. Penso no icaral, lá fora em algum lugar, escondido como aquela lua, esperando por mim, e sinto calafrios.

O ritmo acelerado de Bleddyn está criando uma distância cada vez maior entre nós, e me apresso para alcançá-la, não querendo ficar sozinha na escuridão.

Eu a sigo até um dos celeiros onde os porcos estão sendo mantidos em uma série de baias limpas e espaçosas que cheiram a lama, feno fresco e restos de comida. A iluminação não é boa, e mal consigo ver onde piso.

Bleddyn abre a trava do portão de uma das baias. Ela aponta para um canto distante, onde fica um longo cocho, com uma porca amamentando uma série de leitões bufando e fungando ao disputar o leite uns com os outros.

– Ali – diz ela, apontando o cocho. – Despeje os restos ali.

Seguro os dois baldes com mais força e entro na baia. Meus sapatos afundam em algo macio, e me concentro para ignorar o fato.

Vou me limpar mais tarde. E, além do mais, não quero que essa urisk austera pense que sou uma gardneriana mimada que não consegue cumprir as próprias tarefas. Logo verão que sou tão trabalhadora quanto qualquer um deles.

Quando puxo o pé, o sapato faz um som de sucção desagradável.

Um chute forte nas minhas costas me faz cair estatelada, bem em cima da lama e do estrume de porco. Os baldes com lavagem caem das minhas mãos e restos de comida se espalham por toda parte. Um dos meus sapatos. Os porcos soltam grunhidos animados enquanto lutam pela comida.

Com o coração disparado, fico de joelhos e me viro para Bleddyn.

– Você acabou de me chutar? – pergunto, incrédula.

Ela está recostada em uma parede, sorrindo sombriamente para mim.

– Por que você me chutou? – exijo saber enquanto me levanto.

A kéltica loira que estava de pé com Bleddyn na cozinha entra.

– Ela me *chutou*! – exclamo para a loira, apontando para Bleddyn.

– Não chutei, não – zomba Bleddyn. – Ela tropeçou, essa desajeitada.

– Eu *não* tropecei! – contradigo com veemência. – Eu fui *chutada*!

A loira balança a cabeça de um lado para o outro.

– Não é típico dos gardnerianos? Culpando os serviçais.

– São todos iguais – concorda Bleddyn. – Bando de baratas pretas.

Eu me encolho com o insulto racista. É uma expressão horrível que zomba do preto de nossas vestes sagradas.

– Fique longe de mim! – cuspo, virando-me para recuperar meu sapato.

Nunca deveria ter dado as costas para elas. Outro chute me lança voando de volta para a lama.

– Por que vocês estão fazendo isso? – exclamo, lutando para me virar e encará-las, meu coração está disparado. Um leitão curioso vem para cheirar minhas saias.

– Eu não posso *acreditar* que ela tropeçou de novo! – Bleddyn exclama.

– Ela é mesmo muito desajeitada – concorda a outra.

– Acho que ela precisa de uma nova atribuição de trabalho.

– Algo que não requer que ela ande.

Ambas fazem uma pausa para rir do comentário.

Estou chocada. Por que estão sendo tão cruéis? Não fiz nada para merecer isso.

– Ah, e *olhe*, ela sujou o vestido bonitinho – observa Bleddyn.

– Me deixe em paz! – insisto, ao ficar de pé mais uma vez. Cada músculo do meu corpo está tenso. – Se vocês não se afastarem de mim, eu vou... Vou denunciar vocês duas!

– Cala a boca! – esbraveja a garota kéltica, ao entrar com tudo na baia. Seus punhos estão cerrados.

Eu me afasto dela.

– Agora, você me escuta, *gardneriana*! – ela rosna para mim. – Não pense que não sabemos por que você está aqui!

– Estou aqui porque preciso de dinheiro para pagar a universidade!

Um rápido tapa no meu rosto me faz voar para trás e entrar em estado de choque. Nunca bateram em mim em toda a minha vida.

– Eu disse para você calar a boca, barata! – ela berra.

Bleddyn fica atrás dela, sorrindo.

– Acha que somos idiotas? – continua a loira, com tom ácido, enquanto eu seguro minha bochecha.

– Sobre *o quê*? – exclamo, explodindo em lágrimas de raiva. – Estou aqui para poder pagar o dízimo. Assim como você!

– Mentirosa! – ela rosna. – Mandaram você aqui para nos espionar, não é?

Espionar? Em que tipo de mundo estranho eu vim parar?

– Não sei do que você está falando! – atiro, com voz embargada.

Penso nos livros. Os mapas escondidos às pressas. Em que eles estão envolvidos aqui?

– Olhe para mim, gardneriana! – exige a loira.

Com medo de ser atingida novamente, eu obedeço.

A loira aponta um dedo implacável para mim.

– Se você mencionar a alguém que viu uma criança aqui, ou quaisquer livros ou mapas, a gente vai te encontrar e quebrar seus braços e pernas.

– Acho que seria muito fácil – observa Bleddyn, parecendo quase entediada. – Ela parece muito fraquinha. Tão fininha.

– Muito fininha – concorda a kéltica.

– Não há muito que possa fazer para se defender também. É uma maga de nível um, você sabia disso?

– Que vergonha.

– A avó ficaria *tão* decepcionada.

Sinto uma faísca de raiva surgir com a menção à minha avó. Eu a contenho e observo as duas com cuidado.

Elas me encaram por um bom tempo, e me pergunto se terminaram de bater em mim quando me encolho contra a parede, exausta, suja e lutando com as lágrimas.

– De qualquer forma – diz a loira, por fim –, acho que deixamos tudo claro. Nos vemos nas cozinhas, Elloren Gardner.

– Traga os baldes de volta – diz Bleddyn, quando ambas se viram para sair –, e tente não tropeçar de novo.

Depois que elas saem, soluço por um minuto ou dois antes que minha raiva volte a acender.

Elas não podem me tratar dessa maneira. Não podem. Seco as lágrimas com violência. Posso não ter poderes, mas posso denunciá-las à governanta da cozinha. Não vou deixar que me assustem até eu me render.

Minha indignação queima meu medo, respiro fundo e me arrasto de volta para a cozinha.

⋆

Entro e sou recebida pelo mesmo silêncio coletivo de quando parti.

Bleddyn e a kéltica loira flanqueiam Fernyllia e me olham de modo ameaçador.

Yvan parece momentaneamente atordoado com a minha aparência.

Fernyllia e os outros também parecem chocados, mas logo se recuperam, mascarando seu desânimo com expressões neutras.

Apenas os olhos de Yvan permanecem uma tempestade de conflitos.

Percebo que a criança se foi, assim como os livros e mapas que estavam sobre a mesa.

– Elas me chutaram e me deram um tapa! – eu digo a Fernyllia, minha voz se quebra com emoção quando aponto para Bleddyn e a garota kéltica.

– Calma, maga, você deve estar enganada – diz Fernyllia, em tom conciliatório, mas há uma dura ponta de aviso em seus olhos. – Tenho certeza de que Bleddyn e Iris não fizeram mal a você.

– Elas me bateram e me ameaçaram!

– Não, maga – corrige Fernyllia. – Você *tropeçou*.

Eu a encaro, boquiaberta. Elas são uma frente unida; unida contra mim.

Com a cabeça girando, penso no que fazer. Eu poderia ir até o chanceler e entregar cada uma delas. Mas, primeiro, tenho que sair daqui em segurança.

– Por que você não tira o resto da noite de folga, maga Gardner? – oferece Fernyllia, mas há uma pitada de comando por trás do tom educado e subserviente. – Acomode-se no seu quarto. Seu turno aqui amanhã começa à décima quinta hora.

Minha indignação desmorona em uma infelicidade exausta e intimidada, tudo ao meu redor ficando embaçado com lágrimas.

Pego minha documentação, que Fernyllia está estendendo para mim, e olho direto para Yvan, com acusação indisfarçável.

Sua postura é rígida, e ele não olha para mim agora. Suas mãos estão nos seus quadris; a mandíbula, tensionada, obstinadamente mostrando sua lealdade. *Contra mim*.

Uma enxurrada de lágrimas se prenuncia, dou as costas para todos eles e fujo.

Vou aos tropeços, lágrimas silenciosas caem, e luto para encontrar o caminho em direção à Torre Norte.

Abrigo. É tudo o que quero no momento. Um lugar para dormir e me esconder até amanhã, quando eu puder encontrar meus irmãos e conseguir ajuda.

O ódio nos olhos de Yvan reverbera em minha mente, mas me sinto melhor quanto mais longe das cozinhas fico.

Lá fora, as nuvens continuaram a se diluir e agora se assemelham a centenas de cobras escuras movendo-se devagar; a lua está parcialmente encoberta pelas nuvens serpenteantes. Cruzo as ruas sinuosas da universidade com seus grupinhos de estranhos encapuzados, passo pelo prédio da Guilda dos Tecelões e, em seguida, por uma série de campos úmidos. O ar frio e a caminhada rápida vão me acalmando.

Parte dos pastos são o lar das ovelhas, amontoadas perto dos cochos em massas enlameadas; outros, os adjacentes aos estábulos, são para os cavalos.

E, quando já atravessei tudo, meus passos param assim que olho para cima através de um campo amplo e estéril. A colina inclinando-se dali é raquítica e deserta. Um vento fino assobia.

A Torre Norte está diante de mim.

Fica do outro lado do campo, um caminho de pedra malconservado serpenteia para o alto, até ela. Como uma sentinela guardando a floresta, o antigo posto militar é a última parada antes de se ser envolvido pela floresta para além dos fundos e das laterais. Há um torreão desgastado de arqueiro colocado no alto do telhado.

Minha nova casa.

É cinza, fria e agourenta; toda feita de pedra-da-espinha, nenhuma madeira. Nem um pouco parecida com a casa de campo quente e reconfortante do tio Edwin. Meu coração afunda ainda mais quando vejo o lugar.

Resignada, me arrasto pelo amplo campo; a torre paira sobre mim quando me aproximo.

Abro a única porta na base do edifício, e ela se abre para revelar um pequeno saguão, uma escada em espiral à esquerda e um depósito à direita, que está com a porta aberta e, pela luz fraca de uma arandela, posso ver que está cheia de baldes, ancinhos, lampiões extras e uma variedade de materiais de limpeza. Fico animada ao ver que meus baús de viagem e meu violino estão lá.

Solto uma longa respiração. *Está vendo, vai ficar tudo bem,* eu me tranquilizo. *E vou compartilhar o alojamento com uma gardneriana e uma elfa. Nada de urisk nem kélticas odiosas. Vai ficar tudo bem.*

Decido deixar meus pertences no armário por um momento e subo a escadaria. A sola dos meus sapatos quase escorrega algumas vezes na pedra polida; meus passos ecoam por toda a torre estranhamente silenciosa.

Quando chego ao topo, outra porta se abre para um corredor curto, também iluminado por uma arandela. Há um banco de pedra apoiado na parede e, em cada extremidade do corredor, as janelas têm vista para os campos circundantes; a lua espiona lá dentro. Uma escada de metal está aparafusada à parede diante de mim e leva ao torreão dos arqueiros; a entrada do teto há muito tempo fechada. Há outra porta no final do corredor.

Tem que ser o meu novo quarto.

Eu me pergunto se minhas novas companheiras de alojamento estão dormindo ou ausentes, já que não consigo distinguir nenhuma luz ao redor da porta. Atravesso o corredor deserto, em direção à porta, um pouco enervada pelo silêncio.

Faço uma pausa antes de abri-la e olho pela janela; a lua ainda observa, fria e indiferente. Olho para ela por um momento até que esteja coberta pelas nuvens em movimento, o mundo exterior está mergulhado em uma escuridão mais profunda. Volto para a porta, fecho a mão em torno da fria maçaneta de metal e a empurro.

O cômodo está um breu, mas posso ver uma grande janela oval bem diante de mim.

– Olá – digo, baixinho, sem querer assustar ninguém que possa estar tentando dormir. As nuvens se movem, e o luar se derrama na sala.

E é quando vejo. Algo agachado, logo abaixo da janela.

Algo com asas.

O sangue desaparece do meu rosto, e sou dominada por uma onda de medo tão forte que me paralisa.

Um icaral.

Entrou de alguma forma. E estou prestes a ser morta. A coisa à minha frente emite o mesmo cheiro de carne podre que os icarais em Valgard.

Devagar, ele se levanta e desdobra as asas negras esfarrapadas. E não está sozinho. À direita dele, vejo movimento em cima do que parece ser uma cômoda. Outra figura alada, também agachada como se estivesse esperando para atacar.

Santo Ancião, há dois deles.

– Olá, Elloren Gardner – diz o icaral sob a janela, com voz rouca e malévola. – Bem-vinda ao inferno.

CAPÍTULO SEIS
ARIEL

Uma descarga de energia dispara através de mim, arrancando-me da minha névoa incapacitante de medo à medida que o icaral avança em minha direção.

Aterrorizada, encontro equilíbrio e disparo de lá, atravesso o corredor curto, esbarro no banco de pedra, desço as escadas em espiral três degraus de cada vez, quase caio.

Quando pulo para os pés dela e torço meu tornozelo, uma compreensão cai sobre mim com uma clareza nauseante.

Nenhum lugar é seguro.

Se eles estão aqui, provavelmente estão em toda a parte. Devem estar me esperando do lado de fora também.

Eu me jogo no armário, bato a porta e começo a me barricar com uma prateleira velha, minha maleta de viagem e, por fim, meus pés, quando empurro minhas pernas contra a barricada para alavancagem. Tremo de terror ao me sentar no escuro, o chão de pedra está frio abaixo de mim, a única luz é fraca e vem do contorno da porta do saguão mal iluminado, e também há o leve brilho da minha pele.

Está silencioso.

Mortalmente silencioso.

Tão quieto que minha respiração pesada e em pânico soa obscenamente alta, é possível ouvir meu coração batendo descontrolado no peito. Mas sei que eles estão lá fora. Esperando por mim.

– *Eu não sou a Bruxa Negra!* – grito para a porta; cuspe voa da minha boca.

Por um momento, não há resposta. Apenas mais silêncio. Quando a resposta chega por fim, está próxima.

– Ah, você é, sim – assobia a coisa, de maneira zombeteira.

Ah, Sagrado Ancião, a criatura está do outro lado da porta.

Meu tremor se intensifica, e começo a recitar uma oração d'*O Livro dos Antigos* repetidas vezes em um sussurro desesperado.

Santíssimo Ancião, Nos Céus Acima, Livra-me dos Malignos...

Enquanto imploro para que minha vida seja poupada, o demônio começa a raspar as unhas ao longo do comprimento da porta. Bem devagar. De novo e de novo.

Depois, mais silêncio.

Uma força dura bate contra a porta, sacudindo-me através da barricada, através das minhas pernas. Eu grito e começo a soluçar.

– Eu *vou* te matar – a voz rosna –, *bem* devagar.

A raspagem começa de novo, mas desta vez mais nítida, como se a porta de madeira estivesse sendo desgastada por uma faca.

–Você tem que dormir em algum momento, gardneriana – zomba a coisa cruel. – E quando você dormir, vou *te cortar*...

O som da madeira sendo arrancada se intensifica, e consigo sentir a pressão rítmica através das minhas pernas. A coisa está desmontando a porta, levando tanto tempo na tarefa quanto levará para me matar.

Meus pensamentos apavorados correm soltos, como um garanhão enlouquecido. Imagens de Rafe, Trystan e Gareth chegando à escola para me encontrar morta neste armário, rasgada em pedaços por icarais. Imagens do coração do meu tio não resistindo quando ele descobrir o que aconteceu comigo. De Fallon Bane muito feliz com o meu destino. E a varinha de Sage sendo encontrada...

A varinha!

Eu me mexo no escuro, tateando pelas alças do meu baú de viagem. Eu o abro, rasgo o forro de tecido com as mãos trêmulas e chego à varinha. Sage disse que era poderosa; talvez tão poderosa que funcionará mesmo com alguém tão fraca quanto eu.

Seguro a varinha do modo como a comandante Vin instruiu, com a extremidade pressionada na palma da mão, e a aponto para o som de raspagem. Não me lembro das palavras de nenhum feitiço. Só me lembro de algumas palavras mágicas dos contos da minha infância. Tento todas elas enquanto lágrimas escorrem pelo meu rosto.

Nada.

Jogo a varinha no chão e me perco no aperto gelado e sufocante do medo. A raspagem continua sem parar até tarde da noite, e me sinto caindo, caindo, até que tudo se desvanece para o preto.

Estou lançando-me pelo corredor do andar de cima da Torre Norte, que prossegue sem cessar até então; não consigo ver o que está no final até que, por fim, chego ao meu novo alojamento. Desta vez, a porta está aberta, e a sala, iluminada com uma luz suave que brilha em um vermelho sobrenatural. Com o coração disparado, eu entro.

Sage Gaffney está perto da janela, uma única vela com uma chama vermelho-sangue ao seu lado, projetando no ambiente sombras longas. Ela tem um olhar vazio, seus olhos estão cavados.

– Sage – digo, confusa. – Por que você está aqui?

Ela não responde, simplesmente abre a manto escuro para revelar o pacotinho escondido lá. Algo se move dentro do tecido bem embrulhado, e ela o oferece para mim.

Eu me aproximo com cautela, o pacotinho se move ondulante, como um filhote de lagarto prestes a sair de sua casca de ovo mole, esforçando-se para nascer. Sinto um forte sentimento de repulsa.

O bebê dela.

O icaral.

Uma curiosidade macabra me impulsiona. Depois de um momento de hesitação, estendo a mão e afasto a manta.

Um medo incapacitante se apossa de mim quando enfrento o monstro que Sage deu à luz, a cabeça é a do icaral em Valgard, com olhos brancos e sem alma. A criatura abre asas negras e sujas, desnuda a boca em um rosnar e ataca...

– *Não! Não!* – grito, quando a voz de uma mulher atravessa a imagem diante de mim.

– Acorde, criança!

O sonho desaparece como névoa ao amanhecer, substituído pelo rosto de uma mulher idosa ajoelhada diante de mim, seu rosto largo e azul tão profundamente enrugado que se assemelha a uma uva passa; um lenço marrom prende seus cabelos grisalhos.

Eu me afasto das mãos encarquilhadas e ossudas que agarram os meus ombros. Ela me solta e se inclina para trás em seus calcanhares, sua expressão é de preocupação cautelosa. Sacudo a cabeça com força de um lado para o outro, tentando me livrar da nebulosidade persistente.

Eu desmaiei?

Confusa e desorientada, olho ao redor, descontrolada.

Eu estava sonhando. Foi tudo um pesadelo?

Os olhos da mulher urisk tremulam para algo no chão à minha direita.

– Você deixou cair sua varinha – ela observa.

Meu coração salta para a garganta.

Pego a varinha e a empurro de volta para o revestimento interno do meu baú de viagem, aliviada por ela não parecer suspeitar que eu estaria de posse de uma varinha cara.

– Fui atacada por icarais – informo, ofegante.

Ela não parece surpresa. Em vez disso, inclina a cabeça, me avaliando.

– Deve ter sido a srta. Ariel, suponho.

Balanço a cabeça com veemência.

– Não. Eram icarais. Tenho certeza.

– A srta. Ariel e a srta. Wynter *são* icarais – responde ela, com naturalidade.

Eu a encaro, boquiaberta. Sacudo a cabeça para ela de novo, recusando-me a acreditar.

– Não. Não pode ser. A vice-chanceler me disse que Ariel Haven é gardneriana e que Wynter Eirllyn é elfa.

Ela ergue as sobrancelhas.

– *É* verdade, maga Gardner. Mas *também* é verdade que ambas são icarais.

O sangue some do meu rosto.

– Não. É impossível – sussurro, sentindo que a sala está começando a girar incontrolavelmente. – Elas... elas não *podem* ser minhas companheiras de alojamento! Elas querem me *matar*!

– Calma, criança – ela repreende, como se eu estivesse exagerando. – Você está se deixando parecer histérica. A srta. Wynter não machucaria uma mosca. Mais gentil impossível, aquela moça. Agora, a srta. Ariel... pode parecer um pouco assustadora no primeiro encontro.

– Um *pouco*? – exclamo. – Ela arranhou essa porta durante a noite inteira, descrevendo todas as maneiras como quer me matar!

– Tenho certeza de que ela não quis dizer isso, maga Gardner – ela me tranquiliza.

Não consigo acreditar nisso. Como ela pode estar tão calma ao se referir a demônios icarais?

– Onde elas estão? – exijo saber, olhando além dela para o saguão.

– Já se foram, maga. Em aula, suponho.

– Elas são *acadêmicas* aqui? – exclamo, não acreditando que isso está acontecendo. Mas então eu me lembro da tia Vyvian falando sobre dois icarais. Aqui na universidade.

Minhas companheiras de alojamento.

A compreensão faz minha cabeça girar.

A mulher urisk se levanta do chão e estende a mão para mim. Eu a ignoro e me levanto, sem confiar nela. Sem confiar em nada.

Ela abaixa a mão, me lança um olhar enigmático, pega um esfregão e um balde e sai para o saguão.

Eu me movo, hesitante, em direção à porta do armário, meio esperando que os icarais estejam agachados atrás das paredes que sustentam a porta, mas quando vejo a mulher urisk colocando no chão o esfregão e o balde, cantarolando uma melodia para si mesma, tiro a cabeça do armário.

A entrada está vazia, exceto por nós.

A luz do sol flui através de uma longa janela a meio caminho da escada em espiral. Consigo ver grandes nuvens brancas percorrendo o céu azul cristalino. Com pernas trêmulas, me aventuro a sair do armário e, descontrolada, olho ao redor, procurando ouvir qualquer som. Então eu me viro e fecho a porta do armário e me sinto tonta no mesmo instante.

Os arranhões que ouvi, os entalhes... em todos *reais*.

A porta está coberta por escritos profundamente entalhados na madeira por alguma ferramenta afiada ou uma faca. Repetidas vezes, a icaral escreveu

"ÓDIO" e "MATAR" e a variedade de obscenidades que cobrem toda a porta. Volto-me para a mulher urisk.

Ela cessou de cantarolar e está apoiada em seu esfregão, me estudando com calma.

– Você está vendo isso? – pergunto, com voz esganiçada.

Ela faz um som de clique com a língua e balança a cabeça de um lado para o outro.

– Coisa da srta. Ariel, pelo jeito.

Como ela pode estar tão calma?

– Ariel – repito, incrédula. – Minha nova companheira de alojamento. A demônio.

– Ela é um pouco temperamental, maga.

Temperamental? Estamos em uma universidade ou em um sanatorium?

– Não se preocupe, maga – ela murmura. – Vou providenciar para que a porta seja substituída...

Incapaz de continuar suportando sua calma irritante, passo por ela, fugindo da Torre Norte o mais rápido que posso.

CAPÍTULO SETE

TORNEIOS E TESTES

Eu tropeço para o dia ensolarado, e o brilho faz meus olhos doerem.

É fim da manhã, o sol está alto no céu, e os campos, que eram tão cinzentos no dia anterior, estão verdes e alegres, rodeados por árvores destacadas pela cor vibrante do início do outono.

Eu me apresso pelo campo amplo e cheio de arbustos que separa a Torre Norte dos pastos dos cavalos, e estreito os olhos, protegendo-os do sol.

Algumas ovelhas curiosas erguem a cabeça enquanto atravesso, apressada, seus pastos seccionados, o caminho de terra está úmido sob meus pés, o cheiro de lama e vegetação paira no ar. O barulho de vários teares e o som flutuante de conversa feminina flutuam do prédio da Guilda dos Tecelões, pelas portas abertas para deixar entrar o ar fresco. Meninas verpacianas loiras e garotas elfhollen de cabelos prateados vão e vêm, recém-chegadas carregando cestas de fios de cores vivas. Eu voo por todas elas até as calçadas de paralelepípedos da cidade universitária, os grupos ocasionais de acadêmicos, trabalhadores e professores param de falar no meio de frases para me encarar.

Há bandeiras esvoaçando por toda parte, fixadas em edifícios, saindo de janelas, penduradas em cintos e selas. A estrela de quatro pontas de Verpácia em cinza parece dominar, com a esfera prateada da Therria de Gardnéria em preto sendo a segunda mais presente. As ruas estão lotadas, os transeuntes em clima de comemoração e soldados uniformizados de todos os tipos estão ali em peso.

De repente, lembro-me de que esta semana marca o início dos Torneios de Outono. Meus irmãos me contaram das competições que vão desde arco e flecha e combate de espadas até tecelagem e vidraria. Os competidores vêm de toda a Therria para mostrar sua experiência e impressionar as várias Guildas.

Sem fôlego, paro em frente à imponente Guilda dos Mercadores, as bandeiras de Gardnéria e a bandeira branca pura das terras élficas de alfsigr estão ladeando a entrada. Sou empurrada quando a multidão surge ao meu redor.

Meus olhos pulam de prédio em prédio enquanto tento me orientar no mar de pessoas, mas nada nem ninguém parecem familiar.

– Você está bem?

Eu me viro e encontro um jovem soldado elfhollen de orelhas pontudas me encarando com seus brilhantes olhos prateados.

– Não – respondo.

– Posso te ajudar?

Olho em volta, perdida.

– Preciso encontrar a governanta de alojamento.

– É bem ali do outro lado da rua. – Ele aponta para um prédio enfeitado com bandeiras gardnerianas.

Sou inundada pelo alívio enquanto eu me esquivo do tráfego de pedestres e cavalos para chegar ao escritório da maga Sylvia Abernathy, a mulher encarregada da habitação acadêmica.

Ela é gardneriana. Vai entender a gravidade da situação, e tenho certeza de que vai me ajudar.

Pouco tempo depois, estou em um escritório abafado sentada em frente à maga Abernathy, uma mulher de rosto constrito; nossa bandeira está exibida de maneira proeminente atrás de sua longa mesa. Assim como a faxineira urisk, ela não se surpreende com a minha aparência nem com a minha história, e me olha com olhos frios e calmos.

– Você vai me ajudar, não vai? – imploro, atordoada por sua compostura.

Por um momento, ela segura a pena em animação suspensa sobre a pilha de papéis à sua frente.

– Ora, isso depende apenas de você, maga Gardner – diz ela, ao retomar sua escrita.

– Não entendi. – Eu luto para manter a compostura.

– Bem, maga Gardner – responde ela, distraída –, sua tia entrou em contato comigo para discutir os arranjos da sua hospedagem. Ela enviou um falcão rúnico com instruções ontem pela manhã. Claro que seria possível mudá-la para um quarto com... companheiras mais amigáveis.

Companheiras mais amigáveis?

Por que ela não está indignada? Eu fui colocada em um quarto com icarais! E elas tentaram me matar!

Eu me forço a respirar fundo. Preciso manter a calma, mesmo que todas as pessoas aqui estejam completamente desequilibradas.

– Em quanto tempo posso me mudar? – pergunto, tentando manter a voz firme e uniforme.

Ela para de escrever, abaixa a pena, cruza as mãos e encontra meu olhar.

– Ora, assim que você fizer seu laço de varinha, maga Gardner.

Ah, Sagrado Ancião. Meu coração começa a martelar no peito. Tia Vyvian...

Todos têm um limite, Elloren. Não me force a encontrar o seu.

– Ainda não posso fazer o laço de varinha – digo, com determinação vacilante.

– Bem, então – ela responde, sem qualquer simpatia –, suponho que você terá que encontrar uma maneira de lidar com sua situação.

O desespero surge dentro de mim.

– Vou mandar uma mensagem para o meu tio.

Ela me olha com astúcia.

– Sua tia também me instruiu a informá-la de que seu tio adoeceu. Coração fraco, disse ela.

O choque explode através de mim.

– *O quê?* – Mal consigo pronunciar as palavras. Como a tia Vyvian pôde esconder isso de mim? – Ele está bem? Há quanto tempo ele está doente?

– Ah, parece que ele vai se recuperar – diz ela, com desdém. – Tem um médico local cuidando dele, mas ela crê que seria bastante estressante para ele se envolver em tudo isso. – Seus olhos estão fixos em mim, dando tempo para suas palavras me atingirem.

Eu a encaro enquanto minha infelicidade vai se aglutinando em uma bola branca de raiva.

– Então vou falar com o alto chanceler – digo, endurecendo a voz.

A mulher faz um som de escárnio.

– O alto chanceler não se preocupa com essas ninharias. Além do que, sua tia já falou com a vice-chanceler sobre o seu alojamento. Acho que você descobrirá que todos estão em completo acordo com as coisas como estão.

Então é isso.

Não posso sair da Universidade Verpax porque estou correndo risco de ser morta por um icaral demoníaco, monstruoso e sem asas, e não tenho alternativa a não ser viver com duas icarais aladas demoníacas e monstruosas e trabalhar em um lugar onde as pessoas querem quebrar meus braços e pernas.

Ou posso pressionar meu tio doente a me deixar fazer um laço de varinha, contra sua vontade, e com um homem que mal conheço.

Eu fico em pé, com dificuldade, tão zangada que chego a tremer.

– Obrigada por me receber. Tudo está claro para mim agora.

– Não há de quê – diz ela, sem se preocupar em se levantar. – Por favor, procure-me se eu puder ser de alguma ajuda.

Com pernas instáveis, eu me viro para sair.

– Ah, maga Gardner – ela diz baixinho, fazendo-me parar onde estou. – O que devo dizer à sua tia se ela perguntar como você está? Ela pode transmitir sua resposta ao seu tio doente.

Eu me viro para encará-la mais uma vez e engulo as lágrimas de raiva. Enrijeço os ombros e a olho nos olhos.

– Diga a ela – digo, e minha voz vai ficando fria – que estou bem, e para dizer ao meu tio para não se preocupar, que me mandar para a universidade foi a melhor coisa que ele já fez por mim.

Por um momento, ela simplesmente me encara sem nem titubear, em seguida, volta a atenção para o livro de alojamentos e retoma a escrita.

Eu não tenho ideia de para onde ir em seguida, então começo a vagar sem rumo pelas ruas da universidade. Não me importo com o quanto estou desgrenhada, e estou indiferente aos olhares chocados dos acadêmicos e professores que passam, seguindo o fluxo da multidão festiva do torneio.

Logo estou fora da área central, além dos edifícios e, enfim, chego a uma série de campos de torneios repletos de pessoas, uma variedade de bandeiras esvoaçam na brisa fresca. Uma competição de tiro com arco é visível à frente, uma linha de arqueiros élficos congelados no lugar com flechas encaixadas, o campo está cercado de espectadores. Em perfeita sincronia, as flechas disparam em direção a alvos ovais colocados em postes finos. Eles atingem o alvo com um baque alto.

– Cael Eirllyn! – anuncia o mestre da partida, e um jovem elfo montando um corcel branco cavalga adiante para reivindicar seu prêmio.

Desesperada por meus irmãos, eu me afasto da partida, costurando através da multidão barulhenta, procurando em todos os lugares por um rosto familiar. E então encontro um, mas não o que eu queria.

No campo seguinte, aprendizes militares gardnerianos estão competindo em um concurso de prática de varinhas. Uma mulher no meio da fila de concorrentes me chama a atenção. É a única aprendiz, os outros oito magos estão vestidos de preto-soldado, com listras de prata do nível cinco no braço.

Fallon Bane.

Ela é única mulher do grupo. Todos empunham a varinha, mirando os alvos circulares de madeira do outro lado do pequeno campo.

Eu dou um solavanco para trás quando fogo surge da varinha de um mago, as chamas se arrastam em direção ao alvo, explodindo no centro em uma agitada bolinha de fogo.

Aplausos e gritos se erguem da plateia, a maioria de gardnerianos. Um grupo de kélticos assiste ao concurso, com braços cruzados e olhares inquietos.

O resto dos magos se reveza lançando fogo com resultados semelhantes.

Fallon é a última. Ela ergue o braço e espera que a multidão se acalme até restar só um murmúrio. Em seguida, chicoteia o braço para a frente e envia uma lança branca de gelo correndo em direção ao alvo.

Eu me sobressalto quando o objeto crava o alvo com um estrondo de estourar os tímpanos, e o alvo explode em uma bola gigante de lanças brancas menores, empalando todos os alvos na fila, estilhaçando-os.

Há silêncio quando uma nuvem de neve se instala sobre a linha destruída de alvos.

– Decidido! – estronda o mestre da partida. – Para a maga Fallon Bane!

Os gardnerianos irrompem em aplausos, alguns aprendizes militares começam a entoar nosso hino com vozes barulhentas e desafinadas. O último resquício da minha coragem se esvai. Afasto-me da multidão agitada e tropeço em direção ao abrigo de uma árvore distante. Afundo na grama úmida e sombreada, deixo minha cabeça privada de sono cair em minhas mãos e choro.

– Elloren.

Eu me assusto quando uma mão faz contato com o meu ombro. Olho para cima e encontro Aislinn e Echo agachadas ao meu lado, com expressão de choque coberta de preocupação.

Não sei o que dizer. É tão horrível.

– O que aconteceu? – pergunta Aislinn. – Nós te procuramos *por toda a parte*. Quando não apareceu para o café da manhã, ficamos preocupadas. – Ela se levanta para tocar meu rosto bem de leve, e sua testa encrespa. – Céus, Elloren. Você está machucada. Alguém bateu em você?

Soluçando pateticamente, conto sobre os icarais e os trabalhadores da cozinha enquanto elas se sentam na grama úmida ao meu lado.

Aislinn balança a cabeça de um lado para o outro.

– Eu não consigo acreditar que sua tia pode ser tão cruel.

– É um teste, Elloren – Echo me informa, com gravidade.

– Eu *sei* que é um teste – respondo, puxando a grama com os dois punhos, enervada. – Para ver até que ponto eu aguento antes de dar para trás e me laçar a um homem que mal conheço.

– Não – diz Echo, com os olhos arregalados e seguros. – É um teste enviado pelo Ancião. Você é descendente de Clarissa Gardner. Há razão para você se parecer tanto com ela. Você está destinada a descer ao poço do Mal. Assim como Fain n'*O Livro*. Ele foi visitado por todo tipo de mal e infortúnio, lembra? Mas foi tudo um teste. Fain permaneceu fiel e, no final, prevaleceu e foi recompensado pelo Ancião. Você, também, está destinada a confrontar os Malignos, e prevalecerá!

– Eu não sou a Bruxa Negra, Echo – pontuo, ao enxugar as lágrimas. – Sou uma maga de nível um. Assim como você. Como vou conseguir prevalecer contra *demônios icarais*?

– Você tem o poder do Ancião do seu lado – ela me garante. – Se permanecer fiel aos Seus ensinamentos, você *prevalecerá*!

Isso não me conforta nem um pouco.

Magicamente, eu sou uma total e completa fracote. Preciso de ajuda. De preferência a de um mago de nível cinco.

Sento-me ereta, e é quando percebo.

– Onde está Lukas?

O rosto de Aislinn se ilumina.

– Eu sei onde ele está, Elloren – diz ela, levantando-se e estendendo a mão para mim. – Eu o vi mais cedo. Ele vai passar algumas semanas aqui para supervisionar os aprendizes da Segunda Divisão; é a de Randall. Venha.

CAPÍTULO OITO
ARMAS

Eu me agarro ao braço de Aislinn enquanto serpenteamos pelos campos do torneio, minha aparência miserável atrai mais do que alguns olhares curiosos.

Vejo Lukas mais adiante, e um solavanco nervoso de energia dispara através de mim.

Ele está cercado por uma multidão, esgrimando com um tenente elfhollen, os aprendizes militares gardnerianos o aplaudem de quando em quando. Enquanto aponta a espada para seu oponente, os olhos de Lukas ficam tão focados quanto os de um falcão que se lança sobre um pequeno roedor; há um sorriso confiante em seu rosto.

Quando nos aproximamos, seus olhos oscilam para encontrar os meus, fazendo-o perder a concentração por um instante. Seu oponente o acerta de brincadeira logo acima do coração com a ponta protegida da espada.

Lukas parece alheio aos sons de surpresa que se espalham ao seu redor e ao olhar de triunfo chocado no rosto do oponente. Ele inclina a cabeça para o lado, absorve minha aparência deplorável e, em seguida, se vira e aperta a mão do oponente vitorioso, inclinando-se para dizer algo a ele na língua elfhollen. O elfo ri e responde na língua estranha.

Lukas embainha a espada e vem a nosso encontro, outro tenente gardneriano toma seu lugar no campo.

– Elloren, o que aconteceu com você? – ele pergunta, ao se aproximar. – Você está imunda. – Ele afasta a cabeça bruscamente. – Alguém bateu em você?

– Estou em maus lençóis – digo a ele, ofegante. – Não sei o que fazer.

Ele estreita os olhos, então fita Aislinn e Echo.

– Posso falar com ela em particular?

– Claro – responde Echo, sem nem hesitar. Aislinn me lança um sorrisinho encorajador.

Elas se afastam enquanto Lukas me leva a um banco próximo situado sob uma árvore imensa. Ele faz sinal para eu me sentar, e obedeço. Olho para sua espada, a mesma que ele usou para cortar o icaral em Valgard. E sua varinha, presa ao cinto. Fico feliz em vê-lo armado.

– Fui atacada – conto. – Primeiro na cozinha, quando me apresentei para minha designação de trabalho...

– Espere – interrompe ele, erguendo a mão –, por que você está trabalhando na cozinha?

– Tia Vyvian – explico. – Ela não vai pagar meu dízimo, então tenho que trabalhar...

– Por quê? – interrompe novamente, confuso.

Hesito antes de responder. Ele está me olhando com expectativa. Não há saída. Tenho que tocar no assunto. Respiro fundo antes de responder.

– Ela não vai pagar o meu dízimo até que eu faça um laço de varinha.

Ele acena com a cabeça em vagarosa compreensão.

– Mas... – começa ele, com tom baixo e afrontado – você não *quer* fazer um laço de varinha.

Ergo as mãos para ele em súplica.

– Não é nada pessoal. Meu tio... está doente. – Minha voz fica embargada. – E prometi a ele que esperaria dois anos...

– *Dois anos?* – ele deixa escapar, incrédulo.

– Até que eu termine os estudos.

Fica claro em sua expressão que ele acha que meu tio é um idiota, e que eu sou uma idiota ainda maior por concordar com aquilo.

– Lukas – digo, querendo que ele entenda –, nós mal nos conhecemos.

Ele fica quieto por um momento tenso, me olhando com muita irritação.

– Não foi a minha intenção te ofender. – Eu agarro a pedra-da-espinha fria do banco para me dar apoio. – E prometi ao meu tio que esperaria para me laçar antes mesmo de te conhecer.

Lukas me estuda por um longo minuto, uma sobrancelha arqueada.

– Seus pais vão ficar muito chateados? – relutante, eu me aventuro a perguntar.

– Sim – diz ele.

– Não era minha intenção...

– Eles não fazem ideia do quanto você foi protegida. Está se tornando comum meninas serem laçadas aos treze anos. Você estava ciente disso?

– Descobri há pouco tempo – respondo, baixinho.

– E a maioria das pessoas não se conhecem. Os pais fazem todos os arranjos, e o casal se encontra quando vai fazer o laço.

– Eu... Eu não sabia disso. – Agarro-me com mais força à beira do banco. – Somos mais velhos do que a média, você e eu. Quantos anos você tem? Dezoito?

– Vou fazer dezoito em algumas semanas – digo-lhe, percebendo algo. – Mas é exatamente disso que estou falando. Eu nem sei quantos anos você tem. Não importa que seja uma prática comum, acabei de te conhecer. Nem *sei* como você é.

Ele ri disso.

– Ah, eu não sei – diz ele, com os lábios se curvando nos cantos –, parece que nos damos muito bem.

Eu coro com isso, lembrando da festa da minha tia. Seus lábios nos meus. Parece que faz tanto tempo, mas foi apenas há alguns dias.

Antes de todo o meu mundo desmoronar.

– Quantos anos você tem, Lukas? – pergunto.

– Vinte.

– Parece que você também está adiando o laço de varinha – aponto.

Seu rosto fica sério. Dá para dizer que ele não está acostumado a ser desafiado.

Por que o assunto o deixa tão sensível? E por que ele ainda não está laçado?

– Quem te atacou? – pergunta, ignorando por completo meu último comentário.

– Uma kéltica chamada Iris, e uma urisk assustadora chamada Bleddyn. – Relato tudo o que aconteceu na cozinha.

– Isso é facilmente resolvido – diz ele, com um aceno desdenhoso da mão. – Mais alguma coisa?

Fico calada por um momento, surpresa com a indiferença dele, com o quanto ele está confiante de que essa situação impossivelmente desastrosa pode ser corrigida.

– Também fui atacada por dois icarais – continuo. – Ariel Haven e Wynter Eirllyn. Minhas novas companheiras de alojamento.

Uma de suas sobrancelhas se ergue com isso.

– Eles te colocaram com as duas *icarais*? Depois do que aconteceu em Valgard?

Eu aceno com a cabeça, infeliz.

– Só vão me deixar me mudar quando eu estiver laçada.

Ele solta uma gargalhada curta, como se estivesse impressionado e achasse graça da tenacidade da minha tia.

– Sua tia quer mesmo que você seja laçada a mim, não é?

– Aparentemente.

– Você percebe que todos esses problemas desapareceriam se marchássemos até o escritório da maga Abernathy e concordássemos em nos laçar? Você não precisaria trabalhar para pagar o dízimo, e poderia escolher onde ficar alojada.

A generosidade de sua oferta me pega completamente desprevenida, me fazendo parar para pensar sério no assunto. Ele chegou aos vinte sem se laçar, mas está disposto a largar tudo e fazer um laço de varinha comigo. A incrível lisonja disso me enche de uma incredulidade inebriante.

Mas ainda é muito rápido.

– Eu não posso – digo, balançando a cabeça. – Acredite em mim, é tentador, mas simplesmente não posso.

Ele me analisa de cima a baixo e suspira.

– Bem, acho que é meio que um alívio. Sem ofensa, mas você está realmente horrível. É estrume o que está te cobrindo?

De repente, fico impressionada com o puro absurdo da situação. Estou coberta de rejeito de chiqueiro, e o homem mais concorrido de Gardnéria quer se laçar a mim.

Uma risadinha escapa de mim, e olho Lukas com resignação.

– É sim. – Deixo minha cabeça cair em minhas mãos. Depois de um momento, estou ciente de que ele se sentou ao meu lado, com o braço quente encostado no meu.

– Os icarais te machucaram? – pergunta.

Eu o observo com atenção.

– Eu não dei oportunidade a elas. Me fechei em um armário.

Lukas deixa escapar uma gargalhada. Ele se endireita e brinca com o punho da espada.

– Também é fácil lidar com elas.

– Fácil? – *Ele está brincando?* – Elas são *monstros*!

– Não, não são.

– Elas têm *asas*! O que significa que têm *poderes*! Elas são ainda piores que os de Valgard!

– Não, não são – repete.

Parece que estou começando a perder completamente o juízo.

– Como pode dizer isso?

– Bem, para começar, Wynter Eirllyn é filha da realeza élfica...

– Eu não me importo se ela é uma princesa – rebato, com veemência. – Não muda o fato de que ela quer me *matar*.

– Wynter Eirllyn é inofensiva – discorda, com calma. – Ela tem tantos poderes malignos quanto eu – Lukas sorri. – Provavelmente menos.

Isso já é demais.

– Você não acredita na nossa religião?

– Na verdade, não.

Bem, isso é inesperado.

– Sua família sabe disso? – pergunto, incrédula.

– Não.

Sua franqueza me surpreende.

– Por que está me dizendo isso?

– Eu não sei, Elloren – diz ele, reticente, parecendo exasperado consigo mesmo. – Eu sinto compulsão em ser sincero com você. Não faço ideia da razão. – Ele desvia o olhar e se recosta no banco, olhando para longe, lutando com algum pensamento privado. Depois de um tempo, ele se volta para mim, com um olhar de resignação no rosto.

Franzo a testa para ele.

– Se você esteve aqui todo esse tempo, por que não foi me encontrar depois da avaliação de varinha? – Sou incapaz de manter a pitada de acusação fora do meu tom. – Se você estivesse comigo…

– Acabei de voltar – diz Lukas, parecendo achar graça do meu embaraço. Ele se inclina para perto. – *Alguém* causou uma pequena crise diplomática. Os elfhollen não acharam engraçada a minha recusa inicial de não sair do seu lado. – Seu tom é um pouco incisivo. – Nem meu pai. Falou-se em prisão.

– Ah – digo, sentindo-me arrependida. Percebo que ele está usando uma túnica militar diferente, as faixas de prata nível cinco em sua manga estão mais finas e próximas. – Seu uniforme. Está diferente. – Passo o dedo ao longo de uma das faixas de prata, e logo percebo a intimidade do gesto. Mortificada, afasto a mão.

Quando me aventuro a olhar para ele, seu sorriso é lento e sedutor, seus olhos estão fixos nos meus. Ele levanta o pulso ligeiramente, olhando para a costura.

– Fui temporariamente rebaixado, pela razão de sempre – diz ele, com voz de veludo.

Eu engulo em seco.

– Que é?

Seu sorriso fica sombrio.

– Insubordinação. – Ele desliza o dedo devagar pelas costas da minha mão. – E como punição adicional – prossegue –, estou sendo forçado a passar dois meses aqui treinando os aprendizes de soldado mais incompetentes de Gardnéria.

– Sinto muito – murmuro, distraída com a maneira lenta e sensual com que ele brinca com a minha mão.

Lukas solta uma risada breve, se ajeita no banco e me olha entretido, mas questionador.

Respiro fundo.

– Então você acha que a Wynter é inofensiva – digo, por fim.

– Completamente. Ela é artista. Passa todo o seu tempo desenhando, esculpindo, escrevendo poesia. Quase nunca fala. Parece ter medo da própria sombra. Ariel Haven, por outro lado…

– A demoníaca – concluo por ele.

Ele ri, mas não consigo ver graça na situação.

– Ela é um belo de um aborrecimento – continua ele. – Deveria ter sido devolvida ao Sanatorium de Valgard há muito tempo.

– *Devolvida?* – interrompo, horrorizada.

– Ela passou a maior parte da infância lá.

– Ah, Sagrado Ancião...

– Ela quase foi expulsa ano passado. Parece que tem propensão a incendiar as coisas. E as pessoas que a irritam.

Consigo sentir meu rosto empalidecer.

– Relaxa, Elloren. Ninguém vai atear fogo em você.

Eu o encaro, estupefata.

– Como pode dizer isso? Passei a maior parte da noite de ontem encolhida em um armário enquanto Ariel riscava obscenidades e ameaças na porta.

– E essa foi *a sua* escolha. Você a deixou ter vantagem. Ariel é tão fraca e inofensiva quanto Wynter. Ela só arma um espetáculo para parecer ameaçadora. E você caiu direitinho.

– Ela tinha uma *faca*!

– Toma – diz ele, puxando a espada e entregando-a a mim. – Agora você tem uma maior.

Eu a empurro de volta para ele.

– Eu não tenho ideia de como usar isso.

Ele coloca a espada de volta na bainha com um movimento gracioso.

– Você deve ter tanta habilidade com a minha espada quanto Ariel com uma faca.

– Ela é completamente demoníaca!

– Talvez sim, mas duvido que faça alguma coisa para prejudicar qualquer acadêmico este ano. Se fizer, ela será presa, expulsa de Verpácia e enviada de volta para o Sanatorium de Valgard. Suas asas serão cortadas, e ela será jogada em uma cela, onde apodrecerá pelo resto da vida. Será como estar morta. Ariel sabe disso, o que a aterroriza. Não deixe que ela te engane.

– Eu não entendo por que o Conselho dos Magos ainda não cortou as asas dela e a deixou trancafiada – murmuro.

– Verpácia é obrigada por tratado internacional a entregar apenas icarais *homens* a Gardnéria. Por causa da profecia.

– E ela não é homem.

Lukas acena, resignado.

– A prisão de mulheres icarais ainda é voluntária e fica a critério da família delas. Por enquanto. Há alguns membros do Conselho dos Magos que têm ideias românticas sobre a "reabilitação" de icarais, mas, aos poucos, eles estão sendo suplantados.

– Ótimo. – Balanço a cabeça. – Então, por que a família de Ariel não a entregou?

– O pai dela. Ele deixou suas asas intactas para punir sua companheira de laço infiel. Então a mãe dela tem que enfrentar o fato de que deu à luz um demônio alado como resultado da má conduta.

– Encantador. – Solto um longo suspiro. – E o outro icaral? A elfa?

– Se você fosse reclamar com a hierarquia élfica sobre Wynter Eirllyn, ela seria expulsa das terras de alfsigr e nunca mais teria permissão para retornar. Os elfos odeiam os icarais tanto quanto os gardnerianos. A única razão para ela ainda não ter sido expulsa é que um dos irmãos gosta dela. E tem outra coisa. Algo que você pode usar a seu favor – confidencia Lukas. – Ariel gosta muito de Wynter Eirllyn. Ela se imagina como protetora da companheira de alojamento e não quer deixá-la. Então, veja bem, você tem a vantagem.

Eu afundo no banco.

– Eu não sinto que tenho qualquer vantagem.

– Elloren – ele adverte –, você não pode ser fraca aqui. Será comida viva, especialmente com sua aparência e suas conexões.

– Mas eu *sou* fraca. Não tenho magia nenhuma.

Uma nível um sem magia. Mas, ainda assim, houve aquela sensação de poder durante a minha avaliação de varinha. Vindo da terra.

Ele fica pensativo por um momento.

– Fiquei surpreso com os resultados da sua avaliação de varinha. – Lukas dá de ombros. – Tenho uma boa noção dessas coisas, e posso sentir magia em você. Eu ainda acho que está aí, talvez adormecida.

– Você acabou de me conhecer – observo, sentindo-me derrotada e nem um pouco poderosa.

– Não importa – diz ele, com um abanar de cabeça. – Consigo sentir. Consigo ouvi-la em sua música, e… – Ele hesita por um momento antes de continuar, com a voz mais baixa. – Consigo sentir no seu beijo.

Ruborizada com suas palavras e a lembrança de seu beijo ardente, olho para baixo. Minha saia está imunda. Coberta de sujeira, e só o Ancião sabe do que mais. E meu punho, minha cabeça e a lateral do rosto doem.

Agora não é hora de ficar pensando em beijar Lukas novamente.

Solto um gemido e deixo minha cabeça cair em minhas mãos.

– Então, o que eu devo fazer, Lukas?

Por um momento ele fica em silêncio.

– Varinhas não são as únicas ferramentas de poder, Elloren – diz ele, com tom sóbrio. – Encontre as fraquezas de seus inimigos. E se torne perigosa.

CAPÍTULO NOVE

EQUILÍBRIO DE PODER

Mais tarde naquele dia, entro na cozinha, amparada pelo fato de que estou sendo escoltada por um mago de nível cinco em plena regalia militar cujo pai é o alto comandante da Guarda dos Magos Gardnerianos.

Depois da nossa conversa, Lukas me levou para o alojamento de Aislinn, então agora estou limpa e usando uma de suas túnicas conservadoras sobre uma saia preta limpa e longa. Sou mais curvilínea que Aislinn, e meus quadris e busto estão um pouco apertados na seda preta, mas as roupas serviram razoavelmente bem.

Lukas atravessa na minha frente a pequena saleta de armazenamento que leva à cozinha principal. Ele caminha em direção à porta adiante e a abre com tanta força que ela bate contra a parede, chamando, na mesma hora, a atenção de seus ocupantes. Todos ficam em silêncio e congelam quando entramos, as expressões de medo são mais intensas, mais gritantes, do que as inspiradas pela minha chegada no dia anterior.

Apenas Yvan olha abertamente para Lukas, levantando-se devagar depois de colocar lenha no fogão, movendo-se com a lenta cautela que se usa em torno de um predador.

Fica claro que todos sabem *exatamente* quem Lukas é.

Hoje, não há livros nem mapas espalhados. Nada de crianças correndo por ali. O cheiro de sopa substanciosa paira pungente no ar.

Lukas olha ao redor, examinando a cena com toda a calma do mundo, absorvendo cada detalhe com olhos verdes escuros e severos.

– Boa tarde – diz ele, por fim, o tom e a postura deixam claro o seu descontentamento.

– Boa tarde, mago Grey – responde Fernyllia Hawthorne, aflita.

Lukas olha para ela com desdém.

– Eu gostaria de falar com Fernyllia Hawthorne, Iris Morgaine e Bleddyn Arterra.

Nervosa, Fernyllia limpa a farinha e a massa de pão das mãos, tentando se recompor antes de se aproximar. Iris e Bleddyn marcham, disparando olhares ameaçadores para mim. Sinto-me murchar sob a força do ódio combinado das duas e olho para Lukas, que não parece nada impressionado.

– Eu não acredito muito em conversa fiada – afirma Lukas, com grosseria –, então vamos ao ponto, certo? Iris Morgaine. Até onde sei, seus pais ainda trabalham na fazenda.

Lanço um olhar para Lukas, surpresa. *Para onde ele está indo com essa conversa?* Iris também parece desestabilizada pela virada inesperada do assunto, sua testa encrespa quando, confusa, ela olha para Lukas.

– Sim – responde ela, cautelosa.

– E a fazenda deles fica bem na fronteira gardneriana? – prossegue Lukas.

– Isso mesmo.

– Bem ao lado do acampamento militar de Essex, creio eu?

– Sim.

Todos estão igualmente perplexos. Isto é, exceto Fernyllia e Yvan, a primeira parece assustada, e o segundo, mais furioso a cada segundo que passa.

– Tenho certeza de que sabe que a localização da fronteira gera certo desentendimento entre o seu governo e o nosso – prossegue Lukas.

Iris está em silêncio, seu rosto é a imagem de um horror crescente.

Lukas continua a encará-la com firmeza.

– Seria uma pena se nossos militares decidissem confiscar as terras de seus pais. Também seria uma pena se algo desse errado durante algum treinamento, e a casa de seus pais fosse alvejada... por acidente, é claro. Esse tipo de ocorrência, felizmente, é muito raro, mas acontece de tempos em tempos.

A boca de Iris se abre algumas vezes, como se ela quisesse dizer alguma coisa, mas nenhum som sai. Lukas parece se divertir com o desconforto dela.

Um mal-estar frio pinica a parte de trás do meu pescoço.

– Vou alertar meu pai, Lachlan Grey, alto comandante das Forças Militares Gardnerianas, sobre o paradeiro da casa de seus pais, para garantir que um evento tão infeliz não ocorra.

– Obrigada... obrigada – Iris consegue articular, enfim, com a voz trêmula agora, todo desafio caiu por terra. – Obrigada, senhor.

Lukas acena com a cabeça, satisfeito com a resposta dela, e se vira para Bleddyn.

– E você, Bleddyn Arterra. Sua mãe trabalha nas Ilhas Feéricas.

Bleddyn estreita os olhos para ele, um vaso sanguíneo em sua têmpora fica mais pronunciado; seu rosto e corpo, rígidos com tensão. Está claro que ela quer nos atacar, que está lutando para controlar a raiva.

– Ela está doente, não é? – Lukas incita Bleddyn.

Ela não diz nada, mas o canto de sua boca se contrai, seus olhos estão assassinos.

– Seria ruim se descobrissem que ela anda distribuindo propaganda da Resistência entre os trabalhadores – diz Lukas, com voz suave. – Seria motivo suficiente para ela ser enviada para as Ilhas Pyrran. É difícil sobreviver lá quando se é uma pessoa de constituição saudável. Sua mãe pode não se sair bem em um lugar assim.

Minha mente gira, quase tonta com o conflito. As Ilhas Pyrran, uma prisão militar e campo de guerra castigados pela tempestade, são para onde enviamos nossos inimigos ao fim da Guerra do Reino.

A expressão de Bleddyn despenca. A boca de Lukas se curva de lado, como um gato imobilizando um rato.

– Não há necessidade de ficar tão preocupada – garante. – Mesmo que sua mãe estivesse se interessando pela Resistência, tenho certeza de que muita coisa pode ser esquecida se a filha dela for um modelo de comportamento, já que o governo teve a bondade de conceder os documentos de trabalho. Você está me entendendo?

– Sim – Bleddyn coaxa, quase inaudível.

Lukas inclina a cabeça para a frente como se não tivesse escutado direito.

– Sim, *o quê*? – pergunta ele.

Por um momento, ela parece lutar com a mandíbula.

– Sim, senhor – consegue articular, por fim.

Lukas sorri.

– Assim é melhor.

Eu o encaro, boquiaberta, tanto admirada quanto perturbada com a forma impiedosa e eficiente com que ele exerce seu poder sobre elas.

Lukas se volta para Fernyllia.

– E a senhora tem uma neta aqui, não é?

Como se pegando a deixa, a porta dos fundos se abre, e Fern, a garotinha urisk, entra correndo e sorridente, trazendo o enorme gato cinza da cozinha em seus bracinhos. Imediatamente sentindo a tensão, seu sorriso evapora. Ela solta o gato e meio que se esconde atrás das saias de sua avó, olhando, nervosa, para nós. Fernyllia parece devastada.

A culpa me espeta.

Mas elas bateram em você, eu me lembro. *Elas bateram em você e te ameaçaram. E Fernyllia não fez nada para detê-las.*

– Por favor, senhor – implora Fernyllia –, a criança só está aqui porque a mãe está doente. Eu disse a ela para ficar fora das cozinhas, para não perturbar os trabalhadores...

Lukas sorri com benevolência.

– Não se preocupe, srta. Hawthorne. A criança pode ficar. Tenho certeza de que ela é útil na cozinha, e estou preparado para fechar os olhos para sua presença.

Fernyllia deixa escapar uma respiração profunda e inclina a cabeça, submissa.

– Obrigada, senhor. É muita gentileza...

– Não, não cometa esse erro – rebate Lukas. – Não sou nada gentil. Uma criança dessa idade, com mãos tão pequenas e ágeis quanto as dela, seria uma trabalhadora muito útil nas Ilhas Feéricas.

A pequena Fern começa a soluçar, olhando para a avó, desesperada, puxando as saias da mulher ao soltar, cheia de pânico, um fluxo de apelos em uriskal.

Fernyllia não tira os olhos de Lukas, da mesma forma que não se tira os olhos de um animal muito perigoso.

– Fern, fique quieta – dispara ela.

A criança, talvez chocada com o tom áspero da avó, se cala até restar apenas um suave choramingar.

Lukas olha ao redor para todos eles, sua expressão está severa e implacável.

– Quero ser *muito* claro – começa ele. – Se a maga Gardner tropeçar de novo, bater o braço em uma panela ou acidentalmente derramar água fervente sobre si mesma; se ela sequer *arranhar* o sapato, tomarei providências para que a criança esteja no próximo navio para as Ilhas Feéricas. Alguma dúvida sobre o que eu disse? – Ele volta a olhar para Fernyllia, que agora o encara, mas com uma grande dose de medo.

– Não – responde Fernyllia. – Não, senhor. Acho que todas nós entendemos o que o senhor quis dizer.

Lukas meneia a cabeça para ela.

– Muito bem. – Ele se vira para mim, sua expressão se suaviza. – Elloren, vou te encontrar aqui ao final do seu turno. Tenho certeza de que terá uma experiência de trabalho muito mais agradável.

– Obrigada – digo, com voz constrita. Sinto-me nauseada ao vê-lo partir, minha cabeça está uma bagunça.

Fern chora baixinho nas saias da avó, agarrando-se a elas com seus punhos minúsculos.

– Não deixe que eles me mandem de volta – choraminga a menina, miseravelmente, enquanto Fernyllia, parecendo estressada e distraída, tenta acalmá-la, acariciando sua cabeça com a mão envelhecida.

– Shhh, calma. Ninguém vai te mandar para lugar nenhum. – Fernyllia se vira para mim, a névoa de medo ainda em seu rosto evidente através da tentativa de falsa cortesia. – Maga Gardner, você parece cansada. Por que não passa a cobertura nos bolos de especiarias?

Assinto calada, depois vou para as camadas de bolo marrom, meu estômago se revira em nós conforme todos ao meu redor fazem o trabalho mais duro e pesado em silêncio.

Pelo resto do meu turno, ninguém me olha nos olhos.

Exceto Yvan.

Toda vez que ele traz um feixe de lenha para abastecer os fornos, ele enfia a coisa no fogão, bate a porta de ferro e depois olha para mim com um ódio tão afiado quanto as facas de cozinha.

Eu me vejo murchando sob seu olhar hostil, minha vergonha aumenta quando a pequena Fern é rapidamente levada para fora das cozinhas, inúmeros olhares preocupados são lançados em minha direção.

Coloco um amontoado de cobertura pegajosa na camada do bolo e começo a espalhá-la enquanto lágrimas ardem nos meus olhos.

Queria que Lukas não tivesse ameaçado a todos tão impiedosamente, ainda mais a criança. Queria que ele não tivesse ameaçado a família deles.

A vergonha insuportável enrijece meus movimentos enquanto trabalho, o soluço aterrorizado de Fern ainda está fresco na minha mente.

Mas qual é a alternativa? Deixar que me intimidem? Que me chutem, esbofeteiem e ameacem com mais violência? Não, é melhor fazer ameaças vazias, se eles agora me temem.

Posso não ter magia, mas sou neta de Clarissa Gardner, sobrinha de Vyvian Damon e favorecida por Lukas Grey.

Pelo resto do turno, tento me apegar ao medo e à raiva para me fortalecer e justificar as ações de Lukas, mas é impossível conter uma onda feroz de culpa nauseante. Tomo cuidado para não encontrar os olhos de ninguém pelo resto do turno.

Especialmente os de Yvan.

CAPÍTULO DEZ
CONFRONTO

Depois que o turno acaba, saio sem me despedir de ninguém, e ninguém se despede de mim.

O grande refeitório do lado de fora da cozinha está lotado de acadêmicos, professores e grupos de aprendizes militares sentados em mesas de mogno, um zumbido constante de conversa reverbera por todo o salão, o tilintar e o bater de talheres e colheres de servir cria uma atmosfera barulhenta.

O crepúsculo chega e o fluxo de pedestres que passa pelas janelas se transforma em silhuetas escuras. Uma das trabalhadoras urisk está ocupada acendendo as tochas da parede e as lamparinas de mesa.

Esquadrinho o vasto salão, procurando, preocupada, o rosto de Lukas.

E é quando vejo as icarais.

Estão sentadas na extremidade mais distante do salão, as mesas ao redor delas estão vazias, como se todos os outros acadêmicos as estivessem evitando de propósito.

Minhas companheiras de alojamento: Ariel Haven e Wynter Eirllyn. Não consegui vê-las direito ontem à noite, mas tenho certeza de que *são* elas.

Wynter é semelhante em aparência a todas as outras empregadas élficas na sala. Como elas, tem olhos prateados e longos cabelos brancos decorados com trancinhas, pele pálida, orelhas graciosamente pontudas e vestes marfim. Mas, ao contrário delas, suas roupas são modificadas na parte de trás para abrir espaço para asas finas e pretas. Ela se senta cabisbaixa, com as asas envoltas em torno de si como um cobertor.

Parece fraca e triste.

Ariel, por outro lado, parece alguém que saiu direto de um pesadelo. Está trajada em completo desafio ao código de vestimenta gardneriano. Em vez da túnica, ela usa um top preto justo, amarrado de maneira irregular ao longo das costas. A amarração abre espaço para asas que estão esfarrapadas e rasgadas, fazendo-a parecer um corvo que sofreu um desentendimento com um predador feroz. Ela usa calça, como um menino, e botas grandes e pesadas; seu cabelo está cortado bem curto, com ângulos estranhos e pontas pretas de aparência oleosa. As pálpebras estão delineadas de preto, fazendo seus olhos verdes pálidos parecerem quase tão brancos e sem alma quanto os dos icarais em Valgard. Ao contrário de Wynter, cujas asas estão baixas e dobradas discretamente às suas costas, Ariel parece fazer questão de bater as dela em tom de ameaça. A garota está curvada para a frente, como se estivesse se esquivando de um golpe, com os olhos estreitos e irritados, examinando a sala de forma sombria.

Lá estão elas, as minhas torturadoras. Sentadas ali, comendo bolo de especiarias.

Todas as sensações me invadem de novo: o espetáculo demoníaco de Ariel, os arranhões na porta, meu terror quando pensei que estava prestes a morrer.

Lukas pode ter sido muito duro com os trabalhadores da cozinha, mas essas criaturas merecem tudo o que receberem e muito mais.

Esqueço do medo quando a raiva me inunda.

Meus punhos cerram quando sigo por um corredor lateral, vou em direção à mesa delas e tomo o bolo que estão comendo. Ambas olham para mim com surpresa.

– Habitantes do inferno *não* têm permissão para comer bolo! – rosno, com o coração acelerado.

Ariel fica em pé na mesma hora, suas mãos apoiadas por braços rígidos e finos riscados com o que parecem cortes de faca recentes e cicatrizados. Ela contorce o rosto em uma careta assustadora e se joga na direção do bolo.

Dou um passo rápido para o lado, e ela perde o equilíbrio, caindo em cima da mesa, pratos e comida se espalham por toda parte. As mãos de Wynter voam para se proteger da comida e bebida esparramadas enquanto sons de surpresa e choque se avolumam ao nosso redor.

– O que está acontecendo aqui? – diz uma voz masculina autoritária às minhas costas.

Eu me viro e fico cara a cara com um professor de túnica verde; um homem kéltico de óculos, ligeiramente desgrenhado com cabelos castanhos curtos e bagunçados.

Os olhos do professor se arregalam momentaneamente, em choque.

A semelhança com minha avó. Foi o que o surpreendeu tanto. Posso ver em seu rosto.

O salão ficou quase silencioso, exceto por alguns sussurros atônitos, quase todos estão nos encarando.

Ariel, agora coberta de comida e suco, se impulsiona para longe da mesa e aponta um dedo longo para mim.

– Ela tomou a nossa comida!

O choque do professor se transforma em extrema consternação, seguido pela inabilidade de esconder sua indignação.

Ele me encara.

– Devolva a essa acadêmica a comida dela!

Essa "acadêmica"? Ele está brincando?

– Não – recuso, afastando-me dele, protegendo as duas fatias de bolo. – Ela não tem o *direito* de me aterrorizar *a noite toda* e depois comer o bolo que *eu* confeitei!

O professor se vira para Ariel, que está batendo as asas carcomidas de mariposas. Ele a olha desconfiado.

– Que história é essa, Ariel?

Ariel? Ele a trata pelo primeiro nome?

– Não é culpa minha! – Ariel exclama. – Ela apareceu no nosso quarto ontem à noite, do nada, dizendo que não podia morar com icarais imundos e se jogou dentro de um armário! Eu tentei fazer com que ela saísse, mas ela continuou gritando, dizendo que é gardneriana e neta de Clarissa Gardner e não pode se misturar com icarais nem elfos nem kélticos! Que vamos poluir seu sangue puro! Ela não parava de falar que os gardnerianos são uma raça superior, e como todas as outras são Malignas e inferiores, e que ela é a próxima Bruxa Negra!

Por um momento, fico paralisada de choque e indignação.

O professor kéltico se vira para mim com um olhar estranho e lastimoso antes de sua expressão ficar severa.

– Isso é... isso é uma *mentira*! – gaguejo, enquanto, às suas costas, o rosto de Ariel vai de vítima traumatizada a uma careta sombria e calculista. – Ela me *perseguiu*! *Me aterrorizou*! Eu tive que me esconder em um *armário*! E então passou a maior parte da noite arranhando a porta com uma *faca*!

O professor olha para Ariel mais uma vez, avaliando o que eu disse, e depois de volta para mim, seus olhos estão frios; os lábios, constritos e finos como uma linha.

Eu perdi. Claro que ele está do lado dela. Ele é um kéltico.

– Maga Elloren Gardner – ordena ele, com o rosto tenso, como se meu nome o machucasse. Não me surpreende que ele saiba o meu nome. Todo mundo sabe. – Devolva a comida dessas acadêmicas.

A injustiça gritante disso me perturba.

– *Que seja!* – rosno, jogando o bolo na mesa com tanta força que ele salta dos pratos, aumentando a bagunça.

– Obrigada, professor Kristian – diz Ariel, com olhos de cachorrinho pidão.

Quero bater nela.

– Elloren. – Ouço uma voz familiar dizer atrás de mim. – Você não terminou seu turno?

Eu me viro para ver Lukas se aproximando.

Seus olhos passam desdenhosos pelo professor Kristian e pelas icarais. Em seguida, ele se volta para mim de novo, com espada e varinha ao lado do corpo. Eu me endireito e ergo o queixo em desafio.

Bom. Tenho reforços. Reforços de verdade. Um mago nível cinco. Não um professor kéltico inútil que está ansioso para acreditar em icarais mentirosas e não em mim.

Volto-me para o professor Kristian, que olha com frieza para Lukas, e sinto uma amarga onda de triunfo.

Lukas estende o braço para mim, eu o aceito e vou embora sem nem olhar para trás.

Percorro com Lukas metade do caminho de volta para a Torre Norte, e paramos perto de um pequeno arvoredo no centro de um pátio.

Eu me recosto no tronco de uma árvore, e minhas mãos encontram a casca fria. Fecho os olhos, respiro fundo e deixo a madeira me acalmar.

Hummm. Bordo.

A natureza me perturba, mas pequenas áreas arborizadas, isoladas da floresta, me acalmam, aparam minhas arestas como fontes termais.

Quando abro os olhos, Lukas está me observando de perto, com a cabeça inclinada de curiosidade, a mão dele também está na árvore, seus dedos deslizam languidamente pela casca.

– Você consegue sentir? As raízes?

Engulo em seco. Essas minhas tendências estranhas... eu não deveria falar delas. Mas está óbvio que Lukas também as sente.

– Elas são profundas – respondo, hesitante.

Ele sorri para mim.

– Humm.

– Obrigada – digo, ao esfregar a casca da árvore sólida às minhas costas. – Você... tem sido um bom amigo para mim.

Ele me olha com intensidade, depois sorri.

– Sim, bem. Tenho segundas intenções.

Reviro os olhos e suspiro. Ele solta uma risada breve, e não consigo deixar de sorrir.

Mas um mal-estar persistente me inquieta.

– Lukas? – pergunto, hesitante.

Ele se inclina no tronco forte da árvore, o punho de sua espada reflete um pouco da luz de uma lamparina ali perto.

– Hum? – Ele me olha de cima, com rosto ilegível; um brilho fraco emana de sua pele ali no escuro.

– Foi... Foi necessário ameaçar a criança?

Ele estreita os olhos.

– Eu fiz um favor a elas, Elloren. – Ele dá uma olhada rápida ao redor para verificar se estamos mesmo sozinhos; então, vendo que sim, ele se volta para mim, com voz baixa. – A criança está aqui ilegalmente. Eles precisam se esforçar mais para escondê-la.

– Ah – digo, repreendida. – Eu não tinha pensado nisso.

Mas e quando ele ameaçou a família de Iris e a mãe doente de Bleddyn? Com certeza não estava fazendo nenhum favor a ninguém.

– Elloren, você tem que escolher de que lado está – diz ele, ao balançar a cabeça. – Sempre foi assim. E sempre será assim. Dominar, ou ser dominada. Essas são as suas escolhas. Você viu o que te aconteceu quando todos pensaram que você não revidaria, que não conseguiria. Quanta compaixão eles te mostraram?

Ele tem razão. Claro que tem. Mas eu simplesmente não consigo me livrar da imagem da pequena Fern chorando.

– Ela estava com tanto medo de ser enviada de volta para as Ilhas Feéricas.

Elas fazem parte de Gardnéria desde as Guerras do Reino. Deixamos os urisk se estabelecerem lá e lhes fornecemos casa e trabalho. Então por que a pequena Fern estava tão assustada?

A vergonha me assola pelo papel que desempenhei em seu terror. O olhar afiado e acusatório de Yvan surge na minha mente.

Inquieta, envolvo os braços em torno de mim mesma para me aquecer, o frio do outono que se aproxima rasteja no ar.

Lukas me olha, pensativo.

– As Ilhas Feéricas são uma colônia de trabalho forçado, Elloren. E espera-se que os urisk trabalhem. Bastante. Mas você precisa manter as coisas em perspectiva. As mulheres urisk estão em melhor situação agora do que estavam quando seus próprios homens estavam no comando, ou quando os feéricos sidhe as governavam.

– Ainda assim, parece que eles não precisam ser tratados… com tanta crueldade.

Lukas parece um pouco irritado com a minha observação.

– E como os urisk, os feéricos ou os kélticos *nos* trataram quando *eles* eram a maior potência da região?

E eu já sei a resposta. Pior. Eles nos trataram muito pior.

Os feéricos subjugaram os urisk e, mais tarde, os kélticos subjugaram os feéricos no que parecia ser um ciclo interminável de guerra e violência. E durante tudo isso, meu povo foi oprimido e abusado por todos os três.

Até a história recente.

– Talvez você ou eu não fôssemos querer trabalhar nos campos de trabalho das Ilhas Feéricas – continua Lukas –, mas acredite em mim, é uma evolução para eles.

– Acho que não sei o suficiente para entender tudo isso – admito.

Tenho muito a aprender sobre todas essas culturas diferentes. Sobre como o mundo funciona.

– Você vai aprender – ele me garante. – Com o tempo. – E olha em volta para a escuridão que se aprofunda. – Está ficando tarde. – Ele se vira para mim. – E *você* precisa confrontar alguns icarais.

Meu estômago revira ao pensar em mais confronto.

– Lukas? – pergunto, com timidez, ao olhar para ele, que ergue uma sobrancelha, interrogativo. – Ainda está aliviado por não precisar fazer o laço de varinha comigo?

Um sorriso fácil se espalha por seu belo rosto. Ele me olha de cima a baixo.

– Não, não estou – diz ele, baixinho. – Agora que você não está mais coberta de sujeira, acho que é uma pena que não o tenhamos feito.

Engulo em seco. Meu rosto esquenta com sua proximidade. Meus olhos descem pelo seu peito até chegarem à varinha elegante presa à sua cintura. Lembro-me da bola de gelo de Fallon.

– Me mostre algo – digo, apontando para a varinha. – Me mostre um pouco da sua magia.

Ele abre um sorriso lento conforme seus olhos me analisam. Ele saca a varinha com um movimento suave. Segurando-a sem muito cuidado, ele dá um passo para trás e a aponta para mim, murmura palavras na Língua Antiga, depois respira fundo e se endireita, como se puxasse o poder a partir de seus pés.

Linhas pretas translúcidas se enrolam partindo da ponta da varinha, fazendo um caminho fluido em minha direção.

Suspiro enquanto elas escorrem e se enrolam ao redor do meu corpo. No começo, sinto uma pressão suave que faz cócegas na minha pele, me provocando.

E então apertam.

É impossível resistir quando as linhas rodopiantes puxam minha cintura, meus braços, minhas pernas. Acho emocionante e ao mesmo tempo desconcertante estar tanto em seu poder. Meus pés deslizam pelo gramado no que ele me puxa para mais perto, até que eu esteja bem à sua frente. Uma vez ali, ele mexe o punho, e as linhas pretas se dissolvem conforme ele envolve, de forma lânguida, os braços em torno de mim.

– Incrível – sussurro, admirada com ele.

Lukas sorri e traz os lábios aos meus.

Está tarde quando ele me leva do resto do caminho até a Torre Norte.

Eu o observo partir, caminhando pelo campo inclinado, indo em direção às luzes cintilantes da cidade universitária; o manto esvoaça às suas costas como asas escuras.

Ergo a mão e, distraída, toco a minha boca, meus lábios ainda estão quentes e inchados de seus beijos febris. Mas a felicidade começa a evaporar como fumaça conforme o observo desaparecer de vista.

Com resolução sombria, respiro fundo, dou meia-volta e entro na torre.

Quando entro no meu quarto, está escuro e elas estão ali, esperando por mim. Consigo ver o contorno de Ariel, agachada embaixo da janela como estava na noite anterior. Wynter se encolhe na cama, como se quisesse estar em qualquer lugar, menos ali. Olhos prateados espreitam sobre suas asas, eles estão arregalados de medo.

Hesito, o terror de Wynter me faz parar por um instante.

Pare com isso, digo a mim mesma. *Estas não são crianças urisk. São demônios icarais.*

Ignoro Ariel e caminho até o lampião que está em uma das mesas, acendendo-o rapidamente com uma pederneira bornial, as pedras élficas soltam faísca quando friccionadas.

Um brilho assustador e avermelhado logo cobre o cômodo, fazendo Ariel parecer ainda mais demoníaca. Ela se arrasta bem devagar na minha direção, talvez esperando a mesma reação da noite passada. Eu me viro para encará-la, minha mão está apoiada na mesa e a olho com calma, tentando controlar a raiva que brota dentro de mim e o tremor de minhas mãos.

– Seria uma pena se a garota gardneriana pegasse fogo enquanto dorme – sussurra Ariel, ao se endireitar, abrindo as asas pretas e esfarrapadas. Ela dá mais um passo ameaçador na minha direção. – Queimar é tão doloroso. Por quanto tempo ela ficaria gritando? Quanto tempo uma gardneriana levaria para morrer...

Algo se rompe dentro de mim quando Ariel inesperadamente avança. Eu a empurro com tanta força que ela cai no chão.

É um choque vê-la caída. Eu nunca empurrei ninguém em toda a minha vida, e minha própria violência me aflige por um momento.

Ariel sibila para mim, com olhos estreitados em fendas malignas.

– Me deixe em *paz*! – advirto, esbarrando na quina da cama ao me afastar. – Se você chegar perto de mim, vou procurar o Conselho dos Magos. Eles te jogarão de volta no Sanatorium, o lugar a que você *pertence*, e cortarão essas suas asas nojentas. Você vai passar o resto da vida apodrecendo em uma cela vazia, ficando ainda mais louca do que já é!

– Então *faça isso*, gardneriana – ela rosna, com o máximo de peçonha que consegue reunir. – Valeria a pena para poder te ouvir gritar!

– Eu também vou procurar os elfos! – exclamo, apontando para Wynter. – Vou dizer que Wynter Eirllyn também me atacou!

– Não será Wynter te atacando! – grita Ariel, quando Wynter solta um grunhido baixo e se encolhe na cama. – Serei *eu*!

– Eles não vão saber disso! – ameaço. – Assim como aquele professor kéltico acreditou em *você*, eles vão acreditar em *cada palavra que eu disser.*

Enquanto ela absorve o que eu disse, sua tentativa de parecer assustadora desmorona, transformando-se em uma expressão de puro horror, as asas se penduram frouxas às suas costas.

Ela tem medo de mim. Assim como Lukas disse que teria.

– Preciso de uma cama – exijo, agarrando-me com nervosismo à minha vantagem momentânea, e aponto para a cama atrás de mim. Ariel se arrasta até lá e, apressada, junta suas coisas, descontando a agressividade em seus pertences, e os joga com violência na cama ao lado da de Wynter, murmurando para si mesma o tempo todo.

Ela se vira para me fuzilar com os olhos.

– Você pode me impedir de te machucar, gardneriana – promete ela –, mas não pode me impedir de te odiar!

– O sentimento é mútuo! – disparo de volta.

Tiro os lençóis de Ariel da cama, enojada com a ideia de dormir em qualquer coisa que tenha tocado a pele de uma icaral, e os jogo com força em sua direção. Em seguida, pego minhas coisas no armário do andar de baixo e as coloco ao lado da minha nova cama. Apanho meu conjunto de penas e umas folhas de pergaminho enrolado, então me sento à minha mesa e coloco os instrumentos de escrita diante de mim.

Eu não me sinto poderosa, mesmo que Lukas diga que sou. Sinto-me pequena, assustada e intimidada. E posso sentir os demônios icarais me observando.

Com os olhos ardendo pelas lágrimas, começo a escrever.

Querida tia Vyvian,

Por favor, deixe-me mudar para outro alojamento. Sei que a senhora está tentando fazer o que acha que é melhor para mim, e sou grata por suas boas intenções, mas as icarais são assustadoras e perigosas; mais do que acho que a senhora poderia imaginar.

Aceito ser cortejada por Lukas Grey com a intenção de me laçar a ele. Nunca fechei a porta para essa possibilidade. Sei que não é exatamente isso que a senhora quer, mas por favor, tia Vyvian, por favor, não me deixe aqui com essas criaturas horríveis. Eu imploro.

Sua fiel sobrinha,
Elloren

Eu seco a tinta, dobro o pergaminho e o selo com cera, depois apago o lampião.

⋆

Naquela noite, depois de chorar até dormir, sonho que estou longe da Torre Norte. No meu sonho, sou forte, feroz e temida por todos ao meu redor.

Meu nome é maga Clarissa Gardner.

Estou trancando uma enorme gaiola de metal no fundo de uma masmorra escura, uma argola de chaves pretas pesa na minha mão. A única luz vem de fracas lumepedras élficas penduradas nas paredes em intervalos constantes, lançando um brilho pantanoso e esverdeado sobre a cena.

Na gaiola estão icarais: Ariel, Wynter e os de Valgard. Iris, da cozinha, também está lá, assim como Bleddyn Arterra.

Ouço um estalo agudo quando os ganchos internos de metal se fecham. Estou prestes a me afastar, aliviada por estarem todos trancados em segurança na prisão, quando ouço uma criança chorar. Estreito os olhos para o canto mais distante da gaiola. A pequena Fern e a selkie de Valgard estão encolhidas no chão. A selkie olha para mim, com os olhos oceânicos cheios de tristeza.

Faço um movimento para que ela se aproxime e coloco a chave de volta na fechadura.

– Vocês duas podem sair – digo a elas, mexendo a chave, mas tendo dificuldade para usá-la.

A selkie não se move. Ela permanece no chão, com os braços ao redor da criança soluçando.

– É tarde demais – diz ela, com tristeza –, você já trancou a gaiola.

Suo frio, e as outras criaturas lá dentro desaparecem, apenas a criança urisk e a selkie permanecem.

– Não pode ser tarde demais – insisto, lutando com a chave.

Mas a fechadura não cede.

É um erro. É tudo um erro. Ouço um barulho atrás de mim e me viro.

É um Sentinela, empoleirado em um afloramento rochoso, as asas brancas brilham à luz verde. Seus olhos de pássaro estão cheios de tristeza.

Volto-me para a selkie e a criança.

– Não é tarde demais – insisto. – Vou tirar vocês daí.

Pelo resto da noite, luto contra a fechadura, mas por mais que eu tente, ela se recusa a ceder.

CAPÍTULO ONZE
O GARDNERIANO

Na manhã seguinte, uma batida na porta me acorda.

Eu me sento, sobressaltada, e o medo tomando conta de mim. Com o coração disparado, olho ao redor, completamente desorientada. Me encolho ao ver Ariel jogada em sua cama e Wynter toda enrolada, formando uma bolinha, enterrada sob seu cobertor manchado.

– Elloren?

Quando ouço a voz de Rafe através da porta, é como se estivesse tudo bem no mundo de novo. Eu me levanto correndo, saio para o corredor e jogo meus braços ao redor do meu irmão.

Rafe ri ao cambalear para trás. Ele logo se equilibra e me abraça com força.

– Você sabe mesmo agitar as coisas, não é, Elló? – observa ele, com um grande sorriso no rosto.

Eu rio e choro ao mesmo tempo, muito feliz por estar com minha família de novo. De repente, nada parece tão ruim.

Seu sorriso desaparece quando ele percebe meu rosto machucado. Meu irmão se levanta para tocar minha bochecha de levinho.

– Você pediu a um curandeiro para dar uma olhada nisso?

Balanço a cabeça em sua mão.

– Estou bem. Está melhor agora. – Olho para trás dele, em direção ao corredor estreito. – Onde está Trystan? E Gareth?

– No andar de baixo – responde. – Aislinn e Echo estão com eles.

– Eles me colocaram com icarais – conto a ele, com a voz baixa e cautelosa. Gesticulo em direção à porta às minhas costas.

Ele assente de forma sombria.

– Aislinn e Echo nos contaram tudo.

Enxugo as lágrimas e abro um sorriso trêmulo.

– Estou tão feliz por vocês estarem aqui.

– Vá se vestir – pede Rafe, com um aperto carinhoso no meu braço. – Você parece exausta. Precisamos colocar um pouco de comida no seu estômago.

O cômodo cinza e sombrio é surpreendente à luz do dia. É imundo e cheira mal, como os icarais em Valgard: azedos e podres. E os demônios icarais estão acordados.

Ariel agora está agachada em um canto, ainda como uma gárgula, me observando com atenção através de olhos semicerrados. Wynter está empoleirada no peitoril da grande janela circular, suas asas finas e pretas apertadas em torno de si, apenas o topo de sua cabeça está visível, como uma tartaruga grande.

Elas parecem abaladas e derrotadas.

Elas têm vivido apenas um nível acima dos animais. A lareira está uma bagunça, com cinzas espalhadas pelo chão. Roupas pretas rasgadas, livros e outros pertences estão espalhados pelo cômodo. Excrementos brancos de pássaros mancham o chão, o que me faz olhar para cima, estreitando os olhos para o teto e para as vigas de apoio em busca de sinais de vida aviária, mas não consigo ver nada.

A cama que reivindiquei fica encostada na parede esquerda, perto da entrada de um pequeno banheiro. A cama de Ariel e a de Wynter estão encostadas de qualquer jeito na parede oposta, separadas pela lareira. Os móveis são uma mistura variada de peças antigas e surradas. Não há tapete no chão nem tapeçarias nas paredes para aplacar o frio do outono. Durante toda a noite, tive que me cobrir com meu manto de lã de inverno e a colcha de minha mãe para ficar minimamente aquecida.

É quase como viver em uma caverna na floresta.

Suponho que este antigo posto de arqueiros fosse um lugar conveniente para abrigar as icarais e mantê-las longe dos outros acadêmicos, especialmente dos gardnerianos, que veem o encontro com um alado como um poluidor espiritual.

Ao que parece, minha tia não se importa com a minha poluição espiritual, contanto que eu ceda e me lace a Lukas Grey.

Procuro dentro do meu baú de viagem e retiro alguns dos refinados trajes gardnerianos que minha tia comprou para mim: uma túnica de seda preta brilhante e uma saia longa. O ressentimento que sinto com relação a ela não ofusca o fato de que, em um dia, fui forçada a aprender onde minha lealdade deveria estar. Eu preciso ser forte e parecer forte. Vi em primeira mão como as urisk, os icarais e os kélticos realmente são. Eles me veem como inimiga, e preciso de aliados contra eles; *aliados gardnerianos*. E preciso parecer poderosamente gardneriana.

As palavras de Lukas pairam na minha cabeça. *Domina, ou ser dominada.*

Tomo um banho rápido, me visto no pequeno banheiro, penteio o cabelo e maquio o rosto. Dou uma olhadela para o meu reflexo no espelho arranhado diante de mim. Embora meu rosto esteja machucado e meias-luas escuras pesem meus olhos, estou majestosa dentro dessas roupas elegantes.

Igualzinha à minha avó.

Faço uma pausa no quarto, junto meus livros e papéis e os coloco na bolsa. Observo as duas icarais com cautela, sentindo o peso do olhar hostil de Ariel sobre mim, que logo se desloca para o estojo do violino. Cerro os olhos para ela, em suspeita.

Fiz o instrumento com minhas próprias mãos; não há a mínima possibilidade de deixá-lo aqui com Ariel. Pego a alça do estojo e decido guardá-lo em outro lugar por enquanto. Saio às pressas do repulsivo alojamento e da presença ainda mais repulsiva das minhas colegas de quarto.

Lá fora, esperando por mim e por Rafe, estão Trystan, Gareth, Echo e Aislinn. Passei de estar completamente sozinha a ter uma multidão de apoio ao meu redor. É uma grande melhoria.

Orvalho frio cobre os campos, refletindo o sol da manhã como milhões de espelhos minúsculos, dando à grama crescida um brilho prateado. O prata do cabelo de Gareth brilha com o orvalho quando ele se inclina para Trystan em busca de apoio, sua perna direita está imobilizada e enfaixada.

Corro na direção de Trystan, que está usando sua túnica militar cinza, com cinco listras de prata na manga. Ele me dá um abraço de um braço só.

– Você está bem, Elló? – pergunta ele, ao examinar meus olhos, em silêncio.

Aceno de forma corajosa, meu cabelo chicoteia no vento frio que está apertando. Abro os braços para Gareth, e ele me puxa para um abraço caloroso e beija o topo da minha cabeça.

– Estávamos tão preocupados com você – diz ele, ao passar as mãos pelo meu cabelo.

Eu rio com o rosto apoiado na lã áspera de seu manto.

– Eu estava preocupada com *você*. Como está a perna?

Ele sorri, em seguida estremece quando uma forte rajada de vento nos atinge, quase o derrubando. Trystan redobra seus esforços para segurá-lo.

– Não vou dançar quadrilha tão cedo – diz Gareth, com ironia –, mas o curandeiro falou que estarei apto para cumprir minhas atividades em algumas semanas.

– Nós teríamos subido até o alojamento – Echo me informa, com seriedade, elevando a voz para competir com o vento –, mas queríamos evitar as icarais. – Ela olha para a torre, preocupada. – Você deveria ir ao culto noturno comigo e Aislinn, Elloren. O padre pode exorcizar o mal delas.

Balanço a cabeça, consternada.

– Estou morando com elas, Echo. Vou absorver o mal das duas todos os dias. A esse ritmo, vou precisar de um exército de padres.

Lembro-me dos que me exorcizaram em Valgard. Os cânticos monótonos e o incenso pungente. Do quanto eu estava assustada.

E Vogel.

Estreito os olhos para a Torre Norte se elevando sobre nós, desbotada até quase ficar branca pelo sol brilhante. O vento muda de direção, e uma brisa forte chicoteia a pedra inflexível dos dormitórios enquanto partimos.

O refeitório está lotado. Trabalhadoras urisk distribuem uma variedade de mingaus, pães e queijos, a comida está disposta em longas mesas de madeira. O ar está carregado com os cheiros cálidos de chá forte, sidra quente, castanhas assadas e outras oleaginosas.

Jogo meu manto sobre um banco e apoio a bolsa e o estojo do violino lá, o calor é um alívio depois de ter sido fustigada pelo frio a noite toda e, depois, mais ainda pelo vento gélido. Aqueço as mãos em um dos muitos fogareiros que pontilham a sala, com os canos serpenteando ao longo das vigas do teto baixo. O calor irradiante relaxa meus músculos contraídos e penetra aos poucos nos meus ossos.

A maior parte do salão é fortemente segregada, com pequenos grupos de gardnerianos, verpacianos, elfhollen, elfos e kélticos espalhados, alguns vestidos com o traje militar de seus respectivos países. Capto um vislumbre de Fernyllia servindo cestas de pães, e a visão dela faz um tremor de angústia correr por mim.

Trystan ajuda Gareth a se sentar e apoia a perna imobilizada no banco enquanto Rafe vai buscar comida para todos nós. Sento-me ao lado de Aislinn, com o fogareiro às minhas costas, e fico surpresa quando Echo permanece de pé.

– Você não vai comer com a gente? – pergunto.

Ela olha para Gareth, desconfortável, suas mãos seguram um livro encadernado em couro.

– Eu... Não posso. Tenho que ir. – Ela olha para o outro lado da sala, em direção a um grupo de jovens gardnerianas vestidas de modo tão formal quanto ela. – Fico feliz que você tenha encontrado sua família, Elloren. – Seu sorriso fraco evapora quando ela lança uma olhadela hostil para Gareth antes de sair.

Meu coração afunda. Eu sei a razão para ela ter ido.

O cabelo prateado de Gareth.

Echo se junta ao bando de jovens e, na mesma hora, todas elas se inclinam para trocar cochichos e lançar olhares furtivos e desaprovadores em direção a Gareth, que parece abençoadamente distraído por sua perna imobilizada.

Trystan me lança um olhar cansado e entendido.

Por dentro, eu protesto contra o preconceito de Echo. Gareth é gardneriano. E daí se o cabelo dele tem um estranho brilho prateado? Ele é um de nós.

– Sua amiga está aqui – sussurra Aislinn, me distraindo de meus pensamentos. Há um tom de aviso em sua fala.

Sigo seu olhar e vejo Fallon entrando no salão rústico, flanqueada por seus irmãos e quatro soldados gardnerianos armados.

As pernas das cadeiras de madeira raspam em uníssono no chão de pedra enquanto cada aprendiz militar gardneriano no refeitório, exceto Trystan, se levanta para prestar sua homenagem, com os punhos sobre o coração em saudação.

Eu a observo com atenção através dos meus olhos semicerrados.

Vá em frente, Bruxa Negra, eu desafio. *Tente algo com meus irmãos aqui. Trystan é mago nível cinco. Assim como você.*

Os uniformes de aprendiz de Fallon e Sylus Bane são cinza-ardósia, em contraste com o preto de Damion, de soldado pleno.

– O irmão mais velho dela – pergunto a Aislinn –, como ele é?

Ela me lança um olhar de profunda cautela.

– Damion? Ele faz Fallon parecer uma gatinha indefesa. – Aislinn os encara com prudência enquanto morde o lábio. – Ele gosta de... machucar as pessoas.

Observo quando Damion agarra o braço de uma urisk que passa servindo a mesa e a empurra para trás. Ela solta um grito assustado e quase deixa cair a cesta enorme de bolinhos que está carregando. Damion abre um sorriso em que não há qualquer bondade e lança um olhar lascivo para ela no que Fallon e Sylus escolhem alguns bolinhos, ambos conversando e ignorando a garota. Damion pega um também, solta o braço dela e a empurra com um sorriso maníaco.

Alarmada, eu me viro para Aislinn.

– Talvez você deva se laçar ao filho do capitão do navio, Elloren – sussurra ela, ao olhar para Gareth. – Parece o curso mais seguro. Corra atrás de Lukas Grey, e vai se colocar contra o clã Bane. Espere demais para fazer o laço, e pode se ver laçada a alguém como Damion.

Estou prestes a protestar quando Trystan me distrai.

– A tala se desfez – observa Trystan, ao se ajoelhar ao lado da perna de Gareth, mexendo com as ataduras.

Olho para o nosso amigo, que parece pior a cada minuto. Estou prestes a sugerir que o levemos para ver o médico da universidade quando noto Wynter entrando timidamente no corredor, com as asas negras abraçando seu corpo com força. É chocante vê-la lá à luz do dia.

– Essa é ela – falo para todos. – É uma das icarais.

Aislinn, Trystan e Gareth seguem meu olhar.

Wynter se arrasta em direção às mesas de comida, com a cabeça abaixada, olhos fixos no chão. Grupos de elfos lhe lançam olhares de desdém e escondem os sussurros atrás de mãos graciosas. Os gardnerianos mantêm uma boa distância dela, desviam o olhar e tocam os punhos na cabeça e, em seguida, no coração, para afastar o seu mal.

A icaral-elfa pega uma tigela e, acanhada, se aproxima de uma das trabalhadoras urisk da cozinha. A mulher idosa a olha com escárnio, em seguida despeja um pouco de mingau verde brilhante em sua tigela.

Eu as vi preparando isto na cozinha: farinha de alfsigr moída. Grão básico dos elfos. Há tantos alimentos esquisitos nas cozinhas, com seus cheiros estranhos e especiarias exóticas, cada cultura tem preferência por certos pratos.

Wynter se vira, com a tigela na mão, procurando um lugar para se sentar. Vendo uma mesa vazia no canto mais distante da sala, começa a ir até lá.

Fallon, Sylus e Damion se concentram nela.

Fallon sussurra algo para Sylus. Ambos riem ao mastigar o bolinho, há um brilho cruel nos olhos deles. Fallon estende a mão e, com discrição, desliza a varinha para a mão, agitando-a de leve na direção de Wynter.

Wynter tropeça, seu mingau se espalha por todo o chão antes de ela aterrissar, de barriga para baixo, em cima dele.

Por instinto, faço menção de me levantar, horrorizada com o comportamento de Fallon, a lembrança de como ela me fez tropeçar ainda fresca na minha mente. Cair na frente de todas aquelas pessoas... foi assustador e humilhante.

Mas... naquela noite horrível, quando Ariel me atacou... Wynter não moveu nem um músculo para ajudar...

Rafe, do outro lado da sala, não mostra a mesma hesitação. Ele se aproxima para ajudar Wynter enquanto todos os outros ao seu redor se afastam. Ele se ajoelha e, com gentileza, segura seu braço para ajudá-la a se levantar. No momento em que ele a toca, sua cabeça se levanta e seus olhos se arregalam.

– Tire as mãos da minha irmã, gardneriano!

A sala de jantar fica em silêncio quando um elfo abre caminho em meio aos acadêmicos e caminha com rapidez em direção a eles. Ele tem apoio: um jovem elfo esbelto. Os dois estão armados com arcos e aljavas pendurados nos ombros, e espadas élficas atadas ao cinto.

Dois arqueiros elfos; os guerreiros mais perigosos de toda a Therria.

A preocupação corta através de mim. Rafe é competente, com certeza, e habilidoso com uma variedade de armas. Mas não é páreo para os elfos.

No mesmo instante, Rafe solta o braço de Wynter. Ela está de joelhos, e mingau verde está espalhado por toda a sua roupa marfim. Ela olha para Rafe, boquiaberta.

– Fique longe da minha irmã! – rosna o elfo mais velho. As palavras são proferidas com um sotaque forte enquanto ele dá um passo ameaçador em direção a Rafe e leva a mão à faca. – Fique longe de nossas mulheres!

Rafe ergue as palmas das mãos para o elfo, em sinal de paz.

– Calma, amigo, eu estava só...

– Eu *não* sou seu amigo! – sibila o elfo, entre dentes cerrados.

Com cuidado, Rafe recua e se curva.

– Eu só estava tentando ajudá-la. Com respeito.

– Sua raça não sabe o *significado* dessa palavra!

Rafe respira fundo e, com cautela, encara o elfo. Ele se vira para Wynter, que ainda está ajoelhada no chão.

– Você está bem? – pergunta o meu irmão, tomando cuidado para não tocá-la desta vez.

Wynter olha para ele e assente devagar.

O irmão dela empurra Rafe e a ajuda a se levantar antes de se virar para encarar o meu irmão.

– Nunca mais fale com ela. Entendeu?

–Você se fez entender muito bem – responde Rafe, com calma.

O elfo lança um último olhar paralisante para o meu irmão antes de levar Wynter para fora do refeitório, seguidos pelo outro arqueiro élfico.

Com expressão de prazer, Fallon encara Wynter. Seus irmãos conversam uns com os outros, já tendo perdido o interesse.

E então ela vira a cabeça e olha direto para mim.

Seu sorriso é lento e malicioso, o que me causa calafrios. Ela se inclina para dizer algo a seus irmãos, e ambos olham para mim com o mesmo sorriso sombrio. Eu me contorço por dentro quando Fallon acaricia a varinha bem devagar, depois ri e sai do refeitório com os irmãos.

Eu relaxo, aliviada.

Pouco depois, Rafe retorna à nossa mesa. Ele está carregando uma pilha de tigelinhas e uma grande com mingau de aveia fumegante e uma generosa porção de castanhas assadas, mel e manteiga doce por cima.

– Pare de atacar as donzelas élficas – aconselha Trystan, com ironia, enquanto mexe na tala de Gareth.

Rafe lança um olhar de escárnio fingido para Trystan conforme distribui a pilha de tigelas de madeira e as colheres.

–Você vai acabar sendo alvejado – adverte Trystan. – Com uma daquelas longas flechas deles.

– Acho que é essa a retribuição que a gente recebe quando tenta ajudar icarais – digo, com severidade, enquanto Aislinn aceita a tigela de mingau de aveia que Rafe oferece.

– O irmão da menina é grosseiro – diz Rafe, ao me entregar uma tigela cheia –, mas sua hostilidade não é de todo injustificada.

– Como pode dizer isso? – retruco. – Ele deveria ter agradecido. O Ancião sabe que ela não merece sua ajuda.

Rafe franze a testa e para de servir a comida.

– Achei que fosse Ariel que tivesse te atacado.

– E foi, mas Wynter não fez nada para me ajudar, a noite toda, sabendo que eu estava sendo atormentada. – Sinto uma nova pontada de lágrimas de raiva.

Aislinn coloca uma mão reconfortante no meu braço.

– Ainda assim – diz Rafe, ao servir sidra quente de um jarro de cerâmica –, ela é uma pária entre elfos e gardnerianos, e kélticos também, até certo ponto. Isso a coloca em uma situação perigosa. O irmão está apenas tentando protegê-la. – Ele se senta e mexe seu mingau. – Eu não deveria ter tocado a garota. Esqueci que os protocolos deles são diferentes.

– É melhor ficar longe de não gardnerianos – comento, com amargura.

Rafe e Trystan me lançam olhares de censura alarmada.

Eu elaboro:

– Não me refiro a Gareth. Gareth, você sabe que eu não me refiro a *você*. Você *é* gardneriano.

Nosso amigo estremece quando Trystan aperta a atadura.

– Está tudo bem, Elló. Sei que você não está se referindo a mim.

Olho para Trystan em busca de aceitação. Meu silencioso irmão mais novo está sempre disposto a ouvir e não faz julgamentos precipitados. Ele me lança um sorrisinho encorajador, mas Rafe ainda está piscando para mim com preocupação.

– Eles me *odeiam*. – Eu me defendo para ele, me sentindo perdida. – Todos me odeiam só porque me pareço com nossa avó.

Rafe respira fundo e se estica sobre a mesa para tocar a minha mão.

– Sinto muito pelo que aconteceu com você. Queria que estivéssemos aqui.

– Eu sei – murmuro.

Rafe aperta minha mão em solidariedade e sorri com resignação. Quieto por um momento, ele encara a mesa. Quando olha de volta para mim, sua expressão está tensa.

– Elló, o tio Edwin... – Ele vai parando de falar.

– Eu soube – digo, com tristeza. – A governanta de alojamento me disse que ele estava doente. Tem alguma novidade? Ele está melhorando?

– Tia Vyvian o colocou sob os cuidados de um médico. – Rafe se cala por um momento. – Elló, ele perdeu o controle do lado esquerdo do corpo.

Consigo me sentir ficando tonta à medida que o peso dessa nova realidade se assenta em mim.

– Há possibilidade de recuperação? – Eu me esforço para falar.

– Talvez. Mas mínimas.

Engulo, minha garganta está seca.

– O suficiente para fazer violinos?

Rafe faz uma pausa antes de responder.

– Não.

– Ah, não. Ai, Ancião, não... – Balanço a cabeça no que as lágrimas descem.

No mesmo instante, Aislinn tira um lenço dos bolsos, e eu o pego, distraída. Mil lembranças giram em torno de mim. Tio Edwin, com seus dedos ágeis, ensinando uma pequena Elloren a fazer pão trançado para os feriados. Tio Edwin guiando minhas mãos minúsculas no meu violino. O doce som de tio Edwin tocando perto do fogo nas noites frias de inverno. Um medo horrível se aproxima das imagens da minha infância feliz.

Ele perderá o negócio. Nunca fomos ricos, mas agora seremos pobres. E estaremos em dívida com tia Vyvian.

Talvez eu não tenha escolha. Talvez eu *tenha* que me laçar ao abastado Lukas Grey.

– Em dois anos, Trystan poderá ganhar um salário como mago das armas, e você será aprendiz de um médico – diz Rafe, como se estivesse lendo minha mente. – Você vai ganhar um bom salário também. E tem trabalhado para pagar o seu dízimo.

– Rafe – digo, com voz baixa. – Lukas Grey... ele quer fazer o laço de varinha comigo.

O semblante de Rafe se fecha.

– Você teria que ser uma tola para se laçar a Lukas Grey. *Especialmente* por dinheiro.

– Eu já disse a ele que não. – *Por ora.* Sinto uma pontada de culpa por não ser franca com o meu irmão, mas essa sensação logo se transforma em uma frustração defensiva por causa de suas opiniões não solicitadas.

O alívio toma conta de sua expressão.

– Muito bem. – Ele dá um tapinha no meu braço. – Espere para fazer o laço. É o que tio Edwin quer. A menos que... – Rafe lança uma olhada para o lado, em direção a Gareth, que está distraído com os esforços de Trystan para amarrar de novo as bandagens da tala.

Eu olho para ele também.

Um companheiro de laço marinheiro. Comprometido com sua agradável família marítima em vez de com tia Vyvian. Gareth uma vez sugeriu que nos laçássemos como amigos.

Mas Gareth e eu não nos amamos dessa maneira.

Quero me laçar algum dia. Mas não com alguém que só vou ver como amigo. Quero fazer o laço de varinha com alguém por quem eu tenha sentimentos fortes. Em todos os sentidos.

Eu me viro para Rafe, e sei que ele pode ver meus verdadeiros sentimentos estampados no meu rosto.

– Espere para se laçar – Rafe me diz, ao apertar meu braço. – Espere até ter certeza.

– Vou levá-lo até o médico – diz Trystan a Rafe, levantando-se. – Estou fazendo uma bagunça com essa tala.

Faço menção de me levantar, mas Rafe faz sinal para que eu fique.

– Não, Elló. Fique. Coma. Vamos cuidar de Gareth. – Ele sorri para mim. – Talvez ele dê ouvidos às recomendações do médico dessa vez.

– O que *você* vai fazer? – pergunto a Rafe, preocupada. – Onde você vai ser aprendiz?

– Bem – diz ele, endireitando-se –, vou terminar o ano, e me tornar aprendiz dos militares. Sei que não é o que o tio Edwin quer, mas não há outro jeito. Nós iremos vê-lo em algumas semanas. Trystan e eu – Rafe me diz, tranquilizador.

Sinto uma pontada de mágoa.

– Eu também – insisto.

– Não, Elló. Você precisa ficar aqui, onde estará segura.

Lágrimas fazem os meus olhos arderem. O icaral. Preciso ficar por causa do icaral de Valgard. O que está me perseguindo.

– Tudo bem – cedo, infeliz.

Enquanto observo Trystan e Rafe partirem, com Gareth apoiado entre eles, a raiva consome minha tristeza.

Icarais.

É tudo culpa deles. Não fosse por eles, eu poderia visitar meu tio, e não estaria vivendo em um alojamento digno de pesadelos.

Aislinn passa o braço ao meu redor.

– Vai ficar tudo bem, Elloren. Você vai ver.

Eu mal a ouço quando o ódio explode dentro de mim, queimando qualquer partícula de compaixão que eu pudesse ter sentido por Wynter Eirllyn e a transformando em cinzas.

CAPÍTULO DOZE

METALLURGIA E MATEMÁTICA

Desdobro meu mapa da universidade e olho o pergaminho grosseiramente pintado, o desenho de Verpax se assemelha a uma roda intrincada, o Pavilhão Branco é o centro. Raios gigantescos partem de lá; com salas de aula e laboratórios pontilhando o comprimento de cada um deles, alternando acima e abaixo do mapa para dar lugar à rua de paralelepípedos de Verpax.

Não é muito difícil de navegar, graças ao Ancião.

Grupos de estudiosos de todas as raças e professores de vestes verdes lotam o vasto saguão do Pavilhão Branco, suas conversas e passos ecoam no teto abobadado, a luz da manhã flui em raios espessos do anel de janelas arqueadas que sustentam a cúpula.

Sigo o raio da ala Scientífica, mantendo o mapa na mão, como uma âncora. Logo localizo o corredor lateral certo com Salão de Metallurgia gravado em uma placa dourada.

Todas as minhas aulas são hoje, uma atrás da outra, cada uma abreviada e enfiada em um dia de orientação: aula de Metallurgia, depois Matemática, História e Botânica, Chímica, Boticarium e, então, trabalho na cozinha; sem intervalo, sem almoço, exceto os bolinhos e queijo que reservei do café da manhã, embrulhados em um guardanapo de pano e enfiados no bolso da túnica.

Eu sou uma pilha agitada de nervos, com pesadas saias pretas que balançam em torno de meus tornozelos.

Três elfos de costas empertigadas na minha frente começam a descer por uma escada em espiral, e os acompanho de perto, seguindo através de um dos espessos túneis subterrâneos de pedra-da-espinha que correm sob Verpácia. Lembro-me de me debruçar sobre mapas geológicos com Trystan quando ele ia passar as férias em casa, maravilhando-me com a intrincada teia de pedra-da-espinha que corre sob a universidade, uma rede de corredores e salas de aula talhadas diretamente nela.

Suspiro ao entrar na sala de Metallurgia, arcos de pedra ricamente esculpidos enfeitam a entrada e há uma fileira de colunas espiraladas em ambos os lados do salão.

Mas o teto...

Ele é curvo e feito de cristais grossos de uma cor violeta metálica. Como se eu tivesse entrado em um enorme geodo, os cristais emitem um brilho espetacular, refletindo estrelas douradas da luz de lamparina.

Meu coração se eleva.

Parece mágica.

À minha esquerda, armários com portas de vidro foram esculpidos direto nas paredes, revestidos com um arco-íris de cristais, pedras e pedaços de metal, todos bem-organizados. À minha direita estão longas mesas cobertas com equipamentos de laboratório, todas as formas de frascos de vidro e retortas, bem como três fogões de ferreiro totalmente equipados, com as chaminés subindo através do teto de cristal.

O cheiro calcário de minerais bem como o odor acre de pederneira pairam no ar, mas é refrescado pelo aroma fresco e limpo da pedra-da-espinha, e eu respiro tudo sem reservas.

Fui colocada em uma seção estranha desta classe para abrir espaço para o meu trabalho na cozinha. Analiso o salão e percebo que sou a única mulher aqui.

Metade do salão está cheia de elfos atentos, já sentados em fileiras organizadas. À esquerda há um punhado de kélticos, elfhollen e um grupo muito maior de aprendizes militares gardnerianos. Alguns dos aprendizes vestidos de cinza estão sentados. Um grupo deles está de pé e me notou assim que entrei, atirando-me olhares frios e cautelosos.

Os amigos de Fallon, percebo, meu coração afunda, reconhecendo-os da festa de tia Vyvian. Ainda assim, estou relutantemente impressionada com a rapidez com que Fallon azedou as coisas para mim aqui.

Eu me acomodo perto de um dos gardnerianos, um jovem relaxado sentado em um ângulo casual com o braço jogado nas costas da cadeira. Ele me observa com diversão amigável enquanto pego meus instrumentos de escrita, pasta de pergaminho e livro.

– Alô, maga Elloren Gardner – me cumprimenta ele, de modo amigável. Os três aprendizes de pé lhe lançam um olhar de aborrecimento. O jovem sorri para eles.

Ele é atraente, com olhos verde-escuros dançantes e um sorriso largo e dissoluto. Olho para baixo e contemplo as linhas de laço que marcam suas mãos; que parecem marcar as mãos da maioria dos jovens gardnerianos, com poucas exceções.

Tia Vyvian está certa, penso resignada. *Todas as boas opções estão sendo rapidamente tomadas.*

Suspiro por dentro e estendo a mão para ele.

– É um prazer... – Ele estende a própria mão e dá um aperto cordial na minha. – Curran. Mago Curran Dell. – Há quatro linhas de prata decorando cada uma de suas mangas.

Eu me encolho, meus olhos disparam na direção dos aprendizes hostis.

– Suponho que Fallon tenha contado tudo sobre mim.

Ele ri.

– Ah, sim. Ela contou. Ao que parece, você é a pior pessoa que já andou sobre Therria.

Eu me encolho ainda mais.

– Ah, que ótimo.

Ele me olha com insatisfação exagerada.

– *E* você está traindo o legado de sua avó por não ter poderes.

– Minha tia já me encheu por causa disso – comento, com amargura.

Ele ri novamente, com o olhar cheio de malícia.

– Suspeito eu que você simplesmente... como posso dizer isso... *interferiu* na busca incessante de Fallon por Lukas Grey. – Ele me lança um olhar cheio de significado. – É como ficar entre um leão e sua presa, sabe. – Ele sorri de novo e então fica mais sério, me olhando com atenção. – Mas falando sério, você devia considerar ficar longe de Lukas. Irritar Fallon Bane... – Ele respira fundo e balança a cabeça. – Não é nada bom para a sua saúde.

Um frio dolorido espeta a minha nuca, desliza ao redor da minha garganta e abre caminho sob a minha túnica. Estremeço e me abraço forte.

– Tem uma corrente de ar aqui – digo a Curran. *Claro que tem. Tanta pedra fria. Tão abaixo no subsolo.*

Ele me olha com curiosidade.

– Acho que está bem quente. Há fogões verpacianos de olmo ao nosso redor...

Ele é interrompido pelo som de passos pesados no chão de pedra, vindos do lado de fora, seguidos pelo rangido das dobradiças da porta.

Juntamo-nos à classe, atentos, com o rosto virado para a frente.

Nosso professor de túnica verde desliza pelo corredor central, e sou jogada em uma confusão imediata pelo cabelo longo e verde que voa atrás dele como uma flâmula.

Vasculho meus papéis, verificando.

O professor Xanillir deveria ser um elfo. Um elfo de *cabelos brancos*.

O professor contorna a mesa e a tribuna, vira-se para nós e todo o salão solta um suspiro coletivo.

Ele tem o cabelo comprido e as feições afiladas de um elfo. Orelhas graciosamente pontudas e os olhos prateados.

Mas ele tem *escamas*. É completamente coberto por pequenas escamas esmeralda que captam a luz das lamparinas e refletem de volta cada tom de verde, o do seu cabelo é um pouco mais profundo do que o da sua pele cintilante. E a túnica em estilo élfico que aparece por baixo do manto é verde-floresta, coberta com runas vastas que brilham como se fossem iluminadas por dentro.

Ele é um dos smaragdalfar. Um elfo serpente.

Olho para Curran, confusa, mas ele está ocupado encarando o nosso professor.

Elfos serpentes são elfos das minas. Elfos da terra profunda. Elfos perigosos trancados em cidades subterrâneas pelos alfsigr, controlados com demônios de minas e dragões de arena.

E eu nunca vi um. Nunca.

Como é que este saiu de lá? Como um elfo serpente veio a assumir uma sala de aula? Em vestes professorais?

Estendo a mão para trás e puxo meu manto do encosto da cadeira, passando-os por cima dos ombros. *Está tão frio aqui.*

– Eu sou o professor Fyon Hawkkyn – diz o smaragdalfar, com um sotaque elegante. Seus olhos de estrela são cheios de luz dura e escaldante, e há uma fileira de aros dourados perfurando suas orelhas. – O professor Xanillir renunciou em protesto à minha nomeação pelo vice-chanceler Quillen. Se algum de vocês desejar passar para outro horário desta aula, podem falar com o registrador.

Os elfos se levantam em um único movimento branco reluzente e, em silêncio, deslizam para fora do salão, todo o lado esquerdo agora está vazio.

A expressão do elfo serpente permanece inflexivelmente dura.

Os gardnerianos murmuram com desconforto entre si, remexendo-se antes de se acalmarem e voltarem a prestar atenção.

Os olhos estrelados do professor Hawkkyn varrem friamente o nosso lado da sala. Eles se fixam em mim. Luzes de reconhecimento, como a pederneira bornial pegando fogo.

– Parece que temos uma celebridade entre nós. – Ele se maravilha, com a boca curvada em incredulidade, seus olhos se semicerram em mim com uma intensidade enervante. – A neta da Bruxa Negra.

Um pavor amorfo toma conta de mim, acumulando-se, e sou dominada pela sensação de perigo real: algo silencioso, esperando para mostrar os dentes. Puxo meu manto para mais perto do corpo e devolvo a encarada do elfo serpente.

– Não haverá tratamento preferencial aqui, maga Elloren Gardner. – As palavras são pragmáticas, e gravadas em pedra.

– Eu não esperaria isso – respondo, com a voz embargada pelo frio cortante. Olho para o fogareiro mais próximo de mim, suas brasas vermelhas brilham quentes. Mal consigo sentir o seu calor.

A sensação de pavor cresce, como se eu estivesse sendo observada, mesmo depois que o elfo serpente tira os olhos de mim.

– Começaremos com a seção quatro, ligas de ouro – diz ele, com graça eficiente, abrindo o escrito diante de si enquanto todos seguimos o exemplo. – A partir da próxima aula, vou agrupá-los de acordo com os aprendizados da Guilda e adaptar seu estudo de Metallurgia de acordo com eles. Temos grupos de fabricantes de armas, ferreiros, joalheiros e um único boticário. – Seus olhos voam frios para mim. – Maga Gardner, você vai trabalhar diretamente comigo.

– Sim, professor Hawkkyn – digo, reprimindo um arrepio; o frio e o pavor estão crescendo.

Ele começa a redigir uma lista de ligas de ouro no quadro, e eu me preparo para tomar notas, mergulhando a pena no tinteiro.

Ela tilinta forte, o tinteiro quase tomba, como se eu estivesse batendo em vidro sólido em vez de tinta preta aguada. Confusa, puxo o tinteiro na minha direção e, em seguida, solto-o, o vidro está tão frio que queima ao toque. Cada vez mais alarmada, inclino-me para a frente e bato a pena na tinta, um aumento sutil de frio embaça o recipiente em um pequeno sopro branco.

Congelado.

Curran me observa de rabo de olho, com a cabeça inclinada de maneira interrogativa.

– O que há de errado com o seu…

A percepção atinge a nós dois ao mesmo tempo, a pele de Curran está visivelmente empalidecida.

Com peso no estômago, ficando tonta, olho em volta, e logo fixo a jovem duas fileiras para trás com o sorriso largo e cruel, um ódio paciente queima em seus olhos deslumbrantes.

Fallon Bane.

Eu me viro para a frente em um rompante. Meu coração está disparado, enquanto o giz do professor Hawkkyn toca um ritmo desafinado, um novo fio congelante desliza suavemente ao redor do meu pescoço.

Quando a aula acaba, saio depressa, tomando uma boa distância de Fallon e sua sempre presente guarda militar. Percebo que Curran faz o mesmo. Nós dois evitamos o contato visual com ela, tratando-a como se trata um animal raivoso. Estou desconfortavelmente ciente de seu anel gelado ainda cercando meu pescoço, e ele só se dissipa quando saio da ala Scientífica.

Cada passo para a sala de Matemática está preenchido por alarme frustrado e trêmulo que vai dando lugar a uma raiva crescente.

Minha primeira aula, e Fallon Bane já me fez atrasar: sem anotações para estudar, apenas o que está no texto e na minha memória.

Tudo bem, sua bruxa má, congele minha tinta, fervilho de raiva. *Gele meu pescoço. Não vou voltar a me acovardar diante de você.*

Ela não pode me machucar de verdade, pondero comigo mesma; seria expulsa da universidade, do exército e enviada para a prisão. Usar magia contra um companheiro gardneriano é crime capital.

Cerro os dentes e resolvo nunca mais sair correndo da aula como um cachorro chutado.

Ainda estou furiosa quando me sento na aula de Matemática, aliviada por Fallon não estar em nenhum lugar à vista no mar de jovens gardnerianos, todos eles abençoadamente gentis.

Solto um longo suspiro de alívio quando ninguém presta muita atenção à minha chegada. Meus olhos se iluminam quando vejo o único kéltico na sala: um jovem duas fileiras na minha frente, sua camisa marrom é um nítido contraste com o preto gardneriano.

Ele se vira, e nós dois vacilamos quando nossos olhos se encontram. A ofensa faz sua postura ficar rígida quando ele estreita seus olhos verdes para mim com veneno ardente.

Ah, maravilhoso. A cereja do bolo.

Yvan se vira, e deixo minha testa cair para as mãos, lamentando a minha maré de má sorte.

Primeiro Fallon em Metallurgia, agora Yvan Guriel em Matemática. O que vem depois?

Olho para a frente e encaro suas costas fortes, sua mão agarra a lateral da sua mesa com tanta força que seus tendões se destacam em cordas rígidas.

Quase posso sentir o calor fervente do seu ódio, e ele queima por mim como ferida recém-aberta, me machucando até a alma. Lágrimas fazem os meus olhos arderem.

Por que permito que ele me abale tanto? Não me importo com o que ele pensa de mim.

Um calor furioso sobe por meu pescoço e, em silêncio, eu o amaldiçoo por sua capacidade de me deixar tão perturbada.0

CAPÍTULO TREZE
HISTÓRIA GARDNERIANA

Depois da aula de Matemática, evito obstinadamente os olhares dolorosos e mordazes de Yvan Guriel e corro para chegar à aula de História a tempo, cansada de estar em classes com pessoas que me desprezam tanto.

Pelo menos a sala de História está longe do complexo do Pavilhão Branco. É um alívio caminhar, mesmo que pouco, do lado de fora. A luz do sol aquecendo meu rosto.

Estou preparada para mais ódio quando entro na sala iluminada pelo sol construída ao lado do Ateneu Gardneriano; estou preparada para magia de gelo e olhares eviscerantes e para mais um poço que Fallon envenenou preventivamente.

Em vez disso, sou envolvida por boa vontade: acadêmicos solitários e grupos sociáveis vão percebendo quem eu sou. Eles piscam, murmuram e, em seguida, lançam sorrisos calorosos para mim.

São todos gardnerianos aqui, nenhum kéltico odioso. E nenhum aprendiz militar gardneriano.

E o melhor de tudo, sem Fallon Bane.

Cada músculo do meu corpo relaxa de alívio.

Os acadêmicos são uma mistura de homens e mulheres, cada conjunto de mãos marcados com as linhas rodopiantes dos laços de varinha, a maioria segurando xícaras fumegantes de chá e lanchinhos em pequenos guardanapos, uma longa mesa lateral transborda de refrescos intercalados por orquídeas em vasos.

É como se eu tivesse tropeçado para fora do campo de batalha e entrado em uma festa elegante.

– Bem-vinda, maga Elloren Gardner – diz, com calidez, uma jovem alta, ao apontar para a mesa de refrescos, uma esfera da Therria e o pingente de boticário de um acadêmico do terceiro ano estão pendurados em seu colar. – Estamos entusiasmados por você estar se juntando a nós. Por favor, sirva-se de um pouco de comida e chá.

Encaro tudo o que está sendo oferecido, minha cabeça gira por causa da súbita mudança de atmosfera e do luxo esmagador. Há um serviço completo de chá, vários tipos de queijo, bolachas de sementes, uma tigela de uvas, pão fatiado, rosetas de manteiga, uma variedade de compotas e uma tigela de biscoitos de aveia.

Uma risada quase irreprimível borbulha de dentro de mim. E retribuo o sorriso dos meus colegas acadêmicos.

Vai ficar tudo bem, eu me conforto. *Fallon é um dragão de papel. Ela não pode me machucar. Sou neta de Clarissa Gardner e sobrinha de Vyvian Damon.*

Imensamente grata por essa virada para a melhor, coloco meus livros em uma mesa e me sirvo do chá preto com aroma de baunilha que está no elegante bule de porcelana. Minhas mãos vão se estabilizando aos poucos. A porcelana é decorada com videiras delicadas, e posso sentir meus nervos começarem a relaxar no momento em que o chá quente e revigorante desliza pelos meus lábios.

– Eu sou Elin – apresenta-se a mulher alta, no meu caminho de volta para a carteira. Ela faz uma série de apresentações, atraindo-me para o seu círculo agradável, e aceno com a cabeça e sorrio, lutando para lembrar nomes. Aos poucos, vou deixando de lado a lembrança do frio que circunda meu pescoço.

Fallon não pode te machucar. Deixe para lá.

Olho ao redor do salão onde assistirei não apenas à aula de História Gardneriana, mas também Botânica, ambas ensinadas pelo padre mago Simitri. Fileiras de orquídeas exóticas estão espalhadas em longas prateleiras sob uma parede de janelas curvas, estas se estendem até uma claraboia em formato de diamante que forma metade do telhado, a luz do sol escoa sobre nós. Representações de orquídeas à pena e à aquarela pontilham as paredes, bem como pinturas a óleo de momentos cruciais da história do meu povo. Uma parede é toda tomada por estantes forradas com pesados escritos de história e botânica. Uma porta de vidro leva a uma pequena estufa abobadada repleta de vegetação florida.

E o edifício gardneriano é de madeira. Todo de madeira. Não a pedra fria e sem vida da Espinha.

Respiro o cheiro pungente do pau-ferro que me rodeia. Comovida, olho para a aquarela mais próxima, apreciando a bela representação de uma orquídea do rio rosa-claro. É assinada por *mago Bartolomeu Simitri*.

Ele é tão talentoso, esse meu novo professor. Não apenas um autor conhecido de textos históricos e botânicos, ele também é, evidentemente, um artista talentoso.

Uma menina urisk esbelta entra carregando outra bandeja cheia de biscoitinhos amanteigados graciosamente arranjados no mesmo padrão. Elin e os outros gardnerianos amigáveis ao meu redor ficam mais quietos e disparam olhares breves e cautelosos para a garota de orelhas pontudas e pele azul.

Ela mantém a cabeça abaixada de maneira submissa, trabalha em silêncio igual a um fantasma e mal causa uma ondulação no ar quando sai.

Os sorrisos e a conversa são retomados.

O desconforto me espeta por causa da antipatia sutil e coletiva pela garota, mas me lembro do tratamento duro que recebi na cozinha e afasto o sentimento.

Quando me sento, a porta da sala de aula se abre, e nosso professor de cabelos pretos, nariz aquilino e óculos desliza para dentro, a leve obesidade e as rugas de riso que se espalham de seus olhos revelam sua idade. Ele está muito bem arrumado e coloca seus livros em linhas precisas sobre a mesa antes de olhar para cima e sorrir para nós como se fôssemos parentes há muito perdidos e muito amados.

Ele está vestido com paramentos de padre da Gardnéria: uma longa túnica preta marcada com um pássaro branco, um dos muitos símbolos do Ancião.

Seus olhos se iluminam ao me ver e assumem um brilho reverente. Ele contorna a mesa, desce pelo corredor e se abaixa ao meu lado sobre um joelho, com a mão apoiada de leve no meu braço.

– Maga Elloren Gardner – diz ele, com profundo respeito. – Sua avó, que o Ancião A abençoe, salvou toda a minha família. – Ele faz uma pausa, como se estivesse procurando as palavras certas. – Estávamos sendo levados para execução quando Ela apareceu e nos libertou. Foi Ela, e o seu pai, que nos libertaram e nos trouxeram para Valgard. – Os olhos dele reluziam de emoção. – Devo minha vida à sua família. E estou muito honrado por agora ter você, a neta Dela, na minha sala de aula. – Ele dá tapinhas na minha mão e sorri para mim ao se levantar, então, como se assolado pelo que sentia, também dá um tapinha no meu ombro.

Estou profundamente tocada, lágrimas ardem nos meus olhos. Tão aliviada por estar apenas entre gardnerianos e envolta por eles.

Padre Simitri olha ao redor, como se estivesse muito feliz ao nos ver.

– Por favor, magos, abram a primeira seção dos seus escritos de história.

Abro o livro, a primeira página traz o título e o autor: *Padre Mago Bartolomeu M. Simitri.*

Ele abre bem os braços, como se abraçasse a todos nós.

– Comecemos, magos, pelo começo. Com a criação da Therria pelo abençoado Ancião, o próprio chão em que estamos de pé. É a história de cada Primeiro Filho Gardneriano. Uma história do Bem contra o Mal. Da Therria legada a todos nós pelo Ancião no céu. É... *a história de vocês* – diz ele, com graça teatral e um entusiasmo genuíno que é contagiante.

Eu me pego atraída por sua grandiosa análise da história gardneriana. E gostando muito desse meu professor.

CAPÍTULO QUATORZE

OS LUPINOS

Muito animada, eu me encontro com Aislinn no Pavilhão Branco depois da aula de História.

– Fallon está na minha turma de Metallurgia. E Yvan Guriel está em Matemática – digo a ela, sem fôlego, e relato tudo o que aconteceu, muito aliviada por estar reunida com minha amiga recém-descoberta. Acadêmicos passam por todos os lados ao nosso redor no caminho para as próximas aulas, e a luz do sol flui da cúpula acima.

Conto sobre o gelo de Fallon.

Preocupada, Aislinn enruga a testa e abraça os livros com força, uma bolsa pesada está pendurada em seu ombro. Parece que minha amiga arquivista está sempre carregando uma pequena biblioteca, livros suficientes para pesar uma mula resistente.

– Você precisa ficar longe do Lukas – adverte ela, mais uma vez.

– Bem, isso é bastante difícil – eu retruco –, já que tia Vyvian tornou seu objetivo de vida nos ver laçados.

Aislinn balança a cabeça.

– Elloren, não se brinca com a Fallon.

– Ela congelou minha tinta – deixo escapar, indignada. Como se só isso fosse motivo para desafiá-la.

– Isso não é tudo o que ela vai congelar se você não ficar longe do Lukas – adverte Aislinn, com profunda preocupação.

Pisco para ela. Como explico para essa amiga que abomina beijar o que é beijar Lukas Grey? E esse não é o ponto, na verdade. Por que Fallon consegue intimidar todos à sua volta?

– Minha família é tão poderosa quanto a dela – resmungo. – Mais ainda.

– Não mais – raciocina Aislinn, suspirando como se eu fosse uma criança que simplesmente não ouve e continua colocando a mão no fogo. – E ela pode ser a próxima…

– Bruxa Negra, sim, eu sei. – Eu a interrompo, petulante, frustrada com a minha maldita falta de magia. Respiro fundo e olho para Aislinn. – Meu professor de Metallurgia é um elfo serpente.

As sobrancelhas dela se erguem.

– Como é possível?

Balanço a cabeça.

– Não sei, mas meus estudos serão com ele. – A aparência bizarra do elfo serpente reverbera em minha mente. – Ele é coberto de escamas verdes. Parecem joias.

– Eu me transferiria na mesma hora – afirma Aislinn, enfática. – Os elfos alfsigr mantêm os elfos serpente trancados no subsolo por uma boa razão. – E me lança um olhar cheio de significado.

– Bem, eu não posso me transferir – resmungo. – Não há espaço no meu horário. Então estou presa tendo como professor um elfo serpente com o potencial de ser demoníaco, e com Fallon Bane me torturando em todas as aulas.

Aislinn me lança um olhar apropriadamente piedoso, o que faz com que eu me sinta um pouco melhor.

– Como foi a aula de História? – pergunta ela, por fim.

– Fantástica – respondo, ao pegar no meu bolso um pacotinho embrulhado em guardanapo. – Há uma superabundância de biscoitos. É a única coisa boa na minha vida agora. Isso e novos amigos. – Sorrio agradecida e lhe entrego um biscoito de aveia.

Aislinn ri e me lança um sorriso meigo antes de dar uma mordida delicada no biscoito.

– Vamos – diz, ao ajeitar a bolsa –, ou nos atrasaremos para a aula.

Sigo Aislinn de volta para a ala Scientífica, atenta caso Fallon apareça enquanto descemos uma série de túneis subterrâneos iluminados por lampiões, subimos uma escada e atravessamos um longo corredor arqueado em direção ao salão da Guilda de Chímica.

Fora do laboratório, há grupos de acadêmicos; principalmente gardnerianos, com um punhado de kélticos e verpacianos, mas nenhuma Fallon Bane em qualquer lugar.

Solto um profundo suspiro aliviado.

Alguns acadêmicos estão sentados em bancos de pedra no corredor, outros estão em pé em círculos fechados. Todos parecem agitados, as conversas sussurradas estão cheias de angústia. Eles olham para mim com certa surpresa, mas minha presença é claramente ofuscada por algum acontecimento misterioso.

Uma garota gardneriana vestida de forma conservadora passa, obviamente perturbada.

– O que aconteceu, Sarill? – pergunta Aislinn, confusa. – Para onde você está indo?

A menina faz uma pausa, seus olhos se iluminam por um breve momento ao me reconhecer. Ela tenta abrir um sorriso vacilante, depois se volta para Aislinn.

– O lupino – diz ela, agitando, com nervosismo, a mão em direção à porta do laboratório. – Ele está lá dentro.

Aislinn fica pálida.

– Não pode ser.

– Ah, mas ele está lá – insiste ela, sombria. – E eu vou embora. Você também deveria ir, Aislinn. – Ela olha para mim. – Vocês duas.

A garota sai correndo, e não vai sozinha. Grupos de gardnerianos e alguns kélticos, a maioria do sexo feminino, começam a ir embora e fugir do salão de ciências.

Espio através da porta aberta do laboratório.

Ambos estão lá, os gêmeos lupinos loiros, conversando com Astrid Volya, a professora amaz alta e tatuada com as orelhas pontudas. Na verdade, a lupina fala sozinha, com a mão altiva apoiada no quadril. O jovem lupino está parado, observando as duas com olhos selvagens.

Volto-me para Aislinn. Ela parece prestes a chorar.

– Aislinn?

– Não é possível que isso esteja acontecendo. – Ela encara os lupinos, com os olhos vidrados. – Simplesmente não pode estar acontecendo. Eu tenho que fazer essa aula. Não posso terminar meus estudos de arquivista sem ela. – A garota se vira para mim, sua voz fica baixa e atordoada. – Não posso fazer aula com um lupino macho, Elloren. Meu pai nunca permitiria algo assim. Ele vai me fazer sair da universidade. – Seus olhos se movem como se procurassem uma saída. – Não posso sair antes do fim do ano. Eles vão me laçar a Randall. Eu *tenho* que terminar meus estudos antes de fazer o laço de varinha. Se eu não fizer isso... ele *nunca* vai me deixar voltar. – Seu lábio começa a tremer enquanto ela tenta engolir as lágrimas.

Coloco uma mão em seu braço, preocupada com ela.

– Ah, Aislinn...

Com a mão trêmula, ela tira um lenço do bolso e seca os olhos.

– Sou a única mulher da minha família que já frequentou a universidade, Elloren.

– Não entendo por que você precisa de Chímica para se tornar arquivista – digo, tentando defendê-la. Estudos arquivistas são tudo literatura. Livros e mais livros.

Aislinn segura suas lágrimas.

– Preservação de livros. Chímica é necessária. É útil para nós... – Ela para de falar, olhando com tristeza para a sala de aula. – Bem, pelo menos... teria sido. – Ela se vira de volta para mim, com a expressão cheia de anseio. – Eu amo livros, Elloren. De verdade. Às vezes eu queria... – Sua voz se perde e a expressão fecha como se ela estivesse admitindo algo escandaloso. – Eu gostaria de não ter que me laçar.

Fico chocada com a admissão, e triste por ela e com esse sério dilema em que ela se encontra.

– O que você faria – pergunto-lhe, com gentileza –, se não precisasse se laçar?

Uma fagulha brilha em seus olhos.

– Eu trabalharia nos arquivos da universidade. Faria a curadoria da coleção de livros antigos. Ah, Elloren – diz ela, com paixão faminta na voz –, os arquivos alfsigr estão tendo uma exposição da série de botânica rilynnitryn. É o trabalho mais *incrível* sobre botânica em toda a Therria. Os elfos têm essa técnica de pintura... que permite que eles captem a luz de forma tridimensional. Você *tem que* ver. – Aislinn faz um gesto com a mão, como uma flor desabrochando. – É como se a gente pudesse colher as flores da página. São *reais* assim. Simplesmente... *saltam* da página – Ela se detém. – Ah, Ancião – diz, sofrendo –, não diga a ninguém que me ouviu falar assim.

– Por quê? – questiono, confusa.

Ela me encara como se fosse óbvio.

– Porque os elfos são pagãos, é claro. Fica parecendo que estou... glorificando a cultura deles. – Ela me lança um sorriso abatido. – Pelo menos, é o que meu pai diria.

Fico confusa com as regras rígidas com que a família a prende. Tio Edwin nunca foi tão tacanho com meus irmãos e comigo.

– Aislinn, tenho certeza de que ficaremos bem se entrarmos. A professora Volya parece mais assustadora do que eles. E o lupino, quando Fallon usou magia em mim... ele foi bastante gentil.

– Você não deve baixar a guarda por causa disso – rebate Aislinn, impassível. – Eles são agressivamente fortes. O macho sozinho poderia derrubar toda a turma. *Com facilidade.*

Ela tem razão. Dizem que os lupinos são muito fortes. E imunes à magia de varinha.

Aislinn olha para eles através de olhos estreitados.

– Você sabia que Echo e Fallon estão sendo forçadas a se hospedar com a fêmea?

– Você está brincando.

Aislinn balança a cabeça.

– Paige também. Echo me contou sobre ela. Ela disse... – Aislinn faz uma pausa, e olha para os lupinos com desconforto, suas bochechas coram.

– O quê? O que ela disse?

Aislinn se inclina, com a testa enrugada.

– Ela me disse – diz ela, baixinho – que a fêmea anda por aí... nua.

Meu queixo cai.

– *Completamente?*

Ela assente.

– Eles são *selvagens*, Elloren. Como os animais. E os machos são imorais e perigosos. Não sei o que fazer.

Respiro fundo, considerando a informação.

– Bem, *eu* não tenho escolha. Não há espaço no meu cronograma para um horário diferente. Não com o meu trabalho na cozinha. Tenho que fazer essa aula, com lupinos ou não. – Olho para a entrada do laboratório, certa de que os lupinos não podem ser tão ruins quanto minhas companheiras de alojamento.

Os demais acadêmicos estão entrando. Eu me viro para Aislinn.

– Acho que devemos apenas nos esgueirar e nos sentar nos fundos. Duvido que os lupinos nos notem.

Ela lança um olhar enviesado na direção dos gêmeos, deliberando.

– Meu pai está passando alguns meses fora – diz ela, olhando para os metamorfos lobos como se calculasse os riscos. – Quando ele voltar, as aulas já terão terminado. – Ela se vira de novo para mim com determinação trêmula e enxuga as lágrimas. – Tudo bem, Elloren. Vamos entrar.

Nós nos arrastamos com o máximo de discrição possível, passamos pela professora Volya e pelos lupinos e traçamos nosso caminho até o fundo da sala. Logo somos abordadas por um jovem aprendiz elfhollen, o brasão da Guilda dos Chímicos está pendurado em seu pescoço.

– Nomes? – pergunta ele, com fria formalidade, e a caneta posicionada sobre uma diário de classe. Sussurramos o nome para ele, que assinala nossa presença e segue em frente, ignorando meu pedigree, o que é uma bênção.

Há uma série de destilações nas longas mesas atrás de nós, o som do borbulhar constante é um bálsamo para os ouvidos, e fico instantaneamente fascinada pelo equipamento. O produto final, um líquido amarelo oleoso, emite um cheiro azedo levemente sulfuroso. O conjunto de janelas arqueadas na parede oposta está parcialmente bloqueado por fileiras de prateleiras abastecidas com frascos e garrafas cheias de substâncias em todos os estados. Mesas de laboratório estão dispostas ao redor da sala, cobertas com um caleidoscópio de vidro e maçaricos, o odor metálico de pederneira bornial está no ar carregado de produtos químicos.

Até agora, a maioria dos acadêmicos está calada e de pé ao longo das paredes, com os olhos fixos nos exóticos lupinos. O assistente de laboratório elfhollen anda pela sala, direcionando as pessoas para seus assentos, dois por mesa.

– É inaceitável – a lupina está dizendo à professora Volya, com a voz cheia de arrogância soberba. – Por que não posso ser parceira do meu irmão?

Os olhos pretos como carvão da professora Volya estão lançando um olhar ameaçador para ela, e tenho certeza de que esse olhar faria a maioria das pessoas recuar. Ela é muito intimidante, quase uma cabeça mais alta do que os lupinos e de constituição sólida e forte. Seus numerosos piercings e rosto cheio de runas só potencializam o efeito.

– Diana – diz ela, com os dentes cerrados –, você e seu irmão não se *integrarão* aqui se apenas falarem um com o outro.

Diana leva uma mão ao quadril, joga os cabelos loiros brilhantes sobre o ombro e ergue o queixo.

– E se ele for a única pessoa aqui com quem vale a pena falar?

A professora se empertiga até sua altura total e paira sobre Diana.

– Srta. Ulrich, esta é *a minha* classe, e vou executá-la como achar melhor. – Ela pega os papéis com seu assistente elfhollen e os analisa, sua boca forma uma linha constrita e implacável. – Muito bem – anuncia ela –, nossos números são reduzidos, o que nos permitirá avançar mais rápido. – Ela encara os lupinos. – Diana Ulrich – diz ela, em um tom profundo que não admite argumentos. – Sua parceira de pesquisa será a maga Elloren Gardner; e Jarod Ulrich, você fará parceria com a maga Aislinn Greer.

Os olhos de Aislinn se arregalam, o terror óbvio ofusca meu próprio choque. Ela abre a boca para dizer alguma coisa, mas parece incapaz de falar. Em vez disso, fica imóvel feito uma pedra, boquiaberta enquanto o elfhollen aponta para o par de mesas adjacentes na fileira de trás.

Os olhos ferozes de Jarod Ulrich observam Aislinn com muita atenção, sua expressão é ilegível, e acho que vejo suas narinas dilataram. Fico alarmada, mas, ao mesmo tempo, lembro-me de como ele foi gentil, de como me ajudou quando Fallon me fez tropeçar.

Vou para a mesa designada, olhares de pena me seguem durante o trajeto. Diana se joga no banquinho ao meu lado com uma bufada irritada, como alguém forçado a entreter tolos. Observo Aislinn enquanto Jarod se acomoda ao lado dela. A garota ficou rígida de tensão.

A professora Volya abre um escrito imenso e começa a ler.

Observando-o de soslaio, vejo Jarod olhar para Aislinn de vez em quando, com a testa ligeiramente franzida. Ela continua olhando para a frente, com as mãos tão apertadas que os dedos ficam esbranquiçados.

Formar dupla com um macho lupino. Isso não é bom.

Eu me volto para a minha parceira. Ela está encarando a professora, com o rosto contorcido em irritação.

A garota é arrogante. Mas o irmão dela foi gentil comigo. Talvez esses lupinos não sejam tão ruins quanto parecem ser. Não é ideal ser forçada a se unir assim, mas talvez faça sentido tirar o melhor de uma situação ruim e tentar nos entender.

– Sou Elloren Gardner – sussurro para Diana, estendendo a mão para ela, ansiosa para concluir as apresentações constrangedoras.

Ela se vira para mim, parecendo afrontada, então olha para a minha mão estendida com curiosidade, como se não soubesse muito bem o que fazer com ela. Orgulhosa, a garota joga o cabelo sobre um ombro e se levanta para me encarar, sua cadeira solta um rangido alto ao se arrastar pelo chão quando ela faz isso. Diana pigarreia, cheia de cerimônia.

– Eu sou Diana Ulrich da Alcateia Gerwulf – anuncia ela, bem alto. – Filha do alfa, Gunther Ulrich, e de sua esposa, a curandeira Daciana Ulrich, e irmã de Jarod Ulrich e de Kendra Ulrich, neta paterna de…

A professora Volya para de dar a aula, uma longa sobrancelha preta erguida em surpresa. Quero rastejar para debaixo da mesa. Diana Ulrich continua falando por três gerações, como uma rainha recitando sua nobre linhagem, até que o irmão a interrompe, com a voz baixa.

– Diana.

Ela se vira para olhar para ele, irritada com a interrupção.

– *O quê?*

– Eles não fazem isso aqui.

– Isso *o quê*?

– Estabelecer a ancestralidade como uma saudação.

Ela pisca para ele.

– Por que não? – diz ela, por fim, obviamente chocada.

– Não é costume deles.

Ela cruza os braços e bufa para ele.

– Além do que... – sussurra ele, apontando para a frente da sala onde a professora Volya está ameaçadoramente quieta, como se estivesse contemplando a maneira mais rápida de assassinar Diana. – Creio que devemos prestar atenção agora.

– Por quê? – pergunta Diana, feito uma criança mimada.

– Porque – diz ele, erguendo as sobrancelhas para ela, de modo significativo – a aula *começou*.

Diana franze a testa para a professora Volya e depois para os outros antes de enfim se sentar em sua cadeira ao meu lado. A professora dispara mais um olhar severo antes de se concentrar no resto de nós e retomar sua aula sobre técnicas de destilação.

Fico surpresa quando Diana se vira para mim e começa a sussurrar:

– Eu já li esse livro – reclama ela, com voz estridente. – Eu não preciso ouvi-la repetir. É uma perda do meu tempo!

Não sei o que dizer. Além disso, é tão difícil resistir a olhar para seus olhos âmbar ofuscantes. A cor é hipnotizante.

– A floresta está linda hoje, não está? – diz ela, melancólica, olhando para a fileira de janelas e para as árvores de pontas alaranjadas e douradas além. Ela suspira, saudosa. – Eu amo o cheiro das árvores nessa época do ano. E as folhas secas, tão doces. Eu gostaria de poder estar lá fora agora. Um dia tão bom para a caça. Você caça, Elloren Gardner?

– Não – respondo, ainda tentando absorver o fato de que tenho uma metamorfa lobo como parceira de pesquisa. – Mas meu irmão mais velho, Rafe, sim.

– Ele caça? – pergunta ela, parecendo curiosa.

– Ele é um excelente arqueiro – sussurro. – Você tem um arco?

Diana ri, um pouco alto demais, fazendo a professora lhe lançar um olhar rápido e irritado.

– Não preciso de um arco – diz ela, sorrindo com incredulidade.

– Com o que você caça, então? – pergunto.

Ela fixa seus olhos âmbar selvagens em mim.

– Com os meus dentes. – Ela abre um sorriso largo, exibindo caninos longos, brancos e brilhantes. Os pelos da minha nuca se eriçam em alarme.

– Ah – digo, engolindo com nervosismo. – Você quer dizer quando você se transforma em lobo?

– Não necessariamente – diz ela, ainda com o sorriso perigoso.

Santo Ancião nos Céus.

Engulo em seco e me viro para a frente da sala.

CAPÍTULO QUINZE

TIERNEY CALIX

Ofegante, entro na área principal de ensino do salão da Guilda dos Boticários, tendo corrido até aqui desde a sala de Chímica. Para minha consternação, as mesas de madeira que enchem a longa sala de teto baixo já estão povoadas por pares de jovens mulheres que trabalham duro cortando e amassando ingredientes, o assobio das destilações a vapor e o baixo gorgolejo do líquido fervente se dissipa no ar.

Lembra vagamente o laboratório de Chímica, com as paredes e mesas cobertas por jarras de vidro, tubos de ensaio e retortas de destilação. Mas aqui os cheiros frágeis e sulfurosos não dominam o lugar. Em vez disso, há um aroma de terra que parece abranger tudo, profundamente enraizado no reino da floresta. Os recipientes ao meu redor estão abastecidos com ervas e flores secas, casca em pó e madeira. Minha apreensão é temperada quando absorvo os aromas ricos, separando-os um a um em minha mente: seiva de pinheiro, cinzas de bétula, aparas de cedro. Ervas em maço também pendem do teto. Respiro fundo, detectando folhas de urtiga, sarraceno e cereja-negra.

Algo dentro de mim se encaixa, o contentamento toma conta. Infelizmente, o sentimento dura pouco, pois chamo a atenção de uma jovem de aparência furiosa que dispara na minha direção.

– Você está *atrasada* – ela me repreende, com raiva, e entro em pânico ao ver o pingente de ouro de aprendiz líder pendurado em seu colar. Duas acadêmicas em pé em uma mesa próxima espelham seu olhar desdenhoso. Garotas da sociedade, todas as três, usando sedas finamente bordadas sob os longos jalecos pretos.

– Sinto muito. Houve uma situação… com um lupino…

Um murmúrio baixo e alarmado irrompe pela sala, as mulheres param para olhar por cima do que estão fazendo. Não há acadêmicos kélticos aqui, nem elfos ou elfhollen. As mulheres gardnerianas dominam o mercado de boticários, especialmente as com um pouco de arte maga.

– Não *importa* – retruca a aprendiz, interrompendo minha explicação. – Não importa se há um *exército* de lupinos atrás de você. A maga Lorel da Guilda espera que você seja pontual. Como punição, você ficará depois da aula e limpará todas as retortas. – Seus olhos se voltam para mim, ígneos. Há algo vagamente familiar neles.

Uma sensação nauseante e vertiginosa me puxa para baixo. Essa sensação é nova. *Desespero.* Agora que tio Edwin está doente, eu *preciso* desse ofício. E preciso que a aprendiz líder goste de mim.

– Sim, maga... – Folheio meus papéis, procurando o título dela. – Maga...

– *Bane* – diz ela, com ênfase desagradável. – Gesine *Bane.*

A sensação de vertigem me puxa mais fundo, enfraquecendo minha voz quando noto a varinha pendurada em sua cintura.

– Você é parente de...

– Sou prima de Fallon. – Ela abre um sorriso rápido e instável. – Somos *bem* próximas.

Todas as cabeças se viram quando a porta do laboratório se abre e nossa professora entra, o punhado de sussurros é sufocado. Gesine logo assume uma postura estudiosa e deferente.

Nossa professora, a maga Eluthra Lorel, da guilda, solta, com um baque, sua alta pilha de escritos de botânica bem surrados, depois olha para alguns papéis que Gesine lhe estende. Ela usa trajes conservadores sob o manto professoral aberto, uma esfera da Therria pendurada em uma corrente de prata, junto a um pingente de ouro da mestre da Guilda dos Boticários e óculos finos e prateados postos em um nariz finamente esculpido.

– Maga Gardner – diz ela, ao ler os papéis, parando para me reconhecer com um rápido olhar e aceno de cabeça. – É um prazer ter você conosco.

Não há prazer na declaração. Só formalidade fria. Ela se vira para Gesine, com um leve indício de reprovação no olhar. – Por que a maga Gardner não está trabalhando no elixir para coqueluche?

– Eu estava atrasada, maga da guilda – digo, e explico rapidamente o que aconteceu e que precisei ficar até tarde para convencer minha professora de Chímica a colocar uma Aislinn Greer traumatizada com um parceiro de pesquisa gardneriano em vez de um lupino.

O maxilar da professora Lorel se contrai.

– Não tolero atrasos, maga Gardner – dispara ela, depois balança a cabeça como se reconsiderasse. – Mas você *estava* ajudando uma colega gardneriana a evitar uma situação potencialmente perigosa. O que é louvável. Então, vou ignorar o seu atraso. *Desta vez.*

– Obrigada, maga da guilda Lorel.

Ela volta a olhar seus papéis.

– Você lerá os capítulos um a três do seu livro de Boticarium esta noite, maga Gardner, e se preparar para apresentá-los amanhã.

Meu estômago despenca até o chão.

– Apresentar?

Tudo fica em silêncio. A maga da guilda Lorel levanta a cabeça devagar, seu olhar fica pétreo. Quando ela fala, sua voz é suave e uniforme.

– Você recitará cada medicamento dos três primeiros capítulos: origens, usos e cultivos. Amanhã de manhã. De memória.

Eu engulo com desconforto quando toda a esperança vai embora.

– Sim, maga da guilda Lorel.

Ela acena de leve para a aprendiz líder.

– Gesine, coloque-a com uma parceira.

Nossa professora começa a aula enquanto sigo Gesine em direção ao fundo da sala.

– Aqui – diz Gesine, com um movimento de mão como se me jogasse em direção a uma lixeira. – Com Tierney Calix. Estamos organizadas por nível de varinha. – Ela me lança outro sorriso rápido e desdenhoso. – As sem poderes nos fundos. – Então dá meia-volta e recua até a frente da sala.

Várias moças se revezam olhando para mim, algumas com evidente antipatia, outras com preocupação cautelosa. Há algumas zombarias desagradáveis, e meu coração afunda como uma pedra. Esta aula está fadada a ser uma tortura tendo a prima de Fallon como aprendiz líder.

Ando em torno de um labirinto de mesas até a parte de trás do laboratório, conscientemente envergonhada da minha falta de poder. Na sociedade gardneriana geral, meu nível de varinha é comum, mas não aqui. Estas são as melhores das melhores acadêmicas de boticário.

A maioria das mulheres ostenta faixas de prata de estilo militar presas em torno do braço; quase todas elas de nível dois.

Minha parceira de laboratório aparece.

Ela está encolhida sobre seus preparos, e me sobressalto ao vê-la.

Tierney Calix é, de longe, a garota gardneriana mais feia que já vi na vida. Fina como uma vara, seu rosto é afiado, o nariz irregular é um gancho, o cabelo liso é oleoso e está despenteado. E ela parece corcunda, com as costas torcidas para o lado, prendendo-a a uma postura estranha e implacável. Como uma aranha protegendo seu covil, ela parece se encolher ao me ver, curvando-se sobre seu preparo de forma protetora enquanto me olha com ressentimento.

Solto minha bolsa de livros e forço um olá superficial conforme me adapto à sua aparência desagradável. Ela me ignora e se volta para o equipamento sobre a mesa, como se ele pudesse formar uma parede entre nós. Seu livro está aberto na fórmula do elixir para coqueluche; seu rosto, apertado de tensão, como se desejasse que eu fosse embora. Ela não faz menção nenhuma de abrir espaço para mim na mesa.

Sento-me perto da beirada e empurro meu violino lá para baixo. Pego meu livro de Boticarium e abro na página correta no que a raiva acende.

– Você também é amiga da Fallon? – desafio-a, em um sussurro constrito. No mesmo instante me arrependo do meu tom fraco e petulante.

Ela olha feio para mim quando começa a ordenhar sem esforço o líquido de uma pilha de grandes bagas-de-vidro com dedos ágeis.

– Sou companheira de alojamento dela.

– Ah, que maravilha – digo, a contragosto. Pego algumas bagas e uma tigela de cerâmica, empurro seu escrito para abrir espaço para mim e tento imitar sua ordenha hábil. Minha tigela logo é preenchida com um purê inútil e grosseiro.

Olho com inveja para a habilidade de Tierney, sua tigela já está coberta com xarope brilhoso, a polpa da baga cuidadosamente descartada para o lado. Estava claro que ela já tinha feito aquilo. Desanimada, olho ao redor da sala. Muitas das moças estão com a varinha empunhada e parecem extrair o líquido com feitiços.

Com um bufo, abro meu livro para buscar orientação e na mesma hora fico desanimada com a complexidade do preparo. Fica claro que a maga da guilda Lorel acredita em nos forçar a aprender fazendo, o elixir envolve uma maceração de água fria, uma destilação complicada e uma decocção envolvendo oito ingredientes diferentes em pó. A *coqueluche negri* é uma doença desagradável que aflige principalmente bebês e muitas vezes é fatal. É chamada de tosse negra por causa do escarro escuro que produz, e o elixir que estamos preparando hoje é sua única cura conhecida.

Eu pego um pouco de casca de arbusto de cominho-negro e sinto o formigamento familiar em meus dedos; galhos negros e sinuosos agraciados com folhas de um roxo profundo se espalham em direção ao fundo da minha mente. Pode ser calmante, essa árvore, sua seiva rica escorre lenta como melaço quente.

Instintivamente consciente de seu grão, corto o cominho-negro em tiras e começo a esmagar cada um até formar um pó fino e escuro. Tierney olha para o meu trabalho e noto que ela dá uma segunda olhadela. Percebo que o dela está mal preparado, cheio de grumos e manchado com fios de goma da casca.

Tierney pega meu pó fino e o despeja em uma panela de água que ela pôs para ferver. Em seguida, derrama seu líquido de bagas na primeira de uma série de retortas bulbosas. Ansiosa para acompanhá-la, acendo a chama abaixo da primeira retorta, lutando com sua intensidade quando o suco de bagas começa a ferver de forma desigual.

– Sei sobre você e Lukas Grey – diz Tierney, ao mexer a poção, observando a água agitada ficar roxo profundo. O cheiro de ameixas quentes e maduras enche o ar.

– Não é de surpreender, se você mora com Fallon – retruco, ao sacudir a chama de destilação, cada vez mais frustrada por tudo, batendo no aquecedor quando não consigo fazer o vapor fluir na direção certa.

Tierney o pega de mim, eleva a chama e o posiciona sem esforço no local certo. Um jato forte e constante de vapor explode através de toda a série de retortas.

Eu me inclino para trás, derrotada. Não adianta. Todas na sala são mais avançadas que eu. A maioria tem a vantagem da magia à sua disposição, e todas parecem ser amigas ou ter medo de Fallon Bane.

Sento-me ali, desmoralizada, observando Tierney trabalhar.

– Espero que você se lace a Lukas – diz Tierney, ao mexer o líquido roxo, ajustando a intensidade da chama uma fração. Ela fala tão baixo que tenho certeza de que não ouvi direito.

Eu me inclino em direção a ela, desconcertada.

– Desculpe. O que você disse?

Tierney mede um pouco de óleo de cardo e o adiciona ao líquido, o roxo profundo logo se transforma em índigo e espalha um aroma azedo e cítrico como limão.

– Espero que Fallon veja vocês dois juntos – sussurra, mexendo a mistura –, e espero que isso rasgue qualquer resto de coração que já houve no corpo vil dela.

Pisco para ela, atordoada e sem palavras.

Ela me ignora e continua trabalhando, metódica e eficiente, medindo ingredientes e monitorando as chamas.

– Não cheguei a me apresentar adequadamente, e foi rude da minha parte – digo a ela, estendendo a mão, sentindo-me atordoada pela surpresa. – Sou Elloren Gardner. O que, é claro, você já sabe.

Ela me olha de relance, incrédula. Tierney não pega minha mão, mas me dá uma fração de espaço, como se decidisse compartilhar uma borda de sua teia, afinal de contas.

– Você prepara os pós – diz, a contragosto. – Vou ficar de olho na destilação.

Começo a trabalhar, moendo raiz de bardana com um pilão de pedra, rapidamente e sem esforço, transformando-o em um pó fino.

Depois que a aula termina, fico para trás, limpando as retortas de vidro com uma escova de arame fino, minhas mãos doloridas logo se cobrem de resíduos oleosos. Meu estômago ronca e se retorce, aumentando os grossos nós de tensão já existentes, o cansaço começa a me arrastar para baixo. Nunca dormi tão pouco, o que está me deixando frágil e irritadiça.

Olho para cima quando um frasquinho de rolha lacrado a cera é deslizado na minha frente.

– Linimento de hidraste – diz Tierney, apontando para o frasco e depois para sua bochecha encovada, fazendo careta. – Vai limpar os hematomas em seu rosto.

Pisco para ela, surpresa.

– Obrigada.

Ela solta uma risada, seu rosto comum se contorce em uma carranca medonha.

– Não é porque eu *gosto* de você – zomba. – Só quero que você fique *bonita*. Mais bonita que *ela*. – A expressão de Tierney fica mais sombria. – Quero que ela perca. Eu a *odeio*. E quero que *você* fique com Lukas Grey.

CAPÍTULO DEZESSEIS

FRAGMENTOS DE GELO

Depois de terminar a limpeza no laboratório, saio com uma caixinha de frascos enfiados debaixo do braço, cumprindo as ordens da aprendiz líder para entregá-los à enfermaria da universidade.

Quando me aproximo do salão da Guilda dos Médicos, desacelero, encontrando-me fascinada pela visão do observatório abobadado do salão da Guilda de Astronomia. Tomo consciência de que aqui, na universidade, posso ter a chance de ver a lua e as constelações de perto. É o suficiente para elevar meu espírito combalido.

Olho para a caixinha de frascos e de volta para a cúpula, tomando uma decisão repentina.

Que mal pode fazer dar uma olhadinha?

O teto do observatório é adornado com uma representação das principais constelações, destacada por um azul que espirala de modo tão dramático que quase me dá vertigem; é de tirar o fôlego. O chão é marcado com uma rosa dos ventos gigante e telescópios uniformemente espaçados em frente a enormes janelas em arco cercam a sala deserta. Uma vista panorâmica das Espinhas do Norte e do Sul iluminadas de dourado pelo sol poente me deixam embasbacada.

Um tremor animado me atravessa quando passo a mão ao longo do comprimento de um dos instrumentos lisos de laca preta. Minha euforia logo é interrompida quando Fallon Bane entra no observatório, ladeada por quatro aprendizes militares gardnerianos e, atrás deles, sua guarda militar.

A bravata antes imaginada é esquecida na mesma hora, e me encolho atrás do telescópio, com o coração acelerando, rezando para que Fallon não me veja.

– Não posso acreditar que fizeram você se alojar com a cadela lupina – declara um aprendiz de nariz fino, enquanto Fallon reivindica o telescópio seguinte.

– Ela não ficará aqui por muito tempo. – Fallon se senta do peitoril da janela, a varinha de ébano brilha em sua cintura. – Ela é fácil de ser provocada.

– É a sua intenção, então? Provocar a garota? – O jovem parece se divertir com a ousadia de Fallon.

– Gosto de provocar qualquer um que não pertença a aqui. – Fallon olha para as unhas de uma mão, como se estivesse entediada. – Cadelas lupinas, elfos serpentes… – Ela olha direto para mim.

Por reflexo, eu me encolho ainda mais atrás do telescópio.

A boca de Fallon se ergue em um sorriso perverso.

– Ora, ora se não é a *maga* Elloren Gardner.

Eu me forço a me erguer, lutando para não ser intimidada por ela.

– Está gostando das novas companheiras de quarto? – zomba Fallon.

A raiva explode dentro de mim.

– Não tanto quanto estou gostando de passar tempo com Lukas Grey – respondo, séria, surpreendendo-me com minha audácia… E minha incrível estupidez.

Os jovens que cercam Fallon ficam quietos e de olhos arregalados.

Há um lampejo de raiva assassina em seus olhos, mas Fallon logo se recompõe. Ela fareja o ar e enruga o nariz bonito.

– Você está com um cheiro *tenebroso* – ela me diz, com um sorriso zombeteiro. – Igual ao de um icaral.

Os jovens dão risadinhas, uma gargalhada estoura do aprendiz de nariz fino. Um dos outros aprendizes faz careta e agita o ar na frente do rosto, incitando mais risadas.

Inalo discretamente e percebo que Fallon está certa. O mau odor de Ariel se agarra à minha roupa.

Não só tenho que viver com icarais, agora cheiro como elas também.

Meu rosto esquenta quando Fallon se deleita com minha humilhação e meu temperamento se inflama, tornando-me imprudente.

– Bem, pelo menos meu fedor é uma situação temporária, ao contrário do desinteresse de Lukas por você.

Ela me encara ao tossir uma risada atordoada; a mão segura a varinha.

Idiota. Idiota. Idiota. Meu coração martela. *Você perdeu a cabeça?*

A garota se volta para os companheiros.

– Ela é *bocuda*, não é? – E me fixa com o olhar. Seus olhos lampejam para os rapazes e depois de volta para mim. – Ela daria uma bela escultura de gelo, vocês não acham? – Um veneno rançoso está se infiltrando nas bordas de seu tom. – Resolveria tanto a questão do fedor quanto o da… *boca*.

Irritada, olho de volta para ela.

– É contra a lei gardneriana ameaçar outro mago com magia.

Ela cospe uma risada zombeteira.

– Ah, você *mal* é uma maga. – Ela me olha com nojo. – Nível um, não é? Sua família deve estar *muito* orgulhosa. – Ela está sorrindo jovialmente, mas a raiva descontrolada em seus olhos dispara um calafrio pela minha coluna.

Estou começando a me perguntar se minha constante privação de sono está comprometendo meu julgamento. Uma nível um batendo boca com uma nível cinco. Que tem dois irmãos de nível cinco.

Muito inteligente, Elloren.

Fallon dá as costas para mim, concentrando-se de novo nos jovens que disputam sua atenção. Os acadêmicos começam a entrar, seguidos pelo professor gardneriano de barba comprida, e aproveito para fugir.

Desço correndo as escadas e atravesso os corredores escuros do prédio.

Na minha pressa, tomo a direção errada e me vejo perdida e desorientada em uma parte deserta do prédio, há pinturas do céu noturno nas paredes escuras iluminadas pela luz de tochas. Ouço vozes dobrando no corredor à frente, e começo a ir naquela direção.

O chão abaixo de mim de repente fica incrivelmente liso, meus pés derrapando até que perco todo o equilíbrio. Caio para a frente contra uma parede de pedra, meus livros e papéis se espalham por toda a parte, a caixa de frascos medicinais espatifa no chão em uma chuva de vidro quebrado e odor pungente. Minhas mãos aparam a queda com uma pancada fria, e descubro, para meu espanto, que estou deitada sobre gelo sólido.

Ergo a cabeça e me viro para ver Fallon encostada em uma parede, me olhando com um sorriso satisfeito enquanto ela gira a varinha de ébano entre os dedos hábeis.

– Então, é isso? – cuspo, feito uma tola. – Seus incríveis poderes de nível cinco? Tinta congelada e mil e uma maneiras de fazer as pessoas tropeçarem?

Ela ergue a varinha e murmura algo ininteligível enquanto me observa feito um falcão concentrado em sua presa. Algo translúcido aparece, pairando ao lado de sua cabeça em ambos os lados.

Quatro estacas afiadas de gelo correm em direção ao meu rosto, acertando meu cabelo ao se empalarem na parede de pedra atrás de mim com um barulho perturbador.

Aterrorizada, eu me afasto delas, um pouco do meu cabelo é arrancado do couro cabeludo quando me movo.

Fallon gira a varinha, e os cantos de sua boca se curvam para cima.

– Não precisamos ser inimigas, Elloren.

– Não precisamos? – gemo.

– Claro que não – arrulha ela.

Seu tom desagradável e soberbo acende minha raiva.

– Sabe, Fallon, se você quer ser minha amiga, está fazendo tudo errado. – Eu a encaro. – De onde eu venho, as pessoas geralmente não jogam *punhais de gelo* em quem estão tentando ser amigas.

Seus lábios se torcem com desprezo.

– É simples. Apenas fique longe do Lukas, e ficarei longe de você. Entendido?

Sua bruxa cruel e tirana.

Tusso um som de incredulidade e balanço a cabeça para ela, a raiva queima forte no meu pescoço.

–Você deveria estar me agradecendo, sabia?

– É mesmo – ela cospe. – Por quê?

Consigo me equilibrar e me levanto.

– Sem mim em sua mente, Lukas poderia não se distrair o suficiente para te ver como você realmente é. E acho podemos dizer que isso te tornaria um pouco menos atraente. – Eu me endireito e olho dentro de seus olhos. – Como se isso *sequer* fosse possível.

Ela está em cima de mim em um piscar de olhos, a varinha vai para o meu pescoço, e inspiro curtamente, pressionada ali, contra a parede de pedra.

– Jogue este jogo comigo, Gardner – ela fervilha. –Veja como ele termina para você.

O eco dos passos soa nas escadas e no corredor, vindo em nossa direção. Fallon me abre um sorriso sombrio e tira a varinha do meu pescoço.

Sua guarda militar para ao me ver em pé em uma grande poça, com frascos quebrados e livros espalhados por todo o chão molhado.

– Ah, não – murmura Fallon, balançando a cabeça com um suspiro enquanto olha para os frascos. – A mestre da guilda Lorel não vai ficar nada feliz com a sua falta de jeito. Espere só até ela ficar sabendo. – A garota me olha com falsa preocupação. –Acho que você vai querer limpar essa bagunça.

Ela me lança um último sorriso maligno antes de se virar e ir embora.

CAPÍTULO DEZESSETE

SOBRE VIOLINOS

Está escuro quando termino meus afazeres na cozinha, e fico feliz por sair, desgastada pelo trabalho e por suportar o silêncio hostil e a polidez forçada dos outros empregados. Vou direto aos arquivos para completar minhas tarefas e me debruço sobre os textos do Boticarium por várias horas, desanimada à medida que formulações complicadas se recusam a fixar na minha cabeça cansada.

Exausta, me arrasto em direção ao lugar em que Rafe, Gareth e Trystan estão alojados. Gareth só ficará com eles até o final da semana, quando viajará de volta para Valgard com os outros aprendizes marítimos, e de lá para o mar.

O alojamento dos meus irmãos é um longo edifício de madeira e pedra com várias chaminés que soltam fumaça perfumada de bordo-do-rio para o ar frio da noite.

Sou envolvida pelo calor ao entrar. Tapeçarias adornam as paredes de uma acolhedora área comum que abriga uma lareira crepitante, vários bancos e uma variedade de cadeiras. O piso é de madeira em vez de pedra, e é calmante para os meus pés cansados. Os acadêmicos homens, a maioria deles gardnerianos, se misturam enquanto conversam, comem e estudam. Sinto uma pontada de inveja.

Você poderia estar vivendo em um lugar agradável assim, quase consigo ouvir minha tia dizer. *Poderia estar entre os seus, no alojamento mais luxuoso. Se ao menos concordasse em se laçar a Lukas Grey.*

E acabar com uma estaca de gelo na cabeça? Não, obrigada. Paro de pensar em tia Vyvian e abafo a memória dos beijos ardentes de Lukas.

Aproximo-me da mesa do mestre da casa, obtenho permissão para me encontrar com meus irmãos e desço por um corredor escuro. Faço a contagem de portas para chegar no cômodo correto e bato à porta.

Ela se abre, e a surpresa me atinge.

Yvan Guriel paira sobre mim, seus cabelos castanhos desgrenhados escapam em ângulos estranhos, como se ele tivesse passado a mão por eles em irritação muitas vezes.

Posso ver pela sua expressão que ele está bastante surpreso por *me* ver ali.

– O que *você* está fazendo aqui? – exijo saber, lutando para manter a compostura diante de sua hostilidade.

– Eu *moro* aqui – responde ele, cáustico.

Um pouco desestabilizada, mas destemida, tento olhar através dele, para o quarto.

– Onde estão meus irmãos?

Ele não responde, apenas me encara com raiva.

– Bem, se é aqui que meus irmãos estão morando, preciso deixar meu violino – digo, desafiadora, erguendo o estojo do instrumento.

– Seu violino? – zomba, como se eu tivesse dito algo ofensivo.

– Para que as icarais com quem estou sendo forçada a viver não o incendeiem – explico, com voz tensa, tentando ignorar o quão irritantemente bonito ele é.

Ele aperta o maxilar anguloso, e seus intensos olhos verdes queimam nos meus.

– Posso, por favor, deixá-lo aqui? – pergunto, enfim, exasperada.

Relutante, ele abre bem a porta, me lança um olhar de ódio, depois vira as costas para mim, indo em direção a uma ampla mesa iluminada por uma pequena lamparina. Livros grossos de medicina estão abertos sobre a mesa, ao lado do que deve ser um artigo em andamento.

Reconhecendo as coisas de Rafe, deslizo meu violino para debaixo da cama do meu irmão.

– Obrigada pela hospitalidade – digo às costas de Yvan, lançando uma olhada irritada que sei que ele não pode ver. Então saio e bato a porta atrás de mim.

Lukas está encostado em uma árvore, escondido pelas sombras, quando saio do alojamento.

– Você foi forte ontem à noite, consigo ver. – Sua voz é sedosa, suave e cheia de aprovação.

Paro diante dele conforme o susto vai desaparecendo. É difícil reconhecer Lukas no escuro, apenas o punho de metal de sua espada e a borda dourada de seu manto aparecem, iluminados pelo fraco luar. Meus olhos se ajustam e mal consigo distinguir o brilho sutil de sua pele.

– Sim – respondo, séria.

– E? As icarais têm medo de você agora?

– Sim.

– Muito bem. – Ele se afasta da árvore e vem em minha direção.

Dou um passo para trás e ergo as mãos para afastá-lo.

– Ah, não. Eu preciso ficar *bem longe* de você.

Seu sorriso fica mais largo.

– Não, não precisa.

Recuo ainda mais.

– Não, preciso *mesmo*. Ou a Fallon vai me matar.

– Ela não vai te matar. Ela só vai tornar sua vida um inferno. Mas vale a pena, não acha?

Antes que eu possa falar de sua audácia, ele mexe sua varinha, e sou amarrada e puxada direto para os seus braços. As amarras se dissolvem quando ele me abraça e beija meu pescoço. Eu o empurro sem entusiasmo, e ele dá uma risada baixinha. Minha determinação enfraquece, carregada pelo ar fresco da noite.

– Por que ela é tão obcecada por você? – pergunto, sem fôlego.

Ele me abre um sorriso malicioso e sombrio.

– Você precisa perguntar?

Franzo a testa para ele e me afasto um pouco.

– Pensei que as afinidades de vocês entravam em atrito.

Ele inclina a cabeça.

– E entram. É como eu disse: ela acha emocionante; eu acho desanimador.

– E *as nossas* afinidades? – pondero, no que sua mão acaricia a base das minhas costas.

Ele me puxa para mais perto, sua respiração está quente em meu ouvido.

– Todo aquele fogo. E madeira. Combinamos muito bem, não acha?

Minha respiração fica descompassada, e apoio a mão em seu peito. Ele é tão quente.

Lukas sorri e dá um passo para trás, estendendo o braço para mim.

– Para onde você está me levando? – pergunto, com certa cautela, enquanto ele me conduz na direção de onde vim.

– Confie em mim – diz ele. – Quero te mostrar que há mais nesse lugar do que icarais loucas.

Serpenteamos pelas ruas iluminadas por tochas, passando por alojamentos e salões de guildas de artesãos. Por fim paramos diante de um edifício elegante adornado com esculturas impressionantes de madeira, cenas d'*O Livro dos Antigos* enfeitam cada arco e reentrância.

É um museu de arte gardneriana.

O jovem aprendiz militar em serviço fica em posição de sentido quando vê Lukas e lhe entrega um molho de chaves sem questionar.

Entramos no prédio, e Lukas me conduz pelos corredores desertos da exposição, acendendo lamparinas com um toque de sua varinha enquanto caminhamos. Eu o sigo, passando por esculturas e pinturas e entramos em uma sala de exposições circular.

Conforme Lukas ilumina o ambiente, fico maravilhada com os instrumentos em exposição aqui, muitos protegidos sob caixas de vidro grosso. Um piano de cauda fica no centro do salão, coberto de entalhes de árvores e diferentes espécies de pássaros voando sobre os ramos escuros de ébano.

Sou logo atraída por um dos violinos abrigados sob o vidro de proteção.

– Este é um violino Dellorosa – respiro, maravilhada. Eles são os violinos mais caros de toda a Therria. Encantados para estarem perfeitamente afinados, as cordas do arco são feitas da crina dos corcéis de Asteroth; as decorações rodopiantes, forjadas de ouro puro.

Lukas puxa a varinha, murmura um feitiço e aponta para o estojo. Uma fina luz verde ilumina o cadeado antes que ele se abra. Ele levanta a tampa de vidro, puxa a caixa aberta e oferece o violino para mim.

Levanto as mãos para afastá-lo.

– Eu… Eu não posso…

Ele empurra o instrumento mágico em minha direção, insistindo.

– Foi feito para ser tocado, não para ficar preso em uma caixa de vidro.

Cedo e pego o violino, a emoção de fazer algo proibido corre através de mim. Seguro o instrumento requintado como se ele fosse um frágil recém-nascido. Eu me sinto como se tivesse voltado a ser criança e acabado de ganhar o meu presente mais desejado de Yule.

Lukas vai ao piano e acena para que eu o acompanhe.

– O que vamos tocar? – pergunto, em expectativa.

Ele sorri e passa os dedos de leve sobre as teclas brilhantes do piano.

– Você vai reconhecer.

Claro que reconheço. O *Sonho da floresta profunda,* de Filyal.

Todo mundo conhece a música, mas tocada nesses instrumentos, em harmonia um com o outro, ela fica completamente diferente. Foi-se o nervosismo que eu demonstrava na festa da minha tia. Aqui, sozinha com ele, mergulho na música e envolvo a parte do violino em torno da melodia do piano, como se tivéssemos tocado juntos toda a nossa vida. O compasso é um beijo longo e lento, os dedos dele deslizam as notas profundas de sua canção contra a minha. Perco a noção do tempo enquanto tocamos, e o rosto de Lukas está sério no que ele move os dedos hábeis sobre as teclas.

Muito mais tarde, depois que Lukas encerra a última peça e suas mãos descansam sobre os joelhos, eu abaixo o violino e sorrio para ele, que retribui o sorriso, e consigo sentir o calor em seu olhar. Corada, eu me viro e guardo, com cuidado, o instrumento na caixa.

Estou arrumando o arco quando ele chega por trás de mim. Lukas envolve os braços em torno da minha cintura, seu fôlego quente resvala a minha bochecha.

– Foi lindo.

Minhas mãos congelam sobre o arco. Ele começa a acariciar meu pescoço, afastando a mão na minha cintura para puxar meu cabelo para o lado de forma que possa me beijar bem naquele ponto.

É quando eu paro de respirar.

Solto o arco e me viro, com as costas apoiadas no piano.

Ele me envolve com os braços mais uma vez e traz os lábios para os meus. Embalada pela música, deixo-me cair em seu beijo, na piscina profunda e quente de suas carícias. Enquanto ele me beija, um formigamento estranho e delicioso inicia nas solas dos meus pés e dança ao redor dos meus tornozelos. Eu mudo o peso de um pé para o outro, deleitando-me com a sensação no que Lukas me puxa para mais perto. Ele tem um cheiro maravilhoso: como galhos de pinheiro na floresta profunda, quente como o fogo da meia-noite. Suspiro e deixo-me cair mais fundo.

Passo os dedos por seus cabelos. Posso sentir seu sorriso em meus lábios quando deslizo, de levinho, as mãos ao longo do pelo grosso de suas costeletas, da pele macia e nua logo atrás de sua orelha. Lukas geme e me beija com mais ardor.

De repente, a faísca em torno dos meus tornozelos repuxa com força, e a imagem de uma árvore feita de relâmpagos escuros atravessa a minha mente, o poder arqueando vai da sola dos meus pés até as pontas dos dedos da mão em uma onda feroz e ramificada de prazer. Estremeço e exclamo, sufocada pela sensação poderosa.

Afasto-me de Lukas.

– O que foi *isso*? – Suspiro no que um eco escuro pulsa quente no meu ventre, minhas pernas estão trêmulas.

Lukas se agarra a mim, com os olhos cheios de surpresa.

– Eu não sei – diz ele, com a voz grave e embargada. – Nunca senti nada assim antes. – Sua expressão muda do choque para a fome.

Ele se lança em mim, reivindicando minha boca, e empurra o corpo com força contra o meu.

Exalo quando a imagem da árvore arde de volta à vida, galhos sinuosos escuros serpenteiam pelo meu corpo, as mãos dele estão por toda parte.

Mas é demais. Rápido demais. Como ser pega na ressaca do oceano.

Tento me afastar dele, para me afastar do fogo negro, mas ele me aperta com mais força. Arranco a boca da dele.

– Lukas – eu me forço a dizer. – *Pare.* Eu quero ir embora.

Ele recua, apenas por pouco, e me lança um olhar tão feroz que me deixa alarmada.

Meus olhos se lançam nervosos em direção à saída.

Abruptamente, Lukas se afasta, com olhos de predador. Ele ergue as mãos em rendição simulada enquanto a boca se curva em um sorriso lento e sombrio. Ele se curva para mim e estende a mão para eu pegar.

Hesito, desconfiada dele agora. Descontroladamente conflituosa e bastante consciente da minha vulnerabilidade.

Coloco a mão na dele, sem saber o que ele vai fazer. Mas Lukas simplesmente me leva, sem dizer nada, para fora do museu. Passamos pelo jovem guarda e saímos para o ar fresco da noite.

CAPÍTULO DEZOITO
IMPLACÁVEL

Quando volto para a Torre Norte, dois elfos estão esperando por mim no corredor em frente ao meu quarto.

O irmão intimidador de Wynter e o garoto élfico magrelo que estava com ele esta manhã estão encostados no peitoril da janela. Eles se endireitam quando entro, ambos armados com arcos e aljavas bem abastecidas.

– Elloren Gardner – diz o irmão de Wynter, com o rosto sério, suas palavras carregam um sotaque forte. – Eu sou Cael Eirllyn, irmão de Wynter Eirllyn, e este é o meu acólito, Rhys Thorim. – Ele faz uma ligeira e relutante mesura antes de continuar: – Preciso falar com você.

Meu coração acelera.

– Você precisa ir embora – insisto, ao olhar com nervosismo para a porta às minhas costas. – Não é apropriado que você esteja aqui.

Cael não faz menção de obedecer.

– Minha irmã me contou sobre as ameaças que você fez contra ela – diz ele, dando um passo à frente. – Eu vim aqui para pedir respeitosamente que você a deixe em paz.

Ele deve estar de brincadeira.

– Talvez as icarais devam evitar atacar e abusar das pessoas se quiserem ser deixadas em paz – retruco, ao apontar um dedo acusador para o nosso quarto.

Seus olhos se arregalam, incrédulos.

– Minha irmã? Ela te atacou? Wynter nunca atacou ninguém em toda a sua vida. Na verdade, eu nunca a ouvi proferir sequer uma palavra indelicada, mesmo contra aqueles que a trataram mal.

Fico tensa com a injustiça da situação.

– Ariel Haven me atacou na minha primeira noite aqui – respondo. – Passei a noite encolhida em um armário, pensando que estava prestes a ser *morta*, e sua irmã não levantou *um dedo sequer* para detê-la.

– Minha irmã… – Cael tenta de novo, suavizando o tom, o que parece ser um grande esforço. – Se você a conhecesse… ela é decente e boa.

Os *deargdul*, ou os icarais, como vocês os conhecem, são tão desprezados pelos elfos quanto pelos gardnerianos. Nosso livro sagrado, *O Elliontorin*, fala sobre o mal dos alados demoníacos. Muitos de nosso povo desejam exilar minha irmã para sempre. Alguns gostariam de vê-la aprisionada... ou pior. Ela está aqui porque não tem para onde ir. Se criar problemas para ela, se decidir espalhar mentiras sobre ela, ninguém vai ficar do lado dela, exceto eu e Rhys Thorim.

Hesito, momentaneamente em conflito. Mas então me lembro onde a fraqueza me deixou. Eu não posso me dar ao luxo de ser fraca.

Domina, ou ser dominada. Quase posso ouvir Lukas sussurrando em meu ouvido.

Reúno minha determinação.

– Bem, isso me coloca em uma posição muito conveniente, não acha?

Cael endurece, e a raiva brilha em seus olhos.

– Eu deveria ter sabido que não deveria esperar compaixão de uma gardneriana.

Meu sangue ferve com suas palavras.

– Você deveria ter sabido que eu não me deitaria e fingiria de morta quando sou abusada por icarais!

Cael está claramente furioso, mas os olhos de Rhys se enchem de uma dor tão crua que me fazem parar.

– Você deixou seus sentimentos bem claros, Elloren Gardner – diz Cael, com fria formalidade. – Não vamos ocupar mais o seu tempo. Passar bem.

Ele me lança uma mesura apressada, e ambos os elfos partem.

– Por que tem uma galinha neste quarto? – exclamo, ao entrar no meu alojamento imundo.

Uma galinha corre ao redor do cômodo, alpiste está espalhado em uma pilha bagunçada, excrementos pontilham o chão.

Ariel olha para mim com um olhar de ódio fervente, pega a galinha e a abraça protetoramente junto ao seu peito.

– Tire a galinha daqui agora! – exijo.

Ariel se levanta de supetão, com a galinha nos braços.

– Não! Se chegar perto de Faiga, Bruxa Negra, vou incendiar tudo que você tem!

– Ela tem um *nome*? Você *deu um nome* para a galinha? Você roubou do galinheiro do refeitório, não foi? – Dou um passo ameaçador em direção a ela.

– Estou avisando, gardneriana! Afaste-se da minha galinha, ou sua cama vai pegar fogo!

– Vá em frente, experimente – eu a desafio. – Você será expulsa!

Ariel caminha em minha direção, ameaçadora.

– Serei expulsa se eu atear fogo em *você* – ela se enfurece –, não nas suas coisas! – Um sorriso lento e maligno se forma em seu rosto. – E acredite em mim, Bruxa Negra, é só isso que me impede de incendiá-la.

Sei que devo continuar a brigar, para manter a vantagem, não importa quais ameaças eu tenha que fazer. Mas de repente me sinto esmagadoramente cansada e abatida.

– Que seja! – cedo, disparando um olhar de nojo para ela. – Fique com sua galinha estúpida. Este quarto não poderia ficar mais nojento de qualquer jeito. É como viver em um celeiro.

– Com uma porca gardneriana! – rosna Ariel.

– Cala a boca, *icaral*.

Wynter estremece com a palavra, seus olhos arregalados e prateados agora espreitam por cima de suas asas. A vergonha me ataca quando a vejo se acovardar, mas a raiva e o cansaço se sobrepõem à minha consciência.

Vou encontrar uma maneira de derrubar Ariel. Tudo o que preciso é de algumas boas noites de sono.

Sou acordada no meio da noite por um canto. Abro os olhos apenas o suficiente para ver.

É Ariel.

Ela está sentada em sua cama, cantando baixinho para a galinha e murmurando algo para o animal. Foi-se o seu habitual olhar maligno de olhos semicerrados. Todo o seu rosto está suave, como o de uma criança. A galinha a olhando de volta, fazendo um som contente e espaçado, quase como se estivesse murmurando para ela.

É uma cena estranhamente cálida, e me faz sentir inquieta e um pouco envergonhada por testemunhar aquilo.

Wynter está sentada ao pé da cama, com um grande pedaço de pergaminho branco colocado em uma fina tábua de madeira em sua frente. Ela está desenhando Ariel e a galinha, suas finas asas pretas estão dobradas ordenadamente às costas. A menina tem uma pena branca brilhante na mão e a segura em ângulos enquanto trabalha. O desenho é estranhamente bonito, a ferramenta de arte incomum não só capaz de desenhar em várias cores, mas também de capturar a luz do fogo para que ela realmente cintile na página. Lembro-me de Lukas mencionar que Wynter é artista.

Pare, eu me advirto.

Eu me forço a lembrar do terror da minha primeira noite aqui, como Ariel me atacou, como me encolhi no armário, como Wynter nunca tentou detê-la. Como os icarais em Valgard quase me mataram.

Eu empurro todos os meus pensamentos para longe e volto a dormir.

⋆

Ela vem a mim novamente em um sonho naquela noite.

A selkie.

Ela está me seguindo na floresta, tentando acompanhar meu ritmo implacável. As folhas de outono estalam sob meus pés a cada passo.

Eu pareço a Bruxa Negra, meu manto longo e elegante ondula às minhas costas.

A selkie está tentando, desesperadamente, me dizer algo em uma língua que não entendo, que não tenho interesse de entender. Ela corre ao meu lado, apenas para cair de novo quando me recuso a desacelerar para ela, me recuso a reconhecê-la, vendo-a apenas como um lampejo que aparece e desaparece da minha visão periférica. Ignoro quando ela tropeça e cai para trás mais uma vez.

À medida que o sonho se desvanece para o preto, fico com uma sensação desconfortável de que, ao me recusar a desacelerar e olhar para ela, *realmente* olhar para ela, estou perdendo alguma coisa.

Algo de vital importância.

CAPÍTULO DEZENOVE
DECADÊNCIA

Meu mundo decai para uma provação cada vez pior de trabalho sem fim, privação extrema de sono e maltrato implacável.

Fallon congela minha tinta a cada aula de Metallurgia, então começo a usar alguns lápis afiados. Eu os esqueço um dia, e Curran Dell, com bastante discrição, desliza um para mim com um olhar furtivo de simpatia, sua aversão a Fallon Bane disfarçada, mas palpável.

Incapaz de me impedir de tomar notas, Fallon logo decide parar de congelar meus tinteiros. Em vez disso, ela congela minha cadeira no chão, então tenho que lutar para sair da carteira; ela congela a parte de trás da minha capa na cadeira e sempre apaga as chamas que eu acendo para meus experimentos de laboratório. Ela mantém a intimidação sutil o suficiente para que nosso professor não perceba, e não há absolutamente nada que eu possa fazer.

E ela sorri o tempo todo, como se fosse um jogo muito divertido.

A carga de trabalho de um aprendiz de boticário comum é impressionante por si só, com incontáveis horas de memorização mecânica e preparação de medicamentos. *Eu* tenho o fardo adicional de trabalhar na cozinha hostil, suportando o brilho dos olhos verdes de Yvan Guriel, bem como as tarefas extras que a prima de Fallon não para de me passar.

– Vou ficar longe de Lukas – digo a Gesine uma tarde, enquanto ela me observa esfregar frascos incrustados de carvão.

Ela olha por cima de seus papéis, nada impressionada, e estreita os olhos para mim.

– Bem, teremos que te manter ocupada, para termos certeza absoluta disso.

*

Além de todo o resto, continua sendo uma provação conviver com as icarais que dividem o alojamento comigo.

Todas as noites Ariel paira de maneira protetora sobre a sua galinha. Se eu sequer me aproximar do animal, ela grita algo ininteligível sobre gaiolas e atear fogo em mim. Debaixo da cama, ela guarda um estoque de frutinhas pretas malcheirosas. Eu nunca as vi, e guardo na cabeça para descobrir o que são assim que tiver tempo. Ariel as mastiga por horas a fio, ao encarar o teto, apática. Em outras ocasiões, ela parece se perder estudando calhamaços que falam da criação de animais, a maioria deles detalhando como cuidar de aves.

Wynter continua sendo um fantasma inquietante, muitas vezes empoleirada no parapeito da janela, escondida em suas asas. Ela nunca diz uma palavra na minha presença, e começo a me perguntar se algum dia ela falará comigo.

Elas não parecem sentir frio e nunca se preocupam em acender a lareira. Mesmo congelando, evito ir até a lareira imunda, já que está do lado delas do quarto, e não quero provocar a ira de Ariel. Mas à medida que o outono se instala, o cômodo fica cada vez mais frio, e estou ficando sem camadas de roupas de inverno para usar por debaixo da colcha.

Quase todas as noites a selkie de Valgard assombra os meus sonhos, e acordo suando frio, sentindo-me perdida, sozinha e assustada. Em momentos como esses, a única coisa que consegue acalmar o meu coração acelerado é o calor da minha colcha de retalhos e a memória de estar envolta em segurança nos braços da minha mãe.

E a varinha. A varinha branca.

Escondi-a na minha fronha, e sou estranhamente compelida por ela. Tornou-se uma espécie de talismã, minhas mãos são atraídas para ela através do tecido. Inicialmente uma página em branco, a varinha está aos poucos revelando sua madeira de origem para mim. Todas as noites, eu me rendo e deixo a madeira da varinha enviar ramos brancos como a neve para o fundo da minha mente. Eles se desdobram por dentro, suavizando minha preocupação e meu medo, embalando-me enquanto pássaros brancos se aninham no fundo das cavidades secretas da varinha.

E às vezes eu pondero de maneira fantasiosa: e se esta for realmente a varinha branca da lenda?

Chega uma carta da tia Vyvian.

À minha sobrinha,

> *Recebi a sua missiva, e ficou claro para mim que você se encontra em uma situação bastante terrível.*
>
> *Fiz os arranjos para você se mudar para um belo alojamento no Bathe Hall. Haverá um quarto privado esperando por você lá, e só precisará compartilhar a espaçosa área comum com uma tranquila acadêmica gardneriana e uma garota élfica (para cumprir as ridículas regras de integração da universidade).*

Tanto o quarto como a área comum oferecem uma bela vista dos Jardins Centrais de Verpax. Você terá uma camareira, bem como uma área de jantar privada com o menu de sua escolha. É quente e confortável no Bathe Hall; bem diferente da Torre Norte com o inverno se aproximando rapidamente, eu imagino.

Depois que você se mudar, assumirei seu dízimo da universidade, o que lhe aliviará da necessidade de trabalhar nas cozinhas.

Tudo o que você precisa fazer é se lançar a Lukas Grey.

Depois disso, pode deixar este capítulo infeliz e assustador para trás como uma lição dura, mas necessária, das realidades do mundo com que os gardnerianos se deparam. Por favor, não volte a escrever até que essa feliz ocorrência tenha se passado. Uma vez que aconteça, a governanta de alojamento tem instruções para autorizar imediatamente sua mudança de alojamento.

Sua atenciosa tia,
Vyvian

Amasso a carta e a atiro pela janela do corredor da Torre Norte.

Teimosa, decido continuar trilhando o caminho mais difícil, e me mantenho firme.

Certa noite, vejo Lukas com Fallon Bane do lado de fora do refeitório principal, a guarda militar da garota está um pouco mais para trás deles. Sinto uma pontada de ciúmes tão forte que quase largo o cesto de raiz de varfarina que estou carregando.

Não há razão para ciúmes, me repreendo. *Você não tem direito a ele.*

Fallon logo me vê e me lança uma olhadela enquanto analisa minha aparência bagunçada: o cabelo esvoaçante e suado e as mãos manchadas de verde de varfarina até os punhos. Ela me lança um olhar alegre e triunfante e faz questão de colocar a mão no ombro de Lukas.

Talvez ele tenha decidido ver as afinidades mágicas dela como emocionantes, afinal; considero, com amargura. Já se passaram mais de duas semanas desde a última vez que o vi e prometi ficar longe, intimidada por sua agressividade e magia ardente, bem como a reivindicação territorial de Fallon sobre ele.

Lukas se vira e cruza olhares comigo.

Meu estômago se contorce em um nó apertado quando me lembro da sensação calorosa e sedutora de seu beijo, do poder avassalador de sua magia. Forço meu olhar para longe do seu antes que ele possa detectar qualquer mágoa em minha expressão, e me apresso.

Algumas noites depois, encontro um pacote de partituras para violino esperando por mim no banco de pedra do corredor da Torre Norte. É de um compositor que Lukas sabe que admiro, escrito pela própria mão do compositor e assinado com um floreio. Sinto uma pontada aguda de pesar ao segurar o presente nas minhas mãos manchadas de medicamentos.

Lukas e eu nos damos bem. Fogo com fogo. Ramos se entrelaçando.

Eu me lembro da carta de tia Vyvian e do quanto a minha situação melhoraria se eu cedesse e me laçasse a ele.

Mas aquele fogo negro dele. É demais.

Balanço a cabeça enquanto folheio a partitura com tristeza.

Não adianta. Rafe tem razão em relação a Lukas Grey. Correspondência de afinidade ou não, ele é muito poderoso, muito imprevisível. E muito vivido para mim.

Ele faz sentido com Fallon Bane.

CAPÍTULO VINTE

VINGANÇA

– É da natureza dos icarais atrair o mal e a tribulação para o mundo – diz para mim, com gentileza, o padre Simitri, enquanto enxugo as lágrimas, mais uma vez me demorando ali após o fim da aula.

Adoro as aulas do padre. Ao contrário da maga da guilda Lorel, que é justa, mas assustadoramente severa, o padre Simitri é cheio de sorrisos animados em ambas as suas aulas, extasiado com todas as coisas da flora, bem como com a grande varredura da história gardneriana.

E ele não é apenas um professor entusiasmado e paciente, ele se tornou meu confidente também; tão gentil comigo quanto o tio Edwin.

Fungo e olho além do ombro do padre, para a pintura a óleo que domina a sala de aula: dois valentes soldados gardnerianos empunhando varinhas enfrentando quatro icarais de olhos vermelhos com asas pretas abertas. *Em desvantagem numérica com os icarais. Assim como eu.*

Volto a fungar e a acenar com a cabeça, consciente de como estou exausta, como uma âncora afundada nas grandes profundezas do oceano.

– As icarais me assustam – digo a ele. – Eu não... não estou dormindo bem.

Ele acena com a cabeça em severa compreensão e aperta meu braço.

– Mantenha-se forte, Elloren. A Idade de Ouro está chegando. A Bruxa Negra vai se erguer e acabar com todos eles. Icarais, kélticos, metamorfos; *todas* as raças infiéis.

Sim, mas se for Fallon Bane, ela também pode acabar comigo.

Seus olhos estão fixos em mim, determinados a me fazer absorver todo o peso da Profecia. Quero encontrar consolo em suas palavras enquanto esfrego a cicatriz que circunda o meu punho. Quero acreditar que haverá outra Bruxa Negra vindo para anunciar um mundo sem crueldade e maldade. Mas posso me sentir sucumbindo à dúvida e a uma melancolia cada vez mais sombria.

Mesmo relutante em ir contra a vontade do meu tio, sei que, se nada mudar, acabarei me curvando e me laçando a Lukas Grey, ou a praticamente qualquer pessoa que minha tia queira, apenas para sair da masmorra da Torre Norte.

Naquela noite, me vejo desmaiada na cozinha, com a lateral do rosto sobre a torta de mirtilo que deveria estar preparando. Quando meus olhos se abrem, noto que a geleia pegajosa está espalhada por toda a minha bochecha, têmpora e cabelo. Não faço ideia de há quanto tempo estou apagada ali. Todo mundo já se foi, exceto Iris Morgaine. Yvan entra na cozinha pelo lado de fora, trazendo um feixe de lenha para as fogueiras da manhã seguinte. Congelo, não querendo alertá-los da minha presença.

Iris saltita até Yvan quando ele larga a lenha na prateleira da cozinha.

– Aqui, prove isso – ela flerta, divertida, oferecendo um pedaço de massa para ele.

– Minhas mãos estão imundas – diz ele, com um leve sorriso.

– É só abrir a boca – ela bajula, com voz sensual. Ela se inclina para ele e leva a comida até seus lábios.

Desajeitado, ele obedece, e ela desliza a comida em sua boca, deixando o polegar por mais tempo em seu lábio inferior, com a intenção de limpar uma manchinha da fruta.

Ele é tão atraente quando não está ocupado me olhando feio, seus lábios carnudos tão em desacordo com as linhas fortes de seu rosto. Seus olhos parecem luz do sol se infiltrando através de vidro verde. Por um momento, fico impressionada com a beleza dele.

Lembro que ele é kéltico, não deve ser muito diferente do garoto que seduziu Sage e a fez quebrar seu laço de varinha. Há também o fato inegável de que ele não suporta a minha existência.

– O que você acha? – pergunta Iris, ainda inclinada para ele.

– Gostoso – murmura o garoto, de boca cheia, com o olhar intenso cravado nela.

– Quer mais? – Seu tom deixa claro que ela não está só oferecendo o doce.

Yvan engole como se estivesse hipnotizado.

– Ah, sujei um pouco o seu queixo – ronrona ela.

O garoto dá um passinho para trás.

– Não tem problema.

Destemida, ela estende a mão para tirar as migalhas do queixo dele, depois se inclina para dar um cheiro brincalhão em seu pescoço.

Desconfortável, ele congela e parece lutar contra toda uma gama de emoções poderosas.

– Iris...

Uma onda de ciúme odioso toma conta de mim ao vê-los assim.

Aqui estou eu, com uma tigela inteira de torta de frutas vermelhas grudada na cara e a língua manchada de azul por causa da tintura de boswillin para afastar um resfriado persistente por dormir em uma torre gelada. Ultimamente, minha aparência está uma bagunça; mesmo as roupas finas que tia Vyvian comprou para mim não conseguem disfarçar o estado lamentável em que me encontro. Observar Iris Morgaine, a garota que uma vez me atacou, se *divertindo* tanto com o absurdamente lindo Yvan Guriel adiciona uma centelha a um ressentimento tão aflorado que sua força me surpreende. Quero explodir em lágrimas e jogar a tigela de geleia neles.

Como se sentisse meus pensamentos repugnantes, o olhar de Yvan se volta para pousar em mim. Um rubor de mortificação queima meu rosto.

Afasto a cabeça da torta, humilhada pela marca que meu rosto deixou na geleia e na massa.

Iris também me vê, todos os vestígios de diversão são apagados de sua expressão. Ela sussurra algo no ouvido de Yvan.

– Não, eu não sabia que ela estava aqui – diz ele, com os olhos ainda fixos nos meus.

Iris sibila outra coisa para ele e depois se afasta furiosa, batendo a porta ao sair.

Yvan ainda me encara com intensidade, deleitando-se com meu estado deplorável, sem dúvida. A neta sem poderes de Clarissa Gardner, caída a um nível tão baixo.

Retribuo o olhar; lágrimas se acumulam em meus olhos, meus lábios tremem e, de repente, me vejo incapaz de disfarçar minha dor.

Por um momento, a expressão de Yvan fica conflituosa e inesperadamente preocupada.

A suavização de seus olhos verdes e vívidos desencadeia uma dor poderosa no meu âmago e, de repente, sinto um ressentimento feroz dele e de Iris e do fato de que eles fazem parte de algo.

Sentindo-me instável e lutando contra minhas humilhantes lágrimas de raiva, desvio o olhar, pego um pano úmido e limpo de qualquer jeito a geleia do meu rosto.

Não lhe darei a satisfação de me ver chorar.

Tudo ao meu redor começa a borrar, jogo o pano longe e fujo. Corro todo o caminho até a congelante Torre Norte, me jogo na cama, fecho os olhos com força, bloqueando as icarais odiosas, e choro até dormir.

Um baque me acorda na manhã seguinte. Estou tremendo e cambaleando mentalmente por causa de outro pesadelo com a selkie. Desorientada, olho em volta. Ariel e Wynter se foram, mas a galinha está na minha mesa, bicando minhas penas e papéis, empurrando as coisas ao acaso para a cadeira e para o chão. Meus olhos deslizam para baixo e encontram o retrato de cerâmica de meus pais rachado em pedacinhos.

O único retrato que eu tinha deles.

A raiva se apossa de mim como uma avalanche que há muito se esforça para ser libertada. Eu me ergo da cama, corro em direção à minha mesa, me inclino e pego um caco do retrato; o olho da minha mãe ainda visível na pequena lasca enquanto lágrimas escorrem pelo meu rosto.

Nunca mais voltarei a ver o rosto da minha mãe e do meu pai.

Minha raiva se avoluma mais e mais, até se tornar uma maré violenta.

É isso. Está na hora de revidar. Deixe que Ariel tente atear fogo em mim. Valerá muito a pena. Depois, posso ir ao gabinete do alto chanceler e mandá-la de volta para o sanatório em que cresceu.

Levanto-me e coloco uma roupa.

Em seguida pego a galinha de Ariel, levo-a lá para fora e a coloco de qualquer jeito na grama azulada pela geada.

Sei que a galinha não sobreviverá muito tempo nos campos da universidade. É provável que alguém a pegue e a devolva ao aviário. Ou será comida por algum predador.

Sufoco uma pequena pontada de culpa e vou para a aula.

As lições passam com lentidão. E durante todas as aulas e práticas de laboratório, acho impossível lutar contra o mal-estar crescente.

Ela merece, lembro-me com raiva enquanto trituro raízes e ajudo Tierney a preparar uma nova destilação. *É só uma galinha. Roubada do galinheiro. Há muito tempo deveria ter sido servida em um prato de jantar ou como sopa.*

No fim daquela tarde, volto para a Torre Norte, querendo largar minha bolsa pesada antes de ir trabalhar na cozinha. Eu me arrasto através do dia tempestuoso e cinzento enquanto subo a longa colina, a chuva leve e gelada pica minha pele, e a raiva que sinto de Ariel crava cada passo.

Quando enfim chego à Torre Norte, estou mentalmente preparada para a batalha, pronta para enfrentá-la.

Marcho pelos degraus da torre, cada passo esmaga a minha culpa.

Ela mereceu. Ela mereceu. Repito uma e outra vez a cada novo degrau.

Ao chegar ao andar superior, atravesso o corredor estranhamente silencioso e noto um cheiro estranho; algo carbonizado, como uma velha fogueira. Com apreensão nervosa, seguro a maçaneta fria da porta do nosso alojamento e a puxo aberta.

Todo o sangue é drenado do meu rosto quando vejo o que ela fez.

A minha colcha. O meu bem mais querido.

Ela está no meio do quarto deserto, reduzida a uma pilha carbonizada, apenas uma pequena porção ainda pega fogo, as chamas crepitam, desintegrando o tecido seco.

Eu corro até ela, um grito se arranca da minha garganta. Pisoteio as chamas e queimo meus dedos ao agarrar o pedaço restante. Eu fraquejo quando a peça se desfaz na minha mão.

Ela a destruiu.

Caio de joelhos diante das cinzas fumegantes da minha única ligação com a minha mãe e soluço.

– Quero que ela vá embora.

Lukas se vira de onde está observando uma longa fila de aprendizes militares dispararem flechas através do ar frio e úmido em direção a alvos redondos. O crepúsculo está caindo, tochas estão sendo acesas ao redor da área. Lukas me olha com cuidado quando vê a expressão no meu rosto.

– Quem? – pergunta ele, ao estreitar os olhos.

– Ariel.

Ele analisa o meu rosto durante um longo momento, depois me pega pelo braço e se afasta do campo de tiro.

– O que aconteceu? – pergunta ele.

– Não importa – respondo, com voz implacável. – Eu quero que ela suma. Não me interessa o que você precisa fazer.

Espero que ele me diga para travar minhas próprias batalhas. Nesse momento, estou pronta para odiá-lo para sempre se ele fizer isso. Mas, em vez disso, sua expressão se torna calculista.

– A única maneira de tirá-la de lá é fazer com que ela te ataque – adverte ele.

– Eu não me importo.

Ele respira fundo e se move em direção a um banco próximo.

– Muito bem – diz ele, e um sorriso sombrio repuxa o canto de sua boca. – Sente-se. Conte-me tudo o que sabe sobre Ariel Haven.

Sinto-me fortalecida depois da longa conversa com Lukas, com a certeza de que ele vai encontrar uma maneira de me ajudar a expulsar Ariel da universidade e mandá-la para longe de mim. Mas com a mesma rapidez, assim que fico sozinha de novo, penso na minha colcha destruída e logo mergulho em angústia.

Envolta em um nevoeiro de desespero, vou cumprir o turno na cozinha. Estou distraída e sou incapaz de me concentrar mesmo na simples tarefa que Fernyllia Hawthorne me dá de mexer o molho, não consigo conter as lágrimas quando estou ao lado do grande fogão de ferro fundido.

Iris e Bleddyn acham difícil esconder o prazer por me ver tão abatida, as duas trocam sorrisos cheios de satisfação sombria.

– Ah, a Barata está *triste* – observa Bleddyn, debochada, ao se dirigir em voz baixa para Iris; as duas cada vez mais ousadas, como se estivessem testando as águas.

– Oooown. – Iris olha de soslaio para Bleddyn, com o rosto franzido em simpatia fingida enquanto ela tira biscoitos quentes de grandes bandejas e os organiza em várias cestas largas.

Bleddyn traz o cutelo com mais força que o necessário para a carcaça de frango cozida que está desmembrando. Eu me sobressalto com o som, e a enorme garota urisk sorri; cáusticos, seus olhos se estreitam para mim.

Iris cospe uma risada.

Yvan entra na cozinha trazendo um feixe de lenha. Ele para em surpresa irritada quando me vê; seus olhos verdes são penetrantes.

– Por que você está chorando? – pergunta ele, com severidade.

– Minha colcha – engasgo-me quando vejo minhas lágrimas caírem no molho. – Foi destruída. – Não tenho ideia do motivo pelo qual me preocupei em confessar isso a ele, não é como se o rapaz realmente se importasse com o motivo pelo qual estou chateada.

Seu rosto se fecha em desgosto.

– Você está chorando por um *cobertor*?

– Estou! – Soluço, odiando-o, odiando Iris e Bleddyn, odiando todos eles.

– Deve ser bom ser gardneriana – zomba Yvan, ao abaixar a alavanca de ferro do fogão e jogar algumas toras lá dentro. – Deve ser bom viver uma vida tão encantada que a perda de uma colcha constitui uma grande tragédia.

– Somos assim – rebato, com tom empertigado. – Nós, gardnerianos, vivemos vidas muitíssimo encantadas.

Seus lábios se enrolam em um esgar desagradável.

– Eu lamento *tanto* pela sua perda.

– Me deixe em paz, kéltico! – rosno.

Os olhos de Iris voam em direção a Yvan, com uma consciência que ele retorna brevemente.

– Com prazer – responde Yvan, me olhando feio. Ele põe mais lenha no fogão e fecha a portinhola de ferro.

CAPÍTULO VINTE E UM
SEMELHANTE

Na mesma noite, me arrasto de volta à Torre Norte, carregando livros e notas. Um ódio rançoso e agitado alimenta cada passo meu. Imagino atirar Ariel para o outro lado do quarto, arrancando aquelas asas nojentas dela.

Com as mãos fechadas em punhos apertados, subo a escada em espiral da torre, entro no corredor e congelo.

Ariel está desmaiada no chão, as asas estão frouxas atrás dela. Wynter a embala, murmurando freneticamente em élfico. Ela olha para mim, com olhos arregalados e horrorizados.

A galinha de Ariel está morta.

Lukas a encontrou de alguma forma.

Ela pende na porta, com duas estacas cravadas no peito e a cabeça pendurada. As asas decepadas estão estacadas em ambos os lados do corpo. Sangue escorre pela porta e se acumula no chão.

– Ah, não – sussurro. – Ah, meu Ancião.

– Ela desmaiou – Wynter me diz, com a voz carregada de um sotaque estranho aos meus ouvidos. – Foi demais para ela suportar. Os alados… ela era um semelhante.

Fico desnorteada em confusão.

– Um semelhante?

– Os alados. Podemos falar com eles. Com a mente. – Lágrimas silenciosas começam a escorrer pelo rosto pálido de Wynter. – Ariel amava essa aqui – diz ela, agora chorando. – Elloren Gardner… por que você fez isso?

A minha garganta fica seca.

– Eu… eu jamais quis que isso acontecesse.

– Isso pode acabar com Ariel. Fazer com que ela se transforme.

A minha cabeça está girando.

– Se transforme?

Ariel de repente convulsiona nos braços de Wynter, seu corpo se retorce, o rosto está contorcido de tristeza. Então seus olhos se abrem e ela gira para me encarar. A princípio, recua ao me ver, mas logo se recupera, e seu olhar assume um brilho assustador. Devagar, ela se afasta de Wynter, seu olhar fixo no meu enquanto a outra icaral murmura freneticamente para ela em élfico.

Com as asas se abrindo lentamente, Ariel se levanta.

Meu coração dispara quando recuo.

– *Vou. Te. Matar!* – Ela empurra Wynter para o lado e salta para mim.

Meu mundo se afunda no caos quando Ariel me joga no chão. Seus punhos, unhas, pés chutando estão por toda parte ao mesmo tempo, me socando, me arranhando, batendo em mim enquanto tento lutar contra ela. O gosto metálico de sangue me enche a boca à medida que o medo percorre o meu corpo. Desesperada, Wynter grita algo com Ariel enquanto tenta, sem sucesso, arrancá-la de cima de mim. Mas Ariel é forte e briguenta. Meus braços agitados só são capazes de diminuir um pouco seus golpes, mas não de impedi-los.

E então, quando ela se ajoelha em cima de mim, com minhas mãos apertadas em torno de seus punhos, Ariel enfraquece abruptamente. Seus lábios se curvam de novo em um sibilar aterrorizante conforme seus olhos verdes se enevoam como gelo se formando na água, até não serem nada mais do que janelas opacas para o vazio. Seus olhos voltam a ficar verdes, depois brancos, indo e vindo enquanto assisto, horrorizada.

E então os braços de Wynter estão ao redor de Ariel, lutando para puxá-la para trás, arrastando-a pelo chão de pedra fria, para longe de mim. O corpo de Ariel endurece e seus olhos rolam para trás. Ela parece estar inconsciente de novo, perdida em algum inferno particular. Quando Wynter a puxa pela porta, os olhos de Ariel se abrem.

– Tire-a *daí*! – grita ela, quando o semelhante massacrado aparece em seu campo de visão. Ela se desvencilha dos braços de Wynter, se joga na porta e desliza de joelhos. Suas mãos arranham trilhas de sangue que riscam a madeira.

– Meu docinho! – grita ela. – O que eles *fizeram* com você?

Wynter se move em minha direção, com os olhos arregalados.

– Você precisa ir embora, Elloren Gardner.

Eu oscilo de um lado para o outro enquanto me levanto, tonta de tantos golpes na cabeça. Wynter estende a mão para me equilibrar.

Assim que sua mão entra em contato com meu braço, a boca de Wynter se abre, seus olhos rolam para trás e ela cai de costas no chão, agarrando a mão como se tivesse sido queimada.

– O que aconteceu? – exclamo.

– Quando toco nas pessoas… – Sua voz tênue desaparece, os seus olhos fixos em mim com uma expressão de puro terror.

Eu arquejo.

– Você é uma empata, não é? – Lembro-me do icaral em Valgard, aquele que podia ler a mente das pessoas com um simples toque.

Então é por isso que o irmão de Wynter ficou tão irritado quando Rafe a tocou.

Ela assente devagar, sua expressão de um choque terrível.

Por que ela tem tanto medo de mim? O que ela viu?

O atordoamento horrorizado de Wynter é quebrado pelos gritos de Ariel.

– Você precisa ir embora – implora, enquanto se esforça para ficar em pé.

Eu me reequilibro e fujo.

Às cegas, tropeço pelas escadas, meu coração está acelerado. Eu me equilibro com o auxílio da parede, minhas pernas tremem e minha visão está embaçada. Deslizo pela pedra fria até o chão; atordoada. Consigo sentir meu olho começando a inchar onde Ariel me socou repetidamente. Levanto-me para tocar a ferida. Quando abaixo a mão, há sangue por toda a parte.

Esta é a minha oportunidade. A que pedi a Lukas.

Se eu for agora ao gabinete do alto chanceler, Ariel será expulsa da universidade, enviada de volta para o sanatório de Valgard e despojada de suas asas. As pessoas vão me agradecer por eu ter me livrado dela, e a Torre Norte vai se tornar um lugar muito mais agradável de se viver.

Sou distraída desta linha de pensamento pelo farfalhar suave de asas e tenho um sobressalto quando olho para cima.

Um Sentinela.

No peitoril da janela em arco.

Encarar os olhos serenos e tristes do Sentinela é como cair em uma piscina cristalina. Memórias me atingem com toda a velocidade, visões de coisas que tentei ignorar.

Ariel cantando para seu semelhante à noite, acariciando-o com amor. Ariel sendo motivo de chacota e ridicularizada para onde quer que vá. Pessoas em todos os lugares virando a cara, recusando-se a olhar para ela.

Em um mês, ao contrário de mim e até mesmo de Wynter, Ariel nunca recebeu uma carta nem uma visita de um familiar, nunca ouviu uma palavra gentil de ninguém, exceto de Wynter e do professor Kristian.

Ela é uma Maligna, uma voz dentro de mim insiste, estridente. *Não há bondade nela.*

Mas a forma como ela cuidava da galinha, a que agora está morta e pendurada na porta… Ela era tão terna com ela; tão amorosa.

A questão abre caminho à força até a superfície, mesmo que eu faça de tudo para sufocá-la.

Ela é mesmo completamente má?

Percebo que não sei a resposta, e ao olhar para os olhos tristes e cheios de emoção do Sentinela, de repente parece de vital importância encontrar essa resposta antes de selar o destino de Ariel.

*

– Como você pôde torturar o animal de estimação dela daquele jeito?

Encontro Lukas no refeitório, jantando com outros soldados gardnerianos. Tento ignorar as arfadas e os murmúrios chocados dos soldados e de outros acadêmicos quando veem minha aparência maltratada. O murmúrio cresce à medida que os trabalhadores da cozinha me notam, enquanto os professores desviam o olhar da sua longa mesa junto às janelas para ver do que se trata toda a comoção.

Um sorriso lento se forma no rosto dele ao se levantar e me olhar de cima a baixo.

– Funcionou, não foi?

– Foi *cruel*!

Posso ver por sua expressão que minha reação o deixou atordoado. Ele pega meu braço e me puxa com força para o lado.

– Você pediu a minha ajuda – ele lembra a mim.

Eu me desvencilho dele.

– Foi *demais*!

Ele se inclina para perto.

– Você me disse que queria que ela fosse embora – diz ele. – Agora olhe para você. Aí está a sua oportunidade. Vá ao professor de sua escolha, conte quem te atacou. Tire-a daqui. Ninguém aqui sentirá falta dela.

Nem preciso procurar um professor. Para minha consternação, alguns deles já se levantaram de onde estavam sentados e estão vindo em nossa direção, entre eles a vice-chanceler Quillen.

– Santo Ancião! – exclama padre Simitri, com as vestes pretas ondulando às suas costas. – Elloren... quem fez isto?

Frenética, olho ao redor. Yvan, Fernyllia, Iris, Bleddyn e vários outros trabalhadores da cozinha saíram para olharem boquiabertos para a gardneriana espancada.

– Quem a atacou, maga Gardner? – pergunta a vice-chanceler.

Olho em seus olhos verdes inabaláveis e mordo o interior da bochecha para me acalmar, sentindo como se o ambiente estivesse se fechando sobre mim. Todos ficam calados à espera da minha resposta. Tenho que dizer alguma coisa. Qualquer coisa, antes que Lukas diga.

– Eu tropecei.

O rosto do padre Simitri se contorce em confusão.

– Você... *tropeçou*?

Aceno com a cabeça.

– Descendo a escada da Torre Norte. Sou desajeitada demais. Eu até tropecei *aqui* no meu primeiro dia. – Aponto em direção ao pessoal da cozinha e estreito meus olhos na direção deles. – Pode perguntar a eles.

Os olhos de Yvan se arregalam de surpresa. Iris e Bleddyn me olham boquiabertas.

– Você precisa de um curandeiro. – Padre Simitri dá um passo à frente para pegar meu braço com gentileza. – Vou levar você até lá.

Enquanto o padre me conduz, eu me viro para Lukas.

Algo irrecuperável se rompeu entre nós. Foi demais, o que ele fez. Acho que nunca poderei perdoá-lo.

Como se lesse meus pensamentos, Lukas me lança um olhar de repulsa e vai embora.

Mais tarde naquela noite, estou na frente do galinheiro, atrapalhando-me na escuridão para encontrar a trava de uma das gaiolas. Estou segurando um saco de estopa. Mesmo após os cuidados do curandeiro, meu olho esquerdo ainda está um pouco inchado e palpita junto a minha cabeça.

– O que você está fazendo?

A voz severa de Yvan me faz saltar. Consigo apenas distinguir a silhueta de sua forma esguia, trazendo um balde grande de lavagem em cada mão.

– Estou roubando uma galinha – retruco, meu coração bate com força no peito. – Para Ariel.

– A icaral – diz ele, sem conseguir acreditar.

– Ela consegue falar com eles usando a mente.

Sua forma escura permanece ali por um longo minuto, e consigo começar a distinguir aqueles intensos olhos verdes dele.

– Você vai delatar o meu roubo ou vai me deixar em paz? – exijo saber, com tom desafiante. – Porque eu gostaria muito que você escolhesse um ou outro.

Ele encrespa a testa como se estivesse profundamente perturbado, e abre a boca para dizer algo, mas a fecha de novo em uma linha apertada e incerta.

Minha bravata desmorona em si mesma.

– Eu cometi um erro – digo a ele, com a voz falhando. A minha raiva desapareceu, restando apenas a vergonha nua e crua, deixando-me subitamente desprotegida. – Eu estava errada. Eu não queria...

Paro, com medo de irromper em lágrimas. Meu rosto fica tenso, e desvio o olhar.

Quando me volto para ele, seus olhos se arregalaram, também desprotegidos, e sinto uma onda de choque; tão forte é esse breve sentimento de proximidade inexplicável.

Yvan fica tenso e balança a cabeça como se me afastasse. Mas ele olha para mim por mais um momento, o conflito arde em seus olhos antes de ele se virar e sair andando.

Quando volto para a Torre Norte, Wynter está sentada na cama da amiga, murmurando para ela e fazendo carinho em sua cabeça. Ariel está ali, flácida, de costas para mim.

O semelhante morto se foi, mas as manchas de sangue na porta permanecem como lembranças sombrias do que aconteceu.

Tiro a galinha do saco. O animal na mesma hora vai na direção das icarais e voa para se empoleirar no flanco de Ariel.

Wynter olha para a ave com surpresa. Ela se volta para mim, sua expressão amolece.

Sento-me na minha cama, castigada pela culpa.

– Nunca quis que isso acontecesse.

– Eu sei – diz Wynter, com a expressão cheia de dor. Ela suspira e olha para Ariel. – É minha maldição saber. – Ela se vira para mim mais uma vez. – Não é só culpa sua, Elloren Gardner. Essa é só mais uma crueldade em uma série interminável de crueldades que se estenderam ao longo de toda a vida dela. – Ela volta a acariciar o cabelo de Ariel. – A mãe a internou no sanatório de Valgard quando Ariel era criança. Ela ficou tão horrorizada quando deu à luz um dos *deargdul*... um "icaral", como você nos chama. O sanatório manteve Ariel enjaulada. Ela tinha só dois anos.

Engulo com força, minha garganta está seca. O desejo de desviar o olhar desaparece. Preciso ver a situação pelo que realmente é.

– Há alguma coisa que eu possa fazer? – pergunto, com voz rouca.

Wynter olha de novo para Ariel e balança a cabeça com tristeza.

E assim faço a única coisa que posso.

Sento-me em silêncio enquanto Wynter canta para Ariel em alto élfico, em vigília com ela, ali no quarto suavemente iluminado por uma única arandela. Um Sentinela aparece por breves momentos na viga acima.

Permanecemos ao lado de Ariel durante toda a noite, esperando que ela volte a si. Wynter canta e eu oro em silêncio. E esperamos.

Até algumas horas antes do amanhecer, quando os olhos verdes de Ariel enfim se abrem, atordoados, mas inteiros novamente.

CAPÍTULO VINTE E DOIS
POESIA

Este ano, estou mais ciente da mudança de estação. Minha respiração agora sai em pequenas nuvens enquanto corro pelos campos da Torre Norte até a área da universidade, com os nós dos dedos sofrendo com o ar gelado.

Talvez seja o ritmo furioso da produção no nosso laboratório de boticário; o outono é a época em que somos mais procurados. Tosse negra, febre pulmonar, frieiras, catarro sufocante, gripe vermelha: todos surgem com o frio, deleitando-se com o ar parado das salas lotadas e abafadas.

Em Metallurgia, o elfo serpente me obriga a trabalhar a uma velocidade vertiginosa, permitindo-me pouco tempo livre e horas inconvenientes para preparar pós metálicos para agentes quelantes em medicamentos, dando notas aos meus textos, passáveis, com mão severa. A antipatia por todos os gardnerianos da classe é sutil, mas bastante evidente em seus olhos estrelados; e sua antipatia por mim é a mais intensa de todas. Apenas as pequenas gentilezas de Curran, bilhetes deslizados em minha direção, compartilhando silenciosamente os resultados do laboratório, tornam a aula um pouco tolerável. Ainda mais com a intimidação contínua e baixa de Fallon.

Matemática e Chímica também exigem muito, embora a professora Volya seja justa com todos. Apenas o professor Simitri permanece magnânimo e indulgente na sua abordagem, meus colegas são reservados nas suas aulas, e abençoadamente cordiais.

Cartas regulares continuam a chegar, enviadas por tia Vyvian, descrevendo o quanto minha vida na universidade poderia ser fácil, luxuosa e feliz se eu concordasse em fazer o laço de varinha com Lukas. Com o manto bem enrolado em mim em meu alojamento constantemente frio, pego cada carta e as jogo em nossa lareira bagunçada, aproveitando o breve brilho do fogo para aquecer as mãos.

O início da manhã tem uma estranha quietude agora, como se o mundo inteiro estivesse prendendo a respiração, esperando por algo. Apenas as grandes formações em V dos gansos quebram o silêncio, soando seu chamado distante.

Fuja enquanto pode. O inverno está se aproximando.

– Como estão as coisas com as icarais? – pergunta Aislinn, certo dia, na aula de Chímica.

Cerca de uma semana se passou desde que o semelhante de Ariel foi morto, e meu alojamento na Torre Norte continua sendo um lugar tenso, mas silencioso. Meus hematomas e cortes estão quase curados, graças às ministrações do médico pessoal do padre Simitri e a um forte linimento de cura que misturei na sala de trabalho de boticário.

– Eu só volto lá para dormir – digo a Aislinn. – E Ariel ficou muito quieta. Agora ela só fica pelos cantos, nunca fala comigo. Nunca olha para mim. – Olho furtivamente ao redor do laboratório de Chímica praticamente deserto, minha voz abaixa conforme acadêmicos entram a passos lentos na sala. – Mas parece que gosta da galinha que roubei para ela.

– Acha que é seguro ficar perto dela? – Aislinn pergunta, preocupada.

– Não sei. – Pego um pergaminho e minha pena e tinteiro. – Wynter fica perto dela. Ela parece ser capaz de manter Ariel relativamente calma.

Wynter e eu estamos nos falando cada vez mais, embora eu tente lhe dar espaço, não querendo que a minha mente seja lida. Por sua vez, ela é extraordinariamente cuidadosa em não me tocar. Existimos em uma órbita educada e cautelosa uma da outra. Estou cada vez mais curiosa sobre ela, e encontro desculpas para passar por ela enquanto desenha. Ela não espera mais até que eu durma para trabalhar em sua arte, e roubo vislumbres de seus belos esboços, que, em sua maioria, são de Ariel e da galinha ou de arqueiros élficos.

– Eu quase nunca vejo Ariel em outro lugar, exceto na Torre Norte – digo a Aislinn. – Mas ela apareceu na aula de Matemática há alguns dias.

Os olhos de Aislinn se arregalam com isso.

– Você está brincando.

Balanço a cabeça.

– Foi uma grande surpresa.

– O que aconteceu? – pergunta ela, e começo a contar a história.

Eu estava me sentando no meu lugar sem fazer barulho enquanto o giz do professor mago Klinmann estalava em staccato na lousa, uma chuva constante atingia as longas janelas arqueadas. Ele é gardneriano, meu professor de Matemática, e bastante agradável comigo. Mas é difícil gostar de um homem tão rígido. Fico sempre desconfortavelmente ciente do brilho de amargura cruel presente em seus olhos verdes frios quando olha para alguém de outra raça.

Eu tinha acabado de ajustar pena, tinteiro e papel quando um arfar coletivo se elevou dos gardnerianos ao meu redor. Ergui o olhar.

Para minha grande surpresa, Ariel estava parada à porta, agitando as asas.

O mago Klinmann virou a cabeça para olhar para ela, e logo afastou o rosto, como se a visão de Ariel queimasse seus olhos. Todos os acadêmicos também desviaram o olhar, murmurando uns para os outros, insatisfeitos.

Todos, exceto Yvan, o único não gardneriano da classe.

– Por que motivo interrompe a minha aula, Ariel Haven? – questionou o mago Klinmann. Sua voz estava calma ao dizer isso, mas ele não olhava para ela. Ele encarava seus compatriotas, captando olhares simpatizantes enquanto eles, também, tentavam evitar olhar para Ariel.

– Disseram que sou muito inteligente para a classe em que eu estava – cuspiu Ariel, constrangida, com os olhos disparando ao redor enquanto ela se mexia de um pé para o outro. Eu podia vê-la lutar contra o desejo de se acovardar, sua a postura era a de alguém preparada para o ataque. Ela estendeu um pedaço de pergaminho para o mago Klinmann. Ele deve ter visto isso pelo canto do olho, pois seu lábio se contraiu, e ele se afastou.

– E como sei que você não enganou seu professor de alguma forma, icaral? – perguntou ele, quase parecendo entediado. – Ouvi dizer que a sua espécie é muito astuta. – Ele sorriu ao dizer isso, ainda sem olhar para ela.

Eu já tinha visto pessoas desviarem os olhos de Ariel e Wynter, mas apenas quando passavam, nunca durante uma conversa. Foi estranho e humilhante e me encheu de desconforto.

– Você deveria *olhar* para mim! – exclamou Ariel, com o rosto cheio de pequenas cicatrizes ficando vermelho, e as mãos fechadas com força.

– Como é?

– Estou *falando* com você! Deveria *olhar* para mim!

O professor Klinmann riu baixinho.

– E por que, exatamente, é tão importante que eu olhe para você? – Ele mirou os outros acadêmicos, como se todos compartilhassem de uma piada interna da qual ela era excluída.

– Porque estou *falando* com você – exclamou ela, com os olhos ardendo de humilhação.

O que provocou um riso franco e incrédulo de alguns dos acadêmicos gardnerianos.

O professor Klinmann parecia tentar conter com valentia um sorriso.

– Calma lá, icaral. Olhar para você vai contra as minhas crenças religiosas. Você está plenamente ciente disso. Não é pessoal, e seria tolice da sua parte considerar como tal. E você não devia deixar que suas asas… se assanhem. – Seus olhos dispararam para os gardnerianos diante dele, cintilando, e os acadêmicos pegaram a deixa e irromperam em risadas educadas, todos tendo o cuidado de não olhar para Ariel.

Ela recuou como se tivesse levado um golpe, então se virou e saiu da sala.

Eu meio que me levantei, quase pronta para ir atrás dela, mas lembrei que ela me odeia e afundei de volta na cadeira.

Nunca tinha visto nada assim.

Horrorizada, ouvi o riso dos acadêmicos ao meu redor, me senti nauseada. Virei-me para Yvan, que estava sentado do outro lado do corredor. Ele era a única outra pessoa na sala de aula que não sorria nem ria para qualquer um ver. Parecia tão horrorizado quanto eu.

Talvez sentindo meu olhar, ele se virou para mim; suas sobrancelhas se uniram em raiva. No momento em que seus intensos olhos verdes encontraram os meus, ele se sobressaltou, talvez surpreso por eu não estar rindo como os outros, na mesma hora nos unimos em meio a esse ultraje nauseante. Nós nos encaramos por um longo momento enquanto a raiva em seu rosto dava lugar ao que parecia ser espanto.

Como se estivesse me vendo pela primeira vez.

– Deve ser terrível ter as pessoas desviando o olhar sempre que olham para você – considera Aislinn, quando termino de contar a minha história. Ela franze a testa. – Eu nunca pensei nisso antes.

– E agora – digo a ela –, Yvan não me odeia mais com tanta intensidade. Ele ainda não fala comigo, mas, no outro dia, enquanto eu trabalhava na cozinha, quando ninguém mais estava olhando, eu estava tendo problemas para pegar um balde grande de água, e ele me ajudou. Ele tirou o balde da minha mão e saiu com ele, xingando baixinho e agindo como se estivesse zangado consigo mesmo por fazer aquilo, mas ele me ajudou mesmo assim.

– Estranho.

– Eu sei.

Os outros acadêmicos da classe da professora Volya estão entrando, incluindo a própria professora marcada por runas, então cessamos nossa conversa e voltamos a atenção para a frente da sala.

Aislinn e eu já não somos mais apenas pessoas que forjaram uma rápida amizade, mas também parceiras de pesquisa. Por não ser capaz de fazer parceria com um lupino, no segundo dia de aula Aislinn simplesmente se sentou ao meu lado, o mais longe possível de Jarod Ulrich. Diana, em uma atitude presunçosa, e sem dizer nada, sentou-se ao lado do irmão, lançando um olhar triunfante para a professora Volya, que franziu os lábios, insatisfeita, mas decidiu ignorar a desfeita. O rosto de Jarod, no entanto, permaneceu tenso e perturbado pelo resto da aula.

Aislinn, por sua vez, não gasta muito tempo de aula tomando notas, pois sou generosa ao compartilhar as minhas. Em vez disso, ela esconde romances clássicos e livros de poesia em seus escritos de Chímica e, com discrição, lê em todas as aulas. A que estamos assistindo no momento não é diferente de nenhuma outra, e depois que a professora começa sua ladainha, Aislinn faz expressão estudiosa e mergulha em seu livro secreto.

Já eu anoto furiosamente sobre a destilação de óleos essenciais. Estamos há cerca de meia hora na aula quando um pedaço de pergaminho bem dobrado é jogado sobre os meus papéis, vindo da direção dos lupinos. Olho para aquilo com curiosidade.

Está escrito *Aislinn*, com uma caligrafia elegante e atraente.

Confusa, olho para os lupinos. Diana parece claramente irritada com alguma coisa, e Jarod parece estar concentrado na aula.

Entrego o bilhete a Aislinn, precisando dar uma cotovelada nela para quebrar seu transe de leitura. Perplexa, minha amiga franze a testa quando o entrego a ela.

Ela abre rapidamente o bilhete bem dobrado. Lá está escrito:

O que você está lendo?
Jarod Ulrich

Nós duas nos sobressaltamos, os olhos de Aislinn se arregalam. Ao mesmo tempo, olhamos para os lupinos. Jarod está concentrado na professora, com uma expressão de foco ininterrupto. Volto-me para Aislinn. Ela agora está olhando de soslaio para Jarod, inquieta.

Creio que ela não vá responder, pois tem medo dele. O garoto tentou ajudá-la duas vezes já, uma quando ela derrubou os livros, e outra quando derramou um frasco de pó de ornithellon. Em ambas, ele apareceu ao lado dela, sem causar alarde, e sua atenção deixou Aislinn obviamente temerosa e desconfortável.

Mas desta vez ela me surpreende.

Ela escreve o nome do livro de poesia no papel, como se tivesse de agir depressa antes de perder a coragem, depois coloca a nota diante de mim. Eu a encaro, estupefata, imaginando se ela perdeu completamente o juízo. Com o queixo, ela gesticula bruscamente na direção dos lupinos para me estimular a agir; sua testa está encrespada de tensão. Por alguns segundos, discutimos baixinho, mas ela permanece resoluta. Respiro fundo, em rendição relutante, e lhe atiro um olhar de total descrença. Da próxima vez em que a professora Volya vira as costas largas para nós, pego o bilhete e o atiro nos papéis de Diana.

Ela olha para mim, revirando os olhos em desaprovação, depois entrega o bilhete ao irmão.

Jarod o pega com indiferença, seus olhos nunca se afastam da frente da sala. Ele abre o bilhete sem olhar para baixo, então deixa os olhos caírem brevemente, sua expressão permanece neutra. Ele pega um novo pedaço de papel e começa a escrever como se estivesse tomando notas da aula. Aislinn e eu observamos pelo canto do olho enquanto ele dobra o bilhete e o coloca na frente da irmã, ignorando a bufada irritada de Diana quando ela cruza os braços em desafio, deixando o papel parado ali, imóvel. Ela lança ao gêmeo vários olhares hostis, mas ele mantém os olhos fixos na frente da sala, calmo. Enfim, quando penso que vou morrer de curiosidade, Diana cede, pega o bilhete e o atira para mim.

Logo o passo para Aislinn, que, ávida, desdobra o papel.

– O que é? – sussurro.

Um olhar de espanto se espalha por seu rosto.

– Poesia! – arqueja ela.

Olho de relance para Jarod, que ainda finge estar absorto na aula.

Impaciente, Aislinn folheia seu livro de poesia, mordendo o lábio em consternação, até encontrar o que está procurando. Ela, então, coloca o bilhete no livro aberto e empurra os dois em minha direção para eu ler.

O poema que Jarod escreveu, uma ode à beleza do outono, é idêntico ao da página impressa. Volto a olhar para ele, e há um sorrisinho brincando no canto de sua boca. Aislinn dobra com cuidado o bilhete de Jarod, coloca-o como marcador de página em seu livro e finge se concentrar na palestra, com os olhos vidrados de surpresa.

Ao final da aula, ainda pasma, dirijo-me a ela.

– Não consigo acreditar que você está trocando bilhetinhos com um lupino. – Eu a encaro, espantada. – Pensei que você tivesse pavor deles.

Aislinn se vira para mim; seu colar com a esfera de prata da Therria capta a luz. Sua expressão é conflitante, como se ela estivesse se deparando com um mundo subitamente virado de cabeça para baixo.

– Houve um engano. Deve ter havido um engano. – Seus olhos cintilam para onde Jarod está com a irmã. Ela olha para mim e balança a cabeça; seu olhar está cheio de certeza. – Elloren, é impossível ser maligno e incivilizado *e* adorar a poesia de Fleming. Tenho certeza disso.

Olho para Jarod bem a tempo de vê-lo, por um breve e discreto momento, encontrar o olhar de Aislinn e sorrir. Com timidez, Aislinn retorna o gesto, e se vira de maneira rápida, abraçando o livro de poesia junto ao coração.

CAPÍTULO VINTE E TRÊS

MAGIA DE GRAVETO

– Tem algo de estranho com você e com as madeiras.

Eu paro, minhas mãos estão cobertas de pó de casca de esmin.

Apenas o *pinga-pinga* da condensação de um tubo de destilação rompe o silêncio do laboratório deserto. Tierney e eu somos as últimas acadêmicas aqui a esta hora tão adiantada, terminando um trabalho que dá o dobro de trabalho sem magia de varinha.

Tem um tempo que percebi que Tierney notou. É como se algo em mim estivesse despertando, e é mais do que apenas o eco do poder da minha avó no meu sangue. Sempre tive imaginações fantasiosas sobre as árvores de origem, mas quanto mais tempo passo no laboratório de boticário, especialmente na estufa anexa, mais fortes se tornam as minhas tendências estranhas.

E Tierney reparou.

Ela notou quando as pequenas árvores gorthan plantadas em vaso, vindas das florestas inacessíveis ao noroeste, abriram flores com o roçar da minha mão. Como uma samambaia rabugenta uma vez se aproximou para se enroscar toda carinhosa ao redor do meu dedo, as ondulações de adoração da plantinha se apossaram de mim. Ela agora sabe que não preciso rotular os ingredientes que vêm das árvores. Que eu aprendi a ler misturas usando a intuição, e que consigo com facilidade e eficácia me desviar das fórmulas estabelecidas cada vez mais.

Olho direto para Tierney.

– Sim, bem, tem algo estranho com você e a água.

Um lampejo de medo atravessa seu rosto.

Embora eu saiba que Tierney tem me observado sem dar muito nas vistas, também sei que ela não percebeu que eu tenho feito o mesmo. Em várias ocasiões, espiei o laboratório, tarde da noite, e vi coisas estranhas. Coisas que me fizeram piscar em confusão e me perguntar se minha privação contínua de sono não estava me pregando peças. Uma Tierney distraída brincando com filetes de água, os fluxos e bolas de água seguindo seu dedo rodopiante como gatinhos brincalhões. Tierney conduzindo vapor com os dedos. Tierney segurando uma bola de água.

Fui forçada a ficar cara a cara com a verdade; como Gareth, não há dúvidas de que Tierney e eu somos miscigenadas.

Sangue de feérico.

Por um longo momento, nos encaramos em um silêncio nervoso.

– Você já reparou – Tierney se arrisca – que somos as duas únicas pessoas na classe sem braçadeiras brancas?

Cada vez mais acadêmicos gardnerianos começaram a usar essas braçadeiras, mostrando seu apoio à ascensão de Marcus Vogel como alto mago no referendo da primavera, sendo Fallon Bane uma das primeiras a fazer isso. Não consigo me forçar a usar uma, por mais importante que seja eu me encaixar. A ideia de Vogel como o próximo alto mago me enche de um pavor poderoso que não consigo explicar.

– Ah, eu não me envolvo com política – digo, com leveza forçada. – Esse é o campo da minha tia.

Tierney me lança um severo olhar avaliativo, sua boca se abre, vagarosa, em um sorriso friamente sardônico.

O olhar dela me deixa desconfortável. Como se eu estivesse sendo analisada com rigidez e julgada como insuficiente.

– Vou precisar da sua ajuda com os frascos – Tierney deixa escapar, sem jeito. – Para carregá-los, quero dizer. Com essa escoliose nas minhas costas, não consigo carregar muita coisa.

Assinto, ansiosa para deixar todos esses fios de conversa caírem no esquecimento. Pego minha tigela de pó e a agito na calda viscosa que ferve diante de nós. O aroma rico de cedro e cravo dá sabor ao ar.

– Eles estão no meu quarto – acrescenta ela.

Tusso um som de descrença ao limpar o pó de casca das mãos.

– Não posso ir para o seu quarto. E se Fallon me vir lá?

– Ela não vai ver – diz Tierney, com um balançar de cabeça. – Ela tem exercícios militares quase todas as noites. – Ela me lança um olhar significativo. – Treinamento em armas.

Uma risada sombria brota de mim.

– Ah. *Armas*. Só isso? Então ela vai estar com bastante prática quando vier me matar.

Tierney ergue uma sobrancelha astuta e me analisa com seriedade. Como se estivesse esperando que eu acabe com a gracinha.

Solto um longo suspiro.

– Não posso encontrá-la, Tierney.

– Fallon é fanática com os horários – afirma Tierney, séria. – Ela vai ficar fora por mais algumas horas. Tenho certeza.

*

Encaro Diana Ulrich, e só pisco.

Ela está cochilando em uma das quatro camas do quarto lotado de Tierney, de barriga para baixo, com um braço pendendo imóvel da cama, roncando alto.

Completamente nua.

Enquanto envolve panos macios em torno de cada frasco na primeira de duas longas caixas de madeira cheias de divisórias, Tierney me nota boquiaberta com Diana. Ela dá de ombros.

– É chocante no início. Mas já me acostumei.

Diana solta um rosnado e rola, abrindo as pernas. Coro e me afasto.

Tierney me lança um sorrisinho.

– Estou quase terminando.

Curiosa, olho ao redor do cômodo enquanto Tierney trabalha.

– Então, qual cama é da Fallon?

Minha parceira de laboratório bufa e me lança um olhar incrédulo.

– Você acha que ela dormiria *aqui*? Com todas *nós*? – Ela aponta o polegar na direção de uma sala lateral. – A cama dela é ali.

Com cautela, passo para o cômodo adjacente quando Tierney começa a abastecer a segunda caixa. É dramático, como eu esperava que fosse: decorada em vermelho-escuro e preto puro, uma cama de dossel imensa está no meio do cômodo; lençóis caros jogados de qualquer jeito, um prato de frutas meio comido derramando sobre o lençol branco.

Constato, com satisfação mesquinha, que Fallon Bane é desleixada.

Cheia de culpa, entro no quarto, sentindo-me um ladrão sorrateiro, mas a curiosidade tira a melhor de mim. Ela tem uma impressionante coleção de livros de feitiços. Fileiras de grimórios novinhos em folha, encadernados em couro com títulos nítidos em relevo dourado, estão em uma estante trancada que tem o vidro revestido de painéis de diamantes com uma treliça de ferro. Facas e espadas de prata com cabos incrustados e um arco espetacular pendem das paredes. Uma lareira imensa com grade de ferro forjado trabalhada na forma de garras de dragões espalha um calor delicioso. E, ainda por cima, um crânio de dragão de verdade paira sobre ela.

Ando até a cama de Fallon e passo a mão sobre o edredom de seda, sentindo uma pontada de inveja pelo luxo que ela desfruta todas as noites. A inveja cava as garras mais fundo quando vejo um pequeno retrato de cerâmica em sua mesa de cabeceira.

Lukas Grey.

É bem parecido com ele; bonito como o pecado.

Ouço um grito aterrorizado atrás de mim e pulo, o retrato cai de minhas mãos e pousa no piso de ladrilhos com um baque agudo que me faz estremecer.

É Olilly, uma das trabalhadoras urisk das cozinhas. Como Bleddyn com sua pele verde, a coloração dela se destaca, já que não é o habitual branco-rosado, mas lavanda. Ela está colada à porta, abraçando uma pilha de lençóis limpos e dobrados junto ao peito.

– Perdão, maga – ela força a desculpa, abaixando a cabeça como se eu pudesse arrancá-la.

– Está tudo bem – gaguejo, com coração acelerado. – Está tudo bem.

Ela é uma menina frágil de natureza doce e que se assusta com facilidade, devia ter pouco mais de quatorze anos, se eu tivesse que dar um palpite. Percebo que seus olhos cor de ametista estão vermelhos nos cantos.

Os meus tremulam para o retrato de Lukas, que agora está partido ao meio.

Ah, Sagrado Ancião. Fallon não pode voltar e encontrar isso quebrado.

Pego o retrato rachado de Lukas, sorrio para Olilly como se nada tivesse acontecido e enfio os pedaços no bolso da minha capa.

Há o estalido e o curto rangido de uma porta sendo aberta, uma enxurrada de murmúrios conturbados e então uma voz familiar se eleva acima das outras.

– Santo Ancião! Ela é um *animal* imundo!

Meu coração despenca para os pés e vai direto para o chão.

Fallon.

Eu recuo para trás da porta, minhas pernas ficam bambas na mesma hora, o fôlego é arrancado dos meus pulmões.

O que ela vai fazer comigo? Meu coração parece que vai explodir. Olho através da fenda da moldura da porta e vejo Echo, Paige e Fallon de pé no quarto, e outro espasmo de medo dispara através de mim. Tierney está congelada perto da mesa, olhando para elas com pânico evidente.

Olilly me olha com horror absoluto, percebendo rapidamente que eu não deveria estar aqui.

– Eu não consigo mais lidar com isso! – exclama Echo com um aceno moralmente indignado de mão em direção à Diana nua. – Ela é *repugnante*. Olha para ela! Não podem esperar que a gente... nós somos *gardnerianas*! Não *prostitutas* pagãs imundas!

Fallon joga um cobertor sobre Diana, que bufa algumas vezes, vira-se e retoma o ronco.

– Pronto – diz Fallon para Echo. – Melhor?

– Não, Fallon. Não está – retruca Eco. – Melhor só se ela saísse daqui *de vez*.

Fallon ri e joga a capa em uma cadeira ali perto.

– Ela ronca feito um porco. – O sorriso de Fallon desaparece quando absorve a expressão congelada de Tierney.

– O que *você* está olhando? – ela exige. – Santo Ancião, você é igual a um ghoul.

Recuo mais para trás da porta.

Fallon olha ao redor, como se sentisse algo errado, seus olhos se iluminando ao ver Olilly. Sua expressão fica severa.

– O que *você* está fazendo aqui?

Com os olhos arregalados de terror, Olilly abre a boca, mas não articula som nenhum.

Fallon suspira como se estivesse lidando com um cão indisciplinado.

–Venha aqui – comanda ela, endireitando-se e apontando para um ponto no chão logo à sua frente.

De cabeça baixa, Olilly se apressa até lá, ainda abraçando os lençóis.

Fallon estreita os olhos para a garota, desembainha a varinha e a deixa descansar na palma da mão.

– O que eu pedi para você ser? – pergunta ela, calma.

A garota murmura alguma coisa, os olhos estão fixos no chão.

– Não consigo te ouvir – diz Fallon.

– Invisível – murmura a menina.

– O que disse? – insiste Fallon, segurando a mão sobre o ouvido.

– Invisível – murmura Olilly, um triz mais alto, com a voz sufocada de medo. – Peço perdão, maga Bane, não esperava que a senhora…

– Não, não, não – diz Fallon, bem devagar e entre dentes cerrados. – Para *ser* invisível, você tem que *soar* invisível. Você soa invisível?

– S-sim, maga Bane. Quer dizer, não, maga Bane – gagueja a garota.

– Bem, então o que é?

A garota está ali parada, atolada em confusão.

– Saia – ordena Fallon, parecendo entediada.

Fumegando e com olhos semicerrados, encaro Fallon. Desejando ter uma varinha e o poder para usá-la.

Abraçando os lençóis limpos, a menina foge.

Fallon sopra um som de nojo e se inclina para trás em uma mesa. Ela ergue a varinha, murmura um feitiço e, distraída, cria uma bola de fumaça azul turbulenta que ganha vida sobre a ponta da varinha.

Eu me arrepio com a demonstração casual de poder. A bola se transforma em um redemoinho cor de safira e depois em uma nuvem de fumaça cinza.

Ela se vira para Echo, com um sorriso astuto.

–Você ficou sabendo de Grasine Pelthier?

– Não – responde Echo.

O sorriso de Fallon se torna malicioso.

– Ela vai se laçar. A Leander Starke.

As mãos de Tierney congelam nos frascos.

Quem é Leander?

– O vidreiro? – acrescenta Paige. – Ele é aprendiz do pai de Tierney, não é?

A dor corta as feições da minha parceira de laboratório, a chuva suave do lado de fora se transforma em uma chuva torrencial.

– Ah, é isso *mesmo* – Fallon diz a Tierney, com preocupação simulada. – Eu ouvi dizer que você gosta dele.

Meu pescoço arde de indignação frustrada.

Tierney não se mexe, não olha para Fallon. Trovões abafados rugem e os céus se abrem, uma camada de chuva obscurece a vista da janela.

– Ele a beijou – cantarola Fallon para Paige e Echo.

Tierney levanta a cabeça; o ódio queima em seus olhos. Relâmpagos riscam o céu, e a chuva bate com mais força.

Fallon suspira.

– Ela disse que ele tem lábios macios como seda.

Relâmpagos novamente, as janelas chocalham como se fossem explodir. Tierney se agarra à beira da mesa, com os olhos escuros como a tempestade. Preocupada, olho para a janela e me pergunto se a angústia de Tierney está de alguma forma influenciando o clima.

– Não se preocupe, Tierney – murmura Fallon. – O laço será obrigatório em breve. Tenho certeza de que o Conselho vai encontrar alguém até mesmo para você. – Fallon se vira para Echo e Paige, lutando com o riso. – Alguém que queiram punir. – Fallon não consegue se conter; ela ri largada e olha de rabo de olho para Paige, que está lutando com uma risada. Echo balança a cabeça como se elas estivessem sendo infantis.

Dentro de mim, a repugnância batalha com a surpresa.

O laço será obrigatório em breve? Quando isso foi decidido?

Perdendo o interesse em Tierney e ignorando a tempestade que explodiu do nada, Fallon pega o pacote com o qual entrou.

– Olha o que eu tenho – cantarola ela. E puxa o barbante pardo, desembrulhando o objeto.

Um novo uniforme militar aparece. O cinza mais escuro de aprendiz líder; não mais cinza de aprendiz inferior. Cinco faixas largas de prata estão bordadas ao redor da manga.

– Ah, Fallon – Paige a paparica. – Você ganhou um novo uniforme! O manto também?

Fallon o pendura em um gancho de parede e, em seguida, desdobra uma capa com mais cinco faixas de prata.

Ela a veste e rodopia. A inveja me ataca no que a observo.

Ela parece dramática, poderosa e bonita: a imagem de tudo o que a Bruxa Negra deveria ser.

Fallon sorri, cheia de presunção.

– E eles vão me promover a soldado pleno no final do ano. Décima Segunda Divisão.

– Ah, é a divisão de Lukas! – entusiasma-se Paige, cheia de alegria. – Vocês estarão juntos de novo!

Claro que estarão, penso com amargura. *Uma combinação perfeita de poder e crueldade.*

– Não fico surpresa que eles estejam te promovendo mais cedo – diz Echo, com aprovação. – Precisamos da nossa Bruxa Negra. E você é a melhor esperança que temos. Alguém tem de acabar com esse terrível movimento de Resistência antes que saia ainda mais do controle.

Sair do controle? Não sabia que a luta contra a fraca e obscura Resistência havia se intensificado.

– Eles atacaram a base da Sexta Divisão na semana passada – continua Echo. – Vestidos como nossos soldados!

Fallon solta uma risada desdenhosa.

– Ah, nós cuidaremos da resistenciazinha dos pagãos – ela se gaba, com a mão no quadril. – Vamos assar algumas aldeias kélticas se eles continuarem. A Resistência será derrotada e abatida em breve.

Meu coração bate forte no peito.

Fallon gira de novo, fica ainda mais petulante e se afunda na cama de Paige.

– Ele foi embora hoje.

– Ah, como você consegue *suportar* isso? – exclama Paige.

– Já, já vocês serão laçados – garante Echo. – Toda essa preocupação com Elloren Gardner por nada. Eu te disse para ignorar os rumores.

Fallon lança um olhar acusador para Echo.

– Bem, você virou amiguinha dela por um tempo.

Echo franze os lábios para Fallon.

– Sim, bem, isso foi antes de eu perceber que ela tinha a intenção de ser amiga de um mestiço.

Uma onda de indignação com o desprezo por Gareth corta o meu medo debilitante.

Fallon puxa a varinha e envia uma nuvem de cristais de gelo no ar.

– O que eu não daria por uma desculpa para congelar o sangue dela.

Com o medo renovado, me encolho contra a parede.

– Fallon! – Echo a repreende, com brusquidão. – Não brinque com essas coisas. Ela é *gardneriana.*

– Ela cheira a icaral – retruca Fallon, sorrindo.

Diana bufa, ainda dormindo, e empurra o cobertor para longe.

Echo olha para Diana, horrorizada.

– Ela é tão... nojenta! E *arrogante*!

– E a maneira como ela joga o cabelo! – acrescenta Paige, ansiosa para ser incluída.

Fallon se levanta, pega uma tesoura na mesa e sorri para Echo.

– Acho que é hora de ensinar uma lição à cadela lupina.

Paige morde o lábio com nervosismo.

– Ah, eu não acho que seja uma boa ideia...

Abrindo um sorriso largo e se movendo de maneira tão furtiva quanto um gato, Fallon tira a capa e se arrasta na direção de Diana. Prendo a respiração quando ela se ajoelha, pega um cacho grosso do cabelo de Diana e coloca a tesoura em volta dele...

Rápida como um borrão, Diana salta da cama e derruba Fallon no chão. Paige solta um grito, Tierney e eu recuamos.

Quando dou por mim, Fallon está de barriga para baixo e Diana está montada nela, segurando os dois punhos da garota em uma mão, a tesoura na outra. Fallon grita enquanto a lupina aperta seus braços atrás das costas e joga a tesoura para a parede, empalando o uniforme novo de Fallon com um som afiado.

– Você *ousa* atacar a filha de um alfa? – rosna Diana. – Sua *tola*! Não acha que consigo sentir o seu ataque? Mesmo enquanto *durmo*?

Diana segura a mão livre na frente do rosto de Fallon, e todas nós assistimos com completo horror quando a mão se transforma em um membro selvagem e peludo com garras curvas.

– Se você tentar me atacar mais uma vez, vou te marcar. Para te fazer lembrar o que acontece com aqueles que desafiam a filha de um alfa. – Diana desfaz a transformação da mão, estica-a por baixo de Fallon e agarra a varinha da garota. – E suas tentativas de usar essa sua patética magia de graveto me cansam! – Diana pega a varinha, a quebra ao meio e a joga de lado.

Fallon grita quando Diana torce seus braços uma última vez; então, em outro borrão, ela se afasta de Fallon e paira sobre a garota. Fallon se força rapidamente a se levantar, com o rosto vermelho e furioso. Ela agarra os antebraços, estremecendo de dor.

Fallon atira um olhar assassino para Diana.

– Vou voltar para te pegar! – exclama ela, antes de fugir do quarto com Echo e Paige.

Diana joga a juba loira sobre o ombro e volta para a cama. Ela faz careta para o cobertor, joga a peça no chão, depois cai na cama e se aconchega; suas costas nuas estão voltadas para nós.

Tierney se vira para o meu esconderijo, sua voz está rouca.

– Ela se foi.

– Claro que sim – murmura Diana no travesseiro. – Ela é uma covarde sem aquele graveto. Pode sair agora, Elloren Gardner.

Sacudo a cabeça em surpresa. Olho para Diana com perplexidade.

– Elloren – Tierney empurra uma caixa de frascos em minha direção quando eu volto para o quarto. Ela aponta a porta com o queixo, com urgência no olhar.

Com as pernas instáveis, pego os frascos e deixo Tierney me puxar de lá.

★

– Quem é Leander? – pergunto a Tierney, quando voltamos para o laboratório deserto.

O trabalho dela está estranhamente desleixado e negligente à medida que nos apressamos para terminar o projeto, completando cada frasco com xarope quente.

Agora está totalmente escuro, as janelas em arco do laboratório de boticário estão pretas como ardósia.

– Ninguém – diz ela, sem olhar para mim.

Espero, imóvel, até ela finalmente ceder.

– Ele trabalha para o meu pai. – Ela dá de ombros, com a boca tremendo. – Ele... não é nada para mim. – Sua boca se curva para baixo e ela começa a chorar, então soluça, os ombros se sacudindo, a cabeça baixa. – Ele não é *nada*. Eu não ligo... Não me importo com o que acontecer com ele... – Seu braço se ergue para cobrir seus olhos e, por um momento, ela é incapaz de falar com coerência através das lágrimas. – Por que fizeram isso? – ela geme. – Por que tiveram que me fazer assim tão *feia*?

De repente, a água explode dos poucos recipientes abertos na sala, voando para Tierney, girando em torno dela com grande pressa.

Minhas mãos voam para afastar o líquido. As linhas giratórias evaporam abruptamente em uma grande nuvem, obscurecendo tudo diante de mim.

Mal consigo ver o rosto fantasmagórico de Tierney em meio à névoa branca. Ela está me encarando, com olhos arregalados e apavorada.

Feérico. Ela é uma feérica de água de sangue puro. É a única explicação.

E alguém a "fez" ficar feia. O que significa que alguém lançou um glamour sobre ela. Seu cabelo verdadeiro deve ser azul. A pele também.

E sou obrigada pela lei gardneriana e verpaciana a entregá-la. A punição por abrigar uma feérica é o cárcere.

Eu me forço a deixar aquilo para lá quando a nuvem cai no chão em uma poça fina.

Talvez ela não seja feérica. Talvez seja como eu. Como Gareth. Como todos nós gardnerianos, mas com algum sangue de feérico, talvez. Só isso. Seu sangue feérico é só... *extraordinariamente* forte.

Não, admito para mim mesma, a verdade esmagadora se instala. Ela é feérica. E será enviada para as Ilhas Pyrran se for descoberta.

E ela não fez *nada* para merecer isso.

– Elloren... – Tierney começa a falar, com a garganta arranhando. Foi-se o seu habitual cinismo reservado. Ela parece pequena, perdida e amedrontada.

– Não – eu a interrompo, erguendo a mão para impedi-la de continuar. – Você não precisa se explicar para mim. Não vamos falar sobre isso. Seja o que for.

Encontro seus olhos, e seu rosto é um livro aberto, cheio de gratidão avassaladora e atordoada.

Algo muda entre nós nesse momento, e posso sentir o início de uma verdadeira amizade começar a criar raízes.

– Aqui – digo, ao pegar um pano. – Vou te ajudar a limpar isso.

Tierney assente com rigidez, e posso vê-la lutar contra mais lágrimas. Sem dizer nada, ela pega um pano, se abaixa e, juntas, limpamos o chão.

Lá fora, a chuva parou e uma névoa fria paira no ar. Quando começamos a nos afastar do complexo do laboratório, somos abordadas por um jovem aprendiz militar gardneriano com a insígnia de árvore da Décima Segunda Divisão.

Ele faz uma mesura e me entrega uma carta.

– Tenho ordens para entregar isso a você, maga – diz ele, então faz outra mesura firme e se despede.

Olho para a carta. Meu nome está escrito nela em uma caligrafia caprichada e elegante. Rompo o selo de cera, o carvalho-do-rio da Décima Segunda Divisão, e puxo a carta conforme Tierney olha por cima do meu ombro.

Vou me juntar à minha divisão em Essex.
Eu volto para você. No Yule.

Lukas

Meu coração dispara, o calor lava meu rosto e depois a indignação.

A pura arrogância dele.

Como ele poderia pensar, depois do que aconteceu com Ariel, que ainda poderíamos ir ao baile juntos? E ainda assim... é lisonjeiro que possamos estar tão em desacordo, e ele *ainda* estar tentando me cortejar.

– No Yule? – pergunta Tierney, puxando meus pensamentos de volta ao presente.

– Há um baile – explico, dividida. – Prometi ir com ele.

As sobrancelhas de Tierney se erguem em surpresa.

– Ah, ah! – cantarola ela, perversamente encantada. – Parece que Fallon Bane vai desejar ter mesmo congelado o seu sangue, afinal.

CAPÍTULO VINTE E QUATRO

DIANA ULRICH

Diana Ulrich bate os seus livros na mesa do laboratório de Chímica. Aislinn e eu temos um sobressalto e olhamos para ela.

É cedo na manhã seguinte, a aula está prestes a começar, dois acadêmicos kélticos sonolentos entram, seguidos por um elfo de costas empertigadas.

Diana cai em seu assento com um suspiro alto. O irmão olha para ela, erguendo as sobrancelhas.

– Você não vai acreditar nas coisas com que tive que lidar esta manhã! – ela reclama para ele, com a voz tão alta como de costume.

Os kélticos se viram e piscam para a lupina, o elfo lança um rápido olhar de aborrecimento.

– O que aconteceu? – pergunta o irmão de Diana, com calma.

– Eu ganhei uma advertência!

– Mas por quê?

Diana bufa, indignada.

– Por causa de Fallon Bane, aquela gardneriana estúpida com quem estou sendo forçada a conviver contra a minha vontade!

Aislinn e eu trocamos rápidos olhares de surpresa.

– Eu não estou entendendo – diz Jarod.

– Ontem à noite – começa Diana, ríspida –, Fallon Bane pensou que ia se divertir cortando meu cabelo enquanto eu dormia.

Jarod assovia para si mesmo e ri baixinho.

– Pobre Fallon.

Toda a postura de Diana enrijece.

– Pobre *Fallon*? – exclama ela, indignada. – Ela é uma valentona!

Jarod tenta, com afinco, controlar a diversão e parecer sério.

– Posso imaginar como você reagiu – diz ele, suprimindo o sorriso.

– Reagi com extraordinária moderação! – declara Diana, claramente irritada pelo irmão não estar levando o assunto mais a sério.

– Ela ainda tem os quatro membros? – pergunta ele, não muito de brincadeira, ao que parece.

– Só dei um aviso a ela.

– Muito diplomático da sua parte.

– E quebrei a varinha dela.

– Ah.

– E agora estou com advertência acadêmica! Por "interferir na integração pacífica das culturas". Depois que a maga tola tentou me atacar enquanto eu dormia! – Jarod abre a boca para dizer algo, mas Diana o interrompe. – Acho que o pai estava enganado sobre esses gardnerianos. Não há como aprender a conviver com eles! Eles são patéticos, inúteis e fracos!

Desconfortável, Aislinn desvia o olhar enquanto eu encaro Diana, boquiaberta.

Jarod pigarreia e olha para a irmã, seus olhos se movem cheios de significado para Aislinn e para mim.

– *O quê?* – retruca Diana, irritada.

Jarod suspira e esfrega a testa, apontando em nossa direção.

– Acontece que estamos sentados ao lado de algumas gardnerianas – ressalta.

Diana olha para nós, destemida.

– Não me refiro a Elloren e a Aislinn. Vocês duas não são nem um pouco patéticas e inúteis. Ambas são um tanto agradáveis. Ao contrário da grande maioria da sua raça.

Jarod para de esfregar a testa e apenas deixa a cabeça cair nas mãos.

Fico surpresa e, por incrível que pareça, acho graça do elogio relutante de Diana e da tentativa fútil de Jarod de controlar a irmã. Viro-me para Aislinn, que olha Diana e Jarod com igual assombro.

Jarod nos lança um olhar cheio de desculpas. Ele não tem sido nada além de gentil e diplomático nas últimas semanas. Parece insensato continuar mantendo distância.

– Está tudo bem – digo, mais para Jarod do que para Diana, que não parece nem um pouco arrependida pelo deslize. – Mas eu teria cuidado com Fallon. Ela é bastante vingativa.

Jarod me olha, obviamente surpreso por eu me dirigir a ele.

– Ela é uma valentona – diz Diana, com um aceno desdenhoso de mão –, e fraca demais para ser eficaz. *Comigo*, ao menos. – Ela faz uma pausa para estreitar os olhos cor de âmbar para mim. – No entanto, ela parece estar obcecada com *você*, Elloren Gardner.

– Ah? – digo, tentando soar inocente.

– Ela não gosta do fato de você se parecer com a sua avó. Se sente ameaçada. Também é territorial quanto a Lukas Grey. Ela o quer como companheiro, mas tem medo de que você o reivindique primeiro.

Eu coro com a sua declaração franca.

– Eu… só conheço Lukas há alguns meses – gaguejo, na defensiva.

– E do que isso importa? – observa Diana, com uma bufada. – Meus pais sabiam que estavam destinados quando sentiram o cheiro um do outro pela primeira vez. Eles se uniram no mesmo dia.

– Sério? – Fico chocada com sua franqueza.

Diana assente, como se não fosse nada de mais.

– Foi há vinte e cinco anos.

Isso me deixa pensativa.

– É bastante tempo – admito, repreendida.

– Hum-hum – concorda ela. – Bem, Elloren Gardner, espero que você seja a pessoa a reivindicar este Lukas Grey. Fallon Bane é uma tola, e mesmo que você seja gardneriana, você parece legal. Aislinn também. Mais agradável que os outros.

Engulo em seco, desconfortável, pensando no semelhante morto de Ariel. Uma situação que causei.

Não, Diana está enganada. Não sou legal. E mesmo que eu quisesse Lukas Grey, tomá-lo para mim me parece brincar com dragões.

Pondero sobre a situação precária de alojamento de Diana enquanto volto do meu trabalho na cozinha na noite seguinte. A lua cheia brilha no céu, e o ar está gelado e limpo. Puxo o manto para mais perto do corpo, lutando contra o frio, caminho ao longo de um pequeno campo lateral que faz fronteira com a floresta. Ele fica perto de uma longa série de alojamentos para homens, e posso ouvir vozes masculinas à frente. Pequenos amontoados de figuras escuras permanecem do lado de fora de uma porta entreaberta, conversando e rindo, a maioria das janelas das casas baixas e cobertas de palha está aquecida pelo profundo brilho dourado da luz das lamparinas. Olho para os homens e me esforço para ver se consigo distinguir um dos meus irmãos.

Um farfalhar da floresta me chama a atenção, e me viro para ver Diana emergindo das árvores.

Completamente nua.

Ao me ver, ela abre um sorriso largo e animado, e caminha em minha direção, alheia aos dois homens gardnerianos no final da estrada que param para encará-la, boquiabertos.

O luar brilha sobre a pele nua de Diana, tornando-a quase branco-azulada. Seu corpo é longo e esguio, todo músculo magro, mas curvilíneo o suficiente para interessar a qualquer homem. Ela não está nem um pouco intimidade à medida que se aproxima.

– Olá, Elloren – diz ela, despreocupada.

Estou absolutamente mortificada em nome dela, boquiaberta.

– Por que… por que você está nua… *aqui fora*? – gaguejo.

Ela olha para si mesma como se não tivesse notado, seu rosto registrando certa confusão com a pergunta.

– Acabei de voltar de uma corrida na floresta – explica ela, como se o seu raciocínio fosse óbvio.

– Sem *roupa*? – Minha voz sai aguda.

Diana ri e olha para mim como se eu fosse uma criança que acabou de balbuciar algo muito bobo.

– Claro que sem roupa – diz ela, sorrindo. – Não dá para me transformar vestida. As peças seriam destruídas.

Estou atordoada com a sua nudez ultrajante.

Meus olhos saltam para os homens. Puxo o meu manto às pressas.

– Aqui – ofereço com urgência –, vista minha capa. Vou voltar contigo.

– Não preciso de um manto – diz ela, recusando-o, perplexa com a minha estridência. – De qualquer forma, minhas roupas estão bem ali no banco.

– Você quer dizer que se despiu *aqui*? Em plena vista do alojamento dos homens?

Agora ela está me encarando como se eu fosse mentalmente desequilibrada.

– Faça-me o favor, Elloren, é um lugar tão bom quanto qualquer outro. – O rosto de Diana assume um olhar extasiado. Ela levanta a cabeça no ar fresco da noite e respira bem fundo. – Você deveria ter visto a floresta essa noite. Estava *tão* linda! A lua está tão brilhante. Há um lago a cerca de uma hora de corrida. – Ela aponta com alegria na direção de onde veio. – O reflexo da lua no lago era deslumbrante, como prata líquida. E a caça aqui... É gloriosa! – Ela abre um sorriso largo, seus dentes fortes e brancos brilham ao luar como um conjunto de pérolas perigosas. Ela me olha por um momento como se sentisse um pouco de pena de mim. – É uma pena que você não possa ver a floresta como nós.

O pequeno grupo de homens junto à hospedaria parou de falar e agora está concentrado em Diana, um dos homens gesticula para que alguém de dentro saia para ver. O meu pânico por ela aumenta.

– Por favor, coloque minha capa. Aqueles homens estão te encarando.

Diana olha ao redor como se os notasse pela primeira vez.

– Eu não me importo – diz ela, com desdém, batendo o ar com as costas da mão. – Além disso, estou acalorada por causa da corrida. Quero esfriar primeiro.

– Você não pode... Diana, você *precisa* vestir uma roupa! – *Ancião, como ela é teimosa.*

Ela começa a parecer irritada.

– Por quê? Sério, *por quê*? É ridículo que isso signifique tanto para vocês.

– Porque não é permitido estar despido. Você poderia ser expulsa por isso. Eu acho... que significa algo de que talvez você não esteja ciente.

– O que é?

– Eles vão pensar que você quer dormir com eles! – deixo escapar, mortificada pelas minhas próprias palavras escandalosas.

Ela olha para eles, irritada.

– Não estou cansada. Sempre me sinto energizada depois de caçar.

– Não, não. Não é isso que quero dizer. Eu quis dizer que eles podem pensar que você quer fi…fi-*ficar* com eles.

Ela me encara.

– Não estou entendendo.

– Vão pensar que você quer ter relações com eles! – Sinto o meu rosto arder. Gardnerianos simplesmente não *falam* dessas coisas.

– Você está dizendo… – Ela coloca a mão em um dos quadris e aponta para o grupo que não para de crescer. – Que eles vão pensar que eu quero tomar um deles como *companheiro*?

– Sim! Exatamente! – exclamo.

– Ah, *por favor*, Elloren, você só pode estar *brincando*! Nenhum deles é digno de ser meu companheiro. – Ela lança um olhar de total desprezo aos homens que a assistem. – São fracos; e eu, forte e magnífica. Preciso de um companheiro igualmente forte, da minha espécie. Além disso, os seus homens têm ideias muito estranhas. Não os compreendo.

– *Por favor,* aceite a minha capa! – Estou ficando desesperada.

Diana me ignora e vai até o banco, bem quando Echo e algumas outras jovens gardnerianas dobram a esquina para ver o que todos os homens estão olhando. Elas me avistam e ficam horrorizadas quando veem Diana; tapam os olhos e se afastam às pressas.

Abro a boca como se fosse dizer algo em minha defesa, envergonhada por ter sido apanhada perto de uma lupina nua.

Alcanço Diana, que agora está de pé perto do banco se esticando, com as mãos bem acima da cabeça, curvando-se para um lado e para o outro enquanto olha satisfeita para a lua.

Nesse momento, o meu irmão Rafe aparece na curva da estrada, com arco, aljava e um saco de caça atirados por cima do ombro. Surpreso, ele olha Diana da cabeça aos pés duas vezes, com os olhos arregalados, depois os estreita ao verificar os arredores, absorvendo toda a situação, com a testa franzida de preocupação. Enquanto ele caminha rapidamente até nós, sinto meu rosto ficar ainda mais quente; não sei para que lado olhar.

– Olá, Elloren – me cumprimenta ele, com a expressão desprovida do sorriso habitual.

– Oi, Rafe – digo, bem baixinho, completamente derrotada.

Ele se volta para Diana, que o encara com certa curiosidade.

Faço um sinal fraco para Rafe.

– Diana, esse é o meu irmão, Rafe.

– Você deve ser a garota lupina – afirma ele, com naturalidade, como se não houvesse uma mulher totalmente nua na sua frente. É surreal demais, e a coisa mais mortificante que já me aconteceu.

Diana respira fundo, fechando os olhos por um momento. Ela os abre e olha Rafe com atenção.

– Você cheira bem. Como a floresta.

– Sim, bem... passei os últimos dias como guia de caça ao redor da cordilheira verpaciana. – Rafe aponta em direção às montanhas atrás dele.

– Viu o lago esta noite? Aquele a leste, a cerca de uma hora de corrida? – Diana se entusiasma.

Eu escuto, completamente estupefata quando eles iniciam uma conversa sobre a beleza da floresta, a abundância e a saúde da caça, as melhores áreas para caçar. Meu irmão está falando com ela como se estivesse alheio à falta de roupas, mantendo seu olhar militantemente fixo no dela.

Rafe dá uma olhadela para o nosso público.

Diana segue seu olhar, um olhar de aborrecimento cruza seus traços.

– Por que eles ainda estão me encarando?

– Creio que você não perceba – diz Rafe, com bastante tato –, mas não é *muito* aceitável ficar sem roupa aqui.

– Ah, estou prestes a me vestir – diz ela, sem pressa nenhuma. – Estou só me esfriando da corrida.

– Entendo a situação – diz ele. – Li sobre o seu povo, então estou familiarizado com alguns dos seus costumes, mas é *realmente* importante, Diana, que você vista uma roupa. *Agora.*

Ela estreita os olhos para o meu irmão e parece, enfim, entender que pode haver algo sério em jogo aqui, por mais ridículo que lhe pareça.

– Tudo bem – diz ela, com cautela, ainda olhando Rafe com atenção.

Envolvo minha capa em volta dela com rapidez, ouvindo alguns murmúrios de decepção de alguns dos homens. A meu pedido, Diana cede e volta para a floresta para se vestir antes de emergir mais uma vez, totalmente vestida agora. Os jovens a olham com segundas intenções e depois se dispersam.

– Estou com sede – anuncia ela, imperiosa.

– Bem, então – diz Rafe –, por que não vamos todos ao refeitório pegar algo para beber?

– Não é nosso costume ficar despido – explica Rafe, enquanto trago uma bandeja com chá quente e frutas secas das cozinhas.

– Sim, sim, eu sei, mas é ridículo – retruca Diana. – Como você toma banho? Você não cheira mal, então deve tomar banho. Minhas colegas de quarto ridículas ficam malucas dizendo que ninguém pode entrar no banheiro quando estão lá, presumo que haja banho acontecendo.

Rafe dá um meio-sorriso.

– Sim, nós tomamos banho, mas é inaceitável que estejamos despidos perto de outras pessoas.

– Até crianças pequenas? Até bebês? Eles precisam estar sempre vestidos?

– Sim. Todos precisam estar vestidos. Especialmente crianças mais velhas e adultos. E não podem *nunca* ficar despidos perto de pessoas do sexo oposto.

– Nunca? – Diana faz uma careta com descrença irônica. – Como vocês acasalam? Há muitos de vocês, então devem fazer isso em algum momento.

Rafe solta uma risada surpresa, cuspindo um pouco do chá. Diana sorri para ele, com presunção.

– Suponho… que há, de fato… a remoção de roupas – admite Rafe, com os olhos nadando de diversão conforme tropeça com as palavras. – Mas falando sério, Diana, sei que parece ridículo para você, mas existem… crenças religiosas que condenam a prática.

– Do quê?

– Da nudez.

– Crenças *religiosas*?

– Sim – confirma ele. – Há pessoas que presumem que, por você se sentir confortável em ficar nu, não tem moral… e que… acasalaria com qualquer homem.

– Isso é ridículo – diz Diana, acenando para o ar. – Nós acasalamos para toda a vida.

– Eu sei. Mas *aqui* há homens que acasalariam com você e que não têm desejo de um vínculo vitalício. Nem sequer teriam que gostar de você.

Diana faz uma pausa e olha para Rafe por um longo momento, boquiaberta.

– É chocante. Extremamente imoral – Diana franze os lábios em desaprovação e olha feio para Rafe. – Vocês são um povo estranho. – Diana vê alguém lá do outro lado do salão e levanta a mão para chamar a atenção dele. – Jarod – ela chama o irmão.

Jarod a vê, sorri e se aproxima da nossa mesa.

– O que ouvimos sobre o povo deles é verdade – diz-lhe Diana, sem rodeios. Ela se dirige a nós com um aceno de mão. – Essas pessoas vão acasalar com pessoas de que *nem gostam*. – Ela está obviamente chocada.

Rafe ergue as duas mãos para Diana, como se estivesse se afastando dessa acusação.

– Eu quis dizer que *alguns* gardnerianos e kélticos são assim, não *todos* – esclarece ele, com veemência.

O rosto de Jarod assume uma expressão de choque quando ele escolhe uma cadeira ao lado de Diana, sentando-se com o peito encostado nas costas do móvel.

– Sério? – pergunta ele à irmã, com voz baixa, envergonhado por nós. – Pensei que fosse apenas um boato maldoso.

– Eu também – concorda Diana. – Pensei que nosso pai estava exagerando. – Ela se volta para mim, com ar de censura. – Você se acasalou dessa maneira, Elloren?

Quase cuspo todo o chá que está na minha boca.

– *Eu? Não!* Eu nunca… – Minha voz fica mais baixa e estrangulada a cada palavra.

– E você? – Diana cutuca Rafe com o dedo. – Você acasalou dessa maneira? Com alguém de quem nem sequer gosta?

– Não! – diz Rafe, na defensiva; e suas mãos voltam a se erguer. – Como minha irmã, eu nunca… – Ele deixa no ar.

Diana relaxa a postura acusatória, volta a se recostar na cadeira e dá um suspiro profundo.

– Eu também ainda não me uni a um companheiro, embora esteja muito ansiosa por isso. – Ela sorri alegre ante a perspectiva, depois aponta para Jarod com o polegar. – Meu irmão também ainda não tomou uma companheira.

Jarod abre um sorriso animado para nós.

– Também aguardo ansiosamente por isso.

– Você deve estar ansiosa para ter um companheiro, Elloren – diz Diana, puxando assunto. – Está quase na idade. – Ela e o irmão sorriem para mim com expectativa, e começo a me perguntar a quentura que meu rosto pode atingir antes de me causar algum problema físico. Quero muito rastejar para debaixo da mesa e desaparecer.

– Veja – diz Rafe, inclinando-se para a frente em direção a Diana, segurando a caneca com ambas as mãos. – Por acaso concordo que é moralmente errado… *estar* com alguém de quem não se gosta. Só queria esclarecer.

– Sabe – digo a Jarod e Diana –, ouvi alguns rumores sobre os lupinos também.

Ambos se inclinam para a frente com interesse.

– Sério? – pergunta Diana. – Que tipo de rumores?

No mesmo instante, lamento ter dito aquilo. Não há saída agora. Respiro fundo e digo de uma vez.

– Eu ouvi dizer que vocês às vezes acasalam… como lobos.

Nenhum deles chega a pestanejar.

– É verdade – Diana se gaba. – Meus pais conceberam meu irmão e a mim como lobos. – Ela sorri ao pensar nisso. – *É por isso* que sou uma boa caçadora!

– É verdade – concorda Jarod. – Ela é uma das melhores caçadoras da alcateia. – O sorriso de Diana brilha com os elogios do irmão.

Fico sem palavras por um momento, depois consigo me recompor o suficiente para continuar. Não posso ficar mais envergonhada do que já estou, então concluo que poderia muito bem colocar todas as cartas na mesa.

– Eu também ouvi – continuo, hesitante – que às vezes vocês acasalam quando… os homens estão em forma de lobo… e as mulheres estão em… forma humana.

Ambos me encaram, boquiabertos.

Por fim, Jarod se volta para Diana, com um olhar incrédulo em seu rosto.

– Isso sequer seria fisicamente possível?

Diana continua a me encarar.

– Isso é ridículo – ela cospe, com tom bem articulado.

– Que conversas interessantes que você tem tido com as meninas moralmente honradas da Gardnéria – comenta Rafe, abrindo um sorriso largo para mim. Lanço para ele um olhar irritado. – Deixe-me adivinhar – especula ele. – O boato veio de Echo Flood?

– Fallon Bane – admito.

– Mas é claro – diz ele, rindo consigo mesmo.

– Que outros rumores ouviram sobre nós? – pergunta Diana. – Esse último foi muito criativo.

– Eu não quero te ofender – digo.

Diana acena com desdém.

– A ignorância do seu povo reflete mal sobre eles, não sobre nós.

– Me disseram que vocês se acasalam na frente de toda a alcateia.

Mais uma vez, olhares vazios.

– É simplesmente falso – disse Diana, parecendo ofendida de verdade pela primeira vez.

– O acasalamento é *privado* – acrescenta Jarod, nos olhando como se fôssemos tolos por precisar que isso seja explicado.

– De onde eles tiraram essas ideias sobre nós? – pergunta Diana, perplexa.

– Acho que a nudez faz as mentes do nosso povo se moverem para todas as direções estranhas – sugere Rafe.

– Bem – diz Diana, com um suspiro –, ouvi muitos rumores fantásticos sobre o seu povo também.

– Como o quê? – pergunto, curiosa para saber se os rumores dela são tão criativos quanto os nossos.

Ela se inclina para a frente, abaixando a voz.

– Ouvi dizer que vocês forçam meninas de treze anos a escolher um companheiro.

– Isso é verdade – digo, pensando em Paige Snowden. – Chama-se laço de varinha. É uma forma mágica de unir as pessoas como futuros companheiros. Ele cria as marcas que você vê nas mãos da maioria das gardnerianas aqui. Às vezes as meninas são muito jovens.

Jarod e Diana me olham bastante sérios.

– Mas treze anos não é idade suficiente para escolher seu companheiro de vida – responde Diana, balançando a cabeça.

– Eles são escolhidos *para* você, geralmente – esclareço, ao pensar em Aislinn.

Jarod e Diana olham um para o outro, com desaprovação estampada no rosto.

– Mas e se você não *ama* a pessoa? E se não liga para o cheiro dela? – Diana parece muito chateada com a perspectiva de algo assim. – Você ainda tem que acasalar com ela?

– Bem, sim – digo, percebendo o quanto algo assim deve soar terrível para ela. É terrível.

– Isso é aterrorizante de verdade – murmura Diana. Ela olha para as minhas mãos e depois para as de Rafe. – No entanto, nenhum de vocês está laçado.

Troco um olhar rápido com o meu irmão.

– Meu tio quer que esperemos – digo a Diana. – Ele acha que devemos esperar até estarmos mais velhos.

– Mas é claro que sim – afirma Diana, com um aceno enfático de cabeça.

– Ouvi dizer que seus homens acasalam com focas... mesmo que tenham companheiras de vida – Jarod deixa escapar.

Diana se volta para o irmão, com uma expressão mortificada no rosto.

– *Jarod!*

– Foi o que ouvi – diz ele, encolhendo os ombros para ela.

Rafe suspira.

– Alguns de nossos homens fazem isso. As focas são chamadas de selkies e podem assumir a forma humana.

– O quê? – Eu me engasgo, chocada de verdade. – Tia Vyvian me disse que as pessoas as mantinham como *animais de estimação.*

Rafe ergue uma sobrancelha e me lança um olhar desconfortável.

– Não são animais de estimação, Elló.

O desgosto toma conta de mim quando a verdade obscena das coisas se encaixa.

– É pavoroso demais – murmura Diana, envergonhada por nós. – Talvez essas coisas chocantes não acontecessem se vocês acasalassem em uma idade razoável com pessoas de quem gostam de verdade, assim como nós. É antinatural, a maneira como vocês acasalam.

– Há casais gardnerianos felizes – rebato, na defensiva. – Meus pais se amavam muito.

– É por isso que você e seu irmão têm bons modos, ao contrário dos outros de sua espécie – afirma Diana, enfática.

– O que aconteceu com seus pais? – pergunta Jarod, baixinho, captando minha fala no pretérito, coisa que Diana não percebeu.

– Eles morreram quando éramos bem novinhos – respondo, ao encarar o meu chá. Quando olho para cima, o rosto de Diana está cheio de tristeza.

– Lamento muito por isso – diz ela.

Simplesmente dou de ombros, sem saber o que dizer, ficando ciente do avanço da hora e do cansaço que sinto. Penso na minha colcha e no quanto gostaria que ainda estivesse aqui para me envolver nela. A mão de Diana toca de leve o meu braço.

– Você deve vir conosco na próxima vez que visitarmos nossa alcateia – diz ela, com voz gentil. – Eles vão gostar muito de você. Acho que você faria muitos amigos lá.

Fico surpresa ao sentir os meus olhos se encherem de lágrimas. Pisco para segurá-las e luto para manter a compostura.

– Obrigada – digo, e minha voz quebra quando mantenho meus olhos fixos na caneca. – É muito gentil da sua parte fazer o convite.

Diana dá um aperto cálido no meu braço antes de soltá-lo. Olho para ela, seu rosto é um livro aberto como o do irmão, desprovido de malícia. Tirando as perguntas desconfortavelmente sinceras sobre acasalamento, tenho a súbita sensação de que eu ia mesmo gostar do povo de Diana.

– Parece que estávamos enganados sobre eles – Aislinn me diz algumas noites depois, quando nos sentamos em um banco do lado de fora, olhando para a lua minguante e falando dos lupinos. Apertamos o manto junto ao corpo enquanto uma brisa fria farfalha as folhas secas de outono presas à árvore acima de nós, as pesadas bolsas de livros estão no chão ao nosso lado.

– Eu sei – concordo.

– Mas sério, Elloren – diz ela –, alguns comportamentos deles... Ainda são... *muito* chocantes.

– Mas não ruins, na verdade.

Aislinn fica em silêncio por um momento, ponderando antes de voltar a falar.

– Mas simplesmente não entendo. Ouvi o meu pai contar à minha mãe sobre os lupinos uma vez. O Conselho dos Magos o enviou em missão diplomática às alcateias do norte. Enquanto ele estava lá, um lupino de repente anunciou à toda a alcateia que ia acasalar com uma das fêmeas, e então simplesmente... bem, ele a arrastou para a floresta. Por que meu pai diria algo tão chocante se não fosse verdade?

– Eu não sei – admito, meu rosto tenso com esse quebra-cabeça.

– Talvez os grupos do norte sejam diferentes – diz Aislinn. – Talvez o bando de Jarod e Diana tenha mais moral.

– Pode ser.

– Simplesmente não consigo imaginar Jarod fazendo algo tão chocante.

Olho de volta para a lua, pequenas nuvens cinzentas flutuam devagar à sua volta.

– Sabe – admite Aislinn, furtiva –, Jarod me deu um poema hoje. Sobre a lua.

Não me surpreende. O que começou como um pequeno fluxo de correspondência discreta no laboratório de Chímica logo se transformou em algo constante, tanto que Diana se recusou a ser a mensageira. Em vez disso, ela e eu trocamos de lugar para que Jarod e Aislinn pudessem ficar com os assentos do corredor.

Minha amiga abre um dos seus livros secretos, tira um pedaço de papel bem dobrado e o entrega a mim. Abro-o e leio a escrita fluida de Jarod junto à luz estreita do lampião.

É um poema sobre solidão e anseio, a lua é uma testemunha brilhante disso.

– É lindo – digo a ela, ao dobrar de novo o papel, sentindo como se estivesse me intrometendo em algo privado.

– Eu sei – reconhece, com voz sonhadora e distante.

– Aislinn – falo, arriscando-me com certa hesitação. – Eu vi você e Jarod juntos. Nos arquivos ontem à noite.

Os dois estavam sentados bem próximos, diante de um livro aberto, com cabeças e mãos quase se tocando. Pareciam alheios ao resto do mundo, encantados um com o outro, com expressão iluminada enquanto falavam baixinho em tom animado. Incapazes de conter o sorriso tímido.

Aislinn cora e baixa o olhar para o colo. Ela dá de ombros.

– Acho que estamos nos tornando... amigos, de certa forma. Estranho, não é? Eu, amiga de um lupino. – Ela olha para mim. – É tudo inocente, sabe. A família de Jarod vai levá-lo para visitar as alcateias do norte nesse verão para que ele possa procurar uma companheira, e ele sabe que estou prestes a me laçar a Randall. Somos apenas... amigos.

– Eu sei – digo. – Eu só me preocupo.

A testa de Aislinn se franze.

– Se minha família souber que estou falando com ele... meu pai me tiraria da universidade. É por isso que só nos encontramos tarde da noite. É que ambos gostamos tanto de livros. É tão bom discutir literatura com alguém que é tão... perspicaz. Ele é muitíssimo bem instruído.

– Parece que ele é tão instruído quanto você – concordo.

– Sabe, Elloren – diz Aislinn, com voz hesitante –, conversar com Jarod... só me faz pensar se... se o nosso povo pode estar enganado sobre algumas coisas.

Recosto-me, vendo uma constelação familiar através dos ramos.

– Sei o que você quer dizer.

Ficamos quietas por um momento, olhando para as estrelas.

Com frio, coloco as mãos nos bolsos da capa. A minha mão arranha cacos duros e irregulares.

O retrato quebrado de Lukas. Tinha me esquecido completamente dele.

Eu o retiro do bolso e o seguro na palma da mão aberta. Empurro as duas peças juntas para formar seu rosto ridiculamente bonito.

Aislinn fica boquiaberta.

– Você tem um retrato? De *Lukas Grey*?

Assinto, resignada.

– Quebrei sem querer e o peguei do quarto de Fallon. – Conto a Aislinn tudo o que aconteceu, incluindo a escandalosa nudez de Diana e como ela lidou com Fallon Bane com eficácia.

Aislinn tem dificuldade para manter baixo o riso incrédulo que tenta escapar; eu também começo a rir.

Ela balança a cabeça ao lutar com o sorriso, e aponta para o retrato.

– Fallon vai te congelar se ela descobrir.

Guardo as peças de novo no bolso e dou tapinhas na lateral da capa.

– Não se estiver escondido em segurança.

Meus dedos seguram as peças do retrato através da capa enquanto o receio me atinge.

Ela nunca vai descobrir. Como poderia?

Mais tarde naquela mesma noite, Ariel enfim fala comigo de novo.

O quarto é um lugar completamente diferente do que costumava ser. Wynter e eu limpamos tudo, e a maior parte do cômodo, exceto o terço de Ariel, está agora bem varrido e organizado. O pequeno viveiro que Rafe construiu está montado ao lado da cama de Ariel, e abriga duas galinhas roubadas e uma coruja com a asa quebrada da qual ela está cuidando.

Preciso admitir que fico um pouco fascinada pela coruja e gosto de ver a forma suave como ela consegue girar a cabeça quase por completo, bem como de olhar em seus belos olhos arregalados. Nunca cheguei tão perto de uma coruja.

Ariel é aprendiz em criação de animais, sua mesa é uma confusão aleatória de livros dedicados principalmente à medicina aviária. Por mais que ela seja desfocada e desequilibrada perto de pessoas, é calma e hábil com animais. Ela ama os pássaros, a ponto de se recusar a comê-los.

Deito-me na minha cama no quarto aquecido, estudando a montanha de livros e notas à minha volta, o fogo ruge na lareira e lança um brilho suave em tudo. A coruja e as galinhas estão empoleiradas na cama de Ariel ao lado dela, e Wynter está sentada no chão, esboçando a coruja, enquanto Ariel a acaricia.

De forma inesperada, ela me encara, com os olhos estreitados e a cabeça apoiada no travesseiro.

– Você poderia ter feito eles me mandarem embora.

O som de sua voz áspera me assusta, e Wynter para de desenhar.

Preciso de um momento para encontrar a minha voz.

– Eu sei.

– Eu te machuquei – insiste ela. – Você estava coberta de sangue e de hematomas. Poderia ter me mandado para... para aquele lugar.

– Eu sei – repito, envergonhada e desconfortável. – Decidi não fazer isso.

– Mas – pressiona ela, com raiva – você estava coberta de sangue...

– Eu disse a todo mundo que caí das escadas.

Ela continua a me encarar enquanto seus olhos assumem uma expressão vidrada e dolorosa.

– Eu ainda te odeio, sabe.

Engulo em seco e aceno com a cabeça. Claro que ela odeia, e eu mereço. Ela destruiu um pertence precioso, mas eu causei a morte de um ser vivo, algo que ela amava.

– Não espero que você deixe de me odiar algum dia – digo, por fim, e com certo esforço. – Mas quero que você saiba... que sinto muito pelo que aconteceu com seu semelhante. Não sabia que Lukas faria aquilo... Não pensei... eu estava tão zangada com você. Sinto muito.

– Não importa – diz ela, sem rodeios, me interrompendo e rolando de costas para encarar o teto. – Ela está melhor morta do que aqui. Quem me dera estar morta.

Fico chocada.

– Não diga isso.

– Muito bem. – Ariel se corrige, e sua boca se curva em um escárnio zangado. – Eu gostaria que você estivesse morta. E todos os outros acadêmicos aqui. Menos a Wynter.

É um sentimento bastante justo, e o deixo pairar no ar sem nem contestar, enquanto Wynter olha para Ariel com triste compreensão e depois se vira para mim. Sua expressão se suaviza para um caloroso olhar de aprovação.

Volto a atenção para o texto, inesperadamente tocada. E, por incrível que pareça, sinto, pela primeira vez desde que cheguei à universidade, uma leve sensação de paz florescer dentro de mim.

CAPÍTULO VINTE E CINCO
TRYSTAN

– Onde está o Rafe?

– Saiu – diz Trystan, distraído, enquanto se deita em sua cama, sem se preocupar em desviar o olhar do escrito volumoso de Physiks no qual está absorto.

O décimo primeiro mês chegou, e com ele uma geada de arrasar, as árvores de repente ficaram nuas, o fogo na Torre Norte agora é uma necessidade.

Está tarde, o fim de mais uma semana, e passei a última hora lutando com os escritos de *História da Gardnéria*, novas perguntas que clamam pela minha atenção enquanto leio e releio partes do calhamaço. As coisas não estão fazendo sentido, e quero discutir aquilo com Rafe.

Teoricamente somos gardnerianos, os Abençoados, os Primeiros Filhos, irrepreensíveis e puros. E supõe-se que todas as outras raças são as Malignas, as Amaldiçoadas. Mas cada vez mais parece que a vida tem o hábito perturbador de se recusar a se alinhar em colunas organizadas.

É tudo extremamente confuso.

– O que ele está fazendo? – pergunto, e Trystan continua a ler.

– Caminhada. Como sempre – diz, sem dar muita atenção.

– Ah. – Que decepção. Recentemente, Rafe está sempre fora e indisponível.

– Com Diana Ulrich – diz Trystan, como uma reflexão tardia. – Ele tem caminhado com ela todas as noites essa semana.

Meus olhos se arregalam.

– É mesmo?

Trystan olha para mim, perplexo com a minha surpresa.

– Ela é lupina – saliento.

– Eu sei – diz ele, com toda a calma do mundo, olhando para o livro, como se a ideia de Rafe passar tanto tempo com um metamorfo fosse normal.

Lembro-me daquela noite no refeitório, da forma como Rafe e Diana pareceram se dar bem instantaneamente um com o outro. O olhar no rosto dela ao olhar para ele pouco antes de sair.

– Você não acha um pouco… estranho? – pesco por informações.

Trystan dá de ombros.

– A vida é estranha.

A minha preocupação aumenta. Rafe não pode se interessar por uma lupina. Ele vai provocar a ira de duas raças poderosas direto para a sua cabeça. E para a dela também.

– Você acha que eles… gostam um do outro?

– Talvez – diz Trystan, sem alterar o tom.

Olho para ele, preocupada de verdade agora.

– Ela é uma *metamorfo*.

Suas sobrancelhas se arqueiam.

– Tradução: "ela é uma Maligna"?

– Pelo Ancião, não – gaguejo, soando estridente e na defensiva aos meus próprios ouvidos. – É claro que não acho que ela seja má, mas… mas o Rafe não pode gostar dela dessa maneira. Não é como se nossas raças se dessem bem uma com a outra.

Trystan sorri, seu tom é amargo.

– Então você acha que os sentimentos respeitam a mesquinharia diplomática?

Eu espumo com o seu sarcasmo.

– Talvez devesse. Quando é perigoso para o seu futuro.

Trystan revira os olhos e volta a ler.

– Como você pode estar tão calmo? – Não sei por que estou perguntando isso. Trystan está sempre calmo. E, neste momento, está me fazendo subir pelas paredes.

– Elló, talvez eles sejam apenas amigos.

Solto uma bufada irônica com essa.

– Você já a conheceu?

– Não – responde Trystan, pronunciando cada letra. – Não conheci.

– Bem, ela pode ser irritante. E arrogante. – *E corajosa. E gentil. Mas ela está colocando o nosso irmão em um perigo potencialmente grave.* – E ela anda por aí nua metade do tempo! – insisto. – E agora está tentando roubar nosso irmão de nós.

Há coisas de que estou começando a gostar em Diana, admirar até, mas as afasto com brutalidade para o fundo da mente. Sei que estou sendo irracional, e tenho vergonha das minhas palavras, mesmo quando as digo, mas esse é um caminho que pode levar ao desastre. Não há como fazer rodeios.

Os olhos de Trystan se afastam brevemente do livro. Ele olha para mim como se eu estivesse perdendo o juízo.

– Você acha mesmo que alguém poderia roubar… o *Rafe*?

– Ela o enfeitiçou com sua beleza.

Trystan revira os olhos para mim.

– Eles devem só estar caminhando pela floresta, Elló.

Como pode ele ser tão irritantemente cego?

– Não. Ela está tentando afundar as garras, e quero dizer *garras* literais, nele.

Trystan abre um leve sorriso quando digo isso.

Afundo na cama atrás de mim e olho para ele, consternada, com os braços cruzados com firmeza. Ele volta para a leitura, fazendo seu melhor para me ignorar enquanto eu me sento ali, espumando de raiva feito uma idiota.

É então que entra Yvan, com uma bolsa pendurada no ombro e uma pilha de livros grossos debaixo do braço. Ele para de supetão quando me vê, e congela, sua expressão se reorganiza na aparência intensa e familiar que sempre usa quando estou por perto.

– *O que é?* – estouro para ele, magoada pela persistente hostilidade.

Ele não responde, apenas fica lá, parecendo mortificado, com manchas vermelhas iluminando suas bochechas. De repente percebo, morta de vergonha, que estou sentada na cama dele.

– Ah, sinto muito. – Peço desculpas no mesmo instante, pegando meus livros e bolsa ao me levantar com tudo; meu rosto também ficando profundamente vermelho. Garotas gardnerianas e kélticas *não* se sentam na cama de homens, a não ser que ele seja um irmão. É uma enorme violação de etiqueta.

Rígido, Yvan tira a capa de lã escura e a joga na cama, junto com a bolsa e os livros, como se marcasse território, e me lança outra olhada feia e intensa com aqueles olhos verdes. Em seguida, ele pega alguns escritos e marcha até a mesa perto de sua cama.

Por minha vez, me sento aos pés da cama de Trystan, com as costas apoiadas na parede, meu rosto está desconfortavelmente quente. O quarto se tornou claustrofóbico, mas estou determinada a ficar para poder confrontar Rafe sobre toda essa gandaia com Diana. Pego meus próprios livros e nós três recuamos para a fuga passageira dos estudos.

De vez em quando, espio Trystan, e fico surpresa ao vê-lo olhando para as costas de Yvan, com a expressão um pouco estranha, quase fluida, como se estivesse sonhando com os olhos abertos.

Ao notar minha encarada, Trystan logo volta o foco para o livro, e eu, indiferente, espio Yvan de soslaio, tentando descobrir o que, exatamente, Trystan está vendo.

Yvan descansa a testa na mão enquanto lê, seu corpo está rígido e pouco à vontade. É um escrito da Guilda dos Médicos, e posso ver diagramas cirúrgicos nas páginas abertas.

Yvan tem boa aparência, admito com relutância. Ele é alto e magro, e quando seus olhos verdes penetrantes não estão tensos, são impressionantes. Os meus se atraem cada vez mais para ele nas cozinhas, sua força e graça ágil emaranham meus pensamentos e fazem meu coração bater mais forte. Não posso deixar de me lembrar de como ele ficou quando sorriu para Fern no meu primeiro dia de trabalho; o quanto seu sorriso era deslumbrante, do quanto o achei devastadoramente bonito.

Mordo o interior da minha bochecha com aborrecimento.

Por que ele tem que ser tão bonito a ponto de me deixar distraída? E por que tenho que achá-lo tão atraente quando está óbvio que ele não gosta de mim? E além do mais... ele é kéltico!

Mas não posso deixar de notar que sua hostilidade comigo diminuiu nesses tempos. Às vezes, lá nas cozinhas, eu o pego me olhando também com aqueles intensos olhos verdes. Como se tentasse me entender. Ele sempre faz um calor inquietante se espalhar pelo meu corpo. Mas logo depois que nossos olhares se cruzam, há sempre aquele lampejo abrasador de raiva quando ele me fulmina com o olhar, e logo o desvia para longe.

Após cerca de uma hora de tensão silenciosa, Yvan fecha abruptamente o livro, levanta-se, pega a bolsa da cama e sai em disparada do quarto, batendo a porta atrás de si. A tensão densa e desconfortável sai com ele, e solto um profundo suspiro de alívio quando ele se vai.

– Não sei como você consegue morar com ele – digo a Trystan. – Ele é tão intenso.

Trystan não diz nada. Seus olhos cintilam ao encontrar os meus por um breve segundo antes de voltarem ao livro.

– Ei – digo, desconfiada –, por que você estava encarando o garoto?

Trystan não diz nada por um momento, e continua a se concentrar em seu livro enquanto espero impacientemente por sua resposta.

– Porque ele é lindo – diz Trystan, por fim, com a voz tão baixa que é quase um sussurro.

As palavras pairam entre nós e sinto o peso delas me pressionando. Tenho a sensação repentina e desconfortável de que as coisas que há muito tempo tenho ignorado estão se tornando inegáveis.

– Como assim? – pergunto, devagar.

Ele não responde, apenas enrijece e continua encarando o livro.

Devo estar entendendo errado. Tenho que estar. Yvan é lindo. Dolorosamente lindo. Trystan está apenas afirmando o óbvio. Mas a *forma* como ele disse...

Pensamentos indesejados começam a se afirmar. Considerando que muitas vezes vi Rafe flertar com garotas e notar as que eram bonitas quando viajávamos para as grandes feiras de inverno ao ar livre, nunca vi Trystan notar uma garota. Ele sempre se satisfazia passando tempo com Gareth.

Os olhos dele se elevam rapidamente para encontrar os meus mais uma vez, sua expressão é triste e desafiadora ao mesmo tempo. Mal respiro, estou de queixo caído.

– Ah, Trystan. Por favor, não me diga que você...

Sua boca se aperta em uma linha dura, sua expressão se enche de dor.

– Você não pode pensar que ele é… bonito. Não pode pensar assim. Trystan, me diz que não é isso que você quis dizer.

Ele não responde e volta a encarar um ponto em seu livro enquanto o pânico aumenta dentro de mim.

– Santo Ancião, Trystan, Yvan sabe?

Yvan não pode saber. Ninguém pode saber.

– Acho que sim – diz Trystan, com firmeza. – Talvez seja por isso que ele toma cuidado para não tirar a roupa perto de mim.

– Ah, Trystan. – Eu exalo; o pânico clama das bordas dos meus pensamentos. – Isso é muito ruim de verdade.

– Eu sei – admite ele, com firmeza.

– O Conselho dos Magos… eles jogam na prisão pessoas que…

– Eu sei, Elló.

– Você não pode ser assim. Simplesmente *não pode*. Precisa dar um jeito nisso.

Desconfortável, Trystan continua a encarar o livro.

– Acho que não consigo – diz ele, baixinho.

– Então não pode contar a ninguém – insisto, balançando a cabeça para dar ênfase. – Ninguém pode saber.

– Você acha que não sei? – Sua voz ainda está calma, mas posso ouvir a dor irrompendo por elas. E um fio de raiva.

– Quem mais sabe? – pergunto; meus pensamentos giram em todas as direções.

– Acho que Rafe descobriu.

– E o que ele acha?

Trystan solta um suspiro profundo.

– Você conhece Rafe. Ele trilha o próprio caminho em praticamente tudo. E permite que outros façam o mesmo.

– E o tio Edwin?

– Não sei.

– E Gareth?

– Gareth sabe – diz, sucinto.

– Você contou para ele?

Porque ele contou para Gareth e não para mim? Sinto uma pontada aguda de dor.

– Ele descobriu.

– Como?

Trystan por fim para de fingir que está lendo e fecha o livro.

– Ele sabe porque eu tentei beijá-lo.

Meu queixo cai, em choque.

– Você tentou beijar… o *Gareth*? – Por um momento, simplesmente o encaro. – O que… o que ele fez? Quando você tentou…

– Quando tentei *beijar* ele? – ele me corta, brusco. – Ele me disse que sentia muito, mas que só as mulheres o atraíam.

Nós olhamos um para o outro por um longo momento, as consequências de ele ser assim mais parecem uma forte tempestade se formando.

Esfrego minha cabeça dolorida.

– Ah, Trystan – digo, atordoada. Minha religião acaba de se transformar em uma arma apontada diretamente para o meu irmão. – Eles vão te identificar como um dos Malignos. Se alguém descobrir...

– Eu sei.

Balanço a cabeça, atordoada.

– Parece que estou colecionando-os hoje em dia.

– Malignos?

– Icarais, lupinos. – *Uma feérica da água disfarçada.* – E agora você.

Em resposta, ele dá de ombros, parecendo muito cansado.

Cutuco seu pé de levinho.

– Eu sei que você não é maligno, sabe – digo, baixinho.

Ele assente para mim, momentaneamente sem palavras.

Suspiro com pesar, pressionando a cabeça com força na parede, encarando o jogo de sombras nas vigas acima da lareira cintilante e da luz da lamparina.

– Estou começando a pensar que isso tudo é bobagem – digo a ele. – Todas essas coisas sobre os Malignos. Mas não muda o fato de que todo mundo parece acreditar nisso. – Angustiada, viro a cabeça na parede para olhar para ele. – Trystan, estou muito preocupada com você agora. Não posso... – Lágrimas ardem nos meus olhos quando uma imagem indesejada se forma: Trystan sendo levado e atirado em uma prisão em algum lugar. Uma urgência feroz brota dentro de mim, acompanhada de um medo muito justificado pela segurança do meu irmão. – Você tem que manter isso em segredo.

– Eu sei, Elló – diz ele, baixinho.

– Não estou brincando. É muito perigoso. Promete. Me promete que não vai contar a ninguém.

– Prometo. Vou ter cuidado – ele me assegura, e sei que está falando sério e fazendo a minha vontade ao mesmo tempo. Mas terá de ser suficiente por ora.

CAPÍTULO VINTE E SEIS
HISTÓRIA

Nos dias que se seguiram, a intensidade e indiferença de Yvan começam a me irritar para valer, agravada pelo meu pavor de que ele saiba o segredo de Trystan. Passo a ter conversas unilaterais nervosas com Yvan, desesperada para ser notada e cair nas suas graças.

Nesta noite em particular, estamos picando uma pilha enorme de nabos, basicamente a tarefa de cozinha que mais detesto fazer. Iris sova a massa de pão na mesa ao lado, seu cabelo loiro preso em tranças bonitas. Posso sentir sua atenção territorial em mim, seus olhos se esquivando para me olhar feio de vez em quando; uma gardneriana imperdoavelmente perto de *seu* Yvan.

Dói ver Iris e Yvan juntos às vezes. Ouvi-los rir pelos cantos, testemunhar a camaradagem fácil, seus toques casuais no ombro dele, no braço, na mão. É claro que são velhos amigos, mas há algo mais ali?

Eles se beijam no escuro? Saem escondidos tarde da noite para o sótão escuro do celeiro?

Logo me repreendo por ter tais pensamentos.

Yvan é kéltico, e um que sente um profundo desgosto por mim. Tenho de ignorar como a simples visão dele pode fazer meu sangue esquentar. Ficar atraída por um kéltico já não faz sentido. Neste caso, é mais do que só um pouco perigoso.

Lembro-me de repente de Lukas e fico corada, imaginando o que ele diria sobre mim se soubesse que estou por aí me derretendo por um kéltico.

Ignoro os olhares desagradáveis de Iris e enfio a faca na raiz dura diante de mim com um *tack* alto. Lidar com esses vegetais ricos em amido é tão agradável quanto tentar cortar pedras.

Fico aliviada alguns minutos depois, quando Iris enfim limpa as mãos e sai. Agora é a minha oportunidade de falar com Yvan, de tentar convencê-lo a não revelar o segredo do meu irmão.

Meus olhos voam na direção dele.

– Então, como você está esta noite? – pergunto, com a voz mais agradável e melosa que consigo. Como era de se esperar, ele apenas me lança um breve olhar feio antes de se concentrar no corte dos nabos.

Desesperada, balbucio sobre o tempo, o que comi no almoço, qualquer coisa inútil que consigo imaginar que vá despertar o seu interesse enquanto trabalhadoras urisk vêm e vão em torno de nós na enxurrada de atividades quase sempre presente aqui.

– ... e minha tia Vyvian acabou de me enviar alguns vestidos novos. Acho que ela se sente culpada por me deixar no alojamento com as icarais. – Jogo cascas de nabo ceroso em uma tigela grande de madeira. – Foi uma grande surpresa receber um presente dela – tagarelo. – Acho que ela está tentando me conquistar com agrados, já que a punição não está funcionando. Estou usando um deles agora. Não é uma graça?

O vestido é uma graça, com delicadas flores-de-ferro bordadas em azul profundo em toda a seda preto meia-noite.

Yvan para de cortar os nabos e faz uma pausa, imóvel feito pedra, a faca recém-afiada apertada com firmeza em sua mão.

– *O quê?* – pergunta ele, seus olhos são fendas furiosas.

Uma resposta real. Incrível. Embora seu tom não seja bem o que eu esperava.

– Meu vestido – repito, amigável. – O bordado não é lindo?

Com cuidado, Yvan coloca a faca sobre a mesa e gira na cadeira para me encarar.

– Não – diz ele, com a voz pesada de nojo. – Acho que é revoltante.

Eu pisco de volta para ele, chocada. A raiva me espeta por dentro, e meu rosto começa a esquentar. Meus olhos se endurecem ao mirá-lo.

– Às vezes você me sobrecarrega com seu charme, sabe?

– Essas roupas – continua ele, cáustico, apontando de forma incisiva para o meu vestido – foram feitas com o sangue e o suor de escravos.

– Do que você está falando? – contesto. – Tia Vyvian os comprou em uma loja de roupas em Valgard.

– Você tem alguma ideia de quem *faz* as suas sedas extravagantes?

– Não... não, não tenho... mas...

Ele se inclina para mim, confrontando-me, e recuo ligeiramente, intimidada.

– Bordados tão intrincados? Foram feitos por trabalhadoras urisk. Nas Ilhas Feéricas. Muitas delas crianças. Trabalhando por praticamente nada e são espancadas se tentam protestar.

Ele está mentindo. Tem que estar. Ele está só tentando ser maldoso.

Olho para ele, mordendo meu lábio, nervosa; mas sua encarada fixa não vacila, e tenho a sensação esmagadoramente desconfortável de que ele está dizendo a verdade.

– Eu... Eu não sabia... – gaguejo, na defensiva.

– Você não *quer* saber. Nenhum de vocês quer – dispara ele. – Então, *não*, não gosto do seu vestido. Acho que tanto você quanto ele são revoltantes.

Sinto uma dor aguda na têmpora e meu estômago se aperta quando suas palavras me cortam fundo, lágrimas ardem em meus olhos. Ele é tão malvado e implacável. Por que tem que se esforçar para ser tão horrível comigo? E por que estou deixando que ele me incomode assim?

Kéltico estúpido e idiota.

E se ele tiver razão? Poderia ser verdade? Minha mente vira um turbilhão, e seguro o choro.

Não, não vou deixar esse sujeito me fazer chorar.

Agarro a minha faca, desesperada para esquecer a ele e as suas palavras perturbadoras. Volto toda a atenção para o movimento rítmico de cortar a carne espessa e inflexível dos nabos.

– Padre Simitri – arrisco, no dia seguinte, ao tentar abordá-lo. É o fim da aula, e os acadêmicos gardnerianos estão saindo do auditório.

– Maga Gardner. – Ele me cumprimenta com simpatia, suas vestes emanam um agradável aroma de incenso e há uma faixa branca de Vogel em seu braço. – Tenho algo para você. – Ele alcança atrás de sua mesa e pega uma bela muda de pau-ferro plantada em um pote preto de vidro, entregando-a a mim.

– Obrigada – digo, tocada por sua consideração.

– Limpará o seu quarto da mácula demoníaca – diz, paternal. Ele chega mais perto, como se partilhássemos um segredo infeliz. – As icarais talvez não gostem, mas acredito que você pode achar reconfortante.

Minha coluna se endireita. *Elas têm nomes*, penso. *Ariel e Wynter.* Mas não digo nada que indique a minha recente mudança de opinião.

– Obrigada – digo, ao pegar a pequena árvore. É pesada. E por mais que eu ame mudas, não a quero. Não se deixar Wynter, ou mesmo Ariel, desconfortáveis.

– Vou te ajudar a replantá-la quando ficar um pouco maior – diz ele, animado. – As raízes são delicadas. Precisam de espaço para crescer.

– Obrigada – repito.

Talvez sentindo meu mal-estar, ele sorri para me encorajar.

– O que posso fazer por você, maga Gardner, neste belo dia que o Ancião abençoou?

– Eu estava me perguntando, padre Simitri – digo, hesitante, mudando o peso de um pé para o outro –, se o senhor poderia me dizer se há alguma verdade em um boato que ouvi.

Ele se inclina para trás na mesa, fecha as mãos sobre o colo e me dá toda a sua atenção.

– O mundo está cheio de rumores, maga Gardner. É sensato procurar a verdade na questão.

Sorrio, sentindo-me fortalecida.

– É verdade – começo, com cautela – que o tecido de que as minhas roupas são feitas pode ter sido fabricado por mãos urisk nas Ilhas Feéricas? Trabalhadoras que são tratadas como escravas?

Sua expressão se torna solene.

– *É* verdade que o tecido do seu vestido pode ter sido feito por trabalhadoras urisk. *Não* é verdade que são tratadas como escravas. O que é verdade é que antes de os gardnerianos tomarem as terras urisk, pela graça do Ancião, eles viviam como selvagens, adorando estátuas de pedra de falsos deuses, os homens tomando várias esposas. Eles batalhavam entre si quase tanto quanto travaram guerra contra outros povos. Eram incivilizados e muito perigosos. Agora, devido a nossa intervenção, as mulheres urisk levam uma vida tranquila e cheia de moral. Precisam trabalhar duro? A resposta é sim, mas trabalho árduo, especialmente se ajudar a impedir que um povo recorra à selvageria... bem, só pode ser bom para elas. – Ele me lança um sorriso encorajador.

– Então – insisto, desconfortável –, não há crianças trabalhando lá?

O padre Simitri fica pensativo.

– *Se* houver, tenho certeza de que é pela boa vontade de seus supervisores, para que as mães possam ficar de olho nelas. Não se permita ser sentimental, Elloren. As crianças urisk não são como as gardnerianas. Não são Primeiras Filhas. Precisam de estrutura e trabalho duro para controlar seus instintos mais básicos. Falta a elas a inteligência, a sensibilidade... a *alma* do nosso povo.

Minha mente logo se volta para a imagem de Fern rindo e soprando bolhas de sabão na cozinha.

Não, ela é como qualquer outra criança. Igual a uma criança gardneriana, na verdade.

O padre Simitri aponta para o livro de história embaixo do meu braço.

– Porque não lê a história da raça urisk nesse livro? Tenho certeza de que o que encontrar aí vai te esclarecer.

Mas *ele* escreveu o texto de história. E eu já li. *Não. Não estão me contando a história toda.*

Despeço-me do padre Simitri e saio da sala em busca de respostas.

Só conheço um professor de história que não é gardneriano. O professor Kristian: o kéltico que defendeu Ariel quando tomei seu bolo de especiarias.

O professor Kristian está sentado a uma mesinha velha e acabada em seu escritório desgrenhado; a porta está aberta. Velhas prateleiras de madeira revestem as paredes, recheadas com livros e papéis, algumas delas contendo fileiras duplas de livros enfiados em todas as direções. Há ainda mais montes de volumes grandes e desgastados empilhados sobre a sua mesa e no chão junto às paredes.

Ele está sentado, concentrado na sua escrita, com vários livros abertos à sua frente. Ele empurra os óculos de armação metálica uma vez ou outra, quando eles escorregam pelo nariz.

O gesto e o escritório me lembram do tio Edwin, que tem o mesmo hábito de empurrar os óculos e a tendência semelhante de acumular entulho, especialmente livros e pilhas de partituras para violino.

Tusso alto para chamar sua atenção.

Ele me olha uma vez e depois de novo, para ter certeza.

Em seus olhos vejo uma breve tempestade de emoções dar espaço à cautela. Ele empurra os óculos e pisca para mim várias vezes antes de abrir a boca.

– Maga Elloren Gardner.

Tento sorrir, mas parece mais um aperto bizarro e torto dos lábios.

Ele continua a piscar para mim, e fico parada ali na porta.

– Eu… eu tenho uma pergunta – gaguejo.

Ele continua piscando.

As palavras saem numa carreira desenfreada.

– Me disseram… que a minha roupa, ou o tecido pelo menos… pode ter sido feito por escravos. Existe alguma verdade nisso?

Ele inclina a cabeça para o lado, parecendo perplexo.

– Por que você vem a mim com essa pergunta, Elloren Gardner?

– Pensei que o senhor talvez me desse uma resposta sincera. Falei com o padre Simitri, mas a dele me pareceu… tendenciosa.

O professor Kristian faz um som de desdém e tira os óculos. Ele pega um lenço em sua mesa e olha para mim enquanto limpa as lentes; seus olhos se estreitam. Recolocando os óculos no nariz, ele se reclina na cadeira, cruza os braços e me julga enquanto eu continuo à porta.

– Suas roupas, Elloren Gardner – ele começa a falar –, provavelmente foram feitas por mulheres urisk nas Ilhas Feéricas. Algumas dessas trabalhadoras devem ter sido crianças, mas todas certamente mal foram pagas o suficiente para sobreviver e estão trabalhando em condições análogas à escravidão. Não têm liberdade de circulação nem meios de deixar as ilhas para uma vida melhor, pois são fortemente vigiadas. Elas conseguem sair das Ilhas com o auxílio de piratas que as contrabandeiam por um preço alto, muitas vezes as entregam a um patrão ainda pior, que as manterá para sempre sob a ameaça de deportação ou de prisão. Ou elas podem sair da ilha para trabalhar sob contrato para gardnerianos, que é, novamente, pouco melhor do que a escravidão glorificada, com a ameaça de deportação sempre pairando sobre elas. Assim, Elloren Gardner, se você me pergunta se o seu vestido é feito não da mais fina seda, e sim da opressão e miséria de inúmeros outros, a resposta é um retumbante sim.

Engulo em seco. *Ele não mede palavras.* Sua forma contundente de falar me deixa desconfortável e tenho de relembrar que não vim aqui à procura de mais rodeios em torno da verdade.

– Obrigada por ser sincero comigo – digo, envergonhada, pensando na pequena Fern e no seu medo de voltar para as Ilhas Feéricas.

A expressão do professor suaviza um pouco. Suas sobrancelhas se unem, seus olhos inquisitivos me encaram.

– De nada.

Depois de ouvir mais do que o suficiente, viro e vou embora.

No dia seguinte, na cozinha, carrego até as pias pilhas de pratos e bandejas sujas que estão no balcão que se abre para o refeitório. Estou usando minha roupa velha e confortável de casa: o traje de lã marrom escuro o suficiente para se passar por roupa gardneriana, mas por muito pouco. Pareço mais uma kéltica do que alguém da Gardnéria. Mas me sinto mais como eu mesma. A minha túnica e saia velhas estão muito longe de serem elegantes, soltas demais para mostrar sequer um vislumbre do meu corpo, mas enfim consigo me mover e respirar.

O meu novo traje atraiu muitos olhares confusos e desaprovadores dos meus colegas gardnerianos, e ainda mais desaprovação dos não gardnerianos.

–Você só pode estar brincando – diz Iris, ríspida, ao entrar nas cozinhas, seus olhos logo se fixam em mim enquanto transfiro uma pilha de pratos.

O calor se espalha pela minha nuca, mas tento ignorá-la e seguir trabalhando.

Ao entrar, Bleddyn quase deixa cair o saco de farinha que carrega.

– Então ela é kéltica agora, é isso mesmo? – Ela cospe no chão, a boca torcida em um esgar enojado, e me encara. Ela mira Fernyllia, indignada.

Fernyllia dá de ombros e olha para mim, então gesticula discretamente com as mãos cheias de farinha para Iris e Bleddyn pararem.

Olilly, a garota desamparada de pele cor de lavanda que trabalha ali, me relanceia em temerosa confusão, olhando para Fernyllia em busca de garantias. A governanta da cozinha lança à pequena empregada urisk um sorriso reconfortante antes de voltar a atenção cautelosa para mim.

– Não importa – sussurra Iris, em voz alta, ao pegar a farinha com Bleddyn, me olhando com arrogância corajosa. –Você poderia vestir uma Barata como uma princesa, mas ela ainda seria uma Barata.

Fernyllia atira a Iris um olhar aguçado de censura, que apenas amortece um pouco dos sorrisos sombrios agora estampados nos lábios de Iris e Bleddyn. As duas jovens partem para o armazém, e as ouço gargalhar assim que saem.

Com o pescoço queimando agora, me contento em esfregar vigorosamente os pratos na pia ampla.

Quando Yvan finalmente chega, me ignora por completo, nem mesmo me olha ao tomar seu lugar ao meu lado para esfregar pratos e panelas com uma escova de cerdas grossas. Por fim, ele me olha de relance, e então mais uma vez, há um breve lampejo de surpresa em seu olhar antes de ele se concentrar em arear panelas.

Estou ciente do meu rosto ficando vermelho, imaginando o que ele deve estar pensando. Preparada para mais maus-tratos.

– Eu não parei de usar minhas outras roupas por sua causa – explico, desajeitada, soando irritadiça, a picada das palavras duras que ele me jogou no dia anterior ainda dói. – Eu não poderia me importar menos com o que você pensa de mim.

Ele me olha mais uma vez com sua intensidade silenciosa de sempre enquanto esfrega com vigor a panela à sua frente.

– Perguntei ao professor Kristian se o que você disse era verdade – explico, na defensa, não querendo que Yvan pense que ele tem qualquer influência sobre mim. – Ele disse que era, então decidi que gostava mais das minhas próprias roupas, das que cresci usando. E fico mais confortável assim. Essa é a verdadeira razão para a minha mudança.

Yvan para de arear as panelas por um momento enquanto encara a parede à nossa frente, seus músculos do rosto e do pescoço estão tensos. Com um suspiro, ele volta ao trabalho e diz:

– Você fica melhor assim.

Eu me sobressalto. *Um elogio de Yvan?*

Por incrível que pareça, fico tocada por suas palavras, um rubor quente se espalha por mim. Sua voz, quando não está zangada nem irritada, é profunda e surpreendentemente gentil.

Eu o olho de soslaio enquanto ele continua a se concentrar na panela à sua frente.

Volto a visitar o gabinete do professor Kristian alguns dias depois, com perguntas que se multiplicam como coelhos indistintos na minha mente. Tenho fome de respostas, quero saber a verdade sobre as coisas.

O professor Kristian pisca algumas vezes quando entro na sala, erguendo as sobrancelhas no que parece surpresa com o fato de eu ir procurá-lo de novo. Ele se inclina para a frente e olha o corredor de onde eu vim, talvez esperando ver outra pessoa lá fora. Ao não ver ninguém, ele se senta de novo na cadeira e me olha, pensativo.

Uma sombra cruza sua expressão, mas desaparece quase de imediato, sua testa fica tensa.

– Você se parece com seu pai – ele pondera. Então pigarreia, e se empertiga. – E com a sua avó, claro.

Pisco para ele, com espantada surpresa.

– O senhor conheceu meu pai?

Seus olhos ficam desconfiados.

– Eu sabia *sobre* ele. Muitas pessoas sabiam.

– Ah – digo, desapontada.

– O que a traz aqui, maga Gardner? – pergunta ele, com tom agora suspeito. – Mais perguntas?

Aceno com a cabeça, e depois de um longo e tenso momento, ele gesticula, resignado, para a cadeira de madeira em frente à sua mesa.

Fecho a porta e me sento, sentindo-me estranha e nervosa.

– Percebo que você mudou de roupa desde a nossa última conversa – observa ele, e acho que detecto um leve vislumbre de aprovação em seus olhos.

– Sim, bem... hum... – gaguejo. – Na verdade, prefiro minhas roupas velhas.

Ele ergue as sobrancelhas ao ouvir isso, solta os papéis que está segurando e cruza as mãos à sua frente, dando-me plena atenção.

– O que você gostaria de saber? – pergunta ele.

Mordo o lábio e solto um longo suspiro antes de responder:

– Quero conhecer a história da Gardnéria. – Mostro o meu livro de história. – A *verdadeira* história da Gardnéria. Não isto aqui.

Os cantos da sua boca se contraem.

– Este é considerado um texto bem respeitado...

– É a história *gardneriana* da Gardnéria – esclareço.

Ele acena com a cabeça.

– Você está, talvez, procurando uma versão kéltica sobre a história da Gardnéria em vez disso? – pergunta, com diversão irônica.

– Não, estou procurando uma história *factual*.

Ele franze os lábios e me lança um olhar avaliador.

– A história é uma coisa complicada, maga Gardner. O que é relatado por ela costuma ser subjetivo, e muitas vezes é difícil chegar ao cerne da questão.

– Bem, nesse caso – persisto –, qual é a *sua* história da Gardnéria?

Ele tosse uma risada desconfortável em resposta.

– Professores não devem ensinar dessa forma, maga Gardner. A minha opinião pouco importa.

– Por favor, professor Kristian – insisto. – É importante para mim. Por favor, só me diga o que o senhor sabe.

Ele olha para a mesa por um momento; a testa enrugada como se estivesse deliberando consigo mesmo sobre a melhor forma de responder antes de encontrar meu olhar teimoso mais uma vez.

– Pode levar algum tempo – adverte.

– Tenho tempo – respondo, destemida. E me recosto na cadeira.

Ele me encara por um longo e desconfortável minuto, talvez esperando para ver se vou desistir e ir embora.

– Muito bem, maga Gardner – diz ele, por fim, inclinando-se para mim. – A história da Gardnéria começa justamente com Styvius Gardner, o primeiro grande mago do seu povo. Ele era o seu avô, há cerca de seis gerações, creio eu?

Concordo com a cabeça.

– Uma linhagem e tanto que você tem – pontua ele, olhando-me com astúcia. – Não só Clarissa Gardner, a Bruxa Negra, mas Styvius Gardner, também, ambos os grandes magos de Gardnéria em uma só família.

Considero o que ele diz.

– Eu não sabia o quanto minha família é reverenciada. E o quanto é odiada também. Não até eu sair de Halfix.

– E tenho certeza de que você sabe que Styvius nasceu de mãe maga quando os kélticos dominavam a região?

Enrijeço por dentro, ciente da etnia kéltica do professor Kristian.

– Sei que os kélticos odiavam o meu povo e eram horríveis com eles.

– E você sabe *por que* o seu povo era odiado? – pergunta o professor Kristian.

Olho-o dentro dos olhos.

– Preconceito.

– Exato – diz ele, reclinando-se e acenando com a cabeça. – Eles foram muito maltratados. Abusados em todos os sentidos. Tratados como escravos. Às vezes até eram mortos ao nascer. Os kélticos os viam como mestiços poluídos pelo sangue dos feéricos.

Eu me arrepio com o insulto, em seguida, com bastante desconforto, penso em Gareth, Tierney e na minha própria atração oculta por madeira.

Ele inclina a cabeça.

– Você nunca se perguntou de onde vem o leve brilho na sua pele?

– É a marca dos Primeiros Filhos – digo-lhe. – Lançada sobre nós pelo Ancião em bênção.

Ele solta uma risada curta e nada impressionada.

– Uma noção elevada, de fato. E pura ficção. É mais provável que o seu povo seja descendente da união de kélticos estabelecidos na fronteira da Floresta do Norte e de feéricos dríades.

Eu o encaro, atordoada.

– O quê? Os feéricos das árvores? – Isso é ridículo. Somos uma raça de sangue puro.

– Explicaria por que sua espécie possui uma forma fraca de magia de ramo; diziam que as dríades tinham uma pele que brilhava à noite – diz ele.

Arqueio uma sobrancelha para o professor, olhando-o com profundo ceticismo. Não há como saber como as feéricas das árvores eram. Foram mortas pelos kélticos há muito tempo. E os gardnerianos têm magia de *varinha*. Não essa vulgar magia de *ramo*. Agarro-me à cadeira de madeira debaixo das minhas mãos.

Bordo-do-rio.

Afasto as mãos da madeira lisa e as coloco no colo.

– Os antigos kélticos tinham boas razões para desprezar os feéricos – continua o professor. – Quando pisaram pela primeira vez nesta terra, por volta do ano 2000 D, os feéricos os atacaram e os escravizaram. Mas os kélticos logo descobriram que podiam ter vantagem com armas de ferro.

Disso eu sei. Os kélticos chegaram aqui fugindo de uma guerra, as distantes terras Kélticas, agora impossíveis de serem alcançadas, eram uma larga faixa de mar infestado de krackens, tornando traiçoeiro viajar para lá. Os kélticos aportaram às margens do Reino Ocidental, empilhados em navios e meio famintos. Foram imediatamente atacados e escravizados pelos feéricos. Até que os kélticos perceberam que o ferro ao qual são imunes é mortal para os feéricos.

Sei que kélticos empunhando ferro aniquilaram a maior parte dos feéricos e tomaram conta de uma grande parte do Reino Ocidental.

Uma imagem espontânea de Tierney entra na minha mente: as suas luvas de procedimento sempre presentes, a expressão cuidadosa e concentrada ao manusear equipamentos de ferro do laboratório. Empurro o pensamento para o fundo da minha mente.

O professor Kristian se inclina para a frente.

– Styvius Gardner nasceu mestiço na sociedade kéltica, um dos desprezados magos kéltico-dríade.

Empalideço. O professor Kristian poderia ser preso se proferisse uma blasfêmia tão escandalosa em Gardnéria.

– É perigoso falar assim – aviso, categórica.

Ele sorri, com olhos de aço.

– Talvez, então, seja bom que a minha porta esteja *fechada*.

Retribuo seu olhar, espantada com a ousadia.

– Vamos continuar?

Eu engulo em seco e assinto.

– As dríades feéricas haviam sido mortas há muito tempo, mas o sangue delas vivia na linhagem dos magos, conferindo-lhes seu cabelo preto característico e a pele cintilante. E a magia de ramo também sobrevivia, embora muito mais fraca, apenas varinhas de madeira meticulosamente laminadas podiam produzir uma fração da mesma magia que as dríades podiam acessar através de simples ramos.

"Acontece que Styvius Gardner era um tipo diferente de mago. Sua magia não era fraca. Desde cedo, ficou claro que a magia em suas veias era muito mais forte do que a de qualquer mago que já pisou nesse mundo. Ele conseguia invocar o fogo com uma ferocidade nunca vista e criar tornados a partir de brisas leves."

Recosto-me na cadeira. Não é novidade para mim. Já ouvi essa história antes.

– Quando Styvius tinha apenas oito anos – continua o professor Kristian –, ele encontrou um capataz kéltico espancando sua mãe maga.

– Eu sei – digo, sem erguer a voz.

O professor Kristian acena com a cabeça.

– Horrorizado com a visão de sua mãe ensanguentada, Styvius matou o capataz, incendiando-o com magia de varinha. Os kélticos responderam enviando soldados para matar o jovem Styvius. Eles assassinaram sua amada mãe enquanto, em vão, ela tentava proteger o menino. Os kélticos planejavam matar todos os magos da aldeia para lhes ensinar uma lição de obediência.

– Mas Styvius os impediu. Enlouquecido pela morte de sua mãe, matou todos os soldados à vista.

Disso eu também sei. É o que os padres pregam na Igreja. Conheço a história de como Styvius se vingou dos malignos kélticos, matando os cruéis algozes da mãe.

– Então ele partiu e matou todos os kélticos de sua aldeia e os de todas as aldeias vizinhas – continua o professor Kristian.

Essa parte me pega desprevenida.

– Espere. O quê?

O professor Kristian assente, com severidade.

– *Todos.* Homens. Mulheres. Crianças. E depois matou todos na aldeia ao lado. E na seguinte. E na seguinte. – O professor Kristian faz uma pausa, sua expressão se torna sombria. – Ele logo desenvolveu uma predileção pela tortura.

Faço careta para ele, em descrença.

– O quê? Não. Não pode ser verdade… – Minha voz se perde enquanto tento entender o que ele está dizendo.

– Os kélticos tentaram matar Styvius várias vezes – continua o professor Kristian –, mas ele era invencível, capaz de invocar escudos para se proteger e lançar enormes bolas de fogo. Por fim, os kélticos fugiram do norte da Keltânia, enviando os magos sitiados para se estabelecerem lá em um esforço para aplacar a criança. Os magos, é claro, amavam Styvius. Ele os libertou, deu-lhes uma pátria e exigiu vingança contra seus algozes kélticos. Foi *este* o início da Gardnéria.

Fico ali sentada, estupefata. É bizarro ouvir uma história já conhecida contada de forma tão dura, despojada de seus fundamentos religiosos. E na história do meu povo, eles eram magos de sangue puro criados pelo Ancião a partir das sementes das sagradas flores-de-ferro e reunidos como seus Primeiros Filhos.

– Quando atingiu a idade adulta – prossegue o professor Kristian –, Styvius tornou-se um fanático religioso. Ele pegou *O Livro dos Antigos* dos kélticos e decidiu que os magos não eram mestiços de kélticos e dríades, afinal; mas, sim, os Primeiros Filhos mencionados no *Livro*, os legítimos herdeiros da Therria. Os magos, espancados e maltratados por gerações, estavam ansiosos para ouvir essa nova versão da velha religião. Styvius começou a afirmar que ele era o profeta do Ancião, e que o Ancião falava diretamente com ele. Ele escreveu um novo último capítulo para o *Livro* e o intitulou "Os Magos Abençoados". Então rebatizou seu povo como "magos gardnerianos", declarou que o norte da Keltânia era a "República da Gardnéria" e se nomeou alto mago.

Estou me afastando mentalmente dele, a querida história do meu povo está sendo esfaqueada e desmembrada por suas palavras.

– Então o senhor não acredita que Styvius foi mesmo um profeta? – pergunto, consciente da minha blasfêmia.

O professor Kristian nem hesita.

– Eu acho que ele era um louco.

Fico sentada ali, lutando para dar sentido a tudo isso.

– Styvius começou a povoar toda a Therria com nada além de magos – continua o professor Kristian. – Ele estabeleceu em "Os Magos Abençoados" o mandamento de que as magas gardnerianas devem fazer o laço de varinha, em tenra idade, com homens gardnerianos para manter suas linhas de afinidade mágica puras e seu sangue mago imaculado. O próprio Styvius criou os feitiços altamente protegidos que ainda são usados para o sacramento gardneriano do laço de varinha. As mulheres que romperem seu compromisso com não gardnerianos deveriam ser abatidas do modo mais brutal possível, junto a seus amantes não gardnerianos. A família dos homens também era morta, como lição para todos. Uma cerimônia de Banimento era necessária para exorcizar de sua família o Mal da mulher.

– Minha vizinha, Sage Gaffney, foi Banida – digo-lhe, encolhendo-me por dentro com o pensamento.

– E como você se sentiu quanto a isso? – pergunta ele.

Lembro-me das mãos ensanguentadas de Sage, da sua aparência aterrorizada e das histórias de Shane dizendo que o companheiro de laço a havia espancado.

– Muito perturbada – respondo.

– Devo continuar? – pergunta ele, com gentileza, talvez percebendo meu desconforto.

Assinto.

– Durante vários anos, os gardnerianos se mantiveram entre si, aumentando silenciosamente o seu número...

– E então veio a Guerra Kéltica.

Uma sombra cai sobre sua expressão.

– Sim. O poder de Styvius tinha crescido. E a magia estava se tornando mais forte em vários de seus homens, mais prevalente a cada geração. Styvius liderou seus magos para invadir a Keltânia, tomando mais da metade das terras kélticas e aniquilando impiedosamente a população que lá vivia. Styvius planejava continuar sua conquista até que todo o Reino Ocidental fosse reivindicado em nome dos magos.

– Mas então Styvius foi morto.

– Por uma feiticeira vu trin.

– E a guerra terminou.

– Depois de uma extensa batalha. – O professor Kristian faz uma pausa para se servir de chá, gesticulando para perguntar se eu aceitava. Faço que sim, e ele me serve uma xícara. Eu me recosto e saboreio o chá amargo. – Os gardnerianos tiveram que ceder parte das terras que haviam anexado – me conta ele –, e meu povo recuperou cerca de metade do que havia sido tirado deles.

Seu povo, noto com presunção. Esta tem de ser uma narrativa tendenciosa.

– O que aconteceu depois? – pergunto, querendo apanhá-lo em uma meia-verdade flagrante.

Ele toma o seu chá.

– Muitos anos de paz se seguiram. Foi uma época de crescimento para as Guildas, para o comércio. A Verpácia voltou a ser uma importante encruzilhada comercial. A universidade foi formalmente criada. E a sociedade kéltica se tornou mais aberta a ponto de até mesmo os icarais serem tolerados.

Eu o interrompo nesse ponto.

– De onde vieram os icarais?

Ele inclina a cabeça, considerando a questão.

– Ninguém sabe ao certo. Surgiram em praticamente todas as raças, desde que se pode lembrar, e são odiados por quase todos no Reino Ocidental.

É verdade. Parece que as tradições religiosas de praticamente todas as raças consideram os icarais como seres demoníacos.

– Por que eles são tão odiados? – pondero.

Ele dá de ombros.

– Como os feéricos, eles também estão cheios de poder imprevisível. Muitas vezes são perigosos quando crianças. Provavelmente por terem sangue wyvern.

– Wyvern? Quer dizer os metamorfos dragões? – Tento entender o que isso significa. Ariel e Wynter são parte... dragão?

– Bem, eles têm as asas negras e emplumadas dos wyverns ocidentais – diz ele, com a boca curvada para cima. – E também o poder e magia de fogo.

Wyverns. Não são demônios. Faz sentido.

– Então... os icarais são odiados por causa do seu sangue wyvern?

O professor Kristian solta um suspiro desdenhoso.

– Eu postularia que são odiados porque não se pode esconder asas.

Faço uma careta confusa.

– Todo aquele sangue wyvern por aí – explica ele – interfere de forma bastante inconveniente com ideias preciosas de pureza racial. O que, por si só, deve ser o maior mito de todos os tempos. – Seus olhos brilham com malícia. – Os gardnerianos são sensíveis sobre as linhas raciais não serem claramente traçadas. Os elfos são ainda mais. É mais fácil considerar os icarais como maus e evitá-los desde o nascimento do que admitir que toda raça é misturada.

Agarro-me à minha xícara, os pensamentos rodopiam enquanto ele adiciona um pouco de mel ao seu chá e olha de soslaio para mim, dando às suas palavras tempo suficiente para serem absorvidas.

Ele se reclina, e vejo uma pergunta em seu olhar.

– Devemos continuar?

Aceno.

– Onde estávamos, então? – Sua testa se encrespa quando ele se concentra.

– Foi um tempo de paz.

– Ah, sim – diz ele, tomando outro gole e me olhando com intensidade. – Então... entra Clarissa Gardner em nosso palco histórico.

– Minha avó.

– Sim, sua avó. Ela era a tão esperada. A poderosa Grande Maga da Profecia, nascida com magia mais poderosa que a de Styvius em uma época em que os magos viam suas fronteiras se encolherem à medida que os kélticos recuperavam as terras perdidas, purgando aquelas terras de quaisquer magos que pudessem encontrar.

– Você quer dizer os assassinando – declaro, sem rodeios.

Ele me lança um olhar sério.

– Sim, Elloren. Cercando-os e os matando.

Reclino-me, cruzo os braços e espero que ele continue.

– Sua avó, Clarissa, partiu não apenas para vingar os magos, mas também para terminar o que Styvius havia começado. Enquanto ela aperfeiçoava seu poder, os magos construíram, em segredo, um exército de dragões para rivalizar com as forças urisk e kélticas; os gardnerianos foram ajudados pela desprezada subclasse urisk, os uuril.

– Os urisk de cor clara? – pergunto. – Como algumas das trabalhadoras da cozinha? Elas têm cabelos rosados.

– Elas fariam parte da subclasse uuril – afirma o professor Kristian.

Penso na pequena Fern e nas suas bolhas de sabão, perturbada pelo seu status de classe baixa.

– Clarissa invadiu a Keltânia e rapidamente a anexou – continua o professor Kristian. – Então se alinhou com os elfos alfsigr, despachou os feéricos restantes, assim como qualquer um com uma gota de sangue feérico, para as Ilhas Pyrran e tomou posse das Ilhas Feéricas. Como Styvius, ela não planejava parar por aí. Àquela altura, havia se transformado em uma fanática religiosa cruel que queria acabar com todas as raças no Reino Ocidental, exceto a dos magos gardnerianos.

Não é assim que conheço essa história.

– Ela estava protegendo o meu povo – protesto. – Os kélticos queriam as terras de volta para nos escravizar de novo.

– Pode ter começado assim – responde ele –, mas certamente não foi assim que terminou. O seu povo queria vingança. E precisava de mais terras agrícolas. Não queriam apenas uma parte da terra, queriam *tudo*. – Ele faz uma pausa, talvez vendo o quanto a informação me perturba.

Ele está errado. Tem de estar mentindo. A minha avó não era um monstro sedento de sangue que tomava terras assim. Ela era uma grande guerreira. Ela nos salvou e nos protegeu.

– Elloren – diz ele, com expressão conflitante. – Sua avó queria matar todos que não eram gardnerianos.

– Porque eles queriam nos atacar – digo com a garganta apertada. *Os meus pais lutaram ao lado dela. Morreram lutando por ela. Deram a vida por todo o meu povo. Eles foram heróis.*

O professor Kristian comprime os lábios como se engolisse uma represália. Depois de uma breve pausa, volta a falar.

– Um icaral se revoltou durante a investida de sua avó para o leste. Ele a matou, e morreu no processo. O icaral era um curandeiro kéltico que deu sua vida para salvar a Keltânia, um território que ainda nutria um preconceito persistente contra sua espécie. – Ele apoia o chá na mesa. – Então, aqui estamos.

Aqui estamos. Um kéltico e uma gardneriana, calmamente dialogando sobre tudo o que aconteceu. Com uma calma superficial pelo menos. Minha mente é um tumulto de emoções em guerra.

– Seu povo e os elfos alfsigr agora são as principais potências da região – continua ele. – Com apenas umas poucas peças muito frágeis sob o seu comando. Há a guarda vu trin nas passagens Ocidentais e Orientais, posicionada para manter o poder gardneriano e alfsigriano confinado ao Reino Ocidental. Há também uma vaga ameaça de que a guerra poderia forçar uma aliança entre os lupinos e as amaz. E ambos os grupos já são adversários formidáveis por si só.

– E há a Resistência – acrescento.

Ele estreita os olhos para mim.

– Sim, há o movimento disperso da Resistência. O único grupo disposto a desafiar os gardnerianos e os elfos alfsigr no momento.

Sustento seu olhar.

– O senhor acha que a oposição vai crescer?

Ele inclina a cabeça, considerando a pergunta.

– Talvez. Ainda mais com o padre Marcus Vogel prestes a assumir o controle do Conselho dos Magos gardnerianos.

A menção de Vogel faz um fio de medo comprimir minhas entranhas.

– Eu o conheci – conto ao professor Kristian.

Ele me avalia.

– E gostou dele?

Lembro-me da árvore sombria, da sensação do vazio na escuridão.

– Ele me deu medo – admito.

– E deveria – adverte o professor Kristian. – E você deve começar a prestar atenção ao que seu Conselho dos Magos anda fazendo. – Ele esfrega a têmpora, depois olha para mim. – Vogel é um mago nível cinco, mas não tem o poder de Styvius e de Clarissa.

– Então ele não é um grande mago.

O professor Kristian balança a cabeça.

– Não. Mas algo está trabalhando a favor dele, outra Profecia, ecoada pelos videntes de várias raças, deixando todos temerosos e reacionários. Fala da chegada iminente de outra Bruxa Negra, a maior maga gardneriana de todos os tempos. Falam também do surgimento de outro icaral, um homem, que a desafiará. De acordo com a profecia, essa nova Bruxa Negra terá de matar o icaral, ou uma era de trevas descerá sobre a Gardnéria.

"É claro que os inimigos da Gardnéria veem essa escuridão como uma coisa boa, então já existem assassinos vagando pelas terras, desesperados para localizar a Bruxa Negra da Profecia. E, é claro, os gardnerianos estão desesperados para localizar tanto a Bruxa Negra quanto o icaral que deverá surgir e desafiá-la. Houve alguns rumores de que um menino icaral nasceu há pouco tempo de uma menina gardneriana, e que tanto o bebê quanto a mãe estão fugindo do Conselho dos Magos."

O bebê de Sage. O icaral da profecia: um icaral indene que poderia ter posse de seus plenos poderes. Um icaral que pode manter as asas e possuir magia indescritível. E uma nova Bruxa Negra: Fallon Bane.

Por um momento, ficamos ambos em silêncio enquanto absorvo toda essa nova informação.

– Então… a próxima Bruxa Negra – arrisco-me. – E se for verdade? E se ela vier?

Ele fica quieto, seus olhos sérios cheios de um pressentimento ruim.

– Os gardnerianos construíram o exército mais poderoso que já tiveram, com mais dragões sob seu comando do que nunca antes. Se surgir outra Bruxa Negra, é provável que eles consigam dominar todas as terras que existem em nossos mapas, esmagando a Resistência e transformando todos os não magos em escravos, com exceção, talvez, dos lupinos. – Ele se inclina para mim, abaixando a voz. – É o que você quer, Elloren Gardner?

Penso em Fern e nas suas bolhas de sabão. Engulo em seco, sentindo-me fora dos eixos e perturbada.

– Eu sou uma maga nível um – digo, lutando para manter o tom leve. – Não importa o que eu quero.

– Talvez, mas ainda estou curioso.

– Eu não sei – digo, minha visão de mundo está instável como areia movediça sob meus pés. – Lukas Grey me disse que ou dominamos ou somos dominados. Que sempre foi assim na história.

Ele considera aquilo e assente com um olhar triste e resignado.

– Grande parte da história *é* assim – concorda. – Mas talvez haja outra maneira.

– Como o quê?

– Não sei, Elloren Gardner. Não sei – diz ele, cheio de tristeza, balançando a cabeça. – Mas, para mim, a vida não valeria a pena ser vivida sem pelo menos ter fé em uma coisa: em que há outro caminho, um caminho de justiça, se me permite dizer. E que há pelo menos um pouco de esperança de que esse caminho seja um dia descoberto.

– Então o senhor acha que há esperança de algo melhor do que toda essa luta? Algum outro futuro possível?

– Um futuro de igualdade? De justiça? Um futuro em que os recursos sejam partilhados por todos os povos em vez de serem disputados? Sim, penso que é possível, mas creio que tudo será decidido pelas escolhas de indivíduos.

– Mesmo indivíduos sem poder algum?

– Gosto de pensar que sim.

Suspiro e afundo na cadeira.

– Tudo parece muito confuso. – Olho dentro de seus olhos. – E não tenho certeza de que acredito em tudo o que o senhor diz.

Inesperadamente, o professor Kristian se levanta e tira vários livros das prateleiras que revestem o seu pequeno gabinete. Leio as capas enquanto ele me entrega um a um:

A história comentada da Keltânia, pelo historiador kéltico Mikael Noallan
Uma história do Reino Alfsigr, traduzido do alto élfico por Ital'lyr Ciarnyllir
Uma história abrangente dos povos feéricos, traduzido do asrai feérico pelo historiador elfhollen Connor Haldash
A visão de mundo das amazakaran, pelo historiador kéltico Mikael Noallan
Sociedades lupinas: uma história, pelo historiador lupino Dolf Boarg

– Mas cada um desses partirá de diferentes pontos de vista – digo, quando ele volta a se sentar. – Ficarei ainda mais confusa do que já estou.

Ele abre um leve sorriso.

– Quem disse que a confusão é ruim? Descobri que ela pode ser muito boa. Muitas vezes você tem que cair na escuridão da confusão total antes de poder emergir para ver até mesmo o menor vislumbre da verdade. O meu desejo sincero é que você leia esses livros e seja lançada em uma completa espiral de perplexidade.

Franzo a testa para ele.

– Eu vim aqui atrás de respostas.

Ele ri disso, ao empurrar os óculos para o nariz.

– Bons professores de história têm apenas perguntas. Terá de encontrar as suas próprias respostas, Elloren Gardner.

Eu me levanto, envolvendo os volumes pesados com os braços.

– Obrigada – digo a ele, minha voz está incerta enquanto olho para os livros grossos que ele me deu.

– Não agradeça a mim – diz ele; a diversão em sua voz se foi. – A verdadeira educação não facilita a sua vida. Ela complica as coisas e torna tudo confuso e perturbador. Mas a alternativa, Elloren Gardner, é viver a sua vida baseada na injustiça e na mentira.

Mordo o lábio inferior, não gostando do que ele está dizendo. Odiando uma parte do que ele disse.

De repente, ele olha de volta para os papéis em sua mesa e começa a escrever neles, deixando claro que é hora de eu ir.

Agarro os livros pesados com os dois braços e saio.

CAPÍTULO VINTE E SETE

DAMION BANE

Tarde naquela noite, depois de passar quase duas horas descascando batatas e mais algumas horas trabalhando no laboratório de boticário, volto para a Torre Norte. No meio do caminho através do campo frio e ventoso, percebo que deixei os livros do professor Kristian na cozinha.

Já passa da meia-noite quando volto para pegá-los. Nunca saí tão tarde, e é estranho encontrar a universidade tão tranquila e deserta. Alguns acadêmicos solitários andam aqui e ali, e vejo pontos esparsos de luminárias visíveis através das janelas.

Abro a porta que leva à despensa, e ouço vozes abafadas se sobrepondo ao ambiente silencioso à frente. Hesito perto da segunda porta, curiosa para saber quem poderia estar aqui tão tarde.

– Por favor... por favor, me solte – implora uma moça, chorando baixinho.

– Ora, por que eu faria isso? – responde uma voz aveludada.

Eu me aproximo da porta em silêncio e espio pela janelinha de vidro. Meu coração para quando vejo quem é.

O irmão mais velho de Fallon, o tenente Damion Bane, em seu traje militar preto, capa listrada de prata e braçadeira branca. Ele está agarrando Olilly, a tímida garota urisk de pele violeta que limpa o chão à noite. A mesma que Fallon afugentou.

– Eu preciso ir. Por favor, me solta – implora Olilly, tentando se afastar da mão fechada em torno de seu braço fino.

A raiva cresce em mim, fazendo meu coração disparar. *Trystan*. Eu devia chamar Trystan. Ele é um nível cinco como o Damion. Ele não tem tanto treinamento, mas ainda assim...

– *Você* tem algo que pertence à minha irmã – diz Damion, sorrindo. – Então você vai fazer exatamente o que eu quero, ou vou te denunciar por roubo e te mandar de volta para as Ilhas.

– Eu não peguei nada. Juro. – Suas palavras são abafadas pelo choro.

– Quietinha – ronrona ele, tocando os botões da túnica da menina. – O que Fallon não sabe não a machucará. Você vem comigo e teremos uma conversinha. Vamos passear na floresta.

A raiva ferve dentro de mim. *Nível cinco que se dane.*

Pego a maior frigideira de ferro que vejo ali, eu a giro pelo cabo de madeira, e vou direto para a porta da cozinha.

Invado o cômodo empunhando minha arma improvisada. Quando Damion se vira para me lançar um olhar surpreso, ouço uma batida, e um borrão atravessa a cozinha, acertando-o.

Ele cai para trás, sobre uma mesa, bem longe da menina, e solta um grunhido.

Yvan Guriel está agora de pé sobre ele, segurando a varinha de Damion. Ele a lança como um dardo no fogo do forno de pão. O ar frio entra pela porta dos fundos ainda aberta, a lenha que Yvan carregava espalhada pelo chão em desordem.

Fecho os olhos, momentaneamente desequilibrada. Como ele se moveu *tão rápido*? Impossível se mover assim.

Seus punhos estão cerrados, corpo contraído e tenso como se ele estivesse pronto para saltar sobre Damion a qualquer momento; seus olhos verdes queimam.

Damion olha para ele, depois para mim, ignorando Olilly enquanto ela chora apertada contra a prateleira de especiarias. Ele sorri e desce da mesa, depois para e alisa sua roupa elegante.

–Veio cozinhar a essa hora da noite? – ele me pergunta, entretido.

Meu braço dói pela força necessária para segurar a frigideira enorme, mas não ligo. Quero arremessá-la na cabeça dele.

– Fique longe das garotas da cozinha – rosno, com tom frio. Ouvi falar dele e de alguns dos outros soldados. Dando o bote em qualquer garota urisk azarada o suficiente para ficar sozinha com eles. Os trabalhadores da cozinha não falam comigo, mas falam *em volta de mim*, e tenho ouvidos.

– Ela é uma ladra – afirma Damion, como quem comenta sobre o tempo, apontando na direção da menina sem nem olhar para ela. – Ela vem comigo. Ela roubou algo da minha irmã. Um retrato.

Ah, Sagrado Ancião. Sinto a culpa me inundar. *O retrato rachado de Lukas está no fundo do bolso da minha capa. A situação de Olilly é por minha causa.*

Reforço minha pegada na frigideira um pouco mais alto no cabo, temendo que eu possa deixá-la cair.

– Ela não pegou o retrato de Fallon – digo a ele, com o coração batendo forte. – *Eu* peguei.

As sobrancelhas dele se erguem, então seu olhar se torna malévolo e ele solta uma risadinha.

– Então *você* está com o retrato de Lukas Grey que era da minha irmã?

– Sim. Sim, estou.

– Rivalidade interessante essa de vocês duas – comenta ele, com um olhar sombrio.

Pego os cacos do retrato no bolso da capa, vou até ele, ainda empunhando a frigideira pesada, e largo os pedaços em sua palma estendida.

O sorriso que ele abre me causa arrepios.

– Não creio que ela vá achar engraçado.

– Não, imagino que não – respondo, inexpressiva.

Solto o ar devagar enquanto ele vai embora e me viro para encontrar Olilly e Yvan me encarando, a menina apavorada e congelada no lugar, e os olhos do rapaz em uma tormenta de emoções.

– Deixei meus livros aqui – explico, baixinho, tonta ao imaginar as maneiras que Fallon em breve planejará para me matar. E ainda sem entender a velocidade sobrenatural de Yvan.

Desajeitada, ponho a frigideira sobre a mesa. A cozinha agora está quieta como um túmulo, e meu olhar é atraído para os olhos injetados de Olilly, e pontos reveladores nos cantos dos seus lábios.

A gripe vermelha.

Notei que alguns dos trabalhadores da cozinha estão com ela há algum tempo. É fácil, mas muito caro, de ser curada. Tentei oferecer medicamentos escondidos, mas nenhum deles conseguiu superar o medo que sentem de mim.

Mas talvez ela aceite o remédio com Yvan aqui.

Paro, puxo um frasco do bolso da minha túnica e o ofereço a ela.

– Olilly, eu fiz para você.

Ela se encolhe e balança a cabeça com firmeza de um lado para o outro. Ela olha para Yvan, com um terror gritante no olhar.

Ele me dá as costas, coloca a mão no braço de Olilly e murmura alguma coisa. Ele é tão gentil com ela, seus longos dedos penteando seu cabelo para trás com delicadeza; sua voz está tão profunda e ressonante enquanto a tranquiliza. O que desperta dentro de mim o velho alarme cálido e desconcertante.

Olilly começa a soluçar, erguendo uma mão esguia e trêmula para enxugar os olhos. Ela olha suplicante para Yvan.

– Ele pode me seguir. E se ele me seguir?

– Eu volto com você – Yvan garante a ela, com voz baixa e calma. – Está bem?

Olilly funga e faz que sim com a cabeça.

– Então vamos – ele diz a ela, de modo quase inaudível. – Pegue suas coisas.

Olilly assente de novo, ao liberar um pouco da tensão de seus ombros. Ela me lança outro olhar temeroso, depois desaparece para o depósito dos fundos. Suspiro e olho preocupada para onde ela estava.

– Talvez *você* possa dar a ela – digo, ao oferecer o remédio para Yvan, com um nó de emoções pulsando no peito. – Ela tem muito medo de aceitá-lo de mim.

Sua expressão continua severa.

– É tintura *Norfure* – continuo. – Vi o que ela está tomando. Sabe tão bem quanto eu que não vai resolver. *Isto* vai. É um medicamento que funciona. Medicina gardneriana valiosa. Um remédio pelo qual ela nunca poderá pagar.

Yvan fica de pé, piscando para mim. Mas então ele se aproxima e pega o frasco, o roçar de seus dedos quentes nos meus disparam choques pela minha pele, e meu coração acelera. Seus olhos verdes se fixam nos meus enquanto ele enfia o frasco no bolso da calça.

Me sentindo inesperadamente tímida, me viro para tirar meus livros de baixo de uma mesa ali perto e, ao me endireitar, encontro Yvan ainda me observando, sua testa franzida como se tentasse entender algo.

– Foi... corajoso, o que você acabou de fazer – digo-lhe, desajeitada, agarrando-me aos livros do professor Kristian, hesitante em elogiá-lo.

–Você ia atacar um mago gardneriano nível cinco – diz ele, o que é mais uma declaração do que uma pergunta. – Com uma frigideira.

Ergue o queixo, na defensiva.

– Mas é claro. Ia mesmo. – Com o coração na boca, luto contra o desejo de desviar o olhar do seu intenso e inabalável.

Por um momento, parece que ele quer dizer alguma coisa. Em vez disso, se vira e pega os próprios livros em uma prateleira de vidrinhos de tempero.

Olilly sai do depósito, trajando a capa e com a bolsa pendurada no ombro. Sem olhar para mim, ela corre pela porta dos fundos e a mantém aberta para Yvan.

Ele olha para ela, e faz uma pausa. Então olha para mim, sua expressão dura agora em conflito.

– Boa noite, Elloren – diz ele, inflexível, mas sem ser desagradável, antes de seguir Olilly noite adentro.

O jeito que ele diz meu nome me atordoa e não consigo dizer mais nada.

Eu o observo sair, noto suas costas largas e retas, e me sinto corar depois de ser tratada com menos frieza.

E ainda me pergunto como é possível ele ser tão rápido.

Sei que deveria investir uma hora ou duas memorizando os xaropes para tosse. Ainda mais depois de passar tanto tempo com o professor Kristian; tempo que deveria ter sido gasto estudando.

Sento-me no meu quarto mal iluminado na Torre Norte, com o livro de estudos de Boticarium aberto sobre a mesa. O amanhecer está se aproximando. Preciso dormir pelo menos algumas horas e tenho cada vez menos tempo para estudar. Mas não consigo me concentrar. A torre de livros de história do professor Kristian parece me esperar, e acho difícil resistir à sua atração proibida.

Parece traição simplesmente estar em posse desses livros. Ainda mais o de história kéltica. Eles oprimiram o meu povo por gerações. Como posso ler um livro de história escrito por um deles?

Mas então olho para Ariel, desmaiada com uma das suas galinhas. E para Wynter, dormindo com as asas surradas enroladas firmemente em torno de seu corpo magro. Penso em Olilly; no quanto ela é pobre e no medo que tem de mim. E em Yvan me tratando pelo meu primeiro nome, pela primeira vez.

Decido fazer a coisa perigosa, não a coisa inteligente.

Empurro o meu escrito de Boticarium para o lado, pego o de história do professor Kristian e começo a ler.

✶

PARTE 3

✶

PRÓLOGO

Vyvian Damon não consegue parar de olhar para ele.

Marcus Vogel domina a Câmara do Conselho. Seus olhos penetrantes são como fogo verde e enviam ondas de excitação através dela.

E medo por todos os que não estão alinhados com ele. Disso ela tem certeza.

Ele vai ganhar na primavera.

As cadeiras dos membros do Conselho estão dispostas entre árvores pau-ferro lixadas que se elevam para ambos os lados de Vyvian, um emaranhado de galhos flui para o teto. A plataforma elevada do Conselho tem vista para as fileiras de assentos, e hoje o salão está cheio de magos; quase todos com braçadeiras brancas ao redor do braço.

Braçadeiras de Vogel.

– Onde está o icaral macho? – pergunta Vogel, com uma calma terrível. Seu olhar devastador está fixo em Phinneas Callnan, o mago do Conselho preferido pelos traidores para ganhar o referendo da primavera que elegerá o alto mago e enviado do Conselho às forças armadas.

Com a mandíbula tensa, o mago Callnan olha feio para Vogel.

– Ainda não foi encontrado.

Um murmúrio conturbado varre o ambiente lotado.

– O Ancião enviou a profecia a tocar em nossos ouvidos – afirma Vogel, as palavras ardem com um fogo que estremece com calor fervoroso através de Vyvian. – Mais, e mais, e mais alto. – Vogel ergue *O Livro dos Antigos*. – E ainda assim, ignoras a Sua Santa Voz.

O mago Callnan se levanta, a indignação arde em seus olhos.

– Como ousa questionar a minha fé! – Ele aponta o dedo para o céu. – Ninguém está ignorando a Sua Santa Voz!

Vogel fica parado feito uma cobra, e quando fala, sua voz é baixa e assustadoramente dura.

–Você O ignora ao permitir que o demônio icaral da profecia escape. Você O ignora quando deixa raças pagãs procriarem como *animais selvagens* em terras que pertencem ao *Santo Reino Mago.* Você O ignora quando dispensa *Seu Santo Dever* de reivindicar a Therria para os *magos.* Você O ignora quando permite que bebidas kélticas sejam contrabandeadas pelas nossas fronteiras e que selkies sejam vendidas aqui mesmo em Valgard! Você O ignora quando apoia uma universidade depravada onde as raças se misturam e *demônios icarais vagam livres*!

A Câmara do Conselho irrompe em gritos de raiva que vão, aos poucos, se transformando num canto estrondoso que sacode o chão.

– *Vogel! Vogel! Vogel! Vogel!*

Tonta com fogo vingativo, Vyvian examina os outros membros do Conselho dos Magos. Todos os doze estão ali, o senil alto mago Aldus Worthin está sentado ao centro. Ela estreita os olhos para o mago alto de barba branca que está encarando com um olhar de perplexidade e espanto a multidão frenética. Vyvian abre um sorriso zombeteiro.

A velha relíquia.

Ela faz as contas. Cinco Magos do Conselho de braçadeiras brancas estão alinhados com Marcus: ela, mago Gaffney, mago Greer, mago Flood e mago Snowden. Seis magos pagãos estão alinhados com o alto mago Worthin e suas ideias cada vez mais profanas: fronteiras estáticas que permitem que raças infiéis e metamorfos se firmem em terra dos magos, um relaxamento da proibição de casamentos mistos, comércio com as perversas amazakaran, apoio à universidade poluída por miscigenação. E talvez o mais hediondo de tudo: a permissão para demônios icarais existirem!

Vyvian olha para o lado da sala onde o calvo padre Alfex espera nas alas, há uma faixa branca ao redor do braço de seu manto sacerdotal.

O favorito para a próxima vaga no Conselho.

Vyvian sorri.

Se Vogel vencer e o padre Alfex assumir uma cadeira do Conselho, ele terá a maioria. Sete a seis.

E assim de repente, o mundo mudará.

CAPÍTULO UM

DOCUMENTOS DO CONSELHO DOS MAGOS

Eu leio textos de história a cada minuto livre que tenho, mas não há muitos, o medo da morte iminente pelo gelo de Fallon murmura no fundo da minha mente.

Leio sobre a história dos urisk enquanto o xarope para tosse ferve diante de mim, debruço-me sobre os relatos de como os cruéis feéricos lançaram os elementos naturais contra o povo urisk, soprando aldeias inteiras com tornados imensos, esmagando frotas de navios pesqueiros com tempestades devastadoras.

Leio sobre a história dos feéricos quando devia estar memorizando fórmulas medicinais, contos dos bárbaros urisk e de como os seus cruéis aliados wyvern fizeram chover fogo sobre as cidades feéricas, os grandes dragões usando longas garras para despedaçar as crianças. E, mais tarde, como os cruéis invasores kélticos foram rapidamente subjugados antes que pudessem causar estragos com suas armas de ferro.

Leio sobre a história kéltica enquanto mexo pudim de melaço, com o escrito apoiado em uma prateleira logo acima do fogão, meio que ignorando as bolhas grossas surgindo na mistura como bocas de peixe famintos. Aprendo que os navios dos antigos kélticos foram recebidos por agressores feéricos, que os obrigaram a se ajoelhar, separando famílias e acorrentando-as à servidão.

São informações contraditórias suficientes para me fazer querer gritar.

–Você está lendo Mikael Noallan – observa Yvan, com voz firme, parando depois de deixar cair uma braçada de lenha na pilha crescente ao lado do meu fogão, seus olhos verdes reluzem.

Olho-o com desafio. *Posso ler sobre história kéltica se eu quiser.*

– O professor Kristian me emprestou alguns livros.

Yvan encontra o meu olhar desafiador e o meu coração acelera.

– Ignore a Barata – diz Iris, do outro lado da cozinha, e meus músculos ficam tensos com a ofensa.

Deixe para lá. Esquece isso.

A cabeça de Yvan gira.

– Não a chame assim.

Toda a cozinha fica imóvel e silenciosa. Eu o encaro, absolutamente chocada.

Iris olha feio para Yvan, seus olhos pegam fogo, os lábios ondulam com aversão esmagadora e trêmula.

– Você está defendendo... uma *Barata*? – Ela mal consegue pronunciar as palavras.

Há perigo nos olhos dele.

– Eu disse para *não chamá-la assim*.

Os olhos de Iris brilham com lágrimas enquanto os dispara de mim para Yvan; sua fúria desmorona em uma ferida em carne viva.

– Iris. – Yvan cede, estendendo uma mão conciliadora.

Balançando a cabeça violentamente de um lado para o outro, ela começa a chorar, joga longe o pano que tinha nas mãos e sai correndo da cozinha.

Yvan me lança um olhar breve e tempestuoso, e dispara atrás dela.

Meu coração está acelerado. De forma vagarosa e com cuidado, os trabalhadores da cozinha voltam às suas respectivas tarefas, lançando olhares cautelosos na minha direção.

Completamente espantada com a reviravolta, e sem prestar atenção no que estou fazendo, percebo que uma das panelas está começando a ferver e estendo a mão para o cabo de ferro sem me lembrar de usar luva.

O calor queima minha palma, grito e me afasto de supetão, puxando-a de forma protetora. A dor sobe pelo meu braço e me atrevo a olhar para a minha mão, uma meia-lua vermelha já está se formando.

Todos me ignoram, desempenhando suas tarefas com diligência silenciosa. Seguro as lágrimas e me viro para o fogão, agarro meu punho, machucada pela dor e pela óbvia indiferença.

Sinto um puxão suave na manga da minha túnica.

Eu me viro e vejo Olilly me encarando com olhos ametistas arregalados. Olhos límpidos. E pele livre de manchas vermelhas.

Ela usou o remédio, afinal de contas.

– Aqui, maga – diz ela, baixinho, tirando do bolso da túnica um pequeno recipiente de vidro com pomada. Ela o abre e o oferece a mim. – Para queimaduras.

Seguro ainda mais o choro quando uma enorme gratidão se derrama sobre mim.

– Obrigada, Olilly – digo, e minha voz falha enquanto esfrego a pomada cremosa na queimadura já cheia de bolhas; a dor diminui com rapidez.

Ela ignora os olhares sutis de censura lançados para si e me abre um sorrisinho hesitante.

★

– Eu gostaria de uma cópia do *Moções & Decisões do Conselho dos Magos* desta semana – digo à arquivista gardneriana.

É tarde naquela mesma noite, minha mão esquerda está envolvida com uma atadura fina, a queimadura amenizada para uma pontada irritante pela pomada curativa de Olilly.

Durante toda a caminhada até aqui, penso no medo monstruoso que a menina tem dos gardnerianos. Em sua servidão forçada. Em seus olhos tímidos e comportamento gentil. *E ela é tão jovem… jovem demais para enfrentar o resto de sua vida sendo praticamente uma escrava.*

O professor Kristian tem razão, penso. *Está na hora de começar a prestar atenção ao que o meu próprio governo anda fazendo.* E os Arquivos gardnerianos são um lugar excelente para se começar.

A arquivista usa óculos e tem cabelos grisalhos amarrados em um coque solto, seus olhos se fixam em mim com surpresa aprovação. Há uma fita branca amarrada com esmero em seu braço.

– Sinto muito, maga Gardner – diz ela, com um sorriso de desculpas. – Todas as cópias estão emprestadas. – Ela gesticula com um movimento sutil de seu dedo em direção à maga torta e taciturna curvada sobre os papéis em uma mesa do outro lado da sala.

Tierney.

Agradeço à arquivista e me dirijo à mesa da minha parceira de laboratório. O Arquivo Gardneriano está quase vazio a essa hora da noite, a iluminação reduzida para um suave brilho âmbar.

– Posso dar uma olhada quando você terminar? – digo, sem fazer rodeios.

Tierney olha para mim, com a expressão cheia de seu sarcasmo sombrio de sempre.

– Pensei que a política não fosse do seu interesse.

– Bem, mudei de ideia.

Seus olhos afiados se movem em direção ao meu braço.

– Ainda assim, nenhuma braçadeira.

Atiro um olhar enviesado para o braço dela em resposta.

– Digo o mesmo.

Seus olhos se estreitam.

– Espero que Marcus Vogel apodreça num inferno escaldante – sussurra ela.

Por um momento, eu a encaro sem fazer nada senão piscar.

– Bem, posso não dizer com essas mesmas palavras, mas com certeza não quero que ele seja alto mago.

Agora ela está piscando como se não soubesse bem o que fazer comigo.

Sem dizer uma única palavra, ela desliza e abre espaço para mim ao seu lado para que possamos ler os jornais juntas.

★

O *Moções & Decisões do Conselho dos Magos* é uma leitura profundamente enfadonha, e tenho de morder a língua mais do que uma vez para não cair no sono. Os pormenores entorpecentes sobre o prédio do Conselho, os contratos marítimos e militares, a arrecadação fiscal e as disputas fundiárias constituem a grande maioria das letras minúsculas.

Mas então identifico uma moção apresentada por Marcus Vogel e vetada pela maioria de Phinneas Callnan.

– Olha isso – sussurro, ao apontar. – Vogel quer tornar o laço de varinha obrigatório até os dezoito anos de idade.

Há uma tensão apertada em torno dos olhos de Tierney, sua boca se contorce em uma careta.

– Faz meses que ele vem insistindo nisso. Recuse-se a se laçar, e o Conselho escolherá alguém para você.

Aposto que tia Vyvian adoraria que essa moção fosse aprovada.

– Quantos anos você tem, Tierney? – sussurro, hesitante.

Ela respira, trêmula, com expressão assombrada.

– Dezoito. – Seu tom é um golpe de machado, definitivo e inevitável.

Engulo em seco, um arrepio desconfortável se espalha pelo meu corpo. Puxo um braço protetor à minha volta e olho para os jornais.

Há outra moção, novamente apresentada por Marcus Vogel, para fazer uma avaliação-de-ferro em todos os magos que quiserem ser admitidos nas Guildas.

Olho para Tierney. Ela está sentada, me observando ler, com uma paciência sombria, como se esperasse que a catástrofe completa que é Vogel penetrasse na minha mente.

Bem desperta agora, sigo o texto pela página com a ponta do meu dedo indicador.

Há uma moção apresentada por Marcus Vogel, e vetada, para executar qualquer urisk encontrada na Gardnéria sem documentos de trabalho. E outra moção apresentada por Marcus Vogel, aprovada como regra, para executar um bando de kélticos combatentes da Resistência por atear fogo aos quartéis militares da Sexta Divisão. Outra moção aprovada para executar dois trabalhadores da Resistência encontrados contrabandeando urisk para o leste.

Um fio tênue de medo se aperta nas minhas entranhas. *Vogel parece gostar de execuções.*

Há uma última moção aprovada como regra, também apresentada por ele, para bloquear o comércio com as amazakaran em retaliação pela sua oferta de anistia às mulheres urisk, mesmo as ilegais. A líder amaz, a rainha Alkaia, é citada como tendo dito: "os povos livres amazakaran das montanhas da Caledônia não reconhecerão quaisquer amarras de servidão colocadas em nenhuma mulher". Além disso, as amazes tomaram a decisão "incendiária e ultrajante" de também dar anistia a todas as mulheres com sangue feérico misto ou mesmo puro.

Eu olho para Tierney, meu dedo descansa, discretamente e com esperança, sobre a regra.

Seu rosto está tenso, e ela olha com atenção o entorno vazio dos Arquivos, a arquivista está organizando documentos do outro lado da sala, de costas para nós. Ela olha de soslaio para mim.

– As amazes não darão anistia aos homens – sussurra ela, com tom constrito e quase inaudível.

O pai de Tierney. E o irmão. Também são feéricos?

– Pelo menos estamos em Verpácia. – Tento tranquilizá-la. – Sua família poderia vir para cá, de repente?

Tierney me atira um olhar profundamente incrédulo.

– Você não acompanha nenhuma notícia política, não é?

– Não... eu não acompanhava antes – gaguejo, minha preocupação não para de aumentar.

Ela solta um suspiro cansado.

– As eleições do Conselho verpaciano foram realizadas no mês passado. Há agora uma maioria gardneriana. Pela primeira vez na história.

– Mas ainda é Verpácia – rebato. – Há uma mistura de culturas aqui. Há muitas raças diferentes vivendo aqui para que qualquer uma delas tenha muita influência...

– Você não acompanha política porque não precisa – retruca ela, e um ressentimento doloroso dá as caras. – E isso está bem evidente. Você é incrivelmente ingênua. – Ela se inclina para mais perto, o antagonismo queima em seus olhos. – O seu povo tem famílias enormes. Porque é esperado que vocês dominem o mundo inteiro.

– *Nosso* povo – eu a advirto, às pressas, meus olhos disparam com cuidado ao redor, aliviada por não encontrar ninguém ao alcance de sua voz ou que esteja prestando atenção em nós.

Tierney se encolhe, sua voz fica tão baixa que não passa de um sussurro agitado.

– O número de gardnerianos que está vivendo e se estabelecendo aqui em Verpácia aumenta a cada ano. É por isso que obtiveram a maioria no Conselho verpaciano. Se Vogel vencer na primavera... – Ela para e engole em seco. Nesse momento, não há mais fogo no seu olhar; apenas o mais puro medo permanece. – Se ele vencer, o Conselho verpaciano ficará ao lado dele. Os membros gardnerianos por verdadeira lealdade; o resto, por medo bem fundamentado.

– Então, se Vogel ganhar – arrisco dizer, preocupada –, isso afeta muito mais do que apenas a Gardnéria. – Relembro as moções de Vogel, todas uniforme e desastrosamente rígidas. A sensação de seu vazio sombrio naquele dia em que o conheci, de seus olhos prendendo os meus, rasteja em minha mente. E a imagem aterradora da árvore morta.

É como se o seu vazio escuro tivesse se espalhado por esta sala e para além dela. Reunindo-se pacientemente às margens de tudo.

Arrepiada, esfrego os braços, tentando me aquecer.

Há puro medo nos olhos de Tierney.

– Elloren, se Vogel vencer, o mundo muda.

Todo o Reino Ocidental rapidamente se torna uma armadilha gigante para todos os que não são gardnerianos.

– Eles vão caçar os icarais primeiro – sussurra ela, com tom amortecido. – Depois as urisk e os kélticos… – Ela faz uma pausa, e sua voz falha.

Abatida, termino por ela:

– E então vão caçar os feéricos.

CAPÍTULO DOIS

RANDALL GREYSON

Na manhã seguinte, chego ao laboratório de boticário e encontro Tierney à minha espera na nossa mesa de trabalho com um olhar de profundo alarme.

Chegamos cedo hoje. Gesine conversa com discrição com um grupo de aprendizes de boticário de braçadeiras brancas, todas as quatro jovens me lançam um olhar perturbador e presunçoso quando passo por elas.

Olho para a nossa mesa quando me aproximo de Tierney.

Meu violino está bem lá no meio, com o estojo aberto.

– Tierney – questiono, muito confusa –, por que…

– Eu não o coloquei aqui. – Ela trata de informar, com olhos cheios de aviso.

Meu estômago dá uma cambalhota, meu corpo inteiro fica tenso.

Fallon. Como ela o tirou do alojamento dos meus irmãos?

Eu logo me recomponho, avaliando a situação com cautela.

– Essa é a sua grande vingança? – escarneço, alto o suficiente para Gesine e as outras aprendizes ouvirem. – Mover meu violino de um lugar para outro?

Sorrio para elas em desafio e estendo a mão para pegar meu violino. Assim que o levanto, ele se desfaz em duas metades, divididas de forma precisa.

Tal qual o retrato de Lukas.

Sinto meu coração desabar, e empalideço.

– Sinto muito, Elloren – diz Tierney, com pesar, mantendo a voz baixa. – É importante para você, imagino. – Ela lança um olhar sombrio para Gesine e as outras jovens, seus olhos se estreitam em fendas. – Caso contrário, ela não teria se dado o trabalho.

Lágrimas ardem nos meus olhos e mal consigo emitir palavras.

– Era importante, sim. – *E nunca mais poderei fazer outro violino com o tio Edwin.*

Não consigo dizer nada além disso sem explodir em soluços patéticos, minha boca treme.

Os olhos de Gesine e das outras mulheres se lançam em minha direção, as quatro mal conseguem suprimir os sorrisos alegres, esperando que eu desmorone.

Não. Não lhes darei a satisfação.

– O que você vai fazer? – pergunta Tierney, preocupada.

– Nada – digo, minha fúria me faz recuperar a compostura, queimando as lágrimas até se tornarem nada. – Imagino que na mente distorcida de Fallon estamos quites agora. – Ergo o violino, forço um sorriso trêmulo e desafiador e olho direto para Gesine e suas companheiras enquanto, com toda a calma, guardo meu precioso violino irreparavelmente quebrado de volta em seu estojo.

Bato o pó das mãos, sento-me ao lado de Tierney, me viro e a vejo piscando com uma preocupação inabalável.

Eu lhe abro um sorriso largo e frio.

– Sabe, talvez eu vá a esse baile de Yule no fim das contas.

Dois dias se passaram, é início da noite, e estou sentada com Jarod Ulrich em um recanto escondido nos arquivos principais da universidade. Notas de Chímica, papel, penas e tinteiros estão espalhados na mesa de madeira áspera diante de nós, meu ódio crescente por Fallon Bane está tendo que entrar na fila, pois minha prioridade é aguentar o tranco e estudar, mas não consigo esquecer.

Logo depois que encontrei meu violino destruído, marchei direto para o alojamento dos meus irmãos. Apenas Trystan estava lá, seu rosto se iluminou com preocupação no momento em que abriu a porta e absorveu minha expressão: todo o meu corpo praticamente vibrou com fúria ardente.

Fallon me feriu. Me atingiu onde mais doeria. Cada vez mais eu notava que era essa a sua especialidade. Sem dizer nada, Trystan recuou, abrindo mais a porta em boas-vindas. Entrei e tirei os restos do meu violino para ele analisar.

Seus olhos se arregalaram quando ele o pegou, com as cordas dependuradas.

– Coisa de Fallon Bane. – cuspi cada palavra.

Ele me deu um rápido olhar de surpresa antes de voltar sua atenção para o violino.

– Isso é um corte bastante limpo – ele se assombrou ao passar o dedo ao longo do corte perfeitamente reto, estudando-o. – Ela deve ter usado uma serra vertical.

– Ou algum feitiço maléfico – grunhi baixinho, com a aversão passando por mim em ondas.

– Eu sabia que algo não estava certo – disse Trystan, balançando a cabeça. – Quando voltei aqui ontem à noite, nossa maçaneta estava tão fria que doeu tocá-la.

Claro que estava. Um oferecimento da Bruxa do Gelo.

– Como ela sabia que eu guardava o violino aqui? – pensei em voz alta.

Trystan deu de ombros.

– As faxineiras? Elas estão sempre entrando e saindo, e o estojo *está* marcado com o seu nome.

E todas as servas de Verpax tinham horror à ira de Fallon. Não seria um grande salto de lógica supor que estou guardando coisas aqui, já que tenho Ariel Haven como companheira de alojamento.

– Ela deveria agradecer – eu disse a ele, com voz ameaçadoramente baixa – por eu não ter nem um pingo de magia.

Trystan me lançou um olhar sombrio e colocou as metades do violino sobre sua mesa.

– Quer que eu vá até a vice-chanceler com você? Para apresentar uma queixa?

– Não – cuspi. – Quero que você congele a cabeça de Fallon. Ou taque fogo nela. Pode fazer isso por mim?

Trystan respira fundo e me olha com sua calma habitual.

– Hum... sim. Eu poderia, Elloren. E imediatamente seria expulso da universidade. Um detalhezinho de nada.

Eu o olhei feio, com petulância, e me deitei em sua cama, derrotada.

Sem fazer barulho, Trystan se sentou ao meu lado.

– Sabe, talvez você consiga alistar Diana Ulrich na sua causa.

Lancei um olhar interrogativo para ele.

O lábio de Trystan se ergueu com um traço de diversão.

– Ao que parece, Diana tem falado sobre colocar a cabeça de Fallon em um espigão e exibi-la nos portões da cidade. "Para os corvos devorarem." Palavras dela, não minhas.

Não consegui suprimir um sorriso ao ouvir isso, tanto animada quanto sombriamente satisfeita com a sede de sangue de Diana.

O *tap, tap, tap* da pena de Jarod me chama de volta ao presente.

Ele está debruçado sobre a mesa, transcrevendo as minhas notas de Chímica, a sua caligrafia é caprichosa e compacta. As minhas anotações são agora uma necessidade para ele, já que Diana não compartilha mais as dela.

De início, desdenhosa com a professora Volya, Diana inverteu todo o curso agora que percebeu o quanto a nossa professora é entendida do assunto. Como resultado, Diana tomou uma atitude muito dura contra o compartilhamento de notas com seu irmão gêmeo desatento, que, nas palavras dela, deveria "largar os livros de poesia ridículos e se concentrar na aula". Assim, em uma reviravolta extremamente improvável de acontecimentos, eu me tornei a anotadora de Aislinn e Jarod, que agora continuam seu diálogo escrito sobre alta literatura em todas as aulas.

A cabeça de Jarod se ergue subitamente, as narinas dilatam. Ele se vira no momento em que Aislinn dá a volta em uma longa estante de livros e aparece. Ela corre em nossa direção, com expressão tensa.

– Estou tão feliz por ter encontrado vocês dois. – Ela está vermelha e sem fôlego.

– Randall estava procurando por você mais cedo – informo a Aislinn, confusa por seu comportamento angustiado.

– Eu estou tentando evitá-lo, na verdade – admite ela, seus olhos disparam ao redor das estantes e corredores sombrios.

Solto uma risada curta e sentida.

– Você não será capaz de evitá-lo para sempre. Não se pretende fazer o laço de varinha com ele.

Seu rosto fica tenso e ela encara o chão, com as mãos agarradas às saias.

– Eu sei.

Jarod, que tem observado Aislinn em silêncio, endireita-se e olha para além de nós, com as narinas dilatadas.

– Aislinn, te procurei por toda a parte!

Ela se vira para o local de onde Randall acaba de emergir; seu rosto se fecha.

– Bem, agora me encontrou – diz ela, com voz inflexível e linguagem corporal hostil.

Randall vira um olhar julgador para mim e Jarod.

– Elloren – diz ele, com cautela. Depois fita Jarod com repulsa e logo se volta para Aislinn.

Percebo que estou irritada com isso, já Jarod avalia Randall com calma e expressão neutra.

–Você me disse que estaria no seu quarto – reclama Randall, a seda cinza-ardósia bem passada de seu novo e rígido uniforme de aprendiz militar, uma fita branca está bem presa em seu braço. – Não gosto de ter que procurar por você.

Aislinn olha para ele, sem qualquer emoção.

– Lamento, Randall. Não queria ser uma inconveniência para você.

– Sim, bem. – Ele funga. Randall lança outro olhar de soslaio para Jarod e, em seguida, segura o braço de Aislinn. – Você precisa vir comigo.

Um olhar de relutância atravessa o rosto dela.

– Por quê? Para onde você está me levando?

Randall estreita os olhos para Jarod.

– Para fora daqui.

A expressão de Aislinn fica profundamente conflituosa, e noto que enfiado sob o seu braço está o mesmo livro que Jarod tem debaixo das suas notas de Chímica.

– Talvez eu te veja mais tarde? – ela me pergunta, cheia de esperança. Furtivos, seus olhos se voltam para Jarod e depois para mim.

– Claro – digo, encorajadora. – Eu estarei por aqui.

Observamos enquanto Randall a arrasta dali. Ela lança um olhar de anseio por cima do ombro antes de ser conduzida para fora da nossa vista.

Eu me viro para Jarod. Ele está os observando com o rosto tenso.

– É com ele que ela vai fazer o laço de varinha? – ele me pergunta, incrédulo. – Por favor, me diga que não é ele.

– É ele.

– Mas… ela sente repulsa do seu toque.

– Sim, bem… – Eu paro, franzindo a testa para Jarod. – Como você sabe?

Jarod dá de ombros enquanto reúne alguns papéis.

– Consigo sentir o cheiro nela. – Ele olha para a direção por qual eles saíram; as sobrancelhas louras estão franzidas. – Só que ele não sente repulsa por *ela* – resmunga ele, surpreendendo-me com a repugnância em seu tom.

– Não, infelizmente. – Olho com seriedade para Jarod. – Você consegue perceber também?

Ele acena com a cabeça.

– É uma habilidade interessante de se ter.

– Qual? Conseguir perceber atração?

– Aham. Mas deve complicar a vida nas suas sociedades, todo mundo conhecendo os segredos românticos dos outros. Tudo completamente a céu aberto.

– Pelo contrário – responde ele, pensativo –, acho que simplifica as coisas. Torna mais fácil encontrar o companheiro de vida certo. O seu povo tem de andar por aí adivinhando o que sentem um pelo outro.

– É um pouco frustrante – concordo.

– Não consigo nem imaginar.

– Então, o que se faz quando alguém se apaixona por outra pessoa e essa pessoa não tem interesse?

– Bem, fica logo evidente, e aí você desiste antes de insistir em uma causa perdida.

– Mas e se você gostar de verdade da pessoa?

– Se não for recíproco, tudo parece… errado. O cheiro da pessoa, as emoções, a linguagem corporal… Seria esquisito demais.

– Então, se Randall e Aislinn fossem lupinos, ele pararia de correr atrás dela?

– Não – diz Jarod, depois de breve consideração. – Ele parece… especial. Acho que, se ele fosse um lupino, ainda seria um idiota.

Eu rio disso, e ele sorri para mim.

Jarod volta a copiar de onde parou, mas estou tendo dificuldade para me concentrar.

– Fico me perguntando para onde ele a levou – digo, pensando em voz alta.

Jarod não desvia o foco das anotações.

– Ainda estão nos arquivos. Consigo ouvi-lo passando um sermão nela.

Eu escuto com atenção, buscando algum som. *Nada.*

– Você consegue ouvi-los? – pergunto, incrédula.

Jarod continua a escrever.

– Ele está dizendo a ela que é bom se manter longe de mim. Acha que a atacarei, farei o que ele quer fazer…

Meu queixo cai, e o encaro.

Depois de um momento, ele olha para mim.

– Nossa audição é muito superior à de vocês.

– Outra habilidade interessante de se ter – digo, espantada.

– É uma habilidade horrível de se ter aqui – responde ele, exasperado. – Já estive a par de inúmeras conversas das gardnerianas em torno de suas preocupações com a possibilidade de que eu as sequestre a qualquer momento, o que é absurdo.

– Pode haver uma razão para elas estarem tão preocupadas – saliento. – As alcateias lupinas do Norte podem ser diferentes das suas. O pai de Aislinn as visitou e voltou com algumas histórias muito perturbadoras.

– É mesmo? O que é que ele viu exatamente? – pergunta Jarod, com profundo ceticismo. Ele pousa a pena e me dedica toda a sua atenção.

– Aislinn disse que ele viu um dos homens se levantar na frente de toda a alcateia, pegar uma jovem e arrastá-la para a floresta para... – Faço um gesto vago com a mão, para preencher os espaços em branco.

– E você acredita nisso?

– Jarod, ele viu com os próprios olhos.

– As pessoas veem o que esperam ver – responde ele, brusco. – Através do filtro do próprio ódio e preconceito que sentem. Você deveria ter percebido a essa altura, já que está morando com duas icarais.

– Uma outra alcateia não poderia ter tradições diferentes das suas? – rebato, na defensiva.

Jarod balança a cabeça com força.

– A nossa alcateia não é diferente das do Norte.

– Mas, Jarod, ele *viu* isso acontecer...

– Aqui está o que o pai de Aislinn viu – diz ele, me interrompendo. – Quando dois lupinos decidem tomar um ao outro como companheiros de vida, um deles se levanta e anuncia, para toda a alcateia, seu desejo de estar um com o outro. Os dois, então, entram na floresta, *sozinhos*, e quando regressam, há uma alegre reunião para celebrar a união. Agora, corrija-me se estiver enganado, mas não parece muito diferente das tradições do seu povo. Vocês não têm uma cerimônia religiosa em que casais que desejam ser companheiros de vida anunciam suas intenções diante de amigos e familiares? E então o casal vai acasalar um com o outro depois?

Mordo meu lábio, meu rosto enrubesce. É embaraçoso ouvi-lo falar sobre acasalar com a mesma naturalidade que ele e a irmã falam de tudo: sem fazer rodeios. Mas... ele está essencialmente certo.

– Acho... que é semelhante, sim – admito.

– Exceto por apenas alguns detalhes, talvez – continua ele, pronunciando cada palavra com bastante clareza. – Amor e afeto mútuos do casal são esperados, ou a alcateia nunca aprovaria o enlace. – Ele se inclina para trás na cadeira; seus olhos âmbar brilhantes estão cheios de desaprovação. – O pai de Aislinn testemunhou algo belo e o transformou em algo feio e depravado, reforçando os próprios preconceitos injustos que tem de nós.

Penso em tudo o que me disseram sobre os lupinos antes que eu conhecesse Jarod e Diana. Quantas dessas coisas eram mentiras deslavadas? Quantas eram verdades distorcidas?

– Essa talvez seja uma avaliação acertada – concordo, por fim.

– Humm. – É tudo o que ele diz antes de voltar aos estudos.

– Elloren, posso falar com você?

É mais tarde naquela mesma noite, e ainda estou enfurnada nos fundos do arquivo principal.

Afasto o olhar da minha pilha de livros e notas quando Aislinn se senta diante de mim; seu está rosto tenso, e a bolsa de livros, pendurada no ombro.

– O que aconteceu? – Minha mesa fica perto de uma janela com uma forte corrente de vento, mas por sorte estou ao lado de um grande aquecedor de ferro que bombeia calor.

– É o Randall. – Aislinn lança um olhar furtivo ao redor antes de continuar, com voz baixa: – Ele não quer esperar. Quer se laçar comigo o mais rápido possível.

–Você não pode adiar um pouco mais?

– Já faz mais de um ano que estou adiando. Ele quer fazer o laço de varinha no Yule, e a cerimônia de selamento assim que eu me formar.

– Quanto tempo *você* gostaria de esperar?

Seu rosto fica tenso de ansiedade.

– Para sempre.

Abaixo a pena e a encaro.

– Bem, então por que você não faz isso?

–Você *sabe* que isso não é uma opção para mim. – Ela fica em silêncio por um bom tempo. – Ele insistiu em me levar para um local isolado atrás dos edifícios de história para que pudesse me beijar e... – Ela desvia o olhar, corando.

– E o quê? – insisto, e minha preocupação aumenta. – Ele te machucou?

– Não, não. Ele não é assim. Ele só ficou muito... insistente. Beijar costumava bastar. Agora ele... me agarra. E eu *odeio*. É constrangedor.

– O que você quer dizer com ele te agarra?

Ela se encolhe, seu rosto fica vermelho.

– Ele... agarrou meu peito.

Balanço a cabeça, enraivecida por ela.

– Aislinn, seus pais precisam encontrar outra pessoa para você.

– Não importa quem seja! – exclama ela. – Eu não gostaria dessas coisas com ninguém! Só não gosto. Eu não gosto de *nada* disso.

– Você disse a seus pais como se sente? – pergunto, tentando encontrar uma solução.

Aislinn retorce as mãos.

– Falei com a minha mãe.

– E… o que ela disse?

– Ela disse que todas as gardnerianas virtuosas não gostam desse tipo de… atenções que o laço de varinha e o selamento trazem. Mas que é algo que precisamos suportar para que possamos gozar da alegria de ter filhos. Eu amo crianças, Elloren, você sabe disso. Sempre quis ser mãe. Mas sou tímida. Não quero que nenhum homem me toque… não assim. Gostaria que houvesse outra forma de ter filhos.

Eu solto uma risadinha e sorrio para ela.

– Tipo… botar ovos?

Aislinn abre um sorrisinho diante do pensamento ridículo, e fico feliz por isso.

– Botar ovos seria uma boa alternativa – concorda ela.

Aislinn olha pela janela, para os campos estéreis oprimidos pelo céu frio e escuro. Outra chuva congelante parece iminente. Seu sorriso fica hesitante, como se ela estivesse se desculpando por seus pensamentos.

– Eu me sinto tão infeliz ultimamente – lamenta ela.

– Poderíamos caminhar até o refeitório. Nos servir de um pouco de chá – sugiro.

Ela balança a cabeça.

– Não. Não, obrigada. Vou voltar para o meu alojamento. Estou cansada. Vou estudar um pouco, tentar tirar a cabeça… de tudo isso.

Eu me levanto, dou um abraço nela e lhe desejo boa-noite. Aislinn sai, com os ombros encolhidos em derrota. Eu a encaro, perturbada e perplexa, desejando que houvesse alguma forma de tirar a minha amiga dessa confusão.

CAPÍTULO TRÊS
ARTE ÉLFICA

Algumas noites depois, volto do meu turno na cozinha e encontro Jarod e Aislinn esperando por mim no corredor do andar de cima da Torre Norte, com Wynter meio empoleirada no parapeito da janela atrás deles. Ela está nos observando com curiosidade, as asas escuras estão vagamente enroladas em torno de si mesma.

– Vocês vieram me visitar! – exclamo, inexplicavelmente feliz por ver um lupino, uma gardneriana conservadora e uma icaral élfica agrupados de forma tão calma e pacífica.

Aislinn dá de ombros.

– Estou descobrindo que gosto de conhecer gente nova – diz ela, baixinho. – Gente diferente de mim. Estou cansada de ter medo de todo mundo. – Ela lança um olhar tímido para Jarod, e ele abre um sorriso caloroso para ela.

– Vamos ver a exposição de arte élfica – diz Jarod, envolvendo alguns livros com o braço. – Sua colega de quarto expressou interesse em nos acompanhar. Esperávamos que você se juntasse a nós também.

– Acabamos de descobrir que todos partilhamos de um interesse pela arte – Aislinn me diz, esclarecendo este estranho trio que surgiu do nada.

– E pela poesia – acrescenta Jarod, ao apontar os livros com o queixo.

Eles me olham com expectativa.

Estou muito atrasada nos meus estudos de Boticário e Metallurgia, tenho prova de matemática daqui a dois dias e devo fazer desenhos de praticamente todas as espécies de centaureas verpacianas até amanhã.

Eu não me importo.

– Só vou jogar meus livros na cama – digo-lhes, incapaz de conter a animação com o pensamento de tantos novos amigos se unindo.

Chegamos à galeria élfica depois de uma longa e sinuosa caminhada, com Jarod balançando uma lamparina na nossa frente.

Estou surpresa ao ver como a arquitetura élfica é diferente do que estou acostumada, a galeria fica aninhada no interior da floresta. As construções são brancas como ossos e todas as curvas parecem conchas grandes, e são encimadas por torres onduladas em espiral que me lembram as chamas de uma vela. Elas se estendem em direção aos pináculos dos pinheiros altos e são unidas umas às outras por passarelas de paralelepípedos feitas de milhares de pedras planas e prateadas.

Wynter nos conduz até o maior dos edifícios, descendo por uma rota sinuosa atravessando várias portas com símbolos estranhos e curvos esculpidos nelas.

Um grande salão de exposições se abre diante de nós, os ladrilhos incrustados no piso feitos de pedra cinza e azul polidas dispostos em linhas fluidas que me fazem sentir como se estivesse andando sobre a água. As paredes semelhantes às de uma catedral são curvas, inclinadas e iluminadas pela luz verde da lumepedra élfica.

Há estátuas e pinturas de reis e rainhas élficas a cavalo, paisagens que retratam estranhas habitações de marfim construídas em encostas íngremes e estudos da natureza em que as imagens de plantas e pedras parecem flutuar acima do papel.

E há coisas que eu nem sabia que podiam existir.

Estátuas feitas de névoa rodopiante, tapeçarias representando cenas que parecem ganhar vida à medida que nos movemos diante delas, esculturas formadas a partir de água em movimento.

Wynter se empoleira em um dos peitoris ovais da galeria, imóvel como pedra, e nos segue com os olhos.

Passei de peça em peça enquanto Aislinn e Jarod falavam sobre arte, absortos em sua conversa. Não posso deixar de notar a felicidade e a animação de Aislinn, e a forma como os olhos de Jarod brilham.

– Onde está a *sua* arte? – Jarod pergunta a Wynter.

Ela inclina a cabeça e considera a pergunta.

– Minha arte não pode ser exibida aqui – explica ela, em sua voz com sotaque suave. – Está infectada com a minha escuridão.

Franzo a testa para Wynter, entristecida pela declaração rigorosa e sua aceitação casual da própria exclusão.

Aislinn e Jarod estão olhando para ela também; os olhos de Aislinn se arregalaram, o rosto de Jarod fica tenso e perturbado.

– Mostre para a gente – eu me pego dizendo.

Wynter hesita e, relutante, desce de seu poleiro e nos leva para fora do museu e em direção a um celeiro afastado construído no estilo kéltico.

Está frio no interior da grande estrutura e cheira ligeiramente a bolor. Móveis antigos e molduras maltratadas revestem as paredes, junto a telas abandonadas, teares de tecelagem intrincados e uma variedade de ferramentas de arte gastas.

Mas no centro desse espaço pouco atraente, espiralando em direção às vigas, há uma grande estátua esculpida em pedra branca que brilha como se iluminada por dentro.

É um arqueiro élfico a cavalo, o animal está empinado; o arco e a flecha do arqueiro, apontados para o céu. É um pouco maior que um modelo vivo, e tão real que quase tenho medo de pisar na frente dela, para que os cascos do cavalo não pisoteiem minha cabeça.

Jarod, Aislinn e eu o circulamos enquanto Wynter caminha em silêncio atrás de nós, abraçada pelas sombras.

– Você *fez* isso? – suspiro.

– Sim – diz ela, baixinho.

Eu me viro para ela.

– É o seu irmão, Cael. Não é?

Wynter abaixa a cabeça com timidez.

– Sim.

– Ele já viu? – sonda Aislinn, com tom de admiração.

Wynter faz que sim.

– O que ele disse? – pergunta a minha amiga.

– Ele ficou muito emocionado – responde Wynter, quase em um sussurro. – Ele gostou muito. – Wynter passa a mão com reverência ao longo da pedra branca e fria da base da estátua.

– É linda – Jarod diz a ela. – Você fez mais?

Wynter assente e gesticula ao redor.

Pareço alguém que acaba de ser enviado a uma caça ao tesouro. Todos nós. Aislinn, Jarod e eu logo começamos a vasculhar, puxando velhos lençóis de cânhamo de cima das esculturas e pinturas, cada nova descoberta gera suspiros encantados.

– Ah, olhe para as tapeçarias! – A voz de Aislinn ressoa quando ela levanta alguns lençóis, expondo quatro obras mal enroladas. Ela se vira para Wynter. – Você teceu isso?

Wynter assente com a cabeça enquanto Jarod e eu nos juntamos a Aislinn. A complexidade do que minha companheira de alojamento fez é evidente mesmo com apenas um rápido vislumbre da bainha do tecido.

Modesta, ela nos observa de onde está sentada, agora empoleirada na base da estátua do irmão, com a mão apoiada na perna lisa do cavalo.

Aislinn puxa uma das tapeçarias, sem sucesso.

– São pesadas demais…

Jarod estende braços longos e musculosos ao redor de Aislinn e puxa uma sem muito esforço.

Ela se vira para ele, espantada.

– Muito útil ter um lupino por perto – observo, radiante, e ele me lança um sorrisinho.

Jarod abaixa a tapeçaria no chão e a desenrola com cuidado. É grande, capaz de cobrir uma parede de largura considerável, e retrata pássaros brancos etéreos sobrevoando um campo no verão. Movo a cabeça e fico fascinada ao descobrir que os pássaros se movem junto comigo, com as asas a bater graciosamente para cima e para baixo.

Sentinelas.

Aislinn e Jarod avançam com entusiasmo para descobrir mais tapeçarias enquanto eu olho para as aves marfim.

Sem fazer barulho, Wynter se aproxima do meu lado.

– Eu os vi – digo a ela, baixinho.

– Eu sei – diz ela. E olha para mim com preocupação.

– Não é bom vê-los, Elloren Gardner.

– Por quê?

– Os Resplandecentes do Sacrário Interior assim determinaram. Eles são mensageiros dos Resplandecentes. Só os mais sagrados podem olhar para eles. Para um impuro, vê-los é blasfêmia.

Fico atordoada pelo tanto que sua fé é estranha para mim, e do quanto aquilo soa esquisito.

– E eles acham que você é impura?

Wynter abaixa a cabeça, pesarosa.

– Todos os icarais são impuros. Exilados pelo seu mal.

Uma centelha de indignação surge dentro de mim.

– Mas como tudo isso começou? Por que os icarais são vistos como maus? – Estou consternada pelo fato de a religião dela ecoar nosso preconceito.

Wynter está me encarando de forma indiferente, como se a verdade disso estivesse gravada em pedra.

– Porque eles procuram voar para longe do Sacrário Interior para o reino dos Obscuros. Está escrito nos nossos textos sagrados. – Os ombros de Wynter caem e ela olha para os pássaros na tapeçaria com claro saudosismo. – Sei que não devo esculpir os mensageiros, nem pintá-los... mas os acho tão bonitos. Sei que é blasfêmia dizer isso, mas eles clamam por mim. – Sua voz fica sufocada e fraca. – Eles são a minha musa. – Ela diz isso como se confessasse um crime hediondo e imperdoável.

Observo ao redor, as tapeçarias desenroladas, de repente preenchida por um propósito obstinado.

– Deveríamos pendurá-las.

Wynter se sobressalta. Ela balança a cabeça em chocado desacordo.

– Não, Elloren Gardner. Meu trabalho nunca pode ser pendurado na galeria.

– Não na galeria. Na Torre Norte.

Ela me contempla com profunda preocupação.

– O meu trabalho poluiria qualquer habitação. Amaldiçoaria...

– Não, Wynter. – Eu a interrompo com delicadeza. – Essa obra de arte não foi feita para ficar jogada no canto de um depósito qualquer. Além do que, precisamos das tapeçarias para impedir a entrada de correntes de ar. Reparei que o frio não parece afetar você ou Ariel, mas me afeta.

– Vocês podem pendurar as pinturas na escadaria – sugere Jarod.

– E a série de flores no corredor do andar de cima – contribui Aislinn.

– Algumas das esculturas menores poderiam ser levadas lá para cima, sem dúvida – acrescenta Jarod.

Todos nos viramos para Wynter.

– Muito bem – concorda ela, com voz baixa, e um pequeno sorriso lhe ilumina o rosto.

Voltamos para a Torre Norte, com Jarod carregando sem esforço várias tapeçarias. Aislinn, Wynter e eu trouxemos as pinturas.

– Então, Bruxa Negra, está colecionando aberrações, é? – pergunta Ariel, quando entramos, arrastando as palavras. Ela está deitada na cama, encostada à parede, com os olhos caídos e os lábios tingidos de preto.

À essa altura, já reconheço esse seu estado. Ela andou comendo aquelas bagas.

– Você é a maior aberração de todos nós, sabe – continua ela, tentando um olhar de ódio. – E é melhor manter o cão selvagem longe das minhas galinhas.

– Ele é *lupino* – esclareço, irritada por sua contínua insistência em usar linguagem racista ao falar com qualquer pessoa, exceto Wynter. Mas então eu me lembro... não faz muito tempo, eu mesma nutria vários preconceitos.

Jarod coloca as quatro tapeçarias no chão e olha para Ariel.

– Estou falando sério, menino-lobo – rosna ela. – Toque nas minhas galinhas, e vou chamuscar essa sua pele sarnenta.

– Jarod não está interessado em suas galinhas, Ariel – digo a ela, enquanto apoio as pinturas nas paredes.

– Esse *cão* tem nome?

– É melhor simplesmente ignorá-la quando ela fica assim – digo a Jarod.

Jarod acena com a cabeça, parecendo entender.

Ariel se afunda contra a parede, a apatia enfim se instala e seus olhos ficam vazios.

Aislinn e Jarod pairam sobre as tapeçarias, discutindo a melhor maneira de pendurá-las. Aislinn tira dos bolsos da túnica os ganchos que recolheu da galeria e os segura para Jarod analisá-los.

Eu me sento na minha cama ao lado de Wynter.

– O que são as bagas que Ariel mastiga? – pergunto, com voz baixa. Queria pesquisar sobre elas, mas quase não tive tempo livre.

Wynter olha para a amiga desmaiada na cama. Ela solta um suspiro profundo.

– São nilantyr, um sedativo muito poderoso – diz ela.

Eu inalo bruscamente, ao ouvir isso.

– Santo Ancião, Wynter. É ilegal estar em posse disso. Como é que ela conseguiu?

Wynter balança a cabeça com tristeza.

– Não faço ideia. Tudo o que sei é que, quando ela foi jogada no sanatório de Valgard, tiveram dificuldade de controlá-la. Então deram nilantyr para mantê-la calma.

Olho para Ariel, e uma compreensão dolorosa se apossa de mim.

– E ela fica em abstinência se para de comê-las. Eles a transformaram em uma viciada.

Wynter acena com a cabeça.

– Ela contou tudo isso para você? Sobre ser forçada a tomar nilantyr?

– Ah, não. Ela nunca fala disso. Quando a toco, vejo essas memórias. – Wynter hesita antes de continuar: – Quando ela toma o nilantyr, as memórias desaparecem. Tudo fica em branco e vazio. É uma paz fria, mas mesmo assim é paz.

– Deve ser difícil para você ver tudo isso.

– É muito doloroso – concorda ela, puxando as asas com mais força em torno de si.

Penso na frequência com que Ariel está envolta nos braços de Wynter. Todas essas vezes, as memórias dela inundavam a amiga, e ainda assim eu nunca vi Wynter se afastar.

– Você é uma boa amiga para ela – digo, comovida.

– Eu a amo – diz Wynter, baixinho. – Ela se tornou uma irmã para mim. Quero que ela esteja em paz. Mas receio que o nilantyr não seja o melhor caminho. É um parasita, arrasando com ela aos poucos. A coisa a deixou em um estado em que ela não pode voar, embora conseguisse quando era mais nova, e lhe rouba o fogo. Antes, ela podia invocar uma chama considerável, mas a cada dia a capacidade fica mais e mais fraca. E a droga tem um odor que penetra na pele dela. Mesmo quando não a consome por um tempo, o cheiro permanece.

Penso nos icarais de Valgard, no mau cheiro deles.

Também deram a eles essa droga? Foram atirados em uma jaula quando eram pequenos? Eles eram mesmo demônios, ou foram enlouquecendo aos poucos por causa da crueldade que lhes foi infligida?

– Você consegue voar? – pergunto a Wynter. Nunca a vi usar as asas para outra coisa senão como um frágil xale. Eu me pergunto se ela também teve que consumir esse nilantyr; embora eu duvide, pois não tem o cheiro rançoso de Ariel.

Resignada, Wynter balança a cabeça e ergue as asas.

– Minhas asas são muito finas.

Volto a olhar para Aislinn e Jarod. Eles terminaram de organizar as ferragens que Aislinn afanou e parecem prontos para começar a pendurar as tapeçarias.

– Não temos ferramentas – lamenta Aislinn, olhando ao redor.

– Eu tenho ferramentas – Jarod lhe informa.

– Tem? – rebate ela, parecendo confusa.

Jarod hesita.

– Eu… não quero chocar você.

– Como assim? – questiona Aislinn.

– Minhas garras. São… úteis.

Aislinn engole em seco e o encara com olhos arregalados.

– Eu… não vou ficar com medo.

Jarod enrola a manga direita da túnica e ergue a mão, mantendo os olhos em Aislinn. Todas nós assistimos, hipnotizadas, à medida que sua mão se transforma e cria pelos, com garras curvas no lugar das unhas.

Ele caminha até a parede e usa uma garra para escavar rapidamente várias áreas da pedra, depois transforma a mão de volta ao normal e aparafusa os ganchos. Ele se vira para avaliar a reação de Aislinn.

– É muito… útil – comenta ela. As palavras brandas em desacordo com a expressão atordoada em seu rosto.

Jarod estuda sua reação por mais um momento antes de repetir o processo, o choque de Aislinn suaviza conforme ele trabalha.

Bem depois da meia-noite, estamos descansando no chão perto ao fogo.

O quarto está completamente transformado. Tapeçarias quentes agora pendem de todas as paredes, e uma série de esculturas e pinturas revestem o corredor do andar de cima e a escadaria em espiral. A Torre Norte se tornou uma pequena, e impressionante, galeria privada de belas-artes.

Eu faço chá e o sirvo a todos. Todos, exceto Ariel, que ainda está desmaiada em sua cama bagunçada.

Jarod e Aislinn se revezam lendo os livros de poesia de Jarod enquanto Wynter está sentada no parapeito da janela, ouvindo.

Depois de um tempo, as pálpebras de Aislinn ficam mais pesadas, e ela continua se interrompendo com bocejos quando é sua vez de ler, então Jarod assume a leitura sozinho, sua voz profunda e firme é gostosa de ouvir enquanto bebo meu chá.

Observo, entretida, quando os olhos de Aislinn se fecham, pouco a pouco, até que, como uma flor dobrando as pétalas para a noite, ela enfim cede, deixa os olhos se fecharem e se inclina para Jarod.

Ele faz uma pausa na leitura. Com gentileza, passa o braço em volta de Aislinn para estabilizá-la. Minha amiga respira profundamente e se aconchega perto dele, sua mão encontrando a cintura do rapaz.

Surpreso, Jarod ergue as sobrancelhas, congelado no lugar, o livro de poesia agora esquecido em seu colo. Wynter recuou sob suas asas, talvez adormecida também.

Os olhos dele se lançam com cautela em direção aos meus. E sua reação não é infundada.

Meu coração acelera um pouco ao vê-los tão próximos, tão íntimos, e de repente fico preocupada com a minha amiga. Uma coisa é desejar que Jarod fosse gardneriano. Mas ele não é. É filho do alfa do seu povo, e Aislinn é de uma das famílias mais conservadoras da Gardnéria. Nossos povos se odeiam.

Não, isto não é bom. Essa é uma estrada que é melhor não ser percorrida, uma que termina em um penhasco.

– Jarod – digo, com uma nota de advertência em meu tom –, Aislinn se tornou uma boa amiga para mim.

Ele ergue uma sobrancelha e me considera com frieza.

– Eu sei, Elloren – diz ele, devagar. – Para mim também.

– Posso ver – respondo, ao lançar um olhar incisivo para o braço que ele enrolou frouxamente em torno dela. – Só não quero ver a minha amiga se machucar. – A atmosfera entre nós fica gelada; a tensão, palpável.

– E você acha que o laço de varinha com Randall é a melhor maneira de Aislinn não se machucar?

Eu não sei o que responder e, por um instante, fico nervosa com aqueles olhos âmbar brilhantes mirados direto para mim.

Claro que deve ser a melhor maneira para ela não se machucar. Ela e Jarod são bons amigos, mas um romance entre eles tiraria Aislinn de uma família que ela ama mais do que qualquer coisa. Talvez Randall não seja a melhor pessoa com quem ficar, mas ele não estará muito por perto, e ela tem muitos outros interesses e pessoas que a amam para tornar sua vida completa. Além disso, ela acha as atenções românticas de natureza física muito desanimadoras; embora eu tenha que admitir que ela parece muito confortável aninhada no braço de Jarod. Não consigo imaginá-la apoiada assim em Randall.

Um lampejo de repulsa passa pelo rosto de Jarod, e ele se vira para olhar para o fogo.

– Não se preocupe, Elloren. Não planejo arrastá-la para a floresta tão cedo.

Suas palavras me ferem, e na mesma hora me sinto culpada por interferir em algo que não me diz respeito.

– Não estou preocupada com isso, Jarod – esclareço, aflita.

Ele volta seus olhos lupinos para os meus.

– Eu sei aonde você quer chegar com isso. Somos apenas amigos. – A amargura dá lugar a um lampejo de devastação silenciosa em seus olhos antes de ele desviá-los. – Sei que... qualquer outra coisa entre nós seria impossível.

Os meus olhos se fixam nos dedos de Jarod. Ele está acariciando o cabelo de Aislinn sem nem perceber, com uma ternura que é de partir o coração. Eu me afasto de ambos, com os olhos marejados devido à situação desesperadora dos dois.

CAPÍTULO QUATRO

OLHOS LUPINOS

Alguns dias depois, Aislinn e eu estamos indo tomar o desjejum. É fim de semana, o refeitório está quase vazio a esta hora da manhã, pálidos raios de sol atravessam as janelas em arco. Aislinn mistura mel à sua tigela de grãos de aveia, contando, cheia de alegria, histórias sobre sua família. Faz semanas que ela está animada com a vinda iminente das irmãs, que devem chegar a qualquer momento.

Olho para cima e vejo Yvan me encarando enquanto ele coloca uma cesta de pãezinhos em uma das longas mesas de comida. Seus olhos verdes me percorrem e desencadeiam um desejo inquieto que está se tornando cada vez mais difícil de ignorar.

As coisas mudaram entre nós desde aquele dia em que ele me defendeu nas cozinhas. Agora eu o pego me olhando durante meus turnos, e estamos sempre incrivelmente conscientes da presença física um do outro. Se ele está abastecendo meu fogão com lenha, e eu me movo, ele logo compensa a distância, parece uma dança. É difícil nesses momentos, quando ele está tão perto e tão consciente de mim, lutar contra o desejo intenso e irracional de tocar sua mão, seu cabelo castanho, seu ombro.

Pergunto-me o que há de errado comigo. Como posso estar tão atraída por um kéltico? Imagino a reação de tia Vyvian e não consigo sufocar o sorriso que tremula nos meus lábios quando os olhos de Yvan se fixam em mim. Meu coração acelera, e seguro meu sorriso, mas não consigo afastar meus olhos dele, e o clima entre nós fica subitamente carregado. Mesmo a essa distância, seu olhar me aquece, e um rubor avermelhado colore suas bochechas.

Iris dispara da cozinha, equilibrando com alegria uma bandeja de carne defumada, e o momento se estilhaça abruptamente. Ela tem um sorriso sedutor dançando em seu rosto enquanto assenta a bandeja e se aproxima de Yvan, com uma mão no quadril inclinado para fora, e o cabelo dourado solto e caindo em cascata por suas costas.

Yvan começa a conversar com ela, mas sua postura está rígida, como se estivesse tão distraído e inquieto quanto eu.

– Ah, Elloren, elas chegaram! – Aislinn se entusiasma, rompendo meu foco acalorado.

Eu me viro com as bochechas desconfortavelmente coradas, e encontro as irmãs de Aislinn fazendo uma entrada turbulenta, crianças rodopiam ao redor delas como um enxame de abelhas, há um bebê nos braços de cada irmã.

– Linnie! – elas a chamam.

Aislinn salta da cadeira, radiante. E corre para elas sendo logo envolvida por um emaranhado de abraços e beijos.

Eu me levanto e olho brevemente para onde Yvan estava. Constato, com uma onda de ciúmes, que tanto ele como Iris voltaram para a cozinha.

Para com isso, Elloren, digo a mim mesma. *Você é gardneriana. Ele é kéltico. Você precisa parar de ter essas ideias*. Suspiro e me volto para a família de Aislinn.

Ambas as irmãs usam braçadeiras brancas e, por incrível que pareça, as crianças também, ao contrário de Aislinn e eu. Pergunto-me como as irmãs de Aislinn entenderão sua falta de fervor para com Vogel.

– Ah, como sentimos sua falta! – exclama, radiante, a mais alta delas.

– Veja como todos cresceram! – Aislinn paparica as suas sobrinhas e sobrinhos, e as crianças abraçam suas pernas. – Elloren! – Ela acena para que eu me junte, com o rosto cheio de felicidade. – Essas são as minhas irmãs e alguns dos meus sobrinhos.

Alguns dos seus sobrinhos? Os gardnerianos, via de regra, costumam ter famílias numerosas, mas as irmãs de Aislinn não parecem muito mais velhas que ela.

– Quantos sobrinhos você tem? – pergunto a Aislinn, tentando manter o tom amigável em vez de incrédulo.

Ela sorri.

– Auralie tem mais dois meninos, ficaram em Valgard com a minha mãe.

Há meninos gêmeos com cerca de três anos, um agarrado à perna da irmã mais baixa de Aislinn, outro correndo cheio de energia, fazendo barulhos de cavalo. Uma menina mais velha, e mais calma, de cerca de cinco anos está em pé, olhando encantada para Aislinn, e um menino de quatro anos corre para abraçá-la. Ela afaga o cabelo dele com carinho.

As irmãs, assim como Aislinn, têm aparência singela, com os cabelos puxados para trás em coques simples e sem estilo. Elas usam as roupas em camadas e disformes das famílias gardnerianas mais conservadoras, orbes da Therria estão penduradas em correntes ao redor do pescoço delas.

– Elloren Gardner! Céus, você *realmente* se parece com a sua avó! – A irmã mais alta, Liesbeth, aproxima-se de mim e se apresenta. Ela me abraça com calidez enquanto trocamos beijos nas bochechas. – Aislinn nos contou tudo sobre você nas cartas que envia. Estamos tão felizes por ela ter encontrado uma amiga tão boa.

A irmã mais baixa, Auralie, sorri desajeitadamente na minha direção, depois olha para o chão, seu bebê se agita em seus braços.

Que contraste são estas duas irmãs. Liesbeth está composta, sem um fio de cabelo fora do lugar e está confortável com seu entorno, seu bebê é gordinho e está bem embrulhado.

Auralie, uma garota corpulenta com cabelos escapando do coque em ângulos estranhos, tem um olhar semelhante ao de Ariel: como se não estivesse ali. E seu bebê parece estressado e magro demais.

É fácil combinar as outras crianças com a mãe. Pego as bem-vestidas e comportadas e as combino mentalmente com Liesbeth. Auralie, eu pareio os meninos gêmeos desgrenhados de rosto tenso.

– Conhecemos muito bem a sua tia – diz-me Liesbeth, radiante. – Ela é uma grande aliada do nosso pai no Conselho dos Magos, eles têm a mesma opinião sobre praticamente *tudo*.

Enrijeço à menção de tia Vyvian, imaginando quando ela enfim se cansará de enviar um fluxo constante de cartas e presentes esporádicos para me levar a fazer o laço de varinha. Receio que seja apenas questão de tempo até que ela mude de tática mais uma vez.

– Tia Linnie! – Interrompe-nos a menininha, puxando as saias de Aislinn. – Quando você vem visitar? Temos um gatinho!

Aislinn coloca a mão no ombro da criança e sorri para ela.

– Que maravilhoso, Erin. Adoro gatinhos, você sabe disso.

– Assei seus biscoitos favoritos, Linnie. – Liesbeth afasta o pano azul que cobre o cesto trançado que está carregando. – Fique à vontade para comê-los também, Elloren.

O sorriso de Aislinn fica tão tenso quanto o meu quando olhamos para os tradicionais biscoitos gardnerianos de aveia com frutas e castanhas. Têm a forma de asas de icarais. Antes de comê-los, é costume primeiro quebrar as asas em duas, simbolizando a quebra das asas dos Malignos pelos Primeiros Filhos gardnerianos. Comi esses biscoitos centenas de vezes e realizei o ritual sem nem pensar. Agora, só consigo lembrar de Wynter. E de Ariel, também. Jogada em uma gaiola quando era apenas uma criança.

As crianças pegam os biscoitos, quebrando-os ruidosamente.

– Consigo quebrar mais alto que você. – Com tom amável, a pequena Erin provoca um dos meninos, e quebra as asas com um estalo hábil.

Aislinn recua ao som daquilo. Ela me lança um olhar perturbado, e depois seus olhos se arregalam. Ela fita algo às minhas costas, com a cara em pânico.

Curiosa, volto-me para seguir o seu olhar.

É Jarod, encostado em uma parede distante, nos observando.

As irmãs dela logo percebem sua expressão agitada, param de sorrir e seguem seu olhar também.

– Aquele é… – sussurra Liesbeth, horrorizada – … o *lupino*?

Auralie se engasga, e ambas as irmãs tocam a própria cabeça, depois o coração, enquanto murmuram a conhecida oração:

Oh, Santíssimo Ancião, purifica-nos a mente, purifica-nos o coração, purifica a Therria. Proteja-nos da mácula dos Malignos.

Liesbeth se volta para Aislinn, preocupada.

– Ele tem incomodado você, Linnie?

– Não – protesta Aislinn, com a testa franzida com força. – Não, ele fica longe de mim.

– Ele ainda está naquela aula que você está fazendo? – insiste Liesbeth, preocupada. – Eu me lembro de como você estava com medo da presença dele.

– Ele me deixa em paz – insiste Aislinn, com a voz tensa. – Acontece que ele não tem o menor interesse em mim.

– Mas ele tem aparência bastante selvagem, não é? – murmura Auralie, olhando para Jarod, que não se mexeu.

– Veja os olhos dele – exclama Liesbeth. – Não são nada humanos!

Aislinn me observa horrorizada, sabendo tão bem quanto eu que Jarod pode ouvir cada palavra dessa conversa. Ele virou as costas, seu rosto está inexpressivo.

– Tome muito cuidado, Linnie. – Auralie trata de precaver Aislinn, aos sussurros. – Machos lupinos... não respeitam as mulheres. O pai diz que mais parecem animais. Tudo em que podem pensar é arrastar as mulheres para a floresta e...

Jarod sai abruptamente.

– Ai, que bom, ele está indo embora – diz Auralie, soltando um pesado suspiro de alívio. Ela dá um tapinha no ombro de Aislinn para reconfortá-la. – Pronto, Linnie, ele se foi. Pode relaxar agora.

– Agradeça ao Ancião – diz Liesbeth, ecoando o sentimento.

– Mamãe, quem era o homem com os olhos estranhos? – pergunta a sobrinha de Aislinn.

– Um homem muito mal – diz Liesbeth, abraçando a criança para acalmá-la. – Mas ele se foi agora, querida, então não precisa se preocupar.

– Ele é igual ao meu brinquedo, mamãe? – pergunta um dos meninos, com entusiasmo mórbido. E tira uma estatueta de madeira do pequeno saco que carrega. É um lupino carrancudo com olhos brilhantes pintados de âmbar reluzente, com as mãos transformadas em mãos peludas de lobo com garras longas.

– É ele, sim – concorda Auralie, assentindo.

O sobrinho de Aislinn despeja o resto dos brinquedos em uma mesa próxima, e todos os conhecidos bonequinhos de madeira se espalham: icarais malignos com chamas nas palmas das mãos; feiticeiras vu trin sinistras; uma rainha feérica malvada; e os valentes soldados gardnerianos, alguns a cavalo.

– Vou fazer os soldados matarem ele! – anuncia o menino, e logo começa a arrumar os soldados gardnerianos ao redor do lupino.

– Parece uma boa ideia – diz Liesbeth, satisfeita.

A menininha, Erin, olha preocupada para a porta.

– Ele vai voltar? – pergunta ela a Liesbeth, agarrada às suas saias.

– Ah, querida, ele não vai incomodar você – tranquiliza-a a mãe. – Olhe para todos os soldados gardnerianos aqui. Você está bem protegida. E quando Marcus Vogel assumir o cargo de alto mago, os bravos soldados como o papai se livrarão deles algum dia. Então, nunca mais ninguém terá de se preocupar com eles.

E todos viveremos felizes para sempre, penso, cheia de sarcasmo. Está se tornando insuportável ficar em silêncio, mas nenhuma de nós pode dizer nada. Se fizermos isso, as irmãs de Aislinn ficarão desconfiadas da nossa convivência com lupinos, e essas suspeitas certamente encontrarão caminho até o pai delas.

– O lupino... não me incomodou – arrisca Aislinn, baixinho. – Ele e a irmã deixam todos em paz. Os dois não se misturam.

– Mesmo assim – diz Liesbeth, ao segurar, com habilidade, a criança que está correndo em círculos ao redor de suas pernas –, eu gostaria que você se apressasse e se laçasse a Randall. Os homens lupinos veem uma mulher não laçada e pensam que ela é uma presa fácil. Além disso, uma vez que você se lace e se case, podemos estar todas juntas outra vez.

– Sentimos saudade, Linnie – lamenta Auralie, com uma profunda tristeza no olhar.

– Eu também sinto – admite Aislinn, com a voz embargada de saudade. Ela está olhando para as irmãs como se assiste a um barco que está se afastando e nos deixando para trás.

– Tia Linnie, você prometeu na carta que brincaria comigo quando eu te visitasse – suplica a sobrinha de Aislinn, fazendo beicinho para a tia. – Trouxe as minhas bolinhas de gude favoritas para te mostrar!

– Ah, mostre a ela, Erin! – entusiasma-se Liesbeth. – São da vidraçaria de Valgard, da loja do pai de Tierney.

A pequena Erin abre um saco de veludo preto com corda vermelha de franja, e todas nós enfiamos a mão lá para retirar as bolinhas grandes. Cada uma de nós segura uma para que possamos observá-las nas cores rodopiantes que captam a luz do ambiente.

Aislinn segura uma, estudando-a de perto.

– Olhe para esta, Elloren – ela murmura. – É tão bonita. Me lembra alguma coisa... mas não sei o que é.

Ela a entrega a mim, e observo através da bolinha conforme minha amiga se inclina para perto, estudando o brilhante globo âmbar comigo.

– Ah, já sei – diz ela, sorrindo com a percepção repentina. – É exatamente da... – Ela se interrompe, fica muito vermelha e desvia o olhar, seu sorriso desaparece.

Volto-me para o orbe rodopiante na minha mão. É lindo, como ela disse. A cor exata dos olhos lupinos.

CAPÍTULO CINCO

UIVO

Alguns dias depois, ouço o uivo.

Aislinn e eu estamos almoçando no refeitório. Paro de olhar para a minha comida para ver o que está causando a comoção.

Vem de um grupo de aprendizes militares gardnerianos, todos com braçadeiras brancas.

Fallon Bane senta-se imperiosa no meio do grupo, com sua guarda militar nas proximidades.

Outros jovens gardnerianos logo se juntam, e o refeitório começa a soar como se houvesse uma matilha de lobos correndo por ali.

No centro de todos os ruídos de animais está Diana Ulrich. Ela caminha por um corredor central, vindo em nossa direção com o queixo erguido, um prato enorme de comida nas mãos e uma bolsa pendurada no ombro.

Enquanto ela passa, os jovens riem e se insinuam para ela.

– Ei, menina-lobo!

– Tire a roupa para a gente!

Estão todos olhando para ela descaradamente. As mulheres gardnerianas dispersas sentadas com os homens desviam o olhar e ignoram o espetáculo, mas não Fallon. Ela ri escandalosamente junto aos homens.

Desdenhosa, Diana joga o cabelo longo e luxuoso sobre um ombro, como uma deusa forçada a passar tempo com mortais muito desagradáveis.

– Olá, Elloren e Aislinn – diz ela, ao se sentar à nossa mesa e nos abrir um sorriso deslumbrante. Sem mais delongas, ela pega um grande pedaço de frango e começa a roê-lo com prazer.

Não acredito na quantidade de carne no prato dela. Praticamente uma galinha inteira.

O uivo morre, apenas alguns dos homens agora olham em nossa direção enquanto riem e se cutucam sugestivamente.

– Isso não te incomoda? – pergunto, enquanto ela mastiga um pouco de cartilagem, nada preocupada. Lanço um olhar ressentido para Fallon, que está rindo e se deleitando em ser o centro do universo gardneriano.

Diana olha para mim, confusa, e então para os gardnerianos.

– Por que isso deveria me incomodar? – pergunta ela, com a boca cheia de carne. Ela engole tudo com um barulho alto. – Eles são tão insignificantes quanto aquela maga tola da Fallon Bane.

– Eles estavam *uivando* para você.

Diana dá de ombros e revira os olhos.

– Não conseguem evitar – diz ela, com arrogância. – Todos gostariam de poder acasalar comigo. Não é nada surpreendente. – Ela se endireita enquanto mastiga e ajusta a juba dourada. – Olhe para mim. Eu sou *magnífica*. Todo macho me quer. – Então pega outro pedaço de carne e o rasga com os seus dentes longos e brancos conforme Aislinn e eu a encaramos, estupefatas. – É claro que não tenho interesse neles – continua, altiva. – São fracos e patéticos. Não entendo mesmo como vocês conseguem tolerar homens como esses. Como aquele Randall com quem você vai se laçar, Aislinn. – Diana gesticula em direção a Aislinn com um osso. – Jarod diz que ele é um idiota que não te merece.

Aislinn fica congelada no lugar, encarando-a.

Completamente alheia à situação, Diana continua a mastigar, seus dentes fazem um barulho de ranger pouco natural. Seus olhos se iluminam.

– Você deveria se tornar lupina, Aislinn! Então poderia acasalar com um dos *nossos* homens. Eles são superiores. Fortes e viris. Homens lupinos são excelentes amantes, nada parecidos com esses idiotas gardnerianos que não devem nem saber o que fazer. Não me surpreende que tenham de fugir para ficar com as mulheres-foca. A mulher deles deve se recusar a acasalar com eles, o que, para ser sincera, é perfeitamente compreensível. – Diana ri consigo mesma e depois aponta um osso para mim. – Você também, Elloren. Deveria se tornar uma de nós.

Quase me engasgo com a comida. Com os olhos lacrimejando, tomo um copo de água enquanto olho Diana com incredulidade.

Viro-me para Aislinn. Ela ainda está calada, chocada com a gritante falta de tato de Diana.

– Diana – arrisco-me, com a voz rouca pelo engasgo. Tomo outro gole de água. – Você não vai fazer amigos falando assim.

– Falando como? – pergunta ela, enquanto mastiga alto.

– Você está insultando os homens gardnerianos. Tenho dois irmãos, sabe, e por acaso eles são gardnerianos.

Diana acena com um osso, como se afugentasse a ideia.

– Rafe é diferente. Ele devia se tornar um lupino o mais rápido possível. Ele está *seriamente* desencaixado aqui.

Ela é irritante. De longe, a pessoa mais arrogante que já conheci.

– Eu tenho *notado* que você tem passado muito tempo com meu irmão – comento, incomodada enquanto Diana puxa uma coxa de sua carcaça de frango com um *craque* sonoro.

– Partilhamos o amor pela floresta – responde ela, concentrando-se mais na carne do que em mim.

– Diana – insisto, determinada –, o que está acontecendo entre você e o meu irmão?

Ela olha para mim, com metade de um pedaço enorme de carne na boca, e a outra ainda presa ao osso em sua mão. Ela parece genuinamente surpreendida com a pergunta. – Temos feito trilhas – responde ela, com as palavras abafadas em torno da carne.

– Ninguém nunca lhe disse para não falar com a boca cheia? – pergunto, maliciosa, ficando cada vez mais irritada.

– Por quê? – questiona ela.

– Porque é *falta de educação!* – exclamo.

Diana abaixa o osso, termina de mastigar, engole e, com calma, entrelaça os longos dedos cheios de gordura na frente de si mesma, me analisando como se faz com uma criança muito boba.

– O seu povo tem muitas regras ridículas.

– É um alívio ouvir você falar sem carne saindo pela boca!

– Eu estou *faminta*. Essa conversa é *estúpida*!

– Não iluda o meu irmão! – Aponto um dedo para ela, de maneira acusadora. – Acho que ele gosta de você!

– Eu também gosto do Rafe e não tenho a menor ideia do que você está falando!

–Você está romanticamente envolvida com meu irmão? – Se ela pode ser franca e sem tato, eu também posso ser.

Ela bufa, altiva.

– Claro que não. Ele não é lupino.

– Então por que você passa tanto tempo com ele?

– Ele gosta da floresta. Eu gosto da floresta. Ambos gostamos de caçar. Nós dois gostamos de fazer trilha – diz ela, exasperada. – Saímos para fazer *trilhas*!

– E é *só isso*?

– O que, exatamente, você está perguntando? Eu continuo *tentando* te responder!

–Você está correndo nua por aí?

– Não, não estou – responde ela, me olhando feio. – Não desde que você e seu irmão me informaram de que meu corpo magnífico é ofensivo aos olhos gardnerianos.

–Você o beijou?

– Isso é comportamento de acasalamento. O seu irmão não é lupino. – Agora ela está falando comigo como se eu tivesse três anos. – Não vou acasalar com um homem que não é lupino, então, *não*, não beijei seu irmão! Posso voltar a comer o meu frango, por favor? Ou existe alguma regra estúpida quanto a isso também?

– Vá em frente! *Coma!*

– Obrigada – diz ela, pronunciando cada sílaba de forma clara.

– Randall não é tão ruim – diz Aislinn, baixinho, encontrando, por fim, a própria voz.

– Jarod disse que Randall é um idiota – repete Diana, ao mastigar outro bocado de carne.

Isso me faz ranger os dentes em profunda irritação.

– Bem – diz Aislinn, na defensiva –, pode dizer a Jarod que poderia ser muito pior!

Zombeteira, Diana ri do comentário, cuspindo alguns pedaços de carne no processo. Tenho de garantir que Rafe a veja comendo. Se houver alguma atração da parte dele, vê-la estraçalhar uma galinha com os dentes com certeza porá fim ao sentimento.

– Isso – diz Diana, com um sorriso largo, com carne entre os dentes – eu acho *completamente* crível.

– Diga a Jarod que Randall não é tão ruim! – insiste Aislinn.

Diana aponta uma costela para um ponto atrás de Aislinn.

– Diga você mesma.

Jarod acabou de chegar. Ele rapidamente nos vê, abre um sorriso caloroso e vai até a nossa mesa.

– Olá – diz, ao nos alcançar. – Estamos comendo juntos agora?

Aislinn olha para ele com clara hostilidade.

– O que aconteceu? – pergunta o rapaz, preocupado.

– Contei para Aislinn que você disse que Randall é um idiota – explica Diana, com indiferença.

Jarod empalidece e engole em seco. Diana não parece notar, e logo arranca uma asa da carcaça que rapidamente vai sumindo à sua frente, com as mãos e os lábios escorregadios de gordura de frango. Ao que parece, a completa falta de tato não é uma característica lupina. É uma característica de Diana.

– Não era bem algo que eu queria que fosse compartilhado – diz Jarod à irmã, sem graça.

– Por quê? – pergunta Diana. – Ela deveria saber. Antes que faça essa coisa horrível de laço de varinha.

– Ele não é idiota – diz Aislinn, ao encarar o prato, soando magoada e como se estivesse tentando se convencer de que a declaração é verdadeira.

– Sinto muito, Aislinn – Jarod pede desculpas, com voz baixa e gentil. – Eu não quis mesmo te ofender. Tenho... uma opinião maravilhosa de você e não acho que a maioria dos homens é boa o suficiente para você.

Diana bufa.

– Isso porque a maioria dos homens gardnerianos é tola.

Jarod tenta ignorar a irmã, e concentra o olhar na minha amiga gardneriana.

– Aislinn – diz ele, com voz sincera –, eu sinto muito mesmo.

Ela olha para longe, com a expressão tensa.

– Sente-se, Jarod – convido, com um suspiro. – Junte-se a nós. São águas passadas.

– Obrigado – diz ele. Ele coloca o prato cheio de carne sobre a mesa e aventura um olhar preocupado na direção de Aislinn. Distraída, ela tira pedacinhos do muffin, com olhos fixos no prato e expressão vaga.

Jarod pega garfo e faca e começa a cortar o frango em pedaços perfeitos e pequenos.

Diana para de comer e olha para ele, incrédula.

– Desde quando você usa talheres? – pergunta ela, com uma nota de acusação na voz.

– Desde que estamos morando em Verpácia – retruca ele. – Ao contrário de você, estou tentando me encaixar aqui.

Diana dá de ombros e volta a dar plena atenção à carne.

– Que seja.

Jarod se volta para Aislinn.

– Ainda vamos nos encontrar mais tarde?

Aislinn franze a testa para o muffin.

– Sim, Jarod – concorda ela, com voz incerta.

– Talvez na décima nona hora? Te encontro nos arquivos?

Aislinn acena para o prato, ainda sem olhar para ele.

– Certo, então – diz Jarod. E arrisca um sorriso sem graça em sua direção, depois volta a cortar o frango em pequenos pedaços.

CAPÍTULO SEIS

JAROD

Mais tarde naquela mesma noite, sento-me à minha escrivaninha, sozinha, exceto pelas galinhas adormecidas, e encaro uma lista de pós metálicos que o professor Hawkkyn me entregou há pouco tempo.

Estou tirando notas melhores em Metallurgia agora, em vez de passar raspando; o meu professor elfo serpente se transformou num aliado improvável, fazendo-me de repente pensar se não me contaram nada além de mentiras sobre a sua espécie.

Algumas semanas atrás, o professor Hawkkyn me chamou de lado, curioso e intrigado pelas minhas novas vestimentas.

– Você está vestida igual a uma kéltica – observou ele, categórico, como se eu estivesse planejando algo ardiloso. E fui distraída pelo brilho prateado de seus olhos de estrela.

Eu me endireitei e segurei seu olhar prateado.

– O professor Kristian me disse que minhas roupas eram feitas por escravas urisk, então decidi não as usar mais. – Dei de ombros, na defensiva. – De qualquer forma, essas aqui são mais confortáveis.

Ele me fitou por um longo momento, e, do nada, fiquei impressionada com a beleza dele, cada escama plana refletia um caleidoscópio de verdes deslumbrantes.

– Você conhece Jules Kristian? – perguntou ele.

– Sim – respondi, depois franzi a testa, insegura. – O senhor… também?

O professor Hawkkyn abriu um sorriso deslumbrante e incrédulo, os dentes brancos como a neve eram um contraste com suas escamas de tom verde profundo.

– Jules é… um bom amigo. – Ele me considerou por mais um bom tempo, depois soltou uma risadinha, balançou a cabeça e logo voltou a corrigir os trabalhos. – Estou suspendendo sua segunda tarefa, Elloren Gardner – disse ele, sem olhar para cima. – Basta completar a primeira seção. – Ele parou de corrigir, me lançou um olhar longo e avaliador, depois tirou uma folha de uma de suas pastas e a entregou a mim.

Confusa, olhei para a lista de pós metálicos quando a peguei dele.

– Essas são... as substâncias em que vamos testar os agentes quelantes?

Ele estreitou os olhos para mim.

– Não. É uma lista de pós metálicos que bloqueiam a magia do gelo. Pensei que pudesse ser do seu interesse.

Boquiaberta, encarei a lista, depois ele, um prazer sombrio e uma gratidão avassaladora borbulharam em mim.

– Eu... nunca soube que era possível. Como funciona?

– Magia de varinha não é o único poder que existe – respondeu ele, em voz baixa, com os dentes postos em outro sorriso deslumbrante e perigoso.

Encaro a lista na quietude do meu quarto, pensando em todas as maneiras pelas quais agora posso me tornar impermeável aos maus-tratos de baixo nível, e ainda constantes, de Fallon.

Sou interrompida por uma fraca batida à minha porta.

Largo a pena, levanto-me, abro a porta e encontro Aislinn, com os olhos vermelhos e inchados.

– Aislinn, o que aconteceu? – pergunto, surpreendida.

– Eu... preciso falar com você – gagueja ela.

Deixo-a entrar e fecho a porta. Ela desaba sobre a minha cama, com os braços apertados de forma protetora à sua volta, e começa a soluçar.

Sento-me e coloco uma mão reconfortante em suas costas.

– Aislinn, o que há de errado?

– Jarod me beijou! – Ela deixa escapar, com tom profundamente angustiado.

Meus olhos se abrem de surpresa. Sei o quanto Aislinn detesta ser beijada.

– Ele te forçou? – pergunto, com um impulso protetor se elevando em mim, junto à descrença estridente de que Jarod poderia ser capaz de algo assim.

– Não – diz ela, balançando a cabeça. – Não. Simplesmente... *aconteceu.*

O alívio toma conta de mim.

– Então, por que você está tão chateada?

– Porque... eu... – Ela se inclina para a frente, como se estivesse com dor. Tento acalmá-la ao afagar suas costas. Ela se vira para mim, com o rosto encharcado de lágrimas. – Eu *gostei*!

Eu só pisco para ela, perplexa.

– *É por isso* que está chorando?

– Não – soluça ela, com a voz abafada. – É mentira. Não só gostei. Eu *amei*. Nós nos beijamos por mais de uma hora – ela deixa escapar. – Foi celestial. Eu nunca soube... Nunca me senti assim! Pensava que era tudo inventado. Todas aquelas ideias românticas tolas. Pensei que as pessoas não se sentiam assim. Ah, Elloren, a minha vida está arruinada!

Balanço a cabeça com veemência.

– Não está arruinada...

– Como posso ser feliz com Randall agora? Agora que sei como é com Jarod? Por que ele não pode ser gardneriano? Ele é *lupino*, Elloren! Sabe o que a minha família faria comigo se soubesse que passei a última hora beijando um lupino? Eles me renegariam! Eu nunca mais veria a minha mãe! Minhas irmãs! As minhas sobrinhas e sobrinhos! Eu ficaria sozinha! Vou para o inferno, Elloren! Sou uma abominação!

– Você não vai para o inferno. Você não acredita de verdade que Jarod é um maligno, não é mesmo?

– Não! – exclama. – Eu só… meu mundo inteiro está de cabeça para baixo. Eu *nunca* deveria ter feito aula com ele. Ah, Elloren, o que eu vou *fazer*?

– O que aconteceu – pergunto – depois que ele te beijou? – *Santo Ancião, que bagunça complicada.*

– Comecei a chorar – ela soluça. – E fugi.

Solto um longo e consternado suspiro.

– Ah. Pobre Jarod.

Isso só a faz chorar mais.

– E se seus pais o conhecessem? – Arrisco, agarrando-me a alguma esperança. – Lembra-se de como *nós* tínhamos medo de Jarod e Diana? Talvez se eles vissem como ele é bom…

– Você não *entende*! Você não tem ideia de como eles são rigorosos! O meu pai é embaixador da Gardnéria para os lupinos. Ele os *odeia*. E tem todos os tipos de… *ideias* sobre eles! – Ela balança a cabeça com veemência. – Não posso mais ficar perto de Jarod. Vou ficar o mais longe possível dele. – Sua cabeça cai para as mãos, e seu corpo esguio é acometido por soluços violentos.

Uma batida à minha porta afasta a minha atenção. Levanto-me e a abro para encontrar Jarod parado no corredor, não em lágrimas, mas parecendo arrasado.

– Eu preciso falar com a Aislinn – diz ele.

Saio para o corredor e fecho a porta.

– Não acho que ela queira falar com você agora.

– Posso falar com você, então? – pergunta ele, com a testa profundamente franzida. – Ela já deve ter te contado o que aconteceu.

– Contou. Jarod, ela não pode ficar com um lupino. Seria renegada pela família.

– Estou apaixonado por ela, Elloren.

Meu fôlego fica preso na garganta. *Ah, Sagrado Ancião.* Não há nada além da mais profunda sinceridade em seus olhos âmbar, sua expressão é de pura angústia.

Solto um suspiro profundo.

– Eu respeito isso. Sei que o seu povo não diz isso levianamente.

– Não. Não dizemos – confirma ele. – Quero me unir a ela, Elloren. Para a vida toda.

Ai, meu Ancião do céu.

– Mas você é lupino, Jarod, e ela é gardneriana e tem uma família incrivelmente conservadora.

– Eu não me importo – diz ele. – Eu não me importo com o que ela é. Não me interessa quem é a família dela. Eu a amo. Não consigo evitar. Simplesmente a amo.

Ele coloca uma mão no quadril e leva a outra à têmpora, como se massageasse uma dor de cabeça. Inexpressivo, ele olha ao redor, depois se senta no banco do corredor e deixa cair a cabeça nas mãos.

– Isso também complica minha vida, sabe. Minha alcateia aceita estranhos, mas eles *devem* se tornar lupinos. Se eu tomasse uma mulher gardneriana para acasalar antes que ela se tornasse lupina, deixaria de ser membro da minha matilha. Minha família não cortaria contato comigo, como a dela faria, mas eu só teria permissão para voltar para casa quando minha companheira se tornasse lupina.

Sento-me ao lado dele.

– Aislinn não quer ser lupina, Jarod. Ela adora ser gardneriana. E ama muito a família.

– Eu sei. – Ele fica quieto por um momento, os soluços abafados de Aislinn são audíveis através da porta.

– Jarod – digo, ao colocar a mão em seu ombro. – Dê algum tempo a ela. Aislinn não esperava gostar tanto de te beijar. Foi um pouco chocante para ela, que sempre pensou em beijar como uma obrigação bastante desagradável, na verdade.

– Randall é um idiota – rosna Jarod, expondo seus caninos reluzentes. – Fico nauseado quando penso nele levando Aislinn para acasalar.

Solto um longo suspiro.

– Acho que ela se sente da mesma maneira.

Ele me lança um olhar suplicante.

– Você acha que ela vai falar comigo de novo? Antes de fazer o laço de varinha com aquele idiota?

– Acho que sim. Mas talvez você tenha de dar um tempo. Acho que Aislinn também te ama, e isso a assusta.

– Ela é a última pessoa na Therria que eu quero assustar.

– Eu sei.

– Você vai falar com ela? Vai contar o que conversamos?

Hesito, mas a devastação em seus olhos me suaviza em relação a ele.

– Vou.

Ele solta um longo suspiro de alívio.

– Obrigado.

Quando volto para o meu quarto, Aislinn parou de chorar e está sentada na cama, encarando o nada, com uma expressão traumatizada nos olhos vidrados.

– O que ele disse? – pergunta ela, com tom monótono e sem emoção.

Sento-me na minha cadeira e me inclino para a frente a fim de encará-la.

– Ele disse que te ama. Que não se importa com quem é a sua família. Que ainda assim te ama. Que não se importa se a própria alcateia o rejeitar. Que só quer ficar com você. Para o resto da vida. E que nunca quis te machucar.

Aislinn começa a soluçar de novo. Ela fecha os olhos com força como se seus pensamentos doessem, vira-se devagar e se deita na cama, enrodilhando-se em uma bola apertada, de costas para mim.

Sento-me e a observo por um bom tempo, sem saber o que fazer, com o coração partido pelos dois. Seguro as lágrimas.

Não posso fazer nada. Não há saída fácil para nenhum deles.

Enxugo minhas lágrimas, sopro a lamparina na minha mesa, puxo um cobertor sobre Aislinn, deito-me ao lado dela e a abraço. Ela se agarra a meu braço com um aperto firme e desesperado.

Ficamos assim por bastante tempo, até que, por fim, o choro se torna sono.

CAPÍTULO SETE
ENCURRALADA

– Estou preocupada com você, Aislinn.

É de manhã cedo, e ela está sentada, com as costas apoiadas em uma árvore, apática, com olheiras ancoradas sob os olhos. Parece que ela não dormiu nada.

Uma semana se passou, e ela meio que estabeleceu uma trégua complicada com Jarod. Ele seguiu o meu conselho, dando à minha amiga espaço para pensar, embora eu possa ver que é preciso um grande esforço da sua parte para seguir assim. Aislinn não parou de ir à aula de Chímica, mas os dois pararam de trocar bilhetes.

Ela me observa, desanimada.

– Estou encurralada.

As palavras pairam no ar, uma brisa invernal gira em torno delas. Tem sido um ano estranho; mais frio a cada dia, mas ainda esperamos a neve cair.

Tento pensar em algo que a distraia.

– Sabe, Diana Ulrich está morando comigo agora.

Escolhi bem o meu tema.

A expressão de dor de Aislinn se suaviza à medida que suas sobrancelhas se arqueiam de surpresa.

– Sério?

Na noite anterior, Diana apareceu à minha porta com duas bolsas de viagem enormes nas mãos.

– Eu vou acabar machucando-a se eu ficar lá – anunciou Diana ao entrar no quarto e jogar suas coisas na minha cama.

– Quem? – perguntei, ao erguer os olhos dos meus livros, tão perplexa quanto Ariel e Wynter pela aparição repentina de Diana aqui.

– Echo Flood... todas elas – informou-nos Diana, de forma imperiosa. –Vou morar com vocês agora. Ah, que bom, galinhas. Um lanchinho. Estou faminta.

Enfurecida, Ariel saltou na frente de suas galinhas e ergueu as palmas das mãos. Um pequeno círculo de fogo irrompeu em torno de Diana, o que me surpreendeu. Eu tinha visto Ariel iniciar o fogo da lareira em várias ocasiões, mas ela nunca pareceu ser capaz de invocar mais do que uma chama muito pequena.

Diana olhou para baixo e, com desdém, notou o anel de fogo que desaparecia rapidamente.

– Por que ela é tão protetora com essas galinhas?

– Saia! – sibilou Ariel.

– Não! – retrucou Diana, indignada quando cruzou os braços à sua frente.

– Diana – falei, com firmeza. – Prometa a Ariel que você não vai comer as galinhas!

– Mas…

– Apenas prometa a ela! Você não pode ficar aqui a não ser que deixe em paz as aves que entrarem neste quarto.

Diana olhou de Ariel para mim como se ambas fôssemos completamente desequilibradas.

– Tudo bem – ela cedeu, para nos agradar. – Prometo. Não vou comer essas galinhas. Gostaria apenas de saber uma coisinha.

Levantei as sobrancelhas para ela.

– *Não existem pessoas normais nesta universidade?*

Observei Ariel, que estava agachada na frente de suas galinhas, lançando um olhar assassino para Diana, as galinhas aterrorizadas estavam coladas aos seus tornozelos. Em seguida fitei Wynter, que estava escondida sob suas asas, e enfim para os olhos brilhantes de Diana. E depois havia a mim, a sósia sem magia da Bruxa Negra.

O riso diante do absurdo da situação borbulhou dentro de mim.

– Não sei sobre a universidade toda, Diana, mas com certeza não há pessoas normais neste quarto.

Ela olhou para mim por um momento, com uma sobrancelha arqueada como se se sentisse levemente afrontada. Mas vi Wynter de relance e ela me lançou um sorrisinho frágil.

– Eu vou sair! – anunciou Diana abruptamente, com uma bufada insatisfeita.

– Para onde? – perguntei.

– Encontrar alguns coelhos! – disparou ela. – Já que todas vocês protegem tanto essas galinhas!

– E o que ela fez depois? – pergunta Aislinn, fascinada, apesar do humor sombrio.

– Voltou cerca de uma hora depois com um coelho, começou a se despir e se sentou de cara feia perto da lareira enquanto o comia.

Aislinn engole, mortificada.

– Nua?

– Nua – confirmo, com naturalidade. – E finalmente tive a chance de falar com Rafe sobre ela também. Ele passou no meu quarto mais cedo, à procura dela.

– O que ele disse?

– Ele achou a história da mudança dela muito engraçada. Ele acha tudo engraçado. Falei da minha preocupação sobre o tempo que ele estava passando com Diana. Assim, ela é filha de um alfa, e nosso povo não se dá bem um com o outro. – Hesito antes de continuar.

– Vá em frente – diz Aislinn.

– Eu disse que não queria ver o meu irmão fazer algo incrivelmente perigoso... por amor. – Olho de soslaio para Aislinn, medindo sua reação.

– E o que ele falou? – pergunta ela, com a voz agora fraca.

– Ah, você sabe. O que é típico de Rafe. Ele me disse para não me preocupar tanto, que tomaria cuidado. Mas então riu e disse que se fosse fazer algo incrivelmente perigoso, não poderia pensar em uma razão melhor.

– Não é muito encorajador, não é? – observa Aislinn, desviando o olhar.

Sigo o olhar dela pelo longo campo inclinado diante de nós, para a floresta mais além.

À distância, uma figura solitária chama minha atenção. Preciso de um momento para reconhecer a pessoa.

Yvan, a passos rápidos, caminhando em direção à floresta.

Não é a primeira vez que o vejo ir para lá. Já o vi outras vezes da janela da Torre Norte, caminhando cheio de propósito em direção à floresta, sempre sozinho.

Observo a passada longa e poderosa de Yvan e penso em como as coisas entre nós continuaram a mudar. Sua hostilidade intensa desapareceu. Eu o pego me observando na cozinha e na aula de matemática agora. A sua expressão geralmente é difícil de ler, e ele logo desvia o olhar assim que o noto. Indo contra o bom senso, também continuo a observá-lo com discrição. É emocionante olhá-lo; o garoto é absurdamente bonito.

E não consigo parar de pensar no mistério dele; na sua força e na rapidez quando enfrentou Damion Bane. Estranhamente rápido e forte. E percebo, cada vez mais, sua capacidade de pegar coisas pesadas pela cozinha como se elas não pesassem nada. Assim como Jarod.

Também me debruço sobre outras coisas.

Como ele sempre deixa o botão de cima da camisa aberto, nas sombras da cozinha brincando sobre seu pescoço e garganta elegantes. A graça sinuosa de seus movimentos, nunca um passo desajeitado ou em falso, seus reflexos sempre afiados. A linha bem delineada da sua mandíbula. O arco perfeito do lábio superior, a boca tão sensual que chega a ser uma distração.

Um rubor quente sobe nas minhas bochechas só de pensar nisso.

– Para onde ele vai? – pergunto-me, enquanto o observo, pensando em voz alta.

Aislinn se vira para mim.

– *Quem* vai para onde?

– Yvan Guriel. Está sempre indo para a floresta, igual ao Rafe, mas não caça. Ele nunca leva nada consigo. Só vai. É como se ele fosse um lupino ou algo assim.

– Vá atrás dele, então – diz Aislinn, desanimada.

– Que conselho ousado – eu rio.

Ela dá de ombros.

Levanto-me e tiro as folhas secas da minha túnica.

– Aonde você está indo? – pergunta a minha amiga.

– Seguindo seu conselho – digo a ela. – Vou atrás dele.

CAPÍTULO OITO
RESGATE

– Por que você está me seguindo, Elloren? – O tom de Yvan está exasperado, mas não zangado. Ele nem se dá o trabalho de se virar.

Meu rosto queima quando sou descoberta, e também por causa da emoção ridícula de ouvir sua voz profunda dizer meu nome.

– Estou curiosa sobre você – respondo, com tom inseguro e forçado.

– Sobre o quê, exatamente? – pergunta ele, sem abrandar o passo nem olhar para trás.

Sobre tantas coisas.

– Sobre a razão para você estar sempre entrando na floresta. Fico pensando se você não é um lupino disfarçado.

Ele para de supetão, e faço o mesmo, uma onda nervosa de energia, atrelada aos meus esforços de tentar acompanhá-lo, faz meu coração disparar.

Yvan coloca as mãos nos quadris e olha para baixo, como se estivesse se recompondo, em seguida se vira para mim com aquele olhar esmeralda desconcertante.

Meus pensamentos se dispersam como bolinhas de gude, dominados pela sua beleza austera.

Nossos olhos se fixam um no outro com intensidade, os bosques se aquietam à nossa volta, exceto pelo farfalhar seco das folhas que o outono deixou nas árvores e o canto intermitente dos pássaros. O silêncio entre nós fica ainda mais carregado, vibrando com emoção reprimida, um calor inquietante tomando conta de mim. Busco seus olhos e me pergunto se ele também sente isso.

– Muito bem, então – diz ele, por fim, com voz baixa e os olhos escurecendo, como se me desafiasse. – Tente acompanhar.

– Onde fica a fronteira da universidade? – pergunto, depois do que parece ser uma eternidade de caminhada.

Ele faz uma pausa e se vira para mim, com a testa franzida.

Minha respiração fica presa na garganta. Seria mais fácil falar com as suas costas. Observo-o por uma fração de segundo, como uma completa idiota, distraída pela forma como um raio de sol ilumina seu rosto bonito.

Ele ergue uma sobrancelha perfeitamente arqueada, a expressão endurecendo com o que parece um aborrecimento desconcertado. Como se pudesse ler meus pensamentos.

– É perigoso para mim... atravessar a fronteira da universidade – esclareço, com impaciência.

O sulco de sua testa se aprofunda.

– Por quê?

– Há um icaral tentando me matar. – Seus olhos se iluminam de surpresa. – A coisa pensa que sou a próxima Bruxa Negra – tento explicar. – Claro que *não* sou. Não tenho magia nenhuma, mas ele não sabe disso.

A expressão de Yvan se fecha.

– Você é igualzinha a ela, Elloren.

Eu me eriço, magoada pela acusação em seu tom. Ferida por ela.

– É *mesmo*, Yvan? – retruco, e minha voz traidora falha. – Eu não fazia nenhuma ideia.

Seus olhos se arregalam uma fração, então ele me lança um olhar mais atento como se me analisasse de cima a baixo.

Por dentro, eu me encolho, o muro impenetrável entre nós está exposto. De repente, sinto um desejo feroz de estar do outro lado. Em algum lugar a que eu poderia realmente pertencer.

Se eu ao menos me parecesse com alguém como Iris.

Logo me arrependo do pensamento. Sou dura ao lembrar a mim mesma de que não sou uma kéltica. E não posso ter essas ideias por causa de um kéltico. Ele também não devia estar tão focado em mim. Já é um exagero eu e Yvan sermos amigos; seria impossível sermos mais que isso. Mas, de repente, desejo, com uma força surpreendente, que pelo menos possamos ser amigos.

Há frustração e mágoa em meus olhos, e estou exausta demais para esconder o fato.

Yvan engole em seco e pisca para mim, sua expressão perde a força.

– Não vou deixar ninguém te machucar – diz ele, com firme certeza, como se fosse um fato incontestável.

O calor se espalha por mim, parte da ansiedade se derrete dos meus ombros. Respiro fundo e assinto, acreditando nele; encorajada por sua firmeza. De alguma forma, sei que estarei a salvo ao seu lado.

Yvan fica ali por mais um momento, considerando.

– As vu trin encantaram a fronteira? Para impedir o icaral de entrar?

– Elas colocaram algum tipo de guarda protetora ao longo da fronteira oeste de Verpácia e uma guarda ainda mais forte ao redor do perímetro da universidade. – Faço um gesto vago com a mão. – O icaral escapou do Sanatorium, então acho que está marcado.

Yvan franze a testa e passa um longo momento me analisando com os olhos estreitados.

– Estou indo para bem além da fronteira.

O medo me atravessa, e vejo o rosto hediondo dos icarais de Valgard no fundo da minha mente. Afasto a imagem, cerro os dentes e decido ser corajosa.

– Você disse que vai me proteger – digo, soturna. *E sei que você é mais forte e mais rápido que um icaral enfraquecido.* – Vou arriscar.

Depois do que pareceu ser mais uma hora, chegamos à fronteira noroeste da Espinha Verpaciana.

Yvan circunda uma árvore perto de uma saliência gigantesca de pedra--da-espinha, em seguida se curva para levantar um emaranhado de arbustos que cobrem a entrada de um túnel subterrâneo. Ele entra e se vira para mim.

– Você vem?

– Para onde? O que é isso?

– Um caminho para a Gardnéria. – Ele aponta para a montanha vertical de pedra e me lança um olhar irônico. – A menos que você queira passar por cima da Espinha, claro.

Franzo a testa e o sigo através dos arbustos finos e para dentro de um túnel cavernoso escondido, enquanto ele pesca do bolso algumas lumepedras élficas para iluminar o nosso caminho.

Fico me perguntando como é que ele encontrou essa passagem. E quantas pessoas sabem sobre ela?

Percorremos uma série de cavernas, não há muito o que se ver além do gotejamento de água e um morcego ou outro em repouso, tudo isso iluminado pelo brilho verde da lumepedra. Subimos através de mais arbustos, passando por um véu de ramos secos até chegar ao exterior.

Eu o sigo sem dizer nada. Logo a floresta começa a se inclinar para cima. Me esforço para acompanhar seu passo rápido, sentindo uma cãibra forte no flanco. Os sons à frente começam a ficar mais claros. Comandos sendo gritados. Cavalos. E algo estranho, algo que faz os pelos da minha nuca se arrepiarem: um grito agudo que faz vibrar o chão da floresta.

Yvan estanca, depois se vira para mim e leva um dedo aos lábios em um aviso tácito. Ele me pede para ficar parada, depois escala rapidamente uma colina íngreme à nossa frente.

Eu o observo, espantada com sua velocidade e capacidade silenciosa de serpentear fluidamente em torno das árvores sem sequer precisar se agarrar a nada para se equilibrar.

Agora ele está no topo da colina arborizada, agachado atrás de um arbusto denso, espiando por cima do mato. Então faz sinal para que eu o siga.

Subo com esforço, derrapando algumas vezes nas folhas secas, agarrando-me a pequenas árvores para me alavancar. Arfando, finalmente o alcanço. Exalo quando vejo o que está à frente.

Uma vasta base militar gardneriana se estende por todo o vale. Está rodeada pelas florestas e emoldurada pela imponente Espinha e pela cordilheira da Caledônia. Enormes batalhões de soldados gardnerianos se movem em formação, uma cacofonia de comandos é gritada. Eles estão cercados por uma cidade de tendas militares pretas, quartéis de madeira e estruturas de pedra-da-espinha esculpidas na rocha imponente.

E há dragões.

Dezenas deles. Movendo-se em formação. Soldados gardnerianos estão montados nas criaturas, com chicotes em punho.

Caio para trás quando cerca de vinte dragões sobem para o céu com um grito unificado, minhas mãos voam para cobrir os ouvidos. Os dragões voam em formação atrás de um dragão líder.

Sem aviso, eles sobem e avançam direto em nossa direção.

Caio no chão quando Yvan me puxa para trás, e os dragões se aproximam, então fazem um arco e se afastam em direção ao meio do vale.

O meu coração está disparado e me sinto tonta. Já vi representações artísticas de dragões militares, que mais pareciam cavalos com asas. Mas esses dragões são aterrorizantes: pretos como a noite, com um corpo emaciado que exibe seu esqueleto. E as asas são irregulares, projetando coisas parecidas com penas afiadas que lembram lâminas cegas.

– Ah, meu Ancião – murmuro, e um frio gelado corre pela minha espinha. – Eles cospem fogo?

Yvan franze a testa e balança a cabeça.

– Não. Eles perdem essa capacidade quando são enfraquecidos. Mas, como pode ver, ainda conseguem voar. E são fortes, têm dentes afiados e garras enormes.

– Eles estão se preparando para atacar os militares kélticos?

– E qualquer pessoa em seu caminho. Igual da última vez. Aldeias. Famílias. Você não vai ouvir falar *disso*, claro. Só vai ficar sabendo de uma gloriosa vitória militar após a outra. – Ele faz careta. – Você não vai ler sobre famílias inteiras sendo destroçadas por dragões sem alma.

Imagino uma dessas criaturas aterrissando em uma aldeia. É terrível demais para sequer imaginar.

– Ninguém pode impedir isso? – pergunto, horrorizada.

Ele balança a cabeça, negando.

– A Resistência não é páreo para a Guarda Gardneriana. O máximo que podem fazer é atrasá-los. Evacuar o máximo de pessoas que puderem. – Sua expressão fica amargurada. – Imagino – diz ele, com a voz carregada de desgosto – que, quando o inevitável acontecer, você estará em uma festa em algum lugar, celebrando a vitória de vocês sobre os Malignos.

Suas palavras me machucam. Estou magoada de verdade com aquilo.

–Você está tão... você está *errado* sobre mim – eu me defendo, buscando o que dizer. –Você não sabe *nada* sobre mim. Estou morando com duas galinhas, sabia disso? Você tem ideia de quanta bagunça duas galinhas fazem?

Yvan olha para mim, furioso.

– Elas se chamam *icarais*, não *galinhas*!

– *O quê?* – Fico momentaneamente perdida, mas logo compreendo o mal-entendido. – Não estou falando da Ariel e da Wynter, e sim dos *bichinhos de estimação* da Ariel. Costumava ser só uma galinha; agora são duas. Então, por favor, pare de me julgar com tanta severidade. Você já passou algum tempo com a Ariel Haven? Eu devia receber uma medalha por morar com ela!

– Sim, icarais são criaturas tão vis e repugnantes – rebate, sarcástico.

– Na verdade – retruco –, a Wynter é muito agradável, agora que ela parou de agir de forma sinistra, e a Ariel não é tão homicida como costumava ser. Sei que me pareço muito com a minha avó, mas realmente não sou o que você pensa que sou, nem os meus irmãos, inclusive.

Um sorriso hostil toca os cantos da boca de Yvan.

– Sim, seu irmão Trystan é um dilema para sua ilustre família, não é?

Um pavor gelado se retorce à minha volta quando toda a minha bravata evapora.

– O Trystan é uma boa pessoa – digo, com a voz baixa. – Por favor... por favor, não crie problemas para ele.

A raiva no rosto de Yvan se dissipa quando ele percebe a profundidade com que suas palavras me afetaram.

– Não vou – diz ele, com a voz estranhamente gentil. Ele me avalia por um bom tempo. – Vamos – diz; em seguida, levanta-se abruptamente como se elaborasse uma estratégia no calor do momento. Ele desliza para baixo da colina e se vira para esperar por mim lá embaixo.

Eu o sigo até uma floresta mais densa, repleta de pinheiros e arbustos. Quando chegamos a um pequeno cume, Yvan se agacha e depois me pede para imitá-lo.

Há jaulas à frente, logo além da colina: um grande número delas está espalhado pelos bosques, suas barras são pretas e curvas.

Há dragões em todas elas.

Nervosa, engulo em seco enquanto nos arrastamos para perto das gaiolas. Ver o rosto horrível dos dragões me dá medo. Uma baba fina escorre da boca longa, lábios puxados para trás revelando dentes fatais. Mas o pior de tudo...

São os olhos. Leitosos, opacos e sem alma. *Igual aos icarais de Valgard.*

Esses dragões também foram torturados como os icarais de Valgard? Transformados em monstros enfraquecidos?

Eles me veem passar, e sinto que estou sendo vigiada por demônios.

Yvan agarra meu braço e me puxa para trás de uma jaula.

Dois soldados gardnerianos passam, conversando amigavelmente. Yvan tira um relógio do bolso e o verifica conforme as vozes desaparecem.

– A troca da guarda – sussurra.

Com o coração acelerado, sigo-o por uma pequena colina até uma jaula isolada que está rodeada por uma vasta faixa de floresta carbonizada.

Lá dentro, um único dragão, mas podia muito bem ser uma criatura completamente diferente, pelo pouco que se assemelha aos outros.

É preto, mas não um preto de alcatrão opaco. Cada escama brilha como uma opala. Suas asas não são rançosas e irregulares, mas fortes e elegantes, as penas são rígidas e brilhantes como obsidiana polida. O dragão caminha de um lado para o outro no fundo da jaula, seus movimentos são fortes e fluidos conforme caminhamos até as barras.

Ele para, gira lentamente a cabeça musculosa e fixa os olhos verde-esmeralda em mim.

Eu olho de volta para o dragão, congelada onde estou.

De repente, ele avança na minha direção a uma velocidade incrível. Yvan me empurra para trás e se joga na minha frente.

Caio para trás quando o dragão se choca com as barras da jaula, garras afiadas empurradas através dos espaços ao redor de Yvan. O dragão e Yvan olham um para o outro por um longo momento, ambos parados no lugar como se estivessem se encarando.

– Ele... tentou me matar! – gaguejo, com respiração irregular.

– Ela – Yvan me corrige.

Não é possível que ele está querendo discutir semântica agora.

– Certo, *ela* – corrijo, ofegante. – Parece que *ela* quer me matar!

– Ela não vai te machucar – afirma Yvan, com os olhos fixos nos dela, como se estivesse convencendo-a de que é verdade, em vez de tentar me tranquilizar.

Zombeteira, a dragoa bufa e logo se afasta, vira-se com fluidez e caminha para o canto oposto da jaula. Ela lança um olhar triste para Yvan, deita-se e se vira para o outro lado. Noto que o corpo dela está coberto de marcas ensanguentadas de chicote.

– Parece que ela entende o que estamos dizendo. – Engulo em seco assim que me situo.

O canto da boca de Yvan se contrai.

– Os dragões são... muito observadores.

– Então é *para cá* que você vem quando sai sozinho?

Yvan olha para mim por um momento, depois acena com a cabeça.

Respiro fundo e, aos poucos, meu coração vai voltando ao normal.

– Ela foi açoitada – observo, minha testa franze quando reparo nas marcas entrecruzadas de chicote.

Yvan fica tenso e a observa.

– Estão tentando fazer com que ela desista. – Uma expressão angustiada cruza seu rosto.

– Eles vão continuar batendo nela? – pergunto.

Ele engole em seco, então olha de volta para a dragoa, com os olhos escuros de preocupação.

– Vão colocá-la com outro dragão – diz ele. – Um jovem. Vão esperar que ela se apegue à criança... e depois... vão torturá-lo até a morte na frente dela. Já vi sendo feito. Com outro dragão aqui.

Ele fica em silêncio por um momento. Quando olha para mim, posso ver a dor gravada profundamente em sua mente, sua voz falha.

– Ainda tenho pesadelos com isso. – Ele franze a testa e desvia o olhar.

– Também tenho pesadelos – confesso a ele. – Com selkies.

Ele volta a me olhar, surpreso.

– Selkies?

– Vi uma selkie uma vez. Numa jaula, em Valgard. Ela estava gritando. – Estremeço com a memória. – Foi *horrível*. Sonho com ela quase todas as noites desde então.

Por um longo momento, ele apenas me olha.

– Nunca vi uma – diz ele, enfim. – Mas já ouvi falar delas. – Yvan se volta para a dragoa, seus olhos disparam para cada partezinha da jaula, como se estivesse tentando resolver um quebra-cabeça complicado. – As barras – diz, distraído – são feitas de aço élfico. Ela tentou derretê-las, mas não é possível. E não usam chaves para abrir a jaula, e sim magia de varinha.

– Você já pensou bastante na situação, não foi? – pontuo, com crescente suspeita.

Ele não responde, sua atenção ainda está voltada para a jaula.

Meus olhos se arregalam com compreensão atordoada.

– Você quer resgatá-la, não é?

Todo o seu rosto se contrai, como se estivesse sendo torcido.

– Você quer! – Fico admirada. – Você quer roubar um dragão. De uma base militar gardneriana!

Yvan me lança um olhar zangado, vira-se e volta para a floresta.

Corro atrás dele, lutando para acompanhar.

– Você vai acabar levando um tiro; sabe disso, não é?

Ele não responde, só anda mais rápido, como se tentasse colocar o máximo de distância possível entre nós.

O gemido baixo, desesperado e agudo do dragão ressoa no ar, repuxando meu coração. Yvan e eu paramos. As costas dele ficaram rigidamente eretas, mas ele se recompõe com rapidez e retoma a caminhada rápida para longe de mim.

★

Quando voltamos ao lado verpaciano da fronteira, a tensão entre nós se tornou insuportável. O que me distrai de manter o equilíbrio e, em silêncio, culpo Yvan por cada topada de dedo do pé e arranhão no braço.

Depois de um tempo, um chalé antigo fica visível através das árvores. Está malcuidado, com ferramentas espalhadas, um jardim com ervas daninhas e gado doente em currais apertados.

– Quem mora ali? – pergunto para as costas de Yvan, que caminha bem à minha frente, mantendo a mesma distância hostil que ele estabeleceu na saída.

– O caseiro da universidade – responde, brusco, quando um lampejo de branco dispara através das árvores.

Um Sentinela.

Eu sigo com os olhos seu voo sinuoso em torno das árvores. Ele pousa em um galho pouco antes da clareira do chalé e se vira para mim. Então desaparece.

Os pelos da minha nuca se eriçam.

Há algo ali. Algo no chalé que ele quer que eu veja.

Não sei por que esses Sentinelas vieram para mim com a varinha de Sage. Não sei por que se interessaram tanto por mim, para começo de conversa. Mas percebi que, quando aparecem, é porque precisam me mostrar coisas importantes.

Vou em direção à clareira.

– Elloren – diz Yvan –, aonde você está indo?

– Só me dê um minuto.

Gansos soam à distância enquanto me aproximo da casinha.

Ouço um estrondo e pulo de medo. Em seguida, vem uma voz masculina irritada.

Mais gritos. Outro estrondo.

Então um guincho estranho, um som simultaneamente exótico e familiar a ponto de partir o coração.

Não, não pode ser.

A porta do chalé se abre, e uma jovem sai correndo, com olhos selvagens, seu rosto é uma máscara de terror puro e absoluto. Seus movimentos estão desfocados, em pânico, enquanto ela tropeça em uma pedra e cai de cara no chão.

Minha respiração fica presa na garganta. É a selkie de Valgard. A selkie de que estávamos falando.

Um homem musculoso e barbudo com roupas manchadas e uma aparência suja sai correndo do chalé, seguindo de perto os passos dela. Ele rapidamente a alcança, com o rosto vermelho de fúria. Antes que ela possa se levantar, ele a chuta com força nas costelas com sua pesada bota preta.

A fúria me atravessa. Com punhos cerrados, começo a avançar, mas a razão rapidamente me controla. Não sou páreo para o caseiro enorme. Então acabado me abaixando atrás de uma árvore, meu coração esmurra o peito.

A selkie solta um grito de gelar o sangue e se enrodilha de forma protetora, segurando o lado em que foi chutada.

O homem a agarra com força pelo braço e a puxa de pé.

– Cale a boca! – troveja ele, sacudindo-a com violência enquanto ela continua com seus gritos sobrenaturais. – Eu disse para se calar, *cadela*! – Ele puxa a mão para trás, acima da cabeça, e a golpeia com tanta força que ela grita e cai de costas no chão.

A selkie cobre a lateral da cabeça com as mãos e rola de lado, seu gemido é agudo e estranho.

Desesperada, me viro para Yvan, tremendo de indignação. Ele está parado, congelado e boquiaberto.

O homem agora está em pé sobre ela, com as mãos grandes apoiadas nos quadris largos enquanto a selkie se encolhe embaixo dele.

– Da próxima vez que eu disser para você fazer algo, seu animal estúpido – berra ele, enquanto brande um dedo gordo na direção dela –, é melhor você fazer! – Ele pega um molho de chaves pendurado em um gancho na parede, vai com tudo para cima da selkie e a puxa pelos cabelos.

Ela se engasga quando o caseiro puxa um colar de metal preso por uma corrente pesada a um poste longo. Ele força o joelho nas costas da selkie, passa a coleira em volta do pescoço dela, trava-a no lugar e a empurra de cabeça para o chão empoeirado. Em seguida, ele volta para o chalé, joga o molho de chaves no gancho, murmura algo sobre as "malditas selkies" e desaparece para dentro de casa, batendo a porta atrás de si.

A selkie fica ali, choramingando, com os olhos fechados e o rosto contorcido de desespero, um grande vergão vermelho ensanguentado agora abrange a lateral do seu rosto, seu lindo cabelo prateado está coberto de sujeira e lama.

Lágrimas de indignação fazem os meus olhos arder. *Animal ou não, como ele pode ser tão cruel?*

De repente, sou preenchida por uma ideia selvagem e desesperada.

Eu me viro para Yvan, minha raiva se solidificando.

– Vou resgatar a selkie – digo, com o coração batendo forte.

Suas sobrancelhas se erguem com tudo.

– *O quê?*

Eu me agacho e me movo em direção à selkie o mais furtivamente possível, minhas pernas tremem debaixo de mim.

– Garota selkie! – chamo, em um sussurro rouco.

Os olhos dela se abrem de imediato, como duas luas aterrorizadas, um gemido fica engasgado em sua garganta. Ela se concentra em mim, e sua expressão muda abruptamente como se se lembrasse de mim tão bem quanto me lembro dela.

Pego as chaves e corro até a selkie enquanto passadas pesadas de botas soam dentro do chalé. Empurro seus cabelos prateados para o lado e, com mãos trêmulas, forço a chave na fechadura. Sinto uma onda quente de surpresa quando a coleira de metal se abre e cai no chão com um tinido. Gesticulo freneticamente em direção à floresta enquanto puxo seu braço.

Corremos para lá, tropeçando pela clareira e entrando na floresta.

Ao avistar Yvan, ela solta um grito aterrorizado e cai para trás, com os pés derrapando no chão da floresta enquanto ela ergue os braços para mantê-lo longe.

– Para trás, Yvan! – Empurro minha mão na direção dele.

Yvan recua e se agacha, com as palmas para cima.

Coloco as mãos sobre os ombros trêmulos da selkie. Ela recua quando a toco. Ergo uma mão para acariciar o cabelo dela.

– Calma – murmuro. – Não vamos te machucar.

Seu cabelo tem uma consistência estranha e maravilhosa, macio como água morna.

– Temos que tirá-la daqui – digo, desejando poder falar a língua das focas. Sua boca se abre ligeiramente, mas nenhum som sai, as brânquias em seu pescoço abrem e fecham.

Consigo puxá-la para uma posição semi erguida enquanto seus olhos disparam ao redor em pânico. Começamos a nos afastar do chalé a passos lentos, tanto a selkie quanto eu tropeçamos sobre os nossos pés, desajeitadas de medo. Yvan mantém a distância mais ao lado, sempre nos mantendo à vista, com o rosto tenso.

Logo encontramos coragem, assim como o equilíbrio, e começamos a correr, saltar sobre troncos, desviar de árvores. A floresta passa zunindo, enquanto, desesperados, tentamos ouvir o som de passos pesados atrás de nós. Mantenho a mão firme no pulso da selkie enquanto corremos pelo que parece ser uma eternidade. Corremos até que minha respiração começa a parecer um vidro afiado, quando começo a sentir pontadas nas costelas.

Uma clareira aparece logo adiante. Os abençoados terrenos da universidade.

Nunca imaginei que ficaria tão feliz em ver a Torre Norte.

Desaceleramos, a selkie e eu estamos ofegando, suas brânquias estão dilatadas, seu pulso fino fraco e frágil na minha mão. Ela tropeça, e eu a amparo com um braço antes que ela caia. Estamos a poucos passos do terreno da universidade, mal escondidas pelas árvores rarefeitas.

– Elloren. – Ouço a voz calma de Yvan a poucos metros de distância. A selkie recua ao som de sua voz. – Você já pensou onde vai escondê-la? – Com toda calma, Yvan está encostado no tronco de uma grande árvore, me avaliando, parecendo que nem sequer suou.

– Não – respondo na defensiva, enquanto estendo a mão livre para acariciar o cabelo estranho da selkie trêmula.

– É um pouco imprudente, você sabe disso, não é?

Eu o fuzilo com o olhar enquanto recupero o fôlego.

– Ah, e resgatar dragões dos militares gardnerianos, não é? – Eu *realmente* não preciso disso vindo dele agora.

Os cantos de sua boca se erguem em um sorriso irônico.

– Foi a coisa certa a ser feita, Yvan – digo.

– Eu sei que foi. – Ele acena com a cabeça, sério mais uma vez.

Há algo novo em sua expressão. Algo que me pega completamente desprevenida.

Respeito.

Ambos nos assustamos com o som de um cavalo relinchando nas proximidades.

Ergo a cabeça e vejo Andras Volya, o jovem homem amaz cheio de marcas de runas, filho da professora Volya. Ele está a uma curta distância de nós, atravessando o vasto campo montado em uma égua preta enorme.

Ele está nos encarando.

O horror de ser descoberta me oprime.

Andras puxa com força a crina do cavalo. O animal se ergue e vira bruscamente antes de galopar em direção aos estábulos da universidade.

– Ah, meu Ancião do céu – murmuro. – Você não acha que ele nos viu, não é?

– Acho que sim – diz Yvan, com a voz baixa.

– O que acha que ele vai fazer?

Yvan estreita o olhar e encara a figura em retirada de Andras.

– Não sei. – Ele fixa os olhos verdes em mim. – Mas precisamos levá-la para dentro. Antes que alguém a veja.

CAPÍTULO NOVE

REFÚGIO

Diana se agacha ao meu lado e espia debaixo da cama.

Apática, a selkie está deitada de lado, com o olhar vidrado.

– Consigo sentir o cheiro do medo dela – observa Diana. – Ela está em choque. E se urinou. – Diana se levanta e cruza os braços, autoritária. – Elloren, vai buscar o seu novo violino.

Estou profundamente abalada e atordoada pelo tanto que Diana *não* está abalada. Yvan foi buscar comida para a selkie. Foi bom ele ter ido embora, já que a garota-foca estava tão em pânico para se afastar dele que se encolheu debaixo da minha cama. Está óbvio que ela tem pavor de homem.

Olho para Diana, e minha testa franze em perplexidade.

– Por quê?

– Selkies adoram música. Eu li em algum lugar uma vez. Talvez a acalme.

Levanto-me e lanço um olhar cético para ela. Recentemente, Trystan e Rafe me presentearam com um violino de segunda mão, o único instrumento pelo qual podiam pagar. Foi um gesto comovente e que apreciei de todo o coração, mas a madeira dele está ligeiramente deformada e mal consegue aguentar uma afinação.

De início, enviei mensagem ao tio Edwin, perguntando-lhe se havia um violino sobressalente que pudesse ser enviado, uma vez que o meu foi destruído. Recebi uma resposta imediata de tia Vyvian, que assumiu os cuidados do meu tio e, evidentemente, também os seus assuntos, e agora a correspondência dele estava sendo reencaminhada para ela.

Minha querida sobrinha,

Gostaria de lhe enviar o melhor violino que Valgard tem para oferecer. Tenho amigos que tocam na Sinfonia de Valgard, e tenho a certeza de que poderão adquirir um violino maeloriano laqueado novinho em folha e na cor da sua escolha. O que acha?

Você tem um grande talento musical, tal como a sua abençoada avó, e não quero nada mais do que ajudar a promovê-lo quando você estiver laçada a Lukas Grey. Por favor, avise-me quando esse feliz acontecimento tiver se passado.

Com carinho,
Vyvian

Resignada a um instrumento abaixo do padrão, mas reforçado pelo afeto fraterno que ele representa, busco o violino grosseiramente feito.

Depois do que a selkie passou, duvido que um pouco de música desafinada vá melhorar as coisas. Ainda assim, vale a pena tentar.

Sento-me no chão e começo a tocar, a música envolve o cômodo. Da cama, Ariel nos observa com desconfiança. Wynter pula de seu poleiro habitual no parapeito da janela para a superfície da minha mesa.

– Continue tocando – instrui Diana. – O medo dela está diminuindo.

Depois de uma hora, meus dedos começam a doer; meu pescoço, a latejar, mas a selkie permanece firmemente debaixo da cama.

– Não está funcionando – digo, voltando-me para Diana.

Inesperadamente, Wynter abre as asas e pula da minha mesa e pousa com leveza sobre os pés. Ela se agacha, depois fecha os olhos como se estivesse em meditação profunda. Por fim, ergue a cabeça e começa a cantar. Ela canta em alto élfico, as palavras suaves e graciosas como água corrente serpenteiam pela sala.

– Elloren – murmura Diana.

O braço azul-esbranquiçado da selkie aparece debaixo da cama e ela estende a mão para Wynter, que continua a cantar enquanto pega a mão dela e a conduz devagar para fora até a garota-foca se enrolar em posição fetal e se esconder no abrigo das asas de Wynter.

Ela acaricia o cabelo da selkie enquanto continua a cantar sua canção triste, um rastro molhado de urina agora risca o chão.

– Precisamos limpá-la – observa Diana, franzindo o nariz. – Ariel – ordena –, vai aquecer a água de banho.

– Por acaso eu pareço sua serva? – retruca Ariel.

– Não – responde Diana –, mas *poderíamos* fazer uso das suas habilidades. Você não *gosta* de atear fogo nas coisas?

Incapaz de resistir a brincar com fogo, Ariel marcha em direção ao banheiro, resmungando consigo mesma de forma sinistra.

Wynter e eu conseguimos colocar a exausta selkie no banheiro enquanto Diana desce as escadas para buscar um balde e um esfregão. Wynter a embala e canta para ela enquanto eu, com gentileza, a ajudo a tirar a roupa. A selkie não resiste. Simplesmente nos fita com olhos arregalados e tristes, seu corpo mole como o de uma boneca de pano. Quando tiro sua túnica, solto uma exclamação de horror, minha mão involuntariamente voa para cobrir minha boca. Wynter para de cantar.

Todo o corpo da selkie está ferido e espancado. Marcas vermelhas brilhantes de chicote cruzam sua pele azul-esbranquiçada.

Diana entra, carregando um grande balde de madeira cheio de água com sabão em uma das mãos, um esfregão na outra. Quando ela vê a selkie, congela, seu queixo despenca. Ela logo se recompõe e coloca o balde no chão e, com cuidado, apoia o esfregão na parede.

– Volto já – diz ela, com a voz agradável. – Vou lá matar o cara.

Seu tom é tão indiferente que levo alguns segundos para processar o significado de suas palavras.

– O qu… *quê*? – gaguejo, quando Diana dá meia-volta para sair. Ela para, se vira e olha para mim como se eu fosse idiota.

– O homem que fez isso com ela – explica, devagar, como se eu fosse uma criança. – Vou quebrar o pescoço dele. Ele merece morrer.

Eu salto de pé, minhas mãos voam para alertá-la.

– Espere, não, você não pode fazer isso!

– Claro que posso – diz ela, irritada. Sua expressão fica pensativa. – Não, claro que você tem razão, Elloren. – Solto um profundo suspiro de alívio. – Quebrar o pescoço dele seria muito rápido e indolor. – Ela acena com a cabeça, indiferente. – Ele merece sofrer por isso. Vou espancá-lo primeiro. E marcá-lo como ele a marcou. – Por um momento, os olhos de Diana ganham um brilho perverso. – Então vou arrancar a garganta dele.

Pânico brota dentro de mim.

– Você… você não pode matá-lo!

– Por que você continua dizendo isso? – Ela parece ofendida. – É *claro* que posso.

– Você vai arranjar um problema *sério*!

Ela me atira um olhar incrédulo e enojado.

– Com *quem*? Não com o *meu* povo. Se a minha mãe estivesse aqui, já teria feito esse homem em pedaços.

– Pelo menos espere até falarmos com Rafe – imploro.

Exasperada, ela coloca a mão no quadril e olha para mim.

– Ai, tudo bem – ela cede. – Consigo sentir o cheiro do seu medo. É totalmente injustificado, mas se te deixa mais tranquila, falaremos primeiro com Rafe.

Diana pede a Wynter para ir buscar o meu irmão e, para minha surpresa, ela sai para procurá-lo, sem nem hesitar.

– Seu irmão vai concordar comigo – Diana me garante enquanto se ajoelha para lavar as feridas nas costas da selkie com um pano macio. – E daí vou matar esse homem. Depois que fizer isso, vou arrancar a cabeça dele e trazê-la para a selkie. Ela ficará confortada ao saber que ele está morto.

*

Poucos minutos depois, Rafe e eu estamos sentados no banco de pedra do corredor, observando Diana marchar com raiva de um lado a outro; tendo Wynter assumido os cuidados com a selkie.

– Diana, pare de andar e se sente. – A voz de Rafe é baixa, mas há um tom de autoridade inconfundível.

Diana para de se mexer e fica de frente para ele, com as mãos nos quadris. Ela lhe atira um olhar desafiador, que ele retribuiu com calma.

–Você não pode matá-lo – diz Rafe, mantendo o tom neutro.

– Claro que posso – ela rebate. – O seu povo é fraco.

– Sim, sei que você poderia matá-lo com bastante facilidade e sem esforço – responde ele, com voz firme. – Mas você não deve fazer isso.

– Por quê? – ela exige saber, erguendo o queixo.

– Muito bem, Diana – diz Rafe. – Digamos que você saia e o mate. E depois o que vai fazer?

–Vou trazer a cabeça dele para a mulher selkie para que ela possa ver que agora ela está segura.

–Tudo bem, e depois?

Impaciente, ela bufa para ele.

–Vou atirar a cabeça de volta na floresta para os animais comerem.

– E o que acontecerá quando a universidade investigar e descobrir o que aconteceu? Eles *vão* reparar que o caseiro está desaparecido.

– Eles podem contratar outro.

Rafe suspira e esfrega a ponte do nariz.

– Eles vão te prender, é isso o que vão fazer.

Diana bufa.

– Eu gostaria de vê-los tentar!

– Eles vão multar Elloren por roubo e vão te jogar na prisão por assassinato. E vão devolver a selkie para o comerciante de quem ele a comprou e a venderão para outra pessoa, potencialmente pior.

–Você está falando absurdos.Assim que explicarmos o que aconteceu, como ele estava tratando a selkie, eles vão entender.A prova está em todo o corpo dela!

Rafe balança a cabeça, em desacordo.

–Você está errada, Diana. Segundo eles, esse homem não fez nada ilegal. Repugnante, talvez, mas não ilegal.Vocês duas, por outro lado, já violaram várias leis.Você quer mesmo acrescentar assassinato à lista?

– Então, nós a mantemos escondida – diz Diana, com teimosia. – Ninguém precisa saber quem o matou.

Rafe faz careta, em descrença.

– Diana, a sua espécie é vista pelo meu povo como selvagens incivilizados e violentos.Você e o seu irmão logo seriam considerados suspeitos. E se, por algum milagre, não descobrissem que vocês eram os culpados, presumiriam que a selkie encontrou a pele dela e o matou. Fala-se em matar todas as selkies em cativeiro. Você está ciente disso? O Conselho está bastante dividido nesse assunto. O assassinato do caseiro da universidade facilmente faria pender a balança em favor de uma execução em massa. Quer mesmo ser responsável por isso?

Diana se inclina para Rafe, destemida.

– Então vou matá-lo e levá-la comigo. Para a minha alcateia. Eles saberão o que fazer. Vão salvar todas as selkies.

– Então você vai deixar a universidade?

– Sim, se necessário!

– E Jarod? Ele não teria escolha a não ser ir embora também.

– Ele iria embora – diz ela, com certeza presunçosa. – *Ele* entenderia.

– Então digamos que você e Jarod a levem de volta à sua alcateia – postula Rafe, com calma. – Você percebe que estaria mergulhando todos eles em uma situação política potencialmente perigosa?

Diana bufa ao ouvir isso.

– Perigosa para o *seu* povo, talvez. Não para o nosso.

Rafe exala bruscamente e balança a cabeça.

– As coisas estão muito tensas entre o seu povo e o Conselho dos Magos neste momento, Diana. O nosso governo considera que as suas terras são nossas por direito. Fala-se em enviar os militares para forçar o seu povo a…

Diana bufa com impaciência, interrompendo-o.

– Seus militares não são páreo para a minha alcateia. Sabe disso tão bem quanto eu. A sua magia é inútil contra nós, e o mais fraco da nossa espécie é mais forte do que o seu soldado mais forte. Se o seu povo fosse mais forte, teriam roubado nossa terra há muito tempo, tal como roubaram a terra de todos os outros ao redor.

– Pense em como isso seria escrito no mandado de prisão – continua Rafe. – "*Garota lupina mata caseiro da universidade…*"

– "*…que abusou horrivelmente da mulher foca!*" – termina Diana por ele.

– Essa parte não vai entrar, Diana. Selkies são como um segredinho sujo de que ninguém quer falar. Não. Será visto como prova de que os lupinos são monstros perigosos e sanguinários que devem ser erradicados. Você quer ser responsável por jogar sua alcateia no meio disso?

Diana ergue as mãos como se jogasse areia no rosto de Rafe.

– Isso é um absurdo!

– Não, Diana, não é! Você quer mesmo ser a pessoa a tomar essa decisão? Sem falar primeiro com a sua alcateia? Sem falar com o seu alfa?

Diana congela.

Pronto, ele conseguiu, percebo, aliviada. Ele finalmente encontrou um argumento que faz sentido para uma lupina.

Ela fica de pé e fuzila Rafe com o olhar.

Enfim, ela avança para ele, com os punhos cerrados.

– Estou de saída! – rosna ela. E dá meia-volta, indo em direção à porta.

Rafe fica de pé em um instante. Ele avança e a agarra pelo braço.

– Para fazer o *quê*, Diana? – ele exige.

O braço dela fica tenso e o punho se fecha bruscamente como se a mão dele sobre ela fosse um desafio. Ela lhe atira um olhar incrédulo e faz careta para a mão que tenta contê-la, encarando-a como se não pudesse acreditar que ele tenha a ousadia de ser tão atrevido. Pergunto-me se Rafe não aposentou temporariamente seu bom senso.

De repente, a tensão na sala se torna insuportável, e perigosa. Bem devagar, Diana levanta a cabeça, repuxando os lábios para trás em uma careta ameaçadora, um rosnado profundo começa na base de sua garganta enquanto os olhos âmbar adquirem um brilho feroz. Ela dá um passo repentino e ameaçador em direção a Rafe, e eu vacilo. Ele sabe tão bem quanto eu, assim como Diana sabe, que ela poderia lhe arrancar o braço sem sequer suar a camisa, e não haveria nada que Rafe ou eu pudéssemos fazer para impedir. Nunca pensei em Diana como alguém assustadora, mas percebo agora, pela primeira vez, que ela é perigosa de verdade.

– Eu perguntei para onde você está indo – repete Rafe, com a mandíbula tensa, o tom inflexível, enquanto ignora por completo a postura ameaçadora dela.

Os lábios de Diana recuam ainda mais em um rosnado completo.

– Vou me embrenhar na floresta – rosna ela, com voz baixa, seus olhos são duas fendas enfurecidas. – Onde ninguém pode me ver. Onde posso me despir sem ofender as *delicadas* sensibilidades do seu povo tão *moralmente íntegro*. Então vou me *Transformar*. E vou *correr*. Por um *bom tempo*. Porque se eu ficar aqui, vou ignorar todo o bom senso e *vou* matar aquele homem.

Rafe assente e solta seu braço. Ela lhe atira um último olhar violento antes de disparar pela porta.

Eu volto a respirar enquanto Rafe encara a direção que ela tomou.

– Você acha que ela vai matá-lo? – pergunto, minha voz é quase um sussurro.

Rafe põe a mão no quadril e se vira para mim.

– Não – diz ele, com os lábios tensos. – Ela só precisa liberar um pouco da raiva.

– Ela tem razão, sabe. Ele merece morrer. E provavelmente vai comprar outra garota selkie para abusar.

– Provavelmente – concorda Rafe. Ele caminha até a janela que dá vista para o grande campo aberto que leva à beira da floresta. Eu o sigo e posso ver Diana correndo até lá em um ritmo furioso, o sol do fim da tarde lança um brilho suave e gentil sobre tudo, fazendo seu cabelo dourado parecer em chamas.

★

Mais tarde, depois de deixar a selkie adormecida sob os cuidados de Wynter, parto para encontrar Andras Volya, pronta para implorar, se necessário, para convencê-lo a manter o nosso segredo.

Ao caminhar pelo corredor do andar de cima, ouço meu irmão lá embaixo conversando com alguém e paro.

– Olá, Diana. – A voz de Rafe é baixa e cautelosa.

Por um momento, há silêncio e sinto um tremor de nervosismo pela segurança do meu irmão.

– Você estava certo – diz Diana, com a voz estranhamente forçada. – Você estava certo quanto a tudo. Tudo o que você disse era verdade.

– Estou feliz que você tenha se acalmado – diz Rafe, com paciência.

– Sinto muito. Desculpe por ter ficado tão zangada com você.

– Está tudo bem, Diana. Desculpas aceitas.

Há outro silêncio desconfortável.

– E me desculpe por ter pensado em arrancar seu braço fora – diz ela.

Deslizo até a porta e olho pela fenda entre a madeira e a parede.

Rafe está de frente para Diana, com o braço na parede de pedra ao lado deles. Ele encara o chão, organizando seus pensamentos. Então olha de volta para ela, com um pequeno sorriso nos lábios.

– Obrigado, Diana. Obrigado por não arrancar o meu braço.

– É que… eu… não tenho experiência com… com esse nível de crueldade – explica Diana, hesitante. – Nunca vi nada parecido com isso. – Com expressão perturbada, ela olha para o meu irmão. – Rafe, todo o corpo dela… Ele deve ter batido nela *o tempo todo*…

– Eu sei.

– Ela está tão *assustada*. Tão *despedaçada por dentro*. E os olhos dela… os *olhos*… – A voz de Diana falha, e ela começa a soluçar.

Minhas sobrancelhas se arqueiam de surpresa. Diana é tão forte e segura, nunca se incomodou com nada. Minha própria tristeza pela selkie brota dentro de mim, ouvindo Diana chorar assim.

– Calma… – Ouço Rafe dizer. – Vem cá.

Os soluços de Diana ficam abafados quando ele a puxa para um abraço apertado.

– Eu sinto *tanto*! – Diana chora. – Eu não estava pensando! Eu poderia ter causado tantos problemas! Meu primeiro teste real… e eu *falhei*! – As palavras saem em uma velocidade desenfreada. – Sou uma vergonha para a minha alcateia!

– Calma, Diana… você não é nada disso – sussurra Rafe em seu cabelo. – Eles entenderiam. Você não é uma vergonha.

– Sim, eu *sou*!

– *Não*, você *não* é. Pare. Olha para mim.

Ela ergue o rosto banhado em lágrimas, os olhos âmbar agora vermelhos e inchados.

–Você *não* é uma vergonha – insiste Rafe, com a voz cheia de bondade. – Você é corajosa e gentil. Só é um pouco... impetuosa. – Ele sorri e estende a mão para enxugar de levinho algumas de suas lágrimas.

Diana acena com a cabeça e consegue abrir um sorriso relutante.

–Você só está sendo legal comigo porque te deixei ficar com seu braço.

Rafe ri.

–Talvez.

Ambos ficam quietos por um momento, com os braços frouxos um ao redor do outro.

– Rafe – diz Diana, por fim, com a voz estranhamente suave. – Estou me apaixonando por você.

O rosto de Rafe logo fica sério e ele respira bem fundo.

– Ah, Diana – ele murmura, ao colocar uma mão no rosto dela –, eu já estou... – E a puxa para si e beija seus cabelos, os braços dela entrelaçados em torno dele. Ele traz a boca para a dela e ambos se beijam, gentilmente no início. Então Diana geme e se pressiona contra ele, e logo os beijos ficam apaixonados.

Eu me afasto da porta, com o coração disparado, uma pontada de angústia se espalha pelo meu peito.

Meu irmão, o gardneriano, e uma metamorfa. Todas as minhas suspeitas sobre eles completamente certas.

Ancião do céu, em que confusão nos metemos todos.

Roubei uma selkie. Yvan está tentando roubar um dragão militar. Tanto Rafe quanto Aislinn estão apaixonados por lupinos, e estou ficando cada vez mais amiga de uma icaral élfica rejeitada.

Na verdade, isso está muito além de uma confusão. Estamos todos pisando em terreno cada vez mais perigoso.

O que vamos fazer a partir daqui?

CAPÍTULO DEZ

ANDRAS VOLYA

Depois que Diana e Rafe vão embora juntos, saio e encontro Andras Volya nos estábulos da universidade.

Ele está agachado sobre um joelho enquanto cuida da perna da frente de uma égua preta, massageando suavemente uma pomada de ervas lá. Se ele me vê, não dá nenhuma indicação, pois continua a se concentrar apenas no cavalo. O animal, por outro lado, volta-se para mim com curiosidade tranquila.

Vou a passos lentos até onde ele está ajoelhado.

– Andras? – A minha voz é hesitante, e ele não olha para cima. – Eu… eu preciso falar com você – insisto.

– Não vou dizer nada sobre a selkie – diz ele –, se é isso que veio pedir. – Ele para de massagear a perna da égua, fica de pé e murmura baixinho para ela enquanto a acaricia, as runas carmesins em toda a sua túnica vermelha brilham sob a luz. – A forma como ele a tratava me incomodava muito – diz ele. Sua testa fica tensa como se estivesse se lembrando de algo perturbador. Ele se vira para olhar para mim. – Você estava certa em resgatá-la. Eu mesmo deveria ter feito isso.

– Há quanto tempo ela estava lá? – pergunto.

Ele pensa por um momento, olhando para a floresta, na direção do chalé do caseiro.

– Um mês, eu diria. – Andras inclina a cabeça para um lado e me analisa como se eu fosse um enigma. – A neta de Clarissa Gardner. Resgatando selkies. – Ele coloca o frasco de pomada no chão e limpa as mãos com um pano. – Sua tia não quer que as selkies sejam executadas?

Atordoada, eu o encaro, inexpressiva.

Ele ergue o queixo e me observa com atenção.

– Foi ela quem apresentou a moção. No seu Conselho dos Magos. No início deste ano. Para executá-las assim que chegarem à costa.

Existem maneiras melhores e muito mais humanas de lidar com selkies sem precisar mantê-las em gaiolas, forçando-as a… agir como humanas.

Ela quis dizer... *matando*-as!

Ele deve ler o choque na minha expressão.

– Você não sabia?

Balanço a cabeça e solto um longo suspiro de repulsa. *Justamente quando penso que tia Vyvian não pode piorar.* Sento-me no fardo de feno atrás de mim estendendo a mão por um momento, para massagear minhas têmporas doloridas. O mundo é muito pior do que imaginei que fosse. E tia Vyvian é devastadoramente cruel.

A cauda da égua zune alto enquanto a movimenta de um lado para o outro, uma brisa fria flui para dentro do estábulo, vinda do lado de fora. Meus olhos são atraídos para as colinas ondulantes, com tons de violeta, sua base acarpetada por uma linha de lariços amarelos brilhantes.

– É lindo aqui – comento.

Andras olha para a paisagem e acena com a cabeça.

– É como um outro mundo – penso em voz alta. – Me faz lembrar da minha casa. – Ergo a mão, encobrindo a cidade universitária, que está diminuta devido a nossa distância dela. – É como se quase desse para fingir que a universidade não existe.

– Tento fazer isso às vezes – admite ele.

Viro-me para observá-lo.

– Você não gosta daqui?

Ele balança a cabeça.

– Minha mãe e eu morávamos nos arredores da Keltânia Ocidental. Prefiro muito mais.

– Ah – digo baixinho, sem saber o que mais dizer. Então meus olhos se acendem nos intrincados desenhos de sua túnica. – Suas runas – observo, hesitante. – Elas brilham.

Ele analisa as marcas e acena com a cabeça.

– Runas amazes. São criadas a partir de uma fusão de vários sistemas rúnicos. Elas aumentam o nosso poder...

Andras se interrompe de repente, os olhos dardejam para algo atrás de mim, e todo o seu corpo endurece.

Viro-me e vejo sua mãe, a professora Volya, de pé na entrada traseira do estábulo. O medo se apodera de mim. *Há quanto tempo ela está ali parada? Ela nos ouviu?*

Consigo enxergar em seu olhar astuto; ela nos ouviu. Meu coração tamborila com a minha terrível preocupação.

– Mãe – diz Andras, com a profunda voz reservada.

– Filho – responde ela, concisa.

Todos nos observamos por um longo momento, o silêncio é denso e desconfortável.

– Maga Gardner – diz a professora Volya, por fim, com os olhos pretos aguçados sobre mim. – Acabei de receber a visita mais intrigante da comandante vu trin local e do caseiro de Verpax. Parece que a selkie do caseiro está desaparecida.

Eu a encaro como um animal encurralado.

Com os olhos estreitados nos meus, ela se acomoda em um fardo de feno. Ela se senta como um homem. Pernas abertas, braços cruzados.

– Relaxe, maga Gardner – ela me diz. – Eu também guardarei o seu segredo.

Solto uma respiração profunda, o alívio passa por mim.

– Então – começa a professora Volya, me analisando –, a neta de Clarissa Gardner resgatou uma selkie.

– O corpo dela – falo, com voz baixa – está coberto de marcas de chicote. Ele deve ter chicoteado a selkie diversas vezes.

Andras solta uma exclamação de repugnância e desvia o olhar.

A professora Volya não parece nada surpreendida.

– É da natureza dos homens.

A cabeça de Andras se move em direção à mãe, com a testa franzida em ofensa.

– Bater nas mulheres até que percam os sentidos? – questiono, incrédula.

– Ser cruel – responde ela. – Tentar dominar as mulheres de qualquer maneira possível.

A mandíbula de Andras fica tensa, e seu olhar fica duro. Ele joga o pano longe e sai do estábulo.

A mãe o ignora.

– Tem sido assim desde o início dos tempos – continua ela, com os olhos fixos em mim.

Desconfortável, me remexo sobre o fardo de feno espinhoso.

– Não entendo o que quer dizer.

– Não é de surpreender – observa ela – que você desconheça a sua própria história. É triste, mas não surpreendente. – A professora Volya me olha friamente por um momento. – Este mundo – diz ela, inclinando-se para a frente – e tudo nele foi feito pela Grande Mãe. E as primeiras pessoas que ela fez foram as Três Irmãs. *Essa* é a sua história. – Ela espera um momento para que eu absorva a informação enquanto a encaro. – Depois de terem sido criadas, *Ama*, a Grande Mãe, viu que as Irmãs estavam solitárias, então tirou um osso de cada um de seus punhos e fez os Primeiros Homens – Ela ergue o punho enquanto me conta isso, depois o abaixa novamente. – Os Primeiros Homens não estavam gratos por tudo o que a Deusa tinha feito por eles. Em vez disso, tentaram convencer as Três Irmãs a se juntarem a eles e matarem a Grande Mãe, para que pudessem governar toda a Therria. – Mais uma vez ela faz uma pausa.

Estou espantada com o quão diferente é essa história da criação daquela que cresci ouvindo.

– Uma das Irmãs se recusou a trair a Deusa, foi falar com Ela e avisou do terrível plano. A Grande Mãe renomeou essa Primeira Irmã de amaz, e lançou uma maldição sobre as outras.

– Como é que ela as amaldiçoou?

– As duas Irmãs que traíram a Deusa foram enviadas para viver com os Primeiros Homens, que foram fortalecidos pelo osso extra em seus punhos e encorajados. Procuraram escravizar as duas Irmãs e abusaram delas em todos os sentidos. Mas a Filha leal foi grandemente abençoada pela Deusa e permaneceu forte e livre. Então, veja bem – diz a professora Volya, sentando-se novamente no fardo de feno –, desde o início dos tempos, os homens não eram confiáveis e só se interessavam por crueldade e dominação.

– Mas seu próprio filho – digo –, ele parece uma pessoa decente...

Os olhos dela adquirem um brilho saudoso.

– Ele é gentil e bom porque realizamos todos os rituais que a Deusa exige. Em troca, Ela teve pena dele e o abençoou. – Ela fica em silêncio por um momento, considerando-me enquanto uma égua perto fareja e puxa um pouco de feno. – É melhor você ir – diz ela, ao se levantar. – Não seria bom se as vu trin te encontrassem aqui.

Eu me levanto e espano o feno seco da minha túnica.

– Boa sorte com sua selkie, Elloren Gardner – ela me diz. – Você fez uma coisa corajosa. Que a Deusa te ajude e proteja.

Andras está de pé ao lado de um grande cavalo kéltico de tração, afagando seu pescoço, falando baixinho com ele. O rapaz mantém os olhos no animal quando me aproximo.

– Então – diz ele –, a minha mãe te contou a história do meu punho amaldiçoado? – O desdém em sua voz é surpreendentemente incisivo.

– Contou.

Andras faz um som de repulsa ao continuar afagando o pescoço do cavalo.

– É uma história poderosa – admite ele, com tom duro.

– Eu nunca tinha a escutado.

Andras balança a cabeça em amarga desaprovação.

– Ela nunca para de recrutar para a sua tribo, a minha mãe. Rejeitada por mais de dezoito anos, e ainda assim é leal a elas. O irônico é que a minha mãe é uma cientista brilhante. – Ele ergue a mão para a minha inspeção. – Sabe que tenho exatamente o mesmo número de ossos no punho que ela tem no dela e, no entanto, acredita nessa história.

Andras desvia o olhar para longe, para onde sua mãe está montada em uma égua élfica branca, cavalgando para longe de nós, com as runas da túnica deixando riscos de luz vermelha em seu rastro.

– Se ela tivesse tido uma filha, em vez de mim, ainda estaria com elas. – Ele se vira para mim, com a testa franzida. – Arruinei a vida da minha mãe. – Estende a mão e acaricia o pescoço do cavalo. – E por isso – continua ele, com o rosto cheio de resignação – eu vou com ela toda lua cheia para realizar os rituais que a Deusa exige. Todas as manhãs deixamos oferendas e oramos a Ela. Seguimos todas as tradições amazes ao pé da letra. Todas, exceto uma.

– Que seria? – pergunto, hesitante.

Ele se vira para mim, com a mão ainda no cavalo.

– Minha mãe se recusou a me abandonar quando nasci porque sou homem, como dita a tradição amaz. E ela passa todos os dias de sua vida tentando expiar essa decisão. – Ele balança a cabeça e solta um suspiro profundo. – Sabe o que mais é irônico em tudo isso?

Eu seguro seu olhar, esperando.

– Nunca tive o menor desejo de levantar o punho contra uma mulher, ao contrário do que diz o mito da criação amaz sobre os homens. A única pessoa que eu sempre quis machucar seriamente foi o caseiro da universidade, mas estou certo de que concordo plenamente com a minha mãe nesse ponto. Ela pode acabar por matá-lo antes que eu tenha a oportunidade.

– Na verdade – digo –, acho que Diana Ulrich é a primeira da fila.

Andras parece surpreendido.

– A lupina?

Faço que sim.

– Tivemos que convencê-la a não arrancar a cabeça dele mais cedo.

Andras me encara por um momento, depois ri. Ele tem um sorriso bonito; largo e convidativo.

– Acho que eu iria gostar dessa Diana Ulrich.

CAPÍTULO ONZE
SEGURANÇA

Quando volto para a Torre Norte, o sol tinha acabado de se pôr, e encontro Yvan esperando por mim no corredor do andar de cima.

Ele está sentado no banco de pedra, com um saco apoiado a seu lado. Recupera o foco quando entro e se levanta.

Estanco quando o vejo, a respiração fica presa em minha garganta. Nossos olhos se encontram, e o encaro, piscando. Sua presença imponente preenche o corredor estreito, o teto baixo fazendo com que ele pareça mais alto do que já é.

– Bacalhau seco – diz ele, sem tirar os olhos de mim, enquanto levanta o saco e o coloca de volta no banco. – Para a selkie.

Meus olhos voam para o saco e, em seguida, de volta para ele. Eu me agarro às laterais da capa e fecho a distância entre nós, sentindo-me corada e constrangida. Há uma gentileza nele que é inesperada, seus olhos verdes estão intensos, mas recém-abertos e desprotegidos.

– Eu conheci sua companheira de alojamento – ele me diz, com tom significativo. – Diana Ulrich. – Suas sobrancelhas se arqueiam em incredulidade implícita.

Sua voz sempre está mais profunda do que espero; suave e sedutora.

Solto uma longa respiração e dou de ombros.

– Sim, bem, Diana está morando aqui há algum tempo.

– Você está morando com dois icarais *e* uma lupina – declara ele, como se eu já não tivesse conhecimento desse fato.

– E uma selkie – lembro, compreendendo muito bem o quanto tudo isso é surreal. E cada vez mais arriscado.

E agora há um kéltico desconcertantemente atraente no meu corredor.

Mas mesmo com uma selkie roubada lá no meu quarto, é impossível não ficar com os pensamentos completamente dispersos pela beleza desarmante de Yvan.

Ele pisca para mim, claramente surpreso, a cor de seus olhos aprofundada pela luz fraca da lamparina, ouro quente salpicando o verde brilhante, seu olhar cheio de inteligência afiada. Ele se mantém ereto, com a coluna muito rígida, uma postura tão formal, como se controlasse suas emoções à força.

Ignoro minha pulsação descontrolada e o fito, com diversão no olhar.

– Nunca imaginei que você, de todas as pessoas, estaria neste corredor, Yvan.

Seu lábio se contrai.

– Tão inesperado quanto ter uma selkie aqui, tenho certeza.

Solto uma risada breve.

– Na verdade, é mais estranho ter *você* aqui. *De longe.* – E lhe lanço um olhar incisivo.

Yvan me encara, seus lábios se abrem ligeiramente como se prestes a questionar, e se fecham de novo. Ele respira fundo, depois olha de soslaio para o meu quarto. Seu rosto fica tenso, e ele recua uma fração, pigarreia e desvia o olhar de mim, repentinamente pouco à vontade.

Fico desconfortável no mesmo instante, nós dois muito conscientes de como aquilo é inadequado em ambas as nossas culturas rígidas: um homem solteiro, desacompanhado, aqui, tão perto da minha cama. Só nós dois, sozinhos.

Já estive no quarto dele, o que já brincava com os limites do escândalo, mas estava sempre na presença de um ou de ambos os meus irmãos. Exceto aquela outra vez, na época em que eu e Yvan nos odiávamos.

Os olhos dele recaem na tapeçaria de pássaros brancos de Wynter, e seu mal-estar parece sumir. Ele se concentra na peça como se percebesse pela primeira vez que está cercado de obras de arte.

– É lindo. – Ele exala, absorvendo a imagem.

Uma revoada de Sentinelas. Planando acima de um campo no verão.

– Wynter quem fez – digo. – É o meu favorito de sua obra.

Ele assente, ainda olhando a cena tecida, como se estivesse em transe.

Com seus olhos ocupados, meu próprio olhar inadvertidamente desliza sobre ele, primeiro hesitante, em seguida, mais livre, absorvendo, sorrateiro, a sua figura. O corpo longo e delgado. O perfil requintado. As longas linhas no pescoço. O cabelo, uma bagunça despenteada, tocando seu pescoço em mechas irregulares, enrolando-se na parte de trás da orelha. Imagino que seja suave ao toque. Suave, enquanto o resto dele é firme.

Exceto por seus lábios.

Pergunto-me, de repente, como seria beijar Yvan... sentir seus lábios carnudos nos meus.

A cabeça dele se vira abruptamente para mim, um rubor ilumina suas bochechas, a boca aberta em surpresa.

Desvio o olhar no mesmo instante, meu coração está disparado, e eu, corada e mortificada, com medo de que ele possa ver minha mente com clareza e perceber esses pensamentos descontroladamente impróprios.

Ele não consegue ler a sua mente, insisto para mim mesma. *Claro que não pode. Mas... de que outra forma explicar a sua reação?*

Eu olho de volta para ele, profundamente envergonhada.

Suas bochechas ficam ainda mais vermelhas, e ele agora me observa com uma intensidade ardente que me deixa ainda mais vacilante.

Ele engole em seco, alto, seus olhos fixos nos meus.

– Eu preciso… ir.

Assinto, desajeitada, seus olhos verdes fazem o meu batimento cardíaco sair completamente do controle.

Ele me entrega o saco, seus dedos quentes roçam nos meus, e recua, constrangido e formal mais uma vez.

Aperto o saco com força.

– Boa noite, Yvan – eu me forço a falar, enquanto o calor queima no meu pescoço e bochechas. – Obrigada pela comida.

Ficamos em silêncio por alguns segundos tensos.

– Boa noite, Elloren. – A voz é baixa e quente como mel escuro.

Seus olhos deslizam pelo meu corpo em uma linha lânguida. Então sua expressão fica inquieta, e a cabeça dá um solavanco para cima, os olhos uma fração mais arregalados, como se tivesse se assustado. Sua expressão fica profundamente conflituosa.

Ele me lança seu familiar olhar intenso e ardente, e vai embora.

Meu batimento cardíaco continua irregular quando entro no meu quarto, terrivelmente ruborizada.

O fogo está a toda, o ambiente iluminado em um brilho quente e reconfortante que logo começa a acalmar minhas emoções conturbadas.

Diana está deitada na minha cama, com o braço em volta da selkie adormecida. Ariel está deitada na própria cama desastrosa, seus olhos raivosos sobre a selkie como se ela estivesse tentando afastá-la com a força da mente, e Wynter está ajoelhada diante da cama de Ariel, falando com ela baixinho, sua mão leve e suave no braço cheio de cicatrizes da amiga.

Os olhos de Diana, muito despertos e alertas, me seguem enquanto tiro minha capa de lã, penduro-a em um gancho que Jarod colocou para nós e me sento no chão junto à cama, apoiando o ombro no colchão. Percebo que vamos ter de arranjar mais camas, com tantas pessoas vivendo aqui agora.

– Como ela está? – Noto a dor no semblante da selkie, mesmo durante o sono.

– Ela parece muito cansada, mas não tão assustada – responde Diana. – Acho que está começando a perceber que está segura, que sou perigosa e estou do lado dela. – Diana sorri para mim, seu sorriso intimidante que diz *sou filha de um alfa* nunca deixa de eriçar os pelos da minha nuca.

– Yvan Guriel trouxe um pouco de comida para ela. – Ergo o saco. – Peixe seco.

Diana franze o nariz.

– Eu sabia *disso* antes mesmo de você pôr os pés no quarto – diz ela, afrontada com a minha contínua subestimação dos seus sentidos superiores de lupina. – Senti o cheiro dele lá fora – ela me diz, erguendo a cabeça e me observando de perto. – Esperando por você.

Suas palavras pairam no ar entre nós, meu rubor volta a aquecer.

Sentidos lupinos. Percebo que ela ouviu toda a minha conversa com Yvan e que pode sentir a nossa atração inútil. Ela me olha com seriedade, permanecendo estranhamente, e graças ao Ancião, quieta sobre o assunto.

Fico em silêncio por um momento, o murmúrio de Wynter para Ariel e o crepitar do fogo são os únicos sons no cômodo tranquilo.

Fico agradecida por Diana ter se abstido de comentar sobre mim e Yvan, mas não consigo ficar calada quando se trata do meu irmão.

– Diana – começo, hesitante. – Eu... vi você beijando meu irmão mais cedo, sabe.

Diana pisca para mim, inexpressiva.

– Desejo acasalar com ele – diz ela, por fim.

A minha preocupação aumenta.

– Mas você me disse que não faria isso porque ele não é lupino, então estou um pouco confusa sobre esse ponto...

– Eu não acasalaria com ele no momento – esclarece ela, com um aceno, como se fosse óbvio. – Só *depois* que ele se tornar um lupino.

– Meu irmão é gardneriano, Diana – pontuo, ainda mais preocupada.

– O que você quer dizer, exatamente?

– Gardnerianos não se tornam lupinos.

– Ah, ele vai – diz ela, com total confiança –, para se acasalar *comigo*.

– Tornar-se um lupino? – Meu irmão, um *metamorfo*?

– Sim.

Suspiro, rendida, e apoio a cabeça na cama, olhando para Diana e a selkie adormecida; uma melancolia feroz me atinge. Aqui está: a escolha de Rafe. A pequena família que tenho começa a se fraturar e se dispersar. Rafe vai se tornar um lupino e nos deixar. E Trystan... só o Ancião sabe o que lhe vai acontecer.

E eu... não me encaixo em lugar nenhum. Muito menos com Yvan. Uma pontada amarga de mágoa e arrependimento me atravessa.

– Como alguém se torna um lupino? – pergunto, com a voz baixa e triste, curiosa sobre como exatamente Rafe será levado embora.

Ela hesita antes de responder.

– Uma mordida na base da garganta que tira sangue, na noite de lua cheia.

– O que seu pai vai fazer? – pergunto, preocupada. – Quando ele ficar sabendo sobre Rafe?

– Meu pai vai gostar muito dele – ela me garante. – Tenho certeza.

Nós duas ficamos em silêncio por um momento, enquanto eu luto contra as lágrimas ardentes.

– Sabe, Elloren Gardner – declara Diana, por fim, com sua voz gentil –, quando eu levar seu irmão para acasalar, nos tornaremos irmãs.

Viro a cabeça para observá-la, surpreendida.

– Você fará parte da minha família – continua ela –, quer se torne lupina ou não.

A solidão, o medo, não poder ir para casa e ficar com o meu tio, a perda da minha colcha, os riscos que estamos correndo, o intenso conflito nos olhos de Yvan... de repente, essas coisas tomam conta de mim, e fecho os olhos com força, envergonhada de estar chorando, à vista de todo mundo, com a cara no cobertor. Sinto a mão de Diana na minha cabeça, o que me faz chorar ainda mais.

– Não é natural, a forma como vocês vivem – diz ela, ao acariciar meu cabelo. – Separados uns dos outros, tão sozinhos. A minha família vai gostar muito de você, Elloren Gardner.

– Não vai, não – retruco, com o nariz entupindo. – Eles vão ver com quem me pareço e vão me odiar. Assim como todo mundo que não é gardneriano.

– Não, eles vão confiar na opinião que tenho da sua pessoa, e gosto de você, Elloren Gardner, mesmo que seja tão estranha para mim. O que você fez... libertando essa garota selkie, fraca do jeito que você é. Foi muito corajoso.

O elogio dela me pega desprevenida. Eu me aprumo por dentro com seu elogio, meu constrangimento desaparece. Diana parece apenas tolerar a companhia de nós, não lupinos, então a sua boa opinião parece ainda mais valiosa e merecida.

– Não me encaixo em lugar nenhum – digo.

– Você encontrará um lugar na minha alcateia – insiste Diana. – Tenho certeza disso. Acho que devia passar o próximo verão conosco.

Minhas lágrimas diminuem com o pensamento improvável de passar o verão com ela.

E se ela tiver razão? E se o seu povo me aceitar? Eu estaria realmente ganhando uma família quando Diana e Rafe se tornassem um casal?

Ela e Jarod mencionaram a irmã mais nova, Kendra, em mais de uma ocasião. Ela também se tornaria parte da minha família? E a mãe de Diana? Talvez ela se tornasse minha amiga.

Um pouquinho de esperança toma conta de mim.

A mão dela na minha cabeça é tão reconfortante, tão gentil. É tão bom ser tocada, e sinto-me relaxar um pouco do estresse que se agita dentro de mim.

– Você não hesitou em me ajudar – digo a ela. – Você não hesitou em ajudar a selkie. Obrigada.

Diana acena ligeiramente em concordância.

– Eu ficaria muito feliz – digo a ela – em ter você como irmã algum dia.

Compreendendo, com grande surpresa, a verdade genuína e profunda no que estou falando.

Os lábios de Diana se curvam em um sorrisinho satisfeito, e alguns minutos depois, deixo meus olhos se fecharem como os da selkie; com o ritmo dos dedos de Diana fazendo cafuné, um sono bom e sem sonhos logo se apossa de mim.

– Elloren, acorda.

A voz insistente de Diana me faz abrir os olhos na manhã seguinte. A expressão estranha em seu rosto, o olhar voltado para a porta, expulsa qualquer sonolência que perdura em mim.

Ela está fora da cama, agachada de forma defensiva. Ariel e Wynter se foram. A selkie está acordada e apoiada na cabeceira da minha cama, imóvel, exceto por seus olhos aterrorizados cor de oceano-cinzento, que se lançam descontroladamente ao redor.

Eu me ergo para uma posição mais reta, com as costas doloridas de dormir a noite toda apoiada na cama.

– O que aconteceu?

O dedo de Diana voa até os lábios.

– Alguém está vindo. Não reconheço o cheiro. Duas pessoas. – Ela inclina a cabeça para um lado, ouvindo, com expressão soturna. – Eles estão vindo atrás dela, Elloren. O caseiro. E outra pessoa.

– O que vamos fazer? – sussurro, minha garganta se fecha de medo.

Diana se agacha ainda mais em sua posição protetora. Seus olhos adquirem um brilho assustador quando seus lábios se afastam em um rosnado cheio de ameaça.

– Se tentarem levá-la – diz ela, mostrando todos os dentes para a porta –, eu os matarei.

Consigo ouvir três coisas. Um rosnado aterrorizante saindo do fundo da garganta de Diana; o som de passos no corredor e meu próprio coração desbocado no peito.

A porta se abre, e o rosnado de Diana se transforma em uma ameaça de morte certa.

De pé à porta está uma feiticeira vu trin.

Ela é jovem e está de uniforme, um traje preto marcado com runas azuis brilhantes e armamento prateado amarrado por todo o corpo. Percebo que ela se parece com a comandante Kam Vin, sua líder. Ela tem os mesmos olhos e cabelos escuros, pele marrom-profundo e os traços da comandante Kam. Mas também é muito diferente dela.

Está cheia de cicatrizes. Cicatrizes horríveis. Cerca de metade de seu rosto está coberta por cicatrizes de queimaduras, o cabelo de um lado da cabeça se foi, agora parcialmente coberta por um longo lenço preto. Uma orelha está completamente derretida, as cicatrizes se estendem pelo pescoço e desaparecem dentro da roupa, apenas para reaparecerem no coto desfigurado que devia ter sido, em algum momento, uma mão, mas agora parece que todos os dedos derreteram e se fundiram. É um efeito estranho: um lado dela forte e bonito; o outro, mutilado.

Diana ergue uma mão devagar e logo a transforma em uma arma com garras. A jovem feiticeira estreita os olhos para ela, incrivelmente serena diante de uma ameaça tão formidável.

– Eu sou Ni Vin – anuncia, em tom formal –, irmã mais nova da comandante Kam Vin. Sob os auspícios da Guarda Verpaciana, tenho jurisdição sobre esta área da universidade. E um mandado de busca.

– Faça um movimento na direção da selkie, feiticeira – adverte Diana, com voz assustadoramente calma –, e vou rasgar você membro a membro.

Um sorrisinho toca os cantos da boca da feiticeira.

– Que selkie? – pergunta ela.

Diana joga a cabeça para trás, as sobrancelhas se erguem, confusas.

– Parece que a selkie do caseiro desapareceu – informa a feiticeira. – Uma pena. E me foi pedido que o acompanhasse em uma busca extenuante pelos terrenos da universidade.

– Onde ele está? – rosna Diana, expondo os caninos; seus olhos brilhando de fúria.

Ni Vin gesticula com a cabeça em direção à porta.

– Ele não quis subir. – Um brilho calculista ilumina seus olhos. – Eu o adverti de que as icarais vivem neste alojamento. Sendo gardneriano, ele sente uma aversão muito forte à espécie. Considera a torre toda impura.

Devagar, Diana se endireita à medida que percebemos que ganhamos uma aliada inesperada. A mão dela volta à sua forma humana.

– Fico feliz em descobrir que não há selkies no alojamento de vocês – informa Ni Vin. – Tenho certeza de que não iriam se opor à minha busca meticulosa pela torre.

– Não – diz Diana, claramente tão surpreendida quanto eu com essa reviravolta inesperada. – Você está livre para fazer a busca e tem nossa total cooperação.

– Obrigada – responde a feiticeira, com firmeza. Ela fica ali durante o que parece ser um longo tempo enquanto a selkie se encolhe na cama, olhos disparando de pessoa para pessoa.

– É como eu pensava – anuncia Ni Vin, por fim. – A selkie não está em lugar nenhum. Talvez tenha sido roubada por um soldado gardneriano em busca de diversão.

– Muito provável – concorda Diana.

– Obrigada novamente por sua cooperação – diz Ni Vin, com uma rápida reverência. – Tenham um bom-dia. – Ela dá meia-volta e sai.

– Tente distraí-la – ordena Diana, gesticulando em direção à selkie aterrorizada, toda encolhida na cama.

Sento-me ao lado da selkie trêmula e acaricio seu cabelo enquanto Diana sai para o corredor. A garota-foca olha para mim, com um apelo desesperado em seu olhar de outro mundo.

– Calma – tento tranquilizá-la, ao passar o braço em volta de seu corpo magro, uma determinação feroz crescendo dentro de mim. – Não vamos deixá-los te levar.

Ela fecha os olhos com força como se estivesse sentindo uma dor profunda, depois pressiona a cabeça no meu ombro, escondendo o rosto.

Depois de alguns minutos, Diana volta para o quarto, com uma expressão séria no rosto.

– Você confia na feiticeira? – pergunto.

Ela arqueia uma sobrancelha para mim.

– Não é como se tivéssemos escolha. – Lanço-lhe um olhar preocupado.

– Relaxe, Elloren Gardner – ela me garante. – Acredito que ela estava dizendo a verdade. Não senti cheiro de uma ameaça em suas palavras.

– Acho que preciso de mais ajuda com essa situação do que imaginei – admito, com o coração acelerado. – E se a tia Vyvian decidir me fazer uma visita? – Eu me preocupo, um temor se apossa de mim. – Ela não para de mandar cartas para me pressionar a fazer o laço de varinha. Não tem como ela ficar longe para sempre; ela gosta de conseguir o que quer.

– Talvez – concorda Diana. E seus olhos âmbar saltam para a selkie trêmula. – Pode ser sensato convocar uma reunião com todos os que estariam dispostos a nos ajudar a encontrar um lugar mais seguro para ela.

CAPÍTULO DOZE

ALIADOS

É espantoso olhar em olhos élficos. É como o metal líquido misturado com a luz das estrelas.

É ainda mais surpreendente ter o irmão de Wynter, Cael, o seu acólito, Rhys Thorim, Wynter e Rafe agrupados no corredor superior da Torre Norte esta noite. Junto a Andras, Yvan e os lupinos.

Organizamos rapidamente uma reunião com todos os que poderiam ajudar a selkie, mas nunca esperei que fôssemos nos juntar a dois elfos alfsigr.

Seguro o olhar desconcertante e brilhante de Cael.

– Da última vez que te vi com meu irmão, você o estava ameaçando.

O olhar de Cael é inabalável, e suas palavras têm um sotaque carregado.

– Da última vez que te vi, Elloren Gardner, você estava ameaçando a minha irmã.

Pisco para ele; devidamente repreendida.

– Sim, bem… sinto muito por isso.

– Eu estava errado sobre o seu irmão. – O sotaque dele é cadenciado, diz "errado" com um trinado suave no "rr".

– Eu não entendo – digo, olhando para Wynter, que está empoleirada no parapeito da janela do corredor superior da Torre Norte, com as asas bem dobradas atrás dela.

– Minha irmã me contou o que você fez – explica Cael. – Rhys Thorim e eu estávamos preocupados que este resgate não fosse seguro para ela estar envolvida. Mas, então, quando vimos a selkie e ouvimos o que foi feito com ela… – Os olhos prateados de Cael ficam tensos com conflito, sua voz baixa. – Ela foi tratada de maneira terrível. – Uma decisão irredutível fortifica seu olhar. – Há muitos que também acreditam que minha irmã é pouco mais que um animal. Apoiamos sua decisão de resgatar essa selkie, Elloren Gardner.

Olho para todos ao redor, espantada, depois de volta para Cael.

– Então, vocês estão todos… amigáveis agora?

A boca de Cael se ergue.

– Sim, Elloren Gardner. Estamos amigáveis.

Balanço a cabeça, olho para Wynter, que parece cansada e recolhida.

– Como está a selkie? – pergunto.

– Aislinn está com ela – diz Wynter. – Ela está dormindo.

Preocupada, olho para Jarod, seu rosto fica tenso com a menção a Aislinn. Sento-me no banco de pedra do corredor, entre Jarod e Trystan, dando ao meu amigo um toquezinho encorajador no braço.

Ele olha para mim e arrisca um sorriso cansado.

Olho para Yvan. Ele está encostado na parede de pedra, com o olhar fixo em mim. Minhas bochechas ardem com a atenção, e me viro, subitamente aquecida pela intensidade silenciosa e calorosa que existe entre nós. É como um segredo proibido e emocionante.

Rafe analisa todos e dá um passo à frente.

– Então, como sabem, precisamos descobrir o que fazer com a selkie roubada.

– *Libertada* – Diana o corrige.

– Uma distinção importante – concorda Rafe.

– Ela estava sendo mantida prisioneira por um homem cruel – continua Diana –, que eu me ofereço para matar no momento apropriado.

Rafe se volta para ela. Consigo ver que ele está tentando disfarçar um olhar de diversão.

– Obrigado, Diana. – Ela ergue o queixo em reconhecimento.

– Suponho que todos aqui apoiam a decisão de Elloren – continua Rafe.

– Vi selkies sendo trazidas para as docas de Valgard – comenta Trystan, baixinho. – Estavam empilhadas dentro de caixotes. Fiquei muito incomodado.

– Muitas vezes eu passava pelo chalé do caseiro – interveio Andras. – Ele a mantinha acorrentada a um poste. Também me ofereço para matar o homem.

– Obrigado, Andras – diz Rafe –, mas, por enquanto, precisamos esperar para matá-lo. – Ele olha em volta novamente. – Será que todos aqui entendem que ajudar Elloren corresponde a violar a lei, tanto verpaciana quanto gardneriana, e que poderia resultar em multas por roubo e possível suspensão ou expulsão da universidade?

Todos acenam com a cabeça.

– Ótimo, muito bem, então. Isso entendido, podemos pensar que rumo tomar a partir daqui.

– Talvez fosse bom nos apresentarmos – sugiro. – Nem todos aqui se conhecem.

– Não sei, Elló – aponta Rafe. – O Yvan, por exemplo, tem sido irritante ao falar pelos cotovelos desde que o conheci, minha sensação é de que sei tudo o que há para saber sobre ele.

Incisivo, Rafe ergue as sobrancelhas para Yvan, e o kéltico dá um passo à frente, com as mãos nos bolsos e, indiferente, retribui o olhar de Rafe antes de avaliar o grupo.

– Eu sou Yvan Guriel, da região de Lyndon, na Keltânia, e fiquei chocado ao ver a forma como o caseiro tratava a selkie. – Ele se vira para olhar me fitar. – Acredito que Elloren fez a coisa certa.

Ruborizando, desvio o olhar, apenas para encontrar Jarod me encarando, com a sobrancelha erguida em surpresa momentânea.

Assim como Diana, sem dúvida ele pode sentir a minha forte atração por Yvan. A compreensão me faz querer rastejar direto para baixo do banco. Meu rubor se aprofunda, enrijeço, sento-me mais reta e faço a tentativa fútil de ignorar Yvan.

As apresentações de Jarod, Andras, Trystan e Diana se seguem; Diana me lança um olhar orgulhoso quando lista apenas sua ascendência em duas gerações, em vez das cinco habituais. Mas eu mal consigo me concentrar nela, meu foco continua sendo puxado para Yvan, como a agulha de uma bússola apontando para o norte. De soslaio, vejo que ele também está distraído, com o olhar sendo atraído para mim.

Por fim, resta apenas uma apresentação, e o grupo se volta para a figura empoleirada no parapeito da janela.

Wynter deixa as asas caírem para os lados.

– Eu sou Wynter Eirllyn – diz ela, bem baixinho –, filha amaldiçoada de Feonir e Avalyn, irmã de Cael. Sou uma dos Fétidos. Aquela que traz grande vergonha a todos os povos élficos, evitada pelos Resplandecentes. – Wynter recua e envolve as asas em torno de si mesma.

– Do que você está falando? – Diana exige saber. – Quem são esses Resplandecentes que estão sendo tão cruéis com você?

– São os guardiões do Sacrário Interior – explica Wynter. – Os criadores do nosso mundo.

– Que tolice – protesta Diana, indignada. – Maiya, A Grande Mãe, criou o mundo. E você parece perfeitamente agradável e nada fétida. Por que está se insultando? – Diana se volta para o grupo. – Ela tem sido muito gentil com a mulher selkie. Não é nem um pouco fétida.

Cael e Rhys olham para Diana, surpresos.

Rafe se inclina para ela.

– A religião élfica difere da sua, Diana.

– Minha irmã acredita fortemente nas tradições élficas – explica Cael.

Diana bufa para ele com desdém.

– Bem, essas suas tradições são ridículas e simplesmente não são verdadeiras. Maiya criou o mundo e colocou os metamorfos nele como seus filhos especiais. Em seguida, fez todos vocês como algo secundário, mas ninguém é desprezado nem evitado nem qualquer desses disparates de que ela está falando. Ninguém, exceto as pessoas que agem como aquele caseiro, que deve ser morto o mais rápido possível.

– Culturas diferentes têm ideias diferentes sobre as coisas – diz Rafe.

– Eles estão delirando – responde Diana. – Os lupinos estão corretos.

Rafe arqueia uma sobrancelha para ela.

– Por que vocês são a raça superior?

–Você está zombando de mim. Sim, somos superiores. É fácil de ver. Não batemos em mulheres-foca nem forçamos as pessoas a acasalar com quem não gostam e a tomar a terra dos outros...

– Os gardnerianos diriam que seus sucessos militares são a prova de que o Ancião é real e muito poderoso – responde Rafe. – E os elfos talvez apontassem para sua rica arte, música e cultura como prova de serem especialmente abençoados pelos Resplandecentes.

–Você não está fazendo nenhum sentido!

– Perdão. Esqueci que a sua religião é a única correta.

–Você está zombando de mim de novo. Ele está zombando de mim, não está? – ela pergunta ao restante. Jarod, Andras e Trystan estão tentando disfarçar o riso.

– Não, Diana, não estou – ri Rafe. – Estou tentando te explicar uma coisa.

– Eu realmente não quero interromper este debate teológico muitíssimo fascinante que parecem estar tendo – intervém Trystan, irônico –, mas podemos voltar ao assunto em questão?

Diana cruza os braços, visivelmente furiosa com Rafe.

–Você vai mudar de opinião quando se tornar um de nós – insiste ela.

– Espere um minuto – interrompe Trystan, com os olhos se arregalando. Ele lança a Rafe um olhar incrédulo. – *Um de nós?*

– Estou pensando em me tornar lupino – explica Rafe, de improviso.

– Obrigada por informar a seus irmãos – digo, com certa censura. Claro, já sei disso, mas ainda estou aborrecida por Rafe não ter falado comigo e com Trystan.

–Você vai se tornar um... *lupino* – repete Trystan, como se estivesse momentaneamente atordoado.

Rafe o olha com seriedade.

– Não é como se eu gostasse muito de ser gardneriano, como você sabe. – Sua boca se inclina em um sorriso cauteloso, seu tom fica afiado. – Prefiro estar na floresta. Sem odiar toda a Therria.

Trystan está piscando para ele, descrente.

– Posso estar presente quando você disser isso à tia Vyvian?

Rafe ri.

Toco a minha têmpora, uma dor de cabeça começa a latejar.

Todos ficam em silêncio por um longo momento.

– Tudo bem, então – diz Trystan, por fim, com um aceno respeitoso para Diana. Ele olha para nós, sua calma habitual restaurada como se tudo estivesse resolvido.

Cael, Rhys, Andras e Yvan estão olhando para os meus irmãos e para mim como se tivéssemos criado chifres.

– Como vocês três ficaram assim? – maravilha-se Cael. – Como é que saíram da mesma família que Clarissa Gardner e Vyvian Damon?

Meus irmãos e eu trocamos olhares, sem saber como responder.

– Nosso tio – responde Rafe. – É um pouco excêntrico. Ele nos criou.

– Ele vai acabar causando a própria morte – observa Cael, meio de brincadeira, mas com um tom de aviso verdadeiro.

Engulo, apreensiva, não gostando desse tipo de provocação.

– Tio Edwin é um homem quieto – digo. – Ninguém iria querer machucá-lo...

– Vocês três estão tão próximos da realeza gardneriana quanto seria possível – ressalta Cael. – E esse tio os criou para serem tão... subversivos. É incrível que ele ainda esteja vivo. Deve ser um homem muito inteligente.

É uma escolha estranha de palavras para descrever o nosso desajeitado e livresco tio Edwin, que passa o tempo livre fazendo chás de ervas, caçando cogumelos e brincando com o meu gato. Que muitas vezes procura os seus óculos que estão bem na sua cabeça.

– Me parece que vocês dois também estão contrariando um pouco a tradição – diz Rafe a Cael –, com o apoio à sua irmã.

– Talvez devêssemos voltar a falar sobre a selkie? – sugere Jarod, diplomático.

– Ela precisa de um nome – ressalta Diana. – Não podemos continuar nos referindo a ela como "a selkie". É ofensivo. Ela merece um nome.

O olhar de diversão de Rafe desaparece enquanto observa Diana.

– Tem razão.

– Marina – diz Wynter, com calma. – Significa oceano. É para onde ela quer ir. Onde está a família dela. Acho que esse devia ser o nome.

– É lindo – digo a Wynter, enquanto ela envolve as asas com firmeza em torno de si.

Rafe está olhando ao redor, avaliando a reação dos demais.

– Bem, se estamos todos de acordo – diz ele –, será Marina. Agora, entendo que Yvan nos trouxe alguns livros dos arquivos que contêm informações sobre selkies.

Yvan se inclina para puxar da bolsa ao lado dele dois volumes encadernados em couro.

– Não é muito – diz ele –, mas foi tudo o que consegui encontrar. Acho que o principal problema é encontrar a pele dela. A menos que esteja em sua posse, ela não pode retornar à forma de foca. Deve ter sido roubada quando ela foi capturada, ou não estaria tão fraca. Uma selkie com a pele é tão forte quanto um lupino.

Diana se endireita, sempre satisfeita com o uso de lupinos como padrão de força.

– Acho que eu conseguiria descobrir onde as peles são mantidas. – Rafe se voluntaria. – Conheço alguns gardnerianos que frequentam as tabernas de selkies...

– Tabernas de selkie? – Tenho a sensação de que realmente não quero saber o que é isso.

– É possível que seja onde as guardam – explica Rafe, olhando em volta com incerteza. – Não sei até que ponto posso ser franco aqui. Não é nosso costume, e sei que não é costume dos elfos falar de certas coisas na presença de mulheres.

– Isso é ridículo – bufa Diana.

Wynter puxa as asas com mais força em torno de si.

– Não há nada que você possa dizer que seja pior do que o que senti na mente dela. É... indescritível.

– Você é uma empata? – pergunta Yvan a Wynter. Ele a observa de maneira estranha.

Wynter assente.

– Conte o que sabe sobre a selkie – Rafe a incentiva.

Wynter fecha os olhos e se inclina para o lado, como uma pequena árvore dobrada por uma tempestade violenta, com o rosto tenso de dor.

– Ela foi levada a uma dessas tabernas, junto a outras da sua espécie. Todas elas... despidas. Expostas para os homens. – Sua testa franze ainda mais. – O rosto do caseiro paira pesado em sua mente. Ela foi reivindicada por esse homem. Dinheiro trocado por ela. Ele a tomou para si e... abusou dela. Muitas vezes. – Ela inclina a cabeça. – E há outro rosto. O rosto de outra selkie, mais jovem, talvez capturada ao mesmo tempo. E sente um medo devastador por ela. Seus pensamentos são consumidos por essas imagens. É difícil perceber mais do que isso. Ela não tem uma linguagem que eu compreenda.

Todos ficam quietos por um momento.

– Então precisamos encontrar a pele dela – observa Jarod, com expressão grave. – Talvez o caseiro a tenha escondido em algum lugar.

– Ou destruído – comenta Andras.

– Não – diz Yvan. – Tem de existir.

– Como você pode ter certeza? – pergunto.

Ele vira os olhos verdes para mim.

– Se tivesse sido destruída, ela seria uma concha sem alma, sem emoção. Como uma morta-viva.

Um arrepio percorre a minha espinha, e todos trocamos olhares sombrios, percebendo que os riscos são muito maiores do que pensávamos para Marina, a recém-nomeada selkie.

– Bem, está resolvido, então – diz Rafe. Seu tom é leve, mas os olhos estão duros como pedra. – Só precisamos encontrar a pele dela.

CAPÍTULO TREZE
CAMUFLAGEM

Na semana seguinte, Marina, a selkie, começa aos poucos a perder o medo quando está perto de Diana, Wynter, Aislinn e eu. E novas amizades foram feitas: Rafe, Cael, Rhys e Andras formaram uma camaradagem fácil e agora estão caçando juntos. Houve até uma conversa hesitante entre Yvan e os meus irmãos quando estão discretamente em seu quarto.

Yvan fala com furtividade comigo agora, perguntando sobre a selkie quando temos um breve momento a sós na cozinha, ajudando-me nas tarefas quando o ato não será notado. Quase caio na primeira vez que ele me abre um meio-sorriso caloroso, meu coração titubeia.

Mas temos de ter cuidado. Cuidado para não mostrar que estamos nos tornando amigos.

Decidi voltar a usar minhas sedas gardnerianas, querendo me misturar com o meu povo e permanecer acima de qualquer suspeita. A vida de Marina pode depender disso.

Ela me observa, seus olhos oceânicos firmes enquanto visto uma das minhas belas túnicas de seda preto-gardneriano depois de muito tempo. Minha mandíbula está cerrada de determinação enquanto puxo o tecido e luto mentalmente contra a náusea crescente. O choque de me ver no espelho do banheiro me deixa ainda mais insegura.

Uma verdadeira gardneriana, até o orbe prateado da Therria em volta do pescoço. A própria imagem Dela.

Dou uma olhadela para Marina, e o olhar de confiança da selkie faz um sentimento de vergonha correr por mim. Lágrimas ardem em meus olhos, me afasto dela e luto para amarrar as costas cheias de laços da túnica; meus dedos se atrapalham.

Eu odeio Vogel, quero lhe dizer, de uma maneira que ela entenda. *Não sou nada como o meu povo amaldiçoado, apesar da minha aparência. Não quero ter essa aparência*.

Os dedos da selkie cobrem os meus, tirando gentilmente os laços das minhas mãos e amarrando-os com força e habilidade enquanto as lágrimas escorrem pelo meu rosto.

Quando saio do banheiro, Ariel me vê e recua como se tivesse sido atingida, então me lança um olhar mordaz de puro ódio.

– Eu tenho que me encaixar – tento explicar a ela, com as palmas das mãos à mostra, em rendição. – Preciso me vestir como eles. Sabe que não sou como a maioria dos gardnerianos. Mas estamos escondendo uma selkie. – Aponto na direção de Marina. – É importante que eu me encaixe. Você precisa entender.

Uma onda de culpa toma conta de mim quando Ariel ignora minhas palavras e se arrasta sobre a cama, encolhendo-se contra a parede e me encarando feio. Seu olhar sombrio é apenas ligeiramente atenuado por Wynter se sentando ao lado dela, murmurando palavras tranquilizadoras enquanto Ariel enterra a cabeça em seu peito, e as asas escuras da élfica icaral se dobram protetoramente em torno de ambas.

Os olhos de Wynter repousam sobre Marina por um momento, a selkie se senta no chão junto ao fogo, ao lado de Diana. Wynter se vira para mim, pega meu traje, então acena com a cabeça uma vez, seus olhos prateados cheios de compreensão inabalável.

Sem causar alarde, Diana passa o braço em volta da nossa selkie e me lança um olhar astuto cor de âmbar, e me abre um sorriso de aprovação, largo e presunçoso, mostrando os dentes.

Sinto-me muito confortada com isso. Posso contar com a minha amiga lupina para compreender plenamente a estratégia em uma luta.

Pego minha nova braçadeira branca e me viro para Diana.

– Você me ajudaria a colocar isso?

Seu sorriso sombrio e cheio de compreensão não vacila. Ela se levanta e caminha em minha direção, em seguida pega a braçadeira de Vogel e a amarra com firmeza em meu braço.

O padre Simitri abre um sorriso amplo quando entro em sua aula de História mais cedo; raios pálidos de luz invernal atravessam as janelas. Ele analisa o meu traje conservador, com a fita branca de Vogel presa ao braço.

– Ah, maga Gardner – observa ele, com evidente alívio. O homem ficou consternado por semanas com meu quase inaceitável traje de lã marrom-escuro, seu apoio vocal a Vogel espelhado por sua própria fita. – Você mostra agora com coragem – ele me diz. – Mesmo que tenha sido forçada a trabalhar com kélticos e urisk, e a viver com demônios icarais, você tem a coragem de se destacar. De deixar sua roupa declarar orgulhosamente sua fé *e* apoio ao nosso querido padre Vogel. Eu a saúdo.

Não é coragem, penso, soturna, meu estômago agora um nó constante. *É camuflagem.*

*

– A braçadeira também? – Yvan retruca para mim enquanto abastece a lenha no fogão ao meu lado naquela noite.

Estou profundamente atormentada com seu tom áspero.

– Você não acha que é inteligente? – retruco também.

Ele encara as chamas, sua mandíbula se flexiona de tensão.

– É inteligente. – Seus olhos verdes brilham para mim antes de ele empurrar a portinhola de ferro e se afastar.

A raiva arde no meu peito.

Eu não sou estas roupas, quero gritar para ele, ciente do novo ódio reacendido que vem de todos os trabalhadores da cozinha, o olhar descarado de hostilidade de Iris é a manifestação mais aberta. Posso senti-lo do outro lado da cozinha.

Não sou esta braçadeira branca, nem estas sedas pretas, nem este rosto, continuo a ralhar com Yvan, de forma tácita, enquanto ele sai pelos fundos e fecha a porta com uma batida alta que sinto reverberar na minha coluna.

Eu não sou Ela, continuo a me enfurecer com ele, um rubor raivoso me queima as bochechas. *Você sabe que não sou.*

Nunca serei Ela.

CAPÍTULO QUATORZE

CERCO QUE SE FECHA

É tarde na noite seguinte quando sou interceptada por um mensageiro da divisão de Lukas; o carvalho-do-rio da Décima Segunda Divisão está preso à sua túnica.

A aula no laboratório de boticário acabou de terminar, e Tierney está ao meu lado, com uma faixa branca agora presa ao braço também. "Autopreservação", ela me disse quando percebi a faixa pela primeira vez, sem nenhuma surpresa.

Parece que não sou a única a recorrer à camuflagem.

O mensageiro uniformizado me entrega um pacote comprido.

– Maga Gardner – diz ele, com um meneio deferente de cabeça, e a respiração enevoada por conta do frio.

Há um cartão preso ao embrulho, o meu nome no pequeno envelope está escrito com uma caligrafia elegante, feito por uma mão artística.

A mão de Lukas.

Uma pontada de arrependimento aparece. Depois do que aconteceu com Ariel, esqueci Lukas por completo, fui enfática ao não responder aos seus presentes e bilhetes esporádicos. Fiquei zangada demais com ele durante tantas semanas, mas a culpa foi se esgotando aos poucos. Sou tão culpada pelo que aconteceu quanto ele.

Peso esse novo presente nas mãos, a caixa não é tão pesada quanto eu imaginava, dada a sua dimensão. O jovem soldado faz outra mesura rápida e parte.

Sento-me em um banco de pedra ali perto. Tierney se acomoda ao meu lado; um punhado de acadêmicos passa falando baixinho, e o vento frio aumenta progressivamente.

Entrego a Tierney o cartão e puxo o papel pardo rígido, rasgo-o e tiro de lá uma caixa de couro preto.

Um estojo de violino.

Com o coração acelerado, abro a caixa e solto uma exclamação de surpresa quando vejo o que há lá dentro, aninhado em veludo verde-escuro.

Um violino maeloriano. Igual ao que tia Vyvian pôde usar de forma temporária na noite de sua festa.

Só que este é novinho em folha, o abeto alfsigr foi envernizado até chegar a um carmesim profundo, as bordas são douradas e as cordas reluzem ouro sob a luz das lamparinas. Um violino tão caro que poderia pagar dez vezes o dízimo do meu curso na universidade.

Com as mãos trêmulas, pego o bilhete de Tierney e o abro.

Elloren,
Se queria um retrato meu, só precisava pedir.
Lukas

Uma risada incrédula escapa de mim, e uma centelha calorosa de afeição por Lukas Grey é logo seguida por um pouco de remorso. Estive envolta em pensamentos sobre Yvan, um kéltico, enquanto Lukas me cortejava de longe, e agora isso. Repreendida, estendo o bilhete para Tierney ler.

A boca da garota se ergue em um sorriso torto, seus olhos dançam com prazer sombrio.

– Parece bizarro, mas meio que gosto dele nesse momento – diz ela, com o sorriso cada vez mais largo.

Reverente, fecho a caixa do violino, com o coração vibrando pela animação vertiginosa de segurar um instrumento desses nas mãos. *Em possuir* um instrumento desses.

De repente, fico em conflito; não mereço tanta atenção de um homem com quem não pretendo me laçar. Resolvo devolver o violino a Lukas na próxima vez que o vir e enviar uma nota de agradecimento nesse meio-tempo. Ele merece pelo menos isso.

Sentindo que estou sendo observada, olho para cima.

Gesine Bane e suas amigas estão olhando para mim e para o violino no meu colo, há um brilho de desgosto em seu olhar.

No mesmo instante, minha alegria azeda, e o medo finca suas garras em mim. *Quando Fallon Bane ficar sabendo*, percebo, *estará aberta a temporada de caça pela minha cabeça.*

– Ela consegue falar, tenho certeza – observa Diana na mesma noite, enquanto toco música no banheiro, com os dedos doloridos e desacostumados a tocar por tanto tempo. Não me importo. É tão bom poder segurar este violino.

E que violino.

Transforma meus esforços enferrujados em algo dolorosamente belo.

Marina está na banheira, aninhada nua dentro da água que esfria, com o olhar triste ondulando para nós. Termino de tocar e abaixo o violino enquanto Diana inclina a cabeça, pensativa.

– Ela consegue falar, só não de uma forma que possamos entender.

Marina abre a boca e força vários tons através dela e das brânquias, o som é transformado pela água, seus vários tons se fundem em um zumbido profundo e ressonante que parece uma canção assustadoramente triste.

Como se ela estivesse de luto.

Nossa selkie é um quebra-cabeça impossível de ser resolvido. Por vezes, seus movimentos animalescos e os seus ganidos em tons diferentes são os de algo selvagem, mas seus olhos são curiosos e inteligentes, e sei que Diana tem razão.

Ela é mais do que apenas um animal. Mais do que uma foca.

Jarod e Diana não conseguiram encontrar a pele de Marina, e ela não pode voltar para casa sem isso; sua força é minada a ponto de muitas vezes parecer doente. Escrevi a Gareth, pedindo informações sobre o comércio de selkie e onde as peles são mantidas, mas sei que a resposta será demorada. Ele partiu há semanas com os outros aprendizes marítimos; todos ficarão no mar até o Primeiro Mês, quando o inverno crava as garras e as passagens oceânicas começam a congelar.

Todas as noites, uma Marina exausta passa os dedos metodicamente pelos nossos cabelos, arrumando os emaranhados de forma mais eficaz que qualquer escova, enquanto murmura baixinho na sua língua multitonal. O que a acalma e, por sua vez, nos acalma também.

Todas nós, menos Ariel.

Ariel despreza a atenção que Wynter reserva à selkie, bate as asas em Marina e murmura obscenidades. Felizmente, a atenção dela está voltada para um corvo ferido que agora mora conosco, com as duas galinhas. A coruja já se curou há tempos e foi libertada. O corvo se empoleira na cama ao lado de Ariel, os dois assustadores em suas trevas e compreensão tácita, a perna da ave foi imobilizada e enfaixada com esmero.

E assim os meus dias passam.

Cartazes esporádicos chegam com o vento frio. Estão afixados nos postes da universidade e na área externa dos edifícios, alertando os transeuntes sobre o roubo da selkie e uma recompensa em dinheiro por qualquer informação de seu paradeiro.

À primeira vista, os cartazes enviam um forte espasmo de medo através de mim. Mas à medida que o tempo passa, e eles são rasgados e perdidos para o vento implacável, meus medos são reduzidos a quase nada.

Certa vez, pensando estar sozinha em um beco, arranquei um dos últimos cartazes que ainda restava e guardei no bolso da capa. Olhei para a frente e vi Ni Vin, a jovem vu trin mutilada. Ela estava do outro lado da rua, olhando para mim, com uma espada curva ao lado. Ela deu um aceno sutil de aprovação enquanto meu coração palpitava no peito.

Então ela se virou e foi embora.

*

– Há uma menção a isso aqui – Tierney me diz, com o dedo no jornal à sua frente. Nós nos debruçamos sobre o *Moções & Decisões do Conselho* todos os fins de semana, tarde da noite, alimentando a nossa privação de sono em curso.

Ela tem razão. Uma pequena menção a uma selkie "fugitiva" e a publicação da recompensa; bem como uma moção renovada, apresentada em conjunto pela maga Vyvian Damon e por Marcus Vogel, e vetada por uma pequena margem, dizendo que todas as selkies do Reino Ocidental fossem alvejadas.

Esfrego a minha cabeça dolorida.

– Minha tia não vai ganhar nenhum prêmio por compaixão, disso eu sei.

– Você sabe o que significa, não sabe? – sussurra Tierney, com humor sombrio.

Assinto, entendendo a gravidade. Se Vogel vencer na primavera, não será apenas Marina que terá problemas: todas as selkies terão de fugir para o mar ou correrão o risco de serem condenadas à morte.

Continuamos a ler, descobrindo que houve uma moção fracassada apresentada por Marcus Vogel para executar qualquer um que desfigure a bandeira gardneriana. Outra moção fracassada apresentada por Vogel para executar qualquer um que difamar, de qualquer maneira, *O Livro dos Antigos*. Outra moção de Vogel e outros cinco Magos do Conselho para declarar guerra aos lupinos, a menos que cedam uma grande parte do seu território à Gardnéria. Outra para executar todos os icarais homens detidos no Sanatorium de Valgard. Uma moção para executar qualquer um que auxilie elfos serpentes na sua fuga para o leste.

E uma moção obstinadamente renovada, apresentada pela sexta vez por Vogel, para expandir as avaliações-de-ferro para admissão em guildas e aplicá-las aleatoriamente nas passagens de fronteira para "erradicar a ameaça feérica".

– Talvez ele não ganhe – lembro a Tierney.

– Você já viu quantas pessoas estão usando faixas brancas? – responde ela, com voz trêmula.

– Ainda assim – insisto, agarrando-me à esperança –, o referendo é só na primavera. E muita coisa pode acontecer ao longo desses meses. Talvez ele não ganhe.

– Talvez você tenha razão – concorda ela, encolhendo-se em uma bola, parecendo pequena, assustada e desgastada. – Espero que tenha razão, Elloren Gardner.

A notícia chega no fim da aula no laboratório de boticário.

Olho para cima quando Gesine entra correndo. A professora Lorel inclina a cabeça quando sua aprendiz líder sussurra sem fôlego para ela e gesticula com entusiasmo.

Abaixo o pilão e as observo com curiosa apreensão.

– Acadêmicas – anuncia a maga Lorel, com a voz estranhamente abalada. Ela parece estar reprimindo alguma emoção profunda. – Nosso amado alto mago, Aldus Worthin, juntou-se ao Ancião.

Um murmúrio chocado se espalha.

– Temos um novo alto mago. Por referendo esta manhã, o Conselho escolheu o padre Marcus Vogel. – Seu rosto se ilumina com um sorriso beato.

O pavor me rasga com uma força devastadora, e agarro-me à beira da mesa para me firmar enquanto as outras acadêmicas de braçadeiras brancas ofegam, depois exclamam expressões de feliz triunfo. Algumas riem e se abraçam, algumas conversam com animação, algumas choram de alegria.

Marcus Vogel.

Seu rosto astuto surge na minha mente. A lembrança da sensação da sua mão na minha. Seu olhar de serpente. A árvore sem vida e o vazio negro.

Santo Ancião, não. Não pode ser.

Tierney se vira para me fitar, o terror grita em seu semblante.

– Tierney... – Só consigo articular um sussurro sufocado e estender a mão para agarrar seu braço.

– Por favor, acadêmicas – suplica a maga Lorel ao fazer sinal para que fiquemos em silêncio. Seu rosto está riscado de lágrimas. Um silêncio reverente desce. – Um momento de oração pelo nosso finado alto mago.

Todas abaixam a cabeça e levam o punho ao coração. Tierney está congelada e com o rosto pálido.

As acadêmicas ao nosso redor levam o punho à testa, depois de volta para o coração enquanto a prece se eleva em uníssono.

Oh, Santíssimo Ancião, purifica-nos mente, purifica-nos o coração, purifica a Therria. Proteja-nos da mácula dos Malignos.

A oração termina, e uma cacofonia de alegre celebração irrompe.

Tierney tropeça nos próprios pés, quase derrubando o banco, e corre pela porta dos fundos, sua saída aflita mal agita o júbilo espesso no ar.

Alcanço Tierney no banheiro. Ela está curvada sobre um dos lavatórios de porcelana, vomitando com violência. Molho um pano e vou até ela, coloco a mão em suas costas trêmulas e tortas, meu estômago está em nós dolorosos.

Tierney permanece congelada enquanto se agarra à pia, ignorando os fios de cabelo que nadam ali e o pano que ofereço.

– Ele vai fechar a fronteira – diz ela, com a voz baixa e rouca. – Vai tornar o laço de varinha obrigatório.

– Eu sei – digo, sentindo-me tonta.

– Teremos, no máximo, um ano para encontrar um parceiro. E se não encontrarmos, vão nos atribuir alguém.

– Eu sei.

– E antes de nos laçar – ela me interrompe, ainda olhando para a pia –, ele testará nossa pureza racial. – Tierney se vira para mim, com um desespero selvagem no olhar. – Ele vai nos testar com ferro.

– Tierney – digo, em duro desafio. *Chega de dançar às voltas da verdade.* – Eu quero te ajudar. Você é uma feérica de sangue puro, não é?

Ela continua a olhar para mim. Quando por fim fala, sua voz é uma fricção estrangulada.

– Não posso. Não posso falar disso.

– Nem mesmo agora? – sussurro, com urgência. – Quando seus piores pesadelos se tornaram realidade? Me deixa te ajudar!

– Você não pode me ajudar! – Devastada, ela arranca a toalha dobrada da minha mão e abre a porta.

– Tierney, espera! – chamo, mas ela ignora o meu pedido e foge do banheiro.

Eu a sigo, mas é claro que ela não quer que eu a encontre; a garota costura rápido pelo corredor lotado, e logo a perco de vista entre os felizes gardnerianos com faixas brancas no braço.

Vou para a aula de Chímica, ansiosa para encontrar Aislinn.

Não tenho de procurar muito. Ela está encostada em uma parede, com olhos à procura, e o rosto consternado. Assim que me vê, atravessa correndo o laboratório, empurrando grupos de acadêmicos gardnerianos que celebram, e kélticos e elfhollen que parecem incertos e tensos. Um pequeno grupo de elfos alfsigr se destaca, examinando tudo com a habitual altivez fria e indiferente, que, no momento, acho irritante.

– Eles estão aumentando suas fileiras – Aislinn se força a falar quando me alcança, segurando meu braço. – A Guarda Gardneriana. Ao longo das fronteiras com a Keltânia e das florestas dos lupinos. Vogel enviou as ordens esta manhã. Randall foi notificado que pode ser convocado. Todos os aprendizes militares foram. Vogel exigiu que os kélticos e os lupinos nos cedessem a maior parte de seu território. A Assembleia Keltaniana enviou o seu magistrado-chefe a Valgard para tentar evitar uma guerra.

A minha mente é um tumulto vertiginoso.

– Mas... os lupinos... Vogel pode ameaçá-los o quanto quiser. São imunes à nossa magia.

– Eles vão enviar dragões, Elloren – diz Aislinn, e um fio de pânico atravessa seu tom. – Temos mais de mil deles. Se os lupinos e os kélticos não cederem, a Guarda atacará com dragões.

Todas as aulas que tenho hoje são transformadas pela súbita ascensão de Vogel. Não consigo escapar. A professora Volya mal consegue fazer os gardnerianos se acalmarem o suficiente para que ela possa dar aula. O padre Simitri desiste por completo e pede comida e ponche.

Há um clima delirantemente festivo em Metallurgia, e um jovem elfo está de pé na mesa do professor Hawkyyn, folheando as notas dele, como se estivesse se preparando para dar a aula. Ele é um élfico alfsigr de cabelos e pele brancos, e olho em volta, confusa, procurando pelo professor.

Grupos de gardnerianos entusiasmados falam com animação, faixas brancas marcam-lhes o braço esquerdo.

Faixas brancas brotam como ervas daninhas malévolas, com as bandeiras gardnerianas. Até Curran Dell passou a usar uma, o que constato com profundo pesar.

– Onde está o professor Hawkkyn? – pergunto a Curran, que conversa animado com outro aprendiz militar. Ele sorri para mim em saudação e abre a boca para responder, mas é logo interrompido.

– Espero que o elfo serpente esteja de volta embaixo da terra – soa a voz de Fallon do outro lado da sala. – Que é onde aquela besta pertence.

Todo mundo fica quieto e observa quando ela atravessa a sala, com os olhos estreitados em mim.

– Deve ter fugido – diz Fallon com um sorriso bárbaro. – Ele sabe o que está por vir. – Ela aponta o lábio inferior para mim com falsa simpatia enjoativa. – Ouuuun. Você está *triste*, Elloren Gardner? Queria se laçar ao elfo serpente?

Risos de surpresa ressoam e fazem eco atrás de mim. Rilho os dentes, o olhar de desculpas de Curran não faz nada para amortecer minha reação feroz.

A raiva chicoteia em mim com tanta força que cerro os punhos e encaro Fallon com veneno puro e indisfarçável.

Os olhos dela se arregalam em deleite. A garota se vira para mim, com uma mão se aproximando devagar do quadril e o sorriso se alarga quando ela se refastela tanto com a minha raiva quanto com o mundo inteiro trabalhando a seu favor. Ela me encara com uma alegria crescente, e temo que eu abandone toda a cautela, perca o controle e bata na sua cara cruel e vaidosa.

Vale a pena, Elloren?, advirto a mim mesma. *Ser expulsa da universidade por atacar outra maga? Uma que prontamente vai acabar com você com magia de Bruxa Negra?*

Em vez disso, dou meia-volta e saio da sala. A risada cruel de Fallon ressoa às minhas costas.

Quando entro nas cozinhas, o rosto de Fernyllia está abatido com uma preocupação sombria e ela se sobressalta ao me ver.

Olilly chora com as costas trêmulas voltadas para mim. Yvan, Bleddyn, Fernyllia e Iris estão agrupados em torno dela, consolando-a aos sussurros.

Parece que todos ali sofreram um golpe poderoso.

De cabeça baixa, atravesso o recinto e começo a descascar batatas, tensa e constrangida, bem ciente das encaradas conforme a cozinha se aquieta.

Sei como devo parecer para eles em minhas sedas pretas e braçadeira branca, a minha presença é uma ameaça ainda maior. Nessa cozinha, sempre fui um símbolo do poder gardneriano. Mas agora, vestida assim, sou uma extensão de Vogel: o monstro que está prestes a ir atrás deles.

Olho para cima e sinto o choque gélido do ódio de todos.

Yvan observa os olhares brutais lançados na minha direção, então se vira para mim, abatido, com a expressão dolorida, mas aberta. Escancarado.

E, de repente, estou escancarada para ele também, deixando-o ver tudo, meu medo e desespero crescentes. Minha terrível solidão; minha aparência que não reflete nada do meu verdadeiro coração.

Nós prendemos o olhar um do outro por um bom tempo enquanto a cozinha ao nosso redor desaparece. Os trabalhadores, a frieza dos olhares, o fogo crepitante dos fornos, tudo se dissolve como nevoeiro. Só há ele.

Só há nós.

Olilly choraminga, distraindo-nos, rompendo nossa bolha segura e protegida, o mundo toma forma de novo.

Iris ainda me encara com dureza, seus olhos voam desconfiados para Yvan, depois para mim e de volta para ele enquanto o rapaz desvia e volta a consolar Olilly, com a mão no braço trêmulo da jovem.

Iris sussurra algo no ouvido de Yvan e faz um gesto brusco na minha direção. Fugaz, ele encontra meu olhar, com o rosto tenso e conflituoso.

Fernyllia fala baixinho com Olilly, em tons encorajadores, e Yvan se junta a ela.

– Eles não vão mandar você de volta – eu o ouço dizer, sua voz baixa ressoa profundamente em mim. – Nós vamos te ajudar a ir embora. Sua irmã também.

E então todos saem juntos, sendo Iris a última a ir embora. Ela atira um olhar intenso de ódio para mim, depois sai da cozinha e bate a porta dos fundos com força.

Minhas mãos doem quando enfim termino meu turno na cozinha, meus dedos doem por descascar tantas batatas, meu peito é uma bola constrita de desespero. O sol se pôs e a noite se assenta absoluta no céu. O mundo está sem estrelas e escuro quando me afasto da luz das lamparinas próximas à porta dos fundos da cozinha.

Respiro fundo e com firmeza; o ar frio me envolve. Estou a meio caminho do pequeno campo dos fundos da cozinha, cercada por um pequeno braço da floresta, as sombras dessa noite de um preto escuro e sem fim fazem meus passos se arrastar.

– Fique longe dos nossos homens.

Estanco, com o coração acelerado, e olho para as sombras, procurando a fonte das palavras cruéis.

Posso distinguir Iris dentro da noite escura e nublada. Ela está encostada em um tronco, com os braços cruzados de maneira agressiva, Bleddyn se eleva ao lado dela, parecendo enfurecida.

Meus olhos se lançam em direção ao caminho praticamente deserto, não muito longe daqui, avaliando se Iris e Bleddyn podem ou não me atacar outra vez e se safarem.

Iris avança na minha direção e dou um passo para trás.

– Vejo a maneira como você olha para ele – grunhe ela, chegando bem perto do meu rosto.

Uma vermelhidão arde nas minhas bochechas e sobe para o pescoço.

– Não sei do que você está falando…

– Vocês, baratas, querem ter tudo – zomba Bleddyn, com voz profunda e gutural, e os olhos estreitados em fendas furiosas.

– Ele é meu – insiste Iris, e sua raiva se abre para revelar uma vulnerabilidade dolorosa; seus lábios tremem. Ela se recompõe, sua boca se aperta em uma linha de raiva e o ódio queima em seu olhar. – Volte para Lukas Grey. – Ela me olha com repulsa. – Onde você *pertence*. Fique longe de Yvan.

Todos os músculos do meu corpo se retesam, e minhas mãos se cerram quando deixo meu medo se dissolver e a encaro.

Bleddyn cospe uma risada.

– Ele não a quer – zomba ela, me olhando com desprezo. – Como poderia? Com ela fingindo ser uma kéltica num dia e uma barata no outro? – Ela exala um suspiro de desdém. – Ela nem sabe em que pele está. Iris olha para Bleddyn, vulnerável mais uma vez, mas enfurecidamente encorajada com as palavras cruéis da amiga. Iris me dá um último olhar de pura hostilidade e vai embora com Bleddyn, a garota urisk sibila *"Barata cadela!"* enquanto se afasta.

Rafe e Trystan estão no corredor à minha espera quando volto à Torre Norte. Eles estão iluminados por lamparinas, emoldurados em preto pela janela atrás deles.

Engulo em seco e luto contra uma náusea crescente enquanto observo suas expressões sombrias, e minha fúria por causa de Iris e Bleddyn some da mente.

Sem falar nada, Rafe estende um pergaminho rígido e dobrado, com desafio no olhar.

Eu o desdobro, a sensação de pavor se solidifica no meu âmago.

Santo Ancião, não. É uma nota de convocação iminente.

– É tão rápido – digo, ao analisar o aviso com descrença. – Vogel só tomou o poder esta manhã.

– É como se ele estivesse pronto para isso – diz Rafe, com a voz dura e cheia de suspeita.

– Como assim? – questiono, chocada. – Você acha que Vogel sabia o que ia acontecer? Que o nosso alto mago morreria?

O olhar sombrio de Rafe não vacila.

– É de se fazer pensar. Está tão bem *planejado.*

Lembro-me da presença terrível de Vogel, do vazio escuro, da árvore morta. Olho para Rafe e minha inquietação aumenta.

Trystan está estranhamente nervoso, com a expressão assombrada. Fitando sem rumo ao redor do corredor frio, ele se senta no banco de pedra, com a cabeça caindo nas mãos e os dedos puxando os cabelos.

– É uma nota de convocação *iminente* – digo, tentando tranquilizar os dois, tentando me tranquilizar. – A convocação pode não acontecer por um tempo.

– Neste verão – diz Trystan, sem erguer a cabeça, com o tom desprovido de esperança. – Ele vai nos convocar neste verão. Há um carregamento de armas que deve sair antes disso.

Meu coração martela no peito. Olho para Rafe.

– Para onde te enviariam? – murmuro.

Rafe cospe uma gargalhada amarga, como se a pergunta fosse terrivelmente irônica.

– Para a base militar em Rothir. – Seu sorriso cansado desaparece. – Para guerrear com os lupinos.

Meu estômago revira.

– O que você vai fazer? – pergunto.

Rafe mostra os dentes.

– Vou usar a carta para praticar tiro ao alvo. – Ele dá um peteleco na borda do papel. – Bem no selo do Conselho dos Magos. – Com o humor desafiador se endurecendo em raiva, Rafe observa as janelas, perscrutando, depois a porta do meu alojamento. – Onde está Diana? – Sua voz sai estranhamente brusca.

Aponto vagamente em direção às florestas do norte.

– Em algum lugar na floresta.

Com a boca apertada em uma linha, Rafe pega a nota da minha mão e a guarda na bolsa.

– Você não vai conseguir encontrar...

– Eu sei para onde ela vai – ele cospe, ao abrir a porta.

– O que você vai fazer? – grito às suas costas, preocupada.

– Me juntar aos lupinos – ele rosna antes de sair, fechando a porta atrás de si com uma batida forte.

Eu encaro o lugar que ele estava. Obrigo-me a respirar fundo, me estabilizando. Tento repelir a tênue linha de pânico enquanto as botas pesadas de Rafe descem as escadas e a porta da torre se fecha com estrondo. O silêncio impera.

– Eles não o aceitarão – diz Trystan com calma e terrível segurança.

A voz do meu irmão está abafada, a cabeça ainda nas mãos, os dedos agarrados ao cabelo com os punhos cerrados.

– Ele é neto da Bruxa Negra – continua Trystan, com tom fraco. – Eles *nunca* o aceitarão.

Com a cabeça dando voltas, sem nada sólido em que me sustentar, me sento ao lado de Trystan e coloco uma mão em seu ombro para firmar a nós dois. Sua respiração fica presa, em seguida, para por um momento. Seu corpo esguio estremece, suas mãos descem para cobrir firmemente os olhos quando ele começa a chorar. Meu coração fica preso na garganta, o modo silencioso como Trystan soluça é sempre mais devastador para mim do que se ele se entristecesse e gritasse de dor.

Eu o envolvo com um braço e ele cai contra mim, curvando-se, olhos pressionados em meu ombro enquanto eu o abraço e o puxo com força.

– Não quero mais fazer parte disso. – Sua voz está presa e quase não passa de um sussurro. – Eles me fizeram encher discos de metal com poder de fogo. Quem pisar neles vai explodir e ser despedaçado. Estou enchendo flechas com fogo. E gelo. Para *quê*? Para matar *quem*? Não quero fazer parte do que está por vir. – Ele para de falar e fica imóvel. – E é apenas uma questão de tempo até que descubram o que eu sou.

O pânico se instala de novo.

– Eles não precisam descobrir.

Em meu ombro, ele balança a cabeça com força de um lado para o outro.

– Claro que vão descobrir. Quando eu não fizer o laço de varinha…

– Você vai ter que fazer o laço – eu o interrompo com firmeza, não admitindo qualquer argumento.

Trystan fica muito quieto. Permanece em silêncio por um momento, respirando em meu ombro, então ergue os olhos vermelhos para mim.

– Como?

A questão paira no ar como um beco sem saída.

– Você só vai! Vai esconder. Vai esconder o que você é.

Sua calma se aprofunda. Ele olha para mim com incredulidade inabalável.

– Você poderia se laçar a uma mulher?

– O quê? – retruco, atordoada. – Claro que não! – Um rubor pungente sobe em minhas bochechas junto a uma onda repentina de compreensão. A minha mente gira, procura desesperadamente por uma saída para ele, mas não há uma maneira clara de escapar disso.

Depois do laço de varinha vem a cerimônia de selamento. E a consumação é esperada na mesma noite, as linhas de laço fluem pelo pulso do casal como prova de consumação. Todo o objetivo da união da nossa espécie é criar mais magos de sangue puro.

É impossível para Trystan sequer tentar fingir que está tudo bem.

Ficamos quietos por um bom tempo.

– Eu poderia ir para as terras Noi – diz ele, por fim. – Eles aceitam… quem eu sou lá. – Sua boca torce em um meio-sorriso cínico. – Mas sou neto da Bruxa Negra. Quem me aceitaria?

Enfurecida em nome do meu irmão, sufoco o meu pânico, e meu motim interno se avoluma.

– Não sei, Trystan. Você pode estar errado.

Ele olha para mim com surpresa.

– O neto da maior inimiga que eles já tiveram – pondero, sombria. – Um mago nível cinco. Treinado em magia de armas gardnerianas. E desastrosamente em desacordo com a cultura do próprio povo. – Eu abro um sorriso desafiador. – Talvez recrutá-lo para a Guarda vu trin seja uma vingança perfeita contra os gardnerianos.

Os olhos de Trystan se arregalam. Ele pisca para mim.

– Você mudou.

Solto um suspiro profundo.

– Sim, mudei.

Ele solta uma risada breve, a afeição por mim ilumina seus olhos.

– Estou feliz por isso. – Ele enxuga as lágrimas e se endireita ao me lançar um sorrisinho. – Você sabe que as chances de que isso aconteça são mínimas.

Cuspo um som de escárnio.

– Bem, quem precisa de boas chances? Onde estaria a graça?

Trystan solta outra risada, depois respira fundo e me lança um olhar sombrio.

– Vá – digo, indicando a porta. – Durma um pouco. No futuro, quando você for um soldado vu trin rico e bem-sucedido, pode voltar para buscar tio Edwin e a mim e nos levar para as terras Noi, nas costas de um dos seus dragões.

– E todos nós viveremos felizes para sempre? – pergunta Trystan, com um brilho irônico no olhar.

– Sim – asseguro-lhe, firme. – É *exatamente* o que vamos fazer.

Trystan se despede, me lançando um olhar apreciativo antes de partir, e minha falsa bravata vai embora com ele. O corredor da Torre Norte está silencioso; as paredes, sólidas, mas o mundo inteiro ficou instável sob meus pés.

O pensamento de perder meus dois irmãos despedaça meu coração.

Quando enfim abro a porta do meu quarto, tudo está errado.

Não há fogo na lareira, e um frio enregelante começou a se infiltrar pelas paredes de pedra. A atmosfera parece opressiva; coberta por um pavor pesado.

Ariel está desmaiada na cama, suas galinhas correm sem rumo e o corvo permanece firme ao lado dela. Uma tigela de suas bagas de nilantyr está derrubada ao seu lado, e seus lábios estão manchados de preto. Marina, a selkie, está enrolada na minha cama ao lado de Aislinn, que está com os olhos arregalados de medo. O rosto da minha amiga está retraído, como se ela tivesse sofrido um golpe desorientador.

– Eu não sabia que você estava aqui – digo a Aislinn, abalada por sua expressão. – O que há de errado?

– O Conselho Verpaciano aprovou hoje uma resolução em solidariedade a Marcus Vogel – diz Aislinn, em frangalhos.

Meu peito aperta. Olho para Wynter e a encontro quase camuflada nas sombras. Ela está amassada no parapeito da janela, com as asas negras apertadas à sua volta e a expressão desolada.

– O que aconteceu? – pergunto, com medo crescente.

Os olhos de Wynter oscilam para a sua escrivaninha, e vejo o pergaminho de aparência oficial.

– Foi colocado na porta – diz Wynter, desesperada. – O novo Conselho Verpaciano... eles... fizeram algumas mudanças.

Nervosa, engulo em seco, sentindo agulhas de medo perfurando a minha nuca. Caminho até a mesa de Wynter e pego o pergaminho.

É um aviso oficial do Conselho Verpaciano. Todos os icarais serão obrigados a regressar ao seu país de origem após a conclusão dos estudos universitários deste ano. Documentos de trabalho verpacianos e admissão de guildas não serão mais permitidos a icarais.

– Como conseguiram que dois terços do Conselho Verpaciano votassem a favor disso? – pergunto a Aislinn, sacudindo o pergaminho no ar. – Os gardnerianos têm apenas uma pequena maioria.

– Os gardnerianos foram encorajados pela eleição de Vogel e o resto do Conselho está assustado. Eles querem aplacar os gardnerianos – responde ela.

Wynter começa a chorar.

Ariel terá de regressar à Gardnéria. Onde será aprisionada no Sanatorium de Valgard. E Wynter será enviada de volta para as terras alfsigr, onde o seu povo está debatendo se deve ou não executar a sua espécie.

Meu pavor nauseante começa a se transformar em raiva. Xingo e atiro minha bolsa na parede. Marina exclama, assustada com som, e logo me sinto culpada por isso. Caio na cama, levo as mãos ao rosto e me forço a respirar.

Mais de mil dragões.

Quando volto a olhar para cima, uma fila de seis Sentinelas tristes aparece. Sentam-se na viga longa acima de Wynter, como as asas apertadas em torno de si, cabisbaixos.

Eles desaparecem quando o soluço de Wynter se aprofunda em um gemido baixo e agudo.

Chego mais perto de Aislinn no corredor da Torre Norte, enquanto ela se despede.

Seu rosto está austero sob a luz cintilante do lampião, quase macilento. Uma chuva congelante chegou, e castiga a janela ao nosso lado, fazendo uma corrente de ar arrepiante deslizar para dentro.

Aislinn para e se vira para mim.

– Talvez Yvan Guriel precise salvar aquele dragão, afinal de contas – ela se aventura, hesitante.

Eu a encaro, sondando. É uma declaração tão explícita vinda da minha amiga silenciosa. Inclino a cabeça ao refletir, e começo a entender o que ela está dizendo.

– Escapar – digo, uma imagem de fuga se forma em minha mente.

Aislinn acena com a cabeça, sua testa está totalmente encrespada.

– As icarais... terão que ir embora, Elloren. E... talvez Marina também. Em algum momento. E os lupinos... – Ela perde a voz, cheia de dor, e desvia o olhar.

Jarod.

Poderá chegar o momento em que os gardnerianos expulsarão os lupinos das suas terras, e pode ser muito em breve.

Aislinn volta a me encarar.

– Eles estão fechando as fronteiras. Mas... dragões podem voar.

– Sim, podem, não podem? – concordo com um sorriso astuto. – Direto sobre fronteiras. – Considero a possibilidade. – O dragão está em uma jaula – informo. – Feita de aço élfico.

Ela respira fundo.

– Você não tem a varinha de Sage Gaffney?

Eu solto um som de desprezo.

– Tenho. E o Trystan é poderoso. Mas magia que pode quebrar aço élfico... se esses feitiços existem, ele não tem acesso a isso.

– E se eu soubesse onde poderíamos encontrá-los?

Eu a encaro.

– Como assim?

– Há um livro de feitiços chamado *Grimório Obscuro* – diz ela. – Apenas o Conselho dos Magos e os militares têm acesso a ele. Contém feitiços altamente protegidos. Feitiços militares. O meu pai tem uma cópia no seu gabinete e ele está viajando para se encontrar com os lupinos do norte. Só voltará daqui a um mês.

Eu a encaro, espantada.

– Aislinn, não se pega *emprestado* um grimório militar com toda essa facilidade.

Aislinn se encolhe, tímida, com a expressão agitada e conflitante, mas depois a sua mandíbula endurece em determinação e ela encontra os meus olhos.

– Bem, vou pegar emprestado. E o devolverei antes que ele dê falta.

Estou chocada com sua ousadia.

E orgulhosa. Incrivelmente orgulhosa.

– Bem – digo, e um sorriso se espalha pelo meu rosto. – Acho que é hora de falar com Yvan Guriel sobre libertar o seu dragão.

CAPÍTULO QUINZE
DRAGÃO MILITAR

Na noite seguinte, a atmosfera nas cozinhas está tão sombria e opressiva quanto no dia anterior; cada rosto ali, austero e abalado.

– Preciso falar com você – digo a Yvan, quando ele entra vindo do frio lá de fora e se inclina para abastecer lenha no meu fogão; o fogo explode como uma onda de calor.

Ele olha em volta com cautela, o turno da noite está quase vazio, Iris e Bleddyn felizmente estão em outro lugar.

– Agora? – pergunta Yvan enquanto enfia uma tora no fogão, os músculos definidos dos braços tensionados durante a tarefa.

– Em breve.

Ele fecha a portinhola de ferro do fogão.

– Me encontra lá fora depois de terminar o que está fazendo.

Termino de preparar uma torta de maçã e vou me encontrar com Yvan perto dos currais, com uma lamparina na mão.

Em silêncio, ele me conduz ao redor das baias e passamos pelas hortas da cozinha. Em seguida, atravessamos um pasto longo e inclinado, em direção a uma estrutura em ruínas situada na entrada da floresta.

O celeiro abandonado é enorme, envolto nas prolongadas sombras da noite. A porta range quando ele a segura para mim, e eu entro.

O teto do lugar é impossivelmente alto, com vigas entrecruzadas. Os morcegos esvoaçam de um lado para o outro, a luz de lamparina iluminando-os enquanto lançam sombras frenéticas nas paredes.

– Esse é o seu esconderijo secreto? – pergunto, provocando-o, olhando ao redor enquanto Yvan coloca a lamparina em um barril empoeirado.

Ele faz que sim, observando-me enquanto se inclina para trás em uma espessa viga de sustentação.

Consigo abrir um sorrisinho e ele ergue os lábios ligeiramente em resposta, mas a intensidade do seu olhar não vacila.

As sombras brincam em seu rosto, destacando as feições angulosas. Um tremor me atravessa, aumentando minha percepção de que estou sozinha com ele em um lugar muito isolado.

Ignorando o empuxo de tirar o fôlego que sinto na direção dele, eu o observo com seriedade.

– Quero te ajudar a libertar o seu dragão – digo, com aço na voz. – Pode chegar o momento em que voar seja necessário.

Seus olhos se arregalam de surpresa, mas Yvan logo se recompõe.

– Elloren, meu dragão não pode ser libertado.

– Talvez não por você sozinho, mas temos um grupo expressivo...

Ele solta uma risada desdenhosa.

– De jovens inexperientes e ingênuos.

– De pessoas com uma grande variedade de dons e habilidades.

– Há uma grande diferença entre roubar uma selkie do caseiro da universidade e libertar um dragão militar gardneriano.

A frustração explode em mim.

– Qual é o problema em deixar que os outros... analisem a situação?

– Além de ser preso e executado? Nenhum em que eu possa pensar, na verdade.

Prossigo, destemida:

– Se esse dragão puder ser salvo... as icarais poderão ir para o leste. E outros também.

Ele fica ali por um momento, atordoado com minhas palavras.

– Eu não entendo você – diz ele, com expressão dura. – Por que você sequer está pensando nisso? Você é uma gardneriana. E não qualquer gardneriana... é *neta* de Clarissa Gardner. Sua avó... – Ele faz uma pausa, como se estivesse zangado e lutasse para encontrar as palavras certas ao mesmo tempo. – Era... um *monstro*.

As minhas costas enrijecem com a palavra. Como minha avó era diferente de qualquer outro líder militar bem-sucedido de qualquer raça?

– Ela estava errada sobre muitas coisas – rebato –, mas também foi uma grande maga...

– Que matou milhares e milhares de pessoas. – A mandíbula angulosa dele se cerra, os olhos verdes estão fixos em mim.

– Seu povo foi igualmente monstruoso com os gardnerianos quando estavam no poder – desafio.

Ele me encara feio, como se estivesse lutando com uma emoção forte.

– Sua *avó* – ele cospe, e uma fúria inesperada irrompe em torno de suas palavras – foi responsável pela morte do meu *pai*!

Ah, meu Ancião. Estou tão atordoada que fico sem palavras. Mas só por um momento. A dor penetra em mim e logo se transforma em indignação.

– Seu povo – retruco, minha voz fica embargada – matou *ambos* os meus pais!

Ficamos em silêncio por um longo momento, a dor constante e crua que ambos carregamos subitamente desprotegida e exposta por completo.

– Sei que minha avó fez muitas coisas terríveis. – Consigo dizer depois com muito esforço. – Desde que vim para cá, aprendi que o meu povo faz muitas coisas terríveis. Mas você não acha que é possível que alguém seja diferente de tudo o que ouviu dizer de uma raça? Mesmo que a pessoa tenha... a minha aparência?

Yvan respira fundo, com os olhos voltados para o meu rosto.

– Sim – diz ele –, acho que é possível.

Solto um longo suspiro e caio sobre um fardo de feno, derrotada.

– Estou tentando, Yvan – digo-lhe, com a voz rouca. – De verdade. Quero fazer a coisa certa.

– Eu acredito em você – diz ele, e há bondade em seu tom.

Ficamos em silêncio por uns minutos, nos observando.

– Sinto muito que você tenha perdido seus pais – diz ele, por fim, em voz baixa.

Lágrimas fazem meus olhos arder em, e luto para contê-las.

– Sinto muito pelo seu pai. – As palavras saem forçadas enquanto tento controlar minhas emoções. – O que aconteceu com ele? – pergunto.

O rosto anguloso de Yvan fica tenso.

– Ele foi morto no fronte Oriental, poucos dias antes de Verpácia ser libertada dos gardnerianos. – Ele respira fundo, com os olhos estreitados, como se me avaliasse para decidir se pode confiar plenamente em mim. – Meu pai... era uma figura proeminente na Resistência. A minha mãe não queria que ninguém soubesse que eu era filho dele. Então ela me mudou para uma área remota e me educou em casa.

– Você deve se parecer muito com seu pai.

Yvan sorri ao ouvir isso, como se, sem querer, eu tivesse dito algo muito irônico.

– A semelhança é impressionante, sim.

– A nossa vida – pondero – tem sido semelhante...

Yvan faz um som de desdém, discordando.

– Não tem *nada* de semelhante entre elas.

– Não, tem sim – eu me oponho, um pouco consternada por ser sumariamente descartada. – Quando eu tinha uns cinco anos, meu tio nos mudou de Valgard para Halfix. Faz fronteira com as florestas do norte, no meio do nada. Fui educada em casa, assim como você. Percebo agora que ele estava tentando me proteger da atenção que eu receberia por ser *igualzinha* à minha avó. Assim como a sua mãe, ele queria que eu ficasse segura.

Yvan considera o que eu disse, e consigo ver que ele entende que tenho razão.

– Então – digo, depois de alguns minutos de silêncio constrangedor –, você está estudando para ser médico.

– Sim. – Ele acena com a cabeça. – Como o meu pai. E você? Vai se tornar uma boticária?

– Sim, como a minha mãe – respondo. – Sempre me interessei pelo cultivo de ervas, por fazer medicamentos. Mas nunca sonhei que ia frequentar a universidade. Sempre quis. Antes de ser enviada para cá, pensei que seria uma fabricante de violinos, igual ao meu tio... – As palavras ficam presas na minha garganta e não consigo evitar. Ao pensar em tio Edwin, começo a chorar. – Ele... ele está muito doente. – Olho para os meus pés, lutando com minhas emoções.

– Então... você sabe fazer violinos? – Sua voz é baixa e gentil.

Aceno com a cabeça.

– De... madeira?

Isso me parece engraçado, e sorrio, enxugo as lágrimas e o fito.

– Com as ferramentas certas, sim.

Ele reflete por um momento.

– É... impressionante.

– Suponho que seja – concordo, sentindo-me incomodada com o elogio.

– Mas as guildas...

Dou de ombros.

– Não deixam que as mulheres aprendam o ofício. Eu sei. Meu tio me ensinou em segredo.

Yvan fica ali por um momento, com um olhar surpreso no rosto.

– Você toca violino há muito tempo?

– Sim – respondo. – Desde pequena. E... e você? Toca algum instrumento? Alguma coisa?

– Não – diz ele, balançando a cabeça, como se estivesse distraído por seus próprios pensamentos. – Mas uma vez eu ouvi um violinista feérico. Eu era bem pequeno. Ainda me lembro. Foi... lindo.

A expressão saudosa nos olhos esmeralda quando ele diz as últimas palavras me pega desprevenida, e me vejo corando e precisando desviar o olhar.

Ao fitar o chão do celeiro, tomo consciência de que há papéis espalhados. Apanho um. É uma página d'*O Livro dos Antigos*. Intrigada, levanto-me e apanho mais alguns papéis. Mais páginas d'*O Livro*.

– Que estranho – digo, enquanto continuo a pegar páginas, a pilha só aumenta em minhas mãos. – Alguém rasgou uma cópia do nosso livro sagrado. – Quando meus olhos se voltam para encontrar com os dele, fico surpresa com o olhar que ele me está me lançando. Ficou imóvel feito uma pedra, sua a expressão se torna fria... e desafiadora. – Foi você? – pergunto, bem devagar.

Ele não se mexe, mas seu olhar inabalável de desafio é resposta suficiente.

– Ah, tome cuidado, Yvan – murmuro. – É um crime grave na Gardnéria. – Seguro a pilha de papéis e gesticulo em sua direção com as páginas. – Vogel quer executar pessoas por vandalizarem *O Livro*. Sabia disso?

– Que bom, então, que não estamos na Gardnéria – responde, com os olhos verdes duros.

– Você está pisando em terreno muito perigoso.

– Ah, sério? – retruca ele. – E onde estaria o terreno seguro, Elloren? Porque eu adoraria saber. Talvez se eu fosse igualzinho à Clarissa Gardner, seria mais fácil chegar lá.

– Isso não é justo.

– E o que há de justo em tudo isso?

– Sinto muito. Você está certo – respondo, ácida. – Minha vida tem sido tão fácil esses tempos. Estou tão feliz que minha aparência me oferece proteção integral contra todas as dificuldades.

Ele parece momentaneamente surpreso, depois pouco à vontade enquanto franze a testa.

– É melhor a gente voltar – diz ele. – Os outros trabalhadores da cozinha vão notar que saímos, e vai parecer… estranho.

– Por que *nós* saindo juntos pareceria estranho? – pergunto, sarcástica.

Yvan sorri ligeiramente, mas seu semblante permanece sério e triste.

Estendo a mão e toco seu braço.

– Quero te ajudar a resgatar a sua dragoa. O que estão fazendo com ela é *errado*. – Meu rosto fica tenso de frustração. – Há tanta coisa que não podemos mudar. Mas talvez… talvez seja algo que possamos fazer. E… – Penso no perigo que Tierney e as icarais estão correndo. E Trystan. E Yvan. Fico ainda mais resoluta. – Voo de dragão é um bom meio de fuga.

Yvan respira fundo e olha para a minha mão. O braço dele é musculoso… e tão quente. É bom tocá-lo. Bom demais. O clima muda entre nós, para algo aceso e cheio de centelhas. Ruborizada, deixo cair a minha mão.

– Muito bem, Elloren Gardner. – Yvan cede, com os olhos fixos nos meus. – Vamos ver exatamente em quantos problemas podemos nos meter.

– Você quer invadir uma base militar gardneriana e roubar um dragão?

Estou virada para Rafe, sentada na cadeira junto à sua escrivaninha cheia de livros. Trystan, Rafe e Yvan estão todos sentados na beira da própria cama, de frente para mim.

Rafe está sorrindo de orelha a orelha. Trystan usa sua habitual expressão reservada e ilegível, e Yvan parece estar se recuperando do fato de se encontrar firmemente em conluio com um bando de gardnerianos de uma família como a nossa.

– Você está falando sério? – indaga Rafe.

– Sim.

Ele balança a cabeça de um lado a outro enquanto tenta, sem sucesso, não rir.

– Bem, uma coisa posso te dizer, Elló – começa ele –, as coisas são muito mais interessantes com você aqui na universidade.

– Sempre pensamos que você era quieta e reservada – observa Trystan, e posso ver um pequeno vislumbre de diversão em seus olhos.

– E agora você quer roubar dragões e resgatar selkies – continua Rafe.

– Não acho que nossa avó ficaria orgulhosa – diz Trystan a Rafe.

– Não, acho que Trystan tem razão – concorda Rafe, lançando-me um olhar de falsa desaprovação. – Você está sendo uma *gardneriana terrível.*

Observo Yvan, cujas sobrancelhas estão levantadas de surpresa enquanto ele acompanha as brincadeiras inesperadas dos meus irmãos.

Como sempre, sinto-me um pouco desconcertada por estar em um quarto em que Yvan também dorme. É íntimo e estranho. Não consigo deixar de notar coisas sobre ele sempre que estou aqui. Os títulos dos seus livros, que tipo de roupa está pendurada sobre a cadeira ou sobre a cama. Parece-me, pela forma como ele desvia quando nossos olhares se cruzam, que ele sente a vaga indecência disso também.

– Elló – diz Rafe, e seu sorriso desaparece e o tom se torna um de advertência. – Você percebe que, com a selkie, se você for pega, será multada por roubo. Se roubar um dragão de uma base militar, será marcada como parte da Resistência, encaminhada para um tribunal militar e provavelmente alvejada. Por diversas flechas. Isso se tiver sorte.

– Não acho que a dragoa possa ser libertada – interrompe Yvan. – Creio que vão matá-la muito antes que alguém possa descobrir como tirá-la da jaula... se isso for possível. Damion Bane encantou a fechadura.

– De que a jaula é feita? – pergunta Trystan, de repente intrigado. Vejo aquela luz familiar em seu semblante. Ele adora uma charada.

– Aço élfico – responde Yvan. – É tão forte que pode suportar o fogo do dragão.

– Ah. Conheço bem – diz Trystan. – É disso que os elfos fazem suas pontas de flecha. O metal só pode ser manipulado antes de esfriar. Depois que endurece, nunca mais pode ser trabalhado.

– Você pode colocar as mãos em um pouco disso? – pergunta Rafe a Trystan, com uma expressão travessa.

Trystan dá de ombros.

– Algumas pontas de flechas, com certeza. – Ele estreita os olhos para Rafe. – Você quer fazer experimentos, não é?

– Talvez haja um feitiço que possa quebrar o material.

– Não é necessária uma varinha de grau militar para isso? – observa Trystan. – Varinhas poderosas assim são caras, e estou assumindo que Yvan aqui, sendo um kéltico, provavelmente não tem uma.

– Bem, você é aprendiz militar – aponta Rafe para Trystan.

Trystan balança a cabeça.

– Eles não nos deixam ficar com as varinhas. Ficam trancadas no arsenal. E certamente não temos dinheiro para comprar uma...

– Eu tenho uma varinha – deixo escapar.

Todos ficam em silêncio e se viram para me encarar.

– Você está roubando varinhas agora também? – pergunta Rafe, pronto para acreditar que sou capaz de qualquer coisa a essa altura.

– Na manhã em que saímos de Halfix, Sage me deu uma varinha. Acho que ela roubou de Tobias, e... eu não queria que ela arranjasse mais problemas do que já tinha, por isso a costurei no forro do meu baú de viagem. Tirei-a quando cheguei, e está escondida no meu travesseiro desde então.

– Tem uma varinha no seu travesseiro? – diz Trystan, incrédulo.

Olho-o com timidez.

– Sim. Tem.

– Por que essa garota estava encrencada? – pergunta Yvan, e sinto meu rosto começando a ficar vermelho enquanto luto para articular a resposta para sua pergunta.

– Ela... se apaixonou por um kéltico. – Desvio o olhar do dele e reparo no de Rafe nesse ato. Ele está me estudando de perto, com uma sobrancelha arqueada. – Ela tinha feito o laço de varinha com o filho de um membro do Conselho dos Magos – continuo, meus olhos voltam para os verdes fascinantes de Yvan. – Ela fugiu com o kéltico. Tiveram um filho. Um icaral.

As sobrancelhas de Yvan se arqueiam.

– Esse icaral – diz ele, inclinando-se para a frente, me encarando. – É o que os gardnerianos estão procurando?

– Você já ouviu falar dele? – digo, surpresa.

– Ouvi dizer que os gardnerianos estão cientes de um icaral homem escondido em algum lugar, e que muitos acreditam que é ele o da profecia.

– Os icarais que tentaram me matar em Valgard acharam que eu era a próxima Bruxa Negra – digo. – E que fui enviada para matar o bebê de Sage.

– Mas acontece que a Elló aqui não consegue nem mesmo fazer um simples feitiço de acender velas – Trystan diz a Yvan. – Então, por mais que ela ame perseguir bebês para matá-los de forma impiedosa, vai ter que abrir mão desse.

– Ele já sabe o quanto sou patética – digo a Trystan, um pouco na defensiva.

– Não te acho patética – diz Yvan, com a voz baixa e uniforme.

Pisco, momentaneamente desorientada por sua defesa de mim.

De soslaio, pego Trystan e Rafe trocando um olhar rápido e curioso. Isso me deixa desconfortavelmente consciente, e logo deixo de fitar Yvan.

– Trystan – diz Rafe, todo simpático, felizmente mudando de assunto –, você pega algumas dessas pontas de flecha, e Elloren, pode buscar essa sua varinha.

Trystan balança a cabeça.

– Mesmo que a varinha da Elló seja poderosa, podem ser necessários feitiços de alto nível para quebrar o aço élfico. Feitiços a que não tenho acesso.

– Aislinn está com essa parte – confesso. Todos me encaram, boquiabertos.

Fico envergonhada e me encolho sob o peso combinado dos olhares.

– Talvez, quero dizer. Ela vai pegar emprestado um grimório militar do pai.

Rafe solta uma gargalhada.

– Bem, está resolvido, então. Temos uma varinha, em breve teremos um grimório militar. – Ele gesticula para Trystan. – E temos nosso mago de nível cinco aqui. É melhor vermos se conseguimos resolver a questão da jaula.

– Isso significa que você e Trystan vão nos ajudar a resgatar o dragão? – pergunto, atônita.

Rafe me abre um sorriso largo.

– Parece que é o caso, não é mesmo?

CAPÍTULO DEZESSEIS

AÇO ÉLFICO

– Nem sei por onde começar – comenta Trystan enquanto faz movimentos rápidos de corte no ar com a varinha branca. A ponta de flecha de aço élfico está apoiada num toco de árvore a poucos metros. – Tenho aprendido feitiços para encantar armas gardnerianas, e é só.

Estamos numa clareira isolada na floresta, a cerca de meia hora a pé da universidade. Nós a encontramos com bastante facilidade; começava nos limites do campo perto dos estábulos e seguia reta em direção a um fragmento vertical imponente de pedra-da-espinha branca feito sal.

A luz do sol da manhã penetra através das árvores ao nosso redor, nossa respiração solta fumaça no ar frio. Observo em volta com cautela, sentindo como se as árvores estivessem se afastando, sussurrando sobre mim ao vento. Eu me sento em uma rocha coberta de musgo e puxo minha capa com força para lutar contra o frio. Yvan está encostado em uma árvore, de frente para mim, com expressão cautelosa e vigilante, seus olhos sempre voltando na minha direção.

Ele parece imune ao frio. Nunca o vejo usando uma capa, e o garoto está sempre tão quente; o calor praticamente irradiava de seu corpo nas poucas vezes em que estive perto dele, rocei seus dedos ou coloquei a mão em seu braço…

Os olhos de Yvan encontram os meus e o calor se inflama entre nós. Eu coro e desvio o olhar.

Rafe está folheando o mesmo tipo de grimório que me foi entregue para a minha avaliação de varinha, o volume repleto de feitiços básicos. Diana está sentada em um longo tronco ao lado dele, com os braços cruzados e uma expressão determinada. Em silêncio, Jarod observa Trystan brincar com a varinha.

Andras está sentado, afiando seu muitíssimo assustador labrys de prata marcado com runas; a arma típica das amazes. É enorme, capaz de desviar a magia, bem como de partir crânios, com os dois machados presos ao cabo longo. Andras passa uma lima sobre a lâmina de um lado, um chiado fino e rítmico soa do movimento circular constante.

Yvan se afasta da árvore, com as mãos nos quadris.

– Por que vocês querem me ajudar a libertar esse dragão? – Ele nos observa. – Nem tenho certeza se é possível. E mesmo que seja...

– É uma ideia perigosa – aponta Andras, categórico, deixando a lima de lado. – Não sei se posso fazer parte de uma coisa dessas. – Ele aponta o queixo largo em direção à ponta da flecha. – Mas vou ajudar a tentar quebrar esse aço. Haverá um momento em que um voo de dragão para o leste poderá ajudar muitos. – Ele fixa os olhos escuros em Yvan. – E o meu povo despreza o aprisionamento de criaturas selvagens. – Ele fica em silêncio por um momento. – Sempre quis ver um dragão imaculado. Ouvi dizer que são magníficos.

– Eles são – confirma Yvan, com emoção na voz.

– Vou dar uma olhada no seu dragão, kéltico – diz Andras a Yvan. – E então decidirei se ajudarei a criatura.

Yvan dá um aceno sombrio a Andras, depois observa Diana.

– Jarod e eu também desprezamos o aprisionamento de animais selvagens – afirma Diana com veemência, de braços cruzados. – Todos os lupinos desprezam. – Ela acena na minha direção. – E Elloren Gardner pediu a nossa ajuda. Por isso, vamos te ajudar a libertar o seu dragão, Yvan Guriel.

– E você, Rafe? – pergunta Yvan. – Por que você se voltaria contra o seu próprio povo?

Rafe mostra os dentes em um sorriso largo.

– Ah, não sei, Yvan. Porque Marcus Vogel é um idiota, e os gardnerianos estão começando a me irritar de verdade. E você, Trystan?

Meu outro irmão mal presta atenção em nós, pois se concentra atentamente na varinha e a corta no ar em pequenos redemoinhos.

– Eles são um pouco hipócritas, sim – comenta ele distraidamente.

– Eu não me importaria de vê-los com um dragão militar a menos – continua Rafe.

– Nunca se sabe quando um dragão militar pode ser útil – concorda Trystan.

Rafe ri.

– Isso é bem verdade.

– Vou começar com o feitiço de fogo mais fraco que conheço e ir aumentando a dificuldade – anuncia Trystan enquanto aponta a varinha diante de si, com a outra mão graciosamente enrolada sobre cabeça.

– Qual? O de acender velas? – pergunta Rafe.

– Esse mesmo – responde Trystan.

– *Illiumin*... – Trystan recita as palavras do feitiço de forma mecânica e sacode a varinha na direção do aço.

Um clarão intenso e laranja voa da ponta da varinha branca, e a força derruba Trystan para trás. Recuo bruscamente, quase caindo da rocha quando o clarão colide com a ponta da flecha élfica e transforma todo o tronco em uma bola de fogo.

Os olhos de Rafe estão arregalados.

– Esse foi o *feitiço de acender velas*?

Trystan acena com a cabeça, boquiaberto.

– Uma varinha e tanto você tem aqui, Elló – diz Rafe.

Olho para as chamas, atordoada. Uma ideia fantástica surge na minha mente: não seria incrível se a varinha de Sage fosse mesmo a verdadeira Varinha Branca da lenda? O pensamento é tão escandalosamente impossível que quase me faz sorrir.

Pode não ser a Varinha Branca, mas fico feliz que ela seja melhor que a média.

– Teve algum efeito na ponta de flecha? – Levanto-me, caminho até as chamas e analiso entre o fogo.

– Não se pode derretê-la – diz Yvan, com paciência, sem se mover de onde está. – Se fogo de dragão não consegue, é claro que vai ser igual com o seu irmão.

E, como previsto, a ponta da flecha está ilesa e sem nenhuma marca.

– Talvez possamos quebrá-la – sugere Andras, ao se levantar com seu labrys em mãos. Ele pega a ponta, coloca-a em outro toco, ergue a arma bem acima da cabeça e a derruba sobre a flecha com um estrondo ensurdecedor que deixa meus ouvidos zumbindo.

Mais uma vez, a ponta permanece intacta e imaculada, embora ligeiramente cravada na madeira. O labrys de Andras, por outro lado, acaba com uma grande rachadura em uma das cabeças dos machados.

– Impressionante – diz Andras ao examinar a própria arma. Ele olha para a ponta da flecha, extremamente admirado. – Não acho que esse aço élfico possa ser quebrado.

– Veremos – diz Diana, irritada. Ela caminha até a ponta da flecha e a observa como se a desafiasse. Ela se concentra, coloca um pé na frente do outro e se agacha de leve; então, em um arco rápido e gracioso, balança a mão sobre a cabeça e a lança sobre a ponta da flecha.

O toco de árvore se quebra em vários pedaços com um estrondo de machucar os ouvidos.

Mas, novamente, a ponta da flecha permanece inteira e intocada no topo da confusão de madeira.

– Ai – diz Diana, ao esfregar a lateral da mão e fitar a ponta da flecha com extremo aborrecimento.

Os olhos de Jarod se arregalam.

– Nunca ouvi minha irmã dizer *ai* antes.

– Eu já te disse que você tem uma namorada extremamente assustadora? – Trystan pergunta a Rafe.

– Várias vezes. – Rafe sorri, e caminha até Diana, que ergue o lado da mão de forma acusadora. Ele a pega e a beija na lateral.

– Eu realmente evitaria irritá-la – sugere Trystan.

– Vou ter isso em mente – diz Rafe, sorrindo para uma Diana muito perturbada enquanto a puxa para um abraço caloroso.

Trystan pega o grimório da universidade e, durante a próxima hora, repassa quase todos os feitiços do livro. Ele tenta todo tipo de feitiço de aquecimento, de divisão, de iluminação, de transformação e de arremesso que pode encontrar, cada encantamento é intensificado pela varinha. No final de uma hora, ainda estamos com uma ponta de flecha intocada, caída no fundo de uma grande cratera queimada e parcialmente flamejante.

– Você escolheu um desafio e tanto, Yvan – observa Rafe enquanto olhamos para a ponta da flecha.

Jarod ergue a cabeça e cheira o ar, surpresa cruza suas feições.

– Aislinn está chegando.

Olho ao redor à procura dela. Aislinn voltou mais cedo de sua viagem a Valgard, as festividades pela ascensão de Marcus Vogel a alto mago foi a desculpa perfeita para uma visita à família, e ao gabinete do pai, membro do Conselho dos Magos. Contei-lhe sobre este encontro, o que estamos tentando fazer e como nos encontrar, para o caso de ela conseguir voltar a tempo.

Ouço seus passos leves nas folhas, o farfalhar das saias, antes que ela emerja hesitante entre as árvores. O estresse a está afetando, seu rosto está tenso.

Jarod parece se controlar com todas as suas forças para não ir até a minha amiga, pegá-la nos braços e fugir com ela.

– Tenho algo para vocês – diz ela, e tira o saco do ombro, enfia a mão lá dentro e pega um volume de couro preto.

A respiração se engasga na minha garganta, minha mão sobe para cobrir minha boca atônita.

– Santos Primeiros Filhos... você realmente pegou.

Aislinn olha para mim com seriedade, depois entrega o livro para Trystan, que o encara com espanto.

– Meu Ancião do céu – murmura ele ao pegá-lo. – Você conseguiu.

– O que é isso? – pergunta Andras.

Trystan se volta para ele.

– É um *Grimório Obscuro*. Apenas membros do Conselho dos Magos e oficiais militares de alto escalão têm acesso ao livro. São feitiços altamente secretos. Não há apenas feitiço gardnerianos, mas feéricos também.

Trystan folheia o volume com cuidado enquanto fala.

– Durante a Guerra do Reino, os gardnerianos se apoderaram dos grimórios feéricos. Existem alguns feitiços que os gardnerianos podem usar com magia de varinha, como os feitiços que quebram um glamour feérico. Esses feitiços estão aqui. – Trystan ergue o livro para Aislinn. – Como conseguiu isto?

– Meu pai – diz Aislinn baixinho. – Ele mantém uma cópia escondida em seu gabinete do Conselho. Então... peguei emprestado. Ele não sabe.

Rafe solta uma risada incrédula.

– Imagino que não.

– É perigoso – diz Trystan a ela. – Perigoso de verdade.

– Eu sei – responde ela, com palavras hesitantes, mas há um desafio frio em seu semblante. – Vou devolver depois que você copiar os feitiços. – Ela nos analisa. – Tem algo que precisam saber. Ouvi alguns membros do Conselho falarem de uma arma que os gardnerianos têm agora, algo que planejam usar contra os lupinos. Isso... me perturbou. Fiquei com medo por... pelos lupinos. – Ela lança um olhar rápido e conturbado para Jarod.

Diana solta um som desdenhoso.

– Estão nos ameaçando há *anos*. Sempre tentando algo novo. Nunca sai disso.

– Não – Aislinn a corta bruscamente. – Algo está diferente agora. Ainda mais com Vogel no poder. Parecem estar certos disso. Presunçosos, até. Querem matar todos os lupinos. Querem as suas terras. E querem usá-los como exemplo.

– A magia deles não funciona em nós – lembra Diana, um pouco condescendente. – E vamos rasgar seus dragões membro a membro.

Aislinn a fita com gravidade.

– Mesmo assim. – Ela gesticula para o grimório. – Talvez isso possa ajudar com mais do que apenas libertar o dragão.

Todo mundo fica em silêncio por um longo momento. Estamos oficialmente apostando nossa vida agora, roubando um grimório do Conselho dos Magos e conspirando para libertar um dragão militar gardneriano. E um dragão militar imaculado.

– Preciso ir – diz Aislinn, franzindo a testa. – Não quero que ninguém me veja com vocês. Se alguém notar que o grimório desapareceu, não quero que pensem que o entreguei a algum de vocês.

– O que você fez foi muito corajoso – diz Rafe a ela.

Ela acena com a cabeça para ele e se vira para ir embora.

– Aislinn, espera. – Jarod caminha em sua direção.

Ela levanta a mão para detê-lo, com o rosto cheio de dor.

– Não, Jarod. Por favor, tenho de ir.

– Precisamos conversar – insiste Jarod, com angústia estampada na voz.

As mãos de Aislinn agarram suas saias enquanto ela balança a cabeça de um lado para o outro e começa a chorar.

Jarod se aproxima e a pega nos braços, puxando-a para perto, beijando sua cabeça. Ela se agarra a ele e chora em seu peito largo.

Diana olha para os dois em estado de choque; ao que parece, deixou passar batido o que estava acontecendo na vida do irmão. Jarod sussurra algo para Aislinn, que acena com a cabeça.

– Preciso falar com Aislinn em particular – diz Jarod, ao notar o olhar ferido da irmã. – Falo com você mais tarde, Diana.

Suas palavras não parecem ser captadas por Diana, que observa o gêmeo se afastar, quase como se não o conhecesse mais.

Jarod leva Aislinn para longe, os dois logo são engolidos pela floresta.

– Diana – diz Rafe, com gentileza.

Ela se vira para enfrentar o meu irmão.

– Você sabia?

– Eu percebi. Estava bastante óbvio.

– Por que não me contou?

– Bem, para começar, não é da minha conta – diz Rafe enquanto envolve os braços em volta dela. – Além disso, você é que tem todos os sentidos superiores, não eu.

– Acho que a atenção dela estava focada em outro lugar – observa Trystan, ironicamente.

Diana ainda parece um pouco magoada, mas o abraço de Rafe a acalma, e ela se inclina para ele como se absorvesse um pouco de sua tranquilidade.

– A garota, Aislinn – pergunta Andras, voltando-se para mim, com a voz profunda e ressonante. – O pai dela... faz parte do Conselho dos Magos?

– Sim – respondo.

– Vai acabar mal – prevê Andras, balançando a cabeça. – Não se pode quebrar os laços de sua cultura. É como aquela ponta de flecha.

Fito o metal élfico que permanece intocado no chão queimado.

Quando levanto a cabeça, os olhos ardentes de Yvan se fixam nos meus, queimando com um desafio que desperta o meu.

Naquela noite, eu sonho.

Estou no celeiro de Yvan, banhada pela fraca luz do brilho de uma lamparina. Em vez de apenas algumas páginas d'*O Livro* espalhadas de maneira esparsa, milhares delas cobrem o chão do lugar.

Uma figura emerge das sombras. Yvan. Seu contorno brilha, fluido e indistinto, e logo se aglutina em uma presença sólida.

Ele caminha na minha direção, com os olhos verdes ardentes. As páginas farfalham em torno dos seus pés, o papel fino é leve como penas. Sem hesitar, Yvan me puxa para si e coloca os lábios sobre os meus com uma urgência feroz.

Ofego, atordoada pela intensidade do beijo inesperado. Sinto o calor emanar de sua pele através da lã áspera de sua camisa enquanto me derreto em sua fome; a sensação e o gosto dele queimam como lava. Como mel aquecido até se tornar um líquido em chamas, estremecendo através de mim.

Deslizo a mão pelos músculos retesados de seu pescoço, através de seus cabelos. Sinto seu hálito quente em mim enquanto ele beija meu pescoço, meu rosto, meu cabelo, meus lábios, como se estivesse faminto por mim.

– Eu te amo, Elloren – diz ele, com a voz embargada.

O calor que floresce dentro de mim infla e enche meu coração com uma felicidade tão crua que chega a doer. Parece tão certo estar com ele. Como voltar para casa depois de uma jornada longa e desafiadora.

– Yvan – murmuro no contorno acentuado de sua mandíbula. – Eu também te amo.

Inesperadamente, um vento feroz se agita.

As páginas d'*O Livro* se embaralham e se elevam; em seguida, se tornam um ciclone em torno de nós, assumindo uma vida própria e feroz. Grito conforme as páginas se empurram entre nós e nos forçam a nos separar, suas bordas afiadas raspam impiedosamente minha pele.

E depois não consigo vê-lo. Só posso ver uma parede branca enquanto milhares de páginas rugem em torno de mim; o som é ensurdecedor.

–Yvan! – grito.

Mas não adianta. Ele não pode me ouvir sobre o rugido d'*O Livro*.

CAPÍTULO DEZESSETE

NAGA

– Então, kéltico – pergunta Ariel a Yvan, enquanto nos arrastamos pela floresta, a caminho do dragão –, há alguma chance de o seu dragão comer a Bruxa Negra aqui?

Vejo o canto do lábio de Yvan se contrair, mas ele mantém os olhos adiante.

– Suponho que seja possível – responde ele.

– Ou talvez a envolva em uma bola de chamas – Ariel pondera, animada.

Faço careta para ela enquanto tropeço em um emaranhado de raízes. Ela sabe muito bem o quanto eu odeio quando ela me chama de "Bruxa Negra". Mas estou cansada de discutir com a garota. É impossível argumentar com Ariel; e dizer que odeio algo apenas a leva a insistir mais ainda.

Andras, Wynter, meus irmãos e os lupinos nos acompanham em silêncio. Ao contrário de mim, nenhum deles tropeça em nada. São todos tão irritantemente furtivos.

– Ariel gosta de me provocar – reclamo sombriamente com Yvan, cujo lábio se curva para cima uma fração a mais.

Diana foi quem convenceu Ariel e Wynter a nos acompanhar, já que elas podem falar com dragões usando a mente. Aislinn se ofereceu para cuidar de Marina.

Embora Ariel veja Diana como sendo uma bárbara, nunca confiando muito que a lupina não vá comer seus amigos emplumados, há algo direto no jeito de Diana que muitas vezes é capaz de perfurar a névoa de escuridão rançosa em que Ariel parece estar perpetuamente envolvida e pela qual é atormentada. Então, no fim, a curiosidade de Ariel venceu, e ela aceitou vir, reforçando sua decisão quando Wynter se juntou a nós.

– Eu vou poder falar com a dragoa – Ariel se gaba para mim –, e vou ser capaz de dizer a ela qual dos seus membros ela deve arrancar primeiro. Mas você não vai saber o que estou dizendo. Vai ser surpresa.

– Bem, então por que não começa a praticar suas habilidades de comunicação silenciosa a partir de agora? – respondo, cansada.

Ariel abre um sorriso perverso e mostra os longos dentes manchados para mim.

– Talvez eu me sentisse mais amigável com a Bruxa Negra – diz ela a Yvan, cheia de malícia – se ela não tivesse me mantido acordada a noite toda.

Um pânico nauseante me atinge e detém meus passos. Ariel desacelera e para também, o resto do grupo estanca enquanto nos observa com uma curiosidade cautelosa.

– Ariel, por favor – rogo ao ficar desconfortavelmente corada.

– Ela fala dormindo – explica Ariel a Yvan, e o sorriso dela se alarga. – Foi especialmente irritante ontem à noite.

Sinto-me exposta e nua, pronta para chorar a qualquer momento.

– Ariel – Diana dá um passo ameaçador em sua direção. – *Chega.*

– Precisamos continuar andando – Rafe acrescenta. – O sol vai se pôr daqui a pouco.

Assinto para ele com firmeza, sentindo-me colada ao chão.

Devagar, Ariel olha ao redor, tomando seu tempo ao saborear a minha desgraça.

– Não se preocupe, Bruxa Negra – diz ela por fim. – Não vou contar a Yvan o tipo de sonhos que você tem com ele.

As sobrancelhas de Yvan se erguem com vontade, e, surpreso, ele me fita antes de olhar desconfortavelmente para longe. Diana emite um rosnado baixo, curvando o lábio.

Ariel, por sua vez, sibila para a lupina e se agacha em uma postura defensiva até que Diana cede e deixa Rafe guiá-la, quase todos os seguem.

Wynter faz uma pausa; sua expressão de simpatia é a única coisa capaz de me fazer voltar a andar.

Eu os sigo em um torpor envergonhado e luto contra o desejo de explodir em lágrimas.

Yvan sabe que sonhei com ele. E daí? As pessoas não conseguem controlar os próprios sonhos.

A minha dolorosa humilhação se dissolve quando chegamos à dragoa de Yvan.

Ela está deitada de lado, de olhos fechados, numa grande poça de sangue, a espetacular pele de ônix coberta, simplesmente *coberta*, por cortes e chicotadas. Uma de suas asas e uma perna traseira estão dobradas em um ângulo estranho e forçado.

Por reflexo, minha mão voa para a boca, minha respiração fica presa, atordoada por tamanha crueldade sádica.

– Ah, não – Yvan suspira ao se mover em direção à jaula, caindo de joelhos diante dela e agarrando-se às grades. Parecendo arrasada, Wynter vai até ele, com as asas enroladas em torno do corpo mirrado.

– Quem fez isso precisa morrer – rosna Diana, em tom baixo e ameaçador, com os olhos iluminados por fúria selvagem. Fúria que se reflete nas expressões de Jarod e Andras.

Ariel está congelada, com uma expressão chocada no rosto pálido. Inesperadamente, ela dispara para a frente com um choque de indignação violenta e se lança contra a jaula, com os olhos descontrolados.

– *Tirem ela daqui*! – exclama Ariel. – *Tirem ela* desta *jaula*! – Ela se encolhe no chão, com o rosto devastado e os punhos agarrados às barras de aço.

Trystan avança para falar com Ariel, calmo e controlado, enquanto segura a varinha branca.

– É isso que vamos tentar fazer – diz ele gentilmente. – Mas não vamos conseguir se você alertar a nossa presença para todos os soldados em um raio de cinquenta quilômetros.

Ariel se agarra à jaula; sua respiração está descompassada, e o olhar de raiva diminui para um de pura devastação.

O braço de Yvan está esticado através das barras, a mão nas costas ensanguentadas do animal.

– Ela ainda está viva – diz ele, com a voz estranhamente abalada.

A dragoa abre o olho verde até a metade e encara Yvan, há um oceano de sofrimento lá.

Lágrimas fazem meus olhos arder.

Andras vai até onde Yvan está ajoelhado e examina a cena.

– A asa dela está quebrada – observa com indignação explícita. – Assim como a perna, ela perdeu muito sangue. Talvez a empata possa nos dizer se há alguma esperança. – Ele lança um olhar incisivo para Wynter, que respira fundo antes de se ajoelhar e estender a mão para a jaula.

O olhar da dragoa se desloca para Wynter quando ela coloca uma mão pálida na pele reluzente e escamosa da criatura e fecha os olhos com força, a expressão da empata se enche de dor.

– Ela quer que eu saiba que seu nome é Naga. E que quer se mexer, mas não consegue. Ela está com muita dor. – A voz de Wynter é um sussurro sufocado, a boca fina está trêmula. – Seus pensamentos estão cheios de desespero. Tudo o que ela sempre quis... – Wynter se interrompe por um momento e lágrimas escorrem por seu rosto. – Tudo o que ela sempre quis foi voar livre. Sentir o vento nas asas. Mas... não há como lutar contra eles. Uma imagem ocupa sua mente. Yvan. Seu bom amigo. Seu único amigo. Ela quer que Yvan e seu povo fujam antes que esses monstros gardnerianos os encontrem. Yvan acha que pode salvá-la, mas não pode. Mesmo que ele seja um... – Wynter arqueja, seus olhos se abrem em compreensão chocada, sua cabeça gira para encarar Yvan.

Ele empalidece, se levanta e se afasta de Wynter.

– Wynter, *por favor*.

– Yvan – murmura ela enquanto balança a cabeça em descrença. – Não pode ser. Como é possível?

– Estou te implorando – suplica ele.

Wynter inclina a cabeça como se tentasse se recompor, fecha os olhos com força por um momento, depois os abre e o observa, com calma.

– Dê-me a sua mão – instrui ela ao estender a própria, a outra ainda está sobre o dragão.

– Wynter, eu...

– Você *não* precisa temer isso comigo – diz ela com firmeza, e a mão ainda estendida.

Yvan está positivamente apavorado. Mas então se rende e estende a mão. Wynter fecha os olhos enquanto lê os pensamentos de Yvan e os da dragoa, sua testa franze de vez em quando, e a cabeça balança como se estivesse envolvida em alguma conversa privada e oculta. Por fim, ela abre os olhos, ainda segurando a mão de Yvan.

– Empatas são guardiões dos segredos – ela diz a ele.

Observo ao redor, confusa. As expressões de Jarod e Diana são severas e ilegíveis, e o punho de Andras está apertado no cabo do machado. Trystan e Ariel estão olhando para Yvan com uma preocupação cautelosa.

– Não quero interromper – diz Rafe a Wynter, ao dar um passo à frente –, mas se há algo que precisamos saber sobre Yvan, acho que deveria nos contar. Se houver algum perigo...

– Ele não representa perigo para nenhum de nós – afirma Wynter com uma certeza tranquilizadora. – Ele é totalmente confiável.

Antes de ceder, Rafe lança um olhar duro e estreitado para ela e para Yvan.

– Tudo bem – diz ele a Wynter –, o que você pode nos dizer sobre as chances de tirar Naga viva daqui?

Wynter se concentra mais uma vez na dragoa.

– Naga – pergunta Yvan à dragoa, angustiado –, quem fez isso com você?

O olhar dela se estreita de dor.

– Um soldado – Wynter fala pelo animal. – O mestre dos dragões deles. – Ela estremece bruscamente. – Mago Damion Bane.

– Meu Ancião – exclamo, enojada. – É claro que seria um dos Bane.

– Vamos te tirar daqui – diz Yvan, com o lábio curvado com uma determinação incendiária. – Vamos encontrar um jeito.

– Não há jeito – traduz Wynter. – Ele vai voltar. Ele vai me torturar até eu desistir... ou morrer.

– Vamos detê-lo – diz Rafe.

– Então eles enviarão outro – continua Wynter. – Não há como detê-los.

– Não – observa Trystan ao passar as mãos para cima e para baixo nas barras metálicas, estudando-as. – Vamos encontrar uma maneira de quebrar essa jaula e te tirar daí.

– Então você precisa ser rápido, gardneriano – traduz Wynter, os olhos da dragoa estão cheios de urgência sombria. – *Muito* rápido.

Quase não vemos Trystan nos dias que se seguem. Ele tem o cuidado de seguir seus horários, como todos nós, todos sobrecarregados com tarefas exaustivas das disciplinas e época de provas. Mesmo assim, ele tira um tempo para desaparecer na floresta todas as noites e praticar feitiços na ponta da flecha com a varinha branca.

Ariel começa a andar pelo quarto; de seu poleiro sobre a cama, o corvo mantém um olhar atento nela. Ela está raivosa, taciturna e mais nervosa que de costume. Todos nós estamos. A selkie parece sentir isso. Como o corvo, ela nos observa com preocupação, aninhando-se com Diana à noite, seu maior conforto.

E Yvan parece perturbado e distante, seu foco tão intenso em mim quanto sempre, mas totalmente em desacordo com a forma como ele se afasta. O garoto fica ao lado dos trabalhadores kélticos e urisk, tendo o cuidado de escolher tarefas que não o deixem muito próximo de mim. E evita as poucas oportunidades de conversa que estava começando a aproveitar, mesmo que eu consiga, do outro lado da cozinha, sentir nossa atração cada vez maior.

É perturbador e confuso, mas tento enterrar a dor e me concentrar em estudar e permanecer acima de qualquer suspeita.

Pego-me pensando no que acontecerá se Marina for encontrada, se a dragoa de Yvan consegue ou não sobreviver e o que Wynter sabe sobre ele. Há tantas coisas estranhas sobre ele, como a velocidade e força ao lidar com Damion quando resgatou a garota urisk. Como ele parece ser capaz de se comunicar com a dragoa apenas pelo olhar. Como ele parece sentir os meus pensamentos. O calor não natural de sua pele.

Que segredo ele está escondendo?

CAPÍTULO DEZOITO
YVAN

– Você ainda é má?

A voz da criança que vem do alto me assusta. Eu me esforço na escuridão para vê-la entre os galhos grossos do pinheiro que fica do lado externo da cozinha. Há muito tempo que não via nem sinal de Fern, a garotinha urisk. Estou surpresa que ela ainda esteja aqui.

– Onde você está? – chamo, mantendo a voz o mais baixa possível, lembrando que sua presença aqui é ilegal, tendo sido contrabandeada para fora das Ilhas Feéricas pela avó.

– Mas você ainda é má?

Lembro-me, bastante envergonhada, do dia em que Lukas entrou comigo na cozinha e ameaçou a todos com tanta frieza, reduzindo a pequena Fern a lágrimas aterrorizadas.

– Iris e Bleddyn dizem que você ainda é má – pondera ela, com a vozinha minúscula –, mas Yvan diz que não. Não mais.

– Ele disse isso? – Um rubor quente e agradável se apossa de mim.

– A vovó diz que não sabe. E eu também não sei.

Considero o que ela disse.

– Eu *era* má, mas não queria ser. E sinto muito. Já não sou mais má. Pelo menos espero que não.

– Ah, tudo bem.

Tudo fica quieto por um momento.

– Fern?

– Hum?

– Por que você está em cima da árvore? Não é seguro ficar tão alto.

– Estou brincando de Bruxa Negra.

Meus olhos se arregalam de surpresa.

– Bruxa Negra?

– Todas as crianças brincavam disso nas Ilhas. Quando os capatazes não estavam olhando. Alguém fica de Bruxa Negra, e os outros precisam se esconder.

– O que acontece se ela te achar? – pergunto.

– Ela te mata, claro.

Congelo onde estou.

– Parece... uma brincadeira bastante assustadora – digo, e a vergonha desliza por mim.

É esse o legado da minha avó? Uma brincadeira de criança em que ela é o monstro maligno que as matará?

–Você é bonita – diz a vozinha.

– Obrigada – respondo, e posso ouvi-la rindo através das folhas.

–Yvan acha que você é bonita também.

– Ele acha? – Minhas bochechas coram de agradável surpresa.

– Falei para ele que achava você parecida com uma princesa, e ele achava também.

– Ah – digo, encantada e iluminada com a afirmação.

– Ele é meu amigo – diz ela. – Ele brinca comigo às vezes.

– Ele brinca, é?

Tento imaginar a cena. O Yvan sério e intenso brincando com uma criança. Mas depois me lembro da vez que o vi com a pequena Fern quando ela derramou as bolhas na camisa dele. Recordo-me do sorriso dele. De sua paciência.

– Ele também me faz brinquedos.

– Sério?

– É. Ele fez uma varinha de bolhas e um quebra-cabeça de pato, tudo de madeira.

– Que legal.

– Ele é legal.

Quando acontece, é tão rápido que não tenho tempo de reagir. Há um estalo alto, um grito estridente e um estrondo de algo caindo que é de revirar o estômago.

E então os gritos começam.

Largo minha bolsa de livros e salto em direção ao corpinho retorcido no chão à minha frente. Ela caiu do topo da árvore, despencando sobre a ponta afiada de uma enxada que fica escorada no tronco. Está tão escuro que não consigo enxergar muita coisa, mas *consigo* ver que sua perna direita está muito quebrada e que o sangue jorra da ferida.

– Oh, Ancião – murmuro, e meu coração acelera enquanto Fern se contorce e grita o mais alto que consegue. Em pânico, procuro ajuda ao redor e vejo Yvan correndo em nossa direção, vindo dos celeiros de gado.

– Ela caiu. Do topo da árvore. Em cima da enxada. Está sangrando. A perna está quebrada. – Minhas palavras saem com uma pressa emaranhada enquanto ele se ajoelha e faz um balanço rápido da situação. A cabeça dele gira ao redor. Fern não devia estar aqui. Se alguém a encontrar...

– Mantenha-a quieta! – ordena ele.

– Como?

– Não *importa*!

Sento-me atrás de Fern, agarro sua cabeça e cubro a boca com firmeza, seus gritos são abafados de maneira rápida e eficaz, e começo a me sentir enjoada por precisar fazer isso. O corpinho se contorce e fica tenso contra mim enquanto suas mãos se agarram aos meus braços e ao ar. Tento contê-la com mais força. Yvan puxa a perna da calça dela e posso ver um fragmento de osso saindo através da carne.

– Elloren – Yvan ordena, brusco. – Segure firme.

Mantenho uma mão firme na cabeça de Fern e cubro sua boca, apertando seus bracinhos com a outra. Yvan pega a perna dela e apalpa com dedos hábeis. Então, de súbito, ele empurra o membro de volta para a posição original. Fern convulsiona e grunhe de terror e dor.

– *O que você está fazendo?* – exclamo, profundamente confusa.

Agora ele está agarrando a perna recém-endireitada com as duas mãos, cobrindo completamente a ferida. Ele fecha os olhos, como se meditasse, e segura a perna com firmeza.

– Yvan! – exclamo. – Por que está fazendo isso? Precisamos de um médico de verdade! Agora mesmo!

Mas os gritos de Fern começam a se acalmar, seus músculos relaxam e os braços caem frouxos para os lados. Ela choraminga baixinho, e então até isso começa a diminuir. Yvan fica onde está, com os olhos fechados como se estivesse concentrando toda a sua energia na perna da criança.

Fern treme silenciosamente agora, e vejo a figura familiar de sua avó correndo até nós.

Quando avista a neta no chão, Fernyllia larga os baldes de lavagem que carrega nos braços.

Yvan abre os olhos e me encara.

– Solte-a, Elloren – diz ele.

Profundamente insegura, tiro as mãos da criança e me inclino para trás, a cabeça de Fern está mole no meu colo.

A menina funga, seu corpo ainda treme, mas ela não parece mais sentir dor.

Devagar, Yvan tira as mãos da perna também. O sangue, na perna e nas roupas de Fern, parece respingos de tinta na escuridão. Por mais incrível que seja, Fern puxa a perna para cima e estende as mãos para a avó. Sento-me e a observo, incapaz de acreditar no que vejo.

Como é possível? O osso… Estava perfurando a perna!

Yvan recua quando Fernyllia pega Fern no colo e a abraça com força.

– Minha preciosa menina – diz Fernyllia ao beijar a cabeça da neta. – O que aconteceu?

– Eu caí da árvore – Fern soluça –, e Yvan consertou minha perna. E *doeu*.

– Foi só um arranhão – diz Yvan a Fernyllia.

Quê?

Por acaso presenciamos cenas distintas? Vi o ângulo estranho da perna dela, o osso exposto. E o sangue da menina está espalhado por todo o lado. Prova de que não estou enganada.

Yvan observa meu olhar extremamente incrédulo e me encara de volta, com expressão dura, como se quisesse que eu permanecesse em silêncio. Analiso suas mãos, as manchas de sangue por todo o seu colo. Sei que há curandeiros que conseguem reparar fraturas tão extremas ao longo de alguns meses, mas nunca ouvi falar de algo assim.

– Obrigada, Yvan – diz Fernyllia com profunda gratidão. Ela se vira para mim. – E obrigada, maga Gardner.

– Elloren me ajudou – diz Fern à avó, com a cabeça encostada em seu peito, claramente exausta por sua provação.

Fernyllia beija o topo da cabeça da criança antes de me lançar um olhar significativo.

– Talvez Elloren e Yvan queiram um pouco de chá e um pedaço de torta de maçã – diz ela naquela voz cantante com que as pessoas falam com crianças, e o uso do meu primeiro nome me atordoa. Fernyllia dá um suave peteleco no nariz da neta com a ponta do dedo. – E vou fazer um pouco de creme de bordo quente para você, pequenina. Vai te fazer se sentir melhor?

A cabeça de Fern balança para cima e para baixo devagar. Fernyllia se levanta, com a neta embalada nos braços robustos.

– Vão na frente – diz Yvan gentilmente. – Já vamos entrar.

Um olhar interrogativo cintila nas feições da mulher antes de ela assentir e nos deixar.

– Como você fez isso? – exijo em um sussurro baixo e urgente assim que Fernyllia se afasta o suficiente para não nos ouvir. – Isso é magia curativa. E kélticos não têm magia.

Ele não me encara.

– Não sei do que você está falando, Elloren. A perna dela estava deslocada. Simplesmente a coloquei de volta no lugar.

– Aquela perna estava *quebrada*. Ao *meio*. Eu vi o *osso*, Yvan. Com os meus próprios olhos. E você está coberto de sangue. Não foi só um arranhão!

Seus olhos encontram os meus, a intensidade da sua ira volta com força total.

– E a dragoa. Você consegue falar com ela, não consegue? – insisto. – Assim como Wynter e Ariel. Com a sua mente. Como consegue fazer isso, Yvan? E quando você enfrentou Damion para ajudar Olilly... você se moveu tão rápido... foi como um borrão. Pensei que eu estivesse imaginando coisas, mas não posso estar imaginando tudo *isso*. O que você está escondendo de nós?

– Nada – diz ele, evitando meu olhar, com a mandíbula tensa. – Você *está* imaginando coisas. – Ele luta visivelmente com seus pensamentos por um momento antes de voltar os olhos agora abrasadores para mim. Ele se inclina, com tom incisivo. – Você precisa parar.

Estou decidida.

– Não vou parar – insisto, inclinando-me também. – Não vou parar até que me diga o que está acontecendo. – Minha testa franze, tensa, preocupação por ele se apossa de mim. – Me conta, Yvan. Pode confiar em mim.

Há um clarão de conflito torturado em seu semblante, e seus lábios se separam como se ele estivesse prestes a me falar a verdade. Há um abismo de tristeza ali, e meu coração se aperta quando o sinto.

Mas então sua boca se fecha e o olhar conflituoso desaparece, apenas uma raiva inflexível continua lá.

– Preciso ir – diz ele, frio. – Tenho trabalho a fazer.

– Yvan – rogo. – Espera...

Mas só consigo observá-lo partir, profundamente desanimada, enquanto o garoto se vira e se afasta de mim, noite adentro.

Profundamente inquieta, vou para a cozinha, onde encontro Fern sentada ao lado da avó, saboreando uma caneca de creme de bordo.

Fernyllia acabou de limpar a ferida da criança, a perna reta e forte e marcada apenas com um pequeno hematoma vermelho.

A mulher olha na minha direção quando entro.

– Onde está o jovem Yvan? – pergunta ela.

Respiro fundo.

– Ele teve que ir. Precisa... estudar muito para recuperar o atraso.

– Tão trabalhador, esse rapaz – comenta ela, e balança a cabeça ao colocar o xale quente em volta dos ombros da pequena Fern. A criança abaixa a caneca e estende as mãos para a avó, Fernyllia ri. – Upa – ela encoraja a criança, que se levanta brevemente para que a avó possa se sentar e depois a puxar para o colo amplo.

Aninhando-se, Fern pega o creme de bordo e sorve o líquido; tímidos, seus olhos encontram os meus.

– Eu te julguei mal, Elloren Gardner – diz Fernyllia baixinho, enquanto acaricia o cabelo da neta.

– De início, te julguei mal também – admito.

Os olhos de Fernyllia oscilam para a faixa branca apertada no meu braço.

– Você não está realmente com Vogel, não é, querida?

Lanço um olhar sério para ela e faço que não.

Ela me lança um olhar perspicaz, medindo-me, sua boca se curva em um sorriso.

– Imaginei que não. – Satisfeita, ela volta a embalar e murmurar para a criança.

Vejo como Fern fica cada vez mais sonolenta, até que, enfim, Fernyllia tira com cuidado a caneca de creme quente das mãos da neta e deixa a criança adormecer no seu colo.

– Desculpa – murmuro. – Desculpa por ter sido tão ignorante... e errada, quando comecei a trabalhar aqui.

Fernyllia olha para mim, avaliando-me, e depois olha para a criança.

– Desculpas aceitas – ela responde com um sorriso. – Tome um pouco de chá, Elloren Gardner. – E gesticula em direção ao bule e às canecas diante dela; um vapor mentolado flutua do bico da chaleira.

Sirvo um pouco de chá para mim e bebo com Fernyllia enquanto ela embala a neta suavemente para a frente e para trás, a cena cheia de conforto.

Estou magoada pela raiva e recusa de Yvan de ser sincero comigo, mas enquanto observo a criança dormindo e seguro minha caneca, o calor fumegante penetra em minhas mãos e parte da minha tensão se dissipa.

Fernyllia começa a cantarolar uma canção de ninar em uriskal, a língua staccato surpreendentemente envolvente quando soada em música.

Eu me recosto na cadeira, saboreando o chá, e aprecio essa nova e animadora amizade.

Enquanto, com obstinação, tento desvendar o segredo de Yvan Guriel.

CAPÍTULO DEZENOVE
FEÉRICO

– Ele deve ser feérico – diz Aislinn enquanto folheia um livro de couro com páginas com bordas prateadas.

Estamos sentadas no chão do seu quarto, suas duas companheiras de alojamento élficas ausentes. Estamos desperdiçando um precioso tempo de estudo, nos debruçando sobre todos os livros sobre povos feéricos em que conseguimos pôr as mãos.

– Deve ser estranho – observo, olhando ao redor do quarto –, morar com duas elfas.

Seu rosto fica sombrio.

– Suspeito que não será por muito mais tempo. Agora que o Conselho Verpaciano está sendo dirigido por gardnerianos.

O Conselho Universitário sempre exigiu a integração de alojamentos, gardnerianos e elfos geralmente são colocados juntos, uma vez que os países são aliados e os costumes igualmente reservados. Mas é apenas questão de tempo até que essa política amplamente detestada seja desmantelada pelo Conselho Verpaciano, com a nova maioria gardneriana.

O fogo ruge na lareira ao nosso lado, há uma variedade de livros espalhados. Olho para a cama de Aislinn, que está isolada num canto. Suas coisas têm origem elegante: os lençóis verde-profundo de sua cama são feitos do caro algodão alfsigr ellusiano, e os livros são firmes e novos. As suas roupas, embora simples, são confeccionadas em seda e linho fino, e o seu conjunto de pente e escova é de prata.

Mas essas coisas nem se comparam com o espaço etéreo das donzelas alfsigr que residem com ela. Camas de dossel adornadas com lenços de seda de marfim têm postes espiralados envoltos com videiras vivas, as folhas preto-esverdeadas intercaladas com delicadas flores brancas que exalam um aroma sutil tão limpo quanto chuva de primavera. Tapeçarias intrincadas feitas em padrões de nós brancos, pratas e pretos destacam um tapete complementar com desenho semelhante e mais escuro. Uma estante alta contém tigelas de cristais translúcidos e livros pretos intitulados com escrita élfica em relevo. Ao pé de uma cama há uma linda harpa nos ricos tons da árvore de mogno de casco de tartaruga, com cordas brilhando douradas.

– Há lendas de curandeiros feéricos que podem operar milagres – diz Aislinn, me fazendo desviar o olhar da fonte de água das elfas. Está situada perto de uma janela em arco e rodeada por uma variedade de plantas com flores em vasos marfim com desenhos de nós pretos. A cascata suave é agradável ao ouvido e envia uma umidade calmante no ambiente.

Volto a analisar meu próprio texto, passando o dedo ao longo de uma ilustração extravagante de uma sílfide feérica do ar. Ela está vestida com roupas esvoaçantes e cinzentas, montada em uma nuvem.

Deslizo o dedo ao longo da orelha da sílfide.

– Yvan não tem orelhas pontudas – noto.

– Poderia ser um glamour – postula Aislinn.

Aponto uma passagem do meu escrito.

– O que, de acordo com isso, reduziria nossas opções para sílfide do ar, lasair de fogo e asrai feérico da água. Diz aqui que eles são os únicos feéricos que podem lançar glamour. – Pego minha caneca de chá quente e a saboreio, a cerâmica pesada aquece minhas mãos. – O ferro não o incomoda. Ele o toca o tempo todo na cozinha.

– Talvez ele seja apenas parte feérico – responde Aislinn, distraída, enquanto ela passa o dedo pelo índice de outro escrito e começa a folheá-lo. – Ele ainda pode sentir aversão a ferro, no entanto.

Tento me lembrar de um momento em que Yvan tenha parecido desanimado com as panelas ou fogões de ferro, mas não me recordo de ter visto o garoto angustiado com o contato. E, ao contrário de Tierney, ele sempre fica sem luvas.

– Existem tantos tipos de feéricos – pondera Aislinn enquanto lê. – Centenas. E todos são tão diferentes.

Imagens fantásticas das ilustrações dos livros permanecem acesas na minha mente. Os feéricos laminak, com os castelos subterrâneos cristalinos. Os feéricos hollen, pastores de cabras, e as cidades esculpidas no topo das montanhas. Feéricos sílfides, que podem ficar transparentes.

– Olha esses. – Fico maravilhada ao apontar uma ilustração. – Eles têm asas de borboleta!

– Humm – diz Aislinn com um aceno de cabeça. – Feéricos do musgo. Já ouvi histórias deles. São trupes feéricas. Fazem peças para a monarquia.

Folheio as descrições dos feéricos skogsra, que habitam as profundezas da floresta com as corujas, e os severos feéricos ymir das montanhas do Norte e suas habitações com torres afiadas feitas de gelo.

– Já ouviu falar dos feéricos vila? – pergunta Aislinn.

– Eles são elementais?

Ela sorri e balança a cabeça.

– Não. Candela. Feéricos das cores. Vilas tinham afinidade com a cor violeta. Podiam se transformar em sombras. Os sidhe os usavam como espiões. É por isso que o roxo ainda não é permitido no salão do Conselho dos Magos.

– É incrível que algum dia eles tenham sido um grupo coeso – penso enquanto folheio meu escrito. – Eles são todos tão… diferentes.

– Mais ou menos coeso, de qualquer maneira – comenta Aislinn ao pegar outro livro. – Exceto pelos feéricos solitários.

– Solitários?

– Feéricos que existiam independentes da política da Corte dos Sidhe. Renegados. Nômades. Como as dríades. Os lasair de fogo. – O dedo de Aislinn para. – Ah, aqui tem uma coisa. Os feéricos lasair de fogo tinham uma poderosa magia de cura… – O dedo dela se move novamente ao percorrer o trecho. – Magia de fogo poderosa, curandeiros talentosos ferozmente independentes, nômades. – Ela me lança um olhar significativo antes de continuar a leitura. – *Olhos verdes brilhantes*… extremamente perigosos… – A boca de Aislinn se curva em um sorrisinho, seu olhar mais uma vez encontra o meu. – Muito atraentes fisicamente. Sei que ele é kéltico, mas… é um pouco atraente, não acha?

Dou de ombros com cautela.

– Um pouco – admito, não querendo despertar a suspeita de Aislinn sobre minha paixão insensata por Yvan Guriel. – Devemos colocar esse na lista – insisto, tentando parecer indiferente enquanto aperto minha caneca e Aislinn toma nota.

Feérico do fogo. Poderia Yvan ser parte lasair?

– Ele é tão forte e rápido – penso, lembrando. – Sempre entra na floresta. Acho que te contei. Por um tempo achei que, secretamente, ele fosse lupino.

Arrependo-me de dizer isso assim que a palavra deixa meus lábios. À menção de lupinos, o rosto de Aislinn logo fica tenso.

– Como estão as coisas entre você e Jarod? – arrisco perguntar.

Ela não responde por um momento, apenas fica sentada encarando o livro.

– Estou falando com ele, se é o que quer saber – diz ela, evasiva. – Por favor, não vamos mais tocar no assunto. Tomei minha decisão. Não posso abandonar minhas irmãs e minha mãe. Portanto não faz sentido falar disso.

Atordoada, observo sua aparência abatida. Aislinn tem estado cada vez mais ausente, visitando a família, passando quase todos os finais de semana longe. Parcialmente para manter as aparências, caso alguém dê falta do grimório, mas também para fugir do que sente por Jarod.

– Aislinn – digo a ela –, sua felicidade também é importante. Não só a delas.

Sua expressão se torna dolorosa.

– E como eu poderia ser feliz sabendo que abandonei minha família?

– Mas você não os abandonaria.

Ela balança a cabeça, com os olhos apertados de angústia, e sei que não posso convencê-la agora.

Solto um longo suspiro.

– Sinto falta de ter você por perto. Você é uma das poucas pessoas com quem posso ser sincera de verdade.

Aislinn franze a testa ao ouvir a confissão.

– Eu sei. Sinto o mesmo. Mas pelo menos você tem Diana...

Sinto uma pontada de amargura ressentida passar por mim com a menção do nome de Diana, lembrando-me de algo que se passou entre nós há alguns dias.

Eu estava no banheiro da Torre Norte, nua depois de um longo banho, diante do espelho arranhado.

Via de regra, os gardnerianos não têm espelho no banheiro. É considerado impróprio e errado se ver nu. Mas, ao vislumbrar o meu reflexo naquela noite, fiquei impressionada com a beleza da minha forma cintilante. Fingindo, por capricho, ser Diana, imaginei como seria estar tão confortável na minha própria pele como ela é na dela, estendi os braços para cima da minha cabeça, sem vergonha nenhuma, tal como Diana sempre faz, imitando seus trejeitos desinibidos.

Justo quando eu estava fazendo isso, ela invadiu o pequeno cômodo. Mortificada, minhas mãos logo voaram para baixo para me cobrir enquanto, por reflexo, me curvei para a frente. Senti uma forte onda de vergonha, embora a própria Diana estivesse nua. Eu a encarei, odiando muito sua incapacidade de bater à porta.

Diana estancou, fazendo um balanço da situação.

– Ah, que bom – disse ela com aprovação. – Você está se admirando, como deveria. Juventude e beleza são um presente de Maiya. Devemos nos deleitar com ela.

– Saia! – bradei, querendo literalmente jogá-la para fora do banheiro. – Você precisa bater! Já disse isso um milhão de vezes! É como se você fosse surda!

– Eu certamente não sou surda – ela bufou. – A minha audição é *muito* superior...

– Saia!

– Mas...

– Eu disse para *sair*!

Antes de sair de lá irritada, Diana foi exagerada ao deixar transparecer o descontentamento e a ofensa. Minutos depois, assim que meus sentimentos assassinos em relação à princesa lupina começaram a diminuir, ouvi uma batida muito superficial à porta.

– O quê? – retruquei. Será que ela nunca desistia? *Nunca?*

– Posso entrar e falar com você? – anunciou ela, com formalidade rígida.

– Não! – bradei, ainda fumegando de raiva enquanto vestia camisola e calçola.

Depois de alguns segundos, veio outra batida.

– E agora? – perguntou ela, parecendo genuinamente confusa.

Soltei um suspiro profundo. Por mais fácil que seja ficar zangada com Diana, é igualmente difícil se manter zangada com ela.

– Entra – cedi.

Diana entrou e se sentou na beira da banheira, olhando-me como se estivesse um pouco perturbada.

Fiz careta para ela e comecei a pentear o cabelo com raiva.

– O que você quer?

– Eu preciso falar com você sobre um assunto – disse ela, relutante.

Isso era novidade. Diana nunca ficava relutante. Parei e me virei para ela.

– Escrevi para os meus pais – começou ela. – E perguntei a eles sobre te levar para casa comigo.

Algo quente e reconfortante escapou do meu ser. A dor da rejeição antecipada que a substituiu foi surpreendentemente forte.

Não. Eles disseram não. Claro que tinham recusado. Diana foi uma tola ao pensar que seria diferente. Uma tola ingênua. *Ela pensa que sabe de tudo; que seu povo é perfeito. Acontece que os lupinos nobres são como todos os outros. Cheios de preconceitos.*

– Meu pai – ela começou a falar, hesitante – sugeriu que eles te conhecessem primeiro.

Em outras palavras, não.

Virei as costas para ela e continuei a pentear o cabelo, com mais violência dessa vez, puxando com força os nós, contente pela dor. Ela me distraía. Me impedia de chorar. É melhor ficar com raiva do que ser patética.

– Tudo bem – disse a ela com firmeza, engolindo a dor da rejeição. – Estive pensando nisso, e de qualquer forma, acho que, na verdade, não quero visitar o seu povo. O meu povo é muito diferente do seu. Acho que não me sentiria confortável.

– Elloren... – ela tentou articular com tom gentil. De certa forma, eu sabia que ela estava tentando com afinco, que estava do meu lado, mas a parte de mim que queria odiá-la naquele momento por pura dor era mais forte.

– Por favor, saia, Diana – falei, ríspida. – Gostaria de terminar de me arrumar com alguma privacidade. Eu realmente não te quero aqui. – Tive uma pequena e fugaz satisfação ao notar o olhar de mágoa que atravessou o rosto de Diana antes de ela partir.

Conversa fiada isso de irmãs, pensei enquanto ela fechava a porta sem fazer barulho. Puxei com mais força o meu cabelo molhado, lágrimas ardiam nos meus olhos. *Conversa fiada de encontrar amigos e familiares entre o seu povo. Conversa fiada de não perder o meu irmão, mas ganhar uma irmã. Não estou ganhando nada.*

Como eu já desconfiava.

– Não é possível ser amiga íntima de Diana – digo a Aislinn, com certa rigidez. – Ela é tão... diferente. Nunca vai entender como é para nós.

Aislinn me observa com atenção, como se pudesse ler o conflito por detrás das minhas palavras. Olho para o outro lado e tento engolir a dor que ainda parece cortante e aflorada.

Fecho os olhos e ergo as mãos para esfregar as têmporas, uma pulsação surda começa a me causar dor de cabeça. Depois de um longo momento, abro os olhos e examino os livros espalhados.

– O que aconteceu com os feéricos? – pergunto a Aislinn. – Quando foi chegando o fim da Guerra do Reino?

– Foram levados para as Ilhas Pyrran – diz Aislinn, inclinando a cabeça, em dúvida.

– E depois? – pressiono. – O que houve?

Ela dá de ombros, a inquietação deixa sua expressão soturna.

– Foram reassentados. Em algum lugar no extremo norte... – Ela vai parando de falar. – Por quê? Acha que aconteceu mais alguma coisa com eles?

Posso distinguir o finíssimo *clique* de um relógio de pêndulo élfico e o baixo respingar da fonte enquanto o silêncio cai sobre nós.

– Não sei – respondo. – Examinei todos os arquivos. Não consigo descobrir nada sobre o assunto. Não há nada ali. E nenhum feérico em lugar nenhum.

– Estranho.

– É o seguinte. – Eu me inclino em direção a ela. – Não acho que eles foram simplesmente expulsos do reino. Acho que podem ter sido mortos. E se foram, bem, isso significa que qualquer um que seja feérico ou tenha sangue feérico... pode estar correndo perigo. – Engulo em seco, tentando vencer o pavor que se alastra.

– Há cada vez mais argumentos sobre erradicar raças mistas – diz Aislinn, de forma sinistra.

– E se Yvan for em grande parte feérico... – O relógio marca mais algumas batidas. – Então não há mais tempo a perder.

CAPÍTULO VINTE

ASRAI FEÉRICO

Tierney está me esperando quando regresso à Torre Norte. Está sentada e imóvel no banco de pedra do corredor do andar de cima, iluminada por uma arandela.

Paro diante dela.

– Tierney…

– Eu tinha três anos quando eles vieram atrás de mim – conta ela, com a voz fina baixa e endurecida. Seu olhar está fincado no chão. – Meus pais faziam parte de um pequeno grupo de feéricos. Uma das últimas frentes secretas. E acabou ali. Os gardnerianos nos cercaram. Não havia saída.

"Meus pais gardnerianos eram amigos próximos dos meus pais feéricos. Meu pai de agora, e meu primeiro pai… os dois eram sopradores de vidro e um admirava a arte do outro. Antes de tudo terminar, os meus pais feéricos me levaram até eles. Eu e o meu irmãozinho.

"Antes de partir, eles me imobilizaram. Meus pais feéricos e alguns outros asrais. Fiquei com medo e lutei, mas eram muito fortes. Senti uma torção horrível nas minhas costas, um puxão no meu rosto, algo queimando todo o meu couro cabeludo. Eu estava apavorada… não percebi que estavam doando seus glamoures para mim e meu irmão. Fazendo de mim uma gardneriana. E feia o suficiente para me manter a salvo do laço de varinha. A salvo da Caçada aos Feéricos.

"Me lembro de gritar pela minha mãe. E me lembro dela chorando. Ela tentou me consolar e depois desabou. Eu me lembro da minha mãe gritando enquanto meu pai a arrastava, de suas unhas afundando no meu braço."

Tierney faz uma pausa, calma como um lago no inverno, e o olhar perdido no vazio.

– Minha família gardneriana… estávamos planejando sair do Reino Ocidental antes do referendo da primavera, caso Vogel vencesse – continua ela, com voz baixa e calma. – Mas agora… devemos partir imediatamente, só que não estamos prontos para viajar com toda a família através de um deserto perigoso. – Ela fica quieta por um momento. – Meus pais feéricos… minha família feérica. Nunca mais tivemos notícias deles. – Tierney olha para mim, o medo grita em seus olhos. – O Conselho dos Magos votou hoje para tornar o laço de varinha obrigatório para gardnerianos a partir dos dezoito anos. Temos seis meses para cumprir a ordem.

Meu estômago se revira. Todas nós... laçadas até a primavera. Querendo ou não.

– Vogel vai nos encurralar para fazermos o laço – continua ela –, e não testará apenas a pureza racial do casal que está sendo laçado. Ele ordenou a execução da avaliação-de-ferro das famílias do casal laçado na cerimônia. – A boca de Tierney se contorce em uma careta trêmula. – Meu irmão e eu somos feéricos asrai, Elloren. Feéricos de água puro sangue. Não vão só prender a mim e a meu irmão. Vão prender os meus pais e o meu irmão gardneriano por nos abrigarem. Toda a minha *família.*

Ela começa a chorar, deixando cair o rosto nas mãos enquanto soluça. Chego perto e me sento ao seu lado, puxando-a para os meus braços.

– Ajuda virá – eu a consolo, e minha determinação toma forma. – Vamos dar um jeito de tirar a sua família daqui.

E se ninguém ajudar, prometo em silêncio, *vocês vão voar em um dragão, passarão direto pelo deserto e entrarão nas terras Noi.*

Percebo que preciso de mais informações. Se vamos ajudar Tierney e a sua família, precisamos saber o que os gardnerianos andam fazendo aos feéricos. Para onde vão levá-los. E para onde os feéricos fugiram depois da Guerra do Reino.

E sei exatamente quem pode ajudar.

– O que aconteceu com os feéricos?

O professor Kristian levanta os óculos e apoia a caneta sobre a escrivaninha.

– Eu já repassei todos os registros – insisto com ele. *E preciso saber o que aconteceu, para poder salvar a minha amiga.*

Seu rosto fica mais cansado, e ele deixa escapar uma risada desalentadora.

– Você não encontrará nada sobre isso nos arquivos.

– Não estou *nos* arquivos – rebato, fechando a porta. – Estou aqui.

Ele repara na faixa branca no meu braço, depois me encara.

– Sério? – digo, respondendo à sua pergunta silenciosa. – Acha mesmo que eu apoio Vogel?

O professor Kristian esfrega os dedos ao longo da lateral da boca enquanto me julga. Ele se levanta, caminha até a ponta de uma estante, puxa uma pilha de escritos e alcança atrás deles, desliza de lá um volume grosso colocado em uma caixa com a lombada voltada para a parede. Ele retorna para a mesa e me passa o livro.

Olho para a capa de couro manchada e arranhada, o título foi raspado da frente e da lombada. Ergo as sobrancelhas, confusa, e olho para o professor Kristian, que faz um gesto de cabeça para que eu vá adiante.

Abro o livro e leio a folha de rosto.

Relatos das Ilhas Pyrran
Por Cellian Rossier

– No final das Guerras do Reino – relata o professor Kristian, com a voz baixa –, os gardnerianos buscaram e purgaram os arquivos de certos textos que consideravam "propaganda da Resistência". Levaram também o historiador gardneriano que os escreveu... – O professor para de falar até eu olhar de volta para ele. Seus olhos pesam com um aviso. – Ele foi enviado de volta para as Ilhas Pyrran. Assim como os feéricos.

Eu leio no corredor da Torre Norte, à luz de uma lamparina fraca e bruxuleante, curvada contra a parede, com Marina aninhada ao meu lado.

Já passa da meia-noite e o peso do sono me sufoca, mas luto contra o cansaço e foco nas páginas à minha frente.

Perto do fim da Guerra do Reino, Cellian Rossier, um opositor conhecido do Conselho dos Magos, foi preso e enviado para as Ilhas Pyrran. Enquanto era prisioneiro lá, fez anotações secretas e detalhadas do que testemunhou, por fim conseguiu escapar e levou suas notas consigo.

Eles prenderam os feéricos que chegavam com grilhões de cobre asteroth, metal forte o suficiente para neutralizar suas forças e poderes. Em seguida, os agrupavam em enormes fortalezas de pedra e os trancavam lá.

E então derramavam aparas de ferro sobre a cabeça deles.

Havia uma criança pequena. Uma menina com menos de três anos. Com asas de borboleta cintilantes que ela batia desesperadamente enquanto corria em círculos e gritava pela mãe. Os soldados gardnerianos riram enquanto a chutavam; depois, irritados com o barulho, agarraram a criança pelas asas, balançaram-na pelo ar e a arremessaram de cabeça em uma parede de pedra.

Os relatos assustadores são inúmeros e, por fim, tenho que fechar o livro, incapaz de continuar lendo, meu estômago revira com uma mistura nauseante de repulsa e desespero.

Devastada, me encolho e soluço nas minhas mãos, a força dessa crueldade bate em mim como uma onda forte.

A mão delgada de Marina me alcança com um toque suave e deslizante. Ela murmura baixinho em tons ásperos e musicais, dando o seu melhor para me confortar quando encosto nela e choro.

Na noite seguinte, enquanto cuido de várias panelas ao mesmo tempo no fogão da cozinha, estou agoniada com a situação de Tierney e Marina. Mexo uma panela por vez, quase sem notar os trabalhadores ao redor.

Meu desespero logo se transforma em indignação.

Vamos tirar Tierney daqui, prometo, em desafio. *Não sei como, mas vamos. E vamos encontrar a pele de Marina e levá-la para a casa dela. Com certeza Gareth poderá nos ajudar.*

Mexo com mais força o ensopado espesso.

E vamos garantir que os gardnerianos tenham um dragão militar a menos.

Yvan entra na cozinha e se ajoelha para colocar mais lenha em um fogão ali perto, tomando cuidado para não me olhar em público. *Cuidadoso demais*, noto, desapontada. Espio de longe para ver se o ferro o incomoda. Ele abre o fogão com gestos certeiros, não deixando as mãos tocarem o cabo de ferro por mais tempo que o necessário, mas não parece ferido nem aflito pelo contato.

Minha concentração nos movimentos de Yvan evapora quando meu irmão Trystan entra inesperadamente. Ele está vestindo sua pesada capa de inverno, com a bolsa pendurada no ombro. Alarmados com a chegada de um gardneriano desconhecido, os trabalhadores urisk e kélticos se afastam para os cantos da cozinha ou vão para fora, abrindo bastante espaço. Iris e Bleddyn se olham assustadas.

– Eu tenho um presente para Yvan – diz Trystan, em um sussurro maroto. Meu irmão está sorrindo. E não é um sorriso irônico disfarçado, mas um largo e triunfante. Acho que nunca o vi sorrir tão largo em toda a minha vida. Trystan fita Yvan e depois olha com discrição para a porta dos fundos.

Em silêncio, sigo Trystan; Yvan sai logo depois.

O garoto se junta a nós sob a lamparina pendurada na porta dos fundos da cozinha, nós três nos amontoamos no frio, nossa respiração condensa no ar.

Trystan estende a mão e a abre, como uma flor saudando o sol.

Na palma de sua mão está a ponta de flecha de aço élfico. Em pedaços. Muitos pedaços.

Arquejo.

– Mas como? – Yvan exala, como se presenciando um milagre. – Achei que ninguém conseguiria quebrar…

– Ah, dá para quebrar – diz Trystan, ligeiro –, se você congelar primeiro.

A compreensão ilumina o rosto de Yvan. Tão incrivelmente simples. Tão óbvio.

Os olhos do meu irmão brilham com um lampejo escuro e travesso.

– Eu não sei vocês dois – sussurra ele, ainda sorrindo –, mas estou a fim de quebrar algumas jaulas.

CAPÍTULO VINTE E UM
GELO

Assim que meu turno termina, volto correndo para a Torre Norte. Há um gingado nos meus pés que nem minha bolsa cheia de livros pode conter. Estou exultante com a descoberta de Trystan, pouco atenta ao que me rodeia. Pensamentos sobre o resgate da dragoa inebriam minha mente.

Salvos. Todos os que precisam, sãos e salvos. Wynter. Ariel. Tierney. Yvan. Vamos resgatar a dragoa de Yvan e ninguém mais precisará ter medo.

Está escuro e um ar invernal silencioso paira no campo largo que leva até a torre. Uma lua em forma de foice pende no céu.

O vento aperta e assobia pela floresta ali perto. O som sinistro realça um silêncio profundo, a mata ao redor é apenas um emaranhado de galhos secos.

Me observando.

Caminho mais devagar e paro. Enraizada no lugar, em um grande campo inclinado. A caminhada da cidade universitária até a Torre Norte é longa e solitária, afastada de tudo. O vento estremece através das árvores.

Juro que sinto olhos fixos em mim.

Sinto um arrepio na nuca e, preocupada, olho ao redor.

A Torre Norte ainda está longe, e uma luz fraca brilha na janela do andar de cima. A metade inferior da torre tem um brilho estranho, como se estivesse envolvida por uma fina camada de açúcar.

Gelo.

Alarmada, paro e dou meia-volta, as luzes da cidade universitária são meros pontos brilhantes à distância. Daqui, os gigantescos edifícios de pedra são tão pequenos como brinquedos de criança. Meu coração acelera.

O movimento em uma árvore solitária chama minha atenção, entre onde estou parada e a floresta. Estreito os olhos e vejo a silhueta escura de uma mulher.

Ela caminha na minha direção, banhada em luar. Em pânico, eu a reconheço.

Fallon Bane.

Santo Ancião, não. Não, por favor, não. Aqui, não. Ela não pode estar aqui.

Estou freneticamente ciente de que a Torre Norte está às minhas costas e minha mente grita que estamos em perigo.

Marina. Marina. Marina.

Meu coração bate forte no peito quando Fallon se aproxima. Minhas mãos suam conforme o vento assobia ao nosso redor e me arranha com garras de gelo.

Onde está a guarda dela? A garota nunca vai a lugar nenhum sem a guarda.

Nervosa, procuro à distância e mal consigo distinguir a silhueta dos quatro homens, esperando no fim do campo, nos observando em silêncio.

Mal consigo pensar com o sangue bombeando nas minhas têmporas.

Ela veio se vingar, percebo, enjoada. *Por Lukas ter me dado o violino.*

Desesperada, parto para a ofensiva, querendo expulsar Fallon e seus guardas do campo, para longe da torre.

– O que você está fazendo aqui? – grito ao deixar cair no chão a minha bolsa de livros, e marcho na sua direção com as pernas trêmulas. Disparo meu melhor sorriso de escárnio e paro bem na frente dela. – Alguém deixou a sua jaula aberta?

Fallon solta uma risada incrédula e abre um sorriso.

– Ah, não sou eu que precisa de uma jaula – ronrona ela. E corta o ar com a ponta de sua varinha em direção à Torre Norte. – Acho que as icarais é que precisam de uma jaula, não concorda? – Ela inclina a cabeça e franze a testa expectante para mim. Então ela suga o ar, como se estivesse surpresa. – Ah, espere aí. Eu *esqueci*. – Seu sarcasmo pedante logo vira veneno. – Elas são suas *amigas*, não são?

Marina. Marina. Marina.

Uma imagem de Marina gritando enquanto Fallon e sua guarda a arrastam para longe passa na minha cabeça. Wynter, Ariel e eu arrastadas também, e presas por roubo.

E Diana... e se Diana estiver lá? Ela matará Fallon e a guarda antes de os deixar chegar perto de qualquer uma de nós.

Dou um passo ameaçador em direção a Fallon e aponto o dedo para a base coberta de gelo da Torre Norte.

– O que você *fez* com o meu alojamento?

– Uma brincadeira – diz ela, fazendo beicinho em arrependimento fingido. Encarando-me, ela ergue a varinha, murmura um feitiço e faz uma fina corrente de gelo disparar pelo ar. A corrente aterrissa na base da Torre Norte e a envolve em uma corda cintilante.

– Pare com isso! – exijo, indignada. Parto para cima dela e empurro o braço com a varinha para longe. A corda de gelo desliza para longe e cai em um estilhaçamento cristalino.

Fallon é rápida como uma cobra. Sua mão envolve meu braço, com a força de um torno, e leva a varinha ao meu pescoço. Arquejo e me encolho com a loucura que brilha em seus olhos.

– Ou você vai fazer o que exatamente, *maga* Elloren Gardner? – Ela me dá um empurrão, e tombo para trás no chão gelado. A garota então recua, aponta a varinha para o meu peito e sibila um feitiço com os dentes cerrados.

Gelo dispara de sua varinha e colide com o escudo invisível bem na superfície da minha roupa, minha túnica com a camada de pó de metal do professor Hawkkyn.

Metal para bloquear gelo.

Os olhos de Fallon se esbugalham e se estreitam em compreensão. Seus olhos disparam para a Torre Norte e voltam para mim com um brilho de entendimento.

– A besta também está lá em cima?

– Que besta? – pergunto, como quem não quer nada. Meu coração bate forte. *Marina, Marina, Marina, Marina*.

A boca de Fallon se torce em um sorriso lascivo.

–Você sabe *exatamente* a quem me refiro. O elfo serpente. – Seus olhos se arregalam. – Ele está lá em cima, não é? Junto das outras criaturas que você coleciona.

Minha mente gira, confusa.

É claro, percebo. *O escudo metálico. Ela acredita mesmo que eu poderia estar abrigando o professor Hawkkyn*.

Cuspo uma risada estupefata e a encaro, minha raiva cresce.

– Não, não há elfo nenhum. Só minhas colegas de quarto icarais. – Lanço um sorriso duro e provocador. – E o meu violino novo.

Me arrependo assim que as palavras saem da minha boca.

Gelo explode da sua varinha, e grito ao sentir minhas botas congelarem no chão, o frio queima meus dedos dos pés.

– Esqueceu de proteger as botas, foi? – cantarola; seus olhos brilham de ódio. Ela me rodeia, um brilho intenso em seu olhar enquanto tento freneticamente libertar minhas botas. – Ando de olho em você, Elloren Gardner – diz ela com um sorriso de escárnio, enquanto arranco uma bota do chão congelado. – Icarais. Lupinos. O amaz grande. Elfos. Talvez até o elfo serpente que escapou da minha vigília. – Seus olhos se lançam para a torre como um gato que pegou um rato. – Todos indo e vindo. Em horários estranhos, percebi. – Ela para, sacode a cabeça e faz *tsc tsc* para mim. – *Por quê*, eu me pergunto. E então eu penso… – Ela olha para a torre, pensativa. – O que você poderia ter lá em cima que é *tão* interessante? – Ela sorri com uma alegria maníaca. – Vamos descobrir!

Ela avança para a Torre Norte, e grito, tentando agarrá-la.

Assim que meus dedos seguram a seda de sua túnica, seu uniforme explode em luz. Runas estranhas brilham com um branco feroz em toda a sua túnica e capa, enviando sua luz para o campo como pequenos holofotes.

A confusão me inunda. *De onde vieram essas coisas?*

Fallon olha para a roupa, depois para mim com horror crescente.

Um de seus guardas grita uma imprecação e todos saem em disparada campo acima. Uma linha prateada assobia pelo ar à minha direita e atinge Fallon em cheio.

É uma faca enorme, que está agora empalada na lateral do seu peito.

O tempo para e se estende enquanto a cabeça de Fallon se ergue de supetão, e ela inspira o ar com um arquejo alto e sofrido. Ela cai para trás no chão com um baque nauseante.

Eu vejo tudo, meus olhos e boca se abrem em descrença atordoada.

O terror arde no meu peito como ferro quente e o pesadelo volta à vida em uma velocidade vertiginosa.

Fallon aperta o peito, sua respiração sai ofegante e chiada. Ela ergue a varinha, cerra os dentes e cria uma cúpula de gelo brilhante e cristalina sobre nós, linhas finas de luz azul escorrem sobre o escudo translúcido como pequenos relâmpagos crepitantes; o ar esfria cada vez mais. Estou impressionada com sua habilidade, bem como sua tenacidade feroz, mesmo gravemente ferida.

Me esquivo quando outra faca colide contra o escudo em uma chuva de cristais de gelo, a sua ponta pavorosa perfura o gelo.

Dois homens saem da mata. São grandes e estão envoltos em sombra, roupas em tons de preto e há um tecido escuro enrolado na cabeça e rosto de cada um. Empunham espadas curvas marcadas com runas douradas brilhantes enquanto correm em nossa direção. Duas sombras enormes explodem da floresta de ambos os lados deles e batem asas compactas que enviam correntes de ar para baixo com um som poderoso e rítmico.

Dragões!

Mas diferentemente de qualquer um que já vi: são do tamanho de cães grandes, volumosos e musculosos. Um preto, um vermelho.

A luz rúnica nas roupas de Fallon reflete o pequeno motim de armas, dentes, garras e olhos selvagens, todos avançando em nossa direção.

Um terror obscuro me afoga e quase arranco os cadarços da minha bota congelada com as mãos trêmulas.

Tudo mergulha no caos.

Os guardas de Fallon gritam freneticamente um para o outro enquanto rajadas de fogo saem de suas varinhas em tiros curtos e dourados. Fallon lança dardos de gelo na direção dos assassinos e dos dragões. As lanças passam pelo escudo de gelo como se a coisa fosse feita de vento.

Sem fôlego, me agacho perto do chão.

A guarda de Fallon corre em direção aos homens e aos dragões, varinhas em riste enquanto continuam a lançar linhas de fogo que são facilmente desviadas pelas espadas curvas dos assassinos. O dragão negro mergulha e bate em um dos nossos soldados. Arquejo em horror quando vejo a besta abocanhar o pescoço do homem, que emite um grito gorgolejante. Outro soldado enfia a espada no pescoço da besta, a criatura solta um grito rasgado antes de cair no chão.

O dragão vermelho colide contra o nosso escudo com um barulho ensurdecedor, a cúpula se racha e quebra. O gelo pinga sobre nós em uma chuva de fragmentos tilintantes, e a besta cai ao nosso lado, com a barriga vermelha para cima e os olhos virados para trás.

Puxo com força o meu pé, tonta de medo. Os cadarços estão terrivelmente emaranhados, e as botas, presas com firmeza no chão congelado. O calor do dragão me alcança em uma onda e derrete o gelo perto dos meus dedos do pé, mas não é suficiente para me soltar.

Segurando o peito e apoiada de lado, uma Fallon ofegante e com mão trêmula resmunga um feitiço e aponta a varinha para o dragão assim que a criatura começa a rosnar e se endireitar. Uma linha de facas de gelo sai da ponta da varinha e se lança para o dragão.

Ele congela e bambeia, a lança de gelo de Fallon enfiada fundo bem entre seus olhos. A besta cai no chão com um baque pesado.

É impossível não ficar impressionada; ela acabou de matar um dragão com uma faca enorme enfiada nas costelas.

Eu me esquivo quando uma bola de luz vermelha dá um rasante por cima da minha cabeça, junto ao fogo cruzado de varinhas. A esfera explode atrás de mim em um círculo, espalhando-se em chamas vermelhas, pintando o mundo com cor de sangue.

Fallon solta um rosnado ao disparar uma bateria de lanças de gelo que chegam nos assassinos como um spray de neve inofensivo.

– Eles estão protegidos – ela diz mais para si mesma do que para mim, com os olhos grudados nos assassinos enquanto ela assiste ao ataque da sua guarda partindo para a luta com espadas. Um dos inimigos luta com dois guardas ao mesmo tempo.

Fallon grita e rola de costas enquanto envia um teto congelado sobre os combatentes. Ela brande a varinha repetidamente, e lanças de gelo chovem do teto frio e empalam os crânios dos assassinos.

Eles caem no chão, inertes.

As runas em sua roupa ainda brilham com um branco resplandecente, e ela me encara com olhos ferozes, então desmaia.

É justo nesse momento que minha bota finalmente se solta do gelo, meu tornozelo está torcido e latejante.

Estremecendo de dor, rastejo de joelhos em direção a ela. O punho da faca se projeta impiedosamente do seu corpo.

Não morro de amores por Fallon Bane, mas nunca desejei que ela fosse gravemente ferida.

Me inclino sobre a ela e pego seu braço com uma mão trêmula.

– Fallon, consegue me ouvir?

Ancião misericordioso, ela não pode estar morta.

– Afaste-se – ordena bruscamente um de seus guardas.

Levanto-me com pernas instáveis e tropeço para trás enquanto ele cai de joelhos na frente de Fallon, e é logo acompanhado pelos outros dois sobreviventes de sua guarda.

Cambaleio para o chão e, distraída, atordoada e abalada, massageio meu tornozelo pulsante.

Mais soldados estão correndo pelo campo, gritando. São quase todos gardnerianos, mas alguns estão vestidos com o cinza-claro da Guarda Verpaciana, um deles um elfhollen. Três vu trin, incluindo Kam Vin e Ni Vin, cobrem a retaguarda. Os olhos de Ni Vin encontram os meus, o lenço preto está enrolado em volta da metade queimada da sua cabeça, e sua espada, no ar.

Viro-me e olho por cima do ombro.

Há homens mortos e dragões espalhados pelo campo. Volto-me para onde Fallon está deitada, incrivelmente imóvel. Um horror entorpecido me toma.

Todos falam ao mesmo tempo. Os homens gritam ordens a um grande contingente de soldados gardnerianos que chega a cavalo. Estão acompanhados por um médico gardneriano e seu aprendiz, o médico grita por suprimentos.

Todo o barulho é uma baderna desconectada, e estou em choque, sobrecarregada.

– Preciso de espaço! – o médico grita ao correr para Fallon, aterrissando de joelhos.

Minha visão é obstruída por um momento, curandeiros e soldados a rodeiam, um deles segura uma tocha, o círculo externo é formado por soldados voltados para fora, com armas expostas e rosto severo.

Um jovem soldado se ajoelha ao meu lado.

– Maga Gardner, você está bem?

Afasto-me, tremendo de terror, suas palavras mal atravessam o tumulto das minhas emoções.

Alguém me envolve com um cobertor.

Quando a multidão ao redor de Fallon se dispersa, o médico está segurando a faca. A túnica de Fallon não está mais nela, seu peito está coberto com ataduras apertadas, seu uniforme cheio de runas e o manto são amassados em uma bola apertada e brilhante que é logo levada dali.

Ela não está morta.

Seus olhos estão semicerrados, mas abertos e me encarando com um ódio tão intenso que me tira o chão.

– A Torre Norte – ela tosse. Seus olhos se viram nas órbitas e ela fica inconsciente.

Sem fôlego e com o coração na boca, vejo dois guardas de Fallon levantarem a maca e a levarem embora. Um pequeno exército de soldados gardnerianos entra em formação protetora em torno dela, tirando-a de vista.

– Quem são eles? – pergunto a um membro sobrevivente da guarda de Fallon, apontando para os assassinos mortos.

O rosto do jovem se contrai. Assistimos aos corpos dos assassinos serem arremessados sobre a sela de um cavalo. Os olhos dos homens mortos estão delineados com kajal. Runas intrincadas marcam o rosto deles e os lábios estão pintados de preto.

Gelada até os ossos, puxo um pouco mais o cobertor.

– São mercenários ishkart – o guarda me diz com uma certeza sombria. – Assassinos do Reino Oriental. – Ele aponta os dragões mortos sendo carregados em um carrinho de mão por mais soldados. – E os seus dragões de arena. – Ele olha para a Torre Norte congelada e depois para mim. – Você deve retornar ao seu alojamento, maga Gardner.

– Mas… e se vierem mais deles? – Preocupo-me, olhando de soslaio para a floresta escura, para as árvores e suas presenças gigantescas.

– Eles não estão atrás de você – diz. Ele acena com a cabeça na direção em que levaram Fallon. – Só estão atrás dela. A nossa próxima Bruxa Negra.

– As roupas dela – digo, pensando nos símbolos brilhantes. – O que eram aqueles símbolos?

– Marcaram as roupas dela com runas de busca – ele me diz. – Seguiram a maga Bane até aqui. – Ele gesticula em direção à torre com o queixo. – A menos que tenha outra Bruxa Negra naquela torre, ninguém a incomodará, maga Gardner.

Um soldado perto da porta da Torre Norte aponta a varinha e desenha uma linha de fogo ao redor da porta, derretendo o gelo de Fallon. Ele a abre e entra rapidamente.

Meu estômago dá um salto. Soldados permeiam todo o campo, dispersando-se rapidamente à medida que alargam a busca na mata circundante. Em pânico, olho para cima e vislumbro a fugaz silhueta de uma icaral na janela do andar de cima.

Levanto-me e corro, tropeçando, rumo à torre, e o soldado reaparece. Ele fica de lado, impassível, enquanto passo por ele e subo as escadas em espiral dois degraus por vez, sem me importar com os lampejos de dor no meu pé esquerdo batendo no chão.

Ofegante, encontro Wynter esperando por mim do outro lado do corredor, com a porta do nosso quarto aberta ao lado dela.

Marina. Marina. Marina.

Corro para a porta e meus pés derrapam até parar na entrada.

Ariel olha para mim de onde está deitada em sua cama, algo se revirando sob os cobertores a seus pés.

A forma sacode os cobertores sobre sua cabeça e Marina me olha com seus olhos de oceano.

– Ariel a escondeu? – arquejo para Wynter, espantada e atordoada, pendendo para a frente para recuperar o fôlego.

Wynter assente.

– Mas… – digo, estridente e confusa. – Ariel a odeia.

– Odeia – afirma Wynter com outro aceno e depois gesticula para o lado de fora, em direção aos soldados. Seu rosto pálido endurece. – Mas ela os odeia mais.

Olho para a Ariel, que me encara com um ódio tão forte como o de Fallon.

– Eles vieram atrás de Fallon Bane – digo a Wynter, com a garganta seca e apertada. Estou extremamente grata pelo poder da minha avó ter me pulado. – Assassinos ishkart. Querem matar a próxima Bruxa Negra.

– Mas falharam – diz Wynter, mais uma declaração severa do que uma pergunta.

Solto um longo suspiro e aceno com a cabeça. Estou tensa e cheia de adrenalina, e meu tornozelo lateja dolorosamente.

– Por que Fallon Bane estava aqui? – Os olhos de Wynter estão cheios de preocupação solene, sua voz é um sussurro constrito. – Ela sabe da nossa selkie?

Balanço a cabeça.

– Não. Mas sabe que há algo errado. – Ergo as sobrancelhas para Wynter. – Temos que libertar aquele dragão. A espera acabou. Precisamos de um jeito para tirar uma selkie e mais do que alguns poucos feéricos daqui. Antes que Fallon esteja curada.

No dia seguinte, circulam muitos boatos sobre Fallon ter sido levada para a Gardnéria, fortemente protegida, alguns falam de uma base militar cercada por dragões.

Vogel usa o incidente como desculpa para fechar as fronteiras. As costureiras urisk são interrogadas e todas as que talvez tenham trabalhado no uniforme de Fallon marcado com runas são enviadas para as Ilhas Pyrran. Avaliações-de-ferro aleatórias começam a ser feitas em todas as fronteiras.

A fuga é mais urgente a cada minuto que passa.

CAPÍTULO VINTE E DOIS

QUEBRANDO JAULAS

Cael, Rhys, Wynter, Andras, Tierney, Yvan, os lupinos, meus irmãos e eu espionamos através dos arbustos altos a extensa base militar à nossa frente.

A base gardneriana da Quarta Divisão parece uma cidade pequena: vários edifícios de pedra-da-espinha esculpidos nos penhascos, um mar de tendas de lona encerada e jaulas de dragões por toda parte. No extremo oeste da base está uma série de casernas de madeira, apenas uma está iluminado por dentro pelo brilho de uma lamparina; sua chaminé cospe fumaça no ar frio. Olhando assim do alto, os soldados parecem formigas.

Sinto movimento à minha esquerda e vejo Jarod, depois Diana, correndo agachados em nossa direção.

– É exatamente como pensávamos – diz Jarod. – Estão operando com equipe reduzida.

– Todos foram a Valgard para ver Marcus Vogel nomear o novo comandante da base – diz Rafe, sorrindo.

– Quem é o novo comandante? – pergunto.

Rafe se vira para mim, abrindo um sorriso.

– Mago Damion Bane.

Cuspo uma risada.

– Vamos criar um problemão para ele, não é? – brinco.

Rafe acena com a cabeça.

– Com alguma sorte, tantos problemas que Vogel revogue o poder de Damion sobre os dragões e o *ofereça de petisco* a eles.

Encontro brevemente os olhos verdes de Yvan e partilhamos um vislumbre de satisfação.

Rhys se vira para Rafe.

– Parece que eles não se preocuparam com vigias. – O jovem elfo aponta um dedo fino para as jaulas de dragões que ladeiam toda a base, contornando a mata. Elas parecem isoladas e desprotegidas, sem movimento por perto. Nenhuma tocha.

Cael olha para Rhys, o rosto do elfo mais velho está tenso. Ele entende o risco que todos corremos, mas está desesperado para ter opções de ajudar a irmã a escapar para o Reino Oriental. Protetor, ele se aproxima mais de Wynter.

– Damion Bane não é o único soldado de nível superior em Valgard neste momento – continua Jarod. – Vogel está reorganizando toda a Guarda. Há uma série de promoções sendo anunciadas. Todos os tenentes de Damion estão em Valgard com ele.

– Muito bom – afirma Andras com um aceno de cabeça, apertando seu labrys.

– Fica melhor – anuncia Jarod, a luz do fim da tarde pinta seu rosto com um brilho azulado. – Sabe os soldados que ficaram para trás? Acabaram de terminar o treinamento.

– Opa, maravilhoso – diz Rafe com um sorriso. – Verde como folhagem de primavera. E quando o gato sai…

– Os ratos fazem a festa? – pergunta Trystan, irônico.

– Uma festança cheia de bebidas kélticas ilegais – responde Jarod, com um sorriso astuto.

– E um tanto de garotas urisk das tavernas – cospe Diana.

– Típico – retruca Tierney, azeda.

– Ah, é quase fácil demais – regozija-se Trystan com um sorrisinho, e a varinha branca pendurada no cinto sob sua capa.

Tomamos um banho de água fria quando encontramos Naga em condições ainda piores que antes.

Ela está inconsciente; as pernas e as asas, quebradas, uma orelha inteira cortada, o chão da jaula cheio de sangue fresco e sangue seco nas grades, a língua bifurcada frouxa para fora da boca. Chocado, Yvan se ajoelha perto de Wynter e coloca a mão ao lado da dela no pescoço da dragoa.

Tierney observa o dragão, embasbacada, a mão fina cobre sua boca, olhos estão arregalados de choque.

Ela está conosco agora, ansiosa para ajudar a criar qualquer brecha no poder militar dos gardnerianos, e para nos ajudar na fuga de icarais e feéricos via voo de dragão.

O nosso bando de rebeldes cresce. Estamos todos aqui, exceto Aislinn, que cuida de Marina de novo.

E Ariel.

Após a nossa última visita à base, Diana e Jarod descobriram uma grande caverna escondida nas profundezas da floresta. Ariel está lá, preparando os remédios e talas que precisaremos para curar nossa dragoa.

– Ela está viva – exala Yvan.

– Deuses… quem fez isto? – Tierney murmura.

– Mestre dos dragões Damion Bane – Trystan diz a Tierney, sucinto, enquanto puxa a varinha branca e se concentra em alguns pontos diferentes na gaiola, sua expressão fria como aço. – E acho que é mais do que hora de acabar com isso.

Andras prepara o machado.

Todos recuamos enquanto Trystan murmura o feitiço de congelamento.

Uma fina rajada de luz azul surge da ponta da varinha e envolve as barras da jaula, espiralando em torno delas e pintando o aço élfico de branco-azulado, uma espessa camada de gelo cresce sob a luz do feitiço. Trystan continua por vários minutos antes de murmurar o feitiço novamente, a luz dobra de intensidade.

À medida que o feitiço esmaece, ele dá um passo para trás e analisa a varinha, frustrado.

– Não está funcionando. As barras precisam gelar a ponto de ficarem brancas. Talvez... talvez sejam grossas demais para funcionar.

– Tente de novo – insisto. – Você fortaleceu o feitiço na segunda vez. Talvez só precise ir aumentando a intensidade.

Trystan respira fundo, concorda com a cabeça e se reposiciona para recitar as palavras do feitiço mais uma vez. De novo, a geada cresce e o aço brilha em azul. Todos os músculos do corpo de Trystan ficam tensos enquanto ele força o feitiço. Seu corpo começa a estremecer e a varinha vibra em sua mão.

Estendo a minha para estabilizá-lo.

Assim que minha mão entra em contato com as costas de Trystan, um calor vibrante passa por mim. O feitiço de Trystan explode com força renovada. A pequena espiral de azul estoura em uma elipse gigante de luz safira que circunda a gaiola. E então toda a estrutura de aço fica translúcida como vidro.

Recuo ligeiramente quando há outra explosão de luz, uma rachadura estoura e a elipse de luz se projeta para trás. Sou atingida por uma dolorosa onda de ar frio que quase me derruba.

Descolo meus cílios congelados a tempo de ver as barras da gaiola ficarem brancas como a neve e, em seguida, desmoronarem em pedaços, os cacos de metal congelado quebram uns sobre os outros, o som parece um milhão de lustres de cristal caindo na pedra.

Antes de alguém falar qualquer coisa, o som das grades se quebrando ecoa na floresta, de perto e de longe, em ondas.

– O que foi aquilo? – Tierney pergunta com uma voz baixa e preocupada.

– Parecia com jaulas se estilhaçando – responde Trystan cauteloso. – Mas... não pode ser...

– Quantos dragões existem nessa base? – Cael pergunta, com urgência incisiva no olhar.

Trystan fecha a boca e engole saliva antes de responder.

– Cento e vinte e três.

Rafe vira-se para Cael.

– Alguma ideia sobre o que eles podem fazer?

– São treinados para matar intrusos – responde Cael, sombrio. – E para ir até o seu mestre.

Yvan corre para a árvore mais alta dali: um pinheiro imponente. Ele sobe com uma velocidade de tirar o fôlego, hábil como um macaco-do-rio. Pisco e admiro seu corpo; ele se pendura por um braço no topo da árvore e não acredito no que estou vendo. Reviro meu cérebro e tento lembrar que tipo de feérico pode escalar assim.

Algo rosna à distância. Um homem grita seguido de outras vozes. Uma série de rosnados ariscos se fazem ouvir e me arrepiam os pelos da nuca. Então um alarme soa: um apito agudo que ondula quando os dragões começam a guinchar juntos.

– Eles estão em toda parte – Yvan grita. – Estão *todos soltos*...

Yvan salta do topo da árvore e pousa na minha frente com um baque pesado. Ele está agachado, uma expressão de determinação feroz queima em seus olhos esmeralda.

Não tenho tempo para admirar seu salto suave de uma altura tão grande. Ele agarra meu braço e praticamente me joga para fora da clareira, em direção ao abrigo das árvores.

Arranho o braço, e um ramo corta meu rosto quando bato no chão.

Três dragões aparecem de repente, sobrevoando perto das árvores, espalhando um cheiro fétido sobre nós com suas asas poderosas e a barriga coberta por duras escamas cor de ébano. Um deles solta um guincho estridente. Fico terrivelmente ciente da maciez da minha pele, da facilidade com que ela cederia aos dentes e garras.

Presa fácil.

Cael e Rhys correram para as árvores, com flechas em riste nos arcos de marfim enquanto Tierney se agacha na base de um grande carvalho. O acampamento abaixo se tornou uma cacofonia de gritos e rosnados. Homens gritam. Mulheres berram. Os cavalos estão em pânico.

– *Wyn'terlyn* – Cael chama sua irmã em élfico, com os olhos fixos nela. Ele aponta para Naga e late uma ordem em sua língua nativa. Wynter desliza rapidamente sob a asa quebrada de Naga, desaparecendo de vista.

– Eu posso ouvir dragões – diz Diana, inclinando a cabeça. – Muitos deles. Vindos nessa direção.

– Quantos? – Andras pergunta e cerra a mandíbula com força enquanto gira o machado e flexiona os braços musculosos.

Diana foca os olhos nele.

– Mais do que posso contar.

Rafe prepara o arco enquanto Diana e Jarod se posicionam rente ao chão. A mão de Yvan busca meu braço, cada parte de mim vibra em alerta máximo, meu coração está acelerado. Lembro dos dentes horríveis dos dragões domados, dos seus olhos sem alma...

– Preparem-se! – comanda Diana ao transformar as mãos em garras mortíferas. Um braço está arqueado acima da cabeça e um rosnado baixo emana de sua garganta.

Um dragão invade nossa clareira, sem parar de bater as asas. Por instinto, ofego e me encolho atrás de Yvan enquanto flechas ricocheteiam no pescoço da besta. A criatura logo avança em Diana, inclina a cabeça horrível e sibila, expondo dentes fatais como lanças.

Diana se projeta para a frente e golpeia a lateral da cabeça do dragão, o que faz a criatura desabar no chão com um guincho alto. Em um borrão de velocidade, ela está montada na fera, e lhe torce o pescoço com as mãos até estalar. A criatura cai mole e sem vida na sujeira, espuma preta borbulha de sua boca.

Jarod e Diana de repente olham para cima. Mais dois dragões voam pelo céu. Eles mergulham, dobrando árvores com o bater das asas, uma cortina de galhos quebra e cai na clareira.

Yvan se joga sobre mim e me prensa no chão. Pedaços enormes de árvores chovem sobre nós. Flechas voam de várias direções, uma fura a casca da árvore atrás de mim com um *ploft* surdo.

– Fique no chão! – berra Yvan ao se levantar de cima de mim para se agachar.

Um clarão de aço brilha em meio à confusão de dragões enquanto Andras xinga e gira seu labrys. Há um baque metálico, um rugido terrível e aterrador, o silvo de mais flechas e o rosnado baixo de Diana ao matar outro dragão. O caos completo continua, e dragões caem se contorcendo no chão, mais um surge das árvores, com o rosto tenso em uma fúria voraz.

Trystan ergue a varinha para a besta que se aproxima. O fogo irrompe da ponta da varinha em uma onda poderosa. O fogo envolve o dragão e lança chamas para cima de Yvan e de mim. Uma grande explosão de água nos pega de lado, apagando o fogo e me gelando até os ossos. Me levanto e esfrego os olhos enquanto me engasgo com a fumaça rançosa.

Vejo Tierney apagando a bainha flamejante do manto de Andras com outro jorro de água que sai das palmas das suas mãos conforme o amaz puxa seu labrys do pescoço do dragão.

– O que você está *fazendo*? – Diana grita para Trystan. – Para de incendiar as pessoas!

– Desculpa! – Trystan grita para Andras, com a voz estremecida.

– O fogo não vai funcionar! – Yvan grita para Trystan enquanto ele agarra o cabelo em frustração. – Eles são *dragões*!

Sem aviso, outra fera cai do céu, bem na minha frente e na de Yvan.

Me arrasto para trás e entro mais fundo na floresta enquanto ele avança na criatura.

Tonta de pânico, ouço um farfalhar suave à minha esquerda. Viro-me para ver, no meio do matagal espesso, a cabeça de um dragão. Está imóvel, com olhos opacos observando friamente. Eu o encaro de volta, paralisada, e percebo que estou prestes a morrer.

O ataque vem por trás quando outro dragão me empurra para o chão. Garras arranham minhas costas e os cortes queimam, seguidos de uma pressão insuportável quando uma pata pesada pisa nas minhas costas, me segurando no lugar, a besta rosna em cima de mim. Grito com todas as minhas forças quando o rosto medonho do outro dragão paira na minha frente, a centímetros da minha cabeça.

E então Yvan aparece, lutando com a fera diante de mim, as mãos firmes nos chifres da criatura. Mostrando os dentes, ele torce a cabeça da besta para trás, sangue enegrecido jorra da boca dela.

A pressão nas minhas costas se solta de uma vez quando o dragão atrás de mim ruge e ataca Yvan. Estou livre, tropeço para levantar e saio correndo, em pânico.

Disparo para a floresta, minha respiração está ofegante, sem ousar olhar para trás, para a criatura farejadora que está destruindo a floresta atrás de mim.

Entro em outra clareira e salto sobre os restos de uma jaula. Uma pancada forte nas minhas costelas me lança voando até uma árvore. Bato a cabeça e uma chuva de estrelas explode atrás das minhas pálpebras. Uma dor terrível rasga a lateral da minha coxa e me faz perder a razão enquanto finco as mãos no chão. Grito o mais alto que consigo, um som desencarnado que ganha vida própria.

Através dos meus gritos, ouço Yvan rosnar algo em uma língua estranha, as palavras rapidamente se transformam em um silvo bizarro. Presa em uma chama de dor, rolo de lado e vejo Yvan arrancar a cabeça do dragão em um único movimento.

Paro de gritar à medida que a dor lancinante se entorpece e o mundo começa a girar fora do eixo.

– Yvan... – resmungo, enquanto ele corre para mim e encara minha perna, horrorizado, o verde de seus olhos assumiram um brilho cintilante e sobrenatural.

Ele cai, agarra a bainha da minha saia rasgada e arranca um longo pedaço de tecido. Ele entra e sai de foco, e estou vagamente ciente dele envolvendo o longo tecido rasgado em volta da minha coxa e apertando-o com força.

Trystan irrompe pela clareira.

– *Ancião do céu. Não!* – Ele corre até mim, seus olhos voam para Yvan em desespero. – Como posso ajudar?

– Temos que tirá-la daqui – diz Yvan. – Não há muito tempo. Ela está perdendo muito sangue...

E depois há um calor insuportável ao redor da minha coxa retalhada. A dor diminui pela metade, e a minha perna parece inteira outra vez, mas o mundo é um borrão; estou desfalecendo.

– Como você... – a voz de Trystan se rompe em um espanto chocado.

– Importa? – Há um desafio feroz no tom de Yvan.

– Não – aceita Trystan, com voz calma e segura. – Não, não importa.

Os braços de Yvan estão à minha volta, levantando-me enquanto o mundo gira e entra e sai de foco.

Estou vagamente ciente das vozes dos outros, soando como se estivessem debaixo d'água conforme nos movemos pela floresta. O mundo volta brevemente ao foco à medida que paramos.

– Eles estão… indo embora – Cael se maravilha. Sem forças, olho para onde o elfo está apontando. Minha cabeça se move de um jeito estranho, como se estivesse parcialmente desconectada do corpo, meus braços frouxos seguram o pescoço de Yvan. Estamos bem alto na colina, com uma vista panorâmica da base militar. Naga está inconsciente e sendo carregada por Diana e Jarod, uma ponta da asa raspa pelo chão.

O que parece ser mais de uma centena de dragões está alçando voo em direção ao oeste, enquanto soldados frenéticos tentam em vão subjugá-los com ganchos e feitiços.

– Para onde você acha que eles estão indo? – pergunta Andras.

– Eles parecem estar indo na direção de Valgard – diz Trystan, incrédulo.

– Eles têm uma conexão mental com Damion Bane – diz Yvan. Consigo sentir a vibração sutil de sua voz profunda ao longo do peito quente. – Então eles devem estar indo para Valgard.

O caos total estourou na base militar, soldados gritam uns com os outros, atirando flechas e feixes azuis de luz de varinha nos dragões, a maioria das bestas agora forma uma nuvem negra em movimento rápido em direção a Valgard.

Um dos dragões, um atrasado mais distante dos outros, volta, solta um rugido horrível e começa a voar diretamente na nossa direção. Eu deveria estar apavorada, mas estou tonta e fraca demais. Parece uma alucinação surreal quando começo a entender.

Antes, quando toquei em Trystan, o poder latente no meu sangue pareceu amplificar a magia dele.

– Trystan – murmuro, rouca, ao colocar uma mão fraca nas costas do meu irmão. – O feitiço das crateras. Faça um buraco através dele…

Trystan mastiga as palavras para o feitiço enquanto o dragão desce do céu. Arquejo quando o calor estremece através de mim, através da minha mão e para o ombro de Trystan. Um feixe de luz clara irrompe da varinha branca e se lança em direção ao dragão, colidindo com o peito da criatura, perfurando-o como uma lança. Uma explosão de membros, carne e sangue atravessa o céu à medida que o feixe branco avança e colide com a face vertical do penhasco da montanha à nossa frente.

Segue-se uma explosão de rocha e poeira, o som é ensurdecedor, e o chão treme sob nossos pés. Múltiplas avalanches ressoam e fazem chover pedras enormes sobre a base militar, a maior das estruturas é rapidamente reduzida a escombros esfumaçados.

– Aquilo é… – diz Jarod, com a voz atordoada.

– O novo quartel-general militar de Damion Bane, sim – termina Trystan por ele.

Todos se sobressaltam quando outra avalanche de rochas se liberta da montanha e destrói o último dos edifícios de pedra. Os soldados lá embaixo, pequeninos como formigas, ficam em silêncio enquanto se mantêm perto das suas casernas pequenas e isoladas e olham, junto conosco, para a base destruída. Um deles grita e aponta na nossa direção.

– Eles estão se reagrupando – diz Cael, quando vozes grosseiras começam a gritar ordens. – E virão atrás de nós.

– Vamos embora – diz Yvan, com os braços apertados em volta de mim. – Eu preciso cuidar da perna dela. *Logo*.

– Vão enviar rastreadores atrás de nós – diz Rafe, com a voz em frangalhos. Meu irmão parece tenso, seu rosto está manchado de sangue.

Tierney ergue as mãos, fecha os olhos e começa a cantarolar em um tom baixo e claro. Nuvens cinzentas são puxadas de todas as direções, como cães que atendem ao chamado de um mestre, se avolumando cada vez mais, o movimento delas é vertiginoso e estranho, como se o tempo estivesse acelerado. Flocos grossos e gordos começam a chover sobre nós, primeiro dispersos, e depois densos como um saco de farinha sendo entornado sobre nós.

– Pronto – diz Tierney, quase desaparecendo através do branco gelado. – Isso deve esconder bem o nosso rastro.

CAPÍTULO VINTE E TRÊS
CONSEQUÊNCIAS

Recupero e perco a consciência sem parar, meio consciente dos braços de Yvan ao meu redor, minha cabeça se sacode em seu ombro, a terrível dor na minha perna silenciada para um latejo que aumenta e depois recua repetidamente, como o movimento rítmico das ondas. Posso sentir o gosto de sangue na minha boca, sentir o cheiro no pescoço tenso de Yvan.

E então ele me solta, e o ar ao meu redor fica úmido, as vozes mais distintas enquanto sou deitada em um chão frio e duro de pedra. Todos estão embaçados, alguns deles agrupados à minha volta. A dragoa que está sendo carregado por Diana e Jarod entra brevemente em foco, suas escamas raspam na pedra da caverna quando ela é colocada no chão, sua pele exala um cheiro empoeirado de fumaça de lenha. O calor de seu corpo corre em minha direção, relaxando meus músculos. A dor aumenta. Grito enquanto pontos de luz piscam na minha visão, bloqueando-a.

A voz de Yvan. Gritando ordens no que me contorço de dor. Minhas roupas são empurradas para cima e tiradas. Mãos apertam a minha perna. Outras estão em volta dos meus braços. Agarrando-me com firmeza enquanto luto contra eles.

– Elló. – A voz de Trystan, vem de detrás de mim. Gemo de novo. – Você tem que tentar ficar parada.

Grito como um animal selvagem enquanto a dor de mil facas me apunhala a perna. Eu me contorço contra as mãos agarradas ao redor da minha coxa, a dor parece continuar eternamente, sem interrupção.

Por fim, ela começa a desaparecer e o ambiente entra em foco, como se eu estivesse emergindo de águas profundas, ofegante e sufocando.

Yvan está olhando para mim, com o rosto cheio de um alívio intenso, seus braços ainda estão apertados em volta da minha perna, a dor agora reduzida a um pequeno incômodo. Com a cabeça latejando, o lugar começa a girar, minha visão embaça. Em me recosto em Trystan.

– Você curou a minha perna – murmuro, fraca e maravilhada.

Yvan sorri, o alívio desesperado fica evidente em seus olhos. Ele se move para se sentar ao meu lado enquanto Trystan coloca algo macio sob minha cabeça. E eu afundo.

– Você perdeu muito sangue – diz Yvan com gentileza. Ele segura minha túnica na cintura e rasga a costura lateral com um puxão rápido.

Mesmo na minha bruma, isso me parece estranho.

– O que você está fazendo?

Ele faz uma pausa.

– Você confia em mim? – Os olhos dele estão firmes nos meus.

Aceno com a cabeça, sentindo-me leve, como se pudesse flutuar para o céu.

Ele desliza as mãos para dentro da costura rasgada e, com dedos hábeis, encontra seu caminho pelo meu corpo. Ele desliza uma mão atrás das minhas costas e a outra no centro do meu peito.

Puxo uma respiração breve e lânguida.

– Você é tão quente...

– Shhh – diz ele, sua voz profunda me acalma. – Feche os olhos.

Obedeço à medida que a mão dele sobe pelo meu esterno com cuidado lento e deliberado. O calor irradia de seus dedos e flui através de mim, correndo de suas mãos para todo o meu corpo. A tontura desaparece conforme o calor se avoluma, minha respiração fica forte em meus pulmões, os longos e pungentes arranhões nas minhas costas se transformam em meras linhas formigantes.

Abro os olhos e encontro seu olhar, minha visão está clara novamente; a dor desapareceu. Ele está tão perto de mim; seus cuidados parecem a carícia de um amante.

Talvez sentindo a mudança, o toque de Yvan se torna leve e hesitante. Ele desliza as mãos para longe e se afasta. Ao piscar para ele, sua expressão séria vacila e fica momentaneamente juvenil e insegura. Ele lança um olhar para a minha perna, e o desvia com rapidez.

Sento-me, surpresa pelo lugar não estar mais girando. Minhas saias foram empurradas até o alto das minhas coxas, há apenas uma cicatriz tênue e rosada onde estava a ferida aberta. Espantada, encaro a minha perna; o sangue no chão da caverna, nas mãos e antebraços de Yvan são prova de que não imaginei tudo.

Yvan vai para o lado de Rhys, que está caído contra uma parede. Sua túnica está sendo cortada por Cael, com uma pequena faca. A parte superior do tronco do rapaz está entrecruzada com cortes sangrentos, a manga cor de marfim está encharcada de sangue, e o braço embaixo pendurado em um ângulo estranho.

Ariel está curvada sobre a dragoa inconsciente, alinhando sua asa rasgada. As mãos de Wynter repousam suavemente sobre o flanco da besta. O peito de Naga sobe e desce em respirações fracas, fumaça sai de quando em quando de suas narinas e espirala, esbranquiçada, em direção ao teto da caverna. Andras se ajoelha ao lado da dragoa e começa a endireitar a perna quebrada.

Ariel salta e agarra grosseiramente o ombro dele.

– Fique longe dela! – ela rosna para ele. – Ela não é um *cavalo*! Você tem que alinhar o osso do tarso maior com o do tarso menor ou ele vai cicatrizar *todo errado*!

Andras afasta as mãos da perna de Naga e as levanta, com as palmas para cima, rendendo-se enquanto Ariel o encara de forma assassina.

Com gentileza, Wynter coloca a mão no braço de Ariel. Depois de um momento, o olhar maníaco da icaral recua. Ela volta a se sentar, concentrando-se na asa de Naga, e volta a trabalhar com dedos ágeis, xingando baixinho enquanto trabalha.

– Onde está Diana? E Jarod? – pergunto. Meus olhos disparam ao redor da caverna e logo encontro as roupas dos gêmeos lupinos, empilhadas contra uma parede.

– Saíram em forma de lobo – informa Trystan. – Montando guarda.

Vivos. Todos nós, milagrosamente vivos.

Rafe está caído perto de Rhys, segurando o próprio braço com uma expressão tensa no rosto, como se rangesse os dentes.

Puxo minhas saias para baixo e me levanto cautelosamente com o apoio de Trystan, segurando firme em seu braço enquanto mexo os dedos do meu pé esquerdo, com medo de colocar peso sobre ele. Junto coragem, apoio-me sobre a perna, espantada ao percebê-la revitalizada, com mais energia e força do que a outra.

– Rafe – chamo. – Você está bem?

Ele sorri, e sua cabeça cai para o lado.

– Ah, já estive melhor. – Ele olha para minha perna curada com claro alívio, então olha para Yvan, que está colocando os dedos sobre os cortes de Rhys, um a um. – Mas suspeito que o Yvan aqui poderia recolocar nossa cabeça no lugar se precisasse, então estou me sentindo esperançoso.

Yvan lança um olhar enviesado para o meu irmão.

Todo mundo sabe que você é um feérico de fogo, quero dizer a Yvan. *Pode parar de fingimento.*

– Você pode curar Naga? – pergunto a Yvan, sem rodeios.

Ele hesita, sua mandíbula tensiona ao segurar o braço ferido de Rhys.

– Não – diz ele, por fim, com tom resguardado. – Não enquanto ela estiver nessa forma. E ela não é capaz de mudar para a forma humana.

Os olhos de Rafe se arregalam, assim como os meus.

– Ela é uma metamorfa? – pergunta Rafe, surpreso.

Yvan dá um aceno curto e brusco com a cabeça.

– Os gardnerianos usam a geomancia para restringir a capacidade deles de se transformar.

Eu o encaro, espantada.

– Você está dizendo que todos os nossos dragões militares… são metamorfos wyvern?

Yvan encontra meu olhar.

– Eram.

Tento entender o que isso significa; há uma forma humana atada em algum lugar dentro de Naga, incapaz de sair.

Tierney se inclina contra a parede da caverna, impassível e ilesa. Ela está olhando para Yvan, com o queixo virado para a frente e o olhar cheio de preocupação e solidariedade.

Dois feéricos. Os dois. Água e fogo.

Cael se levanta e começa a pegar suas armas e a prendê-las uma a uma em seu corpo.

Um arco e flecha élfico. Facas.

Caso venham atrás de nós.

A terrível realidade da nossa situação se assenta dentro de mim.

– Destruímos uma base militar gardneriana – afirmo categoricamente, sem acreditar nas palavras.

Todos se viram para me observar, a gravidade do que fizemos e o perigo extremo em que nos colocamos são gritantes aos olhos de todos.

Tierney é a primeira a falar, com voz suave e olhos duros.

– Que bom.

– Não podemos ficar todos juntos aqui – pontua Cael, com o olhar estreitado para nós. – Ariel Haven pode cuidar do dragão. Assim que Yvan terminar, temos de nos separar. E rápido.

Corro de volta para a Torre Norte, a varinha branca está no saco sobre o meu ombro.

Emergindo da floresta, passo para o campo largo e inclinado diante da torre, o terreno irregular e congelado está áspero contra a sola das minhas botas. Paro, dominada pela imensidão da cúpula negra do céu se espalhando acima. Está laceado com nuvens prateadas, afiadas como garras.

Algo se move no céu, para o nordeste. *Batendo asas.*

Minhas pernas perdem a força, sou tomada por um terror repentino e incapacitante.

Dragão. Outro dragão.

Tropeço de volta para a floresta sombria. Estremecendo de medo, procuro freneticamente o céu a nordeste.

Uma nuvem. Uma das nuvens compridas. A forma do dragão se dispersou e se dividiu em três filetes separados contra a cúpula negra do céu.

Eu me apoio em uma grande pedra, lutando para respirar enquanto tudo me atropela: o ataque do dragão, as terríveis garras da besta, a dor selvagem, a montanha despencando em pedaços.

Seremos pegos. Vão nos encontrar e nos prender. E então...

– Elloren.

Eu me sobressalto ao som da voz de Yvan e a sensação de sua mão no meu ombro.

Ele é tão quente. Posso sentir o calor através das camadas do meu manto, da minha túnica e do meu camisolão. O seu calor me estabiliza.

É uma nuvem. Nada além de uma nuvem. Eu me esforço para controlar minha respiração de pânico.

–Você está bem? – pergunta ele, as linhas angulosas de seu rosto são destacadas pelo luar.

– A nuvem – grunho, olhando para o céu noturno. – Se mexeu. – Engulo em seco, lutando contra as memórias. – Eu... pensei que fosse um dragão.

Yvan acena com a cabeça e olha para o céu, sua expressão fica soturna. Ele tira a mão do meu braço, deixando um vazio para o frio voltar a me tomar. Parece cansado. E desgastado.

– O que você está fazendo aqui? – pergunto, e o vento arde no meu rosto.
– Devemos nos separar.

– Eu queria agradecer a você – diz ele.

Balanço a cabeça em protesto.

– Não precisa.

– Não, preciso *sim*.

– Pelo quê? – pergunto, incrédula. – Por quase *matar* a todos nós?

Yvan balança a cabeça com surpresa e descrença.

– Naga está *viva* por sua causa. Eu precisava de ajuda. Não ia conseguir fazer sozinho. Antes de você vir para a universidade... antes de te conhecer... – Ele parece com dificuldade para encontrar as palavras certas. – Naga... ela era...

– Sua amiga. Eu sei. – Termino por ele, com suavidade, sentindo-me subitamente derrotada e tão cansada quanto ele parece estar. Fixo os olhos nos seus. – Sei que você consegue falar com ela, Yvan.

Ele fica em silêncio, sua expressão se torna cuidadosamente neutra.

Eu o analiso à luz da lua, a tonalidade viva dos seus olhos foi apagada para um cinza prateado. Lembro-me de como seus olhos brilhavam em um verde temível. Sua força desumana. Sua linguagem estranha. Seu sibilar terrível.

– O que você *é*, Yvan?

A linha do seu maxilar se contrai.

Talvez seja a exaustão, ou o medo persistente que faz com que seu silêncio teimoso pareça tão cruel.

– Eu não entendo – insisto. – Depois de tudo o que aconteceu... por que você não pode me dizer o que realmente é?

Seu rosto fica tenso de frustração, mas ele não diz nada, e fico inexplicavelmente magoada por seu silêncio. Lágrimas ardem nos meus olhos.

– Mas o dragão sabe o que você é – eu me forço a dizer. – E Wynter também, não é?

– Elloren...

Mordo o lábio, horrorizada por estar tão perto de cair em prantos. Tento me controlar, sem sucesso, e, patética que sou, começo a chorar bem ali na frente dele.

Yvan só fica ali parado, me observando com aqueles olhos intensos, e de repente fico terrivelmente ciente de como minha pele deve brilhar na escuridão; destacando o quanto somos diferentes, e de maneira irreconciliável.

Uma nuvem se mexe no céu e o pânico volta a surgir dentro de mim. Luto para me controlar, tremendo.

– Eu poderia ter morrido...

– Mas não morreu.

– Mas eu *podia* ter morrido. *Todos* nós.

Mais uma vez, ele recua para o seu silêncio.

– Eles podem nos pegar – insisto, minha voz vai ficando estridente. Ele não responde, e seu silêncio contínuo envia um surto de histeria através de mim. – Eles podem nos encontrar... e nos prender... e nos *matar* ...

Seu rosto fica duro, e os olhos, vacilantes. Quando ele fala, seu tom é tão duro quanto o olhar.

– Sim, Elloren. Eles *podem*.

Sou estranhamente estabilizada por aquela resposta contundente e terrível. Ele enfrentou esse medo e o superou. É possível superar.

E então sua mão está no meu braço de novo, seu olhar é abrasador, mas seu toque está quente e suave.

– Pode ir – cedo ao enxugar as lágrimas com as costas da mão. Gesticulo com o queixo para as luzes cintilantes da cidade universitária. –Vá dormir um pouco.Você parece exausto. Sua dragoa vai ficar bem. Ariel pode ser um pouco... instável... mas ela sabe o que está fazendo quando se trata de cuidar de qualquer animal alado.

Ele dá um aceno firme de cabeça, seu rosto fica tenso, como se estivesse desesperado para dizer algo, mas simplesmente não pode. Em um ato inesperado, ele dá um passo na minha direção, com os olhos em chamas.

– Elloren – murmura ele, ao erguer a mão para espalmar a lateral do meu rosto, seus dedos longos deslizam pelo meu cabelo.

Arquejo. Sua mão está tão quente contra a pele fria da minha bochecha, seus dedos passam pelo meu cabelo. O toque dele... é tão bom.

Yvan se inclina, seu rosto perto do meu como se estivesse prestes a me beijar, e por um momento parece que todos os problemas estão prestes a desaparecer.

Inclino a cabeça para trás, meu coração bate, irregular, e, de repente, não quero nada além de sentir seus lábios nos meus.

Ele recua bruscamente e afasta a mão do meu rosto como se tivesse sido queimado.

Fico tão chocada que não sei o que fazer.

Ele parece furioso consigo mesmo.

– Boa noite, Elloren – diz, por fim, com a voz tensa.

E então se vira e se afasta a toda pressa, me deixando sozinha na noite gelada, magoada e atordoada demais para reagir. Observo sua forma escura recuar, depois desaparecer, engolida pela universidade.

CAPÍTULO VINTE E QUATRO
REVOLUCIONÁRIO

Os pôsteres de procura-se aparecem na manhã seguinte.

Foram afixados nos quadros de mensagens de cada taverna, casa de alojamento e salão.

Detenho-me ao ver pela primeira vez as folhas de pergaminho. Um frio recente e violento chegou com o vento da manhã, queimando minha pele exposta e gelando meus pulmões. Estremeço e abraço minha capa de inverno com as mãos em luvas de lã enquanto observo o cartaz diante de mim.

Está pregado a um quadro do lado de fora do laboratório de boticário. Do outro lado da rua, três acadêmicos elfhollen desaceleram e depois param em frente a outro cartaz afixado em um poste de luz. Seu círculo se aperta enquanto eles trocam murmúrios sérios, e o rosto de cada um fica perturbado com o que leem.

> *Por ordem conjunta das forças militares verpacianas e gardnerianas, será conduzida uma agressiva busca por aqueles ligados à destruição da base militar gardneriana da Quarta Divisão e foi estabelecida uma recompensa.*

Rebeldes... Revolucionários... Resistência. À medida que leio aquilo, essas palavras se destacam com uma sensação incisiva. Cada uma delas envia uma nova punhalada de medo através de mim. Sou tomada por uma compreensão repentina e surpreendente de que meus irmãos e eu, nosso estranho círculo de amigos...

Meu estômago revira.

Nós nos tornamos todas essas coisas.

Continuo a ler, tonta, lutando para ver as letras através de uma névoa de desorientação.

As informações relativas aos envolvidos com a destruição da base da Quarta Divisão Gardneriana devem ser imediatamente levadas ao conhecimento do recém-nomeado líder militar da base: o comandante Lukas Grey.

Logo acima do pôster, há um novo anúncio para o próximo baile gardneriano de Yule. No fim da próxima semana.

Ele voltará, percebo, com o coração acelerado. Para me levar ao baile e encontrar os responsáveis pelo caos.

Meu nó de medo se aperta ainda mais.

Como poderemos despistar Lukas Grey?

Estamos evitando uns aos outros, todos nós. Os riscos estão impossivelmente altos.

– Leve Tierney para ver o professor Kristian – Yvan me diz causalmente, tarde da noite nas cozinhas, com voz concisa, seus olhos estão desviados, como se olhar para mim fosse queimá-los. Ele se afasta na direção dos outros kélticos, e o meu coração dói.

A maneira como ele está me evitando... vai além do que todos temos que fazer para nos proteger. Não, é algo a mais. Algo entre mim e Yvan se partiu e não sei como consertar o que foi quebrado.

Eu me arrasto de volta para a Torre Norte naquela noite, um medo embotado cantarola dentro do meu corpo. Há um pacote para mim lá, Wynter me entrega, muitíssimo alarmada.

– Havia um soldado aqui – ela me diz em voz baixa. – Ele quase a viu. – Seus olhos prateados voam em direção a Marina, que nos observa com atenção; o medo está gravado em seu rosto.

Pego o pacote e o viro, minha preocupação aumenta.

Mais um presente de Lukas. Só que, dessa vez, é pequeno. Leio o cartão primeiro.

Elloren,

Parece que os nossos melhores soldados perderam um dragão. Vou te procurar quando chegar.

Lukas

Abro o pacotinho enquanto Wynter observa com curiosidade cautelosa.

É um colar. Puxo a corrente de prata, deixando o pingente dançar no ar entre nós, brilhando na luz suave da lamparina do corredor do andar de cima.

Uma árvore. Esculpida delicadamente em madeira branca.

Aperto o pingente e solto um suspiro profundo e assustado quando um enorme carvalho de neve ramificado irrompe à vista, acariciando minha mente, enviando galhos através dos meus membros, até chegar às minhas mãos e pés.

Enraíza-me ao chão, essa madeira, me estabiliza, um eco pulsante de prazer me percorre.

Solto a madeira, respirando com dificuldade.

– Cuidado, Elloren Gardner – adverte Wynter, ao olhar o pingente da mesma forma que a vi olhar para o nilantyr de Ariel.

– Eu sei o que estou fazendo – digo, inquieta.

É a coisa certa a fazer, raciocino comigo mesma. *Ficar do lado de Lukas e fingir que está tudo bem e normal. Vou usá-lo todos os dias para que ele me veja com a joia quando chegar.*

Consigo até imaginá-lo ao notar a corrente, deslizando seus dedos de pianistas ao longo do meu pescoço para tirar o colar para fora da minha roupa, fechando a palma da mão ao redor do pingente de árvore ao sorrir para mim.

Um rubor ardente me aquece as bochechas ao pensar nele e, no mesmo instante, me sinto envergonhada com o rumo que minha imaginação seguiu.

Coloco a corrente em volta do pescoço, deixo a árvore cair para dentro da túnica e tento parar de pensar em Lukas.

Mas consigo sentir a madeira da arvorezinha pulsando contra a minha pele, como um coração quente e inquieto.

CAPÍTULO VINTE E CINCO

DUZENTAS E CINQUENTA E SEIS

Um vento gelado sacode as janelas sextavadas quando me sento com Tierney no gabinete desordenado do professor Kristian.

É tarde da noite, e uma dor latejante repuxa minha têmpora como uma linha de pesca esticada, a cicatriz ao longo da minha coxa formiga.

Durante todo o dia, prendi a respiração, à espera de uma prisão que nunca veio enquanto meus amigos e eu mantivemos nossas rotinas de aulas, trabalhos e tarefas habituais, todos tentando nos misturar com discrição, nada além de acadêmicos inofensivos e trabalhadores.

Mas vi os soldados verpacianos e gardnerianos interrogando acadêmicos e professores, a presença militar cresceu ao longo do dia. O que enviou um medo cortante através de mim.

É maior do que apenas nós agora. E precisamos de ajuda.

Tierney e a família precisam sair daqui.

O professor Kristian está sentado à escrivaninha, olhando para Tierney e para mim com preocupação sombria. Tierney parece um coelho pronto para fugir em disparada, os nós dos dedos brancos enquanto ela se senta inclinada para a frente, agarrando-se à cadeira, congelada no lugar.

– O que houve, Elloren? – pergunta o professor Kristian, com os olhos oscilando de Tierney para mim.

Com o coração acelerado e os nervos em seu apogeu, salto do penhasco.

– Yvan Guriel. Ele nos disse… que o senhor poderia ajudar alguém que possa ser… – respiro fundo – um feérico glamourado.

A testa do professor Kristian franze, e ele fica em silêncio por um longo momento, estático igual a Tierney.

– Você conhece Yvan Guriel? – pergunta ele, por fim.

Olho para o professor, surpresa com a pergunta.

Um pouco, penso, com mágoa irônica. *Ele quase me beijou*. Dou um breve aceno de cabeça.

O professor Kristian solta um som de espanto e estreita os olhos.

– Surpreendente. Yvan odeia gardnerianos. Bastante.

Ouvir isso causa uma dor amarga. Deixo a sensação de lado.

– Temos um objetivo comum – digo-lhe, endireitando as costas.

– Transportar feéricos glamourizados para o leste, imagino – diz ele com naturalidade. – É nisso que você está querendo chegar?

Tierney e eu trocamos olhares, e o medo em seus olhos me leva a lembrar quais são os riscos para ela e sua família.

– Sim – digo a ele, sem hesitar. – É exatamente nisso que estou querendo chegar.

Ele respira fundo, acenando com a cabeça solta e junta as mãos, formando uma pirâmide com os indicadores, mergulhado em pensamentos. Seus lábios se erguem em diversão quando ele fixa os olhos em mim.

– Flertando com a Resistência, não é?

Eu solto um suspiro profundo.

– Receio ter saltado direto para a cama com eles.

Uma risada surpresa irrompe de seus lábios, e não posso deixar de soltar uma risadinha também. Massageio minha cabeça dolorida e olho de volta para ele, resignada com o caminho desgovernado para o qual me desviei.

Com o riso ainda nadando em seus olhos, o professor Kristian se ajeita na cadeira e olha para mim com incredulidade divertida.

– Isso... não é muito gardneriano de se dizer – diz ele, ainda rindo.

Solto um suspiro resignado.

– Eu me sinto cada vez menos gardneriana a cada dia que passa.

Ele acena com compreensão, e então sua expressão fica estranha, como se visse algo no meu rosto, algo que acha preocupante. Ele engole audivelmente e então... seus olhos brilham com lágrimas.

– O que houve? – pergunto, imediatamente preocupada.

– Nada – diz ele com um aceno da cabeça, e a voz embargada. Ele pigarreia e se inclina para a frente para servir canecas de chá para Tierney e para mim do conjunto lascado sempre presente em sua mesa. Seus olhos brilham em minha direção, e há dor crua ali.

– Você... você me lembrou de alguém, naquele momento – diz ele, com tom ainda irregular. – Alguém que eu conhecia.

– Quem? – pergunto, confusa. – Minha avó?

– Não, outra pessoa – diz ele, enigmático, agora se fechando. – Não é nada.

Ele balança a cabeça de novo e serve o chá, o vapor sobe.

É reconfortante, o borbulhar familiar do chá sendo servido, o cheiro de vapor mentolado no ar frio, um pouco de frio se infiltra lá, vindo de uma forte corrente de ar ao redor das janelas.

O professor Kristian olha para Tierney enquanto empurra uma xícara na direção dela.

– Seria você o feérico glamourizado, presumo?

Assustada, Tierney, com olhos arregalados me encara bruscamente, e aceno com a cabeça, encorajando-a.

– Eu posso te ajudar – ele diz a ela, com sua voz baixa e gentil. – Você veio ao lugar certo. Você não tem *nada* a temer.

Tierney o fita por um longo momento e depois começa a chorar, seus ombros magros se sacodem, e seu corpo se encolhe em uma bola protetora.

– Oh, minha querida. Está tudo bem. – O professor Kristian se levanta e dá a volta na escrivaninha, então se apoia na mesa. Ele entrega seu lenço a Tierney e apoia suavemente a mão no braço dela.

Tierney pega o lenço com a mão trêmula.

– O que você é, querida? – ele pergunta. – Que tipo de feérico?

– Asrai – responde ela, engasgada.

– É uma coisa adorável de se ser – diz ele, tranquilizador. – Talvez não aqui, mas será quando você e sua família chegarem às terras Noi, sim?

Tierney arrisca um olhar para ele e começa a chorar mais, acenando com a cabeça em assentimento dolorido. Ela parece pequena, assustada e tão jovem.

– Tome um pouco de chá – diz a ela, com um tapinha no braço.

– Obrigada – ela consegue articular. Tierney limpa grosseiramente os olhos, normaliza a respiração descontrolada e pega a caneca que ele pacientemente oferece para ela, e bebe enquanto o professor Kristian se senta de novo na mesa.

Sua expressão se torna estranhamente divertida quando ele volta a atenção para mim.

– Bem, você tem estado ocupada, não é?

– Eu não gosto de ficar ociosa – respondo, azeda.

– Humm – diz ele, olhando-me com suspeita amigável. – Por acaso você não saberia nada sobre um dragão desaparecido, não é, Elloren?

Meu fôlego fica preso na garganta.

O professor Kristian olha para Tierney.

– Ou de uma estranha tempestade de neve que caiu *só* na base militar gardneriana da Quarta Divisão?

Os olhos de Tierney se arregalam, e ela quase se engasga com o chá.

Indiferente, o professor Kristian tira os óculos, pega outro lenço do bolso e começa a limpá-los.

– Vocês duas provavelmente já ficaram sabendo que mais de cem dragões militares voaram direto para Valgard ontem à noite e foram direto para seu mestre, o mago Damion Bane.

Engulo em seco.

– Sim. Ouvi… algo sobre isso. É… surpreendente.

– É? – pergunta ele, erguendo a sobrancelha. Ele volta a limpar os óculos. – Surpreendeu o mago Bane também, ao que parece. Foi preciso ele e outros sete magos de nível cinco para matar a maioria dos dragões e subjugar os outros. O mago Bane deve passar alguns meses sob cuidados médicos. Ouvi dizer que ele sofreu um corte de garra bem feio na lateral do rosto e pescoço.

Luto para manter a expressão impassível.

– Os gardnerianos raramente falam sobre... constrangimentos como esse. – Ele dá uma risadinha enquanto desliza os óculos de volta no lugar. – Mas mais de cem dragões... Não é tão fácil de varrer para debaixo do tapete, não é? E aconteceu bem a tempo da gloriosa celebração da ascensão de Damion Bane a comandante da base da Quarta Divisão. – Virando-se ligeiramente, ele aponta o polegar para a janela. – Por coincidência, ela não fica muito longe daqui.

Ele sabe. Ele sabe. Meu coração acelera. *E se o professor Kristian sabe, quem mais pode saber?*

Uma batida superficial soa à porta.

– Entre – diz ele, com indiferença. A vice-chanceler Quillen entra.

Uma nova onda de medo brota através de mim, e me encolho em minha cadeira.

Ignorando Tierney e a mim, ela retira as vestes de inverno, pendura-as no carrinho de madeira desgastado, já carregado com as nossas capas, e depois se senta perto do professor Kristian. Ela alisa a seda preta de suas saias, um orbe prateado da Therria brilha em volta do seu pescoço.

– Tempo horrível, Jules – comenta ela, ao tirar as luvas finas de pele de novilho.

– Sim, muito – responde ele, distraído; os dois estão desconcertantemente alheios à nossa presença enquanto tiram um momento para reclamar do frio gelado que se assentou ali.

Por fim, há uma pausa na conversa, e um longo silêncio enquanto a vice-chanceler se acomoda e nivela os olhos para nós.

Eu me esforço para segurar o brilho penetrante de seu olhar verde.

Como se de repente se lembrasse de que estávamos ali, o professor Kristian olha para mim e gesticula para a vice-chanceler.

– Creio que já conheceram a vice-chanceler Quillen.

Em pânico, olho para Tierney. Seus olhos estão fixos na bastante gardneriana vice-chanceler, o seu medo está perigosamente aparente.

– Relaxe, maga Calix – diz a vice-chanceler com desdém. – Está entre amigos. – Ela se volta para o professor Kristian. – Quantas crianças feéricas escondemos durante a guerra, Jules?

– Duzentas e cinquenta e seis – responde ele, sem nem pensar. – Sem contar Zephyr.

A minha cabeça está girando.

– Quem é Zephyr? – pergunto.

– Minha filha adotiva, maga Gardner – responde a vice-chanceler, sucinta. – Ela é uma feérica sílfide. E está longe daqui. Em terras Noi, com o meu irmão Fain.

– Como está Fain? – indaga o professor Kristian casualmente.

– Aproveitando o Oriente – responde ela, com a mesma cordialidade. – Ele tem dragões de arena agora.

– Para esporte? – Ele parece surpreso.

Ela sorri maliciosamente.

– Não. Você conhece Fain. São seus companheiros.

O professor Kristian solta uma gargalhada.

– De qualquer forma – continua a vice-chanceler Quillen, voltando-se para mim. – Zephyr está bastante segura lá. Por ora. – Ela fica reflexiva ao olhar para Tierney e balança a cabeça de um lado para o outro. – Mas muitos mais estão escondidos. E agora... – Ela solta um suspiro profundo. – Parece que temos que tirar vocês daqui. – Ela balança a cabeça de novo e franze os lábios para Tierney. – Não se preocupe, maga Calix. Temos amigos inesperados, no fim das contas. – Ela se volta para o professor Kristian. – Parece que alguém dissolveu as jaulas de aço élfico dos dragões. Você ficou sabendo?

O canto do lábio do professor Kristian se contrai em um sorriso.

– Claramente o trabalho de um mago nível cinco, Lucretia.

A vice-chanceler estreita os olhos para mim.

– Seu irmão não é um nível cinco, maga Gardner? – Abro a boca, desesperada para encontrar uma mentira convincente, mas ela não espera pela minha resposta. – Feitiço complicado também.

– Um feitiço militar protegido, creio eu – comenta o professor Kristian, de braços cruzados, olhando para ela.

– Estou muito feliz por você ter mencionado esse pormenor, Jules – diz a vice-chanceler, com o olhar desconfortavelmente estreitado sobre mim. – Porque acontece que há um grimório militar desaparecido. Não conseguem encontrá-lo, veja só. – Seu olhar fica aguçado. – Você por acaso sabe *alguma coisa* sobre tudo isso, maga Gardner?

Mal consigo respirar. Todos os nossos segredos, não mais secretos.

Exceto pela varinha branca, observo com certo alívio.

O professor Kristian ri de ânimo leve.

– Vá lá, Lucretia. Você sabe que essas garotas não têm ideia de nada disso.

– Ah, isso mesmo – concorda ela. – Que bobagem da minha parte. Elas estavam comigo ontem à noite, Jules. A maga Gardner e seus dois irmãos.

– E por quê, Lucretia? – pergunta o professor Kristian, entrando na brincadeira.

– Bem, há a questão de a maga Gardner estar atrasada com o dízimo da universidade. E a aceitação do irmão mais novo na Guilda de Armas gardneriana. – Ela balança a cabeça, cansada. – Estávamos no meu escritório. A noite toda.

– Fazendo hora extra, Lucretia?

A vice-chanceler revira os olhos e estala a língua.

– Ah, o trabalho nunca acaba.

– Bem, é um alívio – comenta o professor Kristian. – Ainda mais porque os gardnerianos estão investigando o paradeiro de todos os magos nível cinco na noite passada. É bom saber que a maga Gardner e os irmãos têm o paradeiro conhecido.

Sento-me ali, sem saber o que dizer, piscando para os dois.

Um sorriso ergue os cantos da boca da vice-chanceler Quillen, que me olha com franca aprovação.

– Bem-vinda à Resistência, maga Gardner.

AGRADECIMENTOS

É preciso uma aldeia para concretizar um romance, e a minha aldeia de leitores/editores/autores é talentosa.

Em primeiro lugar, um enorme obrigada ao meu marido, Walter, por todos os anos de apoio, cuidados com crianças/adolescentes, leitura, edição e tudo mais quando um livro me deixa viúva; além de toda essa informação sobre árvores!

Obrigada às minhas filhas: Willoughby (pelo seu feedback franco e sincero); Schuyler (por sua bela edição e ideias); e Alexandre e Taylor por suportarem o meu hábito de escrever e ajudarem a "segurar o rojão".

Obrigada aos meus pais, Mary e Noah Sexton, por seu entusiasmo, ideias e encorajamento.

Obrigada ao Burlington Writers' Group: Cam M. Sato, Kimberly Ann Hunt e Denise Holmes (três dos meus escritores favoritos e editores talentosos); a incrível Diane Dexter (editora, leitora e boa amiga); a incrível Eva Gumprecht (estimada escritora e editora); todos da Harlequin TEEN que trabalharam neste projeto; Liz Zundel (leitora, editora e fonte de intrépido suporte moral); Leslie Ward (pelo seu feedback e encorajamento quando este projeto estava engatinhando); minha sogra, Gail Kamaras; minha cunhada, Jessica Bowers (sem a qual nada disso teria acontecido); meus irmãos Jim e M. J. Bray, dois dos meus primeiros leitores; Bronwyn Fryer (amiga genial) por ensinar uma novata a formatar minha edição; Anne Loecher; Tanusri Prasanna; aos fabulosos autores/editores Dian Parker e Kane Gilmour; ao Burlington Writers' Workshop; Lorraine Bencivengo Ziff (pela incrível edição e incentivo); Susan Shreve; Crystal Zevon; Geof Hewitt e todos os outros que leram e deram feedback sobre partes ou sobre todos os meus vários romances/novelas. Obrigada, Beanbag, por me emprestar suas habilidades de escrita de outro mundo e essa sua genialidade!

Um grande agradecimento a Mike Marcotte, extraordinário gênio da computação, pelo suporte técnico e pelo meu fabuloso site de autora, www.laurieannforest.com. E obrigada a todos os que ajudaram com o suporte técnico.

Obrigada a Natashya Wilson, editora executiva da Harlequin TEEN, por ter apostado nessa série, estou muito feliz por trabalhar com todos da Harlequin TEEN (a marca mais fabulosa e divertida DO MUNDO). Lauren Smulski, você é a melhor (e mais inteligente) editora que eu poderia ter desejado para este projeto; você elevou este livro a outro patamar. Obrigada pela sua paciência sem fim e edição/ideias incríveis.

Acima de tudo, quero agradecer à minha tenaz agente, Carrie Hannigan (Hannigan, Salky, Getzler Agency), por acreditar nas Crônicas da Bruxa Negra durante tantos anos (e através de tantas edições). Eu não poderia pedir uma agente/leitora/editora mais encorajadora ou talentosa.